suhrkamp taschenbuch 1226

George Bernard Shaw, geboren am 26. Juli 1856 in Dublin, ist am 2. November 1950 in Ayot St. Lawrence/Hertfordshire gestorben. 1926 wurde er mit dem Nobelpreis ausgezeichnet. Sein Werk erscheint im Suhrkamp Verlag.

Von den fünf Romanen, die George Bernard Shaw geschrieben hat, ist dies der erste. Unter dem Titel *Immaturity* ist er 1879 entstanden, als Shaw 23 Jahre alt war, doch erst 1930, also mehr als 50 Jahre später, veröffentlicht worden. Aus der unbestechlichen Sicht seines »Helden«, der wie der junge Shaw selbst, sein Leben als kleiner Angestellter fristen mußte, entsteht vor uns ein anschauliches Bild der klassenbewußten englischen Gesellschaft. Mit Humor und entlarvendem Scharfblick für menschliche Schwächen zeichnet Shaw die merkantilen und religiösen Konventionen des viktorianischen Zeitalters und macht uns mit Charakteren aus allen Schichten bekannt, mit Vertretern der Geldaristokratie und Geistlichkeit, ebenso wie mit Koryphäen des Kulturbetriebes, die er nicht weniger treffend zu schildern versteht wie die Naturelle des kleinen Mittelstandes, seien es nun Zimmerwirtinnen, Stubenmädchen, zänkische Hausfrauen und deren Töchter, die sich, um dem elterlichen Milieu zu entkommen, nach der Ehe sehnen. Dieser fast unbekannt gebliebene Roman über die Entwicklung und Selbstbehauptung eines jungen Mannes ist eine lesenswerte Vorstufe zu den späteren Werken Shaws, des größten Dramatikers und Menschenkenners der englischen Literatur unseres Jahrhunderts, der 1926 mit dem Nobelpreis ausgezeichnet wurde.

Bernard Shaw

Unreif

Roman

Suhrkamp

Titel der englischen Originalausgabe: *Immaturity*.
Constable, London 1930
Titel der 1933 erschienenen deutschen Erstausgabe *Junger Wein gärt*
Deutsch von Siegfried Trebitsch, für diese
Taschenbuchausgabe revidiert

suhrkamp taschenbuch 1226
Erste Auflage 1986

Satz: IBV Satz- und Datentechnik GmbH, Berlin
Druck: Nomos Verlagsgesellschaft, Baden-Baden
Printed in Germany
Umschlag nach Entwürfen von
Willy Fleckhaus und Rolf Staudt

1 2 3 4 5 6 - 91 90 89 88 87 86

Unreif

Vorrede

Einer von Arnold Bennetts Romanen spielt schräg gegenüber dem West-Brompton-District-Postamt in einer Sackgasse, die in Brompton Road mündet. Er nennt sie Alexandra Grove; aber ihr jetziger Name ist Victoria Grove. Wenn seine Beschreibung zutrifft, tragen die Häuser jetzt doppelten Zins, da man in den Gärten Ateliers eingerichtet hat; diese Manier, Haus an Haus zu kleben, wird in London als Modernisierung aufgefaßt, während sie in Leeds als veraltet und barbarisch gilt. Als ich, ein zwanzigjähriger Emigrant, aus Irland ankam, war die Überbevölkerung noch nicht so groß. Die Häuser waren Zweifamilienvillen, von reichlichem Luftraum umgeben (man konnte ihn fast Garten nennen). Rückwärts waren Obstgärten; denn das riesige Armenhospital mit seinem Turm auf Fulham Road, welches jetzt diesen Raum einnimmt, war damals noch nicht erbaut. Die Gegend zwischen West Brompton, Fulham und Putney, jetzt von Straßen und nach der Vorstadt führenden Wegen eng durchzogen, enthielt noch so viele Obst- und Gemüsegärten, daß sie etwas Ländliches hatte und es möglich war, dort zu wohnen, wie ich es Jahre hindurch tat, ohne das Gefühl zu haben, daß man entweder aufs Land fliehen oder im Rauch verdorren müsse. Alle Parallelgäßchen verband Fulham Road mit King's Road in Chelsea, wo Cremorne Gardens, ein noch nicht gebanntes Gespenst aus dem achtzehnten Jahrhundert, verzweifelt gegen seine unausbleibliche Austreibung als Rendezvous der Halbwelt kämpfte. So kam es, daß diese heute makellosen Fahrstraßen damals als Sitz der Boheme verrufen waren, während Victoria Grove, die Sackgasse, für ebenso anständig wie Clapham galt.

Im Frühjahr 1876 kam ich aus Dublin nach London und fand meine Mutter und meine einzige überlebende Schwester (Brüder hatte ich keine) in Victoria Grove No. 13, wo sie wohnten, bemüht, ihre musikalischen Talente in Geld umzusetzen; meine Mutter gab Stunden, meine Schwester Konzerte. Mein Vater, der in Dublin zurückgeblieben war, überließ uns von seinem spärlichen Einkommen wöchentlich ein Pfund; und mit Schulden, die wir gelegentlich aus einem Erbteil von viertausend Pfund zurückzahlten, über das meine Mutter Verfügungsrecht hatte, und das sie, als ihre drei Kinder mündig wurden, nach und nach flüssig machen konnte, konnten wir halbwegs leben.

Natürlich war Geldmangel in unserem Haushalt chronisch. Und hier muß ich zwischen dieser Art Armut und jener unterscheiden, die der frühen Jugend vieler berühmter Männer einen Schimmer von Romantik verleiht. Fast wäre ich versucht, zu behaupten, daß diese Art Armut die einzige ist, die zählt (wenn ich von jenen Entbehrungen absehe, die den Erfolg unmöglich machen). Wir alle kennen den Mann, den seine Mutter nebst neunzehn Geschwistern mit ihrem schwer verdienten Einkommen von achtzehn Shilling wöchentlich aufzog. Der Weg von der Blockhütte zum Weißen Haus, von der Drehbank zur Ministerbank, vom Schuppen zum Palais in Park Lane ist zwar nicht gerade überfüllt, aber es finden sich an seinem Endpunkte immerhin einige wohlgenährte Persönlichkeiten, die uns alles Wissenswerte über ihn berichten können. Ich werde nicht müde, diesen Herren zu versichern, daß sie nicht wissen, was Armut und Mißerfolg ist. Sie haben so begonnen, wie sie es erwarten durften oder gewohnt waren; alles, was dann kam, war also Aufstieg. Auf jeder Stufe hatten sie das Einkommen der Kaste, in der sie sich bewegten, und konnten sich deren Kleidung, Nahrung, Neigungen, Mieten und Abgaben leisten. Kann ein Fürst mehr haben? Will man wissen, was wirkliche Armut ist, so frage man den zweitgeborenen Sohn des zweitgeborenen Sohnes eines zweitgeborenen Sohnes. Um seine mißliche Lage verstehen zu können, muß man ohne das entsprechende Einkommen oben beginnen und seinem Schicksal fluchen, daß man nicht das Glück hatte, unten zu beginnen.

Unsere Einrichtung des Erstgeburtsrechtes mag eine feudale Notwendigkeit gewesen sein. Sie erhielt den adeligen Besitz ungeteilt, und der Adel und seine Lehensleute versorgten den König und das Land mit einem Heer, einer Beamtenschaft und einem Netzwerk von lokalen Verwaltungen. Aber auf die jüngeren Söhne nahm sie keine Rücksicht. Diese Unglückseligen wuchsen im feudalen Schloß auf. Nehmen wir den Ertrag des herrschaftlichen Besitzes mit der Ziffer Tausend an. Söhne und Töchter wurden so erzogen, daß sie sich das Leben nicht anders als auf der Basis dieser Ziffer vorstellen konnten. Wenn der Älteste alles nahm, was blieb dann für die Mitgift der Mädchen und den Lebensunterhalt der jüngeren Söhne übrig? Nichts als die mühsam ersparten Überreste der mütterlichen Mitgift und die Almosen, die der alleinige Erbe (falls er es sich leisten konnte) geneigt war, seinen armen Verwandten zukommen zu lassen. Den Anteil eines jüngeren Sohnes, besonders wenn er viele Geschwister hatte, kann man ruhig mit zwanzig oder weniger, vielleicht sogar mit Null annehmen. Was sollte der arme Teufel anfangen, der nun einmal gewohnt war, tausend Pfund jährlich auszugeben? Man hat gut reden, er solle sich nach der Decke strecken. Das ist unmöglich, wenn man nicht schon als Kind an diese Methode gewöhnt wurde. Unmöglich zumindest, ohne den Verkehr mit allen und jeglichen Verwandten und Freunden aufzugeben und als fragwürdiger, lächerlicher und unerwünschter Eindringling auf das gesellschaftliche Niveau der Kammerjungfer seiner Mutter und des Haushofmeisters seines Bruders hinabzusinken. Meistens ist es ihm sogar unmöglich, zum Militär zu gehen, wo ein Offizier von seiner Gage allein nicht leben kann, es sei denn, er hätte als Gemeiner begonnen und diente in einem Linienregiment, und selbst dann darf er keine Sprünge machen. Es bleibt ihm also nichts übrig, als über seine Verhältnisse zu leben, zu schmarotzen, zu betteln, bei seinen Lieferanten auf Kredit zu kaufen, Schulden zu machen, ohne die Aussicht, sie rückzahlen zu können, und Erpressungen an dem Majoratsherrn zu verüben, den er vor die Wahl stellt, zu zahlen oder den eigenen Bruder als Betrüger vors Gericht geschleppt zu sehen. Die Möglichkeit einer Heirat mit der Tochter eines reichen englischen oder amerikanischen Parvenüs steht ihm nicht immer zu Gebote. Wer würde unter diesen Umständen ein »Honorable« sein wollen, wenn er nicht müßte?

Jetzt stelle man sich erst seinen Sohn vor und dieses Sohnes Sohn; offenkundig ein Proletarier, für den die Kosten einer höheren Schul- und Universitätserziehung, die sein Großvater noch genießen konnte, nicht mehr erschwinglich sind und der die öffentlichen Volks- und Mittelschulen nicht besuchen kann, weil dies mit dem Prestige eines Mannes aus vornehmer Familie unvereinbar wäre. Man stelle sich den Versuch vor, mit einem armseligen kleinen Kapital im Geschäftsleben irgend etwas zu beginnen; man stelle sich vor, wieviel Anstrengung es ihn kosten mag, der verhaßten Betätigung den Lebensunterhalt abzuringen! Man stelle sich vor, daß es auch Söhne gibt, für die eine kleine Beamtenstelle bei einem gutherzigen Geschäftsfreund die einzige Existenzmöglichkeit ist. Und man mache sich Folgendes klar: es liegt in der Natur des Abstiegs, daß jede Generation, wie der erste jüngere Sohn, zu einer Lebensweise erzogen wird, die ausschweifender ist, als ihr Einkommen erlaubt, so daß sie dazu verurteilt ist, von der Jugend bis zum Grabe einen schweren Lebenskampf zu führen. Mein tüchtiger und erfolgreicher Freund A behauptet, er wisse sehr wohl, was Armut und was Trunksucht sei: denn wurde er nicht in Southwark, diesem Elendsviertel Londons, von einer versoffenen Mutter aufgezogen? Der in Geld schwimmende B erzählt mir, daß er als Knabe nur zweimal im Jahr Fleisch bekommen habe. C, der in Berühmtheit schwelgt, nennt mich einen Snob und berichtet behaglich über seine Erfahrungen in den Hinterstübchen des kleinen väterlichen Ladens, und wie es ihm möglich gemacht wurde, die Sitten des Landadels zu studieren, da ihm als Kind das Vorrecht eingeräumt war, bei der Dienerschaft aus und ein zu gehen. Wie leicht fällt es mir, die Genugtuung dieser emporgekommenen Herren durch die einfache Erklärung zu übertrumpfen, daß mein Vater der Großcousin eines Baronets und meine Mutter die Tochter eines Landedelmanns gewesen sei, der in allen Schwierigkeiten nur eine Regel kannte: die Hypothek. Das war meine Art Armut.

Die Shaws waren von Anfang an nachgeborene Söhne, was sich erweisen wird, wenn ich meinen vollständigen Stammbaum aufdecke. Sogar die Baronetwürde begann bei einem erfolgreichen fünften Sohn, der nach Dublin kam und sich in dieser Stadt einnistete. Mag sich wer will auf die leere Speisekammer der Mutter Hubbard aus dem Kinderlied etwas zugute tun und sich als ein alle Achtung verdienender Emporkömmling aufspielen: ich war ein Herabkömmling und der Sohn eines Herabkömmlings. Hätte ich nicht zufälligerweise ein einträgliches Talent, so wäre ich heute ärmer als Spinoza; denn er verstand es wenigstens, optische Linsen zu schleifen, während ich es mir nicht leisten konnte, irgendeine Kunst zu erlernen. Zum Glück hat mich die Natur eine gelehrt.

Dieser gesellschaftliche Absturz hört hierzulande niemals auf. Er bringt eine Klasse hervor, die nach ihrem eigenen Geschichtsschreiber schreit. Sprecht mir nicht von Mittelstand: Die Bezeichnung ist sinnlos, es sei denn, sie würde von einem Nationalökonomen mit Bezug auf den Geschäftsmann gebraucht, der in der Mitte steht zwischen Grundbesitz und Kapital einerseits und Arbeit andererseits und für beide Geschäfte macht. Ich besinge meine eigene Klasse: vornehme Schäbigkeit, arme Verwandte, Gentlemen, die keine sind. Wenn man meinem Ursprung genau nachgehen will, so wird man auf Tatsachen stoßen wie die, daß es von meinen zahlreichen Onkeln nur einem, dem ältesten, gelungen ist, zu einer akademischen Bildung zu gelangen. Die anderen schlugen sich ohne diese durch, so gut sie konnten (die meisten übrigens besser als er).

Einer hat sich als Staatsbeamter ausgezeichnet. Er hatte eine Flinte und ging auf die Jagd. Ein anderer machte sich ein Vermögen in Geschäften und brachte es zu Wagen und Pferden; aber er verlor sein Vermögen bei dem verfrühten Versuch, die Mineralschätze Irlands zu erschließen, ohne auf die neuen, erst durch den letzten Krieg hervorgebrachten Eisenbahnen zu warten. Zwei andere wanderten nach Tasmanien aus und spielten dort »eine Rolle in der Geschichte des Landes«, wie Micawber so stolz von sich sagt. Einer war blind und wurde von seinen Brüdern erhalten, und wieder ein anderer erblindete im Lauf der Jahre, blieb aber arbeitsfähig und unabhängig. Eine meiner Tanten heiratete den Oberpfarrer der heute niedergerissenen Kirche St. Bride in Dublin. Ihre Schwestern machten ganz gute Partien mit Ausnahme der ältesten, die einen so übertriebenen Begriff von der Bedeutung unserer Familie hatte (in ihrem Falle wurde der unserer Familie eigene Snobismus leider nicht durch den der Familie ebenfalls eigenen Humor gemildert), daß sie einem Grafen einen Korb gegeben hätte, bloß weil er kein Herzog war, und so starb sie als sehr alte Jungfer. Tot oder lebendig waren sie alles in allem vierzehn Geschwister; und alle von ihnen, außer vielleicht dem Ältesten, dürften nach dem Tod ihres Vaters eine sehr harte Kindheit gehabt haben, da er meine Großmutter mit wenig Mitteln, aber um so mehr erziehungsbedürftigen Kindern zurückgelassen hatte. Der Majoratsherr kam ihr zu Hilfe, indem er ihr ein romantisches Landhäuschen mit gotischen Spitzfenstern in Terenure (wir nannten den Ort Roundtown) zur Verfügung stellte. Bis zum heutigen Tage steht es, oder besser gesagt, schlängelt es sich malerisch durch seinen kleinen, von Mauern umgebenen Garten neben der Endstation der Straßenbahn; der Messinghelm und das Schwert meines Großvaters, der als Freiwilliger in der Landmiliz gedient hatte, hängen allerdings nicht mehr in der Diele. Sein eigentlicher Beruf war eine Verbindung von Advokat, Notar und Börsenmakler, wie sie dazumal häufig vorkam. Ich vermute, daß seine hinterbliebenen Kinder nicht immer genug zu essen bekamen, denn die jüngeren unter ihnen waren trotz eiserner Gesundheit und Langlebigkeit gerade keine Athleten. Außerdem schielten sie aus den verschiedensten Winkeln (auch mein Vater schielte gewaltig), so daß das Schielen mir bis zum heutigen Tage als etwas ganz Natürliches erscheint und mir nicht mehr auffällt als etwa ein Paar Brillen oder sogar ein Paar Stiefel.

Trotzdem sie wenig Gelegenheit hatten, sich zu zeigen, hielten sie in der Gesellschaft ihr sorgsam gehegtes Ansehen im großen ganzen aufrecht. Das verdankten sie zum Teil dem Kredit, den ihnen ihr Familienstolz einbrachte. Als echte Irländer sprachen sie von sich selbst als den Shaws, wie man die Valois, die Bourbonen, die Hohenzollern, die Habsburger oder die Romanoffs sagt; und ihre Umgebung anerkannte diesen Standpunkt. Ich verachtete diesen Familiensnobismus, wie ich ihn nannte, grenzenlos, bis mich einer meiner Verwandten, ein gewisser Alexander Mackintosh Shaw, gründlich damit versöhnte, indem er, anstatt unseren Stammbaum ohne Kontrolle als eine Tatsache hinzunehmen, ihn bis zu seinem Ursprung verfolgte und ihn im Jahre 1877 in hundert Exemplaren als Privatdruck veröffentlichte. Irgend jemand sandte mir ein Exemplar; wer beschreibt meine Genugtuung, als ich den ersten Satz des ersten Kapitels las, welcher lautete: »Nach allgemeiner Überlieferung, so sagt Rev. Lachlan Shaw (Gott segne ihn!), stammen die Shaws von Macduff, Earl of Fife, ab. Ich überschlug alles Weitere bis zu dem Kapitel über die irischen Shaws, um mich zu vergewissern, daß es sich tatsächlich um meine Familie handelte; und da waren sie auch, der Majoratsherr und alle anderen, gewissenhaft angeführt bis hinaus zu dem dritten Sohn jenes unsterblich gewordenen, jedoch »nicht vom Weibe geborenen« Thane of Fife, der, gewöhnlich zur Welt gebrachten Kriegsmännern gegenüber unverwundbar, mit dem Schwert ausholte und Macbeth erschlug. Das war ebenso gut, wie von Shakespeare selbst abzustammen, den in meiner Person wieder auferstehen zu lassen ich mir von der Wiege an im Unterbewußtsein vorgenommen hatte.

Viele Jahre nach dieser Entdeckung verbrachte ich einige Zeit an den Ufern des Loch Fyne, wo eine würdige Dame namens MacFarlane meinen Haushalt führte und für mich kochte; sie behandelte mich mit einer Hochachtung, die ich zuerst meiner Bedeutung als Schriftsteller zuschrieb. Aber eines Tages nahm sie mir diesen Irrtum, indem sie mir mitteilte, daß sowohl die MacFarlanes als auch die Shaws von den Thanes of Fife abstammten und daß ich nicht zu bescheiden auftreten dürfe. Sie fügte hinzu, daß die MacFarlanes die ältere Linie seien.

Meine Onkel scherten sich wenig um Macduff: ihnen genügte es, daß sie Shaws waren. Sie lebten unter dem Eindruck, daß die Regierung ihnen Beschäftigung oder besser noch einen Ruheposten anbieten sollte, falls sich nichts anderes für sie fände; und ich nehme an, daß deshalb mein Vater, nachdem er es mit mehreren Beamtenstellen (darunter eine in einem Eisenwerk) versucht hatte, seine Ansprüche endlich dadurch anerkannt sah, daß man ihm einen Posten in den Four Courts verlieh, vielleicht, weil seine Schwester den Bruder eines adeligen Mitglieds des Advokatenstandes geheiratet hatte. Jedenfalls war das Amt, das er innehatte, so unleugbar überflüssig, daß es schon vor meiner Geburt abgeschafft wurde. Natürlich verlangte mein Vater eine Pension als Entschädigung für diese Schmach. Kaum hatte er sie, als er sie schleunigst verkaufte und sich als Großkaufmann – denn ein Detailgeschäft war mit der Würde der Familie unvereinbar – in Mehl und Getreide niederließ. Er hatte ein Bureau und ein Lagerhaus in Jervis Street in der City und eine Mühle in Dolphin's Barn in der Gegend des Kanals, am Ende einer ganz hübschen kleinen Dorfstraße: Rutland Avenue. Die Mühle ist heute zerfallen, aber man kann ihre Überreste noch von dem Feld aus sehen, mit dem Mühlteich am Ende der Straße hinter Rutland House, das zwei steinerne Adler auf den Torpfosten trägt. Mein Vater nahm mich manchmal vor dem Frühstück zur Mühle mit (ein langer Spaziergang für ein Kind), und ich spielte gern in der Nähe. Sonst war sie, glaube ich, ohnehin zu nichts nutz, denn ihr Betrieb deckte nicht einmal die Kosten; übrigens handelte mein Vater hauptsächlich mit Kommissionsware: er war Zwischenhändler. Ich muß noch erwähnen, daß, da er vom Mehlhandel nichts verstand und sein Teilhaber, ein gewisser Clibborn, der für die Textilbranche ausgebildet worden war, wenn möglich noch weniger, das von ihnen in vollem Gang übernommene Geschäft offenbar von selbst weiterging und automatisch, seinen Besitzern zum Trotz, einen gewissen Ertrag abwarf. Sie führten das Geschäft nicht: es führte sie. Es erhielt sich, nahm aber keinen Aufschwung; und es war noch nicht lang in ihrem Besitz, als der Bankrott eines Kunden ihm einen solchen Schlag versetzte, daß der Teilhaber meines Vaters in Tränen ausbrach, obwohl er, durch seine Heirat mit einer wohlhabenden Frau gestützt, es sich leisten konnte, sein Geschäft nur als zweite Sehne an seinem Bogen zu betrachten. Mein Vater, obwohl zugrunde gerichtet, fand die Größe der Katastrophe so unwiderstehlich komisch, daß er sich rasch aus dem Büro in einen leeren Winkel des Lagerhauses zurückziehen mußte, um sich dort halbtot zu lachen. Das Geschäft schleppte sich fort, erhielt sogar meinen Vater bis zu seinem Tode und gab ihm die Möglichkeit, seiner Familie ein wenig zu helfen, nachdem diese sich aus einer verzweifelten finanziellen Lage dadurch gerettet hatte, daß sie nach London auswanderte, oder besser gesagt, daß sie ihn im Stiche ließ. Dieser Schritt trug dazu bei, ihm seine letzten Jahre ruhiger und sorgenfreier zu gestalten. Soviel ich weiß, machte er nie den leisesten Versuch zu einer Wiedervereinigung; und keiner von uns ließ es sich je einfallen, in dieser Haltung eine Herzlosigkeit zu erblicken. In unserer Familie scherte man sich wenig um Herkömmlichkeiten und Sentimentalitäten.

Unsere grosteske Armut war in unserer Klasse zu allgemein und in einem armen Lande nicht ungewöhnlich genug, um unsere gesellschaftliche Distanz zu der zahlreichen Familie meines Vaters zu erklären, die für irische Begriffe nicht unvermögend war. Früher einmal war der Majoratsherr, ein Junggeselle, seiner Familie freundlich gesinnt gewesen: er lud sogar seine entfernten Vettern nach Bushy Park ein und war besonders gegen meine Mutter aufmerksam. Ich selbst war nur ein einziges Mal in Bushy Park, bei Gelegenheit seines Leichenbegängnisses (die Shawschen Begräbnisse waren Wunder an schwarzem Prunk); aber hätte mein Vater seine gesellschaftlichen Möglichkeiten ausgenützt, so hätte ich mir mit Leichtigkeit gesellschaftlichen Schliff aneignen können. Meine Mutter war gesellschaftlich sehr akzeptabel und wurde überall gern empfangen. Sie sang sehr schön; und die Shaws waren von Natur eine musikalische Familie. Alle Frauen konnten auf dem Klavier Melodien zusammensuchen und sie mit Grundakkord, Unterdominante, Dominante und wieder Grundton begleiten. Selbst eine neapolitanische Sexte war keine Schwierigkeit für sie. Mein Vater blies die Posaune und konnte darauf einen Baß zu jeder Melodie improvisieren, die nicht zu sprunghaft die Tonart wechselte. Mein ältester Onkel (Barney: ich nehme an, daß ich nach ihm Bernard genannt wurde; aber er selbst wurde Onkel William gerufen) spielte Ophikleide, ein riesiges, mit Tasten versehenes, heute von der Tuba verdrängtes Messinghorn. Berlioz bezeichnete dieses Instrument als einen chromatischen Ochsen: aber mein Onkel konnte es sehr melodiös muhen und brüllen lassen. Meine Tante Emilie spielte Cello. Tante Shah (Charlotte), die wunderschöne Hände und die entsprechende äußere und innere Kultur hatte, benutzte die Harfe und das Tambourin, um ihre Hände zu zeigen. Der moderne Leser wird bei der Schilderung eines Abends in Bushy Park lachen müssen: der Junggeselle Sir Robert und seine Sippe waren um ein niedriges Polster gruppiert, auf dem mein Onkel Barney stand und feierlich »Annie Laurie« auf der Ophikleide spielte. Der heutige hochgeborene Erbe des Titels mag das wohl unglaublich finden. Aber damals war es für Gäste Mode, sich ihre Musik selbst zu machen, und es galt als gesellschaftliches Talent, wenn Herren Blasinstrumente spielen konnten. Tatsächlich erinnern sich die wenigen Instrumentenmacher, deren Traditionen weit genug zurückreichen, mit Wehmut an dieses blecherne Zeitalter.

Und nun wird man sich fragen, warum ich bei so einwandfreier Abstammung und so guten sozialen Aussichten keine anständige Erziehung genossen habe. Unglücklicherweise oder glücklicherweise (das ist Ansichtssache) hatte mein Vater eine Gewohnheit, die ihm und daher meiner Mutter, die man nicht gut ohne ihn einladen konnte, am Ende alle Türen verschloß. Lud man ihn zum Abendessen oder zu einer Gesellschaft ein, so war er beim Kommen nicht immer ganz nüchtern, beim Gehen aber unfehlbar total betrunken. Nun mag ein lustiger Trunkenbold in einer lustigen Gesellschaft ganz erheiternd wirken; sogar ein streitsüchtiger oder prahlerischer Trunkenbold kann von Leuten, die es nicht zu genau nehmen, amüsant gefunden werden. Aber ein trauriger Trunkenbold – und mein Vater, in der Theorie ein Abstinenzler, wurde selbst inmitten seines Rausches von Scham und Reue gefoltert – ist unerträglich. Schließlich ließ man uns in der Gesellschaft fallen. Ich kann mich nicht erinnern, nach meiner früheren Kindheit je Besuch im Hauses eines Verwandten gemacht zu haben. Hätten mein Vater oder meine Mutter auswärts gespeist oder wären sie in eine Gesellschaft gegangen, so hätte es uns Kinder in größeres Erstaunen versetzt, als wenn das Haus Feuer gefangen hätte.

Wie meine Mutter sich durch ihr musikalisches Talent aus dieser fatalen Lage befreite, will ich an anderer Stelle erzählen. Mein Vater aber setzte seine Enthaltsamkeit allen geistigen Getränken gegenüber aus der Theorie in die Praxis um, als ein leichter Schlaganfall, der ihn eines Sonntagnachmittags auf unserer Schwelle niederwarf, ihn davon überzeugte, daß er entweder zu trinken aufhören oder zugrunde gehen müsse. Der Anfall hatte weiter keine Folgen, aber seine Besserung, obwohl gründlich und anhaltend, kam zu spät, um unsere soziale Stellung zu retten; so daß ich, von jener gesellschaftlichen Schulung, die ein sicheres Auftreten verleiht, ausgeschlossen, furchtbar schüchtern und ohne irgendeine gesellschaftliche Schulung heranwuchs. Meine Mutter, die sorgfältig wie die Königin Viktoria erzogen worden war, fühlte zu menschlich, um über ein Kind zu verhängen, was sie selbst erlitten hatte; außerdem bildete sie sich, wie ich glaube, ein, daß gute Manieren angeboren seien und daß vieles von dem, was man sie gelehrt hatte, in ihrer Natur lag. Uns lehrte sie es jedenfalls nicht, sondern überließ uns gänzlich den Eingebungen unseres blauen Blutes – mit welchem Erfolg, kann man sich vorstellen.

In England verzeiht man Personen, die halbwegs gut veranlagt und liebenswürdig sind, jede Art von Exzentrizität, wenn sie ungekünstelt ist und Stil hat. Wäre ich, als ich nach London kam, nur einfach schüchtern wie ein Provinzler gewesen, hätte mich bei Tische nicht zu benehmen und mich nicht passend zu kleiden verstanden, hätte ich grüne Erbsen mit dem Messer gegessen und eine rote Krawatte zum Smoking getragen, so würden vielleicht wohlwollende Menschen meine Erziehung in die Hand genommen und mir Schliff beigebracht haben, trotz des teuflischen und sehr idiotischen irischen Stolzes, der die Notwendigkeit einer solchen Bevormundung nie zugeben wird. Aber meinen Erziehungsfehlern war nicht so leicht abzuhelfen. Ich war klug genug, um mich genau zu erkundigen, was ich mit einer Fingerschale beginnen solle, die man auf einem Dessertteller vor mich hinstellte; in derartigen Angelegenheiten hätte ich anderen Neulingen, die, vor solche bedenklichen Probleme gestellt, der Verzweiflung anheimfielen, gute Anleitung geben können. Daß ich tödlich schüchtern war, mochte die eine oder die andere kluge, teilnahmsvolle Frau auf den ersten Blick erraten, aber Personen, die mir nicht durch die Haut sehen konnten und die von jungen Leuten Achtung, ja sogar Ehrerbietung erwarten, haben mich sicher unerträglich, aggressiv und frech gefunden. Wenn ein junger Mann nichts erreicht hat, nichts tut und offensichtlich so arm ist, daß er mit aller Energie daran gehen sollte, etwas zu tun, so wirkt es ziemlich aufreizend, wenn er sich in der Unterhaltung eine Autorität anmaßt und eine Gleichberechtigung in seinem Urteil, die nur dem ansteht, der sich durch offenbaren Erfolg oder hervorragende Tüchtigkeit ausgezeichnet hat. Und doch treten, wenn auch unbewußt, junge Leute, die die Möglichkeit zu einem solchen Erfolg und zu solcher Tüchtigkeit in sich haben, so auf. Schwerlich wird Napoleon vor der Französischen Revolution, als er dem Anschein nach, ein durchaus nicht über jeden Vorwurf erhabener kleiner Offizier aus Korsika war, vor seinen Durchschnittsgenerälen viel Hochachtung gefühlt haben. Ein solcher General wird gewiß zu dieser Zeit von ihm und seinen Manieren nicht begeistert gewesen sein, obgleich nach Austerlitz sogar die glänzendsten Generäle beim geringsten Lobeswort von ihm vor Freude erröteten. Im Jahre 1584 muß es in Stratford on Avon für eine lokale Größe reiferen Alters, Vertreter der Grafschaft und Friedensrichter, unerträglich gewesen sein, von einem liederlichen jungen Grünschnabel von oben herab behandelt zu werden und ihm sogar durch mangelnde Intelligenz zur Belustigung zu dienen. Ich bin sicher, daß Shakespeare von Natur zu höflich war, um sich bewußt unanständig zu benehmen; aber man kann sich nicht recht vorstellen, daß der zukünftige Dichter des Lear, der dann als Gutsbesitzer sterben und im Kirchenbuch der Gemeinde als vornehmer Herr bezeichnet werden sollte, einen Sir Thomas Lucy so behandelt hätte, wie es ein gewöhnlicher Landedelmann reiferen Alters von einem gewöhnlichen, noch nicht zwanzigjährigen Grünschnabel erwartet.

Tatsache ist, daß die Stellung der Menschen in der Gesellschaft ungeklärt bleibt, bis sie ihre Möglichkeiten entwickelt und ihre Mitmenschen gezwungen haben, sie anzuerkennen. Sie leiden ständig unter einem Minderwertigkeitskomplex und zeigen doch ständig eine Anmaßung, die den anderen auf die Nerven geht. Dieser Zwiespalt kann nur durch einen ausgesprochenen Erfolg oder Mißerfolg gelöst werden: man kann sich nur wohl fühlen, wenn man auf seinem natürlichen Platz steht, sei es über oder unter einem von der Geburt angewiesenen Platz. Der eine erbt eine Stellung, die er nicht geeignet ist, auszufüllen, und wird überschätzt, der andere ist ein geborenes Genie, aber ein Niemand, und wird unterschätzt: beide fühlen sich gleich unbehaglich, weil keiner von ihnen auf seinem Platz steht. Übrigens ist es nicht immer leicht, seinen Platz zu finden, denn in der normalen Gesellschaft gibt es keinen Platz für Ausnahmefälle. Für den Weltklugen mit Durchschnittsambitionen liegt die Sache einfach: Geld, Titel, Rang, ein Sitz im Parlament, ein Ministerportefeuille bedeuten sowohl für ihn wie für seinen Kreis Erfolg. Aber wie steht's mit Leuten wie dem heiligen Franziskus und der heiligen Klara? Was bedeutet es ihnen, die Mittel zu haben, auf dem Landsitz oder in einem Westendpalais zu leben? Sie haben dort buchstäblich nichts zu suchen und müssen daher eine lächerliche oder traurige Figur machen. Sie müssen sich eine Gesellschaft von Franziskanern und armen Klarissinnen eigens schaffen, denn nur in einer solchen können sie sozial wirken und leben. Allerdings sind die sogenannten Heiligen nicht zu jeder Zeit und in allem heilig. Im Essen und Trinken, im Wohnen und Schlafen, im Plaudern und Spielen, kurz in allem, was sich nicht direkt auf ihre Bestimmung als Heilige bezieht, schickt sich für sie, was sich für einen Bauern, für einen Dichter, einen Philosophen oder einen höheren Mathematiker schickt. Aber Hodges Berufsarbeit schickt sich nicht für Newton, und Falstaffs Unterhaltung ist für Shelley nicht gesittet genug. Christus hat sich in seinen Mußestunden dem Leben der eleganten Welt seiner Zeit so liebreich angepaßt, daß man ihm vorwarf, er sei ein Vielfraß und ein Säufer und verkehre in oberflächlichen und leichtfertigen Kreisen. Aber wo er Feste feierte, predigte er nicht, den Pharisäern schmeichelte er nicht und den Römern verkaufte er sich nicht für eine Sinekure. Er wußte es zu schätzen, wenn er gastlich aufgenommen, gut bewirtet und als Berühmtheit angestaunt wurde: von Zeit zu Zeit eine ganz angenehme Abwechslung; und er haderte nicht mit den Leuten, die so nett zu ihm waren. Übrigens gehört es mit zum Geschäft des Propheten, jede Art von Gesellschaft kennenzulernen. Er muß besonders die herrschenden Klassen kennenlernen, denn seine angeborene Kenntnis der menschlichen Natur allein würde ihn deren Anomalien, die ihren Ursprung im Kapitalismus und im Pfaffentum haben, nicht begreifen lassen. Aber er kann sich dort nie heimisch fühlen. Bevor der geborene Kommunist weiß, was er ist und warum er es ist, fühlt er sich in plutokratischer Gesellschaft und in den ärmeren Gesellschaften, die sie nach Maßgabe ihrer geringen Mittel nachäffen, immer unbehaglich und unglücklich: kurz überall dort, wo geistige Werte nach der Einkommensteuer abgeschätzt werden. Im Stadium der Unreife läßt er sich durch den Nimbus täuschen, den sich die besitzenden Klassen selbst verliehen und den Schulen aufgeprägt haben, und durch die Behaglichkeit, die Kultur und die Pracht ihres Rüstzeuges, welche im Gegensatz zu dem Schmutz des Proletariats stehen. Wenn er in der Idee erzogen wurde, daß er selbst der besitzenden Klasse angehöre und ihr ganzes Rüstzeug von falschen Wertbegriffen mitbekommen hat und es ihm nur an dem unentbehrlichen materiellen Rückhalt fehle, mangels dessen seine Erziehung ganz sinnlos ist, so wird er in einer jämmerlichen falschen Lage sein und oft vollkommen vereinsamen; denn er wird zwischen den Armen, die er von oben herab betrachtet, und den Reichen, deren Lebenshaltung über seine Verhältnisse geht, allein stehen. Er schämt sich seiner Armut, lebt in fortwährender Angst, einen Fauxpas zu begehen, und ist verbittert, widerspenstig und aufrührerisch innerhalb einer Gesellschaftsordnung, die er nicht nur anerkennt, sondern in der er sogar einen bevorzugten Platz für sich beansprucht.

Heute, wo ich diese Worte schreibe, gibt es eine neue Schrulle: die Psychoanalyse, das heißt, die Heilung von Krankheiten durch Aufklärung des Patienten über seine Leiden: eine ausgezeichnete Idee, wenn man zufällig weiß, was einem fehlt, besonders wenn die Diagnose lautet, daß dem Patienten gar nichts fehlt. So, wie eine Biene, die den verzweifelten Versuch macht, ein Blumenbeet durch ein geschlossenes Fenster zu erreichen, zu dem Schluß kommt, daß sie verrückt oder das Opfer böser Geister ist, und vor Erschöpfung und Verzweiflung zugrunde geht. Wenn sie nur wüßte, daß alles mit ihr in Ordnung ist und daß sie nichts anderes zu tun hat, als einfach durch das offene Fenster oder die Tür hinauszufliegen, wie sie hereingekommen ist. Der geborene Kommunist beginnt wie die Biene am geschlossenen Fenster. Er quält sich und alle anderen, bis er entweder vor Wut erstickt, oder er kommt durch die Lektüre der Parteiliteratur oder durch die eigene Vernunft (falls er welche besitzt) darauf, die volkswirtschaftliche Struktur unserer Gesellschaft zu untersuchen.

Sofort wird ihm alles klar. Eigentum ist Diebstahl; Ansehen der besitzenden Klasse auf Kosten der Armut ist Gotteslästerung; Ehe auf Basis materieller Interessen ist Prostitution; ein Kamel geht leichter durch ein Nadelöhr, als daß ein reicher Mann ins Himmelreich kommt. Jetzt weiß er, woran er ist und wie die Gesellschaft aussieht, durch die er sich so einschüchtern ließ. Er ist von seiner Mißgunst kuriert und steht den Großen dieser Welt ebenso zwanglos gegenüber wie Cäsar den Piraten, die er fest entschlossen war kreuzigen zu lassen, als das Schlachtenglück ihn, den Gefangenen, zu ihrem Herrn machte.

Ist er kein geborener Kommunist, sondern eine Ausbeuternatur, die den Nebenmenschen gern duckt, die an dem Gegensatz zwischen dem eigenen Wohlstand und dem Elend der anderen ihre Freude hat und zugleich in einer gewaltigen Verachtung für Feiglinge und Schwächlinge ihr Glück empfindet, so wird ihn gerade die Entdeckung des Wesens unseres Kapitalismus dazu ermutigen, sich auf seiten dieses Kapitalismus zu stellen, mit allen Kräften, über die dieser und er selbst verfügen. Aber im allgemeinen laufen die Menschen mit der Gesellschaftsschicht, in die sie hineingeboren sind, und finden sich mit ihren Vor- und Nachteilen ab, ohne die Moral dieser Gesellschaft zu ändern oder ihre Grundsätze zu verstehen.

Ich war ein geborener Kommunist und ein Bilderstürmer (oder Quäker), ohne es zu wissen; und ich fand eine freie Einstellung zu Plutokratie und Snobismus erst, als ich mich mit volkswirtschaftlichen Studien befaßte, wobei ich mit Henry George und Karl Marx den Anfang machte. In meinem zwanzigsten Jahre, in Victoria Grove, stand ich zwar nicht wie Cäsar auf gutem Fuß mit den Piraten oder ihrer Gefolgschaft, aber ich empfand ungefähr, wie Cäsar empfunden hätte, wenn er das Piratenschiff für die Mayflower gehalten hätte und daher eher geneigt war, sich selbst zu mißtrauen als der Schiffsmannschaft, mit wie wenig Achtung sie ihn auch behandeln mochte. Nicht, daß meine Ansichten die herkömmlichen gewesen wären: man lese meine Vorrede zu »Zurück zu Methusalem«, und man wird sich überzeugen, daß ich der Typus des Umstürzlers der damaligen Zeit war. Ich hatte viel Poesie genossen, aber nur e i n Dichter war mir heilig: Shelley. Seine Werke hatte ich andächtig von Anfang bis zu Ende gelesen und war im negativen Sinne eingefleischter Atheist und Republikaner. Ich sage im negativen Sinn; denn auf einen positiven Standpunkt war ich noch nicht gelangt. Als ich in einer öffentlichen Sitzung der Shelley-Gesellschaft bei vielen ihrer Mitglieder Anstoß erregte, da ich erklärte, ich sei dieser Gesellschaft beigetreten, weil ich, wie Shelley, Sozialist, Atheist und Vegetarianer sei, wußte ich nicht, daß ich meinen Standpunkt präziser hätte ausdrücken können, indem ich einfach sagte, meine Vorstellung von Gott sei die im ersten Artikel der anglikanischen Kirche festgelegte; sie wird heute wie damals von allen jenen Formen heftig verworfen, die in Gott einen wirklichen Herrn von veränderlicher und mitunter außerordentlich schlechter Laune sehen und Geist nur in dem Sinne, in dem ein Erzbischof Geist ist. Es war mir nie eingefallen, die Glaubensartikel der anglikanischen Kirche zu lesen; und hätte ich sie gelesen, so hätte ich dennoch das Wort Atheist gebraucht, um kundzutun, daß ich auf der Seite Bradlaughs, Footes und aller jener stehe, die als offene Sozialisten und Atheisten und um meiner Ansichten willen verfolgt und eingesperrt wurden. Von Kindheit an war ich gewohnt gewesen, mich als einen außerhalb der Staatsreligion stehenden Skeptiker zu betrachten, für den daher die herkömmlichen religiösen Gebräuche willkommenen Anlaß zu Spöttereien boten. In dieser Beziehung war mein Benehmen nicht besser und nicht schlechter als das meiner Klasse im allgemeinen. Es fiel den frommen Damen und Herren nie ein, einen Skeptiker gelten zu lassen; und es fiel einem Skeptiker nie ein, einen Gläubigen gelten zu lassen. Auf der einen Seite waren Verachtung und Verbannung ebenso an der Tagesordnung wie auf der anderen Hohn und Spott bis zur Gotteslästerung. In Irland betrachteten Protestanten und Katholiken es als selbstverständlich, einander zu verachten, zu beschimpfen und zu verleumden. In England verfolgten die Anglikaner die Dissenters; und die Dissenters haßten die Anglikaner mit einer Verbissenheit, die derjenige nicht für möglich hielt, der nie erfahren hat, was es heißt, ein kleiner Dissenter in einer anglikanischen Dorfschule zu sein. Ich weiß nicht, ob heute mit anständigeren Mitteln gekämpft wird; damals waren sie jedenfalls abscheulich: man betrachtete es als sein Recht und seine Pflicht, den Andersgläubigen zu verhöhnen, wenn man nicht in der Lage war, ihm in irgendeiner Art wirklichen Schaden zuzufügen. Meine Manieren waren in dieser Hinsicht nicht besser als die anderer Leute, und meine satirischen Fähigkeiten weit mehr entwickelt. Ich kann also nur hoffen, daß die mir angeborene Höflichkeit, die mich zum Rückzug trieb, wenn ich fühlte, daß ich verletzend wurde, meine beleidigende Art von damals gemildert haben mag, wo ich in religiösen Dingen ein unerbittlicher Gegner war. Grausamkeit und Rechthaberei lagen mir fern.

Man könnte sich fragen, wie ich zu meinen atheistischen Anschauungen gekommen bin, denn meines Vaters krankhafte Trunksucht erklärt zwar, daß ich nicht in Gesellschaft, aber keineswegs, daß ich nicht in die Kirche ging. Meine Antwort lautet in der Terminologie der damaligen Zeit, daß ich schlecht erzogen worden war, weil meine Mutter so gut erzogen worden war. Ihr Charakter reagierte so stark gegen ihre strenge und lieblose Erziehung, daß der Kirchgang in der Familie völlig aufgegeben wurde, bevor ich zehn Jahre alt war. In der Kindheit übte sich mein literarischer Genius in selbstverfaßten Gebeten. Ich erinnere mich nicht der einzelnen Worte der endgültigen Form, die ich wählte; aber ich erinnere mich, daß sie drei Absätze hatten, wie eine Sonate, und im reinsten irischen Kirchenstil gehalten waren. Sie endeten mit dem Vaterunser, und ich sagte sie jeden Abend im Bett auf. Meine Kinderfrau hatte zwar darauf aufmerksam gemacht, daß das Beten im warmen Bett nichts nütze und daß ich nur auf Erhörung hoffen könnte, wenn ich auf dem kalten Boden vor dem Bett kniete. Ich machte verschiedene Gründe geltend, um diese Ermahnung zu widerlegen; der eigentliche Grund war aber nur meine Vorliebe für Wärme und Bequemlichkeit. Ich stellte die Autorität meiner Kinderfrau in solchen Dingen keineswegs in Frage, weil sie Katholikin war; ich ließ es mir sogar gefallen, daß sie mich gelegentlich mit Weihwasser besprengte. Aber ihre asketischen Anschauungen stimmten mit dem durchaus künstlerischen Charakter meiner Andachtsübungen nicht überein. Übrigens konnte sich die Strafe der Nichterhörung keinesfalls auf mein Gebet beziehen; denn mein Gebet war keine Bitte. Ich war zu vernünftig, um meinen Glauben aufs Spiel zu setzen, indem ich mir Dinge erbat, von denen ich bestimmt wußte, ich würde sie nicht bekommen; also war es mir gleichgültig, ob meine Gebete erhört wurden oder nicht. Sie waren eine literarische Darbietung zur Unterhaltung und Versöhnung des Allmächtigen; und obwohl ich mir nicht einmal im Traum erlaubt hätte, zu sagen: »wenn er's nicht mag, so soll er's bleiben lassen« (vielleicht setzte ich zu viel Vertrauen in den literarischen Wert meines Gebets, um eine derartige Zurückweisung zu befürchten), benahm ich mich jedenfalls so, als ob meine eigene Bequemlichkeit eine conditio sine qua non für das Stattfinden der Darbietung überhaupt wäre.

Das Vaterunser benutzte ich ein- oder zweimal als Beschwörungsformel. Gewitter sind in Irland viel seltener als in England; und die ersten zwei, deren ich mich erinnern kann, versetzten mich in furchtbaren Schrecken. Während des zweiten fiel mir das Vaterunser ein, und als ich es aufsagte, beruhigte ich mich ein wenig.

Ich setzte diese frommen Gebräuche noch lange fort, nachdem jeder Zwang, in die Kirche und in die Sonntagsschule zu gehen, aufgehört hatte und ich derartige Gewohnheiten für einen Freigeist wie mich nicht mehr geeignet fand. Aber eines Abends, als ich durch die Ginsterbüsche auf Torca Hill in der Dämmerung streifte, fragte ich mich plötzlich, warum ich noch immer jeden Abend mein Gebet aufsagte, wenn ich, wie ich es ausdrückte, doch nicht daran glaubte. Durch meinen Verstand und mein Gewissen solcherart zur Rechenschaft gezogen, fühlte ich mich aus Aufrichtigkeit gezwungen, mich jener abergläubischen Übungen zu enthalten, und sagte an diesem Abend zum erstenmal, seit ich sprechen konnte, meine Gebete nicht. Ich vermißte sie so sehr, daß ich mir eine andere Frage stellte. Warum fühlte ich mich so unbehaglich dabei? Kann das ein schlechtes Gewissen sein? Aber am nächsten Abend ließ das Unbehagen so sehr nach, daß ich es kaum bemerkte, und am übernächsten hatte ich meine Gebete so gründlich vergessen, als ob ich als Heide geboren worden wäre. Es lohnt sich, folgendes hinzuzufügen: dieses sich der göttlichen Gnade Darbringen, an die man mich zu glauben gelehrt hatte, zugunsten meiner intellektuellen Lauterkeit, fiel mit dem Aufdämmern einer Leidenschaft für die Moral in mir zusammen, wie ich es im ersten Akt von »Mensch und Übermensch« geschildert habe. Bis zu dieser Zeit hatte ich nicht die geringste Reue empfunden, wenn ich log, so oft das Lügen mir geeignet schien, mich aus einer schwierigen Lage zu befreien: ich schwelgte im Gegenteil in dieser Übung meiner dramatischen Erfindungskraft. Selbst wenn ich ein guter Junge war, war ich es nur bühnenmäßig, weil ich mich, wie die Schauspieler sich ausdrückten, in diese Rolle eingelebt hatte. Das war aber sehr selten der Fall, denn ich hatte eine so große Vorliebe für Theaterschurken und böse Geister (die weißgetünchte Wand meines Schlafzimmers in Dalkey bemalte ich mit zahlreichen Aquarellen des Mephistopheles), daß ich mich dabei vielleicht selbst verhext habe; denn als die Natur um das Jahr 1880 herum meinem Äußeren die endgültige Form gegeben hatte (bis zu meinem vierundzwanzigsten Jahr war mein Gesicht nur mit zartestem Flaum bedeckt), fand ich mich mit dem gesträubten Schnurrbart, ebensolchen Augenbrauen und den sarkastischen Nasenlöchern jener teuflischen Opernfigur ausgestattet, deren Arien (von Gounod) ich als Kind gesungen und deren Haltung ich als Knabe nachgeahmt hatte. Später, als Generation auf Generation an mir vorüberzog, sah ich oft aus der Phantasie von Schauspielern oder Malern geborene Gestalten in Fleisch und Blut lebendig werden und erkannte allmählich, daß künstlerische Einbildungskraft für das Leben dasselbe ist, was die Skizze für das Bild oder der Entwurf für die Statue ist. Die Welt ist voll von häßlichen kleinen Männern, die als Kinder ins Theater geführt wurden, um den »gelben Zwerg« oder »Rumpelstilzchen« zu sehen; und bald wird es auf der ganzen Welt Frauen mit den Zügen der Filmvampire geben, weil man sie in ihrer Kindheit in die Kinotheater geführt und mit dem Ehrgeiz erfüllt hat, Schlangen zu werden, die denen des guten alten Nil in nichts nachgeben.

Mein Vater mißbilligte das Abrücken seiner Familie von den herkömmlichen Gebräuchen, die mit dem Range der Familie Shaw aufs engste verknüpft waren. Aber er besaß einen humorvollen Sinn für das Paradox, den ich von ihm erbte und später als Lustspielautor mit viel Erfolg anwandte. Je mehr eine Idee oder eine Einrichtung durch das Herkommen geheiligt worden war, desto mehr Anlaß fand er, in Gelächter auszubrechen. Wenn ich zum Beispiel meine Witze über die Bibel machte, pflegte er mich unverzüglich und ganz aufrichtig zurechtzuweisen und mir mit so viel Ernst, als er seiner Natur nach aufbringen konnte, zu sagen, ich solle nicht solche Reden führen: kein gebildeter Mensch würde sich eine solche Blöße geben; die Bibel sei als literarisches und historisches Meisterwerk allgemein anerkannt; und noch vieles andere in diesem Tone, was ihm einfiel. Aber wenn er bis zu dem Punkt gelangt war, wo er fühlte, daß er Eindruck machte, bekam er vor unterdrücktem Kichern kleine Fältchen um die Augen; und er übertrumpfte (ich wußte die ganze Zeit hindurch schon, was kommen würde) seine Lobrede dadurch, daß er mir mit der unschuldigsten Miene der Welt versicherte, sogar der erbittertste Feind der Religion könne von der Bibel ja nichts Ärgeres behaupten, als daß sie das verdammteste Lügengefasel sei, das je geschrieben wurde. Dann rieb er sich die Augen und schmunzelte lange vor sich hin. Es wurde ein stillschweigend abgekartetes Spiel zwischen uns, daß ich ihn zu derlei gefährlichen Bekenntnissen provozierte.

Bei einem solchen Vater mußte meine Einstellung zu den religiösen Gebräuchen negativ bleiben. In wichtigen Angelegenheiten war sein Einfluß so gut, wie es seine Bildung gestattete. Eine meiner frühesten Erinnerungen ist, daß ich ihm »The Pilgrim's Progress« vorlas und er mich zurechtwies, weil ich »grievous« wie »grievious« aussprach. Soviel ich mich erinnern kann, sah ich ihn nie etwas anderes lesen als die Zeitung; und doch hatte er Sir Walter Scott und andere populäre Klassiker gelesen; und er redete mir immer zu, es auch zu tun, die National Gallery häufig zu besuchen und ins Theater und in die Oper zu gehen, so oft ich es mir leisten könne. Seine Paradoxe machten auf uns natürlich um so mehr Eindruck, je heiliger die Dinge waren, gegen die sie sich richteten; es wäre ja zum Beispiel witzlos gewesen, die Abenteuer des Münchhausen (den wir als Baron Mun Chawzon kannten) ein Lügengefasel zu nennen. Wenn die Schulmeister und Pastoren meiner Mutter nur einen Funken von meines Vaters Humor besessen hätten, so hätte sie in stiller, aber zäher Abneigung gegen diese Plage ihrer Jugend das Thema »Religion« ihren Kindern gegenüber nicht einfach totgeschwiegen und beschlossen, sie ihren Kindern zu ersparen. Die Leere, die bei uns durch dieses Verfahren entstand, führte wohl zu ernsten Nachteilen für meine beiden Schwestern (deren jüngere eben gestorben war, als ich nach London kam); aber in meinem Fall hielt sie bloß für meine späteren positiven Überzeugungen den Platz frei.

Meine Mutter hatte, wie ich hier feststellen möchte, keinen komödiantischen Zug an sich und machte in ihrem ganzen Leben keinen Witz: der Komödiant in mir ist Shawsches Erbteil. Meine Mutter besaß viel Phantasie und lebte in ihr und von ihr. Ihr Bruder, mein Onkel Walter, der von Zeit zu Zeit, in den Pausen zwischen seinen Seereisen durch den Atlantischen Ozean als Schiffsarzt bei den Inman-Dampfern, bei uns wohnte, verfügte über eine ungemein bilderreiche Ausdrucksweise, die zum Teil der Bibel und dem Gebetbuch entnommen, zum Teil angeboren war. Der Konversationston unserer braven Seeleute war damals (wie immer er heute sein möge) purer Rabelais und höchst anstößig. Selbst Falstaff hätte es mit meinem Onkel in obszönen Anekdoten, unaussprechlichen Witzeleien und phantastischen Unflätigkeiten nicht aufnehmen können; dabei war es ihm höchst gleichgültig, ob sein Publikum aus Matrosen oder aus seinem halbwüchsigen Neffen bestand: vor den einen wie vor dem andern produzierte er sich mit demselben Vergnügen. Man muß ihm die Gerechtigkeit widerfahren lassen, daß er bei all seiner Unflätigkeit und seinem Zynismus immer Künstler blieb und daher nie auf das Niveau unmäßiger Pöbelhaftigkeit herabsank. Seine Wendungen waren wohlerzogen, fein nuanciert, gut gewählt und ausgedrückt. Um so gründlicher zerstörten sie alle mir eingeimpfte kindliche Ehrfurcht vor dem wörtlichen Sinn der Religion, vor ihren Legenden, Parabeln und Personifikationen. Im Hinblick auf mein späteres Lebenswerk erscheint es wie Bestimmung, daß ich auf das Wesentliche der Religion hingewiesen wurde, indem man jedes unechte und erdichtete Element in ihr dem unehrerbietigsten Unsinn zuschrieb.

Es wäre der größte Fehler daraus zu schließen, daß diese widrigen Umstände meiner moralischen Entwicklung schadeten. Soweit das Verfahren, meine Ehrfurcht vor den äußerlichen Flittern der Religion zu zerstören, unschickliche Formen annahm, war es bejammernswert, und ich wünschte, meine ersten Schritte zur Gnade wären von meines Onkels Witz und Klugheit ohne seine Obszönität geleitet worden. Die oben beschriebenen Szenen zwischen meinem Vater und mir waren durchaus dezent. Daß aber alle diese Vorgänge zu meiner Rettung notwendig waren, ist zweifellos. Ein beliebtes Buch in meiner Jugend war Mark Twains »New Pilgrim's Progress«, das die gedankenlos Gläubigen schaudern ließ, weil es verspottete, was ihnen heilig war. Und doch unterstützte Mark Twain in Wahrheit das religiöse Element in der Welt; mit seinem Yankee am Hofe König Arturs kam er der unverhüllten Blasphemie noch am nächsten; und das aus Mangel an Bildung und nicht aus Seelenverderbtheit. Die Schulung, die er als Lotse am Mississippi genoß, muß meiner Schulung als Neffe eines Schiffsarztes sehr ähnlich gewesen sein.

Später machte ich die Entdeckung, daß in den gläubigen Zeitaltern die Gewohnheit, das Beiwerk und die Legenden der Religion ins Lächerliche zu ziehen, von der Kirche in so hohem Maße gestattet und gepflogen wurde, daß es fast zu ihrem Ritual gehörte. Man unterrichtete das Volk in Kirchen- und Heiligengeschichte durch Bühnenspiele voller komischer Stellen, deren Autor mein Onkel hätte sein können. Zum Beispiel trug mir mein Onkel ein köstliches Gespräch vor, das angeblich zwischen Daniel in der Löwengrube und König Darius stattfand und in welchem die beiden einander in Rabelaisischer Schlagfertigkeit zu überbieten suchten. Der Dramatiker des Mittelalters, kühner als mein Onkel, ließ auf der Bühne komische Gespräche zwischen Kain und seinem Schöpfer stattfinden, in denen Kains Ton um nichts ehrerbietiger als der von Fieldings »Squire Western« und ebenso anstößig war. In allen katholischen Ländern gibt es eine für die Veröffentlichung bestimmte Geschichte der Heiligen und eine, die es nicht ist. Im Mittelalter mag man eine Geschichte als schlüpfrig oder gotteslästerlich verurteilt haben; aber man ließ es sich nicht einfallen, daß Gott oder seine Kirche dadurch erschüttert werden könnte. Kein Mensch mit einem der Achtung werten Glauben an eine der Befolgung würdige Religion könnte sich vorstellen, daß dieser Glaube durch einen Scherz, am wenigsten durch einen obszönen Scherz erschüttert werden könnte. Nur die Herren Formalisten und Hypokriten können glauben, daß die Religion untergeht, wenn die Formen nicht eingehalten werden. In Wirklichkeit ist Humor der große Läuterer der Religion, sogar wenn er selbst alles andere eher als lauter ist.

Die Einrichtung der Familie, für alle wohlerzogenen Kinder der

Inbegriff des Verehrungswürdigen, war für mich gerade das Gegenteil. In einer großen Familie gibt es immer etwas zu verheimlichen; und in meines Vaters Verwandtschaft waren so viele Onkel, Tanten und Vettern, daß es viel zu verheimlichen gab. Was wir zu verstecken hatten, war die Trunksucht meines Vaters. Allerdings war sie bei ihm mit so viel Menschlichkeit und Güte verbunden, daß sie ihn zum harmlosesten Menschen machte und er außerstande war, seinen Kindern jenen Eindruck zu machen, auf den manche Kinder mit Schrecken und Angst reagieren. Es spricht sehr für ihn, daß er unfähig war, diesen Eindruck zu erwecken, ob er nun betrunken oder nüchtern war; aber leider war seine Trunkenheit so beschämend, daß sie unerträglich gewesen wäre, wenn wir uns nicht ins Lachen geflüchtet hätten. Sie mußte zur Familientragödie oder zur Familienkomödie werden; und eigentlich war es ein gesunder Instinkt, der uns dazu trieb, ihr so viel derben Spaß wie möglich abzugewinnen, der wahrlich bescheiden genug war. Wenn Noah zum Gewohnheitstrinker geworden wäre, so hätte sich bei seinen Söhnen die fromme Besorgtheit, die sie bei Gelegenheit seiner einmaligen Abweichung von der Nüchternheit zur Schau trugen, schnell abgenutzt. Man stelle sich vor, daß ein Junge seinen Alten sieht, wie er mit einer mangelhaft eingewickelten Gans unter dem einen Arm und einem Schinken in demselben Zustand unter dem anderen (beides in Gott weiß was für Illusionen über bevorstehende Festlichkeiten eingekauft) an die Gartenmauer stößt, in dem Glauben, er öffne das Gittertor, und wie er bei dieser Gelegenheit seinen Zylinder in eine Ziehharmonika verwandelt. Wenn ein solcher Junge, anstatt bei diesem Schauspiel von Scham und Reue überwältigt zu werden, von einem Lachkrampf erfaßt wird (in den übrigens der Bruder seiner Mutter lärmend einstimmt), der es ihm sehr erschwert, dem Hut zu Hilfe zu eilen und seinen Träger sicher ins Haus zu steuern, so ist er offensichtlich nicht von der Sorte, die aus einem Floh einen Elefanten macht, sondern eher das Gegenteil. Wenn man schon das unangenehme Familiengespenst nicht loswerden kann, so soll man es wenigstens tanzen lassen.

Dann war noch mein Onkel William da, ein höchst liebenswürdiger Mensch mit angeborenen guten Manieren. Als junger Mann war er nicht nur ein eingefleischter Raucher gewesen, sondern ein so hartnäckiger Säufer, daß ein Freund, der gewettet hatte, er würde Barney Shaw in nüchternem Zustand vorführen, und der ihn zu diesem Zwecke um sechs Uhr früh geweckt hatte, seine Wette verlor. Aber so etwas hätte bei jedem gewöhnlichen Trunkenbold passieren können. Was diesem Fall besonderen Shawstil und -Humor verlieh, war, daß mein Onkel plötzlich von einem Tag zum andern Rauchen und Trinken aufgab und sich ganz seiner Vervollkommnung im Spielen der Ophikleide widmete. So lebte er, von da an ein untadeliger alter Junggeselle, viele Jahre hindurch nur dieser harmlosen und liebenswürdigen Beschäftigung, um dann zur großen Überraschung von Dublin die Ophikleide und alle mit ihr verbundenen musikalischen Genüsse aufzugeben und sich mit einer Dame von hervorragender gesellschaftlicher Position und großer Frömmigkeit zu verheiraten. Sie lehnte es natürlich ab, das geringste mit uns zu tun zu haben; und soviel ich weiß, behandelte sie die anderen Familienmitglieder nicht besser. Jedenfalls habe ich sie nie gesehen, und meinen Onkel sah ich nach seiner Verheiratung nur einmal flüchtig auf der Straße. Bei dieser Gelegenheit machte er einige aussichtslose Versuche, mich zur Frömmigkeit zu bekehren, wahrscheinlich nicht ohne ein geheimes, echt Shawsches Vergnügen an den respektlosen Scherzen, mit welchen ich meinen Weg zur ewigen Verdammnis besäte. Man erzählte sich, daß er, die Bibel auf den Knien und das Opernglas vor den Augen, die badenden Damen in Dalkey zu beobachten pflegte; und meine Schwester, die Schwimmerin war, bestätigte diesen Klatsch, zumindest in bezug auf das Opernglas.

Aber alles das war nur das Vorspiel zu einem sehr sonderbaren Ende oder vielmehr zu einer Katastrophe. Mein Onkel ließ sich durch die phantastische Symbolik der Bibel so sehr beeinflussen, daß er es aufgab, Schuhe zu tragen, mit der Erklärung, er erwarte stündlich, wie Elias, in den Himmel abberufen zu werden, und er fürchte, seine Schuhe könnten diesen himmlischen Flug beeinträchtigen. Dann ging er einen Schritt weiter und behängte sein Zimmer mit allen weißen Geweben, die ihm erreichbar waren und behauptete, er sei der Heilige Geist. Schließlich versank er in Schweigen, und so blieb es bis zu seinem Ende. Seine Frau, die man darauf aufmerksam machte, daß diese harmlosen Einfälle in gefährlichere ausarten könnten, ließ ihn in eine Anstalt nördlich von Dublin bringen. Mein Vater meinte, daß vielleicht Musik ihn aufrütteln könnte, und ging auf die Suche nach der Ophikleide. Aber sie war nirgends zu finden. Statt ihrer nahm er eine Flöte in die Anstalt mit; denn jeder Shaw jener Generation scheint die Fähigkeit besessen zu haben, jedes beliebige Blasinstrument sofort spielen zu können. Mein Onkel schwieg hartnäckig weiter, betrachtete die Flöte eine Weile und spielte dann »Home sweet Home« auf ihr. Mein Vater mußte sich mit diesem kleinen Erfolg zufriedengeben, denn mehr war aus seinem Bruder nicht herauszubringen. Ein oder zwei Tage später beschloß mein Onkel, ungeduldig, in den Himmel zu kommen, seine Ankunft daselbst zu beschleunigen. Alles, was er als Waffe hätte benutzen können, war aus seiner Reichweite entfernt worden; aber seine Wärter rechneten nicht mit der Shawschen Originalität. Irgendwie war ein Reisesack in seiner Nähe geblieben. Er steckte seinen Kopf hinein, und bei der anstrengenden Bemühung, ihn über seinem Hals zu schließen, um sich zu enthaupten oder zu erwürgen, starb er an Herzschwäche. Ich würde mich freuen, glauben zu können, daß er wie Elias den himmlischen Lohn fand, den er ersehnte; denn er war ein vortrefflicher, aufrechter Mann und ein guter Kerl, keines Menschen Feind, außer sein eigener, wie man zu sagen pflegt.

Konnte ein Knabe bei einer derartigen Familienchronik das Leben ernst nehmen? Und doch will ich keineswegs behaupten, daß alle meine Onkel so waren. Die meisten waren ehrenwerte, normale Leute. Ich kann mich nur noch an zwei Abweichungen von der Regel erinnern. Einer meiner Onkel heiratete eine elegante Weltdame, von der er sich scheiden ließ, nachdem er sie zur Empörung der Familie geprügelt hatte; da aber selbst Hiob sie geprügelt haben würde, wenn sie eine ihrer Launen hatte, so nahm es ihm niemand, der sie wirklich kannte, je übel. Die Neurose, die meinen Vater dazu trieb, zum Glase zu greifen, trat wohl noch in zwei oder drei Fällen auf, und zwar mit denselben Symptomen: Reue während der Exzesse und zum Schluß Entwöhnung von dem Laster; vielleicht hing die Neurose der Shaws mit der Anlage zum religiösen Wahnsinn und mit der abstrusen Neigung meines Vaters zu Paradoxen zusammen. Alles in allem jedoch gab es nicht übertrieben viel bei uns zu verstecken. Aber da wir im Gegensatz zu englischen Familien, in denen ähnliche Zustände herrschten, die Shawschen Familiendefekte zu ungeheurer Lächerlichkeit aufbauschten und da ich diese Fähigkeit in höchstem Grade besaß und meine Freunde häufig mit Geschichten über meine Onkel unterhielt (übrigens mit solchem Nachdruck, daß keiner sie je glaubte), war die Familie weit davon entfernt, eine Schule der Ehrfurcht für mich zu sein, eher eine unerschöpfliche Fundgrube, aus der ich höchst amüsantes Material schöpfen konnte, ohne mich um die Erfindung auch nur eines einzigen Vorfalls bemühen zu müssen. Hätte etwa meine müßige Phantasie die grausamen Tatsachen vom Leben und Tod meines Onkels William überbieten können?

Das unmittelbare Ergebnis meiner häuslichen Erziehung in den Tagen von Victoria Grove war deshalb, daß ich dem ahnungslosen Fremden als ein höchst respektloser junger Mann erscheinen mußte. Mein mephistophelischer Schnurrbart und meine Augenbrauen waren mir noch nicht gewachsen; und nichts in meinem Aussehen war dazu angetan, das Ärgernis meiner diabolischen Anschauungen zu mildern. Später, als ich in der Öffentlichkeit schon den Ruf eines Bilderstürmers hatte, waren die Leute, die mich im Privatleben kennenlernten, von meiner Sanftmut und meiner Umgänglichkeit überrascht. Aber damals hatte ich noch keinen Ruf in der Öffentlichkeit: folglich erwartete man von mir normales Betragen. Und ich verschwieg keineswegs meine diabolischen Anschauungen. Ich wußte, daß sie für mich vorteilhaft sein würden, genau so, wie ich wußte, daß ich als Irländer etwas vor den anderen voraushatte, wenn auch nichts mich zu einem solchen patriotischen Hochmut berechtigte. Da es mir nie einfiel, sowohl meine Überzeugungen als auch meine Nationalität zu verschweigen, und da ich außerdem den unangenehmen Kniff anwandte, jedem zu widersprechen, von dem ich glaubte, etwas lernen zu können, um alles, was er an Wissen und Verstand besaß, aus ihm herauszuholen, nehme ich an, daß ich auf viele nette Menschen den Eindruck eines außerordentlich unangenehmen und unfreundlichen jungen Mannes gemacht habe.

Und doch war ich entsetzlich schüchtern und fürchtete mich geradezu, Einladungen anzunehmen, so daß ich infolgedessen sehr bald keine mehr erhielt. Man sagte mir zwar, daß ich, wenn ich meinen Weg machen wolle, Einladungen nicht rundweg ablehnen dürfe – noch dazu Dinnereinladungen –, mit denen man mir auf die Beine helfen wolle; die Ablehnung bedeute eine schwere gesellschaftliche Entgleisung. Aber ich wußte sehr wohl, daß Beziehungen demjenigen, der keinen Beruf hatte und der nicht mehr leisten konnte als irgendein Kommis, nichts nützten. Ich wußte, daß ich nichts wert, zu nichts zu gebrauchen und arm war, und solange ich nicht irgendeine Fähigkeit in mir entwickelt hatte, um etwas zu leisten, und sie durch Taten bewiesen hatte, waren alle diese Besuche bei Leuten, die für mich vielleicht etwas tun konnten, und diese

Dinners, zu denen ich mir nicht einmal den Wagen zahlen konnte, ein Unsinn. Glücklicherweise ließ mich die Nüchternheit, mit der ich meine Lage so erbarmungslos betrachtete, auch die Tatsache erkennen, daß ich etwa geliehenes Geld nicht zurückzahlen könne und daß es daher anständiger wäre, zu betteln oder zu stehlen. Ich wußte sehr gut, daß, wenn ich mir fünf Pfund von einem Freund lieh und sie nicht zurückzahlen könnte, ich um fünf Pfund einen Freund verlor und daß das ein schlechtes Geschäft sei. Also lieh ich mir kein Geld und verlor deshalb meine Freunde nicht; obwohl manche unter ihnen, die sich keine Illusionen über meine finanzielle Leistungsfähigkeit machen konnten, andeuteten, sie seien bereit, ja sogar mit Freuden bereit, ein Geschenk ein Darlehen zu nennen.

Hier muß ich hinsichtlich meiner Nichtbefolgung der wenigen Einladungen und der Empfehlungen, die man mir anbot, gestehen, daß hinter meiner Überzeugung, sie würden zu nichts führen, was ich wünschte, die unausgesprochene Furcht lag, daß sie zu etwas führen könnten, was ich nicht wünschte; nämlich zu einer kaufmännischen Anstellung. Davon hatte ich genug. Zweifellos hätte es für meine Mutter eine große Erleichterung bedeutet, wenn ich etwas hätte verdienen können. Zweifellos hätte ich etwas verdienen können, wenn ich es ernstlich gewollt hätte. Zweifellos hätte ich, wenn mein Vater gestorben und meine Mutter mit Stummheit oder Blindheit geschlagen worden wäre, zum Bureaupult (dem traurigen Los der verarmten Oberschicht) zurückkehren und alle Hoffnung auf einen selbständigen Beruf aufgeben müssen; denn selbst der literarische Beruf, obgleich er kein Universitätsstudium und keine kostspieligen Vorbereitungen erfordert, nimmt die ganze Zeit und den ganzen Kopf in Anspruch. Wie die Dinge lagen, ging ich instinktiv jeder offenen Stelle aus dem Wege. Mit einem ausgezeichneten Zeugnis und tadellosem Ruf war es aussichtslos für mich, einen Posten zu finden. Eine Zeitlang spielte ich nicht nur den anderen, sondern auch mir selbst eine Komödie vor. Ich beantwortete Inserate, und nicht einmal zu unhöflich. Ich nahm sogar eine Stellung in einer Telephongesellschaft (damals eine sensationelle Neuheit) an und hatte mit der Gesellschaft, die sie aufkaufte, große Schwierigkeiten, um mich wieder herauszuwinden. Ich erinnere mich einer Unterredung mit einem Bankdirektor in Onslow Gardens (die mir zu meiner Bestürzung ein diensteifriger Freund vermittelt hatte, bei dem ich *doch* eine Dinnereinladung angenommen hatte), die sich um eine Anstellung in der Bank drehte. Ich unterhielt ihn so geistreich, wenn ich ein Umstandswort gebrauchen darf, das in späteren Jahren wohlwollende Kritiker bis zum Überdruß von mir gebrauchten, daß wir als beste Freunde voneinander schieden; er erklärte, daß er, obgleich ich sicher ohne die geringste Schwierigkeit etwas Passendes finden würde, nicht glaube, daß der Beruf eines Bankangestellten das Passende für mich sei.

Ich habe schon erwähnt, daß ich ein ausgezeichnetes Zeugnis als kaufmännischer Angestellter besaß, denn ich hatte viereinhalb Jahre an einem Bureaupult in Dublin verbracht, bevor ich auswanderte. Ich habe schon die ökonomischen Gründe dafür genannt, warum Jungen meiner Gesellschaftsklasse auf ein Universitätsstudium verzichten müssen, genau wie auf das Reiten und die Jagd. Und doch kann ich nicht leugnen, daß zum Beispiel Geistliche, in keineswegs besseren Verhältnissen als mein Vater, es ihren Söhnen manchesmal ermöglichen, mit einem akademischen Grad ins Leben zu treten. Sie betrachten ihn als eine absolute Notwendigkeit und überlegen daher gar nicht, ob sie es sich leisten können oder nicht. Sie müssen es sich eben leisten. Die Notwendigkeit dazu mag eine Illusion sein; aber wir sind einmal solchen Illusionen unterworfen; der eine kann ohne Konzertflügel nicht leben, der andere nicht ohne Segelschiffe, ein anderer nicht ohne Haushofmeister, ein anderer nicht ohne Pferde, und so weiter durch eine ganze Reihe von psychologischen Imperativen hindurch. Ich habe Frauen gekannt, die Waisenhäuser begründeten, weil sie dringend Kinder zum Prügeln brauchten.

Bringt man ihre Nöte in irgendeine logische Ordnung, so wird man finden, daß viele Leute sich diese Dinge nicht leisten können. Sie überwinden diese Schwierigkeit, indem sie einfach unsere logische in eine psychologische Ordnung umwandeln und ihre Launen an die Spitze stellen, ihre Nöte aber unterdrücken. Es nützt nichts, einer Frau zu sagen, sie brauche gutes und reichliches Essen viel notwendiger als einen Hut, der sieben Guineas kostet, eine Flasche Haarfarbe, Unmengen von Puder und Rouge, einen Parfümzerstäuber und eine Hasenpfote. Sie wird lieber monatelang von Tee und Speck leben, als auf jene Dinge verzichten. Und die Männer sind genauso unvernünftig. Wenn ich sage, daß mein Vater sich keine akademische Ausbildung für mich leisten konnte, so kann ich ebensogut sagen, daß er es sich nicht leisten konnte zu trinken, oder daß ich mir es nicht leisten konnte, Schriftsteller zu werden. Beide Behauptungen sind wahr; und doch trank er, und doch wurde ich Schriftsteller. Daher muß ich genauso, als ob mein Vater ein jährliches Einkommen von fünfzigtausend Pfund gehabt hätte, begründen, warum ich keinen akademischen Grad im Trinity College in Dublin erworben habe.

Ich kann nichts lernen, was mich nicht interessiert. Mein Gedächtnis ist nicht urteilslos: es verwirft und wählt; und seine Wahl wird nicht von konventionellen Grundsätzen geleitet. Ich habe keine Anlage, mich vor anderen hervortun zu wollen, ich jage auch nicht nach Preisen und Auszeichnungen: folglich habe ich kein Interesse an Bewerbung um eine Beamtenstelle: im Falle eines Sieges würde mich dic Enttäuschung meiner Mitbewerber eher betrüben als freuen; im Falle einer Niederlage würde meine Selbstachtung leiden. Außerdem habe ich ein viel zu großes Bewußtsein meines eigenen Wertes, um zu glauben, er könne durch einen akademischen Grad, eine goldene Medaille oder dergleichen beeinflußt werden. Es gibt nur eine Art von Schule, die mich zu einem akademischen Erfolg befähigt hätte: und zwar diejenige, in der die Lehrer dafür sorgen, daß ihre Schüler entweder mit dem verzweifelten Eifer, den nur der Schrecken eingeben kann, ihre Lektionen ununterbrochen auswendig lernen oder körperliche Schmerzen erdulden. Ich war nie in einer Schule, in der sich die Lehrer genug um mich oder um ihren angeblichen Beruf gekümmert oder genug Glauben an diese Methode und genug Grausamkeit aufgebracht hätten, um derartige Maßregeln zu ergreifen; daher lernte ich nichts auf der Schule, selbst das nicht, was ich hätte lernen können und wollen, wenn der geringste Versuch gemacht worden wäre, mich dafür zu interessieren. Ich kann mir dazu gratulieren; denn ich bin fest davon überzeugt, daß jede unnatürliche Anstrengung des Gehirns ebenso schädlich ist wie jede unnatürliche Anstrengung des Körpers und daß es ebenso ungesund und verderblich ist, Leute zu zwingen, etwas zu lernen, was sie nicht wissen wollen, als sie mit Sägespänen zu füttern. Die Kultur scheitert immer daran, daß man den herrschenden Klassen die sogenannte Mittelschulbildung gibt, die als Ergebnis eines unnatürlichen Mißbrauchs der Aufnahmefähigkeit unausrottbare Unwissenheit und intellektuelle und moralische Geistesschwäche hervorbringt. Kein Kind würde gehen oder sich ankleiden lernen, wenn seine Hände und Füße eiserne Fesseln trügen und es sich nur in der Richtung bewegen dürfte, in die es seine Wärter ziehen und stoßen.

Irgendwie wußte ich darüber Bescheid, als ich als Jüngling anfing, über solche Dinge nachzudenken. Ich erinnere mich, daß ich einmal, als von meiner Erziehung die Rede war, behauptete, daß alle, die das Trinity College in Dublin absolviert hätten, gleich seien (womit ich meinte, alle gleich verdreht) und daß ich kein College besuchen wolle. Ich hatte gar keinen Sinn für die Ideale des Universitätsstudiums. Als sie mir später klar wurden, erkannte ich, wie unvernünftig ich damals gesprochen hatte. Da ich weitere Fortschritte machte und erkannte, daß jene Ideale auf unseren Schulen und Universitäten nie erreicht würden, sondern nur Maske und Köder für unser System seien, Kinder zu beeinflussen und zu versklaven und Erwachsene zum besten zu halten, kam ich zu dem Schluß, daß meine Unwissenheit mir von Gott eingegeben worden war und mir große Dienste geleistet hatte. Seitdem habe ich meine Ansicht nicht geändert.

Wie dem auch sein mag, mit ungefähr dreizehn Jahren entschloß ich mich, vorläufig in ein Geschäft zu gehen, Geld zu verdienen und so schnell wie möglich selbständig zu werden. Zu dieser Zeit gab es an einem der Kais von Dublin ein Tuchgeschäft, die Firma Scott, Spain und Rooney. Einer unserer Freunde kannte Scott und bat ihn, mir mit irgendeiner Anstellung in den Sattel zu helfen. Bei diesem Herrn sprach ich nach vorheriger Verabredung vor. Ich hatte nur eine undeutliche Vorstellung von dem, was sich begeben würde: alles, was ich wußte, war, daß ich »in ein Bureau« gehen sollte. Ich glaube, daß ich eine Unterredung mit Spain vorgezogen hätte, da sein Name romantischer klang. Scott entpuppte sich als ein eleganter hübscher Mensch mit einem Schnurrbart; ich nehme an, daß es ihm auf einen Jungen mehr oder weniger in seinem Geschäft nicht ankam, wenn er damit einem Freund einen Gefallen erweisen konnte: jedenfalls sagte er mir einige belanglose Worte und war eben dabei, die Frage meiner zukünftigen Beschäftigung zu regeln, als mein Schicksal es wollte, daß Rooney eintrat. Herr Rooney war viel älter, gar nicht elegant, sondern lang, mager, ernst und würdevoll.

Als ich den verstorbenen Sir George Alexander, den Schauspieler, zum letzten Male sah, erzählte er mir von seiner eigenen Knabenzeit, die er in einem Tuchgeschäft in Cheapside verbracht hatte, wo sie ihm Stoffballen aufluden, ihn wegen seines ausgezeichneten Benehmens höchlichst belobten und ihn nach einigen

Jahren sogar bis zum Betrage von sechzehn Shilling die Woche entlohnten. Rooney rettete mich vor den Stoffballen. Er sprach eine Weile mit mir und erklärte dann kategorisch, ich sei zu jung und diese Arbeit tauge nicht für mich. Er fand offensichtlich, daß mein Protektor, meine Eltern und sein junger Partner unüberlegt gehandelt hätten; und schnell ging ich die Treppe hinab, bis auf weiteres frei und stellenlos. Da Herr Rooney damals bestimmt ein guter Fünfziger war, so muß er heute mindestens hundert Jahre alt sein, wenn er, was ich hoffen will, noch lebt. Ist es der Fall, so möge er die Versicherung entgegennehmen, daß ich ihm sein Wohlwollen nicht vergessen habe.

Ungefähr ein Jahr später bat mein Onkel Frederick, der ein hoher Beamter im Materialprüfungsamt war und dem etwas abzuschlagen sich kein Gütermakler oder Syndikus in Dublin leisten konnte, eine führende und ungeheuer angesehene Gütermaklerfirma, Molesworthstreet Nr. 15, einen Posten für mich zu finden. Das taten sie, und ich wurde ihr Laufbursche (ich selbst nannte mich »zweiter Kommis«) mit achtzehn Shilling im Monat. Das war ein sehr guter Anfang für jemand, der seine Karriere als Grundstückmakler machen wollte, was zu jener Zeit in Irland ein sehr angesehener Beruf war. Für mich war es absolut vergeudete Zeit. Immerhin, da das Bureau mit Volontären überfüllt war, die der Firma Geld gezahlt hatten für den Vorzug, mit mir, wenn die Prinzipale abwesend waren, Opernauszüge zu singen, so blieb sogar für einen Shaw gesellschaftlich nichts zu wünschen übrig; und die Atmosphäre war so ungeschäftlich, wie dies in einem Bureau nur möglich sein kann. Auf diese Weise lernte ich die kaufmännischen Gewohnheiten kennen, ohne vom kaufmännischen Geist angesteckt zu werden. Als ich es auf dreißig Shilling im Monat gebracht hatte, verduftete der Kassierer, der meistbeschäftigte und verantwortungsvollste Beamte des Bureaus; und da wir in gewissem Sinne eine Privatbank waren, unsere Kunden Wechsel auf uns zogen, und so weiter, so mußte sein Platz ohne eine Stunde Aufschub neu besetzt werden. Ein älterer Stellvertreter murrte über die ungewohnte Beschäftigung und war, obwohl in seiner Art ein tüchtiger Mensch, nicht imstande, den Kassenabschluß zu machen. Nach ein oder zwei Tagen, wo alles durcheinanderging, ergab sich die Notwendigkeit, den Laufburschen als Lückenbüßer zu benutzen, während man durch Inserate einen neuen Kassierer von entsprechendem Alter und Vertrauenswürdigkeit suchte. Sofort arbeitete die Maschine wieder reibungslos. Ich, der ich über meinen eigenen Kassenbestand nie Klarheit hatte (außer wenn er gleich Null war), erwies mich als ein Muster von Genauigkeit, wenn es sich um das Geld anderer Leute handelte. Ich bemühte mich, die sehr sorgfältige Schrift meines Vorgängers nachzuahmen, da meine eigene zu schräg und liederlich für das Kassabuch war. Meine Anstrengungen, den wichtigen Posten würdig auszufüllen, ließen bald nach. Ich schaffte mir einen Frack an, was bei den Volontären große Heiterkeit erregte. Mein Gehalt stieg auf achtundvierzig Pfund im Jahr. Eine Summe, die ich mit sechzehn Jahren als mir zukommend erwartete, die aber viel geringer war, als die Firma sie einem tüchtigen Erwachsenen hätte zahlen müssen: kurz, ich entsprach wider Willen der Erwartung, mir selbst zum Trotz, und fand zu meiner Bestürzung, daß das Geschäftsleben, statt mich als den unwürdigen Eindringling, der ich war, auszustoßen, auf mich rechnete und keine Miene machte, mich loszulassen.

Man stelle sich mich in meinem zwanzigsten Jahre vor, kaufmännisch ausgebildet, in einer Tätigkeit, die ich herzlich haßte, wie nur ein vernünftiger Mensch etwas haßt, dem er nicht entrinnen kann. Im März 1876 rückte ich aus. Ich kündigte für den nächsten Monat. Meine Prinzipale dachten natürlich, ich sei mit meinem Gehalt unzufrieden (das damals, glaube ich, vierundachtzig Pfund betrug), und erklärten mir in Ruhe, sie hofften, meine Stellung zu verbessern. Meine einzige Furcht war, sie würden sie so sehr verbessern, daß ich keine Möglichkeit mehr zu Ausreden hätte, sie aufzugeben. Ich dankte ihnen und sagte, ich sei fest entschlossen, zu gehen; natürlich konnte ich nicht den geringsten Grund für diesen Entschluß vorbringen. Sie waren ein wenig gekränkt und erklärten meinem Onkel, sie hätten ihr möglichstes getan, doch mein Entschluß scheine unwiderruflich zu sein. Das war er. Nachdem ich mir für einige Tage den Luxus geleistet hatte, nicht ins Bureau zu gehen und, wenn schon nicht mein eigener Herr, so doch wenigstens niemandes Sklave zu sein, packte ich meinen Reisesack, schiffte mich an Bord des North-Wall-Dampfers ein und stieg am nächsten Morgen in Euston aus dem Zuge. Ich hörte den Träger mit einem mir ganz fremden Akzent (die Gewohnheit des ungebildeten Engländers, das H nicht auszusprechen, war mir so gut wie unbekannt) ausrufen: »Ensm faw weel?«, was ich richtig in »Hansom oder Vierrad?« verdolmetschte. Ich wagte nicht, Hansom zu sagen, da ich noch nie in einem solchen gesessen hatte und im

Zweifel war, ob es mir gelingen würde, einzusteigen; so fuhr ich denn feierlich in einer vierrädrigen Droschke durch die Straßen, deren Namen mir von Dickens her vertraut waren, während London in schönster Frühlingsgala, also in seiner schönsten Gala überhaupt, prangte, nach Victoria Grove, wo der Kutscher gnädigst vier Shilling als angemessenen Preis für die Fahrt in Empfang nahm.

Ich setzte bis zum Jahre 1905 keinen Fuß mehr nach Irland, und auch dann nicht aus eigenem Willen. Ich kehrte zurück, um meiner Frau eine Freude zu machen; und ein merkwürdiges Widerstreben, so zurückzukehren, wie ich gegangen war, also auf dem direkten Seewege durch den Haupteingang, veranlaßte mich, auf der Südseite zu landen und über Meath nach Dublin durch die Hintertür zu kommen. Im Jahre 1876 hatte ich genug von Dublin gehabt. James Joyce beschreibt in seinem Ulysses das Leben, das Dublin seinen jungen Leuten bereitet, mit einer so unerbittlichen Genauigkeit, daß das Buch fast unerträglich ist, oder wenn man es umgekehrt ausdrücken will, er beschreibt das Leben, das seine jungen Leute Dublin bereiten. Es ist ohne Zweifel dem Leben der jungen Leute in allen modernen zivilisierten Städten sehr ähnlich. Eine oberflächliche, billige Verhöhnung und Geringschätzung aller Werte, die das Ernste und Edle mit dem Gemeinen und Albernen in einen Topf wirft, scheint mir für Dublin charakteristisch zu sein; aber ich vermute, daß mir das nur so vorkommt, weil ich meine einzigen persönlichen Erfahrungen über diese Art junger Leute in Dublin gemacht habe; denn mit meiner Vaterstadt ließ ich auch diese jungen Leute hinter mir und verkehrte nicht mehr mit Altersgenossen; erst nach achtjähriger Einsamkeit wurde ich in das Wiederaufblühen des Sozialismus der achtziger Jahre hineingezogen und kam in die Gesellschaft von durchaus ernstzunehmenden Engländern, die vor Entrüstung über sehr greifbare, sehr einschneidende und alle Welt treffende Übel empört waren; so daß das Aufbäumen gegen diese Übel die edleren Geister aller Nationen verband, anstatt sie zu lehren, gegenseitigen Haß als nationale Tugend zu schätzen. Als ich also Dublin verließ, verließ ich, einige intime Freunde ausgenommen, wirklich niemanden, der mich nicht angeekelt hätte. Bis auf den heutigen Tag dehne ich meine gefühlsmäßige Vorliebe für Irland nicht auf seine Hauptstadt aus. Ich bin nicht verliebt in Mißerfolg, Armut, Dünkel und in Scherbengericht und Verachtung, die diese nach sich ziehen; und das war alles, was Dublin der Maßlosigkeit meines unbewußten Ehrgeizes geboten hatte. Man liebt die Städte, die man erobert hat. Es war nicht Sentimentalität, wenn für Napoleon nicht Ajaccio, sondern Paris, für Katharina nicht Stettin, sondern St. Petersburg den Mittelpunkt der Welt bedeutete.

Zu dieser Frage des Ehrgeizes möchte ich gerne ein Wort sagen. Im üblichen Sinn des Wortes bin ich der am wenigsten ehrgeizige Mensch der Welt. Ich habe es schon gesagt und bekräftige es hier noch einmal, daß ich nicht die Fähigkeit besitze, meine Ellbogen und Fäuste zu gebrauchen, und an solchen Erfolgen so wenig Interesse habe, daß ich nur durch das bloße Trägheitsgesetz emporgestiegen bin. Aus Gewohnheit war ich zu fleißig, um der Arbeit zu entsagen; ich arbeite, wie mein Vater trank; von Natur war ich zu faul und zu schüchtern, um die Hälfte meiner Chancen auszunutzen oder ein Zehntel des Geldes zu erwerben, das ein Mann von gewöhnlichem Ehrgeiz gierig errafft hätte. Ich habe mich nie für berufen gehalten, das zu werden, was man einen großen Mann nennt; ich mißtraute mir im Gegenteil bis zur Selbstquälerei; und ich war geradezu lächerlich naiv, wenn es sich um die Ansprüche anderer auf überlegenes Wissen und größere Autorität handelte. Doch eines Tages im Bureau ging mir ein Licht auf. Einer der Volontäre, C. J. Smith, der älter als ich und mehr Weltmann war, behauptete, jeder junge Bursche bilde sich ein, er würde ein großer Mann werden. Auf einen wirklich bescheidenen jungen Mann hätte ein solcher Gemeinplatz keinen Eindruck gemacht. Mich berührte er so ungemein peinlich, daß ich mir plötzlich bewußt wurde, ich hätte nur deshalb nie geglaubt, ich würde ein großer Mann werden, weil ich es immer als selbstverständlich angenommen hatte. Der Zwischenfall ging vorbei; ich machte mir weiter keine Gedanken darüber und blieb so mißtrauisch wie je, weil ich noch immer so untüchtig war wie je. Aber ich zweifle, ob ich je meine frühere vollständige Unwissenheit wiedererlangte, die Unwissenheit über meine unbewußte Absicht, mich einem Beruf zu widmen, in dem nur wenige Männer sich auszeichnen, und die Verantwortung auf mich zu nehmen, die mit seiner Würde verbunden ist.

Gerade dies veranlaßte mich, Dublin den Rücken zu kehren, was mir viele junge Irländer von heute noch immer nicht verzeihen können. Mein Lebensziel konnte nicht in Dublin auf Grund von Lebenserfahrungen, die sich einzig und allein auf Irland beschränkten, erreicht werden. Ich mußte nach London gehen, genau so, wie mein Vater auf die Getreidebörse gehen mußte. London war der literarische Mittelpunkt für die englische Sprache und aller künstlerischen Kultur, die das Reich der englischen Sprache (in dem ich König zu werden mir vornahm) bieten konnte. Damals gab es weder eine »Gälische Liga« noch den Glauben, daß Irland selbst Kulturkeime in sich tragen könnte. Jeder Irländer fühlte, daß seine Lebensaufgabe in der höheren Ebene geistiger Berufe liegt, fühlte auch, daß er in der Hauptstadt wohnen und internationale Kultur besitzen müsse; das heißt, er erkannte als erste Bedingung, daß er aus Irland herauskommen müsse. Das fühlte auch ich. London als solches oder England als solches gingen mich nichts an. Wäre Wissenschaft oder Musik mein Ziel gewesen, so hätte ich mich nach Berlin oder Leipzig begeben. Wäre es die Malerei gewesen, so hätte ich mich nach Paris gewendet; in der Tat war mancher irische Schriftsteller, der sich in der Literatur schon einen Namen gemacht hatte, nach Paris geflüchtet, um Maler zu werden. Theologie hätte ich in Rom und protestantische Philosophie in Weimar studiert. Aber da die englische Sprache mein Rüstzeug war, gab es für mich nur London. Im Jahre 1914 brandmarkten mich die Deutschen, die es mir nachtrugen, daß ich ihre kaiserliche politische Lage »potsverdammt« genannt hatte, als einen vaterlandslosen Gesellen. Sie hatten ganz recht. Ich war darüber nicht beleidigter, als wenn sie mich einen Menschen ohne Religion genannt hätten. Sie hatten mich nie wegen meiner Wallfahrten nach Bayreuth beschimpft, die ich ebensogut nach dem Hill of Tara hätte machen können. Wenn man das Gefühl des Heimwehs in mir erwecken will, so braucht man mich nur an das thüringische Waldgebirge zu erinnern, an die weiten Felder und die durchsichtige Luft von Frankreich, an die Schluchten des Tarn und die Tiroler Bergpässe, an die nordafrikanische Wüste, das Goldene Horn, die schwedischen Seen und sogar die Fjorde von Norwegen, wo ich nie war, außer in meiner Phantasie; diese Sehnsucht ist ebenso leicht in mir zu erregen, wahrscheinlich sogar leichter – als in einem verbannten Eingeborenen dieser Länder. Erst da ich als Tourist nach Irland zurückkehrte, verspürte ich, daß der Reiz des Landes ganz unabhängig von dem Zufall sei, daß ich dort zur Welt gekommen war, und daß es einen Spanier oder einen Engländer stärker begeistern könne als einen Irländer, in dessen Heimatliebe sich immer ein sonderbares Unbehagen mischen muß, weil es das Land ist, in dem er unglücklich war und wo ihm die Gemeinheit gemein erscheint. Und so bin ich ein leidlich guter Europäer im Sinne Nietzsches, aber ein sehr schlechter Irländer im Sinne der Sinnfeiner oder des »Auserwählten Volkes«.

Während der ersten Jahre meines Londoner Aufenthaltes unternahm ich nichts von Bedeutung. Ich spielte das Gespenst für einen Musiker, der bei einer Zeitung Musikkritiker war; da Gespenster sich bekanntlich nicht zeigen dürfen, ich mich daher von der Zeitungsredaktion fernhalten mußte und keine Korrekturen lesen konnte, erschienen meine meistens sehr unbarmherzigen Kritiken mit so vielen Druckfehlern, Verstümmelungen und liebedienerischen Textfälschungen aus fremder Feder und außerdem so unentwirrbar mit anderen Kritiken vermengt, die meinen Kunstsinn beleidigten, daß ich meine damalige Tätigkeit immer als ein schimpfliches Geheimnis verschwiegen habe, damit nicht irgend jemand es sich einfallen ließe, diese alten Artikel auszugraben und daraus zu schließen, ich sei für alles in und an ihnen verantwortlich. Selbst jetzt bringe ich es kaum über mich, zu verraten, daß die Zeitung »The Hornet« hieß und daß sie damals in die Hände eines gewissen Captain Donald Shaw übergegangen war, der nicht zu meinen Verwandten gehörte und den ich nie kennenlernte. Die Zeitung ging an ihm zugrunde und vielleicht auch teilweise an mir.

Dann gab mir meine Cousine Cashel Hoey, eine literarische Dame, eine Tochter jener Tante, die mit ihren schönen Händen Tambourin gespielt hatte, eine Empfehlung an Arnold White, damals Sekretär der »Edison Telephone Company«. Er verschaffte mir einen Posten in der topographischen Abteilung dieser kurzlebigen Gesellschaft; und bald war ich damit beschäftigt, die Topographie des östlichen London zu studieren, zugleich mit dem Versuch, alle möglichen Leute zu bewegen, der Gesellschaft den Bau von Isolatoren, Masten, Ladebäumen und Ähnlichem auf ihren Dächern zu gestatten, welche die Telephondrähte tragen sollten. Ich liebte diese verwickelten Forschungen. Aber meine Schüchternheit machte mir die notwendigen Besuche bei fremden Leuten zur Qual; und meine trotz vorgetäuschter Sicherheit übermäßige Empfindlichkeit war schuld daran, daß ich unter den unwilligen Abweisungen, die ich gelegentlich, besonders von überarbeiteten Hausfrauen, die mich für einen Inseratenagenten hielten, erdulden mußte, in lächerlicher Weise litt. Aber bald entging ich diesen Prüfungen, denn ich mußte die Leitung der Abteilung übernehmen und die Arbeit für dickhäutigere Abenteurer organisieren, anstatt sie selbst zu tun. Näheres darüber wird man in meiner Vorrede zu meinem zweiten Roman, »The Irrational Knot«, finden. Die Edison-Telephongesellschaft wurde bald darauf von der Bell-Telephongesellschaft verschluckt; und ich ergriff die Gelegenheit, die verlorene Freiheit wiederzugewinnen, indem ich es ablehnte, mich um eine der Stellungen zu bewerben, die infolge der Fusion für den entlassenen Beamtenstab zu erhoffen war. Das war das Ende meiner Laufbahn als kaufmännischer Angestellter. Ich gab sogar bald den Vorwand auf, es noch einmal versuchen zu wollen. Einen oder zwei Tage im Jahre 1881 ausgenommen, an denen ich ein paar Pfund verdiente, indem ich bei den Wahlen in Leyton die Stimmzettel zählte, war ich arbeitslos und, wenn auch nicht dem Gesetze, so doch den Tatsachen nach reif für das Armenhaus, bis zum Jahre 1885, wo ich zum erstenmal einzig und allein durch meine Feder genug verdiente, um mich zu erhalten. In diesem Jahre erreichte ich einhundertundzwölf Pfund Einkommen, und von jener Zeit an bis zum Weltkrieg 1914-18, der uns alle zeitweise mit Bankrott bedrohte, kannte ich keine materiellen Sorgen mehr außer denen, die durch den Besitz von Geld entstehen, nicht durch den Mangel daran. Die Tage der Armut waren für mich vorbei.

Die Telephonepisode fiel in das Jahr 1879; und in diesem Jahre hatte ich getan, was jeder literarische Anfänger zu jener Zeit tat und viele noch heute tun; ich hatte einen Roman geschrieben. Von meiner geschäftlichen Lehrzeit her war mir die Gewohnheit geblieben, täglich ein regelmäßiges Pensum zu erledigen: eine grundlegende Bedingung des Fleißes im Gegensatz zur Faulheit. Ich wußte, daß ich ohne das meinen Weg nicht machen würde und auf andere Weise nie ein Buch hervorbringen könnte. Ich kaufte mir also einen Vorrat von weißem Papier in Quartformat gleich auf einmal um die Summe von sechs Pence, faltete es zu einem Quartband und verurteilte mich dazu, täglich fünf Seiten auszufüllen, ganz gleich, ob es regnete oder die Sonne schien, ob ich stimmungslos oder schaffensfreudig war. In mir steckte noch so viel vom Schuljungen und vom Kommis, daß, wenn meine fünf Seiten inmitten eines angefangenen Satzes zu Ende gingen, ich diesen Satz erst am nächsten Tage fertigschrieb. Wenn ich andererseits einen Tag ohne Arbeit vorbeigehen ließ, ersetzte ich diesen Ausfall am nächsten Tag durch ein doppeltes Pensum. Auf diese Weise brachte ich es in fünf Jahren auf fünf Romane. Dies war meine literarische Lehrzeit, unter der ich grausam litt, mit all der Unsicherheit und all dem Unbefriedigtsein eines Anfängers und mit einem sehr kritischen Lehrer, nämlich mir selbst, der schwer zu befriedigen war und keine Kompromisse duldete. Ich hielt diese Zeit durch, um mir in einem Zustand von Geldmangel meine Selbstachtung zu erhalten. Dieser äußerte sich in einigen kritischen Momenten – ich schaudere noch heute, wenn ich daran denke – nicht nur in rissigen Schuhen und sorgfältig verborgener Zerlumptheit, sondern auch in zerfransten Manschetten, die ich mit der Schere beschnitt, und in einem prächtigen, aber vor Alter so grünen und schlappen Hut, daß ich die rückwärtige Krempe nach vorne tragen mußte, um grüßen zu können, ohne daß sie zusammenfiel.

Ich hatte als Romanschriftsteller keinen Erfolg. Ich sandte die fünf Romane allen Verlegern in London und mehreren in Amerika. Keiner wollte es wagen. Fünfzig oder sechzig Ablehnungen ohne eine einzige Annahme verstärkten in mir ein leidenschaftliches Selbstvertrauen. Durch nichts ließ ich mich entmutigen, ich erwarb mir eine übermenschliche Unempfindlichkeit gegen Lob und Tadel, die mir seither manchmal sehr nützlich gewesen ist; wenn sie auch zuweilen meine geschäftlichen Angelegenheiten verzögerte, da ich der Veröffentlichung und den Aufführungen meiner Werke gleichgültig gegenüberstand, ja sie sogar ungeduldig als unwillkommene Unterbrechung meiner weiteren Arbeit empfand. Anstatt jede Gelegenheit zu ergreifen, um meine Werke vor die Öffentlichkeit zu bringen, habe ich oft aus scheinbar stichhaltigen, aber in Wahrheit unerheblichen Gründen Vorschläge abgelehnt, auf die ich mich der Publizitätshascherei des normalen Autors zuliebe hätte stürzen sollen.

Nachdem ich also fünf Jahre lang Romane geschrieben hatte, erwies ich mich in diesem Beruf als ein völliger Versager. Je mehr ich schrieb und je besser ich schrieb, um so weniger gefiel ich den Verlegern. Dieser mein erster Roman rief, obwohl zurückgewiesen, zumindest Äußerungen der Bereitwilligkeit hervor, künftige Versuche von mir zu prüfen. Blackwood nahm ihn sogar an, widerrief aber dann. Sir George Macmillan, damals jüngerer Partner des Hauses, sandte mir nicht nur einen recht langen und scheinbar wohlüberlegten Bericht des Lektors der Firma, John (später Lord) Morley, sondern schlug diesem sogar vor, in seiner Eigenschaft als Herausgeber der »Pall Mall Gazette« meine Arbeitskraft heranzuziehen.

Solche Antworten hörten aber mit meinem zweiten Roman auf; und ich konnte nicht wissen und war zu jung und unerfahren, um zu erraten, daß man mir nicht Mangel an literarischer Fähigkeit vorwarf, sondern meine Feindseligkeit gegenüber der ehrenwerten viktorianischen Gedankenwelt und Gesellschaft. Man ließ mich ohne einen Schimmer von Hoffnung; und doch hörte ich nicht auf, Romane zu schreiben, bis ich, nachdem ich meinen fünften Versuch in riesigem Maßstab entworfen hatte, entdeckte, daß es besser sei zu warten, bis ich mich innerlich weiterentwickelt haben würde. Und als ich nach einem journalistischen Zwischenspiel die dichterische Produktion wiederaufnahm, tat ich es als Dramatiker und nicht als Romanschriftsteller.

Vier oder fünf Romane aus der Zeit meiner Unmündigkeit, wie ich sie nenne, wurden endlich unter Umständen, die ich in der bereits früher erwähnten Vorrede beschrieben habe, gedruckt. Aber der erste von ihnen wurde nie veröffentlicht. Während ich das alte Bündel öffne, wie ich es eben tue (es ist, wie wenn man ein Grab öffnet, das zweiundvierzig Jahre lang verschlossen war), finde ich einen Stoß Hefte, jedes zwanzig Seiten stark, und stelle mit einiger Bestürzung fest, daß ich einen Roman vor mir habe, der fast zweihunderttausend Worte enthält. Der Titel ist »Junger Wein«. Die Handschrift, leicht nach rückwärts geneigt, ist von so großer Regelmäßigkeit und Leserlichkeit wie die meines alten Kassabuches. Unglücklicherweise haben die Mäuse so viel von zweien der Hefte gefressen, daß das Ende der Zeilen fehlt. Das ist unangenehm, denn ich habe mir eben gesagt, daß ich es unterlassen müsse, die Arbeit des Lehrlings mit der Hand des Meisters zu verbessern; daß sie so bleiben müsse, wie sie ist; daß ich jetzt zu alt bin, um daran zu retuschieren, ohne neue Stilwidrigkeiten hineinzubringen, die peinlicher wirken können als das Mißverhältnis zwischen dem Stil von 1879 und dem Geschmack von 1921. Und doch, wenn die Mäuse zu viel zernagt haben, bin ich genötigt, wie Stevenson den emsigen Affen zu spielen und meine Jugendmanier wie nur irgendein literarischer Fälscher nachzuahmen.

Man wird möglicherweise fragen, warum ich das Zeug überhaupt dem Druck übergebe: warum ich die Toten nicht ruhen lasse? Ich bin sehr geneigt, so zu verfahren; aber irgendwie darf man solche Dinge doch nicht tun. Hätte Beethoven sein Septett für Blasinstrumente zerstört, als er bei der Neunten Symphonie und seiner Messe in D-Dur angelangt war, so wären viele Leute, die von dem Septett entzückt sind und mit der Symphonie und der Messe nichts anzufangen wissen, auf leichtfertige Weise um einen Genuß gebracht; und obwohl mein Jugendstil heute durch seine Pedanterie meine Heiterkeit erregt, so habe ich doch eine große Achtung vor der umständlichen Gewissenhaftigkeit meiner ersten Versuche. Sie beweisen auch, daß ich ebenso wie Goethe von vornherein auf dem richtigen Wege war und daß eigentlich meine Kunst der Stoffbehandlung mehr gewonnen hat als der Stoff selbst.

Immerhin zweifle ich nicht daran, daß »Junger Wein« zumindest leichtsinnigen Bücherkäufern willkommen sein wird, die wahllos alles, was einem Roman gleichkommt, verschlingen, wie lächerlich unzeitgemäß er auch sein mag. Ich weiß, daß das Buch manchen Lesern besser gefallen wird als meine späteren Werke. Es muß wohl von einer gewissen Jugendlichkeit erfüllt sein, die zwar oft unsinnig und schwächlich, aber doch auch reizvoll ist und die ich heute nicht mehr aufbringen könnte. Da ich zum Zwecke der Veröffentlichung und Wiederveröffentlichung zu irgendeiner Zeit die anderen vier Romane öfters gelesen habe, kann ich für die Genauigkeit meines damaligen Stils einstehen. Er war der Gipfel der Korrektheit. Ich habe mich in meinem ganzen Leben nie um einen Stil bemüht; Stil ist eine Art Melodie, die von selbst in meinen Sätzen mitschwingt. Wenn ein Schriftsteller das, was er zu sagen hat, möglichst genau und wirkungsvoll sagt, so wird der Stil schon von selbst kommen, falls er überhaupt einen hat. Aber eine Bedingung stellte ich mir in meiner Jugend: ich beschloß, nichts zu schreiben, was einem Ausländer nicht mittels eines Wörterbuches verständlich sein könnte wie das Französisch Voltaires; daher vermied ich jeden Dialekt. (Später suchte ich soviel wie möglich Dialekt zu verwenden, als den lebendigsten Ausdruck der Sprache.) Folglich glaube ich nicht, daß man in der Sprache von »Junger Wein« Dialekt finden wird. Man wird auch die Sprache des Volksredners nicht darin erkennen, die Sprache, die aus so vielen meiner späteren Werke erklingt. Erst nachdem »Junger Wein« fertiggeschrieben war, Ende des Jahres 1879, trat ich zum erstenmal in einem kleinen Diskussionsklub, »The Zetetical Society« genannt, vor die Öffentlichkeit, um im Zustand einer herzzerreißenden Nervosität meinen ersten Angriff auf das Publikum loszulassen.

Vielleicht täte ich gut daran, einige Worte über die Personen hinzuzufügen, die in diesem Buch vorkommen. Ich tue es mit einigem Widerstreben, weil es immer zu Mißverständnissen führt, wenn man auch nur den kleinsten Umstand erwähnt, der eine erdichtete Person mit einer wirklichen in Zusammenhang bringt. Hätte Shakespeare den Einfall gehabt, zu erwähnen, daß er den Prinzen von Dänemark mehrere Schreibtafeln bei sich tragen und sich Notizen darauf machen ließ, weil er diese Gewohnheit bei Sir Walter Raleigh beobachtet hatte, so wäre es heute eine unausrottbare Tradition der englischen Literatur, daß Raleigh das Urbild des Hamlet gewesen ist. Wir hätten wahrscheinlich Gelehrte, die diese Spur so lange verfolgen würden, wie sie es nennen, bis sie zu dem Schlusse kämen, Raleigh sei der eigentliche Verfasser des Dramas. Eines Tages, als ich im Lesesaal des Britischen Museums saß und eben meinen fünften und letzten Roman, »An Unsocial Socialist« zu schreiben begann, sah ich eine junge Dame mit anziehendem und fesselndem Gesichtsausdruck, kühn, lebendig und sehr klug, an einem der Pulte arbeiten. Beim ersten Anblick dieses Gesichtes bildete ich mir im Geiste den Charakter dazu, und so entstand die Beschreibung von Agatha Wylie. Ich habe nie ein Wort mit jener Dame gewechselt, nie ihre Bekanntschaft gemacht; ich habe sie zwar unter denselben Umständen wiedergesehen, aber nur wenige Male; und doch, schriebe ich hier ihren Namen, der später in der Literatur einen guten Klang bekam (auch sie arbeitete damals vielleicht an einem Roman, dessen Held vielleicht einer durch mein Profil veranlaßten Eingebung seine Existenz verdankte), so würde sie bis an ihr Lebensende für Agatha Wylie gelten, und weiß Gott was für anstößige Erfindungen würden zur Aufklärung meiner vermeintlichen genauen Kenntnis ihres Charakters noch hinzukommen. Vorher und nachher habe ich lebende Modelle ebenso unbekümmert, wie ein Maler es tut, und so ziemlich in derselben Weise benutzt: das heißt, ich machte manchmal ein recht naturgetreues Porträt auf der Grundlage intimer persönlicher Bekanntschaft, und manchmal, wie bei Agatha, führte ich aus, was ein flüchtiger Blick meiner Phantasie eingegeben hatte. Im letzten Falle kam es manchmal vor, daß die Ereignisse, die ich unter dem Ansporn eines solchen Blickes frei erfunden hatte, der Wahrheit so nahekamen, daß ich unverzeihlicher Verletzung von Privatgeheimnissen beschuldigt wurde. Ich kann kaum erwarten, daß man mir Glauben schenkt, wenn ich erzähle, daß ich einmal für eines meiner Modelle einen Diener erfand und es sich nachträglich herausstellte, daß es tatsächlich einen solchen Diener besaß. Innerhalb der zwei Extreme: tatsächliche Porträtähnlichkeit und reines, durch einen Blick oder eine Anekdote angeregtes Phantasiegebilde, habe ich die Natur in den verschiedensten Graden von Wahrhaftigkeit nachgeahmt, habe in ein und demselben Buch oder Theaterstück Studien nach dem Leben mit jenen Typen, Zwischenstufen, herkömmlichen Gestalten aus Romanen und Schauspielen vereinigt, die als reine Phantasiegebilde gelten. Viele der Personen dieses ersten Romans haben Züge von Leuten, die ich kannte, Familienmitglieder nicht ausgenommen (von mir selbst gar nicht zu sprechen); und doch ist keine von ihnen ein Porträt; und mit Ausnahme einer einzigen sind die Modelle dem Publikum unbekannt. Diese Ausnahme war Cecil Lawson, durch dessen frühen Tod uns der einzige Landschaftsmaler entrissen wurde, der mich immer an die großangelegten und fesselnden Schöpfungen eines Rubens auf diesem Gebiet der Malerei erinnert hat. Als ich in Victoria Grove wohnte, wohnten die Lawsons: Vater, Mutter, Malcolm und zwei Schwestern, in einem der schönen alten Häuser von Cheney Walk in Chelsea. Cecil und ein anderer verheirateter Bruder lebten nicht im Hause. Malcolm war Musiker, und die Schwestern sangen. Die eine, ein Sopran, dunkelhaarig, lebhaft, drall und heiter, sang voll Freudigkeit. Die andere, ein Kontraalt, sang mit herzerschütternder Inbrunst des Ausdrucks, den sie noch dadurch vertiefte, daß sie sich »ästhetisch«, wie man es damals nannte, kleidete, das heißt im Stile Rossettis. Fräulein Lawson gelang diese Wirkung nicht durch unschöne Exzentrizitäten, die der Auffassung der »ästhetischen« Mode durch die vornehmen Modistinnen der feinen Welt so viel Lächerliches gaben, sondern durch sehr einfache graue und braune Gewänder, wie sie jede schottische Frau hätte tragen können (ihre Eltern waren aus Schottland) und die irgendwie zu ihrem gewohnten traurigen, ja schmerzlichen Gesichtsausdruck paßten; so daß, wenn sie sang: »Oh, betrüg mich nicht, oh, verlaß mich nicht«, sie nicht nur ein lebendes Bild darstellte, sondern auch ein Tongemälde. Cecil, der eben durch die wenigen Meisterwerke, die uns erhalten geblieben sind, zu Ansehen gekommen war, spielte eine große Rolle in der alten Grosvenor Gallery, die damals neu war und eine Periode des Glanzes mitmachte, die ihre Krönung in der Entdeckung von Burne Jones und Whistler fand.

Malcolm stand an der Spitze einer Gluck-Gesellschaft, bei der mir das Verständnis für Gluck durch eine Vorstellung der »Alkestis« aufging; Theo Marzials, der eine bezaubernde Baritonstimme hatte, sang die Rolle des Herkules. Meine Mutter hatte Marzials im Lauf ihrer musikalischen Tätigkeit kennengelernt. Er stellte sie Malcolm Lawson vor; sie half ihm beim Einstudieren der Chöre in der Gluck-Gesellschaft; und das Ergebnis war, daß ich eingeladen wurde, die Lawsons zu besuchen, die jeden Sonntagabend in Cheney Walk Empfang hatten. Ich litt solche Qualen der Schüchternheit, daß ich manchmal zwanzig Minuten lang oder länger am Themsekai auf und ab ging, ehe ich es wagte, an die Eingangstür zu klopfen; tatsächlich hätte ich mich am liebsten gedrückt und wäre nach Hause gerannt, mich fragend, was es für einen Sinn habe, sich zu quälen, wenn es doch so leicht sei, davonzulaufen; aber ich fühlte instinktiv, daß ich mich nicht so gehen lassen dürfe, wenn ich es in der Welt zu etwas bringen wolle. Es wird wohl wenige Menschen geben, die mehr als ich in meiner Jugend unter reiner Feigheit gelitten haben oder sich ihrer mehr geschämt hätten. Ich drückte und versteckte mich, sooft ich glaubte, daß für mich von keinem wesentlichen Interesse sei, einer wirklichen oder eingebildeten Gefahr zu trotzen; war ein solches Interesse jedoch vorhanden, ging ich auf die Gefahr los und nahm, entsprechend leidend, alle Peinlichkeiten mit in Kauf. Das Ärgste war, daß ich im Salon der Lawsons kein Wohlwollen erregte, daß man mir mein Novizentum nicht verzieh oder es gar passend fand. Ich hatte damals den Shawton noch nicht auf irgendeine Art von Harmonie gestimmt; und ich zweifle nicht daran, daß die Lawsons fanden, ich sei unausgeglichen, unangenehm, selbstgefällig und unausstehlich. Ich kann nur hoffen, daß sie und alle anderen, denen ich damals auf die Nerven ging, mir in späteren Jahren verziehen haben, als es sich herausstellte, daß ich vielleicht doch gewisse Ansprüche machen durfte. Das Haus und seine künstlerische Atmosphäre sagten mir sehr zu, und alle Lawsons gefielen mir; aber ich beherrschte damals die Kunst der Geselligkeit noch nicht, und es war mir peinlich, mich auf unkünstlerische Art herauszustellen; so hörte ich denn bald auf, sie zu belästigen, und verschwand, einige zufällige Begegnungen mit Malcolm ausgenommen, aus ihrem Leben, in dem ich nur ein flüchtiger Gast gewesen war.

Cecil Lawson war der verwöhnte Liebling der Familie. Er dozierte würdevoll über Kunst in der paradoxen, krittelnden, unlogischen und phantastischen Weise, die ihm eigen war. Als ich nach meiner kindischen und sehr aufreizenden Gewohnheit, Leuten zu widersprechen, um von ihnen etwas zu lernen, die Behauptung aufstellte, daß Whistler weit davon entfernt sei, zu den größten Künstlern aller Zeiten zu gehören, fand er nicht einmal eine schlagende Widerlegung, die mich vernichtet hätte, sondern stöhnte einen Augenblick lang undeutlich wie eine Uhr, ehe sie zu schlagen anhebt, und stieß dann die Worte hervor: Tizian, Turner, Rembrandt, Velasquez, Whistler. Er war ein hübscher Mensch, nicht groß, aber gut gebaut, mit gerade so weit gelocktem Haar, daß man ihm den Künstler ansah, er aber noch gesellschaftsfähig blieb. Ich hatte seine Arbeiten in öffentlichen Ausstellungen gesehen, nie in Privathäusern; und dank den Streifzügen, die ich als Knabe in der Dubliner National Gallery (denn damals wollte ich Maler werden und nie Schriftsteller) unternommen hatte, kannte ich ihren Wert. Sein früher Tod, der bald nach meinen Besuchen eintrat, mag den Sonntagabenden in Cheney Walk ein schmerzliches Ende bereitet haben, Ich wagte es nachher nicht, mich dort aufzudrängen.

In »Junger Wein« stand er mir Modell für den Künstler Cyril Scott, ein erfundener Name, der seitdem durch einen englischen Komponisten berühmt geworden ist. Ich wählte ihn, weil Cyril dem Klang nach Cecil sehr ähnlich ist und Lawson ein Schotte war. Aber ich muß den Leser noch einmal warnen, die Gestalt in meinem Buch für ein wahrheitsgetreues Abbild des großen Malers zu halten oder daraus zu schließen, daß seine Werbung, seine Heirat oder irgendeiner der Umstände, die ich für ihn erfand, Tatsachen aus seinem Leben bedeuten. Ich wußte nichts über ihn, außer, was ich im Lauf meiner wenigen Besuche in Cheney Walk beobachtet hatte; und ich habe auch später nichts erfahren. Er regte meine Phantasie an: das war alles.

Ich habe nunmehr so viel, wie mir notwendig scheint, über die Begleitumstände und das Wichtigste der Vorgeschichte meines ersten Buches gesagt. Es ist das Buch eines unreifen Jünglings, der das Land, in das er eingewandert war, durchaus noch nicht verstand; und wenn ich rückhaltlos über dieses Thema sprechen soll, muß ich hinzufügen, daß die bloße Unreife, die sich so bald verliert, von einer tiefwurzelnden Zurückhaltung begleitet war, die mich mein Leben lang mehr zu einem Gast als zu einem Einwohner unseres Planeten gemacht hat. Sei es nun, daß ich von Geburt geisteskrank oder etwas zu gesunden Geistes war, mein Reich war nicht von dieser Welt: ich war nur im Reiche meiner Phantasie daheim und fühlte mich nur bei den großen Toten wohl. So mußte ich ein Schauspieler werden und selbst die Rolle einer tüchtigen, weltgewandten und verwendbaren Persönlichkeit kreieren, für die die verschiedenen Rollen in Betracht kamen, die ich als Schriftsteller, Journalist, Redner, Politiker, Vereinsmitglied, Weltmann und so weiter zu spielen hatte. Darin war ich in späteren Jahren nur zu erfolgreich. In meiner Jugend sah ich einmal Charles Mathews' Posse »Kühl bis ans Herz hinan«. Der Held war ein junger Mann, der eben von einer Weltreise zurückgekehrt war, auf die man ihn geschickt hatte, um ihn von scheinbar hoffnungsloser Schüchternheit zu heilen; und die Komik lag darin, daß die Kur weit über das Ziel hinaus gewirkt und ihn zu einem Ungeheuer an abscheulicher Frechheit gemacht hatte. Ich glaube fast, daß sich etwas Derartiges auch mit mir begeben hat; denn als ich meine Maske endgültig fertiggestellt hatte und täglich die Drähte der Marionette zog, die für die Öffentlichkeit mein »Ich« war, erntete ich einen ähnlichen Applaus wie Mathews in »Kühl bis ans Herz hinan«. Jedenfalls glich das Knurren zornigen Widerwillens, das man meinen Angriffen entgegensetzte, durchaus dem des unglückseligen alten Herrn in der Posse, dessen Bilder und Möbel der junge Mann so unverfroren nach seinem Geschmack umordnete. Zu der Zeit aber, von welcher ich hier erzähle, hatte ich es noch nicht gelernt, Komödie zu spielen, und auch noch nicht erfahren, daß meine wirkliche Gestalt auf der großen Bühne, London, Fiasko machen müsse. Als ich aus dem Reich meiner Phantasie in die Wirklichkeit hinübermußte, fühlte ich mich noch unbehaglich. Ich stand außerhalb der Gesellschaft, außerhalb der Politik, außerhalb des Sports, außerhalb der Kirche. Wenn damals das Wort schon geprägt gewesen wäre, so hätte man mich mit Fug und Recht den »vollkommenen Outsider« nennen können. Allerdings wäre der Beiname nur innerhalb der Grenzen britischer Barbarei auf mich anwendbar gewesen. War jedoch von Musik, Malerei, Literatur oder Wissenschaft die Rede, so drehte sich die Lage um: dann war ich der »Insider«. Ich hatte geistige Gewohnheiten; meinen Anlagen zu kritischer und zugleich schöpferischer literarischer Tätigkeit fehlte nur eine klare Lebensphilosophie im Lichte einer allgemeinverständlichen Theorie; kurz, eine Religion, um sie zu siegreicher Wirkung zu bringen. Dieser Fehler lähmte mich in jenen Jugendtagen von Victoria Grove und ist zugleich der Fehler meines recht linkischen ersten Romans, und wenn man ihn überspringt, verliert man nicht viel.

Ayot St. Lawrence, Sommer 1921

ERSTES BUCH

Islington

Erstes Kapitel

Es war der kürzeste Tag des Jahres 1878, vier Uhr nachmittags, als ein junger Mann von einer Hauptstraße in Islington durch einen Torbogen, der auf einer eisernen Tafel den Namen »Dodds Buildings« trug, in einen viereckigen Hof einbog.

»Dodds Buildings« schlossen einen gepflasterten Platz ein, dessen Seiten nur sechzig Fuß lang waren; trotzdem enthielt er elf hochanständige Häuser. Es war ein Ruhepunkt in lärmender Gegend und machte den Eindruck, daß Dodd, wenn auch als Architekt phantasielos, immerhin ein sehr frommer Mensch gewesen war.

Nachdem der junge Mann den Hof enttäuscht in Augenschein genommen hatte, machte er eine Wendung nach links und klopfte an der Tür Nummer drei. Nach einer Weile kreischte eine Stimme von drinnen: »Rose?« Es war die Stimme einer Frau, die im Begriffe stand, wütend zu werden, und vor diesem unangenehmsten aller Laute schauderte der Fremde zurück. Kurz darauf klopfte er nochmals und verursachte dadurch einen zweiten, noch aufgeregteren Ruf nach Rose.

Während der nächsten Minuten dachte er müßig darüber nach, ob Rose wohl so hübsch wie ihr Name wäre. Als er nun durch ein drittes Klopfen weniger eine Bitte um Einlaß als einen Protest ausdrückte, eilte ein dralles neunzehnjähriges Mädchen über den Hof, in einem dürftig geschnittenen schwarzen Kleid, das teilweise von einem bunten Schal bedeckt war; es öffnete die Tür so geräuschlos, wie die Klinke es erlaubte, ging in das Haus hinein und legte hastig Hut und Schal unter eine bewegliche Klappe, die als Vorzimmertisch diente; dann sprach es den geduldigen Türsteher an, als wäre es soeben von der Küche heraufgekommen.

»Ich habe hier Zimmer gemietet«, sagte der junge Mann.

»Frau Froster«, mischte sich vom zweiten Stock her eine männliche Stimme ein, »ich glaube, es hat jemand an der Tür geklopft.«

»Und erwarten Sie vielleicht, daß ich die Arbeit meines Dienstmädchens verrichten soll, Herr Fenwick?« erwiderte scharf vom ersten Stock herab dieselbe Stimme, die Rose gerufen hatte. Vermutlich schlich hierauf Herr Fenwick in sein Gemach zurück, denn er wurde nicht mehr gehört, während die Hausfrau ins Vorzimmer hinuntereilte und, die schlanke Gestalt des Fremden im Zwielicht überprüfend, durch die zusammengebissenen Zähne zischte: »Ich werde es Ihnen schon zeigen, Fräulein.«

Da unterbrach Rose, so laut sie es wagte: »Der Herr ist angekommen.«

Frau Froster nahm sich zusammen; mit unsicherer Stimme befahl sie Rose, sich hinunterzubegeben, und zündete mit zitternden Händen eine Kerze an.

»Bitte sich mit mir hinaufzubemühen, Herr Smith«, sagte sie gedämpft. Von ihr gefolgt, stieg er die Treppen hinauf. Auf der dritten Stufe brach sie wieder los: »Sie haben keine Ahnung, was für Launen dieses Mädchen hat, Herr Smith. Es hat den Teufel im Leib. Ich habe schon ihretwegen mit dem Pfarrer gesprochen. Meine Mieter hetzen sie auf. Mit Herrn Fenwick ist nicht zu reden. Aber Hochmut kommt vor dem Fall.« Hier stieß die Hausfrau ein schmerzliches Lachen aus, das durch das Stolpern ihres Begleiters auf dem ihm ungewohnten Treppenabsatz im zweiten Stock unterbrochen wurde.

»Das hier ist Ihr Zimmer«, sagte Frau Froster und öffnete eine Tür. Sie führte den neuen Mieter in einen kleinen Raum; darin standen zwei Rohrsessel, ein Mahagonibett, gewöhnliche Schlafzimmermöbel aus gelbgebeiztem Fichtenholz und zwei Holzkisten, die Herr Smith frühmorgens geschickt hatte. Die Wände waren von einer weißen, mit kleinen blauen Blumen geschmückten Tapete bedeckt; und das enge Brett über dem Kaminsims trug einen Spiegel, dessen schwarzer Holzrahmen mit vergoldeten Leisten verziert war. Obwohl der Raum sauber war und das Feuer lustig knisterte, fiel dem Mieter der Gedanke kalt aufs Herz, daß dies sein zukünftiges Heim sein sollte; er wartete, bis die Hausfrau sich zurückziehen würde, was sie auch sehr bald tat, nachdem sie gefragt hatte, um welche Stunde er den Tee zu nehmen wünsche.

Robert Smith setzte sich einsam an den Kamin und streichelte traurig seine Schienbeine. Er war ein Jüngling von achtzehn Jahren mit semmelblonden, kurzgeschorenen Haaren, kleinen grauen Augen und gertenschlanker Gestalt. Die feingeschnittenen Züge und das nervöse Betragen verrieten eine gewisse Bildung; seine Schüchternheit jedoch, obwohl ziemlich gut verhehlt, zeugte von einer beschränkten Gesellschaftserfahrung und einem empfindlichen Gemüt. Als er sich so durchgewärmt hatte, daß er nur ungern das Feuer verließ, erhob er sich, untersuchte die Kommode und begann, Reisekoffer und Kisten auszupacken. Aus dem Reisekoffer, der seine Kleidungsstücke enthielt, legte er einen schwarzen Frackanzug sorgfältig in eine der größeren Schubladen; dazu eine einzige weiße

Abendkrawatte, zwei Hemden mit Leinenbrust, ein verblichenes Hemdenknopf-Etui und ein paar Glacéhandschuhe von jener Primelfarbe, die bei Gaslicht als weiß gelten kann. Dann wendete er sich einer der Holzkisten zu und brachte eine illustrierte Familienbibel, einen Band Shakespeare und ein Photographiealbum zum Vorschein, alle drei in schönem Einband. Das Album war ein Geschenk von einem Schulkameraden; die anderen Bücher hatte er im Lauf von zweieinhalb Jahren während seiner Knabenzeit in monatlichen Raten gesammelt; sie waren von dem kleinen Taschengeld erstanden, das er von seinen Eltern, die zu arm und gleichgültig waren, um ihm ein Fixum auszusetzen, sich durch gelegentliches Betteln ergattert hatte. Als er die Bücher sorgfältig zu dem Frackanzug gelegt hatte, schloß er die Lade ab; von nun an war sie seine Schatzkammer, die nur von Zeit zu Zeit geöffnet werden sollte, sooft dies, um Mottengefahr zu verhüten, ratsam erschien.

Jetzt machte er sich an das Ordnen seiner alltäglichen Kleidungsstücke. Außer dem netten Sakko-Anzug, den er trug, besaß er einen sehr abgenutzten für den Hausgebrauch; einen anständigen schwarzen Cutaway für Besuchszwecke, einen Überzieher und eine Reisemütze, die er an einen Nagel an der Tür hängte, den steifen Filzhut, den er soeben abgenommen hatte – manchmal auch »Billycock« genannt – und einen Zylinder der vorletzten Mode, der in Seidenpapier eingehüllt und von einer Hutschachtel geschützt war. Seine Hemden für den Alltagsgebrauch, vier an der Zahl, waren aus starker blauer Baumwolle, und seine Socken waren handgestrickt. Andere Unterwäsche besaß er nicht. Er hatte eine Schachtel der feinsten deutschen Papierkragen; da aber diese pro Stück anderthalb Penny kosteten und nicht waschbar waren, während der Waschlohn für Leinenkragen, die zwar weniger glänzten, nur einen halben Penny pro Stück betrug, hatte er einen Vorrat an Leinenkragen für den Alltagsgebrauch. Diese teilten sich in die beiden Kisten zusammen mit einem halben Dutzend baumwollener Taschentücher, seiner Sonntagskrawatte und allerlei Habseligkeiten als da waren: ein billiger Malkasten, ein Glaskolben mit Ständer und Spirituslampe, einiges Handwerkszeug, Abbildungen aus illustrierten Zeitungen, ein Sammelbuch mit pyrotechnischen Anweisungen und einigen ausländischen Briefmarken, zwei Spielzeug-Kanonen aus Messing und eine gewöhnliche Eisenpistole. Als der Besitzer diese Herrlichkeiten die alte Werkzeugkiste betrachtete, die den größten Teil davon enthielt, schien er von dem Anblick niedergeschlagen. Es waren Reliquien aus seiner Knabenzeit und Beweise für seine Heimatlosigkeit; denn wer würde solche Dinge aus dem Vaterhaus fortschleppen, solange auch nur noch ein Verwandter dort weilt? Smith schüttelte den Kopf und stellte die Kiste in eine Ecke mit genau soviel Sorgfalt, als interessierte er sich noch immer für Miniaturgeschütze und chemische Experimente. Dann stellte er seine Bibliothek auf der Kommode auf. Sie bestand aus Schulbüchern, Wörterbüchern und einer Anzahl klassischer Werke in den billigsten Ausgaben; einige davon waren zerfetzt und trugen Spuren unsanfter Knabenbehandlung, namentlich die Werke Byrons, dessen Kupferstiche mit Federzeichnungen von Schwertern und Schnurrbärten geschmückt waren. Dann zeigte es sich, daß er an Musik Gefallen fand, denn er zog ein paar Noten ans Licht, betitelt: »Raffaelle, Notturno« und »Das Biwak«; ferner ein Lehrbuch des Klavierspiels, auf dessen Einband zu lesen war, daß jeder, der den Inhalt sorgfältig ungefähr sechzehnmal am Tage während eines Jahres spiele, ein perfekter Pianist werden könne. Diese Beweise einer in Dodds Buildings ungewöhnlichen Kultur wurden durch eine eingerahmte photographische Reproduktion einer Dürer-Zeichnung ergänzt, welche einen Ritter darstelllte, der vom Tod begleitet und vom Teufel verfolgt wird, beide grotesk wie Ziegenböcke gesehen. Als dieses Bild an der Wand aufgehängt und der Kaminsims mit einer Weckeruhr, einer Briefwaage und einem Bildnis in Samtetui geschmückt war, holte sich Smith einen Schreibkalender und Schreibutensilien, stellte die Kisten und den Koffer beiseite und machte folgende Aufstellung.

Zinsen von Mutters £ 800 investiert in Grund und Boden in Cork		£ 40.00.00
Mein Gehalt bei Figgis & Weaver		£ 52.00.00
		£ 92.00.00
Miete, Heizung und Gas	£ 20.00.00	
Wäsche	£ 3.00.00	
Essen	£ 31.10.00	
Kleidung	£ 10.00.00	
Straßenbahn zur City und zurück	£ 5.04.04	
Bibliothekabonnement	£ 1.01.00	
	£ 70.15.04	£ 70.15.04
		£ 21.04.08

Smith legte sein Lineal hin. »Und dann noch etwa Theater, Weihnachtsgeschenke, Zeitungen und so weiter«, sagte er, »ich weiß, wie schnell das alle ist. Den Gedanken, ein Klavier zu mieten, muß ich aufgeben. Ich müßte von meinem Gehalt leben können. Habe ich mich vielleicht geirrt?«

Aber er hatte sich nicht geirrt; er legte daher das Notizbuch beiseite und klingelte für das Abendessen; während er darauf wartete, nahm er ein Buch, schürte das Feuer, bis es lichterloh brannte, und überließ sich jenem befriedigten Nichtstun, das gewöhnlich der Erledigung eines lästigen Geschäftes folgt.

Diese Behaglichkeit wurde ihm nicht lange gegönnt. Der Zweifel, den er schon bezüglich der Liebenswürdigkeit seiner Hausfrau hegte, wurde durch Roses Benehmen, als sie das Teebrett anrichtete, noch bestärkt. Das Mädchen behandelte das Geschirr ihrer Herrin, als wäre es der Kopf der Dame; ihre Bewegungen waren derart schroff, und ihr Atem ging derart heftig, daß sich Smith erleichtert fühlte, als sie endlich die Tür hinter sich zuwarf. Sie war nicht lange fort, als sich unten ein Stimmengewirr erhob, das von Zeit zu Zeit schrill wurde und dann wieder in ein klägliches Murmeln verfiel. Ein Geruch von Tabak, der bald darauf Smiths Nase erreichte, schien dem Lärm ein Ende zu machen. Nach einer Zwischenpause mit Ruhe und Rauch hörte er, wie Frau Froster hastig das Zimmer unter ihm betrat und sich in einen lauten Wortwechsel mit dessen Bewohner einließ. Smith hatte sich soeben entschlossen, keine zweite Woche in Dodds Buildings zu verbringen, als er durch ein Geräusch von Schritten, dem Klopfen an der Tür folgte, aufgeschreckt wurde.

»Herein«, sagte er.

Sogleich trat ein junger Mann von liederlichem Aussehen ein. Seine schmutzig-elegante Kleidung und seine Manieren zeigten jene gewisse Vereinigung von Schäbigkeit und Anmaßung, die charakteristisch ist für die Art armer Stutzer, die von Natur schlampig sind. Wären seine Schuhe ganz, seine Wäsche sauber, sein Auge klar, sein Schritt sicher gewesen, hätte er als hübscher Bursche gelten können. Allein die Lackschuhe waren ein wenig geplatzt und zum Teil von schmutzig-grauen Gamaschen bedeckt. Seine Manschetten und der Kragen waren weich und schmierig. Seine Augen waren wässerig; der unreine Teint war von ungesunder gelber Farbe, und sein Benehmen zeigte die schwache Prahlerei eines Menschen, der es sich zur Gewohnheit macht, so unverschämt wie möglich zu sein, dem aber herzlich wenig möglich ist.

»Mein Herr«, sagte er, »haben Sie etwas dagegen, wenn ich in meinem eigenen Zimmer rauche?«

»Nein«, entgegnete Smith, von dem Anblick des Besuchers angewidert, »ganz gewiß nicht.«

»Ich war überzeugt davon, daß Sie viel zu sehr Gentleman sind, um Einspruch zu erheben«, erwiderte der andere. Dann fügte er etwas leiser und das Zimmer neugierig musternd hinzu: »Ich glaube, sie ist hinuntergegangen.« Smith sagte gar nichts. »Hoffentlich verzeihen Sie, daß ich Sie gestört habe«, fuhr der Fremde mit einer Betonung fort, die aristokratisch wirken sollte und die er in der ersten Aufregung vergessen hatte, sich beizulegen. »Mein Name ist Fraser Fenwick. Ich bewohne den Salon und wäre glücklich, wenn ich Ihnen irgendeinen kleinen Dienst erweisen könnte.«

Smith verneigte sich.

»Es ist so unangenehm für einen Gentleman, der Zunge einer Frau von ihrem Stand ausgesetzt zu sein«, sagte Herr Fenwick nun wieder ärgerlich.

»Jawohl«, entgegnete Smith.

Fraser Fenwick prüfte die dünne goldene Damenuhrkette, die Smith trug, und schätzte heimlich den Wert seiner Kleidung. Er sah auf den Handkoffer, ob nicht vielleicht ein Kofferzettel zu erspähen sei, und hätte gerne gezögert in der Hoffnung, etwas von dem neuen Mieter zu erfahren. Doch Herr Smith ermutigte seinen Besucher nicht, zu verweilen, und nachdem Herr Fenwick sich abermals wegen seiner Störung entschuldigt hatte, zog er sich zurück, überzeugt, daß der Neuling ein Emporkömmling sei, das heißt eine Person, die die Bekanntschaft Fenwicks nicht als eine Ehre einzuschätzen wisse.

In sehr niedergedrückter Stimmung beendigte Smith seine Teemahlzeit, und wenn er zehn Jahre jünger gewesen wäre, wäre er ins Bett gekrochen und hätte sich in den Schlaf geweint; so aber starrte er nur sehnsüchtig ins Feuer und bemühte sich vergebens, sich eingebildeten Unterhaltungen mit seiner widerspenstigen Hausfrau und seinem Mitbewohner, dem Erpresser, zu entziehen. Um halb acht hörte er ihn fortgehen. Bald darauf vernahm er die Stimme Frau Frosters, die aus dem Vorzimmer Rose zurief, sofort bestimmte häusliche Arbeiten zu verrichten. Dann wurde die Eingangstür zugeworfen. Einen Augenblick später erschien Rose.

»Sind Sie mit dem Teegeschirr fertig?« fragte sie schmeichelnd.

»Jawohl, danke.«

Rose sammelte das Geschirr auf einem Brett, hantierte noch ein wenig herum und begann dann wieder:

»Werden Sie mich noch brauchen?«

Smith sagte ihr, daß seine Bedürfnisse mit einem Krug Trinkwasser und einem Glas für heute abend befriedigt wären. Rose brachte das Gewünschte sofort. Fünf Minuten nachdem sie das Zimmer verlassen hatte, schloß sich die Haustür wieder, diesmal mit jenem durchdringenden Geräusch, das gewöhnlich bei dem Bestreben hervorgerufen wird, etwas unhörbar auszuführen. Die Uhr schien dann noch lauter zu ticken als vorher. Smith vermutete richtig, daß er allein im Hause sei, und wurde ruhiger. Er war trotzdem immer noch entschlossen, nicht länger als eine Woche in Dodds Buildings zu bleiben, und eine dahingehende Erklärung gliederte sich in so viele Ansprachen, die er wiederholt vor sich hersagte, daß er eine Zeitung aus der Tasche nahm und seine Aufmerksamkeit auf einen Leitartikel zu richten versuchte, der mit einer Abhandlung über heidnische Feste begann und mit einem Lob auf die von gewissen Eisenbahngesellschaften veranstalteten Weihnachtsausflüge endete. Doch verirrten sich seine Gedanken immer wieder zu seinen früheren peinlichen Betrachtungen, er ließ die Zeitung fallen, saß und stierte ins Feuer, bis das Gerassel eines Schlüssels an der Haustür ihn aufrüttelte. Das Geräusch setzte aus, fing wieder an und setzte wieder aus. Als Smith sich soeben trotzig gesagt hatte, daß es nicht seine Sache sei, die Tür zu öffnen, klopfte der Schlüsselbesitzer an. Es war ein Klopfen von einer ganz unerwarteten Art. Frau Froster hätte einen Klopfer nie so zart behandeln, Herr Fenwick nie so entschlossen klopfen können. Rose hätte ein einziges Mal geklopft, während dieses Klopfen das sogenannte Doppeltklopfen war, das heißt, es bestand aus zweimal vier rythmisch eingeteilten kleinen Erschütterungen. Smith war mit seinen achtzehn Jahren fähig, in einigen Sekunden einen ganzen Roman zu erdichten. Durch das Vorhandensein des Haustorschlüssels unterrichtet, daß er keine Gefahr lief, jemandem, der nicht ins Haus gehörte, zu begegnen, ging er hinunter, drehte das Gas im Vorzimmer auf und öffnete die Tür.

Eine junge Frau, in einen Regenmantel eingehüllt, dessen Kapuze über den Kopf gezogen war, trat ein. Sie sagte nur »Danke« mit schottischem Akzent und ging die Treppe hinauf.

Angenehm berührt starrte er ihr nach, bis die durch die offene

Tür dringenden Nebel ihn erschauern ließen.

»Sie muß eine Mieterin sein«, sagte er, als er langsam in sein Zimmer zurückkehrte. Von diesem Augenblick an dachte er nicht mehr daran, das Haus von Frau Froster zu verlassen.

Zweites Kapitel

Am nächsten Morgen um halb neun verließ Smith seine Wohnung und fuhr mit der Straßenbahn in ein Kontor in der Aldersgate Street, wo er täglich für die Herren Figgis & Weaver arbeitete; es war dies eine achtbare Firma, der er aber die filzigsten Lebensansichten zuschrieb. Er bezog ein Gehalt von einem Pfund pro Woche und erwarb Sachkenntnisse über Teppiche und Wachstuch, Artikel, mit denen die Firma einen Großhandel betrieb. Als Gegenleistung verbrachte er fast zwei Drittel seines wachen Daseins damit, ihre Geschäfte in große, in Leinwand gebundene Hauptbücher einzutragen. Smith war nicht unfähig, und er liebte die Arbeit, aber die Pflichten seiner Buchhalterstellung haßte er als unfruchtbares Schuften, mit dem er seine Fähigkeiten lähmte und seine Zeit vergeudete. Trotz seiner unberechtigten Verachtung für Figgis & Weaver, die in ihrem Wirkungskreis nützliche, wenn auch prosaische Menschen waren, fühlte er sich bewogen, seine Arbeit gewissenhaft zu verrichten, damit er ja nicht ihr Schuldner für irgendeinen Teil seines Gehaltes bliebe, der durch seine Nachlässigkeit dann unverdient wäre. Von diesem Standpunkt aus tröstete er sich über seinen geringen Lohn, indem er ihn mit der Summe verglich, die er hätte verdienen können, wenn er sich zum Kleinhandel erniedrigt hätte. Seine Arbeitgeber hielten viel von ihm und waren der Ansicht, daß ihm seine Pflichten lieb wären, weil er sie so gewissenhaft erfüllte; sie ahnten nicht, daß er diese Bereitwilligkeit, mit der er ihnen Dienste erwies, die sie günstig stimmten, seiner eigenen Feigheit zuschrieb. Wenn er mit innerlicher Verachtung Figgis mit »Sir« ansprach, verabscheute er seine eigene Unterwürfigkeit. Wenn er mit den anderen Angestellten über Weavers Scherze lachte, fühlte er sich als der niedrigste Speichellecker im Bureau. Trotzdem veränderte er sein Benehmen deshalb nicht, weil ihm Grobheit, zu der er jedoch nicht fähig war, die einzige andere Alternative zu sein schien.

Jeden Abend um sechs begann jener Abschnitt des Tages, der Smith selber gehörte. Während dieser Stunden löschte er das Geschäft so sorgfältig aus seinem Gedächtnis aus, daß er sogar einen Traum vom Bureau als einen persönlichen Eingriff der Firma Figgis & Weaver übel aufgenommen hätte. An dem Montag, der seiner Ankunft in Dodds Buildings folgte, war er um halb sieben zu seinem Kamin heimgekehrt und hatte soeben zu lesen angefangen, als ihn aus dem Nebenraum ein ständiges Geklapper, das sehr störend war, auffahren ließ. Es ärgerte ihn, und als Rose mit dem Tee hereinkam, fragte er, was es denn sei.

»Das ist Fräulein Russells Nähmaschine«, sagte Rose.

»Fräulein Russell?«

»Sie bewohnt das rückwärtige Zimmer. Sie ist Schneiderin.«

»Wohnt sonst noch jemand hier, außer dem Herrn unten, wenn ich fragen darf?«

»Nur Sie selbst«, erwiderte Rose.

Smith war enttäuscht. In seiner Phantasie war eine Schneiderin entweder ein Frauenzimmer, das, in unweibliche Fetzen gehüllt, das Lied vom Hemd sang, oder eine kecke junge Modistin, ohne Kultur oder Würde. Weder die eine noch die andere Eigenschaft paßte recht zu dem Eindruck von der Person, der er am Abend zuvor die Tür geöffnet hatte. Er hatte ihren Akzent bemerkt, und für eine Schottin schien ihm Kleidernähen eine unnatürliche Beschäftigung. Es vergingen drei volle Minuten, nachdem Rose gegangen war, bevor es ihm möglich wurde, sich Fräulein Russell in irgendeiner anderen Eigenschaft vorzustellen als in der, von welcher das Klappern der Nähmaschine Zeugnis ablegte.

Am Heiligen Abend kehrte Smith in seine Wohnung zurück, reich, aber mit sich selbst unzufrieden. »Figgis & Weaver« hatten ihm fünf Pfund geschenkt, die zurückzuweisen er nicht den Mut gehabt hatte, obwohl sein Stolz sich dagegen aufbäumte, ein Geldgeschenk anzunehmen. Vergebens redete er sich ein, nichts sei natürlicher, als daß seine Brotgeber einen gewissen Teil seines Gehaltes unter ihrer Kontrolle zurückbehielten. Seine Kollegen, einig in der Meinung, daß die Summe, die ihm zugewiesen wurde, zu groß, und diejenige, die sie selbst erhalten hatten, zu klein sei, waren ihm gemein erschienen, und er glaubte ihre Erniedrigung zu teilen. Von diesen Betrachtungen wurde er durch ein Klopfen an der Tür abgelenkt.

»Herein!« rief er.

Die Tür öffnete sich und zeigte eine blonde Frau mit sanften grauen Augen, die hereintrat und Smith mit einer selten anmutigen Bewegung und Selbstsicherheit ansprach. Er erkannte sie als die Person, die er in der Nacht seiner Ankunft gesehen hatte, und erhob sich, von ihrem süßen Lächeln bezaubert und von dem Eindruck der Kraft eingeschüchtert, den er von ihren schönen starken Händen und ihrem entschlossenen Kinn empfing. Sie hielt einen Brief in der Hand.

»Hoffentlich werden Sie mich entschuldigen«, begann sie.

»Bitte sehr«, antwortete Smith.

»Ich habe soeben von einer französischen Dame, für die ich arbeite, einen Brief erhalten und weiß nicht, was drinsteht. Da Frau Froster mir erzählt hat, daß Sie so gelehrt sind, dachte ich, Sie würden vielleicht die Güte haben, ihn mir zu übersetzen.«

Hastig und nicht sehr zusammenhängend drückte Smith seine Zweifel über seine Fähigkeit aus und sein Entzücken, ihr einen Dienst erweisen zu können. Auch bot er ihr einen Sessel an; und in dem Glauben, daß Smith als Gentleman wissen müßte, was sich für eine junge Dame in solchem Falle schickte, setzte sie sich. Dann nahm er den Brief und las ihr einige Worte vor, aus denen sie sich schnell den ganzen Inhalt zusammenreimte. Als er fertig war, machte er sich erbötig, ihr den Brief aufzuschreiben, damit sie ihn nicht vergesse. Sie wollte es ihm nicht abschlagen, zog eine Karte aus der Tasche und bat ihn, ihn auf der Rückseite zu schreiben. Er warf einen verstohlenen Blick auf die gedruckte Seite und konnte in großen Buchstaben den Namen FRÄULEIN RUSSELL lesen und darunter in kleinerer Schrift »Mitgebrachte Stoffe werden zur Verarbeitung übernommen«. In kaufmännischem Stil, in welchem er sich durch seine Tätigkeit bei Figgis & Weaver vervollkommnet hatte, schrieb er die Übersetzung nieder. Sie dachte jetzt, daß sie lange genug im Zimmer des Herrn Smith geweilt hätte, bedankte sich und zog sich mit der Anmut einer Löwin zurück. Smith, der gewohnt war, Frauen wie Papageien stolzieren zu sehen, fühlte seine Brust in Bewunderung schwellen und ging auf die Straße hinaus. Mit seinen fünf Pfund in der Tasche betrachtete er die Weihnachtsauslagen, bis seine elastischen Schritte und seine gehobene Stimmung ermatteten.

Er kehrte durch Euston Road heim. Er liebte diese Straße wegen der Bücherstände, die sich darin befanden, und ging selten hindurch, ohne stehenzubleiben und die kalbledernen Bände von

Theologie und Statistik und Reisebeschreibungen zu besichtigen, die dort für ein paar Pence pro Stück feilgeboten wurden. An diesem Abend jedoch fand er nichts, das zu erstehen ihn lockte, bis er nur noch eine kurze Strecke von Dodds Buildings entfernt war. Da entdeckte er auf einem Bücherstand ein billiges Exemplar von Tassos »Jerusalem«. Entschlossen, nicht ohne eine Neuerwerbung heimzukehren und Italienisch zu lernen, trat er in das Geschäft ein. Das erste, was er dort erblickte, war Fräulein Russell, die mit dem Feilschen so beschäftigt war, daß sie ihn erst sah, als der Verkäufer eingewilligt hatte, zwei Drittel des ursprünglich verlangten Preises für ein Buch anzunehmen, das, wie Smith inzwischen bemerkt hatte, sich als eine Methode ausgab, die französische Sprache ohne Lehrer in einem Monat perfekt zu erlernen. Unsicher, ob er sie ansprechen sollte, und voll Verlangen danach, bezahlte er sein Buch, und dann, als ob er ihre Gegenwart plötzlich wahrgenommen hätte, grüßte er ehrerbietig.

Fräulein Russell, eine schutzlose junge Dame von angenehmem Aussehen, ließ Männer nicht leicht an sich herankommen; die Schüchternheit jedoch, die Smith an sich selbst so beklagte, gewann ihm das Vertrauen der Frauen. Sie erwiderte seinen Gruß nicht nur, sondern gestattete ihm auch, sie nach Hause zu begleiten. Danach urteilend, was sie bisher von ihm gesehen hatte, gefiel er ihr als ein höflicher junger Mann; sie achtete ihn als einen gebildeten Menschen und bedauerte ihn als einen unschuldigen Jüngling, der einem Buchhändler einen Shilling und sechs Pence bezahlt hatte, obgleich dieser schon froh gewesen wäre, sechs Pence zu bekommen.

»Wie ich sehe, wollen Sie Französisch lernen«, sagte Smith, als sie weitergingen.

»Wie ich sehe, beobachten Sie scharf«, erwiderte Fräulein Russell.

»Ich glaube, Sie werden finden, daß das Buch kein sehr guter Lehrer ist«, fuhr er fort.

»Es wird mir sehr gute Dienste leisten«, sagte sie. Da sie das Buch gekauft hatte, war sie entschlossen, es zu verteidigen.

»Aber Fräulein Russell«, sagte Smith, »Sie verstehen doch gar nichts davon – oder doch?«

Diesmal hatte sie keine Antwort bereit. Smith sah, daß sie ungehalten war, und beeilte sich, seinen Triumph zu mildern.

»Ich bin der Ansicht, daß sehr viel Zeit oft mit Lernen vergeudet wird, die ich Ihnen, glaub' ich, ersparen könnte, wenn Sie es mir gestatten würden. Aber«, fügte er hinzu, für den Fall, daß er zu weit gegangen wäre, »vielleicht würden Sie dies zudringlich finden.«

»O nein!« sagte sie bescheidener. »Ich wäre Ihnen für Ihre Hilfe sehr dankbar.«

»Haha, sie kommt sich weniger erhaben vor als vor ein paar Minuten«, dachte Smith. Kaum aber hatte er so innerlich frohlockt, als er auf dem Gesicht seiner Begleiterin einen Ausdruck von Abwesenheit entdeckte. Im Torbogen, der von der Straße in Dodds Buildings führte, stand Fraser Fenwick im Gespräch mit einem jungen Mann, der als ein beschädigter und beiseite geworfener Versuch einer Nachbildung von ihm selbst hätte gelten können. Als die Schneiderin in den Gang einbog, traten sie zur Seite, und Fenwick begrüßte sie durch Lüften des Hutes. Ohne ein Zeichen ging sie an ihm vorbei, und der Eindruck, den Smith zuerst von ihrer Kraft und Anmut gewonnen hatte, kehrte ihm so stark wieder, daß er die zwei Männer vergaß, bis ein von einem verlegenen Kichern gefolgtes rohes Lachen ihm den Wunsch einflößte, umzukehren und sie zu stellen. Vor seiner Zimmertür verabschiedete er sich von seiner Begleiterin, und während des ganzen Abends weilten seine Gedanken ununterbrochen bei ihr.

Unterdessen war Fenwick dabei, seinem Kameraden seine Zurückweisung zu erklären.

»Es ist ein liebes Mädchen«, sagte er, »aber vor einigen Tagen haben wir einen kleinen Auftritt gehabt, und um sich zu rächen, hat sie sich mit diesem Laffen eingelassen.«

»Warum gibst du ihm nicht einen Fußtritt?« fragte der andere.

»Bah!« meinte Fenwick. »Es gehört sich nicht, daß ein Gentleman sich wegen einer Nähmamsell in eine Rauferei einläßt. Sie wird ihn schnell genug laufen lassen. Sie hat sich über die kleine Selina bei Bigleys geärgert. Wohin gehst du jetzt?«

»Na, eigentlich habe ich im Augenblick nichts Besonderes vor. Wohnst du hier?«

»Vorläufig«, sagte Fenwick, dem bewußt war, daß er seinem Gefährten Anlaß gegeben hatte, sich eine elegantere Wohnung vorzustellen. »Sie wohnt ja dort oben.« Hier lächelte er, und sein Gefährte schmunzelte verständnisvoll. »Du wirst wohl nicht hereinkommen wollen«, fügte er nicht sehr gastfreundlich hinzu.

Als Antwort trat der andere sofort ein, und enttäuscht führte ihn

Fenwick mit so viel Artigkeit in sein Zimmer, als er aufbringen konnte. Der Besuch, der Sam Box hieß, beteuerte sein Wohlgefallen an dem Raum, in welchem der Ordnungssinn Frau Frosters mit der Unordnung ihres Mieters im Kampfe lag.

»Es ist eine behagliche Bude«, sagte Box. »Wo wohnt sie?«

»Möchtest du einen Grog?« fragte sein Wirt fast barsch.

»Danke«, sagte Box. »Ich habe nichts dagegen.«

Fenwick holte etwas Whisky und Wasser und mischte schweigend. Als er beim Gaslicht das verkommene Aussehen seines Gastes betrachtete, nagte seine eben erlittene Zurückweisung mit erhöhter Bitterkeit an ihm. Man kann nicht erwarten, dachte er, daß Fräulein Russell ihren neuen Bekannten auch nur ahnen läßt, daß sie eine Person kennt, die so weit ihren Stand vergessen hat, um sich öffentlich mit einem so schlecht gekleideten Mann wie Box zu unterhalten. Das Bewußtsein, daß Box den Auftritt genossen hatte, steigerte den Verdruß noch, und Fenwick wurde boshaft, während er trank.

»Schöne Sache«, rief er aus, »daß ein Gentleman von einer gewöhnlichen Hemdennäherin, die nur wenige Shilling vor der Straße bewahren, geschnitten wird. Es ist wahrlich eine Ehre, mit ihr in einem Haus zu wohnen. Schade, daß sie sich nicht einen Salon statt eines Dachstübchens leistet. Vielleicht glaubt sie gar, daß mir etwas daran liegt, ob sie mich kennt oder nicht.«

»Ich dachte, es wäre wegen der kleinen Selina«, sagte Box und grinste.

»Was zum Teufel geht es dich an«, erwiderte Fenwick scharf.

»Oh, gar nichts«, sagte Box mit einer unbehaglichen erheuchelten Ungezwungenheit.

»Dieser Emporkömmling glaubt, weil ich ihm in der Nacht seiner Ankunft etwas Beachtung schenkte, daß er machen kann, was er will. Ha, ha, vielleicht ist er auf seinen Namen stolz. Die Fraser Fenwicks sind fast so selten wie die Smiths.«

»Nun, sei dem wie ihm wolle – auch eine Wichtigkeit«, sagte Box heiter.

»Wichtigkeit!« rief Fenwick aus. »Vermutlich ist es dir ganz gleichgültig, was die Leute von mir denken, wenn du auf der Straße hinter mir herpendelst«.

»Und wer bist denn du?« sagte Box, der plötzlich blaß wurde und aufsprang.

Fenwick erhob sich und sah seinen Gast mit Verachtung an, aber er war so erschrocken, daß er nicht reden konnte. Box, nicht minder erschrocken, wiederholte mehr mit seinen weißen Lippen als mit der Stimme: »Und wer bist denn du?«

»Ich bin Herr in diesem Hause«, keuchte endlich Fenwick. »Dort ist die Tür!«

»Oh, ich gehe, schnell genug«, sagte Box, der, als er aus dem Zimmer entwich, dreist wurde, »aber nicht auf deinen Befehl, Herr des Hauses. Es ist schade«, fuhr er über Fenwick spottend fort, indem er die Treppe hinunterging und im Hinabgehen die Stimme erhöhte, »daß du dich als Gentleman nicht besser mit deinem Mieter verträgst. Es tut mir leid, daß ich nicht gut genug bin, um mich mit dir zeigen zu können. Hoffentlich zahlst du für deinen rückwärtigen Salon ebenso, wie du den alten Bigley für die Getränke bezahlt hast. Was sagt man dazu...« Hier schien ein zorniger Schritt zu bedeuten, daß Fenwick ihm nachstürzen wollte, und Box entfloh; er warf die Haustür mit solchem Krach zu, daß die Stockwerke bebten.

Fenwick hatte nur eine kleine Weile Ruhe, dann klopfte Frau Froster an die Tür. Er wurde ganz blaß, als er »Herein!« rief. Sie war groß und eckig und hatte schwarze Augen, die eng zu beiden Seiten einer Adlernase standen.

»Nun, Herr Fenwick«, sagte sie mit gespannter Stimme. »Ein schönes Benehmen ist das.«

»Ich wünsche keinen Auftritt, bitte«, sagte er in dumpfer Verzweiflung.

»Ich wünsche keine Spelunkenprahler, die durch mein Haus schreien«, entgegnete sie scharf. »Ich wünsche nicht, daß mein Haus in Verruf gerät. Ich will es nicht.«

Er zuckte die Achseln und schwieg.

»Hören Sie, was ich sage, Herr Fenwick, wollen Sie mir antworten?«

»Was kann ich dafür, wenn ein Mann ein gemeiner Kerl ist?« fragte er. »Wenn ein Mann sich in dem Hause eines Gentleman nicht zu benehmen weiß, bin ich nicht schuld daran.«

»Und seit wann gehört Ihnen dieses Haus?«

»Das Zimmer meine ich.«

»Und seit wann«, wiederholte sie, »gehört Ihnen das Zimmer?«

Herr Fenwick vermied ihren Blick und antwortete nicht. Da rief sie mit plötzlicher Grimmigkeit aus: »Wollen Sie Ihre Miete zahlen und das Haus verlassen!«

»Ich habe versprochen ––«

»Kann ich von Ihren Versprechungen leben?«

»Es ist mir unmöglich – um Gottes willen, lassen Sie mich in Ruhe«, rief er sehr aufgeregt.

»Wagen Sie es nicht, unter diesem Dach Gott zu lästern!« rief sie. »Er wird Sie strafen. Er wird Sie mit Feuer strafen.«

»Hören Sie auf, hören Sie auf«, schluchzte Fenwick, fiel in einen Sessel und stützte den Kopf in die Hände.

»Ich bin sehr gottlos gewesen; aber mir ist sehr elend zumute. Niemand will mehr mit mir reden oder mich kennen. Ich werde sterben. Wenn Gott mich nur am Leben läßt, will ich nie mehr einen Tropfen anrühren. Morgen werd' ich in die Kirche gehen, wirklich. Ich habe die ganze Zeit schon die Absicht gehabt.«

Frau Froster wurde durch die plötzliche Niedergeschlagenheit ihres Opfers zum Schweigen gebracht und, von ihrer Heftigkeit erschöpft, von seiner Angst angesteckt. »Hoffentlich werden Sie das tun, Herr Fenwick«, sagte sie feierlich.

»Sie glauben doch nicht, daß ich in dieser Nacht noch sterben werde?« sagte Fenwick zitternd.

»Gott bewahre, daß ich an so etwas Furchtbares glauben sollte«, erwiderte sie und ging auf die Tür zu.

»Bleiben Sie noch einen Augenblick, Frau Froster«, flehte er, indem er seine zitternden Hände über den Tisch hinüberstreckte, als ob er ihr Kleid fassen wollte.

»Nur noch eine Sekunde. Ich habe Angst, allein zu sein. Sie werden mich doch hier nicht sterben lassen?«

Frau Froster versuchte zu sprechen, aber die Zunge klebte ihr am Gaumen und ihre Glieder schienen im Begriff, zu versagen.

Hastig verließ sie das Zimmer und schritt auf ihr Bett zu, in dessen Kissen sie bis Mitternacht abwechselnd zitterte und schluchzte.

Alleingelassen, stöhnte Herr Fenwick einige Augenblicke. Dann spähte er furchtsam umher, und vom hellen Schein des Gaslichtes und des Feuers wieder beruhigt, erhob er sich, holte etwas Whisky und trank ein volles Glas davon aus. Nachdem er sich so einige Minuten Selbstbeherrschung erkauft hatte, entkleidete er sich und ging zu Bett, wagte aber nicht, das Licht auszudrehen. Später wurde er von dem Schrecken, mit dem seine Phantasie die Zimmerecken bevölkert hatte, durch einen dumpfen Schlaf erlöst.

Drittes Kapitel

»Mir ist immer, als ob heute Sonntag wäre«, so sagte am fünfundzwanzigsten Dezember desselben Jahres, in welchem sich Robert Smith in Islington einmietete, die ganze Bevölkerung des Vereinigten Königreiches nebst vielen Ausländern. Das sagte auch Smith, als er dem Hyde-Park zuschlenderte, in einem Tonfall, welcher zu versichern schien, daß ihm die Ähnlichkeit nicht behagte. Da er sich in der Laune fühlte, neue Gegenden zu erforschen, und ihm das Straßenlabyrinth, Mayfair genannt, wenig bekannt war, bog er von Piccadilly in Shepherds Market ein und fand sich bald in einem Hof, wo mehrere Leute auf den Eingang eines Schulhauses zustrebten. Smith war sowohl wißbegierig als auch aufmerksam. Auch liebte er Abenteuer, und einen fremden Ort unaufgefordert zu betreten, schien ihm kühn. Er betrat demnach das Schulhaus und war kaum über die Schwelle, als ein Mädchen ihm eine religiöse Broschüre überreichte. Er dankte und ging einen Gang entlang; dort begegnete er der Reihe nach einem ernsten Jüngling, der ihn bat, ein kleines Büchlein entgegenzunehmen, einem Mann, der ihm ein anderes mit strenger Miene aufdrängte, und einer lächelnden Person, die ihm ein kleines Blatt in die Hand drückte, als ob es ein Ärztehonorar wäre, und ihn sachte ins Schulzimmer hineinschob. Die vorderen Plätze waren von weiblichen Wesen besetzt, hauptsächlich jungen Mädchen, die von alten, mürrisch aussehenden Frauen begleitet waren. Die übrigen Zuhörer waren gediegene Geschäftsleute, ein Halbdutzend Soldaten und einige Jünglinge, die Spötter zu sein schienen. Fast alle Frauen waren ernst, aber viele Männer lächelten beständig und drückten den Ankommenden die Hände. Smith setzte sich und las seine Broschüren, die er weder glaubwürdig, christlich noch interessant fand.

Die Versammlung wurde durch einige Kirchenlieder eröffnet, die leidlich gesungen wurden. Viele Sänger lasen dabei in Büchern, die in fast jeder Art musikalischer Symbolik, außer im gewöhnlichen Notensystem gedruckt waren. Deshalb gab es, obgleich der größte Teil der Versammlung entweder der Melodie folgte oder eine summende Baßstimme improvisierte, die sich nur in Schlußkadenzen bewegte, doch einen leidlichen Versuch in mehrstimmigem Gesang, und Smith fand keinen Fehler in der Ausführung. Vier Kirchenlieder wurden der Reihe nach gesungen; das letzte hatte als

Refrain die Worte: »Dort drüben werden wir glücklich sein«, und die Stelle »dort drüben« wurde in allen Stimmen wiederholt, wobei eine der andern antwortete. Diese antiphonische Gesangserfindung war sehr beliebt; und die letzte Strophe wurde von der Versammlung freiwillig wiederholt. Mit seiner farblosen Baritonstimme beteiligte sich auch Smith an der Harmonie, aber er hörte bald auf, denn ihm war, als ob ein junges Mädchen, das neben ihm saß, ihm zuhörte. Ein Mann, der dies beobachtete, bot ihm sein Gesangbuch an; er nahm es und hielt es an einer Ecke fest, bis die Musik zu Ende war. Dann erhob sich ein junger Mann, eifrig und stolz auf seine Redekunst, und hielt eine lange Rede, in der er solche Änderungen der Naturgesetze forderte, die die Einrichtung des Weltalls mit seinen eigenen Grundsätzen in Einklang bringen sollten. Als er fertig war, hielten mehrere Leute Ansprachen; aber es fehlte ihnen an Abwechslung, da alle Reden sehr wenig Geist verrieten. Smith war angewidert von den Ansprachen einiger Männer, die die Scheußlichkeiten erzählten, welche sie vor ihrer Bekehrung begangen hatten, und lauerte auf eine Gelegenheit, sich unauffällig zu drücken. Bevor er jedoch eine solche fand, erhob sich ein Mann von ungefähr dreißig Jahren, mit dunklen Ringen um die Augen, einem spitzen Schnurrbart und langen schwarzen Haaren, der von den Frauen mit erwartungsvollem Murmeln begrüßt wurde. Smith entschloß sich, zu warten und ihn sprechen zu hören. Im Gegensatz zu den früheren Rednern trug er eine graue Tuchjoppe und ein buntes Halstuch. Ein großer Filzhut lag auf der Bank, von der er sich erhoben hatte. Obgleich er öfters durch Husten unterbrochen wurde, sprach er mit auffallender Geläufigkeit und Inbrunst und erläuterte seine Rede durch viele Anekdoten. Zum Schlusse erklärte er, daß sein Ende nahe sei, daß ihm aber sein Arzt das Leben zugesichert hätte unter der Bedingung, daß er den Pflichten eines Evangelisten vollständig entsagte, daß er aber entschlossen sei, bis zum Ende auszuharren, da er auf eine Belohnung durch einen noch größeren Arzt vertraue. Zum Schluß dieser Rede sank er auf die Bank nieder und hustete heftig. Eine fühlbare Rührung unter den Zuhörern bezeugte die Richtigkeit, mit der er seine Wirkung beurteilt hatte. Smith, dessen feinerem Gefühl dieser Höhepunkt übertrieben schien, grinste darüber, als er plötzlich dem Blick eines bescheiden aussehenden Mädchens begegnete, das ganz in seiner Nähe saß; ihre tränenerfüllten Augen starrten ihn mit vorwurfsvollem Erstaunen an. Stolz auf seinen Zynismus blickte er so höhnisch wie möglich drein; und da sie diesen Ausdruck als ein Zeichen der Verachtung ihrer Person auslegte, die seinem höheren gesellschaftlichen Range entsprang, wandte sie sich ab. Smith, der klug genug war, seine eigenen Dummheiten zu begreifen, jedoch nicht genug Geistesgegenwart besaß, innezuhalten, wenn er in Versuchung geriet, sie zu begehen, bereute sofort und beobachtete das Mädchen, bis die Versammlung sich nach einem langen Gebet und nach drei oder vier Kirchengesängen auflöste. Während die Menge sich zerstreute, blieben die Redner, die gesprochen hatten, stehen, um die Glückwünsche ihrer Bewunderer entgegenzunehmen. Der schwarzhaarige Mann war der beliebteste und wurde so bedrängt, daß er schließlich entfliehen mußte und sich der Tür hastig näherte. Im Eingang kam er an Smith vorbei und war eben daran, auf die Straße zu flüchten, als das Mädchen, das seine Rede zu Tränen gerührt hatte, ihn anhielt und in ernstem Ton ausrief: »Oh, Herr Davis, ich wollte etwas sehr Wichtiges mit Ihnen besprechen.«

Der Prediger ließ sich dann in ein Gespräch ein, in das sie noch immer vertieft waren, als Smith fortging, nachdem er neugierig eine Zeitlang im Saal und Gang gezögert hatte. Als er an ihnen vorbeikam, hörte er den Prediger sagen:

»Ich werde ihn noch diese Nacht, noch diese Minute aufsuchen.«

»Oh, nicht heute, Herr Davis«, sagte das Mädchen, »ich hatte nicht die Absicht, Ihren Weihnachtstag zu stören.«

»Ich bin zu jeder Zeit bereit, dem Ruf meines Gebieters zu folgen, Fräulein Watkins. Ich weiß sehr gut, daß ich keine Zeit zu verlieren habe«, fügte er hüstelnd hinzu.

Als Smith wieder Piccadilly erreicht hatte, bestieg er das Dach eines Omnibusses, der nach Islington fuhr. Bei Oxford-Circus sah er zu seiner Überraschung Davis das Fahrzeug erklettern und neben ihm Platz nehmen. Einige Zeit saß der Prediger still und stützte die hohle Wange auf seine Hand, die mit einem auffallenden Ring geschmückt war. Er blickte hin und wieder auf Smith und schien geneigt, mit ihm ein Gespräch zu beginnen. Sie hatten fast das Ende der Portlandstraße erreicht, als er sich erlaubte, folgende unerwartete Frage zu stellen:

»Können Sie mir vielleicht sagen, mein Herr, ob wir in der Nähe eines Platzes namens Dodds Buildings vorbeikommen?«

Smith erwiderte, daß das Gartenhaus »Zum Engel« in Islington, vor dem der Omnibus halte, ungefähr zehn Gehminuten von dem betreffenden Platz entfernt sei, und fügte hinzu, daß er selbst dort wohne.

Da machte Davis große Augen, denn er hatte nach Smiths Aussehen angenommen, daß er ein Gentleman sei, eine Folgerung, die er mit dem Wohnen in Dodds Buildings unvereinbar fand. Es wurde ihm leichter zumute, und er sagte:

»Habe ich Sie nicht bei unserer heutigen Versammlung gesehen?«

»Allerdings, ich ging vorüber und trat ein, ohne zu wissen, worum es sich handelte.«

»Werden Sie wiederkommen?«

»Es ist für mich, fürchte ich, etwas entlegen.«

»Sagen Sie das nicht. Sicherlich machen Sie sich täglich zehnmal mehr Unbequemlichkeiten für geringere Belohnung.«

Smith dachte an Figgis & Weaver und seufzte unwillkürlich.

»Na«, fuhr Davis fort, als er dies bemerkte, »ich sehe, Sie fühlen, daß ich recht habe; und das habe ich auch, obwohl nicht aus eigener Weisheit. Ich werde Ihnen sagen, wo ich wohne. Ich wohne in Hammersmith. Dodds Buildings ist für mich entlegener als Shepherds Market für Sie, aber das macht mir nichts. Ich bin heute hierhergekommen, um einen jungen Mann dem Teufel zu entreißen, dessen Sklave er geworden ist. Und mit Gottes Hilfe wird mir das auch gelingen. Wenn Sie wüßten, wie mich diese Arbeit beglückt, würden Sie sich mir anschließen.«

»Ohne Zweifel ist jeder glücklich, der eine Arbeit zu leisten hat, die er liebt und an die er glaubt.«

»Es gibt eine Menge solcher Arbeit für jedermann, und Sie würden auch daran Gefallen finden.«

Smith schüttelte den Kopf und schwieg. Er konnte nicht glauben, daß ein Mann, der nicht einmal grammatikalisch richtig sprach, ihn irgendwie belehren könnte. Er zählte erst achtzehn Jahre.

»Wie glauben Sie, daß ich zu dieser Arbeit komme?« fragte Davis. »Der junge Mann, den ich heute – am Weihnachtstag – aufsuchen will, war mit seiner Base verlobt. Die Base sah, wie er auf schlechte Wege geriet, und wußte nicht, wie sie ihn retten könnte. Eines Tages kam sie in unsere Versammlung, und ihr Herz wurde gerührt. Damals hat ihr der Herr den Weg gewiesen; und heute noch hat sie mit mir gesprochen, als ich sozusagen auf die offene Straße hinausging. ›Oh, Herr Davis‹, sagte sie zu mir, ›reden Sie doch mit ihm. Auf Sie wird er hören. Sie verstehen es, auf die menschliche Seele einzureden, und besser als irgendein Pfarrer können Sie sie retten.‹ So ging ich geradewegs, um ihn aufzusuchen. Und wenn mir die Kraft verliehen ist, werde ich ihn ihr als neugeboren wieder zuführen.«

Höflich wünschte ihm Smith Erfolg.

»Danke, mein Herr«, entgegnete der andere, »mir wären jedoch Gebete lieber als Wünsche.«

»Die meisten Gebete sind kaum etwas anderes als Wünsche.«

Davis sah ihn zweifelnd an. Smith brachte das Gespräch auf das Wetter, auf die Tendenz immer unweihnachtlicher ausfallender Weihnachtsfeste und so weiter. Als sie zum »Engel« kamen, stiegen sie aus; Smith machte Davis den Vorschlag, ihn nach Dodds Buildings zu führen, und fügte hinzu, daß es ganz in der Nähe sei.

»Wenn es sich nicht um eine heilige Botschaft handelte«, sagte der Prediger unbehaglich, »wäre es etwas peinlich, einen Fremden aufzusuchen.«

Smith fand das einfach anmaßend, sagte es aber nicht.

»Man hat mich manchmal mißverstanden und verunglimpft«, fuhr Davis fort; »aber ich habe mich daran erinnert, daß ein Besserer und Größerer als ich Ärgeres erlitten hat. Das ist ein gutes Heilmittel gegen einen zu hohen Eigendünkel.«

»Das weiß ich nicht«, sagte Smith zweifelnd. »Dann könnte man mit derselben Berechtigung behaupten, daß es keine Schande ist, gehenkt zu werden. Außerdem würde die Gewohnheit, seine persönlichen Verhältnisse mit denen von großen Männern zu vergleichen, eher den Egoismus verstärken, als ihn zerstören.«

»Ich finde, Sie haben sonderbare Ideen«, sagte Davis lächelnd.

Smith erwiderte rasch, daß er niemals begreifen könnte, warum der gesunde Menschenverstand, wenn er mit einem allgemeinen Urteil zusammenprallt, verachtungsvoll als sonderbare Idee verworfen werden sollte.

»Ich bitte um Verzeihung«, sagte Davis demütig. »Gott bewahre, daß ich mit jemandem verachtungsvoll sprechen sollte, der eine Seele hat, die ebenso kostbar, nein, noch kostbarer ist als die meine.«

»So habe ich es nicht gemeint, glauben Sie mir«, sagte Smith verlegen. »Dies hier ist Dodds Buildings«, fügte er hinzu, als sie in den Torbogen eintraten.

»Oh, wirklich?« sagte Davis. »Ich bin Ihnen sehr verbunden.

Vielleicht setzen Sie ihrer Liebenswürdigkeit die Krone auf und zeigen mir noch die Tür Nummer drei.«

»Hier ist sie«, sagte Smith und sperrte die Tür mit seinem Hausschlüssel auf.

»Nein, was gibt es doch für merkwürdige Dinge!« rief der Prediger aus. »Verlassen Sie sich darauf, das ist kein bloßer Zufall. Kennen Sie einen Herrn Fenwick, der hier wohnt?«

»Herr Fenwick ist augenblicklich nicht zu Hause«, sagte Rose, die soeben im Vorzimmer erschienen war.

Bei dieser Nachricht sah Davis so bestürzt drein, daß Smith nichts anderes übrigblieb, als ihn auf sein eigenes Zimmer einzuladen, obgleich er sich der dürftigen Bewirtung, die er ihm anbieten konnte, schämte. Er wurde jedoch aus dieser Verlegenheit durch das Erscheinen von Frau Froster befreit, die ihn zu seinem Erstaunen ersuchte, seinen Freund in den Salon zu führen. Davis verbeugte sich zustimmend, und die drei traten in den vorderen Salon ein, der Frau Frosters Paradezimmer war und den sie niemals vermietete. Der Tisch war aus Walnußholz und mit einem hochroten Tischtuch bedeckt, in dessen Mitte, auf einer kleinen gestrickten Wolldecke, ein Kasten mit ausgestopften Vögeln stand. Auf dem Kaminsims standen eine Zieruhr, ein Uhrständer aus Samt und zwei Gipsvasen unter Glassturz. Ein Konvexspiegel in einem Goldrahmen von solid-häßlichem Aussehen hing an der Wand dem Pfeilerspiegel gegenüber. Das Fenster war mit roten Damastvorhängen behängt, die von den grünen Jalousien abstachen, und das Aussehen des ganzen Zimmers entsprach den Anforderungen an Vornehmheit, auf welche Frau Froster in den vielen Jahren ihres Kampfes ums Dasein niemals verzichtet hatte.

»Wenn ich nur wüßte, wie der Kerl heißt«, dachte Smith, als er eintrat. »Vermutlich erwartet man, daß ich ihn vorstelle.« Er wurde jedoch abermals durch Frau Froster aus dieser Verlegenheit befreit.

»Niemals hätte ich gedacht, Herr Davis«, sagte sie bewegt, »daß ich je die Ehre haben würde, Sie am Weihnachtstage in meinem Haus zu begrüßen. Das hier ist Fräulein Russell, eine meiner Freundinnen. Harriet, dies ist der Herr, von dem ich dir so oft erzählt habe.«

Fräulein Russell, die neben dem Kamin saß, verriet eine flüchtige Kenntnis vom Dasein des Herrn Davis, der sich zu tief verbeugte und dann, der Einladung der Hausfrau folgend, Platz nahm. Smith setzte sich auch. Ein Kümmelkuchen und eine Flasche Marsala wurden herbeigeschafft, und alle, mit Ausnahme der Schneiderin, beteiligten sich daran.

»Sie besuchen uns jetzt sehr selten in Finsbury«, sagte Frau Froster.

»Jawohl«, erwiderte Davis, »ich arbeite nur im Westend. Es gibt in ganz London keine größere Wüste als Hyde-Park, und es können gar nicht genug Stimmen darin rufen.«

»Pflegen Sie Gebetversammlungen zu besuchen?« fragte Fräulein Russell leise Smith, während Davis seine Bemerkungen über den Unglauben Londons bis zur Breite einer Evangeliumsrede ausdehnte.

»Nein«, flüsterte Smith. »Ich geriet heute zufällig hinein, weil ich nichts anderes zu tun hatte und neugierig war. Auf dem Heimweg habe ich ihn getroffen, und da er in diesem Hause einen Besuch machen wollte, haben wir uns kennengelernt. Ich glaube, seine Absicht ist, Herrn Fenwick zu bekehren. Haben Sie ihn jemals predigen hören?«

»Nein, bewahre!« sagte Fräulein Russell, als verletze die Frage ihren gesunden Menschenverstand. Sie sprach aber um nichts leiser, und Smith begann zu glauben, daß sie dort, wo sie keine Sympathie fühlte, nicht sehr rücksichtsvoll war.

»Was macht die französische Sprache?« fragte er.

»Das geht Sie nichts an, Herr Smith«, entgegnete sie.

Smith grinste. »Bevor Sie die Hälfte des ersten Kapitels dieser unfehlbaren Methode durchgearbeitet haben, werden Sie mich um Hilfe bitten«, sagte er.

»Haben Sie die fromme Versammlung interessant gefunden?« fragte sie kalt.

»Nicht besonders. Sie sollten mir aber nicht böse sein, weil ich ihr Geheimnis entdeckte, nachdem Sie es mir selbst erzählt haben.«

»Ich bin nicht böse«, sagte Fräulein Russell. »Aber ich finde, daß Sie sehr beharrlich sind.« Dann fügte sie rasch hinzu: »Sehr beharrlich in der Tat.«

Smith ließ die Sache fallen und begann von sich selbst zu sprechen. Er wurde von Davis unterbrochen, der vergebens auf eine größere Zuhörerschaft als Frau Froster gehofft hatte und sich jetzt direkt an die Schneiderin wandte.

»Habe ich schon das Vergnügen gehabt, Sie in einer unserer kleinen Versammlungen zu sehen, Fräulein?« fragte er.

»Harriet!« rief Frau Froster scharf nach einer Pause. »Hast du nicht gehört?«

Fräulein Russell drehte sich um; auf ihrem Gesicht lag noch der Schein eines Lächelns, das durch Smiths Witze hervorgerufen worden war, und sie sah fragend von Frau Froster auf den Prediger, der erbleichte.

»Habe ich es gehabt?« wiederholte er, sich auf seine Frage beziehend.

»Was gehabt?« fragte sie, als ob sie im Begriffe sei, Davis für einen größeren Narren zu halten, als es anfangs geschienen hatte.

»Herr Davis hat dich gefragt, ob du die Versammlungen in Finsbury besucht hast«, sagte Frau Froster.

»Ich besuche niemals fromme Versammlungen«, sagte Fräulein Russell.

»Du gehst nirgends hin, Harriet, und Herr Davis wird deswegen keine bessere Meinung von dir haben«, sagte Frau Froster.

»Vermutlich nicht«, bemerkte Harriet, ihre Verachtung für seine Meinung kaum verhehlend.

»Darf ich fragen, was Sie gegen uns haben?« sagte Davis, der Frau Froster für ihre Bemerkung gar nicht dankbar war.

»Ich bin von meinem Vater in dem Glauben erzogen worden, daß in diesen Dingen nichts Gutes steckt«, sagte Harriet schlicht. Hier stöhnte Frau Froster, von ihren Erinnerungen an Herrn Russell überwältigt.

»Ich wollte, ich könnte mit Ihrem Vater sprechen«, sagte Davis mit zuversichtlichem Lächeln.

»Das wollte ich auch«, sagte Harriet.

»Er ist tot.«

»Oh!« rief Davis aus und legte sein bewegliches Gesicht in Trauerfalten, »ach!«

»Er hat viel zu verantworten. Er hat in der Tat viel zu verantworten!« rief Frau Froster aus.

»Genug jetzt von meinem Vater, Frau Froster«, sagte Fräulein Russell. Einen Augenblick sah Frau Froster rebellisch aus. Dann verlor sie den Mut und ließ das Thema fallen.

»Ob Herr Fenwick wohl inzwischen nach Hause gekommen ist?« bemerkte Smith, eifrig bemüht, dem Gespräch eine andere Wendung zu geben.

»Jawohl, das wüßte ich auch gerne«, sagte Davis. »Ich bin den weiten Weg von der anderen Seite Londons hierhergekommen, um ihn zu sehen. Ich habe ihm einige Worte – und wie ich hoffe, Worte zur rechten Zeit – zu sagen.«

»Das freut mich sehr«, sagte Frau Froster. »Die heutigen jungen Männer sind mir unverständlich.«

»Ich bezweifle sehr, daß ich ihn heute noch sehen werde«, sagte Davis und sah auf seine Uhr.

»Jedenfalls werden Sie noch nicht forteilen, Herr Davis«, erwiderte die Hausfrau. »Ich werde Rose beauftragen, Herrn Fenwick zu bitten, er möge zu uns hereinkommen, sobald er heimkehrt.«

Fräulein Russell erhob sich. »Ich muß jetzt gehen, Frau Froster«, sagte sie.

»Wenn ich und Herr Davis zugegen sind, kannst du nichts dagegen haben, Herrn Fenwick zu begegnen«, bemerkte Frau Froster.

»Ich habe nichts von Herrn Fenwick gesagt. Ich habe noch eine Arbeit fertigzustellen, ehe ich ausgehe.«

»Harriet, du willst doch nicht am Weihnachtstag arbeiten?«

»Diejenigen, die die Feiertage bestimmen, sollten den Leuten auch die Mittel dazu geben, sie zu halten«, sagte Fräulein Russell. Sie verließ das Zimmer, indem sie Davis obenhin zunickte und Smith gar nicht beachtete.

»Ein sehr eigensinniges und widerspenstiges Mädchen«, sagte Frau Froster verärgert. »Ihre Launen sind unerträglich, und sie gibt ihnen ohne Selbstbeherrschung nach. Sie läßt sich nichts sagen, und wenn man mit ihr spricht, gibt man ihr nur Gelegenheit, sündhafte Dinge zu äußern.«

»Vermutlich eine Verwandte von Ihnen?« fragte Davis.

»Durchaus nicht«, erwiderte Frau Froster. »Es täte mir leid, wenn irgend jemand aus meiner Familie solche Ideen hätte. Ihre Tante ist eine alte Freundin von mir und hätte Harriet eine sehr gute Stelle bei Herrn Grosvenor in Richmond verschaffen können; aber dafür dünkte sie sich zu gut.«

»Sie wohnt also nicht bei der Tante?« fragte Davis.

»O nein, sie wohnt bei mir. Das heißt«, fügte Frau Froster hinzu, »als gute Bekannte hat sie ein Zimmer bei mir gemietet. Sie ist sehr unabhängig und glaubt, besser dran zu sein, als Fremde in meinem Hause und als alleinstehendes Mädchen in London zu leben, statt anständig mit ihrer Tante in ihrem Kreise. Die heutigen jungen Damen sind ganz anders als früher.«

»Vermutlich sind beide Eltern tot?« fragte Davis. Seine Neugierde kam Smith sehr gelegen, der ebenso neugierig war, jedoch mehr Feingefühl besaß.

»Als Harriet auf die Welt kam, starb ihre Mutter«, sagte Frau Froster. »Sie wurde von ihrem Vater in Schottland erzogen. Ich richte niemand, Herr Davis. Ich bin selbst sündhaft genug. Aber Harriet tut mir leid, weil sie keine bessere Erziehung genoß.«

»Die Männer irren oft ab vom rechten Weg, wenn ihre Frauen durch den Willen Gottes zur ewigen Ruhe abberufen werden. Gentlemen besonders – aber vor den Toren des Himmels sind wir doch alle gleich«, sagte Davis.

»Gentlemen!« rief Frau Froster aus. »Er war kein Gentleman, er war ein Eichmeister und Landmesser, der sein Geld durch Bestechungen verdiente und es vertrank. Er ging mit ihrer Mutter durch und stürzte die Familie ins Verderben; sie waren hochachtbare Leute, denn ihr Großvater war Bürgermeister von Nottingham. Ihre Schwester, Harriets Tante, ist die einzige Überlebende und mußte, wie ich schon erwähnte, eine Stelle als Haushälterin bei Herrn Grosvenor annehmen. Er ist ein freundlicher Herr und sehr reich; aber ich fürchte, ihm sind seine Skulpturen und französischen Bilder mehr wert als höhere Dinge. Wenn einst der Tag kommt, an dem wir uns alle zu verantworten haben, Herr Davis, wird wenig Trost in prunkvollen Kunstgegenständen zu finden sein.«

»Wenig, in der Tat«, sagte der Prediger. »Ich bedaure sehr, zu hören, was Sie mir über den Vater Ihrer jungen Freundin erzählen.«

»Ich habe mich gewundert, daß die Anmaßung dieses Mannes nicht durch ein Himmelsfeuer bestraft wurde«, begann Frau Froster wieder. »Ich wage nicht, Ihnen die Dinge zu wiederholen, die er seinem jungen Kinde gesagt hat. Er schickte sie nicht in die Schule, aus Angst, sie könnte das Buch der Bücher lesen lernen, denn er behauptete, darin würde sie nur schlechte Beispiele finden. Das einzige Mal, da ich ihn in seinem Hause aufsuchte, schenkte ich der kleinen Harriet ein Buch, das ich aus London mitgebracht hatte, mit dem Titel: ›Tropfen des Lebenselixiers‹. Vor ihren Augen gab er es mir mit den Worten zurück: ›Harry‹, sagte er, ›wenn du das Rechte tun willst, wirst du auch ohne Hilfe der Religion deinen Weg klar sehen. Wenn du ihn nicht findest, wirst du bald eine ebenso gute Ausrede erfinden können, wie du sie in der Bibel entdecken kannst.‹ Ich sagte ihm meine Meinung geradeheraus; aber er lachte mich aus und sagte mir Dinge, die zu wiederholen wenig schicklich wäre. Dann bat ich ihn, mir zu gestatten, sie dem Gemeindepfarrer vorstellen zu dürfen. ›Nein, Rebekka‹, sagte er, ›nicht einem Pfarrer. Ich tue mein möglichstes, sie unter ehrlichen Leuten zu halten; und sie kennt schon drei Schmuggler, von mir, dem Eichmeister, gar nicht zu reden.‹ Sie können sich vorstellen, wie das arme Kind war, bei so viel Nachsicht und Verwöhnung, mit so viel Freiheit, wie eine verheiratete Frau sie hat, und ganz allein damit betraut, den Haushalt zu führen. Und es machte ihm wahrhaftig Spaß, wenn er Bemerkungen darüber hörte. ›Es geht nichts über die Freiheit‹, pflegte er zu sagen. ›Meine Harry soll gehen, wohin sie will, nur nicht in die Kirche. Und alles sprechen, was ihr beliebt, nur nicht ihre Gebete.‹ Nacht für Nacht saß er im Wirtshaus, und es war vielleicht die Gnade des Herrn, daß sie deshalb so wenig von ihm sah. Vor vier Jahren warnte ihn der Arzt, und er schickte Harriet zu ihrer Tante nach Richmond. In dieser Zeit begann er sinnlos zu trinken, und nachdem er Anordnungen getroffen hatte, daß er begraben und das Haus verkauft werden sollte, ehe sie ein Wort davon erführe, starb er, grad als ob er's absichtlich täte.«

»Ich hoffe, er hat zuallerletzt bereut«, sagte Davis ernst.

»Ich hoffe es auch«, entgegnete Frau Froster. »Als er nach dem Schlaganfall einige Minuten vor seinem Tode noch einmal zu sich kam, brachten sie den Pfarrer zu ihm. ›Russell‹, sagte der Pfarrer, ›es tut mir leid, daß dies unsere erste Begegnung ist.‹ – ›Jawohl‹, sagte Joseph, ›und auch unsere letzte. Und wenn es Ihnen Trost gewährt, meine Meinung kennenzulernen, so will ich Ihnen sagen, daß, wenn es eine Hölle für faule und bequeme Lumpen gibt, ich ohne Zweifel hineinkomme.‹ – ›Russell‹, sagte der Pfarrer feierlich, ›es gibt für alle Lagen Trost in der Religion.‹ – ›Für mich besteht augenblicklich der größte Trost darin‹, erwiderte er, ›daß ich nicht an sie glaube.‹ Diese schrecklichen Worte, Herr Davis, waren seine letzten auf Erden.«

»Vermutlich trauerte Fräulein Russell sehr über ihren Verlust«, sagte Smith.

»Wenn Sie sie kennen würden, würden Sie das nicht glauben«, sagte Frau Froster. »Sie ist so gefühllos wie ein Stein. Wie konnte sie auch, da ihr Herz nie bewegt wurde? Er hinterließ ihr einen Brief, den sie nach seinem Tode erhalten sollte; aber sie hat ihn niemals gezeigt, nicht einmal ihrer Tante oder mir, und sprach stets über ihn so kalt, als wäre er noch am Leben.«

»Ah«, sagte Davis, »wir wissen nicht, was der Tod ist, ehe der Ruf uns selbst erreicht.« Diese Bemerkung, die von einem Husten begleitet war, lenkte das Gespräch auf die Gesundheit und die Arbeit des Predigers, dessen Lungenkrankheit Smith langsam überdrüssig wurde. Kurz darauf kam Herr Fenwick nach Hause, und da ihn Frau Froster auf der Treppe abfing, wurde er in den Salon geführt und Davis vorgestellt, der seine Hand liebevoll schüttelte.

»Haben Sie einen angenehmen Spaziergang gemacht?« fragte Davis.

Seinem Entschluß der letzten Nacht folgend, hatte Fenwick die Kirche besucht; halb schämte er sich dieser Tat, halb wollte er Frau Froster dadurch versöhnen, daß er sie davon in Kenntnis setzte. So erwiderte er leichthin, daß er am Morgen die St.-Pauls-Kathedrale besucht hätte. »An diesen verdammten Feiertagen tut man alles mögliche, um die Zeit totzuschlagen«, fügte er hinzu.

Da sie das Gefühl hatte, daß die Bekehrung ihres Mieters unter vier Augen geschehen sollte, erhob sich Frau Froster jetzt; sie schützte Aufträge vor, die sie dem Dienstmädchen zu erteilen vergessen hatte, und zog sich mit vielen Entschuldigungen aus dem Zimmer zurück. Smith wäre gern ihrem Beispiel gefolgt, aber es fehlte ihm die Geistesgegenwart, eine gute Ausrede zu finden. Davis hustete; heftete seine dunklen Augen auf das Gesicht Fenwicks, und mit dem Bemühen, so leise wie möglich zu sprechen, begann er:

»Bis heute bin ich Ihnen nicht begegnet, Herr Fenwick. Aber durch eine junge Dame, die Sie sehr gut kennt, habe ich von Ihnen gehört, mit Besorgnis gehört. Ich meine Fräulein Watkins.«

Fenwick errötete. Seine Kusine war die Tochter eines Großhändlers in Bishopsgate, der mit italienischen Waren handelte.

»Sie hat die Glückseligkeit, die große Glückseligkeit gefunden«, fuhr der Prediger fort.

Fenwick, der diese Worte als persönliches Kompliment auffaßte, blickte etwas dumm drein und erwiderte: »Es ist ein sehr braves kleines Mädchen und verdient, daß jeder Mann, wessen Standes er auch sei, um sie wirbt. Aber es ist noch nichts Endgültiges abgemacht.«

»Ich spreche nicht von der wandelbaren Glückseligkeit, die die eitlen Freuden dieser Welt gewähren«, sagte Davis mit drohender Stimme. »Ich spreche von einem Frieden, der über alle Begriffe ist. Von dem Bewußtsein, gerettet zu sein. Sind Sie gerettet, Herr Fenwick? Haben Sie diesen Frieden gefunden? Oh, Herr Fenwick, wie steht es um Ihre Seele, um Ihre kostbare, unsterbliche Seele? Sind Sie vorbereitet, dem großen Tag des Zorns zu begegnen? Oh, seien Sie nicht verstockt, Herr Fenwick. Jener Tag kann näher sein, als Sie vermuten. Die Zeichen der Zeit weisen darauf hin, daß der Tag sich nähert. Aus Rußland sind gestern Nachrichten eingetroffen –«

»Entschuldigen Sie mich ein paar Minuten, Herr Davis«, sagte Smith und ergriff eiligst die Flucht.

»Das über Rußland ist alles ein großer Blödsinn«, bemerkte Fenwick. »Warum ist der Tag nicht nach dem Krimkrieg gekommen?«

»Es war nicht der göttliche Wille, daß er kommen sollte.«

»Warum sollte es also jetzt mehr als damals der göttliche Wille sein?«

»Und was sind Sie, Herr Fenwick, daß Sie die Zeit des Allmächtigen kritisieren? Denken Sie daran, daß es für Ihr Heil geschieht und daß ich diese Dinge im Dienste dessen sage, dem ich mich, wenn ich auch unwürdig bin, gewidmet habe. Denken Sie nicht an einen Wurm, wie ich einer bin. Einst war ich ein ebenso großer Sünder wie Sie –«

»Hallo!« rief Herr Fenwick in einem Ton des Protestes.

»Jawohl, und ein noch viel größerer«, fuhr Davis fort. »Ich war ein Diener des Teufels. Ich verbrachte die Zeit in Wirtshäusern. Ich spielte Kegel mit Sündern und öffnete niemals den Mund, ohne ein schreckliches Urteil auf mich herabzubeschwören, das sicher an mir vollstreckt worden wäre, wär' ich in meinen Sünden weggerafft worden. Ich tat noch Ärgeres.«

Fenwick versuchte, mit den Augen zu zwinkern, aber es mißglückte.

»Aber endlich drang ein Ruf zu mir, wie er an Saulus von Tarsus ergangen ist, und ich wurde aus dem Tal der Schatten des Todes gerettet. Meine Augen wurden geöffnet. Ich sah, welch sündhafter Mensch ich gewesen! Und ich hatte die Empfindung, daß ich gerettet war, jawohl, gerettet, Herr Fenwick. Oh«, schrie Davis, die Arme in die Höhe werfend, »was für eine Wohltat ist es, gerettet zu sein! Oh, was für eine Herrlichkeit, gerettet zu sein! Zu wissen, daß du einer der Erkorenen bist! Zu sehen, daß ein Platz für dich vor dem Throne bereit ist! Oh, was für ein freudvoller Gedanke!«

»Sachte, sachte, alter Bursche«, sagte Fenwick. »Sie sind noch nicht dort.«

»Ich habe eine bessere Sicherheit dafür als alle Werte in der Bank von England«, entgegnete Davis. »Überlegen Sie sich's gut, ehe Sie diese Sicherheit von sich stoßen. Sie sind vielleicht dem Tode näher, als Sie ahnen.« Herr Fenwick erbleichte. »Ich sehe ebenso gesund aus wie Sie und habe keine zwei Jahre mehr zu leben. Ich weiß es gut. Aber der Gedanke macht mich glücklich. Können Sie dasselbe sagen?«

»Aber mir fehlt ja nichts!«

»Wieso wissen Sie das?« fragte Davis. »Vorige Woche sprach ich mit einem jungen, lustigen, starken Mann, der sich im Stolz über seine Gesundheit blähte. Ich sagte ihm ganz dasselbe, was ich Ihnen eben gesagt habe. ›Sobald ich mich krank fühle‹, sagte er, ›werde ich nach Ihnen schicken, Davis. Ich kann die Religion nicht vertragen‹, sagte er, ›meine Gesundheit ist dafür zu gut.‹ Aber die Hand des Todes erreichte ihn dennoch. Vor zwei Tagen, am Tage vor dem Heiligen Abend, sagte seine Schwester zu ihm: ›William, komm doch heute, nur dieses einzige Mal, mit mir in die fromme Versammlung. Es wird dir nicht schaden, und wenn es dir nicht gefällt, brauchst du nicht wieder zu kommen.‹ – ›Nein‹, sagte er, ›der Henker soll mich holen, wenn ich hingehe.‹ Und er ging aus dem Haus. Eine Stunde später wurde er auf einer Bahre aus Latten, auf einer Bahre aus gewöhnlichen Bretterlatten nach Hause gebracht von Haymarket, wo ihn der Schlag getroffen hatte. Glauben Sie ja nicht, daß Sie sich sagen können, Sie hätten noch zwanzig Jahre Leben vor sich. Sagen Sie nicht immer, es hat noch Zeit. Sie wissen nicht, wo Sie morgen sein werden.«

»Das werde ich auf keinen Fall wissen«, sagte Fenwick erschüttert.

»O ja, doch«, sagte der Prediger. »Sie werden erfahren, daß Ihnen auf dieser Welt nichts Schlimmeres geschehen kann und daß es Ihnen in der anderen bessergehen wird. Sie werden von der Angst vor der Hölle befreit sein. Denken Sie daran, Herr Fenwick. Denken Sie daran, was die Hölle ist! Sie haben Geschichten über die Folterqualen der Menschen gelesen. Sie haben von der Folter gelesen, die die Menschen in Stücke reißt, von dem Schraubstock, der sie zermalmt, bis das Blut unter den Daumennägeln hervorquillt, von dem langsamen Gebratenwerden, von dem Eintauchen in siedendes Öl und dem glühenden Bratrost. Was ist das gegen die Qualen, die man in der Hölle leiden muß? Stellen Sie sich das alles tausendfach ärger vor, und daß man immer und ewig leiden muß! Denken Sie daran! Kein Ende, keine Minute Ruhe, keine Gelegenheit, jemals zu entfliehen, nichts als Heulen und Zähneklappern in alle Ewigkeit. Das ist die Hölle, Herr Fenwick, und dahin kommen Sie so sicher, wie Sie jetzt auf diesem Sessel sitzen, wenn Sie nicht Buße tun. Aber Sie werden Buße tun. Der Herr ist barmherzig, Herr Fenwick. Er will, daß Sie kommen. Er sehnt sich nach Ihrem Kommen. Er liebt es, die Menschen glücklich und gut zu sehen. Er haßt nur die Sünde. Oh, wollen Sie nicht kommen? Wollen Sie nicht weißer als Schnee gewaschen, wollen Sie nicht wiedergeboren werden? Wollen Sie nicht wie ein kleines Kind sich in die Obhut der christlichen Gemeinde begeben und Ihre Bürden auf immer abwerfen?«

Der Prediger hielt inne und rang nach Luft. Fenwick, erschreckt und durch den Zusammenstoß mit einer tieferen Natur seiner Geistesgegenwart beraubt, murmelte einige Worte der Abbitte und streckte die Hand nach der Flasche Marsala aus.

»Nein«, sagte Davis, dazwischentretend. »Flüchten Sie nicht dorthin, um Ihr hartes Herz zu stählen. Seien Sie dankbar, wenn Sie Ihre Sünden und Ihre Gefahr erkennen; und halten Sie sich von diesem Fluch fern, der mehr als alles andere auf der Welt zur Glaubenslosigkeit geführt hat. Ich brauche keinen Antrieb als den Glauben; warum sollten Sie einen brauchen?«

Fenwick war im Begriff zu antworten, als er durch ein Rauschen von Seide, das von draußen kam, unterbrochen wurde, worauf Frau Froster eintrat. Ihr Dolman aus schwarzer Seide mit Perlen, ihr geschmückter Kapotthut und ihr Moiré-Antique-Kleid wiesen darauf hin, daß sie die Absicht hatte, ihr Weihnachtsmahl auswärts zu verzehren. In der Türschwelle erschien Fräulein Russell, die auf die Hausfrau wartete.

»Ich fürchte, Sie werden eine schlechte Meinung von meinem Benehmen haben«, sagte Frau Froster, »ich habe aber versprochen, den Abend in Richmond zu verbringen. Sie dürfen sich durch mein Fortgehen nicht stören lassen.«

»Ich muß auch gehen«, erwiderte der Prediger und sah auf seine Uhr. »Geht Fräulein Russell mit Ihnen?«

»Jawohl«, bestätigte Frau Froster. »Wir müssen den Zug um halb sechs erreichen.«

»Wenn Sie gestatten«, sagte Davis, »werde ich Sie bis zu Kings Cross begleiten. Ich gehe nach Hammersmith, und unser Weg ist eine Strecke lang derselbe.«

Dieser Vorschlag wurde von Frau Froster gebilligt, und nachdem der Prediger Fenwick das Versprechen abgenommen hatte, eine Versammlung am folgenden Freitag zu besuchen und in der Zwischenzeit über ihr Gespräch nachzudenken, erklärte er sich zum Weggehen bereit. Sofort stieg Fräulein Russell mit Frau Froster die Treppe hinunter; und nachdem Davis sich Zeit genommen hatte, seinen Siegelring nach außen zu drehen, seine Manschetten vorzuziehen und einen Blick in den Spiegel zu werfen, folgte er ihnen.

Allein zurückgeblieben, horchte Fenwick atemlos, bis die Haustür ins Schloß fiel, dann ergriff er die Flasche, stülpte sie auf seine Lippen und goß einen halben Liter ihres Inhalts teilweise in seinen Magen, teilweise über Brust und Hals hinab. Durch das Geräusch von Roses Schritten, die die Treppe heraufkam, unterbrochen, nahm er noch einen letzten Schluck, stieß den Stöpsel hastig wieder darauf und verließ das Zimmer. Auf dem Treppenabsatz ging Rose an ihm vorbei; und durch den starken Marsala-Geruch über seine letzte Beschäftigung unterrichtet, erwog sie richtig, daß man ihm mit Sicherheit noch ein Glas mehr zumuten konnte. Und zur Ehre des Tages leerte sie daher dieses Glas.

Viertes Kapitel

Sonnabend früh verzehrte Smith eben sein Frühstück und verscheuchte mit dem Inhalt einer Zeitung, die vor ihm an den Milchkrug gelehnt war, den Schatten der Firma Figgis & Weaver, der drohend über dieser Mahlzeit lag, als er durch ein leises Klopfen gestört wurde.

»Herein«, brüllte Smith, und sofort erschien lächelnd Frau Froster mit einer Schiefertafel in der Hand. Auf dieser Schiefertafel war die Summe aufgezeichnet, die Smith seiner Hausfrau für Kost und Wohnung in der soeben verflossenen Woche, der ersten seines Aufenthalts in Dodds Building, schuldete. Er sah auf die Summe und zahlte. Obwohl geübter Buchhalter, wäre es ihm nicht schwerer gefallen, Frau Froster zu packen und in einem Walzer durch das Zimmer zu wirbeln, als ihre Ziffern zusammenzurechnen, während sie neben ihm stand. Diese wöchentlichen Abrechnungen bedeuteten seinem Zartgefühl die ärgste Prüfung, die ihm durch das Wohnen in Untermiete auferlegt war, und mit einer Dame wie

Frau Froster, der nie wohl zumut zu sein schien, war das Geschäft besonders peinlich.

»Sie dürfen sich nicht wundern, wenn die Wäsche nächste Woche mehr kosten wird«, sagte sie. »Wie Sie wissen, haben Sie, als Sie ankamen, fast lauter reine Sachen mitgebracht.«

»Jawohl, das weiß ich, jawohl«, sagte Smith.

»Das Brot ist um einen Farthing gestiegen«, fuhr die Hausfrau fort, »deshalb dürfen Sie sich auch nicht wundern, daß ich einen Shilling für drei Laib Brot anschreibe.«

»Selbstverständlich nicht«, sagte Smith. »Ich weiß, daß alles in schönster Ordnung ist.«

Frau Froster nahm ihre Schiefertafel, wurde etwas unruhig und sagte dann schließlich: »Ich habe die Absicht, gesundheitshalber auf vierzehn Tage nach Richmond zu gehen.«

»Das freut mich sehr«, sagte Smith. »Hoffentlich wird Ihnen das gut tun.«

»Ich werde von Zeit zu Zeit herkommen, um nach dem Haus zu sehen, und während meiner Abwesenheit hat sich Fräulein Russell erbötig gemacht, Rose in der Hauswirtschaft zu helfen. Ich bin überzeugt, daß Sie gut bedient werden. Deshalb haben Sie wohl nichts dagegen, wenn ich fortgehe?«

Während er die Gewissenhaftigkeit bewunderte, die er nach seinen Erfahrungen mit Londoner Hausfrauen in diesem Grade nicht erwartete, fühlte sich Smith durch die Aussicht auf ihre Abwesenheit erleichtert. Er drückte seine Zustimmung mit der Vereinbarung und auch seine Hoffnung aus, daß dadurch Frau Frosters Gesundheit wiederhergestellt werden würde. Hierauf erzählte sie ihm etwas über die Symptome, unter denen sie zu leiden hatte, und über die Störungen, denen sie sie hauptsächlich zuschrieb.

Als er nachmittags aus dem Bureau nach Hause kam, fand er das Haus verlassen; und da Rose etwa drei Stunden später erschien, um sich zu erkundigen, ob er geklingelt hätte, weil sie ein paar Minuten bei dem Gemüsehändler an der Straßenecke gewesen sei, folgerte er daraus, daß Frau Froster schon in Richmond war.

Um acht Uhr saß er vor dem Kamin und las, als ein Brief, der ihm als Lesezeichen diente, aus dem Buch glitt. Er bückte sich hastig, um ihn aufzuheben. Der Brief lag tiefer als seine Füße, die auf dem Kaminvorsatz ruhten, und um ihn zu erreichen, mußte er sich herabbeugen, bis sein Gesicht zwischen seinen Knien verschwand. Infolgedessen bekam er wohl seinen Brief wieder, verlor aber gleichzeitig einen unentbehrlichen Knopf.

»Verdammt!« rief er verdrossen.

Als er sich so Luft gemacht hatte, hob er den Knopf vorsichtig in die Höhe, schnürte den Hosenriemen, der jetzt seine einzige Zuflucht war, enger und klingelte. Scheinbar war Rose wieder zum Gemüsehändler gegangen, denn sein Klingeln blieb ohne Erfolg. Er dachte an Fräulein Russell und überlegte sich, ob es schicklich wäre, an die Tür ihres Zimmers zu klopfen, in welchem er sie auf ihrer Nähmaschine arbeiten hörte. Er besann sich, daß sie, als sie einen kleinen Dienst von ihm gebraucht hatte, gar nicht gezögert hatte, ihn aufzusuchen; er glaubte deshalb, daß sie kaum beleidigt sein dürfte, wenn er sich eine ähnliche Freiheit erlaubte. So überquerte er den Treppenabsatz und klopfte an die Tür des rückwärtigen Zimmers. Das Klappern der Nähmaschine setzte aus, und die Tür wurde von der Schneiderin, die Smith etwas erstaunt ansah, geöffnet.

»Verzeihen Sie, Fräulein Russell«, sagte er. »Doch Rose hat auf mein Klingeln nicht geantwortet, und ich möchte mir Nadel und Zwirn ausleihen, wenn Sie mir die Gefälligkeit erweisen wollten.«

»Weißen Zwirn?« fragte sie und dachte dabei an sein Hemd.

»Nein«, sagte er, leicht errötend. »Einen starken schwarzen Zwirn, bitte.«

»Ist es etwas, das ich für Sie tun kann?« fragte sie mit der angeborenen Sympathie einer Frau für den Mann, der durch Einsamkeit zum Gebrauch der Nadel gezwungen wird.

»O nein, danke«, erwiderte er hastig. »Ich kann es selbst machen.«

Während sie nach den Gegenständen suchte, die er benötigte, stand Smith im Türeingang und blickte in das Zimmer. Es war länger als das seine und wurde durch ein Fenster beleuchtet, das sich der Tür gegenüber in der Wand befand. Rechts war die Ecke von einer mit dunkelrotem Tuch bespannten spanischen Wand und einem Vorhang aus dem gleichen Stoff abgeschlossen, so daß dadurch gleichsam ein getrenntes Schlafzimmer gebildet wurde. Der große Tisch war mit Leder überzogen und hatte unten flache Schubladen. Augenscheinlich war er für ein Bureau oder ein Sitzungszimmer hergestellt worden. Dicht daneben stand eine Nähmaschine mit einer Tretvorrichtung und zwischen den beiden der Sessel, von dem sich die Schneiderin soeben erhoben hatte. Das übrige Mobiliar bestand aus einem Spiegel, hoch genug, eine ganze

Gestalt widerzuspiegeln, einem Mahagonikleiderschrank, einem kleinen Schreibtisch und drei Sesseln, die viel schöner waren als der vor der Nähmaschine. Das allgemeine Aussehen des Zimmers überraschte Smith; denn es enthielt nicht nur Stücke, die er kaum den Mitteln der Eigentümerin zugetraut hätte, sondern es war auch ganz anders als das trauliche Nest mit makellosem Kreton und frischen Blumen, das er sich vorgestellt hatte. Es war nichts darin zu erblicken, das nur zur Zier gedient hätte, und außer dem Schreibtisch, der mit einigem Schönheitssinn entworfen war, hätte das Zimmer ganz gut die Werkstätte eines männlichen Modeschneiders sein können, der die Illusionen seiner Jugend längst überlebt hat. Mit Ausnahme des Tisches, auf dem ein Damenrock mit der Innenseite nach außen, ein Bügeleisen, ein Kerzenstummel, zwei Scheren, eine wirre Menge von Kattun- und Leinenresten, mehrere Breiten eines gleichen Stoffes wie der, aus dem das Kleid geschnitten war, Stecknadeln, Fischbeinstücke, Strähnen, Papierschnitte und Fransenrollen durcheinanderlagen, war es ganz ordentlich und sauber.

»Ich fürchte, ich störe Sie«, sagte Smith, sich entschuldigend, als er bemerkte, wie die Schneiderin Lade um Lade herauszog, ohne den schwarzen Zwirn zu entdecken.

»Aber gar nicht. Wenn ich nur den starken Zwirn finden könnte, den ich vor einigen Tagen weggelegt habe. Hoffentlich stört Sie das Klappern der Nähmaschine nicht.«

»Im Gegenteil, ich habe es gern. Es bedeutet mir Gesellschaft.«

Das war die größte Lüge, die sich Smith zuschulden kommen ließ, seitdem sein moralischer Sinn sich entwickelt hatte. Und doch wurde es später wahr genug.

»Haben Sie einen angenehmen Weihnachtsabend in Richmond verbracht?« fragte er.

»Als wir ankamen, war es schon finster. Wir haben bei meiner Tante gegessen und Tee bei ihr getrunken, und dann sind wir nach Hause gegangen.«

Smith bemerkte bei der Schneiderin einen Mangel an Begeisterung für die Gastfreundschaft ihrer Tante und beschloß, das Gespräch allgemeiner zu fassen.

»Richmond ist ein sehr hübscher Ort«, bemerkte er.

»Er ist hübsch – für England.«

»Wieso? Gefällt Ihnen die englische Landschaft nicht?«

»Was ich bisher davon gesehen habe, bestand stets nur aus Rasen, Bäumen und einem Kanal.«

»Nach der Wildheit Schottlands muß es Ihnen zahm erscheinen.«

»Waren Sie jemals in Schottland?«

»Niemals.«

»Oh«, sagte Fräulein Russell kurz und nahm das Suchen, das durch das obige Gespräch unterbrochen worden war, wieder auf.

»Ich muß bekennen, daß meine Ansichten über Schottland mit Rob Boy, dem feurigen Kreuz und derlei Dingen verwachsen sind«, sagte Smith. »Die Londoner haben gewöhnlich sehr lächerliche Vorstellungen von anderen Ländern.«

»Fast so lächerliche wie von ihrem eigenen Land«, sagte Fräulein Russell. »Brauchen Sie auch eine Nadel?«

»Bitte, Fräulein Russell. Danke vielmals.«

Als er sein Zimmer erreicht hatte, hob das Klappern der Maschine wieder an. Während er so dasaß und zuhörte, fiel ihm ein, daß sie erstaunt aufgeblickt hatte, als sie ihm die Tür öffnete. Offenbar betrachtete sie seinen Besuch als eine Taktlosigkeit. Was für ein albernes Gespräch hatte er geführt? Er hatte keine einzige Bemerkung gemacht, die ein gegenseitiges Verständnis hätte herbeiführen können. Er hatte sie über eine Familienzusammenkunft ausgefragt, die ihn nichts anging. Er hatte ihr Vaterland als »wild« bezeichnet. Jetzt, wo er darüber nachdachte, war dies doch alles in allem der verachtungsvollste Ausdruck, den er hätte gebrauchen können. Er hatte sie bei der Arbeit gestört. Als er im Türeingang stand, hatte er tölpelhaft ausgesehen. Von diesen Betrachtungen rüttelte sich Smith mit einem Seufzer auf, sperrte die Tür sorgfältig ab, entledigte sich seines beschädigten Kleidungsstückes und setzte sich vor den Kamin, um es auszubessern.

Kurz darauf hörte man von unten, wie das Feuer heftig angeschürt, Türen zugeschlagen, Pfannen ausgekratzt, Petersilie geräuschvoll gehackt wurde, lauter Zeichen dafür, daß Rose zu Hause war und besorgt, jemand könnte den Verdacht hegen, daß sie nicht zu Hause wäre. Fräulein Russells Nähmaschine setzte aus, und ihre Glocke klingelte. Durch Übung war Roses Ohr derart geschärft, daß sie gewöhnlich mit Bestimmtheit unterscheiden konnte, ob ein gegebenes Klingelzeichen das erste Klingeln der einfachen Forderung, das zweite der Ungeduld, das dritte der Ermahnung oder das vierte der Entrüstung war, dem ein zorniges Kreischen über das Treppengeländer folgen würde. Fräulein Russells Glocke jedoch läutete immer ruhig, und obwohl Rose etwas Verdächtiges in dem Klang entdeckte, war sie unschlüssig, ob das nicht einfach ein Widerhall ihres eigenen Gewissens war – oder vielmehr ihrer Abneigung, erwischt zu werden, die ihr als Gewissen diente. Sie handelte sofort und mit Entschlossenheit. Ein Blick in einen kleinen Spiegel überzeugte sie, daß ihre Erscheinung viel zu adrett für ein fleißiges Mädchen für alles war. Schnell griff sie nach einer sehr schmutzigen Schürze, die schon zwei Tage lang als Wischlappen gedient hatte, und band sie um. Dann riß sie ihre Manschetten auf, rollte die Ärmel bis über die Ellbogen und tauchte die Hände in eine Mischung von schmutzigem Wasser, Fett und Teeblättern, die ihr gerade gelegen auf dem Tisch stand. Endlich brachte sie ihre Haare, die glatt über die Stirn gebürstet waren, in Unordnung, fuhr mit drei Fingern zuerst über den Kessel, dann über das Gesicht und lief die Treppe hinauf.

»Sie wünschen, Fräulein?« fragte Rose und hielt die Türklinke mit einer Ecke ihrer Schürze, um sie vor Verunreinigung zu bewahren.

»Rose«, sagte Fräulein Russell, »Sie waren eine geschlagene Stunde fort und vorher schon den ganzen Nachmittag.«

Rose errötete und ließ die Türklinke los. »Ich schwöre Ihnen, Fräulein«, sagte sie, »daß ich den ganzen Tag nicht vor die Tür gekommen bin, außer um das Gemüse für Herrn Fenwicks Essen zu holen.«

»Herr Smith, der dringend etwas benötigte, mußte mich deswegen aufsuchen, und ich mag nicht, daß Herren auf mein Zimmer kommen, wenn ich beschäftigt bin – oder auch zu einer anderen Zeit.«

»In dem Laden geht alles so langsam«, sagte Rose, »und ich muß fortwährend hinterher sein, um die Sachen zu bekommen.«

»Bevor sie fortging, sagte Frau Froster den Herren, ich würde darauf achten, daß das Haus in Ordnung gehalten wird«, entgegnete Fräulein Russell. »Wenn das Haus nicht in Ordnung gehalten und auf die Klingelzeichen nicht pünktlich geantwortet wird, muß Frau Froster zurückkommen; das wollte ich Ihnen nur sagen.«

Als sie etwas erwidern wollte, ließ Roses Zunge sie im Stich. Rot vor unterdrückter Empörung verließ sie das Zimmer und warf die Tür mit dem harten Schlag des Trotzes zu, statt mit dem schallenden Knall der Wut, mit der sie ihre Auseinandersetzungen mit Frau Froster zu beenden pflegte.

»Mit dir ist nicht gut spaßen«, raunte sie, als sie hinunterging.

»Du bist mir eine Schöne!«

Unterwegs kam ihr in den Sinn, daß sie sich Erleichterung verschaffen könnte, wenn sie sich vergewisserte, ob Herr Smith tatsächlich etwas verlangt hatte; sie würde ihm dann die Mär von dem Gemüseladen wiederholen. So kehrte sie um und klopfte an seine Tür. Ein hastiges Geräusch, das von den Worten »Ein Augenblick« begleitet wurde, wies darauf hin, daß Herr Smith nicht vorbereitet war, Besuch zu empfangen.

»Ich will nicht stören; mir war nur, als hätten Sie geklingelt«, sagte Rose beruhigend und zog sich in die Küche zurück.

Sonntagabend kleidete sich Fraser Fenwick mit besonderer Sorgfalt an. Nachdem er einen erbärmlichen schwarzen Gehrock untersucht hatte und eine Weste, die aus dem Fell eines Tieres verfertigt war, das im Leben scheinbar an der Räude gelitten hatte, hing er sie langsam wieder auf und bürstete gründlich seine Alltagskleidung. Mit einem Lappen Wildleder und etwas Metallputzmittel polierte er seine Ringe, die Krawattennadel und die Uhrkette, und eine verschwenderische Benutzung von Seife und Haaröl verrichtete denselben Dienst an seinen sichtbaren Körperteilen. Als er ein reines Vorhemd, einen reinen Kragen und Manschetten angelegt hatte, sah er einen Augenblick lang fast anständig aus. Als dieser Augenblick vorbei war, bekleidete er sich weiter mit einem Überzieher, dessen Pelzkragen mit der Seehundweste verwandt schien, und einem Paar Handschuhen aus Hundeleder, deren Zustand im Einklang mit der verzweifelten Lage ihres Besitzers war. Was seinen Hut betrifft, so hatte dieser ihm oft im Freien bei seinen gewaltigen Räuschen als Kopfkissen gedient, daß seine übrige Kleidung damit verglichen ordentlich schien, trotzdem Fenwick am vorhergehenden Nachmittag einem Hutmacher für das Bügeln sechs Pence bezahlt hatte.

Als er das Haus verließ, war der erste Gegenstand, der Fenwicks Aufmerksamkeit auf sich lenkte, das Gesicht des Predigers Davis; als er ihn erblickte, zog er sich mit dem Entschluß, sich verleugnen zu lassen, falls Davis ihn aufsuchen sollte, in das Vorzimmer zurück. Allein Davis verließ die Hauptstraße nicht, sondern ging langsam an dem Torbogen vorbei und schielte, ohne den Kopf zu drehen, in den Hof hinein. Auch er war mit ungewöhnlicher Sorgfalt gekleidet. Er trug einen Rock aus bronzefarbigem Baumwollsamt; um die Symmetrie nicht zu stören, hatte er seine Bibel in der Hand, statt in der Rocktasche, das Buch schien nicht recht zu seinen dunklen Haaren und Locken, seinem breiten Filzhut und seiner Kleidung zu passen; es war, als ob ein Künstler in die Kirche ginge. Fenwick beobachtete den sich entfernenden Samtrock, bis er um die Ecke verschwunden war, dann eilte er in der entgegengesetzten Richtung davon.

Nachdem Fenwick rasch die City Road entlanggegangen war, erreichte er Bishops Gate und klopfte an die Tür eines Ladens, der über den mit Rolläden versehenen Fenstern die Aufschrift trug:

»Italienisches Warenhaus P. Watkins«

»Ist Herr Watkins zu Hause?« fragte Fenwick das Dienstmädchen.

»Nein, Fräulein Emmy sitzt allein im Salon.«

Fenwick legte Hut und Überzieher auf einen Sessel, sprang munter die Treppe hinauf und klopfte an die Salontür. Er wurde sofort eingeladen, einzutreten, und beim Eintreten entdeckte er Fräulein Watkins, die beim Kamin in einem schlichten schwarzen Kleid saß und »Die Mußestunde« las.

»Na, Fan, wie zum Teufel geht es dir denn?« rief Fenwick angeregt aus und versuchte, ihr einen Kuß zu rauben. »Was ist denn mit dir los?« fuhr er nüchterner fort, als Fräulein Watkins ihn zurückstieß und sich niedersetzte, wobei sie augenscheinlich eine Neigung zum Weinen bekämpfte.

»Ich wollte, du würdest nicht auf diese Weise mit mir sprechen, Fraser.«

»Auf welche Weise?« fragte Fraser bestürzt.

»Auf diese ekelhafte, kecke, ordinäre Weise, die du zur Schau zu tragen versuchst.«

Als er das Wort »ordinär« vernahm, errötete Fenwick und schien nach einer scharfen Erwiderung zu suchen. Da er keine fand, drehte er sich der Tür zu mit einer Bewegung, die Kränkung und Groll andeutete. Fräulein Watkins würgte, biß sich auf die Lippen und blickte durch ihre Tränen geradeaus vor sich hin.

»Ich gehe«, sagte Fenwick. »Du hättest mir ebensogut rundheraus sagen können, daß meine Gegenwart unerwünscht ist.«

»Du weißt ganz genau, daß mir das gar nicht in den Sinn gekommen wäre.«

»Nein, selbstverständlich nicht. Da du aber an das Benehmen von Gentlemen nicht gewöhnt bist, ist es vielleicht natürlich, daß du die Kerle von Whitechapel vorziehst oder gar diesen vornehmen Kanalbootsmann von Stratford, auf den du vielleicht gewartet hast, als ich dumm genug war, hereinzukommen.«

»Das ist, glaube ich, das Gemeinste, was du sagen konntest«, erwiderte Fräulein Watkins, wobei sie aufsprang und ihm entgegentrat. »Wenn auch Herr Hickson kein Gentleman ist, so spricht er wenigstens mit mir, als wäre ich eine Dame.«

»Wirklich? Ich möchte wissen, wo er gelernt hat, mit Damen zu sprechen.«

»Und ich möchte wissen, wo du gelernt hast, mit Frauenzimmern zu sprechen.«

Als Fenwick so heftig angegriffen wurde, änderte er seine Taktik. »Du scheinst ja in einer schönen Laune zu sein«, sagte er. »Ich war der Meinung, daß wir uns Freitag bei der Versammlung versöhnt hätten.«

»Ich auch«, sagte Fräulein Watkins bitter, ihren Tränen wieder freien Lauf lassend. »Und als ich fort war, hast du vor den Petersens geleugnet, daß ich deine Kusine bin, und hast dann eines der Ladenfräuleins von Frau Mancini nach Hause begleitet.«

»Sie hat mich gebeten, sie nach Hause zu begleiten. Was konnte ich dagegen tun?« rief Fenwick, durch diese Anklagen verwirrt.

»Du hast ihr erzählt, daß du Hauptmann seist.«

»Das ist nicht wahr. Wenn sie das behauptet, so lügt sie.«

»Wie kannst du so etwas sagen! Du weißt, daß du es gesagt hast. Du gibst dich ja immer für einen Offizier aus.«

»Ich habe es nur im Spaß gesagt. Außerdem, was kann ich dafür, wenn die Leute solche Snobs sind, daß sie einen Offizier besser finden als andere Menschen?«

Fräulein Watkins geruhte nicht, zu antworten. Sie drehte ihm den Rücken zu und setzte sich schweigend.

»Es ist vermutlich besser, wenn ich gehe«, sagte er schroff. »Ich hatte keine Ahnung, daß du ein solches Mädchen bist.«

»Du bist sehr lieblos. Es ist mir ganz gleichgültig, ob du fortgehst oder hierbleibst. Wenn du gehst, dann brauchst du niemals wiederzukommen«, sagte sie, stützte aber sofort den Kopf in die Hände und schluchzte.

Fenwick zögerte, unentschlossen, ob er seinem Stolz gehorchen sollte, der nach einem würdevollen Rückzug schrie, oder seiner Vorsicht, die ihm einflüsterte, daß es gut wäre, den Versuch zu machen, seinen Leichtsinn vom verflossenen Freitag zu mildern. Als er unschlüssig dastand, wurde das Geräusch eines Türschlüssels von unten her vernehmbar, worauf Herr und Frau Watkins erschienen. Sie begrüßten Fenwick mit sarkastischer Höflichkeit.

»Das ist in der Tat eine Ehre, Herr Hauptmann Fenwick«, sagte der Hausherr. »Meiner Treu!«

»Es ist so nett von dir, dich sonntags an deine armen Verwandten zu erinnern«, sagte Frau Watkins, »obgleich man natürlich nicht von dir erwarten kann, daß du jedermann in der Woche kennst, und besonders nicht am Freitag.«

»Du siehst auch gar nicht stolz darauf aus«, sagte Watkins. »Das gefällt mir an dir.«

»Laß ihn in Ruhe, Vater«, sagte Fanny, über den Ärger und die Demütigung ihres Liebhabers gerührt. »Wenn du nicht aufhörst, wird er glauben, daß es dein Ernst ist.« Hier flüsterte sie ihrer Mutter etwas zu.

»Was sagst du?« rief Frau Watkins. »Einen Offizier zum Tee einladen? Das wage ich nicht.«

»Ich will keinen Tee«, sagte Fenwick.

»Ihr trinkt gewöhnlich Champagner bei der Gardekavallerie, nicht wahr?« fragte Watkins.

Fenwick stieß einen undeutlichen Fluch aus, verließ das Zimmer, schlug die Tür hinter sich zu, daß die Fenster klirrten, und eilte die Treppe hinunter. Frau Watkins lachte so laut sie konnte; ihr Mann, unzufrieden mit sich selbst, daß er den Scherz zu weit getrieben hatte, und durch Fenwicks Heftigkeit geärgert, stand unschlüssig und heuchelte Gleichgültigkeit, und Fanny, der verachtungsvollen Bitte ihrer Mutter, die ihr zuraunte, keine Närrin zu sein, nicht achtend, lief hinunter, wo sie Fenwick im Begriff fand, seinen Überzieher heftig über die Schultern zu ziehen.

»Geh, Fraser«, sagte sie, »Vater hat es nicht böse gemeint. Du weißt, es war nur Spaß.« Fenwick schwieg. »So wirst du doch nicht fortgehen«, drängte sie und faßte seinen Arm.

Mit einem Ruck befreite sich Fenwick und ging in die Bishopsgate-Straße hinaus. Einen Augenblick sah Fräulein Watkins mit langem Gesicht seiner sich entfernenden Gestalt nach, dann machte sie eine krampfhafte Gebärde, als ob sie ihr Kinn verschlucken wollte, und zog sich in ihr Zimmer zurück, um zu weinen.

»Eine verdammt ordinäre Bande«, murmelte Fenwick immer wieder, als er nach Islington zurückkehrte.

Als er Dodds Buildings gegenüberstand, hielt er im Überqueren der Straße inne und sah, wie sich das Licht der Lampe, die neben dem Torbogen stand, auf dem bronzefarbigen Samtrock des Predigers Davis spiegelte.

Davis, vor Müdigkeit noch blasser als gewöhnlich, ging wieder langsam an dem Torbogen vorüber und schielte hinein wie zuvor. Dann ging er schnell weg und bog, nachdem er einige Male in die Richtung der Lampe zurückgeblickt hatte, in eine Seitengasse ein und verschwand vor Fenwick, dessen Neugier durch den Verdacht, daß der Prediger während der letzten Stunde immer in der nächsten Nähe herumgestrichen sei, erregt wurde. Ein Schutzmann, der gegenüber dieser Seitengasse stand, nahm langsam seine Runde wieder auf. Er blieb dicht neben Fenwick stehen, und ohne ihn aufzufordern, weiterzugehen, machte er Fenwick so verlegen, daß er dieses freiwillig tat. Dann machte der Schutzmann mit seiner Laterne die Runde in Dodds Buildings, ging bis zum Bogen zurück und faßte darin Posten, so daß er den Vorübergehenden unsichtbar blieb, bis sie an ihm vorbeikamen. Dieses Manöver wurde von Fenwick bemerkt, und seine Neugierde dadurch noch durch ein Gefühl der Besorgnis verstärkt, da er, wie so viele, die nichts besitzen, was des Stehlens wert wäre, Furcht vor Einbrechern hatte. Kurz darauf sah er den Samtrock aus einer Seitengasse hervorkommen, die mit der vorerwähnten parallel lief und mit ihr durch eine Straße, die hinter Dodds Buildings entlangführte, verbunden war. Davis hatte offenbar einen Umweg gemacht, mit der Absicht, wieder an dem Torbogen vorbeizukommen. Er näherte sich ihm rasch, aber als er nur noch einige Meter davon entfernt war, verlangsamte er seinen Schritt, und endlich blieb er dicht daneben stehen, ohne den starren Blick des Schutzmannes zu ahnen. Dann ging Davis vorsichtig in den Hof hinein und heftete seinen Blick auf die Fenster von Frau Frosters Haus. Der Schutzmann beobachtete ihn unentschlossen, denn sein Ausdruck, obgleich müde und sogar ein wenig wüst, war eher sentimental als verbrechergleich. Es ist auch ungewöhnlich, daß Einbrecher mit einer Bibel in der Hand und einem bronzefarbigen Samtrock auf dem Leib sich an die Arbeit machen. Nachdem er über eine Minute lang im Hof geweilt hatte, zog der Prediger sich, durch das Öffnen eines Fensters gestört, hastig zurück. Dabei wurde er durch das plötzliche Aufflackern einer Blendlaterne vor seinen Augen sehr aus der Fassung gebracht. Er ging jedoch vorüber und schritt weiter. Der Schutzmann, dessen Selbstbewußtsein, durch viele Jahre öffentlicher Wirksamkeit in Uniform gezüchtet, eine Vorliebe für theatralische Effekte in ihm gezeugt hatte, blendete die Laterne ab und schritt langsam in gleicher Richtung davon.

Um ungefähr dieselbe Stunde verließ Fräulein Russell, die ihren Sonntag in Richmond verbracht hatte, den Zug in Kings Cross und ging zu Fuß nach Hause. Denn sie besaß weder Wagen noch Diener noch Magd, nicht einmal einen Hund, der sie hätte begleiten können, und war daher in der gleichen Lage wie etliche Hunderttausend andere junge Arbeiterinnen, die gewohnt waren, ihren Weg zu jeder Stunde und zu jeder Zeit allein durch London zu nehmen.

Diesmal war sie eine Strecke lang durch die Petonville Road gegangen, als sie einen Mann gewahrte, der sich mit schnellen Schritten näherte, dann plötzlich zögerte und scheinbar überlegte, ob er weitergehen oder umkehren sollte. Als sie an ihm vorbeizukommen suchte, stutzte er und sprach sie mit Namen an. Sie nickte, den Gruß erwidernd.

»Sie müssen mir gestatten, Sie sicher nach Hause zu bringen, wahrhaftig, Fräulein Russell«, sagte er, indem er sich ihr anschloß. Er keuchte und fuhr fort: »Sie kamen so plötzlich auf mich zu, daß ich erschrocken bin. Und just in dem Augenblick, da ich an Sie dachte.«

»Sie brauchen meinetwegen keinen Umweg zu machen«, erwiderte Fräulein Russell. »Ich gehe ebenso gerne allein.«

»Oh, es ist kein Umweg für mich«, sagte der Prediger. »Ich habe Frau Froster heute abend aufgesucht, erfuhr aber, daß sie auf dem Lande zu Besuch sei. Ich hoffe, es wird ihr gut tun.«

Fräulein Russell nickte und schritt mit unverminderter Geschwindigkeit weiter.

»Ich selbst liebe das Land«, fuhr Davis fort, »aber ich habe wenig Gelegenheit, es zu sehen. Nicht, daß ich Grund hätte, mich zu beklagen. Nein, Gott bewahre! Ich bin wohlhabend, denn ich bin bei einem der bedeutendsten Möbelfabrikanten Englands angestellt. Ich verdiene tatsächlich mehr, als ich verbrauchen kann. Meine Schwestern sind gut versorgt, und ich habe niemand außer mir selber zu erhalten.«

»Sie haben Glück«, sagte die Schneiderin, die gar kein Interesse für die Angelegenheiten des Davis hatte, aber für weltliches Wohlergehen immer Sympathie empfand.

»Und trotz allem, was hilft es mir«, meinte Davis. »Ich bin ein einsamer Mensch.«

Fräulein Russell warf einen Blick auf sein Gesicht und begann noch schneller zu gehen.

»Ich nehme an, daß Sie in Ihren Predigten eine Zerstreuung finden«, bemerkte sie.

»Wenn das nicht wäre, ich wüßte nicht, was ich machen sollte«, sagte er. »Als Prediger schätzt man mich hoch. Ich werde mehr geachtet als viele Pfarrer im Ornat. Ich habe dem Herrn vielleicht mehr Männer zugeführt als der große stolze Erzbischof von Canterbury. Ich fühle jedoch, ja ich weiß, daß der Mensch nicht als einsames Wesen beabsichtigt worden ist. Auf der Höhe meiner Beliebtheit fühle ich, daß ich allein bin. Es gibt Männer, die sich anmaßen, mich auszulachen, weil ich mich des Evangeliums nicht schäme. Aber ich kann Ihnen sagen, Fräulein Russell, ich habe derlei Menschen in ihrem Heim besucht, und ich weiß, wie sie ihre Frauen behandeln und ihren Kindern versagen, was sie in den Wirtshäusern und auf der Rennbahn ausgeben. Ich glaube, wenn ich eine Frau liebte –«

»Gute Nacht und vielen Dank, Herr Davis«, unterbrach ihn Fräulein Russell schroff, als sie den Torbogen erreichten.

»Gute Nacht«, gab Davis zurück, durch diese plötzliche Unterbrechung unsicher gemacht. Dann, als sie sich wandte, um zu gehen, machte er einen hastigen Schritt vorwärts und sagte sehr feierlich: »Fräulein Russell, warten Sie einen Augenblick. Nur einen Augenblick. Ich möchte etwas sehr Ernstes mit Ihnen besprechen.«

»Sie wissen wohl, Herr Davis«, entgegnete die Schneiderin, ihm mit ihrer seltsamen Anmut und Selbstbeherrschung entgegentretend, »daß unsere Ansichten über ernste Dinge nicht übereinstimmen. Gute Nacht.«

Verlegen und seines Atems beraubt, stand der Prediger hilflos da, als sie von ihm weg in den Hof hineinschritt; als ob er zuviel gewagt hätte und zurechtgewiesen worden wäre. Dann, da er sich schwach fühlte, lehnte er sich an den Laternenpfahl, rang mit einem Hustenanfall, und zum erstenmal in seinem Leben erfüllte ihn die Vorbedeutung dieses Hustens mit Schrecken.

Am nächsten Morgen erhielt Fenwick folgenden Brief.

Sonntag nacht

Mein lieber Fraser,

Ich war sehr traurig, als Du heute abend so zornig davongingst,

und hoffe, daß Du nicht beleidigt bist. Du hast nicht viel versäumt, denn Davis, der den Abend mit uns verbringen sollte, ließ sagen, daß er krank sei und das Haus nicht verlassen könne. Alle Versammlungsteilnehmer waren sehr enttäuscht, da Davis nie einen Tag versäumt, und wir fürchten, daß es einen ernsten Grund haben muß. Wir erwarten nächten Sonnabend einige Gäste zum Tee, und Mutter würde sich freuen, wenn Du kommen würdest. Augenblicklich habe ich nichts hinzuzufügen, außer der Hoffnung, daß Du nicht so unvernünftig sein wirst, das, was gestern vorgefallen ist, ernst zu nehmen.
Ich bin, lieber Fraser,

Deine treue Kusine Fanny

Fünftes Kapitel

Am folgenden Abend kurz vor sechs Uhr war Weaver genötigt, sein Konto in einem der Geschäftsbücher nachzusehen; es gehörte zu Smiths Obliegenheiten, Eintragungen darin zu machen, zu addieren und den Saldo zu ziehen. Als er das, was er suchte, gefunden hatte, klappte er das Buch mit offensichtlichem Vergnügen an der Mühe, die er dazu aufwenden mußte, zu, schlug mit der Faust darauf und sagte:

»Ein zierliches Bändchen das, nicht wahr, Smith? Eine Taschenausgabe.«

Das war ein beliebter Scherz Weavers, und jedesmal, wenn er in guter Laune war und zum Pult des Buchhalters trat, wiederholte er ihn.

»Elender Speichellecker, der ich bin«, dachte Smith, »ich muß darüber lachen.« Und er lachte darüber.

»Ich habe einst einen Mann gekannt, der eine Million Pfund schwer war«, sagte Weaver nachdenklich. »Er hat mit fünfundzwanzig Pfund und zehn Shilling angefangen. Eines Tages stand er auf der Getreidebörse und hörte zu, wie zwei Kerle eine Fuhre Färberwurzeln verschacherten. Der eine bot dem andern vierundzwanzig Guineas an, aber der Preis, der verlangt wurde, war fünfundzwanzig Pfund zehn Shilling. Der Mann, von dem ich erzähle, wußte nicht mehr als der Mann im Mond, was eine Färberwurzel ist, denn er hatte nie davon gehört. Aber er sagte sich, wenn sie fünfundzwanzig Pfund vier Shilling wert sei, könne sie mit einem

Plus von sechs Shilling nicht überzahlt sein. So sprach er den Kerl an und kaufte ihm die Färberwurzeln ab, die sich als eine Art Kraut zur Erzeugung von roter Farbe – ähnlich wie Cochinille – entpuppte, und tags darauf verkaufte er sie um dreißig Pfund. Oft kaufte und verkaufte er Dinge, die er weder sah noch verstand; aber mit der Färberwurzel hatte er den Anfang gemacht. Wie ich erwähnte, hat er eine Million Pfund verdient und sein Lebtag kein Buch geführt. In der einen Tasche bewahrte er seine Rechnungen, in der anderen seine Quittungen. So etwas würde Ihnen nicht passen, was, Smith?«

»Trotzdem«, sagte Smith, dem die Einfachheit dieser Methode imponierte, »hätte er am Ende des Jahres keinen Penny mehr gehabt, wenn er auch noch so gewissenhaft Bücher geführt hätte.«

»Er wohl nicht, aber dafür sein Buchhalter«, sagte Weaver. Und verließ das Bureau mit dem fröhlichen Gefühl, seinem jungen Angestellten überlegen zu sein, der von seinen Kollegen gründlich ausgelacht wurde, noch ehe Weaver die Tür hinter sich zugemacht hatte. Dann wurden sie ernst.

»Na«, meinte einer seiner Vorgesetzten zu Smith, »Sie haben aber Mut, so mit dem alten Weaver zu sprechen.«

»Zum Henker!« erwiderte Smith und legte seine Bücher in den Kassenschrank. »Man könnte glauben, dieser Mann sei das goldene Kalb. Ich wollte, er wäre nur halb so schlau wie sein Freund, der Färberwurzelmann.«

Als Smith zu Fuß nach Hause ging, sagte er zu sich: »Ich möchte wohl wissen, ob es auf der ganzen Welt einen verachtenswerteren Beruf gibt als den eines Handelsangestellten. Er bietet dem Klügsten keine Arbeit, die nicht der Dümmste ebenso gut und vielleicht sogar besser leisten könnte. Solange es ein Heer von Geschöpfen gibt, die nichts als schreiben und lesen können, so lange wird es ein Heer tüchtiger Handelsangestellter geben. Ich verbringe hier mein Leben mit Eintragen von Posten, und für jeden Posten, der nachgeschlagen wird, gibt es Tausende, die niemals wieder angesehen werden; und wäre dieser eine auch nicht vorhanden, so würde die Welt doch fortbestehen. Da ist Weaver mit dem Beispiel von dem Wurzelmann vor Augen, das ihm zeigen soll, was er für ein Narr ist, wenn er mit Bedacht fast tausend Pfund im Jahr für Angestellte ausgibt. Würden wir ihn durch das geringste Zeichen von Selbstachtung ärgern, so könnte er uns durch Kerle, die er aufs Geratewohl von der Straße aufliest, ersetzen, und infolgedessen sind wir ein gemeines und unterwürfiges Hundepack. Meines Erachtens könnte er sogar bessere finden, wenn er die Straße nur richtig absuchen wollte. Da er aber ein dickköpfiger, herkömmlicher alter Kerl ist, der nur auf herkömmliche Art handeln kann, verlangt er schriftliche Zeugnisse und Erfahrung. Kann man sich vorstellen, daß ein Mann mit auch nur drei Wochen Welterfahrung sich etwas aus schriftlichen Zeugnissen macht? Und wahrhaftig, sein allererster Kassierer hatte ein Zeugnis über fünfzehn Jahre Ehrlichkeit, und während dieser Zeit sind ungefähr drei Millionen Pfund durch seine Hände gegangen. Mit seiner Quartalmiete von zwölf Pfund, zwei Shilling und sechs Pence ist er durchgebrannt! Der alte Simms, der neue Hauptbuchhalter, hat sechsunddreißig Jahre lang die Bücher bei einer Versicherungsgesellschaft geführt, und Figgis hat mit beiden Händen bei dieser Perle zugegriffen. Gewöhnlich muß er sich bei mir erkundigen, auf welcher Seite er seine Eintragungen machen soll, und erzählt mir, wie Beauchamp, der Sekretär der Versicherungsgesellschaft, seine Bücher zu führen pflegte. Es gibt keinen Angestellten im ganzen Bureau, dem man das Schreiben eines Briefes anvertrauen könnte, und gäbe es einen solchen, würde der alte Figgis ihm die Meinung sagen und prinzipiell alle seine Briefe ändern. Aber da wir Handelsangestellte sind, sind wir alle Gentlemen. Ein Streckenwärter, der gewisse Fähigkeiten, eigenmächtig zu handeln, besitzen muß, oder ein Droschkenkutscher, der ein geübter Fahrer sein muß, die sind keine Gentlemen. Röhrenleger und Zimmerleute, die Artikel fabrizieren und denen freier Spielraum gelassen wird, die Fähigkeit, die sie in ihrer Arbeit besitzen, zu zeigen, sind gemeine Kerle. Sogar Künstler, glaube ich, würden in der Gesellschaft nicht geduldet werden, wenn man sie entbehren könnte. Wenn ich dann nicht unter der Gewalt einer Gewerkschaft stehen müßte, möchte ich lieber der niedrigste Handwerker sein als ein Handelsangestellter. Wenn das scheußliche Bureau samt allen Büchern, Teppichen, Angestellten und Teilhabern heute nacht zu Asche verbrennen würde, wäre ich fähig, morgen früh mit der lebhaftesten Genugtuung die Ruinen zu betrachten.«

Smith lächelte über seine eigene Torheit; dann aber verfiel er in jene schmerzliche Sehnsucht, die von achtzehnjährigen Menschen voll Trauer gehegt und gepflegt, aber in reiferen Jahren als lästig empfunden und systematisch durch Zerstreuung oder Beschäftigung verscheucht wird.

Als er nach Hause kam, bemerkte er, durch das Vorzimmer schreitend, daß die Tür zu Frau Frosters Wohnzimmer offenstand. Fräulein Russell kam heraus und sagte: »Guten Abend, Herr Smith.«

»Guten Abend«, erwiderte Smith und stieß sich an dem beweglichen Brett, das an der Wand hing.

»Herr Smith«, sagte die Schneiderin, »haben Sie Ihr Angebot, mir bei der Erlernung des Französischen behilflich zu sein, ernst gemeint?«

»Vollständig ernst«, erwiderte Smith.

»Wann würde es Ihnen passen, anzufangen?« fragte sie etwas verlegen.

»Wann es Ihnen beliebt. Sofort, wenn Sie wollen.« Und er legte den Hut auf das Brett.

»Ich dachte«, sagte Fräulein Russell, »wenn Sie nach dem Tee Zeit hätten, könnten Sie herunterkommen und mir die Anfangsgründe beibringen.«

Smith willigte ein, und als er die Treppe hinaufging, vergaß er seine Handelsstellung und seine Unzufriedenheit. Er tanzte in seinem Zimmer herum und schnitt Grimassen vor dem Spiegel, was seine übliche Methode war, Freude auszudrücken. Als er sich beruhigt hatte, verschönte er sein Äußeres, so weit er es konnte, ohne daß der Versuch zu sehr auffiel; er klingelte nach dem Tee, und während er darauf wartete, wählte er aus seiner Bibliothek Voltaires »Karl XII.« als passenden Band, um Fräulein Russell die Anfangsgründe beizubringen. Als er mit dem Abendessen fertig war, hielt er es für richtig, nicht sofort hinunterzugehen, damit sein Wiedererscheinen nur nicht überstürzt wirke. Er ließ deshalb einen gewissen Zeitraum verstreichen, wobei er immer nervöser wurde, so daß er, als er schließlich hinunterging, zitterte und mit unsicherem Knöchel an die Wohnzimmertür klopfte.

»Herein«, rief Fräulein Russell.

Ursprünglich war Frau Frosters Wohnzimmer in ähnlicher Art wie das obige Paradezimmer möbliert gewesen. Es glich einem aufgegebenen Salon, aus dem die Nippsachen weggeräumt worden waren. Fräulein Russell saß an einem Tisch, auf welchem sich ihr Nähkorb und die kürzlich erworbene Methode, die französische Sprache ohne Lehrer in einem Monat perfekt zu erlernen, befanden. Mit Zuversicht ergriff Smith das Buch. Wenn seine Kenntnisse der französischen Sprache auch nur gerade korrekt waren, so hatten ihm doch einige Sprechgelegenheiten, die er als Knabe gehabt hatte, eine Gewandtheit verschafft, die durch Bücherstudien nicht erreichbar ist. Als er in dem Buch blätterte, sah ihm die Schneiderin mit Ehrfurcht zu.

»Haben Sie das Buch überhaupt durchgesehen?« fragte Smith und setzte unwillkürlich eine Magistermiene auf.

»Ich habe die ersten zwei Lektionen gelernt«, erwiderte Fräulein Russell und nahm sich fest zusammen, damit sie nicht erröte. »Aber ich glaube, ich habe es nicht richtig gemacht, denn sie kommen mir so leicht vor.«

Sofort stellte Smith die Frage: »Der Hut des Schneiders und der des Nachbarn.« Ihre Antwort machte ihn stutzig. Sie übersetzte richtig, aber mit Ausnahme des Wortes »chapeau«, das sie von ihrem Beruf aus kannte, sprach sie die Worte aus, als wären sie phonetisch englisch geschrieben. Um ihr ein Beispiel zu geben, wiederholte Smith den Satz selbst.

»Das klingt sehr geziert«, sagte sie zweifelnd.

»Natürlich ist es geziert, mit fremdem Akzent zu sprechen; und vermutlich macht dieses Bewußtsein es den meisten Leuten so schwer und peinlich«, sagte Smith. »Versuchen Sie es noch einmal.«

Fräulein Russell versuchte es noch einmal und trug jetzt den Satz mit breitem schottischen Akzent vor. Und obwohl sie sich bald verbesserte, da sie ein feines Gehör hatte, beobachtete er, wie sie unleugbar zu einer Schottin wurde, sobald sie französisch sprach, obschon ihr Englisch von dem einer Einheimischen kaum zu unterscheiden war. Zuerst erschien ihr Gedächtnis so voll von Widersprüchen, daß Smith von dessen Launen verwirrt wurde. Er verstand sie um so weniger, als er sich selbst fast nur durch Lektüre gebildet hatte, während sie so wenig an Bücher gewöhnt war, daß der Prozeß des Entzifferns ihr immer noch bewußt blieb. Als er endlich diesen Unterschied klar begriff, fand er, daß der scheinbare Widerspruch ihrer geistigen Fähigkeiten dem Umstand zuzuschreiben war, daß sie alles, was er ihr sagte, vollständig im Gedächtnis behielt, dagegen alles vergaß, was sie gelesen hatte. Er fand, daß sie einzelne Erklärungen schnell erfaßte, aber hoffnungslos blöd war, wenn er den Versuch machte, ihre Aufmerksamkeit auf Ähnlichkeiten im Aufbau der Sprachen – er hatte eine pedantische Vorliebe, solche Vergleiche anzustellen – zu lenken.

Notgedrungen war die erste Lektion kurz. Als sie ihre zwei Aufgaben vorgetragen hatte, sagte sie: »Werde ich jemals Französisch sprechen können wie eine Französin?«

»Nein, niemals, wenn Sie nicht lange genug in Frankreich leben, um Ihre eigene Sprache zu vergessen«, erwiderte Smith. »Aber dann werden Sie wahrscheinlich besser Französisch sprechen als die Franzosen. Das heißt, falls die Franzosen ihre eigene Sprache nicht viel besser sprechen als die Engländer die ihre.«

»Wenn ich aber alle diese Regeln und Zeitwörter, die Sie erwähnten, gelernt habe, was habe ich noch zu tun?«

»Die Sprache selbst erlernen. Durch die Regeln bekommen Sie nur einen Begriff, wie die Sprache zu benützen ist, wenn man sie kennt. Ich weiß viel mehr von der Sprache als von den Regeln.«

»Und was nennen Sie die Sprache kennen?«

»Na, wenn man für Hund, Katze, ja und nein den richtigen französischen Ausdruck weiß, dann kennt man die Sprache. Darin besteht schließlich die wirkliche Schwierigkeit.«

Fräulein Russell begann zu zweifeln, ob es ratsam sei, sich mit fremden Sprachen abzumühen, aber sie sagte nichts. Sie dachte: »Hab' ich die Sprache erst erlernt, dann würde ich es gerne als zwecklos hinstellen; aber das jetzt schon tun, hieße einen Rückzug antreten und wäre deshalb schmählich.«

»Für eine Schneiderin ist die französische Sprache von großem Wert«, behauptete sie.

»Sind Sie gern Schneiderin?« fragte Smith, da er den Wunsch hegte, herauszubekommen, inwieweit sie künstlerisches Empfinden für ihre Arbeit hatte.

»Ich bin Schneiderin«, sagte sie. »Ich dachte, Sie wissen das.«

»Jawohl«, sagte er, »aber –« Er hatte das Empfinden, daß eine Erklärung aussichtslos wäre – »ich bin Handelsangestellter und bin es gar nicht gern.«

»Warum fangen Sie dann nichts anderes an?«

»Das weiß ich nicht. Vermutlich weil ich zu nichts anderm tauge.«

»Könnten Sie nicht in einer Schule unterrichten?«

»Das zu können, ist so ziemlich die seltenste Gabe.«

Dieser Standpunkt war der Schneiderin so erstaunlich, daß sie am gesunden Verstand ihres Lehrers zu zweifeln begann.

»Es ist Zeitvergeudung, mit seinem Broterwerb zu hadern«, sagte sie ernst. »Das höchste Glück im Leben besteht darin, daß es einem nie so gut gehen kann, als daß man die Hoffnung aufgibt, sich zu verbessern.«

»Aus dem Mund einer jungen Dame ist das eine sehr philosophische Betrachtung«, sagte Smith.

»Mein Vater hat das immer gesagt, wenn jemand unzufrieden war.«

Das Gespräch drohte nun ins Stocken zu geraten, und Smith fühlte, daß es ratsam wäre, sich zurückzuziehen.

»Wie wollen wir künftighin unsere Lektionen einteilen, Fräulein Russell?« fragte er. »Ich bin jeden Abend nach sieben Uhr frei.«

»Gewöhnlich ist Frau Froster Montag und Donnerstag nicht zu Hause«, sagte sie, »so daß uns dieses Zimmer an diesen Abenden zur Verfügung steht.«

»Glauben Sie, daß sie etwas dagegen hätte?« fragte Smith, der von einem konventionellen Standpunkt aus die Schicklichkeit dieser Zusammenkünfte bezweifelte.

»Ich habe schon mit ihr darüber gesprochen«, entgegnete Fräulein Russell. »Sie freut sich, daß ich mich bilden will, namentlich weil Sie mit Herrn Davis befreundet sind, der nach ihrer Meinung einer der besten Männer der Welt ist.«

»Mag sein«, sagte Smith, »aber ich bin ihm zum erstenmal in meinem Leben zu Weihnachten zufällig begegnet und habe ihn seitdem nicht wieder gesehen.«

»Jedenfalls ist Frau Froster mit der Vereinbarung einverstanden. Aber vielleicht sind Sie es nicht.«

»Im Gegenteil«, sagte Smith schnell. »Es wird mir eine große Freude sein.«

»Also wenn Sie die Güte haben, wollen wir die nächste Stunde am Donnerstag abhalten.«

»Donnerstag«, stimmte Smith zu und ging auf sein Zimmer zurück.

»Wahrlich«, sagte er, als er das Feuer schürte, »das ist die gefühlloseste Frau, der ich jemals begegnet bin. Ich glaube, sie hat keine Seele. Wäre sie sich nur ihrer unerklärbaren Anmut bewußt, dann wäre sie die Verkörperung der Poesie.«

Von nun an wurde Smiths Umgang mit der Schneiderin intim und regelmäßig, und bald begann er in verschiedener Weise auf sie zu wirken. Seine Vereinsamung wurde noch vollkommener, da sie ihm die Gründe nahm, sich nach Gesellschaft zu sehnen. Sie war der einzige Mensch, den er in London kannte, denn vor seinen Bureaukollegen spielte er eine Rolle, die er als eine falsche Darstellung seines Ichs betrachtete. Und er war mit seiner einzigen Freundin so zufrieden, daß er sich sogar hütete, ein neues Interesse zu suchen. Die Notwendigkeit, sein Wissen vom Standpunkt des Lehrers aus zu überprüfen, gab den fragmentarischen Kenntnissen, die ihm in der Schule mechanisch eingedrillt worden waren, neues Leben, und die Erklärungen, die er seiner Schülerin – die selten danach fragte – zu geben sich verpflichtet fühlte, veranlaßten ihn, die Bruchstücke des Wissens, die er durch viel planloses Lesen erworben hatte, zu sammeln und die Lücken durch neue Nachforschungen auszufüllen. Ferner begann er eine Einsicht in die menschliche Natur zu gewinnen, die, wenn auch nicht objektiv, doch sehr zart war, denn er hatte sie beständig vor Augen in ihren äußersten Auswirkungen; im Weibe, das er als ihr sichtbarstes Bindeglied betrachtete zwischen der wilden und der intellektuellen Menschheit, und im Manne, der in der Verwertung seiner edelsten Kräfte entkörpert erscheint.

Smith unterrichtete die Schneiderin und las Ruskin, Mill und die Dichter. Bald wurde er gegen alles unduldsam, was seinem höchsten Ideal von Kraft und Schönheit nicht entsprach. Er eignete sich Vorurteile an gegen alle Werke, die nicht ihre Zeit überlebt haben, warf Byron, den er gern gelesen hatte, beiseite und setzte Shelley an seine Stelle. Weigerte sich, das anzuerkennen, was nur unterhaltend und lieblich sein sollte, und las die Zeitungen nur dann, wenn er sich in einem Restaurant befand und nur die Wahl hatte, dieses oder nichts zu tun. Um der Wahrheit die Ehre zu geben, entwarf er eine strenge Religion und machte den Versuch, Vegetarier zu werden, der binnen drei Tagen deshalb scheiterte, weil Rose unfähig war, Abwechslung in eine Diät von gekochtem Kohl zu bringen. Wo ein Verbesserer auf Mißbräuche hinwies, war er leichtgläubig, skeptisch jedoch dort, wo ein Konservativer bestehende Einrichtungen verteidigte. Er bekehrte sich zu strengen Ansichten über die angeborene Minderwertigkeit des weiblichen Geschlechts und behauptete, das Weib entbehre wissenschaftlicher Wißbegierde. Es sei wohl fähig, zu lernen, daß A gleich B ist und B gleich C, aber unfähig, daraus zu folgern, daß A gleich C ist; daß es unverbesserlich subjektiv in Anwendung allgemeiner Grundsätze bleibe und sicherlich falsche Gründe für richtige Schlußfolgerungen anführe und eifrig bemüht sei, Gewohnheitsregeln zu erlernen, um sich dadurch die Mühe ersparen zu können, Grundsätze aufzustellen. Kurzum, er trat in jene unpraktische Entwicklungsphase ein, in welcher scharfe Anschauungen, Haß gegen Lüge, Freiheitsliebe, inhaltsschwere Wahrheiten und eine strenge Keuschheit sich mit geistiger Farbenblindheit, unbewußter Sophistik, Unduldsamkeit, Plattheit und feinem Epikureertum verwirren. Durch die mangelhaften Schlüsse der Unerfahrenheit unfähig, das Folgerichtige von dem Zufälligen genau zu unterscheiden, erwarb er jenen feinen Instinkt für den schöneren Teil der Wahrheit, der junge Männer nur zu vollendeten Parteigängern macht.

Unterdessen schien Fräulein Russell nicht weiterzukommen. Bald dehnten sich die Abendlektionen weit über den beabsichtigten Zweck aus, und die Schneiderin lernte viele Wahrheiten kennen, die ihr bisher unbekannt waren. Allein sie nahm sie nicht in sich auf, und anstatt ihre Stellung der Welt gegenüber zu ändern, schien ihre neue Bildung nur äußerlich an ihr zu haften, wie Seemuscheln an einem Schiff. Bald konnte sie Französisch genug, um Bemerkungen, wie sie im alltäglichen Gespräch gemacht werden, anzuwenden; aber darüber hinaus machte sie keine Fortschritte. Sie hatte keine Gewandtheit in Übersetzungen und zeigte für Karl XII. so wenig Interesse, daß Smith als Ersatz Racine nahm, der ihr noch weniger zusagte. Dann versuchte er es mit Molière und hatte damit Erfolg. Nicht etwa, daß die Schneiderin sich um den Schriftsteller oder um seine Gewandtheit in der Charakterzeichnung kümmerte. Aber sie war mit Herz und Seele bei den Liebschaften der Valères und Leandres, und erst der endgültige Erfolg der Schlußszene beruhigte sie über deren Schicksal; denn ihr Vertrauen in den Weg der wahren Liebe war in hohem Grad durch die Bühnenkatastrophe vom »Misanthrop« erschüttert – zufällig das erste Theaterstück, das sie gelesen hatte. Auf tiefsinnige Werke ließ sie sich absolut nicht ein, und die einzige Literatur, die sie neben Romandichtungen liebte, war jene Art Reisebeschreibungen, die ihnen am nächsten stehn. Es war Smith zuerst etwas schwer, Bücher für sie auszuwählen; die modernen Romane entmutigten sie. In einer Woche las sie kaum ein halbes Kapitel. In einem begeisterten Augenblick empfahl er ihr die Lektüre der Werke Shelleys; zu seinem maßlosen Erstaunen gab sie ihm jedoch das Buch als »ein nettes Buch, das nur für Kinder geeignet sei« zurück. Aus Rache gab er ihr Robinson Crusoe; und sie, der Ironie gar nicht bewußt, las es nicht nur fleißig, sondern stritt später in einem lebhaften Gespräch mit ihm über die Wahrheit des Buches. Betroffen empfahl er ihr hierauf »Des Pilgers Lebensreise«, ein Buch, das sie sich widerstrebend gefallen ließ, weil es »gute Charakterzeichnungen« enthielt; trotzdem las sie es zu Ende. Schließlich wurde sie durch den »Pfarrer von Wakefield« überzeugt, daß das Lesen, das sie früher als ein lästiges erzieherisches Mittel betrachtet hatte, ein Vergnügen sein konnte, und entwickelte sogar Geschmack an Belehrungen, von denen Smith eher erwartet hätte, daß sie ihr langweilig sein würden. So las sie, obgleich sie gar nichts von Bildern verstand, einen alten Band von Vasari, den Smith ins Zimmer mitgebracht hatte, um eine fehlende Rolle am Tischfuß zu ersetzen. Sie erinnerte sich aller Geschichten, die sie gelesen hatte, aber niemals merkte sie sich den Namen des Schriftstellers und machte nicht den geringsten Unterschied zwischen John Bunyan und Walter Scott, obwohl sie den Unterschied zwischen dem Kampf Christians mit Apollyon und dem Angriff Ivanhoes gegen den Tempelritter durchaus begriff; Smith wurde ständig durch den Kontrast zwischen ihrem Scharfsinn und ihrer Einfalt verwirrt. Sie hielt ihn für einen sehr großen Gelehrten, ihre Bewunderung für sein Wissen wurde jedoch durch Zweifel erschüttert, ob er nicht am Ende gar mehr wußte, als für ihn gut wäre. Sie schätzte seine Intellektualität und das Fehlen aller Gewöhnlichkeit bei ihm. Doch konnte sie nicht recht an den wahren Wert von Kenntnissen glauben, die ihren Besitzer mit einem Einkommen und in einer Lebensstellung ließen, die nicht viel besser war als die von vielen Ungebildeten. Sie sah, daß er sein eigenes Interesse nicht energisch genug wahrte und daß er in praktischen Dingen schwach und rückständig war. Obgleich sie seine gelegentlichen Anklagen gegen Gesetze und Gebräuche, die sie immer als zur Natur der Menschen gehörig betrachtet hatte, schweigend anhörte, war sie überzeugt, daß in den meisten Fällen der Meinungsverschiedenheiten er unrecht und die Welt recht hatte. Sie achtete das, was er aus sich gemacht hatte, ohne jedoch den geringsten Glauben an seinen zukünftigen Erfolg zu haben, und da sie eine ehrgeizige Utilitaristin mit zielbewußten Ansichten und wenig Empfindsamkeit war, hegte sie eine Zuneigung zu ihm, die, mehr als ihr selbst bewußt war, etwas von jenem Mitleid an sich hatte, das mit Verachtung verwandt ist.

Das romantische Element, das in ihre Beziehungen trat, war, obwohl Smith sich dessen bewußt blieb, unbestimmt. Die einzige Person, die praktische Folgen davon erwartete, war Frau Froster. Sie betrachtete Harriet als ein Mitglied ihrer eigenen Familie und war deshalb der Meinung, daß der Beruf einer Schneiderin unter ihrem gesellschaftlichen Stande sei. Andererseits war Smith ein Handelsangestellter mit gutem Benehmen und solid. Da sie wußte, daß er ein sehr kleines Einkommen geerbt hatte, pflegte sie ihn als einen jungen Herrn mit Privatvermögen zu schildern, der das Bankgeschäft erlernte. Frau Froster war in dem Glauben erzogen worden, daß Ehen, in denen die Frau älter ist als der Mann, gottlos seien; aber da sie sich im Alter von zweiunddreißig Jahren aus der Ehelosigkeit nur durch eine Ehe mit einem fünfundzwanzigjährigen Mann gerettet hatte, hatte sie diese Ansicht insofern geändert, als sie die Ehe jetzt als die erste Pflicht einer Frau betrachtete; und da sie wußte, daß es nicht immer so leicht ist, diese Pflicht zu erfüllen, drang sie in Harriet, die erste vernünftige Gelegenheit zu benützen, ohne dagegen Einwendungen zu erheben, die nur für diejenigen Damen passend sind, deren Glücksumstände durch ihre Vermögenslage gesichert sind. Sie legte dem französischen Unterricht nichts in den Weg. Von Smith hatte sie eine so hohe Meinung, daß sie ihn frei von der herrschenden boshaften Abneigung gegen die Ehe glaubte und überzeugt war, er würde seine Frau nichts anderes als Wollstrickereien und Haushaltsarbeiten verrichten lassen. Smith selbst ahnte niemals, daß eine ältere Frau ihn als geeigneten Ehekandidaten betrachten könnte. Bald verlor er das Wonnegefühl, das seine erste Begegnung mit Harriet hervorgerufen hatte, doch schien er, als die Lektionen fortschritten, ihr niemals näher zu kommen; denn sie behandelte ihn von Anfang an mit solcher Offenherzigkeit und ließ auf so selbstverständliche Art keine zeremonielle Zurückhaltung zwischen ihnen aufkommen, daß sie gar keine Schranken übrig ließ, die umgestoßen hätten werden müssen. Und doch war sie so unabhängig von ihm, daß er das Empfinden hatte, zwischen ihr und ihm läge eine Entfernung, die er nicht zu vermindern vermochte. Oft sehnte er sich danach, ihr ein Zeichen gegenseitigen Verständnisses zu entlocken, das ein wenig gefühlvoller wäre als eine bloße Kameradschaft zwecks Pflege der Kultur; und dieses Verlangen reizte ihn zuweilen, ihr Zärtlichkeiten zu sagen – er wußte selbst nicht genau was –; wenn er aber neben ihr saß, empfand er die Unmöglichkeit, sich selbst so zum Narren zu haben, und wenn er am nächsten Tag seine Ruhe wiedergewonnen hatte, war er entsetzt über die Unvorsichtigkeit, die zu begehen er im Begriff gewesen war.

Sechstes Kapitel

Eines Abends saß die Familie Watkins in ihrem Haus in Bishopsgate beim Tee. Frau Watkins war eine große Frau mit dichten schwarzen Augenbrauen, wulstigen Lippen, einer harten faltigen Gesichtshaut und einem Benehmen, das trotz ihrer achtundvierzig Jahre sehr lebhaft war. Sie trug ein Korsett, ohne Unbequemlichkeit zu verspüren, und machte im allgemeinen den Eindruck, daß sie auf ihre schmale Taille Wert legte und eine Frau sei, mit der nicht zu spaßen war. Ihr Gatte war ein kleiner, zierlich gebauter Mann, hatte dünne braune Haare, kleine, feingeschnittene Züge und sah nach körperlicher Schwäche und geistiger Schlauheit aus, was von seiner feuchten dunklen Haut und seinen mißtrauischen Augen herrührte, die ständig umherwanderten, als mieden sie irgendeinen Gegenstand.

»Ich bin Herrn Davis begegnet, als er vom Broad-Street-Bahnhof kam«, sagte Fanny, die soeben von einem Spaziergang nach Hause gekommen war, »und er sagte mir, daß er heute abend herkommen will, Mutter, weil du mir nicht erlaubst, seine frommen Versammlungen zu besuchen.«

Frau Watkins sah ihre Tochter streng an.

»Daß du es nur weißt, Mutter«, fuhr Fanny fort, »ich habe ihm kein Wort davon erzählt; er hat es aber von Frau Robson gehört und machte mir sofort Vorwürfe darüber. Ich konnte kein Wort entgegnen, ich kam mir so albern vor.«

»Ich halte es für besser, daß er kommt«, sagte Frau Watkins grimmig. »Frau Robson sollte sich lieber um ihre eigenen Sachen kümmern.«

»Ach«, sagte Watkins und warf einen verstohlenen Blick auf die Wand, »diese Prediger sind ganz gut für eine gewisse Zeit, aber auf die Dauer bewähren sie sich nicht.«

»Du hast es nötig, mit dem Zaunpfahl zu winken und dem Kind solche Flausen in den Kopf zu setzen, weil jemand diesem Davis den Kopf verdreht hat«, sagte Frau Watkins.

Durch diese herausfordernde Bemerkung keineswegs aus dem Text gebracht, warf Watkins einen verstohlenen Blick auf seine Frau und sagte: »Hast du die Absicht, ihn zu empfangen, Flossy?«

Frau Watkins hieß mit dem Vornamen Florence.

»Jawohl, und ich werde ihm auch sagen, was ich von ihm halte.«

»Still«, rief Fanny, als ein Klopfen an der Tür hörbar wurde.

»Das ist er nicht«, sagte Watkins. »Ich kenne sein Klopfen. Das wird der junge Larkins, der Kassierer, sein. Du kannst mit ihm darüber sprechen, Flossy; deswegen ist er gekommen. Davis hält es für ratsam, uns auf den Zahn fühlen zu lassen, bevor er persönlich kommt.«

Larkins, der jetzt erschien, war nett gekleidet, sprach mit einer Sopranstimme und war heiteren Wesens. Er war ein emsiges Mitglied der frommen Versammlungen, in denen Davis predigte, und als Redner beliebt. Seine Stärke bestand hauptsächlich in einem milden Humor, und er hatte die Gewohnheit, den Sünder eher zu verspotten, als ihm zu drohen.

»Ich bin gekommen«, sagte er, »weil ich fürchtete, daß etwas in Ihrem Hause nicht in Ordnung ist. Wo in aller Welt sind Sie die letzten vierzehn Tage gewesen, Frau Watkins?«

»Ich gehe nicht gerne dorthin, wo ich meine Tochter nicht mitnehmen kann«, entgegnete Frau Watkins.

»Aber«, meinte der Kassierer, »Ihre Tochter war doch sehr oft bei uns und wird, so Gott will, noch oft kommen.«

»Ach, ich weiß nicht, was über Herrn Davis gekommen ist«, rief Frau Watkins. »Das hätte ich niemals gedacht. Ich sage Ihnen rundheraus, Herr Larkins, so lange er sich so benimmt wie jetzt, werde ich weder selbst in die Versammlungen gehen, noch erlauben, daß Fanny hingeht.«

»Davis! Oh! Oh! Oh!« rief Larkins aus. Nachdem er so viel Erstaunen und Tadel, wie er nur konnte, in diesen Ausruf gelegt hatte, starrte er Frau Watkins kummervoll an. Dann stellte sich Neugier ein, sie kämpfte mit dem Kummer und verdrängte ihn. »Sie wollen doch nicht behaupten, daß Davis – Herr Davis – etwas Böses getan hat?«

»Ich lege ihm nichts zur Last«, sagte Frau Watkins, »aber ich habe noch nie einen Mann gesehen, der sich so zu seinem Nachteil verändert hat.«

»Aber wieso denn, Frau Watkins? In welcher Art?«

»Ich habe es schon zu Weihnachten bemerkt und bin nicht die einzige, die es bemerkt hat.«

»Ihnen ist wohl gar nichts aufgefallen?« fragte Watkins sarkastisch.

»Gar nichts, aber rein gar nichts«, sagte Larkins mit Nachdruck. »Ich habe ihn immer als einen der Berufensten sozusagen unter unsern Brüdern betrachtet. Er hat eine große Gabe, die

Herzen zu rühren.«

»Hm«, murmelte Frau Watkins.

»Sag ihm rundheraus, was du sagen willst, und damit basta!« riet ihr Mann.

»Erinnern Sie sich an die Rede, die er ungefähr um Weihnachten in Finsbury gehalten hat?« fragte Frau Watkins.

»Jawohl, ich erinnere mich sehr gut«, sagte Larkins mit Begeisterung. »Er sprach über die Bibelstelle ›Das Herz kennt seine eigene Bitterkeit‹. Im ganzen Saal blieb kein Auge trocken.«

»Nach ihm haben auch Sie gesprochen und erklärten, daß in dieser Art die Jünger zu sprechen pflegten«, sagte Fanny.

»Ach«, bemerkte Watkins, »er war Feuer und Flamme und Fieber und Tod dafür, als Missionar zu den Kaffern zu gehen.«

»Schade, daß er es nicht getan hat«, sagte Frau Watkins.

»Oh, Mama!«

»Halt den Mund, du! Zu deinem Wohl spreche ich darüber, verstanden? Nun, Herr Larkins, seit damals ist Davis nicht mehr derselbe Mann, und ich glaube, daß er weit vom Pfade abgeirrt ist, obgleich es mir nicht geziemt, über ihn zu urteilen. Heute wohnt, wie ich fürchte, nicht die Religion auf seinen Lippen oder in seinem Herzen. Sehen Sie ihn jetzt jemals bei den jungen Männern, wenn er spricht, rügt oder ermahnt? Oder bei den Müttern? Nein, jetzt sind es die unschuldigen jungen Mädchen und die Frauen, die ihre Ketten und Broschen mehr lieben als ihre Seelen, mit denen er so vertraulich ist.«

In seinen heiligsten Eindrücken merklich verletzt, starrte Larkins dumpf auf Frau Watkins.

»Und worüber, glauben Sie, spricht er mit ihnen?« fuhr Frau Watkins fort. »Über den Glauben und das Gebet? O nein; aber über Seelenverwandtschaft, über seine Einsamkeit, darüber, daß er niemand hat, der ihn liebt, und über solchen garstigen Unfug.«

»O nein, Sie müssen sich irren«, sagte Larkins.

»Ich irre mich nicht! Wenn ich mir nicht Gewißheit verschafft hätte, wäre diese Anklage nicht über meine Lippen gekommen. Die ganze Versammlung weiß, wie diese kleine Frau Meares ihn um den kleinen Finger wickelt und ihn glauben macht, daß er ihr leid tut, als ob ihr nicht jeder Mann gleichgültig wäre, und der Gatte immer unterwegs –«

»Flossy«, unterbrach Watkins, »bleib bei der Sache und nenne keine Namen.«

Frau Watkins unterdrückte eine Regung des Trotzes und begann wieder. »Es ist nicht notwendig, Namen zu nennen. Jeder weiß nur zu gut, wer gemeint ist. Vor vierzehn Tagen begann er mit Fanny über einen jungen Mann zu sprechen, der ihr Aufmerksamkeiten erwies. Aber bald ging er zu seinem Lieblingsthema über: seine Sympathie, sein Elend, und so weiter. Dann sagte er auch, daß er sich nach dem Tode sehne, als ob die Stunde, die ›der Herr‹ bestimmt, ihm nicht genehm wäre. Wie eine Närrin kam Fanny nach Hause; sie weinte beinahe und erzählte mir, was er gesagt hatte. Ich weiß von früher her, was solche Dinge zu bedeuten haben.«

»Wohlgemerkt«, sagte Watkins. »Meine Frau will damit nicht behaupten, daß er etwas Unrechtes im Sinn hat.«

»Nein, weit davon entfernt«, sagte Frau Watkins. »Nur denkt er jetzt eben stets an sich; und ist überhaupt für ein Mädchen nicht der richtige Umgang, geschweige denn geeignet, das Evangelium zu predigen. Ein für allemal: er kann zu den Kaffern gehn oder hierbleiben; aber solange es ihm gestattet wird, sich so aufzuführen, wie er sich in Finsbury aufgeführt hat, werden Tom und ich uns ein anderes Bethaus aussuchen.«

Überwältigt durch die Beschuldigung, die so plötzlich gegen einen Mann vorgebracht wurde, den er als ein über jeden Vorwurf erhabenes Beispiel inbrünstig nachgeahmt hatte und als Kassierer beunruhigt über die Abtrünnigkeit von Watkins, der fünf Pfund jährlich zu dem Erhaltungsfonds des Finsbury-Gotteshauses stiftete, fehlte Larkins die Geistesgegenwart, um ein Wort des Protestes zu finden. Frau Watkins schloß die Lippen und beschäftigte sich mit dem Teebrett, Fanny saß, die Augen auf ein Taschentuch geheftet, das sie säumte. Ihr Vater schwieg und lauerte verstohlen. Die Stille wurde durch ein lautes Klopfen an der Haustür unterbrochen. Larkins errötete; aber es rührte sich niemand außer Fanny, die die Arbeit fallen ließ und ihre Mutter bestürzt ansah. Dann meldete das Dienstmädchen »Herr Davis«, und der Prediger trat ein. Sein Aussehen war verändert. Sein ernster Ausdruck und sein forscher Gang waren gemäßigt. Er hatte etwas Fett angesetzt und hielt sich weniger gerade, seine Manieren waren einschmeichelnder; und sein Schritt weicher. Obwohl keine dieser Veränderungen sehr auffallend war, beeinflußten sie doch merklich den Eindruck, der von seiner Persönlichkeit ausging.

Als er ihrer Tochter ausgiebig die Hand schüttelte, sah ihn Frau Watkins mit strenger Miene an. Sie entschloß sich, ihm die Hand zu verweigern und ihm durch eine zurückhaltende Verneigung zu verstehen zu geben, wie sehr er in ihrer Achtung gesunken sei. Die feurigen schwarzen Augen auf sie geheftet, näherte sich Davis. Augenblicklich war ihre Widerstandskraft geschwunden. Entrüstet, aber hilflos, fügte sie sich einem ähnlichen Händeschütteln, das mit einem vertraulichen kleinen Druck endete, der ihren Zorn noch erhöhte. Nachdem die übrigen Förmlichkeiten erledigt waren, nahm Davis Fannys zaghafte Einladung, Platz zu nehmen, an, und als er zufällig Larkins ansah, bemerkte er, daß der Kassierer seinen Blicken verwirrt auswich. Nach einem Augenblick, in welchem niemand das Schweigen brach, begann er irgendein Mißverständnis zu ahnen. Er hustete.

»Ein schöner Nachmittag heute, Herr Davis«, sagte Watkins.

»Herrlich, herrlich«, jubelte Larkins mit seiner Sopranstimme. Da er aber dann das Gefühl hatte, daß er durch diese übertriebene Heiterkeit sein Unbehagen verraten hatte, ließ er schuldbewußt den Kopf hängen.

»In unseren letzten zwei Versammlungen habe ich Sie vermißt, Frau Watkins«, sagte Davis.

»Ich bin nicht dort gewesen«, erwiderte sie schroff.

»Die weltlichen Geschäfte wirken störend selbst auf die Besten von uns«, erklärte Davis. »Um des Beispiels willen wäre es jedoch gut, regelmäßig zu erscheinen. Sie werden mir verzeihen, wenn ich das sage.«

»Frau Watkins will uns abtrünnig werden«, sagte Larkins. In seiner Unruhe ließ er die Stimme von ihrer normalen Tonhöhe um einen Halbton sinken.

»Uns abtrünnig werden?« wiederholte Davis. »Und warum?«

»Ich habe Herrn Larkins erklärt, warum«, sagte Frau Watkins.

Davis erhob sich betroffen und sagte streng: »Das hätte ich nicht geglaubt, Frau Watkins. Als Frau Robson es mir erzählte, habe ich es nicht geglaubt. Nach zwei Jahren des Kampfes weiß ich nur zu gut, wie schwer unsere Versammlung von Ungläubigen belagert ist, die versuchen, uns zur Zielscheibe ihres Spotts zu machen. Ich sagte mir aber, ihr Gelächter ist wie das Geknister von Dornengestrüpp unter einem Topf. Derlei Menschen sind mir gleichgültig; ich kann sie ihrem eigenen Gewissen überlassen. Aber wenn meine Freunde und die, die ich als gottergeben kenne, ihnen Gehör schenken, wenn nach allen meinen Anstrengungen, mich von einem Verdacht zu reinigen, meine Worte aufgegriffen werden und ich selbst als ein Wüstling dargestellt werde, das kränkt mich aufs bitterste. Es ist hart. Es ist sehr hart.« Hier setzte sich Davis und stützte den Kopf in die Handflächen.

Frau Watkins, die den Mut verlor, nahm Zuflucht zum Gekränktsein und sagte: »Das ist das erstemal, daß man mich ungläubig genannt hat.«

Davis hob den Kopf und bezwang seine Erregung. Dann, mit einem gezwungenen Lächeln auf den Lippen und einer Träne in jedem Auge, erhob er sich und nahm den Hut.

»Ich bitte, meine Schwäche zu entschuldigen«, sagte er, »allein meine Gesundheit ist nicht die beste. Ich sollte mich beherrschen können, Frau Watkins. Ich werde Sie nicht bitten, mir jetzt die Hand zu reichen. Ich habe das Gefühl, daß Sie mich eines Tages besser verstehen werden. Bis dahin mögen Sie Frieden und Wohlergehen und jeden Segen, den eine brave Frau verdienen mag, genießen. Wenn Sie jemals geneigt sein sollten, sich meinetwegen Vorwürfe zu machen, tun Sie es nicht; denn ich bin ein Sünder, und in mancher Richtung verdiene ich Vorwürfe. Wegen der Güte, die Sie mir einst erwiesen haben, werde ich Sie nicht vergessen, wenn ich in meinem Gebete meiner Freunde gedenke. Fräulein Watkins: ich weiß, daß Sie für mich Partei ergriffen haben; und das tröstet mich besser, als es Reichtümer vermöchten. Aber lassen Sie sich niemals verleiten, gegen Ihre Mutter aufzutreten. Wenn Sie erlauben, Herr Watkins, werde ich mit einem Freund sprechen, der Mitglied des Bethauses der Aldgate Gesellschaft ist, das ich jetzt niemals besuche, wo Sie aber weit bessere Redner hören werden, als ich einer bin. Ein solches Mitglied wird man dort freudig aufnehmen. Larkins, Sie werden mir doch die Hand reichen?«

Larkins schluchzte und ergriff die Hand seines Kollegen heftig. Watkins näherte sich auch und entledigte sich derselben freundlichen Förmlichkeit mit einem ungewöhnlich stetigen Blick, in welchem Kritik und Bewunderung sich mischten.

»Ich danke Ihnen«, sagte Davis gerührt. »Gott segne euch alle.« Hastig schritt er hinaus.

Schweigend nahm Watkins seinen Platz wieder ein. Larkins drückte das Taschentuch an die Augen und schluchzte verzweifelt. Fanny beugte sich über die Arbeit und suchte vergebens ihre Tränen, die in rascher Folge darauf fielen, zurückzuhalten. Frau Watkins konnte nicht sprechen. Nie vorher hatte sie empfunden, wie es tut, wenn man statt Groll der Verzeihung begegnet; und Stolz war als Schutz dagegen machtlos. Sie lauschten alle auf die Schritte des Predigers, als er die Treppe hinunterstieg. An der Haustür erhob sich ein Stimmengemurmel, als ob er mit dem Dienstmädchen spräche. Es folgte das Geräusch des Türschließens. Dann hörte man plötzlich den unterdrückten Schrei einer weiblichen Stimme.

»Wer schäkert denn mit Selina?« fragte Watkins. Larkins erbleichte.

»Was unterstehen Sie sich, Herr?« rief die Stimme Selinas. »Das laß ich mir von Ihnen nicht gefallen.« Gleich darauf wurde die Tür heftig aufgerissen und das Mädchen meldete mit entrüsteter Schroffheit: »Herr Fenwick.«

Fenwick, den das Bewußtsein verlegen machte, daß Selinas lauter Protest seine eben begangenen Bocksprünge den Anwesenden verraten haben könnte, wurde kühl empfangen. Er beeilte sich, seine Verwandten durch lebhaftes Sprechen abzulenken.

»Vor der Eingangstür bin ich dem alten Davis begegnet«, sagte er. »Er sah tugendhaft aus wie eine Arbeitsbiene.« Dieser Witz wurde schweigend übergangen.

»Ein schlauer Vogel, dieser Davis«, fuhr er fort. »Ich glaube nicht, daß er so sorglos wäre, wenn er wüßte, wie viele seiner Luftsprünge mir zufällig bekannt sind.«

Larkins erhob sich erregt. »Nach dem edlen Benehmen, das Davis heute abend hier zur Schau trug, will ich nichts hinter seinem Rücken gegen ihn hören.«

»Schon gut«, sagte Fenwick verlegen. »Es hat keinen Zweck, sich darüber auszulassen. Da er Mitglied des Bethauses ist, kann er nichts Unrechtes tun. Wenn es sich um jemand anders handelte, dann könnte man sich die Bemerkung wohl gestatten: wenn ein Mensch die ganze Nacht hinter einem Mädchen her ist...«

»Fraser«, unterbrach Frau Watkins wütend. »Erinnere dich gefälligst, wo du bist.«

Fenwick ließ seine Andeutung unbeendet und schwieg trotzig. Larkins, ärgerlich über den ungelegenen Besuch, verabschiedete sich. Dann erhob sich Frau Watkins, nahm das Teebrett und verließ, ohne ihren Neffen eines Blickes zu würdigen, das Zimmer. Fanny folgte ihr gehorsam.

»Fraser«, sagte Watkins, »du hast dich wieder an die geistigen Getränke gemacht.«

»Nein, wirklich nicht«, beteuerte sein Neffe. »Ich habe seit zwei Monaten nichts angerührt. Da begegnete ich einem alten Kameraden, der eben ein gutes Geschäft gemacht hatte, und wir haben zusammen einen Tropfen getrunken.«

»Warum kannst du vor den Frauen nicht den Mund halten?« fragte Watkins. »Flossy hat Davis durchschaut und ihn kurz abgewiesen; aber sie wird wütend, wenn über ihn geredet wird. Er ist diesem Mädchen doch nicht in der letzten Zeit nachgegangen?«

»Keine Spur«, sagte Fenwick. »Sie gab ihm schnell genug zu verstehen, daß sie nichts von ihm wissen will. Sie ist eine wahre Xanthippe; und außerdem ist sie von Smith, diesem Milchgesicht, entzückt. Zuweilen sehe ich Davis vorübergehen. Aber er ist seit langem nicht in diesem Bezirk gewesen, und ich glaube nicht, daß er eigens deshalb kommt. Es ist doch komisch, daß Tante Flossy sich gegen ihn wendet.«

»Ach«, sagte Watkins, »und um mit ihm wieder Freundschaft zu schließen, gäbe sie das Weiße aus ihren Augen. Gerade bevor du kamst, hat er alle hier so betört, daß sie nahe daran waren, über seinen Verlust zu weinen. Aber Flossy wollte ihren Irrtum nicht zugeben, und da ist er weggegangen. Schlau, schlau ist er, Fraser; schlau ist er. Und es wird ihm über alles hinweghelfen.«

Es folgte eine Pause, während der Watkins seinen Sessel näher an seinen Neffen heranrückte.

»Fraser«, sagte er mit leiser Stimme, »gibt es etwas Neues von der Stute von Gilhooly?«

»Nichts Neues«, sagte Fraser. »Sieh mal an, Onkel, hast du etwa auf sie gesetzt?«

»Ich und wetten!« sagte Watkins streng. »Das hab' ich aufgegeben. Und wenn du meine Ratschläge befolgst, wirst du es auch so halten. Schau, seitdem ich Flossy geheiratet habe, ist kein geistiges Getränk über meine Lippen gekommen; keine Unze Tabak hab' ich geraucht, und keinen Penny hab' ich jemals auf ein Pferd gesetzt. In den nahezu fünfzehn Jahren, die ich beim Turf verbracht habe, bin ich ziemlich schlau geworden, und wenn ich nur hätte aufhören können, als ich im Glück war, hätt' ich ganz schön daran verdient. Als Flossy mich nahm, widmete ich einen Teil meines Verstandes dem Geschäft und den anderen Teil dem Geldsack. Und ich habe Erfolg gehabt. Du bist nicht schlau, du bist dumm; aber sei nur solid, und es wird sich lohnen. Diese frommen Versammlungsburschen können mir nichts vormachen; aber sie haben Erfolg; und für junge Mädchen ist es das Richtige; und es macht sich bezahlt; deshalb unterstütze ich sie. Geh auch in fromme Versammlungen und lerne den Mund halten, und du wirst auch Erfolg haben. Trotzdem hindert mich das nicht zu wissen, was in der Welt vorgeht. Um die Wahrheit zu sagen, kann ich mich nicht ganz davon frei machen; und obwohl ich nie einen halben Penny wette, gibt es kein Pferd im ganzen Königreich, dessen Chancen ich nicht kennte. Deshalb habe ich dich nach Gilhoolys Stute gefragt.«

»Einem Freund gibt man gern einen Wink, wenn man selbst keinen Gebrauch davon macht«, bemerkte Fenwick.

»Hältst du mich für einen Trottel?« fragte sein Onkel mit verachtungsvollem Nachdruck.

»Warum?«

»Wenn ich erst einer bin«, sagte Watkins, »dann werde ich hingehn und die Taschen der anderen mit Geld füllen, aber vorher nicht.«

»Es würde dich doch nichts kosten.«

»Du bist mit einemmal sehr tugendhaft und uneigennützig geworden«, sagte Watkins höhnisch. »Komm lieber hinunter ins rückwärtige Wohnzimmer und versöhne dich mit deiner Tante.«

Siebentes Kapitel

Smith war kein regelmäßiger Theaterbesucher. Er gehörte noch immer zu jenen, die das Theater als besonderes Fest betrachten, die auf das Aufgehen des Vorhangs warten und auf die Posse[1], bei denen die Illusionen der Bühne nicht von einer freiwilligen Hingabe ihrer Phantasie abhängen. Er hatte sich die jugendliche Vorliebe für das Entrücktsein der Bühnenhandlung, der Vorgänge und der Kostüme erhalten. Mit ernsten Auseinandersetzungen und Meinungen in einem Theaterstück hatte er große Geduld; und obwohl er gutes Spiel würdigte, wo er es sah, ließ er sich leicht durch wirkungsvolles Getue, das seinen Geschmack nicht verletzte, täuschen. Er fand, daß die samtbekleideten Schwertträger in romantischen Stücken oder Opern – »Maritana«, »Die verkaufte Braut«

1 Als Smith ein Knabe war, begannen und endeten die Theatervorstellungen mit Possen, und zweifellos hatte sein Vater oft Vorstellungen beigewohnt, die fünf Nummern enthielten; zum Beispiel eine Tragödie, ein Melodrama oder Weihnachtsstück und drei Possen.

und »Der Troubadour« waren seine Lieblingswerke – diese Bedingungen selten erfüllten; und es kam ihm nie in den Sinn, eine moderne Komödie, in der natürlicher gespielt wird, zu besuchen. Folglich war er in Theaterdingen unerfahren; und als jene Unduldsamkeit, von der schon die Rede war, sich aus dem einsamen Verkehr entwickelte, den er direkt wie indirekt durch die Schneiderin mit sich selbst pflegte, hörte er auf, sich überhaupt darum zu kümmern. Vom Beginn seines Aufenthaltes in Dodds Buildings bis zur letzten Augustwoche, in der er das Abenteuer, das hier folgt, erlebte, hatte er nur einmal ein Schauspielhaus besucht. Damals hatte er Fräulein Russell dazu gebracht, mit ihm ins Covent-Garden-Theater zu gehen, um einer Vorstellung der »Hugenotten« beizuwohnen, über deren Inhalt sie kurz zuvor eine lockende Beschreibung aus einer französischen Zeitung übersetzt hatte. Er fühlte, daß es eine Schande wäre, wenn er die ihm sich bietende Gelegenheit versäumte, ein so schönes Stück, von den namhaftesten Künstlern der Welt dargestellt, zu sehen, und in einer so vollendeten Bühnenausstattung wie in keinem anderen Land – denn, so versicherte Fräulein Russell, der Ruf des großen Londoner Theaters verbürge das. Also stiegen sie eines Juniabends hinauf auf eine stickige Galerie. Um sich den Vorzug des Eintritts zu verschaffen, bezahlten sie je eine halbe Krone und erhielten einen unklaren, sehr verkürzten Ausblick auf die namhaftesten Künstler der Welt, die dort unten im Abgrund schrien und gestikulierten. Von den besonderen Schönheiten, die in der französischen Zeitung erwähnt wurden, fiel Smith keine auf; aber das schrieb er seiner eigenen Unwissenheit zu, so wie er das Benehmen eines Deutschen, der neben ihm saß und die Sänger, die Schauspieler und den Dirigenten unterschiedslos als Schweine beschimpfte, der nationalen Eifersucht zuschrieb. Fräulein Russell war enttäuscht und erklärte, daß ihres Erachtens nicht nur das, was sie hörten, weder Musik noch richtiger Gesang sei, sondern auch, daß sie nichts mehr bewegen könne, die Oper jemals wieder zu besuchen. Sie fügte hinzu, daß sie es als sehr merkwürdig empfinde, wenn eine Frau sich als Mann verkleidet vor einer Menge von Leuten zeigt und sich augenscheinlich nicht einmal schämt. Einige Kleider fanden ihren Beifall, nur war sie erstaunt, daß das Reitkleid der Königin von Navarra aus Seidensamt sei, wo doch Baumwollsamt zur Verfügung stünde und gut genug für die Bühne wäre. Smith hatte die Empfindung, daß der Versuch mit der Oper mißlungen sei, behauptete aber, daß die

Vorstellung großartig war, und las ihr als Beweis am nächsten Tag die Zeitungsrezensionen vor, die seine Ansicht völlig bestätigten. Fräulein Russell bemerkte jedoch, er hätte ihr oft bewiesen, daß die Zeitungen grobe Irrtümer über Bücher und Bilder veröffentlichten und daß sie sich ebensogut in bezug auf Musik irren könnten.

Im Herbst sagte sie ihm, daß sie Urlaub nehmen wolle, weil ihre Tante sie auf vierzehn Tage nach Richmond eingeladen hätte. Das Haus würde während dieser Zeit leer stehen, weil sein Besitzer derzeit auf dem Kontinent weile, und da es viele Kunstschätze enthalte und von einem Park umgeben sei, der sich bis zum Flußufer erstrecke, hoffe sie, dort angenehmere Tage zu verbringen, als ihre Mittel es ihr anderswo gestatten würden. Diese Absicht fand Smiths aufrichtigen Beifall, um so mehr, als er der Meinung war, daß die Veränderung ihrer Gesundheit zuträglich sein würde, denn obwohl die Schneiderin sogar gegen die vorübergehenden Störungen gefeit schien, die das wechselnde Londoner Klima hervorrief, sehnte er sich infolge ihrer Blässe und der wohlbedachten Regelmäßigkeit, mit der sie arbeitete, sehr danach, sie müßig unter freiem Himmel zu sehen. Da er selbst zu arm war, das Nichtstun zu genießen, haßte Smith die Urlaubszeit und ließ sich eine Woche jährlich nur deshalb gefallen, weil er sich sonst den Haß seiner Bureaukollegen zugezogen hätte. Er verschob die gefürchtete Woche jedoch so lange wie möglich und kam selten an die Reihe, ehe der Oktober schon weit vorgeschritten war.

Es war ein schöner Herbstabend, als er seinen Handkoffer, den er Harriet für diese Gelegenheit geliehen hatte, nach der Untergrundhaltestelle Kings Cross trug, um ihr so die Kosten einer Droschke zu ersparen. Lebhafter als sonst schritt sie neben ihm hin. Ihre nüchterne Gelassenheit war, obwohl immer anmutig, bisweilen beklemmend, besonders wenn er sich gegen seine Lage und Einsamkeit auflehnte, wie Smith es manchmal tat. Jetzt, auf dem Wege zum Vergnügen und im Begriff, die Gewohnheiten von fast acht Monaten zu ändern, rief sie ihm durch ihren Blick und ihre Haltung etwas von jenem Zögern und leichten Erröten ins Gedächtnis zurück, das ihn am Abend ihres ersten Annäherungsversuchs so bezaubert hatte. Wenn der Handkoffer nicht unablässig gegen sein Bein gestoßen hätte, so wäre er dem Einfluß des Sonnenuntergangs erlegen und rührselig geworden. Ehe er zu sprechen vermochte, waren sie dicht am Bahnhof.

»Mir wird sonderbar zumute sein, wenn eine Woche um sein wird, ohne daß ich Sie gesehen habe«, sagte Smith.

»Ich dachte eben«, begann Harriet, unbewußt in ihren heimischen Dialekt verfallend, »daß mir ist, als ob ich Sie schon viel länger kenne als erst seit sechs Monaten.«

»Ich kann es mir kaum vorstellen«, sagte er. »Mir ist, als hätte ich Sie schon immer gekannt.«

»Es ist besser, Sie geben mir jetzt den Handkoffer«, sagte sie, als sie den Bahnhof betraten. »Der Mann wird Sie nicht vorbeilassen.«

»Dann löse ich einfach ein Billett dritter Klasse nach Farrington Street und werde ihm so ein Schnippchen schlagen«, sagte Smith. »Jedenfalls begleite ich Sie bis zum Zug.« Dabei nahm er den angebotenen Geldbeutel und löste ihr den Fahrschein, da er schon von früher her wußte, daß ein Versuch, ihn aus der eigenen Tasche zu bezahlen, erfolglos bleiben würde. Der Sperrschaffner ließ ihn vorbei und überhörte unmutig seine Erklärungen. Smith begleitete die Reisende auf den Bahnsteig. Beim Abschiednehmen reichte sie ihm zum erstenmal die Hand.

Als er wieder auf der Straße stand, wußte er, daß es ihm nach einer solchen Trennung unmöglich wäre, den Abend zu Hause zu verbringen. Er ging mit raschen Schritten dem Westend zu. Bald rief er einen Omnibus an, der ihn bis an Hyde-Park-Corner brachte. Hier stieg er aus, und da seine Stimmung danach war, verbrachte er die letzte helle Stunde des Tages damit, die Serpentine vergnügt entlangzuschlendern. Kurz vor neun wurde er von einem Schutzmann aus den Kensington Gardens vertrieben und wandte sich gen Osten. Um halb zehn kam er in die teils fremdländisch, teils theatralisch anmutende Gegend, die den Leicester Square umgibt. Von der Umgebung verführt, erfaßte ihn das Verlangen, irgendeiner Aufführung beizuwohnen, die mit der Atmosphäre des Ortes im Einklang stand. Er hörte einen jungen Mann, der von einem Bekannten angesprochen wurde, sagen:

»Ich gehe in die Alhambra[1].«

1 Die alte Alhambra auf dem Platz der jetzigen Alhambra. An dieser Stelle muß bemerkt werden, daß der Londoner Grafschaftsrat ungefähr zehn Jahre nach Smiths Besuch eine Gemeindekontrolle einführte, die die moralische Atmosphäre der neuen Alhambra völlig anders gestaltete, als es die war, die im Text wahrheitsgetreu geschildert wird. Die unter Kontrolle stehenden Varietétheater von London sind unvergleichlich anständiger und künstlerischer, selbst in ihren Frivolitäten, als die alten Music Halls und »Opera Bouffes« es gewesen sind.

Smith hatte von der Alhambra als einem verrufenen Ort sprechen hören, sie jedoch nie besucht. Entschlossen, sie jetzt selbst anzusehen, eilte er hin und zahlte einen Shilling Eintrittsgebühr. Er befand sich nun in einem ungeheuer großen runden Theater, das durch kleine Lampen, welche in vielen Reihen den Zuschauerraum entlangliefen, beleuchtet war. Das Parkett bestand aus verschiedenen Sitzkategorien, je nach ihrer Entfernung von der Bühne. Um diese Sitzplätze lief eine Schranke, und dann kam ein schmaler Streifen, der den äußeren Umgang bildete und keine Sitze aufwies. Auf diese Stehplätze war Smith, wie er entdeckte, angewiesen; sie entsprachen der bescheidenen Summe, die er für seine Karte ausgegeben hatte. Da der Vorhang noch herabgelassen war und die Menge, die jenen Spielraum mit ihm teilte, sich entweder auf und ab bewegte oder in verschiedenen Nischen, in denen Getränke feilgeboten wurden, sich erfrischte, ging er umher, beobachtete das Gedränge, fühlte sich unbehaglich und hoffte, daß kein Bekannter ihn an einem solchen Ort entdecken würde. Es waren viele alte Männer anwesend, auch viele junge Leute, die ihre Vorbilder mit jener Unduldsamkeit für Ausschweifungen betrachteten, die eine verderbte Jugend zur Schau trägt, wenn sie im Alter ihre eigenen Laster widergespiegelt sieht. Auch Soldaten waren da, viele Frauen und Beamte in Uniform, deren Hauptpflicht darin zu bestehen schien, das Gebäude vor einer durch unachtsame Raucher etwa hervorgerufenen Feuersbrunst zu schützen. Die Luft war schwül und von Gasgeruch, Zigarettenqualm und moussierenden Getränken gewürzt. Gerade als Smith zu der Überzeugung gelangt war, daß ein verrufenes Theater vor Beginn der Vorstellung nicht minder langweilig ist als ein anständiges unter denselben Umständen, versammelte sich das Orchester. Smith erfreute sich an dem Spiel, das, obwohl derb und salopp, doch feurig war und ihn an das Covent-Garden-Orchester erinnerte, ihm jedoch lieber war. Er achtete Meyerbeer, das war er der Autorität der französischen Zeitungen schuldig. Aber er konnte sich nicht einreden, daß er ihn liebte, konnte sich höchstens schämen, daß er ihn nicht liebte.

Als der Vorhang in die Höhe ging, wurde der letzte Akt der »Reise in den Mond« von vielen strammen jungen Damen mit kräftigen Stimmen gesungen, die alles taten, was in ihrer Macht lag, um ihr Organ zugrunde zu richten. Da die Stimmen, die Smith in Covent Garden gehört hatte, schon größtenteils dem Vergnügen der kontinentalen Zuhörer geopfert worden waren, konnte er nicht umhin, die Künstlerinnen der Alhambra vorzuziehen, wobei er diese Vorliebe als einen weiteren Beweis seiner Unwissenheit empfand. Die prunkvollen Kleider und die Ausstattung gefielen ihm mäßig; bei den langen Aufzügen gähnte er; und über die plumpen Scherze lachte er, denn er liebte den Humor des Possenspiels.

Als der Vorhang fiel, war es spät, die Zahl der Zuschauer wuchs jedoch, und ein uniformierter Mann, den Smith befragte, belehrte ihn, daß nun ein Ballett mit dem Titel »Die goldene Ernte« vorgeführt werden würde. Die Alhambra war wegen ihrer Ballettvorführungen berühmt, und Smith beschloß, abzuwarten. Endlich wies ein Vorspiel auf Rohrpfeifen auf die ländliche Stimmung des bevorstehenden Schauspiels hin. Der Vorhang hob sich und zeigte ein festlich geschmücktes Dorf. Es traten drei junge Damen auf mit Dienstmädchenhauben und Schürzen angetan, aber im übrigen für den Einsegnungsakt hergerichtet. Sie unterhielten sich damit, auf den Boden zu stampfen, mit beiden Händen auf die Erde zu weisen, sich mit den Fingern in die Gesichter zu fahren und auf die verschiedensten Körperteile zu klatschen. Dann tanzten sie. Durch ein Glockenzeichen aufgeschreckt, bogen sie das eine Knie zu einem rechten Winkel, stützten den Ellbogen darauf und auf diesen eine Wange, während sie das andere Bein gleichzeitig so weit wie möglich nach hinten streckten. In dieser Stellung lauschten sie eifrig dem jetzt ohrenbetäubenden Getöse. Zufrieden, daß sie sich nicht getäuscht hatten, liefen sie fort. Nun erschien eine Gesellschaft von Schnittern mit Sicheln, jeder führte eine Garbenbinderin, die eine Garbe trug. Sie tanzten, und die Schnitter hieben durch die Luft, als schnitten sie die Garben durch, die die Binderinnen ihnen reichten. Dann wurde ein Baldachin gebracht, unter dem ein Bräutigam und eine Braut getragen wurden. Der Bräutigam trug purpurne Kniehosen, ein weißes Hemd und eine hochrote Schärpe, in welcher eine winzige Goldsichel stak. Die Braut war in einen mit Orangenblüten geschmückten Schleier gehüllt. Als das Orchester auf der Dominante verweilte, warf sie den Schleier ab und enthüllte ein einfaches Brautkleid, das aus einem weißen Atlasgürtel mit Schulterbändern bestand, an welchen ein ungefähr fünfzehn Zoll langer Rock hing. Zu den üblichen Fortbewegungsmethoden hatte sie die Fähigkeit erworben, auf den Spitzen ihrer großen Zehen zu gehen und sich auf der einen oder der anderen im Gleichgewicht zu halten und auf ihnen herumzuwirbeln, ohne schwindlig zu werden. Diese Leistungen waren nicht sehr abwechslungsreich, und Smith fand das Tanzen, das nun folgte, mangelhaft und reizlos, um nichts besser als eine schmerzhafte und sinnlose gymnastische Übung. Ein unverständliches Zwiegespräch mit Gesten folgte, und nach einer Tarantella, die mit gesteigertem Glockengeläut und dem Verschwinden des Brautzuges endete, wechselten die Kulissen und zeigten ein Kornfeld, das im herbstlichen Sonnenuntergang erglühte. Jetzt erschienen die Schnitter und Garbenbinderinnen wieder, die die Gelegenheit feierten, indem sie einen Maibaum umtanzten, der einem mit Bändern geschmückten Wahrzeichen eines Barbierladens glich und den sie mit hereingebracht hatten. An diesen Lustbarkeiten nahm der Bräutigam regen Anteil, und lange, ehe sie zu Ende waren, erlag er der Müdigkeit, legte sich zu Füßen eines Heuschobers nieder und schlief ein. Bald vermißte ihn die Braut, und nachdem sie ihn auf den Zehenspitzen überall gesucht hatte, nur nicht dort, wo er zu finden war, drückte sie pantomimisch ihre Verzweiflung aus und lief davon. Die übrigen folgten ihr, nicht ohne zuvor, dem Geläute der Abendglocke gehorchend, auf den Knien ihr Gebet verrichtet zu haben. Mit tropischer Plötzlichkeit brach die Nacht auf der Bühne ein. Die Musik wurde leise und geheimnisvoll. Ein gewaltiger Mond warf einen Heiligenschein auf die Gestalt des schlafenden Bräutigams und auf den Schober, der ihn schützte. Dann teilten sich die Garben, und ein leuchtendes, in Herbstfarben eingehülltes Wesen, der Geist des Erntefeldes, erschien in blutroter Mohnfarbe, die sich bis zum herrlichsten Orangegelb lichtete. Kornblumen und goldene Ähren waren in ihr schwarzes Haar phantastisch eingeflochten. Ihre dunklen leuchtenden Augen blitzten im Magnesiumlicht. Smith vergaß seine Umgebung. Die Zuschauer, die Lichter, die Zigarettenstummel, das unangenehme Gelächter aus den Trinknischen beeinträchtigten nicht länger den Eindruck, den er von dieser Szene empfing. Die Bühne wurde ein wirkliches Kornfeld für ihn und die Tänzerin eine wahre Fee. Ihr Ungestüm war ein überirdisches Feuer; ihre Glieder bis in die Gelenke von Musik durchflossen; dieser Zehenspitzentanz, bei dem ihm noch kurz vorher vom bloßen Zusehen die Fußknöchel geschmerzt hatten, schien jetzt der natürliche Ausfluß einer elfengleichen Phantasie und Vergeistigung zu sein. Als sie in mutwilligem Überschuß an Frohsinn über das Feld tanzte, mit dem Mondheiligenschein, der ihr überall, wo sie herumhüpfte, folgte, war er ganz betört. Sooft sie an ihren wirklichen Beruf erinnerte, indem sie sich verbeugte, ärgerte ihn das matte Beifallklatschen, das folgte, verfluchte er die Gleichgültigkeit der Menge gegen die verfeinerte Kunst und hämmerte mit seinem Stock auf die Holzschranke, an welcher er stand. Einen Augenblick lang war ihm, als hätten ihre Augen ihn getroffen und als wäre sie sich seiner Gegenwart bewußt. Dann wieder suchte er einen magnetischen Einfluß auf sie auszuüben, indem er seinen Blick scharf auf sie heftete und den Atem anhielt. Auf jedes Beifallklatschen, das nicht ihr galt, war er eifersüchtig. Als eine Frau aufstand und ihm die Aussicht auf die Bühne sekundenlang versperrte, wurde er beinahe wütend.

Mittlerweile entfaltete sich die Geschichte vom goldenen Erntesegen so schnell, wie es die Zusammenhanglosigkeit der hüpfenden Erläuterung nur erlaubte. Bald entdeckte die Fee den Bräutigam; erweckte ihn; bezauberte ihn; tanzte mit ihm; schmachtete in seinen Armen, wich ihm quälerisch aus; und gefiel sich in anmutigen Stellungen, die er mit so viel Staunen betrachtete, wie er vorzutäuschen imstande war, während er die hundertzwanzig Pfund Gewicht, die für Smith nicht vorhanden waren, am Gürtel emporhielt.

Eine fünfzehn Minuten dauernde Nacht lang widerstand der Bräutigam den Reizen der Zauberin; aber im kritischen Augenblick, da er, endlich besiegt, im Begriff war, einen Ring an ihren Finger zu stecken und sich so für das kommende Jahrhundert ihrer Macht auszuliefern, krähte der Hahn; die Fee verschwand; die Sonne ging auf; im Sinne des ländlichen Morgens spielte die Oboe mit summender Baßstimme; und die Schnitter, die wieder an ihre Arbeit gingen, fanden den Bräutigam jetzt schlafend und führten ihn seiner Braut zu, die er – in Smiths Augen ein geschmackloser Mensch – ohne geringschätzige Vergleiche zu ziehen, empfing. Dann fiel der Vorhang. Langsam zerstreuten sich die Zuschauer. Unter ihnen war ein höflicher alter Herr, dessen schwarzseidene Strümpfe und geschulter Gang ihn als Überrest einer vergangenen Generation kennzeichneten. Er sprach über die Vorstellung mit einem jungen Offizier, der die vollendete Vornehmheit des Unbeschreiblichen erreicht hatte, da er, von den allgemeinen Merkmalen seines Standes abgesehen, keinerlei Individualität besaß.

»Gut, sehr gut«, sagte der Ältere. »Das Tanzen ist heutzutage eine erledigte Kunst; aber sie hat etwas von der alten Schule an sich. Tatsächlich ist sie jetzt die einzige, die das hat. Ich habe die Cerico, die Carlotta Grisi, die Fanny Elßler und die große Taglioni gesehen. Als ich sechzehn Jahre alt war, war die Taglioni einmal mein Visavis bei einer Quadrille.« Der alte Herr zuckte ein wenig die Achseln, eine Bewegung, die Smith, der ihm mit der größten Achtung und Freude zugehört hatte, als einen Ausdruck der Duldung jenem mit Zärtlichkeit und Verzweiflung gemischten Schmerz gegenüber deutete, den Erinnerungen hervorrufen, wenn sie sich auf einen Zustand beziehen, der für immer vorbei ist.

»Sie ist eine gutgebaute, prächtige Person, alles waschecht an ihr«, erwiderte der Offizier mit Überzeugung. Smith warf ihm einen verachtungsvollen Blick zu und ging auf die Straße. Er geriet in ein Gewirr von schnellen Einspännerdroschken, lärmenden Verkäufern schlüpfriger Literatur, Veilchenmädchen und einer Schar von Männern und höchst elegant gekleideten Frauen, die ziellos herumstreiften und gerade so viel Platz machten, um den drängenden Schutzmann zufriedenzustellen. Im Hintergrund lockten die gasbeleuchteten Fenster der Kaffeehäuser, Schnapspaläste, der Tabakläden und der Speisehäuser, in deren Auslagen die Hummern über den andern Eßwaren rot hervorragten. Durch dieses Getöse nahm Smith schnell seinen Weg und war, wie es ihm schien, im Nu bei Dodds Buildings angelangt.

Eine halbe Stunde lang ging er in seinem kleinen Zimmer auf und ab, gedachte der Tänzerin und erfand ausgefallene Möglichkeiten, bei denen er ihre Bekanntschaft machen könnte. Er bedauerte, daß er in der Kunst der Taschendiebe nicht bewandert war. Wie leicht wäre es, dachte er, vor dem Bühneneingang des Theaters zu warten, um in ihre Nähe zu kommen, ihren Geldbeutel zu stehlen und sie dann aufzusuchen und durch seine Zurückerstattung ihre Dankbarkeit zu erwerben. Dieser Vorstellung folgten Traumbilder von durchgehenden Wagen, von der brennenden Alhambra, von Schiffbrüchen und Unfällen aller Art, in welchen er sich ausmalen konnte, daß er mit ihr in einer gemeinsamen Gefahr vereinigt wäre. Wiederholt hielt er inne und lachte, weil er denselben Dummheiten frönte, die er in Romanen so oft als abgedroschen empfunden hatte; aber nach jedem derartigen Einhalten wurde er wieder rückfällig und an die vorgerückte Nacht nur durch ein Klopfen erinnert, das Fenwick, mit einem Schirm bewaffnet und im Nachthemd auf einem Stuhl stehend, entrüstet an der Decke seines Zimmers vollführte. Eine Mahnung an seinen Mitbewohner, daß er unmöglich schlafen könne, wenn über seinem Kopf offenbar eine Prozession entlangzog.

Als Smith am Morgen während seines Frühstücks den Aufsatz über religiöse Freiheit von weiland Mill las, schämte er sich. Sein Stolz, als Mann logisch zu denken, war verletzt. Er zog seine Stiefel an, lehnte sich hierauf, da er noch einige Minuten übrig hatte, bevor er ins Bureau gehen mußte, in seinen Sessel zurück und hielt folgende Rede, jeden Absatz an den Fingern aufzählend:

»Welches ist der Tatbestand in bezug auf diese Frau?« (Zeigefinger.) »Zur Erhaltung ihrer gymnastischen Kunst muß sie täglich einige Stunden mit Übungen verbringen, die keine Spur von Geistigkeit haben. Sie muß infolgedessen schrecklich ungebildet und beschränkt sein.« (Mittelfinger.) »Sie verstellt sich mit Hilfe von großen Mengen von Schminke und Wismut. Ihrer beraubt, würde sie wahrscheinlich ordinär aussehen.« (Dritter Finger.) »Da sie zweifellos sehr gut tanzen kann und Vollkommenheit auf jedem Gebiet der Kunst nur durch langjährige Übung erreicht wird, muß sie hübsch alt sein.« (Kleiner Finger.) »Ihr Beruf verbürgt ihre niedrige Herkunft und ihren zweifelhaften Charakter. Wenn ich sie aus nächster Nähe beobachten würde, würde ich vollständig ernüchtert sein. Ich werde also heute abend wieder hingehen und einen Platz ganz dicht an der Bühne nehmen. Pah«, fügte er hinzu, sprang auf und setzte den Hut auf. »Welch grober Sophismus. Ich werde die Alhambra nie wieder betreten.«

Achtes Kapitel

Um diese Zeit befand sich Smith in guten Geldverhältnissen. Seine materiellen Bedürfnisse waren bescheiden, und da er nicht in Gesellschaft ging, konnte er seine Ausgaben immer berechnen. Er hatte eine starke Abneigung gegen jede Art von Schulden, zahlte daher alles, was er kaufte, sofort und war infolgedessen frei von dem demoralisierenden Einfluß der Geldverlegenheit. Aber in jener Nacht, da Fräulein Russell nach Richmond fuhr, wurde seine Wirtschaft belastet durch eine neue Ausgabe. Wir haben schon gesehen, daß sein Theaterbesuch gegen seine bisherigen Regeln verstieß, und seine Bildung war nicht durch die Gewohnheit belastet, die manchen Bewohnern der großen Städte eigentümlich ist, nämlich: den Fortschritt zu verfolgen, den die Bühnenkunst macht, und den vermeintlichen Genuß der aufregenden Abenteuer gegen jene Neugier einzutauschen, die den Kritiker ansporn, zu beobachten, wie gewisse Schriftsteller gewisse Themen behandeln oder wie gewisse Schauspieler gewisse Rollen darstellen. Er hatte jedoch den ersten Schritt dazu getan, als er an jenem Sonnabend, der seinem ersten Besuch der Alhambra folgte, sich das Ballett »Die goldene Ernte« zum drittenmal in einer Woche ansah. Mittlerweile hatte er die Leihbibliothek nach Büchern durchstöbert, die von der Geschichte des Balletts handeln, und hatte Operntraditionen kennengelernt. Seine Einbildungskraft rief ihm in der Gestalt der Signorina Pertoldi, Primaballerina, wie seine Zauberin im Programm bezeichnet wurde, jede berühmte Tänzerin, deren literarische Beschreibung poetisch genug war, wieder ins Leben zurück. Smith haßte eine ihrer Rivalinnen, die blond und dick war und darauf bestand, Primaballerina assoluta zu sein, mit einer unbarmherzigen Eifersucht bis in den Tod.

Das Alhambraorchester verstand es, seine musikalischen Neigungen derart anzuregen, daß er nicht nur die Melodien des Balletts auf der Ziehharmonika nach Gehör zu spielen versuchte, sondern sich auch die Abhandlung Hector Berlioz' über Instrumentierung kaufte und las und dem Gedanken, Komponist zu werden, Raum zu geben begann. Anstatt seine Phantasie unter Ausschluß alles anderen zu beschäftigen, wurde die Tänzerin zum Mittelpunkt geistiger Anregung und verursachte eine jener Unterbrechungen der intellektuellen Gewohnheit, die, wenn sie nicht zu oft stattfinden und nicht bewußt gesucht werden, als Gelegenheit für eine neue Denkweise wertvoll sind. Ohne derlei Erwägungen Raum zu geben, betrauerte Smith seine eigene Verblendung und hielt lange Zwiesprache mit sich selbst über den Charakter seiner Bezauberin. Er trachtete, sich zu überzeugen, daß er nicht von ihr bezaubert wäre, wenn sie nicht wenigstens einige gute und großmütige Züge hätte. Dann machte er sich Vorwürfe wegen seiner Selbstzufriedenheit. Wenn er die Tänzerin früher streng beurteilte, so sagte er sich jetzt, daß ihre täglichen Übungen sie nicht mehr demoralisierten als die gewöhnliche Beschäftigung den Alltagsmenschen auch; ja sogar nicht mehr als die mechanische Umwandlung von Dichtung in Tinte, Papier und Grammatik. Der athletische Wert ihrer Übungen kam ihm niemals in den Sinn. Denn seine einzige körperliche Bewegung bestand im Spazierengehen. Was ihre Schminke betraf, so sind die Frauen auf der Bühne häßlich und hübsch, genau so wie die andern, die nichts mit der Bühne zu tun haben, woraus folgt, daß von der Schminke keinerlei Zauber ausgeht, der fähig wäre, die Natur zu verschönern. Das Schminken, behauptete Smith, sei nur ein Kunstgriff, um die Blendung durch das Rampenlicht aufzuheben. Weil sie eine vollendete Tänzerin sei, müsse sie deshalb nicht notgedrungen alt sein; sie könne schon als kleines Kind damit angefangen haben. Es bedeute nur mühsame und beständige, einem künstlerischen Ziel gewissenhaft gewidmete Arbeit. Was könnte wohl erhabener sein? Was die niedrige Herkunft betreffe, schämte er sich, jemals daran gedacht zu haben, und die Behauptung, ihr Beruf schlösse den Begriff eines makellosen Charakters aus, hieße, wie er in einer Theaterzeitung gelesen hatte, in unmännlicher Weise die gesamte Künstlerschaft durch einen Schandfleck beschmutzen, die Frauen in ihrer Mitte zähle, welche, als Brotverdienerinnen oder als Wohltäterinnen der Armen oder als Beispiel der höchsten Tugenden ihres Geschlechts, keiner im ganzen Lande nachstünden.

Es dauerte jedoch nicht lange, bis er gezwungen war, zu bedenken, daß eine Auslage von jährlich fünfzehn Pfund und dreizehn Shilling für »Die goldene Ernte« für ihn selbst Hungersnot zur Folge haben könnte. Er schämte sich außerdem nicht nur, daß er im Banne einer sinnlichen Anziehungskraft stand, sondern auch wegen des liederlichen Gesindels, in dessen Mitte er sich in der Shilling-Promenade der Alhambra bewegen mußte. Er mied die Logenschließer, um von ihnen nicht als ständiger Besucher erkannt zu werden, und ließ ab, dem Gegenstand seiner Bewunderung Beifall zu klatschen, um sich nicht bemerkbar zu machen und den Beweggrund seines Besuches zu verraten. Ihre Darstellung enttäuschte ihn oft; sie wurde oft mechanisch und wurde als berufliche Arbeit ausgeführt, die nur durch Übung und Gewohnheit möglich war. Trotz Schminke, Rampenlicht und gymnastischer Geschicklichkeit war das unbeständige Künstlertemperament erkennbar. Und sie zeigte nur selten die jubelnde Anmut, die ihn zuerst betört hatte. Selbst dann schienen die Zuschauer von gröbster Unempfindlichkeit dagegen zu sein und bewahrten den gleichen, ja manchmal größeren Beifall für andere auf, in deren Leistungen Smith nichts als Possenreißerei und Grimassen erblicken konnte. Und wie trivial war die Musik, wie gefühlsarm der Inhalt der Geschichten, die dargestellt wurden. Smith, der seine Vorstellung von Musik aus Büchern hatte, idealisierte sie bis zu einer unmöglichen

Erhabenheit; und als er zu seinem großen Erstaunen erfuhr, daß Mozart viele Ballette komponiert hatte, schimpfte er auf die Unwissenheit und den Mangel an Glauben bei den Direktoren der Alhambra, weil sie diese zweifellos unsterblichen Werke in Vergessenheit geraten ließen. Ehe vierzehn Tage um waren, war er mit sich selbst unzufrieden, so angewidert vom Theater, daß er sich wunderte, warum er, wenn die Stunde kam, ein unruhiges Verlangen empfand, dahin zurückzukehren.

Am ersten Montag im September kehrte Fräulein Russell wieder nach Islington zurück. Sie kam mit dem ersten Frühzug, und als sie eintraf, schlief Smith noch; er sah sie jedoch einen Augenblick auf der Treppe, als er wegging; und ihre Erscheinung im Morgensonnenlicht gab ihm das Gefühl, als wäre er gerade von jenem übelriechenden Mitternachtstraumbild der vergoldeten Garben, des bemalten Himmels und des elektrischen Glanzes in ein wirkliches Erntefeld voll frischer Luft, zwitschernder Vögel und Sonnenschein gelangt.

An diesem Abend blieben die Bücher unberührt, und die Stunde wurde einer Beschreibung der Schätze von Grosvenors Haus in Richmond und der Art, wie Fräulein Russell ihre Ferien verbracht hatte, gewidmet; Frau Froster war zugegen und lauschte interessiert den Einzelheiten über die vornehmen Gäste, die später in der Saison von ihrer Freundin erwartet wurden. Grosvenors Geschmack fand nicht durchaus Harriets Beifall. Sie gab zu, daß sein Haus hübsch und behaglich, ja sogar großartig sei; sie konnte aber weder verstehen, warum er Speiseteller an die Wände hing, anstatt sie im Küchenschrank aufzubewahren, noch warum er seine schönsten Bilder im Zimmer ihrer Tante oder auf den Gängen verbarg. Auch seine Vorliebe, die Dienerschaft fremdartige Kleider tragen zu lassen und seine Zimmer mit bunten Pfauen, Flamingos, auf goldenen Seen ziehenden schwarzen Schwänen und anderen grotesken Figuren zu schmücken, konnte sie nicht bewundern. Frau Froster stimmte ihr zu in der Verurteilung dieser Extravaganzen, und zwar aus dem Grund, weil es nicht Sache eines Mannes sei, ein Haus einzurichten. Es gäbe andere Dinge, an die zu denken für ihn schicklicher wäre. Sie behauptete, das Gold, womit er seine Wände bepflasterte, würde genügen, zehn arme Familien ein Jahr lang vor Hungersnot zu bewahren; daß aber die Reichen wenig Begriff davon hätten, was Armut sei, während sie ihr Geld in sündhaftem Luxus verschwendeten.

Ein paar Abende später, als Frau Froster nicht anwesend war, fragte die Schneiderin Smith, womit er sich während ihres Urlaubs beschäftigt habe. Mit sorgfältig gespielter Unschuld erwiderte er, daß er nichts getan habe, als in seiner gewohnten Art weiterzuschlendern. Dann brachte er die Rede wieder auf das Haus in Richmond. Harriet beschrieb ihm den großen Saal, in dem Grosvenor seine berühmtem Kostümbälle abhielt; darauf erwähnte Smith die Tanzkunst und benutzte seine Lektüre, um eine Abhandlung über Musik, das Dichterische der Bewegung und über ähnliche Gegenstände zu halten. Als Beweis der Tatsache, daß die erwähnte Kunst noch immer ihre Vertreter hätte, beschrieb er »Die goldene Ernte« und wiederholte die Bemerkung des alten Herrn, die er beim Verlassen des Theaters gehört hatte. Sie fragte ihn, wie oft er dieser Vorstellung beigewohnt habe, und er dachte dabei an Frau Frosters Bemerkung über sein nächtliches Ausbleiben. Er antwortete obenhin, die Geschichte habe ihm so gefallen, daß er sie sich nochmals angesehen hätte. Dann ging das Gespräch zu anderen Themen über; unter anderm kam man auch auf die Angelegenheiten der Schneiderin zu sprechen, die sie selten erwähnte.

»Meine Tange Angel –«

»Ihre was?« fragte Smith.

»Meine Tante, bei der ich auf Besuch war – ihr Name ist Angel Summers –, sähe es sehr gerne, daß ich mich in Richmond niederließe.«

»Was in aller Welt würden Sie dort machen?«

»Ich habe die Absicht, ein Geschäft in der Stadt zu gründen. Meine Tante behauptet, daß sie mir auf mancherlei Art zu guten Beziehungen verhelfen könnte.«

»Dann werden Sie also ihren Rat befolgen?«

Sie schüttelte zweifelnd den Kopf. »Ich kann mir die Sache so lange überlegen, wie ich will. Und hier geht es mir ziemlich gut. Wer weiß, ob ich in Richmond so unabhängig wäre. Ich habe lieber mit Alltagsdamen zu tun, als mit den Kammerzofen von großen Damen.«

»Aber hier müssen Sie ja auch für Frau Soundso mehrere Stunden am Tag arbeiten.«

»Ja, aber ich kenne meine Arbeitsstunden. Ich kenne meine Bedingungen; und ich kann meine Arbeit leisten; folglich gibt es zwischen uns keine Auseinandersetzungen. Besser *eine* Herrin als viele.«

»Sie müssen es am besten wissen. Ich verstehe von dem Geschäft nicht genug, um Sie zu beraten. Wie lästig ist doch die Regelung solcher Angelegenheiten!«

»Mir ist es nicht lästig«, sagte die Schneiderin entschlossen, »und ich weiß nicht, warum es Ihnen lästig sein sollte. Haben Sie inzwischen Gedichte gemacht?«

Smith hatte eine Geschicklichkeit im Reimeschmieden, die ihn oft bewog, Sonette zu machen, deren er sich schämte, die er aber seiner Kameradin trotzdem zu zeigen pflegte, wenn sie humoristisch waren. Einige Gedichte ernsten Inhalts behielt er für sich. Leider hatte er eben eine ungewöhnliche, feurig abgefaßte Hymne in heldischen Reimpaaren gedichtet, die, so schien es ihm, mehr Wärme und Wucht besaß als irgend etwas, das er früher geschrieben hatte. Sie war betitelt »An eine Passionsblume des Südens«. Er hatte seine Betörung durch die Tänzerin darin in lebhaften Versen geschildert. Der Instinkt warnte ihn davor, sie der Schneiderin zu zeigen. Die Eitelkeit lehnte sich dagegen auf, einen achtbaren Sprößling seiner Phantasie als totgeboren fallenzulassen. Er zeigte sie her, denn er fühlte, daß er es nicht über sich bringen könnte, sie laut vorzulesen.

Als die Schneiderin den Erguß gelesen hatte, sagte sie: »Es wundert mich, daß Sie, ein Gentleman und ein gebildeter Mensch, sich von einer Frau, die öffentlich tanzt, so einfangen lassen.«

»Was haben diese Verse mit einer Frau, die öffentlich tanzt, zu schaffen?« fragte Smith bestürzt.

»Haben Sie sich einfangen lassen oder nicht?« fragte Fräulein Russell ruhig.

»Warum denn nicht?« erwiderte Smith. »Tanzen ist eine edle Kunst.«

»Unsinn«, sagte die Schneiderin. »Es ist ganz nett, wenn ein Mädchen tanzen kann, aber nicht, um sein Brot damit zu verdienen oder um unanständig gekleidet vor einer Menge Leuten zu tanzen. Ich bin überzeugt, daß keine Frau, die Selbstachtung besitzt, so was tun würde.«

»Jedenfalls hat jene Frau so poetisch getanzt, daß sie – oder wenigstens die Person, die sie darstellte – mir diese Verse eingegeben hat«, entgegnete Smith kühn.

Die Schneiderin erwiderte nichts, und nach fast einer Minute des Schweigens nahm Smith den französischen Unterricht wieder auf.

Von diesem Zeitpunkt an begannen ihre innigen Beziehungen,

die so viele Monate hindurch Kräfte gesammelt hatten, sich zu lokkern. Es war, als ob ihr Urlaub der Gipfel eines Hügels gewesen wäre, den sie zu zweit auf der Sonnenseite erklommen hatten und den sie jetzt im Abendschatten auf auseinandergehenden Wegen hinabstiegen mit anderen, die ihre Interessen teilten. Die Anziehungskraft der Tänzerin zwang Smith zu der Empfindung, daß die Philosophie eintönig wurde, wenn sie nicht durch das, was er als ein wenig Fleisch und Blut bezeichnete, gemildert wurde. Eine Phrase, die je nach der Natur des Individuums, das sie gebraucht, entweder sehr viel grobe Sinnlichkeit oder ein wenig harmlose Torheit bedeuten kann. In der Erniedrigung jedoch kannte seine Unduldsamkeit keine Abstufung; und er wehrte sich gegen den neuen Einfluß so standhaft, wie er nur konnte. Die Philosophie war aber nicht imstande, die Tänzerin durch Beweisführungen oder Einschüchterung in einen Gegenstand der Gleichgültigkeit zu verwandeln, und Smith begann sich nach einer Freundin zu sehnen, die ihn während jener Augenblicke, wo die Begeisterung der Verzweiflung wich, ermutigen würde, im Kampfe für die Wahrheit und die menschliche Vollendung auszuharren. Glücklicherweise fand er keine solche. Es lohnt sich, auf Kosten vieler trauriger Einsamkeit die Kraft zu erwerben, allein zu stehen; und Smith, der jetzt zum erstenmal empfand, wie hart, kalt und beschränkt seine Schülerin war, wurde nicht ermutigt, jenem Schrei nach Teilnahme nachzugeben, deren kläglicher Ausdruck nicht nur als vereinbar mit der üblichen Beständigkeit des Charakters angesehen wird, sondern auch als eine Art Fabrikzeichen des Genies.

Die Schneiderin ihrerseits war verärgert, daß Smith, der sich in ihrer Achtung und sogar in ihrer Zuneigung eine hohe Stelle erworben hatte, die bemalten Reize eines Geschöpfes bewunderte, das verachten zu dürfen sie ohne Zweifel stets für ihr gutes Recht gehalten hatte. In allen Dingen, die sich auf Geschmack, Bildung und die wählerische Kritik, die daraus entsteht, bezogen, war er in ihren Augen einwandfrei gewesen. Nichts ist schwerer wiederzuerlangen als das Vertrauen eines Anbeters, der an seinem Abgott einmal tönerne Füße entdeckt hat. In der Entdeckung liegt eine rückwirkende Entwürdigung, die ihr einen scharfen Beigeschmack verleiht. Dazu kam noch der unvermeidliche weibliche Vergleich zwischen seiner Zuneigung für sie und für ihre Rivalin und verstärkte noch alle ihre früheren geringschätzigen Gedanken über ihn. Sein Besuch in der Alhambra rief also seinerseits Enttäuschung hervor und ihrerseits Eifersucht ohne Liebe, die sich hinter Verachtung für männliche Schwäche verbarg.

Neuntes Kapitel

Wieder gingen die Weihnachtstage hin, und es kam ein schöner Sonnabendnachmittag im Februar, an welchem ein Mann in den Hof trat, der Dodds Buildings umschloß, und die Häuser mit einer kritischen Miene betrachtete, welche in Smith, der zufällig am Fenster stand, den Eindruck erweckte, daß er verrückt sein müsse. Später gesellte sich zu dem Besucher ein Zimmermann, der ihn geduldig ansah, und zu diesem wieder ein Knabe mit einer Werkzeugtasche aus Stroh, der den Zimmermann anstarrte. Bald darauf folgten sechs kleine Mädchen mit einer Springschnur, ein kleines Kind männlichen Geschlechts mit krummen Beinen und ein Gassenjunge. Von dieser, elf Personen zählenden Zuschauermenge wurde Fraser Fenwick, der soeben von einem Spaziergang nach Hause kam, aufmerksam beobachtet, so daß er sich verlegen ins Haus drückte. Dann holte der erste Ankömmling ein Notizbuch hervor, und als er mit Hilfe des Zimmermanns den Hof ausgemessen hatte, entfernte er sich. Nachdem die Kinder diesen enttäuschenden Abschluß der Szene ausgezischt und Smith durch eine ähnliche, ihm geltende Kundgebung gezwungen hatten, das Fenster hastig zu verlassen, entfernten auch sie sich und ließen Dodds Buildings in seiner gewohnten Einsamkeit zurück.

Montag früh, während Smith sein Frühstück einnahm, klopfte es an die Tür, und Frau Froster trat ein. Smith, der sich jeden Sonnabend beglückwünschte, daß er seine Hausfrau wieder auf eine Woche los sei, sah sie mit Vorahnungen an, wie sie sonst gewöhnlich durch einen Brief von fremder Hand oder durch eine plötzliche Wärme im Benehmen eines entfernten Bekannten verursacht werden.

»Wenn Sie Zeit hätten, Herr Smith, möchte ich mit Ihnen sprechen«, sagte Frau Froster.

»Bitte sehr«, sagte Smith.

»Ich weiß nicht, wie Sie es aufnehmen werden, Herr Smith«, sagte die Hausfrau, »aber ich bin gekommen, um Ihnen zu kündigen.«

»Zu kündigen«, wiederholte Smith. »Meinen Sie eine Kündigung meiner Wohnung?«

»Es tut mir sehr leid«, sagte Frau Froster, durch die unwillkürliche Strenge im Ton ihres Mieters etwas erschrocken und eingeschüchtert, »aber ich habe meinen Mietvertrag verkauft, und das Haus wird abgebrochen.«

»Und wie bald muß ich hinaus?« fragte Smith.

»Ich bin soeben benachrichtigt worden, daß das Haus Sonnabend in acht Tagen leer sein muß«, erwiderte die Hausfrau.

»Gut«, sagte Smith, sich in sein Schicksal fügend, »da muß ich wohl eine Wohnung suchen. Haben Sie ein anderes Haus gemietet, Frau Froster?«

»Nicht in London, Herr Smith. Ich glaube, ich werde mich auf dem Lande niederlassen. Ich habe fast zwanzig Jahre in diesem Hause gewohnt und habe keine Lust, in einem neuen von vorne anzufangen.«

»Glauben Sie nicht, daß Sie das Land sehr langweilig finden werden, nachdem Sie so lange in der Stadt gelebt haben?«

»Als Mädchen habe ich immer auf dem Lande gelebt, Herr Smith. Ich wurde dort erzogen. Ich darf wohl sagen, daß ich nur auf eine gute Gelegenheit gewartet habe, um wieder dorthin zurückzukehren. Der Gedanke, in der Nähe von Angel – das heißt von Harriets Tante, Frau Summers – zu wohnen«, fügte Frau Froster hinzu, »so, wie vor vielen Jahren, hat mich aufrechterhalten. Er hat mich Beten gelehrt, und die Gebete haben mir Kraft verliehen.«

»Und Fräulein Russell? Geht Sie mit Ihnen?«

»Sie hat die Absicht, ein eigenes Geschäft in Richmond zu gründen«, sagte Frau Froster und lächelte dabei in einer Weise, die Smith sehr widerlich war.

»Falls nichts geschieht, was geeignet wäre, ihre Absichten zu ändern, kann sie nichts Besseres tun.«

Smith begann, den Abgang seiner Wirtin zu wünschen. »Ich vermute, Sie werden dieses Haus mit einigem Bedauern verlassen, da Sie so lange drin gewohnt haben?« sagte er.

»Es hat mir sehr viel Mühe gemacht«, sagte Frau Froster, »und ich weiß wirklich nicht, ob ich bedaure, es verlassen zu müssen, oder ob ich mich freue, daß es niedergerissen wird. Bevor auch nur die Rede vom Verkauf war, dachte ich Jahr für Jahr, daß ich es nicht ertragen könne, noch länger hier zu wohnen; jetzt kommt es mir jedoch wunderlich vor, daß ich heraus muß, ob ich will oder nicht. Ich habe gewissermaßen mehr Grund, meine Mieter als meine Mietswohnung zu vermissen, Herr Smith. Sie sind immer sehr angenehm gewesen, und sicherlich bleibt Ihnen Harriet sehr dankbar für alles, was Sie sie gelehrt haben.«

Als Smith an jenem Abend heimkehrte, kam ihm das Zimmer bereits fremd vor. Tags zuvor war ihm das Wohnen in Dodds Buildings als ein Naturgesetz erschienen. Jetzt verblaßte es zu einem vorübergehenden Erlebnis, dessen Realität sogar zweifelhaft schien.

»Rose«, sagte Smith, als ihm der Tee hereingebracht wurde, »haben Sie die Neuigkeit gehört?«

»Jawohl«, sagte Rose und grinste. »Das ganze Haus wird auf die Straße gesetzt.«

»Tut es Ihnen leid?« fragte er.

»Oh, mir ist es einerlei«, erwiderte Rose. »Ich kann mich leicht verbessern.«

»Dann ist es gut«, sagte Smith. »Ist Fräulein Russell jetzt unten?«

»Fräulein Russell? O nein, die ist heute für immer nach Richmond übergesiedelt; sie wird nur noch hin und wieder kommen, um uns mit den Sachen zu helfen, bis Frau Froster übergesiedelt und das Haus dem Baumeister übergeben ist; aber alle ihre eigenen Sachen hat sie schon mitgenommen.«

»Ah, wirklich?«

»Eine sehr ungemütliche Angelegenheit, das Übersiedeln, Herr Smith.«

Smith stimmte zu, und nachdem sie lange genug gezögert hatte, um ihm Gelegenheit zu geben, falls er Lust hatte, sie zu bitten, sein zukünftiges Schicksal zu teilen, zog Rose sich zurück. Obwohl ein Heiratsantrag von Smith sie mehr überrascht hätte als von jedem anderen Manne ihrer Bekanntschaft, so hatte die Gewohnheit, gleichzeitig die Fortsetzungen von fünf verschiedenen Romanen in einer Wochenzeitschrift zu verfolgen, sie auf alle möglichen Glücksfälle dieser Art, die zur Ehe führen konnten, vorbereitet.

»Sie hat nicht den geringsten Grund, mich von ihren Plänen in Kenntnis zu setzen«, sagte sich Smith, sobald er allein war. »Jeder kehre vor seiner eigenen Tür, und freie Bahn dem Tüchtigen.«

Den Rest des Abends verbrachte er ein wenig beunruhigt durch die Schweigsamkeit der Schneiderin und sehr beunruhigt über die Wohnungsfrage und die Summe, die er Rose als Geschenk zum Abschied geben müßte.

Als er am folgenden Sonnabend Figgis & Weaver verließ, fuhr er mit der Bahn nach South Kensington; von dort ging er in der Richtung des Flusses und spähte an den Fenstern der Häuser entlang nach jenen kleinen Zetteln, die das Vermieten von Wohnungen ankündigen. Sobald er die Fulham Road überquert hatte, lud ihn Zettel auf Zettel ein, sich über »Näheres im Hause« zu erkundigen, aber unfähig, einen Entschluß zu fassen, ging er weiter, und es schien ihm, als ob er um so schlechter dran wäre, je weiter er ging. Die Häuserzeile artete in eine Reihe von Läden aus. Er wandte sich ab zu den Strebebogen der St. Lukaskirche und entschloß sich, nicht in ihrem Schatten zu wohnen. Bald nachdem er sie hinter sich gelassen hatte, erreichte er den Fluß, wo er beim Anblick einer Straßentafel entdeckte, daß er in Cheney Walk sei. Der Name erinnerte Smith an Dichter, Künstler, Philosophen, malerische alte Häuser, blaues und weißes Porzellan, hölzerne Brücken, schwimmende Landungsstege und Penny-Dampfschiffe. Er beschloß, ein Zimmer in einer der weniger anspruchsvollen Straßen, die vom Fluß wegführten, zu suchen. Die Straßen von Oakley und Beaufort verwarf er wegen ihres kostspieligen Aussehens, und andere, weil sie wenig mehr als Gäßchen waren; schließlich trat er in einen engen Durchgang, der als Danvers Street, Paulton Square bezeichnet war. Bei Nummer 90 fragte er an. Man zeigte ihm ein paar Zimmer, die alle, wie es ihm schien, ungefähr den Rauminhalt eines Ofens hatten. Sie waren mit billigen, armseligen Einrichtungsgegenständen versehen, die von der Solidität von Frau Frosters Möbel ungünstig abstachen.

Die Hausfrau war ein junges Weib, das in glücklicheren Verhältnissen hübsch und liebenswürdig hätte erscheinen können, dessen Ausdruck jedoch abgehärmt und demütig war. Ihre bescheidene Art war Smith angenehm nach der gezwungenen Freundlichkeit von Frau Froster, in deren Gegenwart er nie frei von Besorgnis gewesen war. Sie hieß, wie sie angab, Amelia Tilly; und ihr Mann sei Ingenieur, was, wie sich später herausstellte, Metallarbeiter bedeutete. Sie hatten ein Kind, aber da es das geräuschloseste Kindchen der Welt war und schon den Keuchhusten überstanden hatte, war deswegen kein Verdruß zu befürchten. Die Wohnzimmer wurden von einem hochanständigen Photographen bewohnt, dessen Frau sehr gute verwandtschaftliche Beziehungen hatte. Manchmal spielte er des Abends Klavier und sang; aber nicht so lange, daß es lästig gewesen wäre. Die Miete betrug sieben Shilling und sechs Pence wöchentlich. Die Abmachung war schlechter als bei Frau Froster. Die Nähe von Cheney Walk aber schien Smith Entschädigung genug. Er mietete die Zimmer also kurzerhand und zahlte sogleich eine Wochenmiete an, damit es ihm freistünde, mit seinen Habseligkeiten an jedem ihm gelegenen Tag der folgenden Woche einzuziehen. Frau Tilly hielt Smith für einen manierlichen und höflichen jungen Mann, womit sie sich darüber tröstete, daß sie zu ängstlich gewesen war, ihn um Referenzen zu bitten.

Obgleich Smith sein Zimmer in Islington von Woche zu Woche gemietet hatte, wollte Frau Froster nichts von Bezahlung wissen für den Teil der Woche, den er noch dort zu verbringen beabsichtigte, ehe er in seine neue Wohnung übersiedelte. Er fühlte sich daher verpflichtet, es ihr zu überlassen, das Datum seines Auszugs zu bestimmen. Es wurden folgende Vereinbarungen getroffen: Mittwoch sollte Frau Froster ihre Habseligkeiten nach Richmond bringen, mit Ausnahme einiger Möbelstücke, die sie bezeichnet hatte, um sie versteigern zu lassen. Dazu gehörten auch die Einrichtungsgegenstände von Smiths Zimmer, sowie die des Wohnzimmers, in welchem so viele französische Stunden gegeben worden waren. An diesem Abend sollte ihm Fräulein Russell den Tee bringen; eine Maßnahme, die nicht notwendig, aber aus sentimentalen Gründen allen daran Beteiligten angenehm war. Dann sollte er sie zum Halb-neun-Uhr-Zug begleiten. Bei seiner Rückkehr sollte Rose in ihr Elternhaus zurückgeschickt werden und Smith zum letztenmal allein in Islington nächtigen. Am nächsten Morgen sollte er eine Putzfrau einlassen, ein Frühstück von Milch und Brot zu sich nehmen, das tags zuvor vorbereitet werden würde, seine Koffer dem Spediteur übergeben und abends direkt vom Bureau nach Chelsea fahren.

Alle Sorgen um Fenwicks Auszug waren dadurch überflüssig geworden, daß er schon Sonntagabend das Bravourstück fertiggebracht hatte, das unter dem volkstümlichen Ausdruck »sich französisch empfehlen« bekannt ist. Die Abwesenheit der Hausfrau und Roses Besuch im Gemüseladen mit seinen üblichen Folgen hatte Fenwick dazu benutzt, alle seine Hemden – sowohl Tag- wie Nachthemden – eins über das andere anzuziehen, ferner drei Paar Socken, zwei Taschentücher, ein Paar Hauspantoffel, eine Bürste und einen Kamm sowie einen nassen Schwamm in die Tasche zu stecken; lauter Gegenstände, die seiner Gestalt einen wunderlichen Umriß verliehen. Unter den Arm nahm er ein Paket in braunem Papier, das unter anderen verschiedenen Dingen die Duplikate der Pfandscheine für seine überflüssigen Oberkleider enthielt, die er tags zuvor versetzt hatte. Er legte seinen Haustorschlüssel auf ein Tischchen im Vorzimmer und machte sich aus dem Staube. Als Frau Froster in ihr Haus zurückkehrte, bestanden die einzigen sichtbaren Überreste ihres Mieters im Haustorschlüssel, einer leeren Flasche, einer Miniatur, die er bei seiner Flucht vergessen hatte und die ein hübsches sitzendes Kind mit goldenen Locken, blauen Augen und aufgewecktem Ausdruck darstellte, das einen geputzten Samtanzug trug und mit einer Kindertrommel spielte. Es war ein Bildnis von Fraser Fenwick im Alter von sechs Jahren.

Smith verbrachte den Montag und Dienstag in einem Zustand der Unruhe, der unerträglich gewesen wäre, hätte er nicht die Zerstreuungen des Geschäfts gehabt. Dann kam der ereignisvolle Tag und fand ihn beim Frühstück, wie er unbehaglich auf die Erscheinung der Hausfrau wartete. Er hatte nicht lange zu warten. Frau Froster hatte mit ihrem alltäglichen Hausfrauensinn tags zuvor alles für den Spediteur vorbereitet; und jetzt war sie mit ihrem Paradekleid aus schwarzer Seide angetan, um den Abtransport zu beaufsichtigen und um ihr neues Heim würdig zu beziehen.

»Na, Herr Smith«, begann sie in anmutiger Verwirrung, »ich bin gekommen, um mich zu verabschieden.«

»Das freut mich Ihretwegen sehr, aber meinetwegen bedaure ich es außerordentlich«, sagte Smith. Diese kleine Aussprache hatte großen Erfolg.

»O nein, wirklich«, sagte Frau Froster, »ich wollte, ich hätte immer solche Herren wie Sie im Haus gehabt. Sie haben wahrscheinlich gehört, wie mich Herr Fenwick behandelt hat?«

Smith hatte es gehört. Rose hatte ihn mit Bitterkeit gefragt, ob es denn ihre Schuld wäre, wenn die Mieter davonliefen, denn ein Großteil von Frau Frosters Entrüstung hatte sich auf sie entladen, weil sie sich zu ungelegener Zeit entfernt hatte.

»Ich glaube, er ist fort, ohne Sie zu verständigen«, sagte er.

»Er ist fort, ohne mich zu bezahlen!« rief Frau Froster. »Schönes Benehmen für einen Gentleman.«

»Ich halte Fenwick für keinen Gentleman«, sagte Smith ernst und sichtlich bemüht, ihr Teilnahme zu erweisen.

»Oh, das kann man nicht wissen«, meinte Frau Froster. »Ich weiß, daß sich sehr hochgestellte Persönlichkeiten seiner annahmen. Als Knabe war er der Liebling von Lady Geraldine Porter.

Ein Herr, der nicht imstande ist, eine Unwahrheit zu sagen, und der einige seiner Verwandten kennt, erzählte mir, daß sie ihn in ihrem Landhaus herumtoben ließ wie ihr eigenes Kind.«

»Offenbar hat ihm sein Verkehr mit dem Adel nicht viel genützt«, sagte Smith.

»Wenn er nur sein eigenes Wohl erkannt hätte«, erwiderte Frau Froster, »hätte er schöne Aussichten gehabt. Er war aber anderen Sinnes und vergaß sich. Er glaubte, trinken, spielen und schöner Kleider wegen Schulden machen zu können, als wäre er wirklich ein Gentleman. Jedenfalls ist er jetzt fort, und ich werde meinen Verlust wohl verschmerzen müssen. Der Wahrheit zuliebe muß ich gestehen, daß ich nicht bedauert habe, ihn loszuwerden. Er war ganz anders als Sie, Herr Smith. Ihre Frau Mutter muß – mit Ihrer Erlaubnis – eine glückliche Frau und sehr stolz auf Sie gewesen sein?«

Smith errötete; da er aber nicht genau wußte, ob weiland Frau Smith von ihm begeistert gewesen war, schwieg er. Es folgte eine Pause, in der er vergebens nach einer harmlosen Bemerkung suchte und Frau Froster mit ihrer Uhrkette spielte.

Endlich sagte sie mit Anstrengung: »Also Adieu.«

»Adieu, Frau Froster«, erwiderte Smith. Sie drückten einander wärmstens die Hände, und während er sich überlegte, ob weitere Förmlichkeiten nötig wären, verließ sie das Zimmer.

»Sie ist schließlich so gutmütig, wie sie kann«, sagte Smith erleichtert. »Gott sei Dank, daß diese Prüfung vorüber ist.«

An diesem Abend sah es in Nummer drei von Dodds Buildings trostloser aus denn je. Die Vorhänge und Jalousien waren fort; die Treppe vor der Haustür war schmutzig; Strohhalme und Riemenstücke lagen umher. Die innere Treppe hatte keinen Teppich mehr, und das Vorzimmer war seines Wachstuches beraubt. Die Treppenfenster waren entblößt; und auf jedem Treppenabsatz enthüllten die offenen Türen unerfreuliche Ausblicke auf kahle Fußböden und ungeschmückte Fensterläden. Die Neuheit dieses Anblicks heiterte Smith auf. Er hatte das Gefühl, daß die Dumpfheit des Schauplatzes verschwunden sei, und die Romantik der kahlen Bretter, über die seine Stiefel stampften und knarrten, reizte ihn, zu singen, so laut er nur konnte. Die Befriedigung dieses Triebes schob er jedoch hinaus, bis er allein im Hause sein würde, und er ging auf sein Zimmer, dessen Aussehen er durch das Fehlen des Tisches und des Pfeilerspiegels sehr verschlechtert fand. Als er ins

Wohnzimmer hinabstieg, entdeckte er Fräulein Russell, die eben im Begriff war, einen wattierten Schützer über die Teekanne zu stülpen, dessen Form einem Bienenkorb glich, auf den sich ein schwerer Mensch niedergelassen hatte. Er fühlte, daß dieses eine jener Gelegenheiten war, bei der Gesprächspausen peinlich wirken, und so begann er sofort ein Gespräch.

»Das Haus sieht sehr sonderbar aus, nicht wahr?« sagte er.

»Ja, weil die Möbel ausgeräumt sind.«

»Höchstwahrscheinlich«, stimmte Smith zu und unterdrückte dabei ein plötzliches Verlangen, ihr die Milchkanne an den Kopf zu werfen. »Ist dieses Genie der Meßkunst seitdem hier gewesen – ich meine den Mann, der das Haus abreißen wird?«

»Nein«, sagte sie interessiert. »Er hat mir ganz gut gefallen. Allem Anschein nach ist er ein ruhiger vernünftiger Mensch, der an praktische Arbeit gewöhnt ist.«

»Das heißt«, sagte Smith, »daß er genauso engherzig ist wie sein Beruf.«

»Oder vielleicht, daß er die Energie besaß, einen Beruf zu erlernen, der ihm angemessen ist.«

»Mag sein. Er hatte Glück, dazu Gelegenheit zu finden.«

»Ich sehe für niemanden ein Hindernis, ein Gleiches zu tun.«

»Nein, das sieht niemand, der nicht selbst in der Klemme steckt«, sagte Smith; »aber nehmen wir zum Beisiel meinen Fall an. Erstens weiß ich nicht, welcher Beruf mir angemessen wäre, und zweitens, wenn ich es wüßte, könnte ich mir's nicht leisten, ihn auszuüben.«

»Können Sie nicht Staatsbeamter werden?« fragte Harriet.

»Nein, ausgeschlossen«, sagte Smith.

»Und warum nicht?« entgegnete sie in ihrer ruhigen beharrlichen Art.

»Weil ich eine Konkurrenzprüfung bestehen müßte.«

»Sie könnten sicherlich jede Prüfung bestehen.«

Smith grinste wohlgefällig. »Das glauben Sie«, sagte er. »Aber Menschen, die eine lange berufliche Übung darin haben, Leute durch blöde Fragen aus dem Text zu bringen, kann man ohne besondere Vorbereitung durch einen Fachmann nicht entgegentreten. Es würde mich, niedrigst berechnet, die Zeit und die Einkünfte eines Jahres kosten, wenn ich mir die geringste Aussicht auf einen Posten, selbst beim Steueramt, verschaffen wollte. Wenn man mich zum Beamten machen will, weil ich den Beweis erbringe, daß ich die Arbeit eines Beamten leisten kann, hab' ich nichts dagegen;

ich bin bereit. Aber man will mich dazu nur unter der Bedingung machen, daß ich meine Fähigkeit beweise, etwas anderes zu leisten; darum habe ich keine Aussicht. Außerdem bin ich aus moralischen Gründen dagegen, meine Leistungen einer falschen Prüfung auszusetzen. Tatsache ist, daß mir durch die Umstände Hände und Füße gebunden sind. Ich kann gar nichts unternehmen.«

»Sie sind klug genug, für alles, was Sie tun, Gründe anzuführen; aber ich fürchte, das ist auch alles, wozu Ihre Klugheit Ihnen nützen wird«, sagte Harriet.

»Was wollen Sie, daß ich tun soll?« fragte Smith. »Ich führe die Bücher eines Teppichgeschäftes. Ich verdiene meinen Lebensunterhalt. Was wollen Sie noch?«

»Daß Sie strebsam sind und ein Geschäft auf eigene Rechnung gründen.«

»Dieser Wunsch nach Strebsamkeit«, erklärte Smith dogmatisch, »ist ein weitverbreiteter Irrtum ––«

»Was soll das Gerede?« unterbrach ihn Harriet tadelnd und fast ungeduldig. »Vielleicht ist es Ihnen unangenehm, wenn ich mit Ihnen so offen über Ihre Angelegenheiten spreche?«

»Unsinn!« sagte Smith. »Ich werde Ihnen das alles klipp klar beweisen –«

»Es hat keinen Zweck, etwas gegen den gesunden Menschenverstand beweisen zu wollen. Ich weiß, daß Leute, die sich dazu entschließen, vorwärtskommen und ihren Weg in der Welt machen können.«

»Das ist wahr; aber angenommen, daß man vorzieht, jenseits des Andrangs zu bleiben, statt sich herumzubalgen und sein Leben damit zu verbringen, zu stoßen und gestoßen zu werden?«

»Dann wird man überflügelt und ausgelacht; und bereut es, wenn es zu spät ist. Das ist alles.«

Smith zuckte die Achseln und schwieg. Er war eben in der Laune, allen praktischen Bestrebungen zu trotzen und sie zu verachten. Die Lebensanschauungen der Leute waren ihm bekannt, sowohl aus eigener Betrachtung als auch aus den Ermahnungen anderer; und er war schon lange zu dem Entschluß gekommen, daß solche Anschauungen zu seinem Temperament nicht paßten. Außerdem war die Anschuldigung, daß er unpraktisch sei, seiner Meinung nach unberechtigt. Von einem Geschäftsfreunde hatte er erfahren, daß Figgis erklärt hatte, er wäre ein tüchtiger Bursche mit großem

Geschäftstalent und dürfe sicher sein, weiterzukommen. Obwohl er über Figgis' Einfalt lachte, trug das doch dazu bei, ihn zu überzeugen, daß nur die Höhe seines Geschmacks und nicht Mangel an Fähigkeit ihn dahin brachte, seine tägliche Beschäftigung zu mißachten.

»Vermutlich werden Sie jetzt Ihre Lektüre und das Französischlernen und alles übrige aufgeben?« sagte Smith nach einer Pause, »und sich ganz dem Geschäft widmen?«

»Warum, wo ich Ihnen die Mühe gemacht habe, mich zu unterrichten? Zuerst werde ich weniger regelmäßig zu arbeiten haben als gewöhnlich, bis ich in Richmond Beziehungen anknüpfen kann.«

»Haben Sie ein Zimmer für sich allein gemietet, oder werden Sie mit Frau Froster zusammenwohnen?«

»Frau Froster wird in einem Häuschen auf der Besitzung von Grosvenor wohnen. Ich habe den oberen Stock eines Hauses in der Stadt gemietet, wo ich in Zukunft allein zu leben und ein Geschäft für mich zu betreiben beabsichtige. Die Zimmer sind über einer Konditorei gelegen, der Salon hat Fenster aus Spiegelglas und wird ein sehr günstiger Ausstellungsraum sein. Ich werde in der Nähe meiner Tante Angel und Frau Frosters, aber ganz unabhängig wohnen. Das heißt, wenn ich Erfolg habe.«

»Es ist ein kühnes Wagnis«, sagte Smith zweifelnd, »aber wenn Sie die erste Zeit durchhalten können, dürften Sie Erfolg haben.«

»Mit meinen Ersparnissen und der kleinen Summe, die mir mein Vater hinterlassen hat, werde ich mehr als ein Jahr durchhalten können; und ich hoffe, schon vorher meine Spesen zu decken. Ich habe dort schon Aufträge von drei Damen erhalten.«

»Sie werden Erfolg haben, unbesorgt!« rief Smith begeistert aus. »Unabhängigkeit, Unternehmungslust und Fleiß unterliegen nie. Ich kann Ihnen gar nicht sagen, wie sehr ich Sie bewundere, daß Sie Ihren Weg so entschlossen gehn, diesen armseligen Ort verlassen und Ihre eigene Herrin werden. Mir wird übel dabei, mitanzusehen, wie Narren und unentschlossene Geschöpfe auf dem ausgetretenen Pfad weiterkriechen und nie die Energie finden, ihr Schicksal beim Schopf zu fassen und sich in die Sphäre einer freien Tätigkeit zu erheben.«

»Warum betrachten Sie Ihre eigene Angelegenheit nicht von diesem Standpunkt, Herr Smith?«

»Zum Henker mit meinen eigenen Angelegenheiten«, sagte

Smith. »Ich finde die Ihrigen weit interessanter. Zweifellos werde ich auch eines Tages Pläne schmieden, wenn ich erst meinen rechten Weg sehe. Sie sind mir überlegen. Sie können ein Kleid machen. Das können sehr wenige Menschen. Ich kann nur Bücher führen. Jeder Trottel kann Bücher führen. Folglich sind unsere Angelegenheiten einander nicht ebenbürtig, und sie als ebenbürtig betrachten, würde nur zu Verwirrungen führen.«

»Ich wurde nicht mit der Fähigkeit geboren, Kleider zu machen.«

»Verzeihung«, sagte Smith, der es haßte, wenn man ihm seine Lebenslage beständig vor Augen führte, »das wurden Sie doch. Sie hatten den nötigen Geschmack und das nötige Talent und brauchten nur mit Nadel und Zwirn umzugehen zu lernen und materielle Mittel und Wege zu finden, Ihre Kenntnisse auszunützen, während ich nur ein schwaches Geschöpf bin, wie Sie zugeben müssen.«

»Das gebe ich durchaus nicht zu«, sagte die Schneiderin hastig und errötete über diese knappe Formulierung ihrer eigenen Gedanken.

»Dann streiten wir um des Kaisers Bart«, sagte Smith. »Ich glaube, ich werde noch eine Tasse Tee nehmen.«

Es folgte einer jener ungeschickten Pausen, die beide fürchteten. Smith war der Ansicht, das Gespräch sei bisher für eine letzte Zusammenkunft zu unsentimental gewesen, und sehnte sich danach, die Rührung, die ihm die Trennung einflößte, irgendwie auszudrücken. Er war jedoch nicht überzeugt, daß dies ratsam sei, angesichts ihres harten Gemüts und der fünf Jahre, die sie älter war als er.

»Ich bin neugierig«, sagte er schließlich, »ob wir uns jemals wiedersehen werden.«

»Warum denn nicht? Richmond ist nicht Australien – es sei denn, daß Sie niemals hinkommen.«

»Ich komme niemals hin«, sagte Smith.

»Dann«, entgegnete die Schneiderin schroff, »werden wir uns vermutlich niemals wiedersehen.«

»Folglich«, fuhr Smith fort, »wird es in der Absicht geschehen, Sie zu sehen, wenn ich in Zukunft hinkomme. Obgleich Sie es vielleicht nicht recht zugeben wollen, hätten Sie wohl keine ungemischte Freude daran.«

»Wenn Sie dieser Ansicht sind«, sagte sie kurz, »können Sie's ja bleiben lassen.« Dann klingelte sie, und in der Zeit, die bis zu Roses Erscheinen verfloß, beschäftigte sie sich damit, ihre Jacke anzuziehen und ihren Kapotthut[1] aufzusetzen, während Smith den Mißerfolg seines Annäherungsversuches bereute und darüber nachdachte, ob seine Bemerkungen freundlich und treffend oder brutal und höchst geschmacklos gewesen seien.

Rose, die nun erschien, um das Teegeschirr abzuräumen, und heimlich entschlossen war, es der Putzfrau zum Waschen zu überlassen, war es gelungen, ihre trockenen Augen genügend zu röten, um eine schickliche Trauer über das Scheiden von ihrer Herrin zu bezeugen. Diese Bezeugung glaubte sie der Freigebigkeit Fräulein Russells schuldig zu sein, die ihr eine reichliche Nachlese ihrer Garderobe geschenkt hatte; es kostete Sie jedoch eine etwas mühselige Verstellung. Da sie aber ein dralles junges Frauenzimmer mit heiterem Wesen und frischem Teint war, fiel es ihr nicht leicht, traurig dreinzublicken, jetzt, wo sie die Freiheit, den Wechsel des Schauplatzes und ein öffentliches Paradieren in ihren frisch erworbenen Kleidungsstücken vor Augen hatte.

»Sie können das Teebrett hinuntertragen, Rose«, sagte Fräulein Russell. »Sind meine Schuhe bereit?«

»Ja, Fräulein«, erwiderte Rose mit umflorter Stimme, »soll ich sie heraufbringen?«

»Nein«, sagte die Russell, »ich werde hinunterkommen. Ich habe Ihnen noch einiges zu sagen, ehe ich gehe.« So verließ sie das Zimmer. Rose folgte, leise schluchzend. Smith ging hinauf, seinen Hut holen, und dachte dabei: wenn ich bis zur Ankunft in Kings Cross kein besseres Einvernehmen mit meiner ehemaligen Schülerin erreiche, dann werden wir miteinander wahrlich auf sehr zweifelhaftem Fuß stehen, wenn wir uns trennen. – Als er hinunterkam, wartete sie im Vorzimmer auf ihn, und sie gingen zusammen fort.

»Finden Sie das Haus jetzt interessanter, wo Sie es zum letztenmal betrachten?« fragte Smith.

»Es ist genau wie immer. Taugt nur, um niedergerissen zu werden. Als wir die Möbel wegrückten, fanden wir das Holzwerk in einem fürchterlichen Zustand. Das Haus ist anscheinend nicht sehr gut gebaut.«

1 Zu jener Zeit trugen die Frauen Dinge, die Kapotthüte genannt wurden. Im Höhepunkt seiner viktorianischen Entwicklung, ungefähr zwanzig Jahre früher, war der Kapotthut ein erstaunlicher Kopfputz. Die Frau im Bilde »Der Auswanderer« von Ford Madox Brown gibt den Kapotthut und den Schal wahrheitsgetreu wieder.

»Nein, wahrscheinlich nicht. – Für einen Februarabend ist es heute sehr warm.«

»Jawohl.«

Sie wechselten kein weiteres Wort, bis sie auf dem Bahnsteig in Kings Cross ankamen. Sie waren kaum angelangt, da sauste ein Zug heran.

»Zweite Klasse hinten, dritte weiter vorne. Baker Street, Bayswater, Viktoria!« brüllten die Schaffner.

»Echo, Globe, Evening Standard«, sang der Zeitungsverkäufer.

Die Untergrundbahn gestattet kein gemächliches Abschiednehmen. Hastig suchte er ihr einen Wagen aus. Sie gaben sich die Hände. Ohne die aufsteigende Rührung vorausgeahnt zu haben, spürte Smith zu seiner Überraschung Tränen in den Augen. Als der Zug unter dem Krachen zugeworfener Türen davonfuhr, erfuhr er bei ihrem letzten Gruß wieder den ganzen heimlichen Reiz, der ihn gleich zu Beginn zu ihr hingezogen und den er seither in seiner Vertrautheit mit ihr für eine romantische Täuschung gehalten hatte. Dann schlenderte er hinaus, und als er bemerkte, wie schmutzig der Bahnhof war, dachte er darüber nach, wie lange ein einziger Mann wohl dazu brauchen würde, ihn zu reinigen. Er suchte sich diese aufdringliche Vorstellung aus dem Sinn zu schlagen, zum Teil, weil er an die Schneiderin denken wollte, zum Teil, damit sie ihn nicht wie ein Alp verfolge. Aber sie ließ sich nicht verscheuchen. Er konnte, ehe er Dodds Buildings erreichte, an nichts anderes denken als daran, wie er schwindelnd auf einer Leiter zwischen den rußigen Tragbalken schwankte und versuchte, sie mit einem Handtuch und einem kleinen Waschbecken zu reinigen.

Er ging in das Wohnzimmer und setzte sich vor das Feuer, um der Veränderung seiner Lebensgewohnheiten nachzusinnen. Da er nach zwei Minuten fand, daß seine Gedanken umherirrten und eine gewisse unbegründete Scherzhaftigkeit die Gefühle verdrängte, die der Lage angemessen schienen, holte er ein Buch und begann zu lesen. Ungefähr eine Stunde später erschien Rose, um ihn zu bitten, ihr beim Hinauftragen ihres Koffers aus der hinteren Küche, die ihr als Ankleideraum diente, behilflich zu sein, und bald befand er sich auf der steilen Treppe und zerrte an dem oberen Ende ihres schweren Koffers, auf der Suche nach einem Mittelweg zwischen der Möglichkeit, sich die Schienbeine zu brechen oder über den Koffer hinweg auf ihren Kopf zu fallen. Als ihr Eigentum ins Vorzimmer geschleppt war, erklärte Rose, daß sie es am nächsten Tag abholen lassen, jetzt aber fortgehen werde. Mit mancherlei Befürchtungen über die Knauserigkeit seiner Gabe schenkte ihr Smith siebeneinhalb Shilling, deren Empfang sie hocherfreut quittierte, indem sie ganz zusammenklappte und sich erst wieder aufrichtete, nachdem sie ungefähr zwölf Zoll tief eingeknickt war.

»Leben Sie wohl, Rose«, sagte Smith und öffnete ihr die Tür.

»Leben Sie wohl, Herr Smith«, sagte Rose errötend und verschwand.

Smith kehrte zu seinem Buch zurück und las bis nach elf Uhr. Dann nahm er eine Kerze und untersuchte das Haus. Obwohl er mehr als ein Jahr dort gewohnt hatte, gab es viele Räume, in denen er niemals gewesen war. Zuerst stieg er in die Küche hinab, wo er die Laden des Anrichtetisches untersuchte und die Tür des Küchenherdes zuschlug. Von dort aus ging er in die Waschküche, hob den Deckel des Waschkessels und spähte hinein. Er kehrte dann in die Küche zurück, betrachtete das Teegeschirr, das Rose auf dem Tisch gelassen hatte, und trank den restlichen Inhalt der Milchkanne aus. Als er das vollbracht hatte, lachte er ungestüm und ging hinauf, wo er den Paradesalon leer fand und das Nachbarzimmer immer noch erfüllt vom Geruch von Fenwicks billigem Tabak. Dann besuchte er das Zimmer, das zuletzt von Harriet Russell bewohnt war und das er nur einmal gesehen hatte. Es war ganz leer, und da ihm jetzt nichts im Wege stand, sein Echo vorteilhaft auszunutzen, erhob er die Stimme und sang sehr gefühlvoll »Das niedergebeugte Herz«. Als er des Singens überdrüssig war, setzte er seine Hausuntersuchung fort und ging schließlich zu Bett mit dem angenehmen Gefühl, daß er sich eine lustige Nacht gemacht habe.

Um sieben Uhr früh wurde er durch das Klopfen der Scheuerfrau geweckt. Ungern stand er auf und ließ sie ein. Die darauf folgende Stunde widmete er der Vollendung seiner Toilette und dem Packen seiner Koffer. Um halb neun kam der Spediteur, sie zu holen. Zum letztenmal betrachtete Smith die blauen Blumen auf der Tapete, reichte der Scheuerfrau seinen Haustorschlüssel und schritt durch den Torbogen. Ein Jahr und zwei Monate hatte er in Dodds Buildings gewohnt.

ZWEITES BUCH

Ästhetik

Erstes Kapitel

Halket Grosvenor auf Schloß Vogelschau zu Richmond war Künstlern jeder Gattung ein freigebiger Gönner und ein gastfreundlicher Wirt. Er war ein gutmütiger Mensch. Es entsprach am meisten seiner Gemütsart, zu scherzen und Spaß zu treiben. Er hatte das Gefühl, daß es ihm zieme, Ernst und Kraft zu bewundern; da er jedoch fand, daß diese Eigenschaften zu hart und vorwurfsvoll mit seiner schwelgerischen Trägheit zusammenstießen, mied und begünstigte er sie zugleich, indem er sie Arbeiten zuschrieb, in denen sie nur vorgetäuscht waren. Zuweilen wurde er des losen Treibens überdrüssig. Dann organisierte er Handarbeitsklassen, Garküchen und Anstalten zum Schutz junger Engländerinnen, die in Italien Musik studierten. Da aber derlei seinen Kopf immer nur drei Tage lang beschäftigte und seine Hand nur ebensoviele Minuten, um Schecks zu unterzeichnen, fiel er bald in seine gewohnte Lebensweise zurück und ging aufs Land, in die Stadt, auf den Kontinent, in Bildergalerien und in die Oper mit den dazugehörigen Künstlercliquen und Kunstmoden.

Physisch war Halket Grosvenor ein hochgewachsener Mann mit langem, glänzenden Bart, lockigen Haaren und der modernen Fassung einer römischen Nase. Mit fünfunddreißig Jahren hatten sein feuchtes Auge und lockeres Fleisch ihr ursprüngliches Feuer und ihre ursprüngliche Festigkeit eingebüßt; die Stufe der Schlaffheit jedoch, der er sich jetzt näherte, war noch nicht unangenehm ausgeprägt. Er war das, was man einen vollendeten »Gourmet« nennt, oder, auf deutsch gesagt, ein wählerischer Vielfraß. Zu Beginn jeder Mahlzeit goß er ein Gläschen Curaçao hinunter, was zur Folge hatte, daß seine Blütezeit weiter hinter ihm lag als die seines Wildhüters, der fünfzehn Jahre älter war. Er hatte bei fast allen namhaften Künstlern Europas auf allen Gebieten Unterricht genommen und viel Geld dafür bezahlt. Mit zwanzig Jahren hatte er ein Bild: »Die Jakobsleiter« gemalt, und dieses Bild hing immer noch, sehr verblaßt infolge seiner freigebigen Verwendung leuchtender, jedoch unbeständiger Farben, in einem Salon des Schlosses, wo es genug Heiterkeit hervorrief, um zu einem Ruhm zu gelangen, der dem persönlichen Ansehen des Malers nicht nachstand. Später hatte er noch viele Arbeiten begonnen, die aber alle unvollendet blieben; und in den letzten Jahren hatte Grosvenor sogar aufgehört, über seine Absichten hinsichtlich dieser Arbeiten zu sprechen. Er war sehr empfindlich gegen jeden Spott über seine Fähigkeiten als Musiker oder Maler, und das war so gut bekannt, daß er selten darunter zu leiden hatte. Dagegen nahm er alle Anzüglichkeiten, die seiner gerühmten Gastfreundlichkeit galten, gutmütig auf und beantwortete die unverfrorensten Vorschläge in bezug auf die Anordnungen in seinem Hause mit Scherzen, die auf seine Kosten gingen, und mit drolligen Geschichten über Unannehmlichkeiten, unter denen frühere Gäste infolge seiner Knauserei oder seiner Nachlässigkeit zu leiden gehabt hätten. Dieser Charakterzug kam ihm besonders zustatten, obwohl man glauben sollte, daß ein Mann, der eine höfliche Gesellschaft bewirtet, kaum Gelegenheit finden dürfte, ihn zu zeigen; aber erstens fand jede Art von Talenten, wenn sie auch nicht notwendigerweise mit guter Erziehung verbunden war, in seinem Hause Zutritt; und dann entdeckte er, daß seine Lieblingskünstler sich ebenso durch plötzliche Verletzung des guten Tones auszeichneten wie durch instinktives Feingefühl. Sein Reichtum war groß; und die Ersparnis, die ihm ein entscheidendes »Nein« eingebracht hätte, war die Unannehmlichkeit, es zu einem wohlerzogenen Bettler zu sagen, nicht wert.

Das erste große Fest des Jahres auf Schloß Vogelschau fand in der Osterwoche statt. Der Nachmittag des Ostersonntags wurde einem künstlerischen Kongreß gewidmet, wobei keiner aus Grosvenors großem Bekanntenkreis fehlen wollte. Mit einer Mischung von Stolz und Sorge wurde das Fest von der Haushälterin erwartet; sie hatte die nötigen Vorbereitungen zu treffen, um die Behaglichkeit der Gäste zu sichern. Sie selbst führte an einem Tisch den Vorsitz, an dem der Tee von einer wechselnden Gesellschaft von Damen genommen wurde.

Grosvenors Bewirtungsplan war einfach. Wenn er viele Leute erwartete, öffnete er den Haupttrakt seines Hauses, eine prunkvolle Halle, deren Kuppel durch phantastische, scheinbar aufs Geratewohl aufgetragene Zusammenstellung von Gold und leuchtenden Farben verziert war. Am Ende der Halle führte eine breite Treppe zu einer Galerie hinauf, die Zutritt zu vielen prächtigen Gemächern gestattete. Die Wänder einiger dieser Salons waren mit Purpursamt bespannt, große Bilder in massiven Rahmen hingen daran, jedes weit genug von dem nächsten entfernt, um einzeln zu wirken. Andere Räume waren wiederum mit lichtblauen geblümten Damasten bekleidet und bemalt mit Umzügen bleicher Jungfrauen, die Blumen zerpflückten, Bücher lasen, verzückt nach oben oder nachdenklich nach unten blickten, mit ausdrucksvoller Rundung des Halses und der Finger auf mißglückten Gitarren spielten, tanzten, ihr eigenes Bild in Handspiegeln anlächelten, sich vorwärts und rückwärts neigten oder ihren Kleidersaum über ihre Schulter hinweg betrachteten. Alles das auf einem mattgoldenen Hintergrund. Dieses Zimmer diente der Unterbringung von Bildern mäßigen Umfangs, Stimmungslandschaften, Studien, Darstellungen von Geistern, Jahreszeiten und anderen abstrakten Ideen in durchsichtigen Gewändern; daneben Phryne und Faustina ganz ohne Gewänder, Margareten in blauen Kleidern mit Jagdtaschen und Riemen. Die Wände eines Salons waren mit leuchtendem gelben Atlas bespannt und kühnen Kabinettstückchen der Französischen Schule gewidmet. Die wichtigste Galerie war mit Vorhängen von staubiggrüner Farbe behängt, deren Eintönigkeit nur durch Wurf und Falten und durch die Farbe und Fläche des braunpolierten Bodens gemildert war. Einige Ottomanen, sehr einfach in der Form und mit sehr altem Samt von ganz matter Purpurfarbe bezogen, waren die einzigen Gegenstände, die die öde Traurigkeit des Raumes durchbrachen, mit Ausnahme der Bilder, die Grosvenors teuersten Besitz darstellten. Sie verkörperten längstverflossene Ereignisse der Mythologie, der klassischen Geschichte, des frühen Christentums. Darunter gab es einige, die durch die Reinheit ihrer Absichten und das sichtbare Bestreben, ein Niveau zu erreichen, wo selbst technische Vollendung noch allzu irdisch erscheinen würde, auf den kundigen Beschauer angenehm wirkten. Die anderen, schlechte Nachahmungen von diesen, zeigten gedankenlose Persönlichkeiten mit jenem unbestimmten Ausdruck und verschwommenen Auge, die im Leben Anzeichen eines heftigen Schnupfens sind. Sie waren geistlos erfaßt und schlecht ausgeführt. Am Ende der Galerie, dem Eingang gegenüber, konnte der Besucher den grünen Vorhang lüften und in ein kleines Gemach aus dunklem Purpursamt eintreten. Dort hing ein Bild von ungeheurer Größe, von Tintoretto gemalt, dessen übermütige Kraft einen ebenso großen Gegensatz zu den Gemälden in der angrenzenden Galerie bildete wie die üppige purpurne Umgebung zu seiner verblaßten grünen Farbe. Sämtliche Gemächer hatten Glasdächer und waren mit Rolläden und Schirmen ausgestattet, so daß das Licht dem Gang der Stunden entsprechend geregelt werden konnte.

Im unteren Stockwerk, an den Haupttrakt der großen Halle grenzend, befand sich ein Musikzimmer, das in dunkelgebeizter Eiche möbliert und ausgestattet war. Die Sessel waren im neuesten altmodischen Stil, die Scheiben des Erkerfensters nicht größer als je einen Quadratfuß, der Kamin bildete eine geräumige von bis zur Decke ragenden Holzschnitzereien eingerahmte Nische. Die getäfelten Wände waren mit Schaustücken von altem Porzellan geschmückt, und das Gehäuse des Riesenflügels, ein amerikanisches Erzeugnis, war von einem berühmten Künstler eigens entworfen und mit Arabesken und kleinen Gestalten bedeckt, die in Ölfarben auf einem Hintergrund von mattem Gold und Weiß gemalt waren. In einer Ecke, die von dem übrigen Zimmer willkürlich durch Wandteppiche getrennt werden konnte, stand eine kleine Orgel von so antiker Form, wie ein moderner Orgelbauer sie nur auf Verlangen nachzuahmen imstande gewesen war. Dicht daneben war die Wand von einem schmalen gotischen Fenster durchbrochen, dessen Malerei die heilige Cäcilie darstellte, die verzückt einem durch das himmlische Ultramarin heiter entschwebenden Cherub lauschte, der zur Begleitung von zwei Harfen und einer Panflöte sang; die Musikanten waren Engel, die auf Wolken saßen.

Außer diesem Zimmer gab es noch viele andere, die die Halle umschlossen, bemalte, getäfelte, ausgepolsterte, mit Wandteppichen geschmückte, blaue, grüne und goldene Zimmer; Zimmer mit Pfauen, Flamingos, Eichelhähern und anderen prunkvollen Vögeln an den Wänden. Überall waren Schalen, Teller, Kerzenhalter, Statuetten und Radierungen zu sehen. Eine bewußt angestrebte künstlerische Wirkung war bei jedem Schritt bemerkbar.

Leibliche Bedürfnisse wurden in einigen mit Büfetts versehenen Räumen befriedigt, an denen sich bei den großen Veranstaltungen die Gäste, je nach Neigung, zwanglos erfrischten. In der Tat, so zahlreich besucht waren die Nachmittagsgesellschaften, die die große Halle und den Rasen überschwemmten, daß jede andere Art der Bewirtung unbequem, wenn nicht unmöglich gewesen wäre. Jeder konnte sich in der Menge verirren, durch die Galerien wandeln, sich an den Büfetts vollstopfen, gesellig, einsam, verborgen oder sichtbar sein, ganz wie es ihm beliebte. Diejenigen, denen Förmlichkeiten so unentbehrlich sind wie einem alten Gefängnisinsassen seine Fesseln, waren nicht unter den fleißigen Besuchern von Schloß Vogelschau zu finden. Und erschien zufällig ein solcher, so wiederholte er seinen Besuch nicht. Diejenigen, die

Schlapphüte, Kleider aus Homespun und Samt, lange Haare, Sonntagsmusik, literarische Frauen und die Lehre der Agnostiker mißbilligten, verstellten sich oder blieben weg; und so rotteten sich alle Elemente, die der idealistischen Ungezwungenheit dieses Hauses feindlich waren, selbst aus. Zuweilen ereigneten sich unliebsame Zwischenfälle; sie waren jedoch von jener Art, von der keine Gesellschaft verschont bleibt. So wurden beispielsweise die Gewächshäuser nur dann geöffnet, wenn eine genügende Schar Gärtner zur Verfügung stand, um ein allgemeines Blumenpflücken zu verhindern; und Gegenstände, die für betörte Sammler eine besondere Versuchung darstellten, befanden sich sowohl unter Glas wie hinter Schloß und Riegel. Von Zeit zu Zeit gestatteten sich einige Damen geringfügige kleine Diebstähle, und gelegentlich erhob einer jener gesellschaftlich angenehmen Gäste, die durch den Zufall der Geburt Gentlemen, von Natur aus aber Verbrecher sind, einen Tribut von einem unbewachten Korb mit dem Silbergeschirr seines Gönners. Manchmal gingen zwei Vertreter verschiedener Richtungen in ihren hitzigen Erörterungen etwas zu weit und schritten von persönlichen Anspielungen zu Beschimpfungen und Drohungen. Man erzählte sich, daß einmal ein junger Dichter, erzürnt über die Verleumdung eines von jungen und schönen Frauen umringten Kritikers, der seine dichterischen Eingebungen dem Delirium tremens zugeschrieben hatte, nicht nur seinen Verleumder auf den Rasen hinschleuderte, sondern noch die Mähmaschine über seinen Körper hinwegrollen wollte; er wurde von einer beherzten Komtesse gepackt und erhielt von ihr eine Ohrfeige, was ihn zur Stunde berühmt machte. Im großen ganzen aber waren die Veranstaltungen, wenn man ihre Ausdehnung, ihre gemischte Zusammensetzung und den freien Austausch der Meinungen, der dabei herrschte, in Erwägung zieht, friedlich genug, um eine gute Stimmung bei den Parteigängern zu erzeugen, die anderswo den Krieg mit der ganzen Erbitterung zu führen pflegten, welche ihnen die Abwesenheit des Gegners gestattet.

Zweites Kapitel

Am Nachmittag des Ostersonntags wimmelte es auf Schloß Vogelschau schon vor halb drei von Besuchern. Ungefähr um diese Zeit näherte sich auf der Landstraße ein junger Mann, dessen Kleidung zwanglos genug war, um vermuten zu lassen, daß er einer von Grosvenors Künstlergästen sei. Er war mit einem kurzen, losen, lichtgrauen Rock bekleidet, den er aufgeknöpft trug. Sein Schweizer Filzhut war von gleicher Farbe wie sein Anzug. In der rechten Hand hielt er einen Regenschirm wie ein Schwert umfaßt; die Linke barg er in der Tasche. Seine üppigen, dunkelkastanienbraunen Haare wuchsen dicht um seinen Kopf herum, dessen hintere Wölbung besonders bemerkenswert entwickelt schien. Seine Gesichtszüge waren markant und wißbegierig, und sein nervöser Mund, die weiten Nüstern und die selbstbewußte Sicherheit seines Ganges verrieten jene Individualität, die den Künstler von dem bloßen Gentleman unterscheidet. Er war klein, sehnig und bei näherer Bekanntschaft hübsch.

Die Tore von Schloß Vogelschau, hohe Muster von prunkvoll getriebener Arbeit, waren geschlossen, daneben aber in der Mauer war eine beschlagene Eichenpforte, mit einer Klingel versehen, die der Mann mit dem Schweizerhut zog. Ein jägergrün gekleidetes Mädchen mit bauschigen und geschlitzten Ärmeln und mit einer weißen Haube, gleich denen, die von französischen Bäuerinnen getragen werden, öffnete die Tür. Keineswegs verblüfft durch eine Erscheinung, die einem weniger häufigen Besuch Anlaß zu der Vermutung gegeben hätte, daß er einen Kostümball unterbrochen habe, betrachtete der junge Mann sie kritisch und stieß einen undeutlichen Laut aus, der eine Frage zu sein schien.

»Herr Grosvenor ist im Garten«, sagte das Mädchen. »Soll ich Sie melden lassen, Herr Scott?«

»Nein, danke«, sagte Scott und ging durch eine an das Pförtnerhaus anstoßende Veranda, von der aus er sich dem Garten auf dem kürzeren Wege zwischen den Bäumen näherte. Hier gesellte er sich zu einer großen Menge von Menschen. Da waren Stutzer, absichtliche Schlampen und Männer, deren Kleider weder sie selbst und folglich auch keinen anderen störten. Da waren Geistliche, einige so wenig berufsmäßig wie nur möglich gekleidet, andere, die römische, mit Edelsteinbroschen zugesteckte Kragen trugen. Da waren Künstler mit langen Haaren, hageren Wangen und seidigen

Schnurrbärten, die sich eifrig mit Frauen unterhielten, und Künstler mit Vollbärten und vernachlässigtem Äußeren, die miteinander sprachen. Da waren drollige, hübsch anzusehende junge Damen, mit Säcken, Bettdecken und Kleidern angetan, die anscheinend vom Himmel herab auf sie heruntergefallen waren; sie rutschten ihnen von ihren Schultern und waren mit lauter großen Schleifen alle auf einer Seite verziert. Da waren elegante Mädchen auf hohen Stöckeln trippelnd, deren menschliches Ansehen zur Unförmigkeit zerknetet schien, um das Geschick ihrer Schneiderin zur Schau zu tragen. Da waren die Mütter dieser jungen Damen. Sie saßen auf Gartensesseln und unterhielten sich mit jungen Männern, die vergebens versucht hatten, den Töchtern einige Worte zu entlocken. Da war insbesondere Lady Geraldine Porter, fast vierzig Jahre alt, mit lichten braunen Haaren, angenehmem Gesicht, von voller, aber noch guter Gestalt. Sie saß bequem hingegossen nicht weit von der Stelle, wo Grosvenor seine Gäste begrüßte, und erspähte Scott, der langsam durch die Menge näher kam. Seinen Schirm in der Hand, maß er alle, an denen er vorüberging, mit hochmütigen Blicken und nickte von Zeit zu Zeit einem Bekannten kurz mit dem Kopfe zu.

»Sehen Sie sich doch nur Cyril Scott an«, sagte sie zu einem alten Herrn, der neben ihr saß. »Ich wollte, dieser junge Mann würde einmal von einem Athleten tüchtig durchgeschüttelt.«

»Wie?« fragte der alte Herr und fuhr auf.

»Ich habe jedes Wort bedacht und überlegt«, sagte sie, »und wiederhole, ich wünsche, daß jemand Scott tüchtig durchschüttelt. Er ist zu alt für die Peitsche.«

»Aber warum?«

»Weil er unerträglich eingebildet ist«, antwortete Lady Geraldine. »Sehen Sie nur seine Manschetten an. Warum kommt er mit in Terpentin getränkter Wäsche?«

»Ach«, sagte der alte Herr. »Diese jungen Künstler sind nachlässige Kerle. Vermutlich hat er den ganzen Vormittag gemalt und sich mit seinen Ölfarben bekleckst.«

»Unsinn!« sagte Lady Geraldine. »Hat man jemals von einem Mann gehört, der bei der Arbeit Manschetten trägt, die bis zum Handgelenk herunterreichen? Verlassen Sie sich darauf, er schmiert das Terpentin mit seinem Pinsel absichtlich darauf, weil er glaubt, das sähe künstlerisch aus.«

Ein Jüngling, der hinter den Sessel getreten war und dieses Gespräch mit angehört hatte, lachte laut auf. »Sie sind sehr streng gegen Cyril, Lady Geraldine! Er ist ein fabelhaft geschickter Bursche, ein Prachtkerl. Gestern war ich in seinem Atelier; er hat einen wundervollen Himmel gemalt, der meines Erachtens schöner ist als irgendein Himmel von Turner.«

»Wie lange bleibst du gewöhnlich bei ihm, wenn du Scott in seinem Atelier besuchst?« fragte Lady Geraldine.

»Gewöhnlich den ganzen Abend«, erwiderte der Jüngling. »Er ist tatsächlich ein netter Kerl, wenn er auch wie ein Neger schuftet. Der alte Bond hat ihm viertausend angeboten –«

»Ernst«, unterbrach ihn die Dame, »ich bitte dich, uns ein wenig Menschenverstand zuzutrauen und uns Zeit zu lassen, unsere Leichtgläubigkeit deinem Erfindungsgeist anzupassen.«

»Aber ich versichere dir auf Ehre – frage doch Woolly.«

»Es ist besser, du gehst spielen, mein Lieber«, sagte Lady Geraldine und sah ihn süß an. Da zog er sich zurück und warf ihr dabei einen rebellischen Blick zu. Als er fort war, fuhr sie fort: »Ich habe die Ehre, die Tante dieses jungen Mannes zu sein. Wenn wir unter uns sind, nennt er mich gewöhnlich auch so, aber hier glaubt er, diese Ansprache könnte sein Alter und seine Weisheit gefährden. – Wenn nur der junge Scott seinen Schirm beiseite legen würde. Warum fuchtelt er damit herum?«

»Man erzählt mir, er sei ein kommender Mann«, sagte der alte Herr. »Wie Sie wissen, verstehe ich nichts von Bildern; aber ich habe gehört, wie freundlich über ihn gesprochen wurde.«

»Ich glaube, er leert einige Farbtuben auf eine Leinwand aus, und daraus sucht er dann eine Landschaft zu machen. Wenigstens sehen seine Bilder so aus. Stimmungskunst ist Schund.«

»Man hat mir ein paar solch neuartige Harmoniebilder gezeigt«, sagte der alte Herr, »und sie schienen mir einigen Orten ziemlich ähnlich, die ich einmal gesehen habe.«

»Gemälden sind sie keinesfalls ähnlich«, sagte Lady Geraldine.

»Allerdings nicht«, sagte der Belehrte etwas erleichtert. »Das ist wahr, das sind sie wohl nicht.«

»Man geht aber in die Galerie, um Bilder, nicht um Nebel oder Hummersalat zu sehn.«

Mittlerweile war Scott, nachdem er seinen Gastgeber begrüßt hatte, ins Haus gegangen. In der Halle wurde er von einigen Führern der letzten Kunstwelle warm empfangen und von vielen Anhängern der älteren Moden mit finsteren Mienen betrachtet. Er warf einen Blick in den Teeraum, wo Frau Summers im schwarzseidenen Kleid und weißer Haube sich bemühte, eine Schar Frauen zufriedenzustellen, die alle nach einer Versorgung mit ihren bevorzugten trügerischen Anregungsmittel schrien. Dann suchte er einen der kleineren Säle auf, und hier fand er eine Anzahl Männer, die hinter einer von schlichtgekleideten Frauen besetzten Sesselreihe an den Wänden standen. Die Damen waren über fünfunddreißig, sahen klug aus, waren fast alle aber nicht hübsch. In der Mitte des Raumes saß in einem großen Sessel ein Mann, dem eine hohe Stirn, ein viereckiger Kiefer, glänzende Haare, eine behäbige Gestalt und eine wohlbedachte Nachlässigkeit in der Haltung ein gebieterisches Aussehen verliehen. Als Scott eintrat, sprach er eben mit klingender Stimme in gesuchten Redewendungen und ebensolchem Tonfall. Da Scott ihn nicht kannte, bat er durch eine Bewegung der Augenbrauen Lady Geraldines Neffen, der daneben stand, um Aufklärung.

»Macartney«, flüsterte Ernst. »Außergewöhnlich geistreicher Kerl. Er ist der Autor der ›Analyse des Genies‹.«

»Eine literarische Bande, wie?« sagte Scott, die Gesellschaft mißtrauisch betrachtend.

»Es geschieht nicht selten«, sagte der Mann im Sessel, »daß infolge eines Mißverständnisses des wahren Wesens jener Geistestätigkeit, die wir allgemein mit Einbildungskraft bezeichnen, nebelige und unvollkommene Auffassungen oft als Ergebnis einer unbezähmbaren lebhaften Phantasie angesehen werden. Was in der Kunst als Perspektive bezeichnet wird, ist ein Beispiel hierfür und herrscht hauptsächlich unter Malern, denen es in der Regel so sehr an Einbildungskraft mangelt, daß sie nur Bilder malen können, die aus bloßen Ornamenten, theatralischen Kostümen und bunten Farben bestehen. Diese Unfähigkeit, selbst im Alltagsleben Romantik zu erblicken, und die Neigung, dafür den Inhalt von Antiquitätenläden einzusetzen, ist der tiefste Abgrund gemeiner Effekthascherei und in der plastischen Kunst überall zu finden.«

Scott schnaubte verachtungsvoll und verließ den Raum. Eine junge Dame, die zu einer kleinen Gruppe in der Nähe der Tür gehört hatte, folgte ihm schnell. Sie war hübsch und trug ein Kleid aus primelfarbiger Seide und grauem Leinen, daß wie ein Handschuh auf ihrem enggeschnürten Korsett saß.

»Ist er nicht ein schrecklicher Lästerer, Herr Scott?« fragte sie den Künstler, der sie mit mürrischem Kopfnicken begrüßte. »Dabei bin ich überzeugt, daß er gar nichts von Kunst versteht, oder er hat an irgendeinen gewöhnlichen Maler gedacht, zum Beispiel an Rembrandt.« Scott erbebte und glotzte sie wütend an. »Rembrandt ist natürlich fabelhaft, aber etwas gewöhnlich, nicht war? Ein Maler des Pöbels durch und durch.«

Der Maler sah sie mit Verachtung an und geruhte zuerst nicht, zu antworten. Dann sagte er emphatisch: »Von allen Künstlern, die jemals gelebt haben, ist nur einer niemals gewöhnlich gewesen. Dieser Künstler hieß Rembrandt.«

Als er sich so ausgelassen hatte, kehrte er sich höhnisch ab und ging in das Musikzimmer.

»Na, was hältst du jetzt von deinem geliebten Cyril?« fragte die Schwester der jungen Dame in Primelfarbe. »Ist seine Freiheit von allen Konventionen noch immer so bewundernswert wie letzten Donnerstag, als er versuchte, mich verachtungsvoll zu behandeln?«

»Er ist ein unmanierliches kleines Scheusal«, erwiderte die junge Dame schroff und kehrte in den Raum zurück, den sie eben verlassen hatte.

Das Musikzimmer war gedrängt voll. Ein junger Mann mit langen Haaren saß am Klavier und fuchtelte mit den Händen herum, während er die letzten Takte von etwas spielte, das, wie er später seinen Zuhörern mitteilte, eine selbstkomponierte skandinavische Rhapsodie, eine Studie zur Übung des lockeren Handgelenks war.

»Hören Sie, Grosvenor«, sagte Ernst zu seinem Gastgeber, der ungefähr siebzehn Jahre älter war als er, »ich werde Ihnen einen guten Tip geben. Sehen Sie da drüben Scott in der Nähe der Tür?«

»Nun?« sagte Grosvenor.

»Stellen Sie ihn doch Lady Geraldine vor. Sie vergeht danach, ihn kennenzulernen. Wenn er ihr gefällt, wird sie den alten Porter veranlassen, sein ganzes Atelier aufzukaufen.«

»Sind Sie auch sicher, daß er ihr gefallen würde?« fragte Grosvenor. »Wäre es nicht besser zu warten, bis sie mich selbst darum bittet?«

»Das wird sie nicht tun«, sagte Ernst. »Grundsätzlich beschimpft sie stets den Kreis um Scott und wird sich nicht herablassen, zu bitten, man möge ihr ein so kleines Tier, wie Scott es in ihren Augen ist, vorstellen. Wenn dies jedoch zufällig geschähe, wäre sie um so erfreuter, und es könnte Scott nützen.«

Grosvenor sah Ernst unschlüssig an. Je mehr ein Künstler ihm berufliche Erfolge und eine gesellschaftliche Stellung verdankte, desto größer war seine Selbstzufriedenheit, denn er spielte gern den Gönner. Es wäre ihm aber lieb gewesen, wenn Lady Geraldines Neffe etwas zuverlässiger gewesen wäre.

Und nun hob die Plage des Dilettantensingens an. Junge Damen mit abgenutzten Stimmen bezeugten die Geschicklichkeit der vielgepriesenen heimischen und ausländischen Lehrer des zur Neige gehenden neunzehnten Jahrhunderts. Zu ihrer und ihrer Eltern vollkommenen Zufriedenheit sangen sie Dur und sangen Moll; und einige sangen beständig in einer anderen Tonart, als das Klavier spielte. Einige starrten wütend auf den Begleiter, weil er zu laut spielte und darauf rechnete, einen Teil der Aufmerksamkeit der Zuhörer auf sich zu lenken; andere wieder konnten nur unter der Bedingung ein Lied zu Ende singen, daß die gleiche Melodie auf dem Instrument gehämmert wurde. Die Männer waren darin kaum weniger widerlich; nur eine keltische Dame bot eine Erleichterung des Vergnügens. Sie besaß angeborene musikalische Begabung und sang recht ausdrucksvoll ein altenglisches Lied. Schließlich spielte ein junger Deutscher ein türkisches Rondo von Mozart, das von den erschöpften Zuhörern sehr gewürdigt wurde.

»Was ist denn das für ein Stück?« fragte eine alte Dame, als der Pianist geendet hatte.

»Meinen Sie dieses Stück von Mozart?« fragte der Herr, an den die Frage gerichtet war.

»Mozart?« fragte die alte Dame. »O nein, ich meinte nichts Klassisches. Diese hübsche Stück.«

»Das war von Mozart«, sagte der Herr. »Mozart in einer seiner scherzhaften Launen. Mozart mit seiner deutschen Tiefe – vorübergehend aufgehoben durch seinen gotischen Humor und den lateinischen Melodienreichtum seiner kindlichen Lebhaftigkeit, welche sein tiefes Wissen und jenen verblüffenden Fatalismus übertrifft, die in der G-Moll-Symphonie den Titanen Beethoven vorauszuahnen scheinen.«

»Ja, selbstverständlich«, meinte die alte Dame, »ist das wundervoll. Meines Erachtens hat der junge Mann das Musikstück sehr leichtfertig gespielt, fast als wäre es gewöhnliche Tanzmusik.«

»Still«, sagte der Herr. »Bolingbroke ist im Begriff zu spielen.«

»Oh, wie interessant!« rief die alte Dame. »Ist Bolingbroke vom Fach?«

»Was?« wunderte sich der Herr. »Sie kennen Bolingbroke nicht?

Den Dichter? Eremacausis von Lucifer, Epos von Demorgorgon, und so weiter?«

»Das sind gottlose Bücher, nicht wahr?« fragte die alte Dame unsicher.

Ehe der Herr antworten konnte, setzte der Dichter, ein blonder junger Mann mit großen glasigen Augen, in denen der Geist von Müdigkeit überwältigt war, seinen rechten Fuß auf das Pedal und begann eine formlose Improvisation, wobei er mit augenscheinlichem Wohlgefallen bei den saftigsten Akkorden, die er nur finden konnte, verweilte. Im ganzen spielte er sehr leise; gelegentlich aber donnerte er sehr laut darauflos. Nach zehn Minuten schlug er an einer leisen Stelle ein Dissonanz an, brach schroff ab, dachte einen Augenblick nach, schüttelte traurig den Kopf und verließ das Klavier.

»O bitte, fahren Sie fort«, sagte eine junge Dame, die zugehört hatte. Der Dichter sah sie mit einem mitleidigen Lächeln an.

»Nein«, sagte er, »es ist jetzt abgebrochen, ich könnte keinen Ton mehr spielen, und wenn Unsterblichkeit mein Lohn wäre.«

»Wie herrlich, ein Musiker zu sein! Wie ich Sie beneide!« sagte eine zweite junge Dame.

»Ich bin kein Musiker«, sagte der Dichter abwehrend. »Ich weiß den Namen jener Elfenbeinzungen nicht, die zu mir sprechen, wenn ich sie mit meinen Fingern liebkose. Ich suche nach Harmonien, und sie kommen. Burton, ein Erforscher jener Figuren, die man Fugen, Symphonien und Kontrapunkt nennt, versiegelte Bücher für mich, wird Ihnen bestätigen, daß ich von diesen Künsten keine Ahnung habe.«

Burton, der daneben stand, nickte emphatisch.

»Aber ich liebe und empfinde sie, obwohl die Kenner wahrscheinlich keinen Namen für das haben, was ich eben spielte.«

»O ja«, sagte Burton, »soweit man sagen kann, haben Sie mit italienischen Sexten experimentiert und sie meistens falsch aufgelöst.«

»Sie sprechen in einer mir unbekannten Sprache, mein lieber Burton«, sagte der Dichter mit einem Lächeln des Mitleids. »Von Ihren Regeln habe ich keine Ahnung.«

»Halten Sie die Wissenschaft nicht für eine Gegnerin der wahren Musik, Herr Burton?« fragte ein Dame.

»Nein«, sagte der Musiker. »Die Aneinanderreihung von hübschen Akkorden ist ebensowenig Musik, wie die Aneinanderreihung von Wörtern, die sich reimen, Dichtung ist.«

Unmittelbar daneben, von einem Haufen Menschen umringt, sprach eine Romanschriftstellerin über dasselbe Thema.

»Die Musik«, sagte sie, »ist die einzige Kunst, die unseren eigenen Träumen Leidenschaft verleiht, statt uns die verblaßte Glut der Träume eines anderen zu zeigen. Wenn ich Musik höre, schließe ich die Augen und habe das Gefühl, als säße ich in einem Wald, wo die herbstlichen Blätter mich umflattern, oder an einem steinigen Strand im Schatten einer düsteren Klippe. Die Musik Webers, wenn sie gespielt wird, wie sie immer gespielt werden sollte, von leisen Bratschen und Flöten ohne harte Blasinstrumente, ist ein köstliches Schlafmittel, dessen Träumereien keine entnervende Gegenwirkung bringen. Beethoven liebe ich nicht; er beunruhigt. Er appelliert an den Verstand, ja noch mehr, er schreit nach Aufklärung, während die träumerischen Rhapsodien von Schubert und Chopin in süßen Kadenzen verhallen, die direkt in die Seele hineinsinken und den müden Geist ruhen lassen. Ich habe Mädchen gekannt, die stundenlang stillhielten, während ihre Zofen ihnen die langen Haare kämmten. Orientalische Fürsten sinken, von ihren Sklaven gefächelt, in den Schlaf. Das, was Kamm und Fächer dem Körper sind, ist die Musik dem Geist: ein Beruhigungsmittel.«

»Jawohl«, sagte Ernst. »Diese Idee ist von Meyerbeer in seiner ›Afrikanerin‹ durchgeführt worden. Der letzte Aufzug enthält eine ausgezeichnete Fächerarie.« Da er fühlte, daß diese Bemerkung schlecht aufgenommen wurde, und er entschlossen war, sich nicht zum Schweigen bringen zu lassen, weil er fest überzeugt war, die Frage richtig erläutert zu haben, fügte er hinzu: »Habe ich nicht recht, Herr Burton?«

»Jawohl«, sagte der Musiker. »Abr man kann es natürlich nicht begreifen, wenn man nicht aufmerksam zuhört.«

»Ah, wie ich sehe, mißbilligen sie meine Art, Musik zu hören«, sagte die Romanschriftstellerin, die seine Gedanken sofort erraten hatte.

»Im Gegenteil«, erwiderte Burton, »ich halte es für ein sehr angenehmes Verfahren. Ich lasse mich zum Beispiel sehr gern in den Schlaf lesen, was ein ganz ähnlicher Vorgang ist. Trotzdem glaube ich nicht, daß die Bücher zu diesem Zweck geschrieben werden, und wenn ich ein Buch genießen und verstehen will, ist es doch wohl in der Regel notwendig, sehr wach zu sein.«

»Es besteht doch keine Ähnlichkeit zwischen einem Buch und einem Musikstück«, sagte die Romanschreiberin.

»Jedenfalls«, sagte der Musiker, erschreckt über die Aussicht, sich zum unbeliebten Vorkämpfer in einem Streit zu machen, in welchem er seine Fähigkeiten, sich verständlich auszudrücken, bezweifelte, »gleichen alle großen Kunstwerke einander, und es erfordert ebensoviel Geist und Feingefühl, die ›Neunte Symphonie‹ oder die ›Zauberflöte‹ zu würdigen, wie ›Laon‹ und ›Cynthia‹ oder ›Hamlet‹ oder sogar einen Dichter des neunzehnten Jahrhunderts.«

»Wessen Neunte Symphonie?« fragte die Schriftstellerin, offenbar geneigt, dies zu bestreiten.

»Wessen Neunte Symphonie?« wiederholte Burton gereizt, »nun, *die* Neunte, Beethovens Neunte selbstverständlich. Die allerletzte, die er geschrieben hat.«

»Oh«, rief Ernst, »ich hörte sie letzthin von Hallé in St. James Hall.«

Burton seufzte und fühlte, daß eine weitere Auseinandersetzung vergeblich wäre. »Hoffentlich kommt der Tag«, sagte er, »wo Kulturmenschen die Kenntnis der großen Musik-Klassiker für mindestens ebenso wichtig halten wie die Kenntnis der schlechten Bilder einer barbarischen Horde von Narren und Mönchen, für die niemand einen Pappenstiel gibt.« Sogleich verwarfen etwa ein Dutzend Stimmen die Vorurteile des Redners, aber sie wurden von einer kräftigen Stimme übertönt, die das rohe Wort »Quatsch« dazwischenbrüllte.

»Was ist denn los?« fragte Grosvenor, der in diesem Augenblick wieder eintrat.

»Ein religiöser Aufstand. Eingefleischte Radikale fallen über George Lind her«, rief Ernst fröhlich.

In der Orgelecke stand, die eine Hand auf das Instrument gestützt, ein junger bleicher Pfarrer, dessen abgemagerte Gestalt von dem bemalten Fensterhintergrund in einer Weise abstach, deren Wirkung ihm, nach seiner Haltung zu schließen, nicht unbewußt war. Ihm gegenüber stand ein behäbiger Mann mit kurzem, rotem Backenbart und dicken Wangen, der sich mit Stentorstimme mit dem Pfarrer unterhielt und seine eigenen Beweisführungen und seine vollkommene Rücksichtslosigkeit auf die Gefühle seiner Umgebung offenbar genoß.

»Quatsch, sage ich«, brüllte er. »Sie lieben Michelangelo nicht, weil er ein großer Mann war. Aber sobald Sie mit einem Großen in Streit geraten, müssen Sie einsehen, daß die Kleinen, die Sie immer wieder als Götter aufstellen, nur Zwerge sind. Ich liebe alte Bilder nicht, aus genau dem gleichen Grunde, aus dem Sie sie nicht lieben, wenn Sie nur den Mut hätten, es einzugestehen: weil sie schmutzig, schlecht gezeichnet, perspektivisch falsch und voll von häßlichen Weibern sind. Doch Michelangelo bewundere ich. Und warum? Weil ich nach Rom reise und dort eine Kapelle sehe, die der Mittelpunkt des christlichen Glaubens ist.« Der Pfarrer hob die Hand zum Zeichen des Einwands. »Jawohl, der Mittelpunkt des christlichen Glaubens, behaupte ich. An der Wand dieser Kapelle ist ein Bild, entstanden im wahren Sinne dieses Glaubens. Es stellt ihn auf einer Fläche von etwa zweitausend Quadratfuß dar. Ersäufen, zerreißen, erschlagen und in die Hölle verdammen«, schrie der Radikale, indem er seine Brust mit einem Arm schützte und den andern drohend in die Höhe hob, wobei er nicht auf den Pfarrer, sondern auf den Fußboden zu seiner Linken finster hinabsah. »Das ist die Religion der Liebe, von Michelangelo dargestellt – und wahrheitsgetreu dargestellt. Jawohl, Sie können es in Abrede stellen, soviel Sie wollen, aber diese allmächtige Tatsache werden Sie nicht ändern.«

»Wie in aller Welt kann ich ihn zum Schweigen bringen?« fragte Grosvenor und wandte sich an Lady Geraldine.

»Lassen Sie seine Frau holen«, erwiderte sie rasch.

»Das will ich tun«, sagte Grosvenor und ging hinaus.

»Ja, Herr Pfarrer«, fuhr der Dicke fort, »der Glaube ist gegen das Geschrei gefeit. Da haben Sie recht. Aber ebenso sind die Narren gegen den gesunden Menschenverstand gefeit. Sie haben auch angedeutet, daß es geschmackvoller wäre, wenn ich den Mund hielte. Sehr wahrscheinlich haben Sie recht. Doch, was ist denn Geschmack? Nur eine Ausrede für die Feigheit, mit dem Pöbel zu brüllen. Ich bezweifle nicht, daß der Begründer Ihres Glaubens, oder besser die Person, der Sie die Verantwortung für Ihren Glauben aufbürden, die Gefühle der Pharisäer verletzt hat und daß die Synagogen-Ältesten auch der Ansicht waren, daß er gegen den guten Ton verstieß.«

»Ich achte Ihre Überzeugung«, sagte der Pfarrer, »kann jedoch nicht gestatten, daß Sie mich zu einem Parteigänger in Ihrem Streit machen, der in solcher Weise in einem Haus geführt wird, in welchem ich nur Gast bin.«

»Die Sitten der Gesellschaft sollten einem Manne nichts bedeuten, der den Heiligen Geist –«

»Tom!« rief eine Dame, die sich neben dem Redner aufpflanzte, nachdem sie sich ihren Weg durch eine Menge gebahnt hatte, die jetzt fast ausschließlich aus Männern bestand.

»Ja, meine Liebe«, entgegnete der Mann, »ich werde dir gleich in den Teesalon folgen.«

»Wie geht es Ihnen, Herr Lind?« wandte sich die Dame an den Pfarrer. »Ich hoffe, Tom hat nicht losgelegt.« Der Pfarrer lächelte unsicher.

»Ich habe nur das gesagt, was ich stets sagen werde, wo immer –«

»Jetzt hör doch auf«, unterbrach die Dame. »Scheren Sie sich nicht um ihn, antworten Sie ihm gar nicht, Herr Lind. Das reizt ihn nur, er sagt dann Dinge, die er gar nicht meint.«

»Das will ich hoffen«, sagte der Pfarrer.

»Warum besuchen Sie uns nicht öfter«, fragte die Dame schnell, um einen neuen Ausbruch zu verhindern.

»Ja, warum?« wiederholte der Dicke. »Kommen Sie Freitag zu Tisch. Doch halt, Freitag ist Fasttag. Kommen Sie Donnerstag, ich werde Ihnen einen Geheimsekretär des Papstes vorstellen. Er ist der beste Weinkenner in Europa und behauptet, nur gesundheitshalber hier zu sein, was wahrscheinlich eine Lüge ist.«

»Tom!« mahnte die Dame.

»Ich bedaure sehr«, sagte der Pfarrer, »aber ich habe jeden Abend um sieben Uhr einen Gottesdienst.«

»Tut nichts, Sallucci wird Sie lossprechen.«

»Komm«, rief die Dame, »wir werden den Zug versäumen.« Damit trennte sie sich hastig von Lind und zog ihren Gatten fort. Dieser verabschiedete sich nun von seinem Gastgeber, mit der Miene eines Mannes, der sich gut unterhalten hat.

Der Abmarsch der Gäste, der vor ungefähr einer halben Stunde planlos begonnen hatte, wurde jetzt reger; und Grosvenor, der auf der Steinterrasse stand, die auf zwei Seiten durch eine Reihe von Stufen von der großen Halle in den Garten hinabführte, war beschäftigt, die Danksagungen seiner scheidenden Gäste in Empfang zu nehmen. Als der größte Teil fort war, hatte er mehr Muße, unter jenen Zauderern zu verweilen, die, durch keine Verabredungen gebunden, es vorzogen, auf der Terrasse und in den Galerien herumzulungern, zu plaudern oder den Sonnenuntergang zu beobachten, anstatt einen langweiligen Sonntagabend in der Stadt zu verbringen.

»Ernst«, sagte Lady Geraldine, als sie, in ihren Pelz gehüllt, aus der Halle auf die Terrasse trat. »Kommst du endlich?«

»Hier bin ich, Tante Joldy«, erwiderte der Neffe. Als sie sich Grosvenor näherte, stand er neben Cyril Scott, der die untergehende Sonne mit berufsmäßiger Aufmerksamkeit betrachtete, die von der erheuchelten düsteren Versenkung einiger anderer abstach. Es war eine günstige Gelegenheit, vorgestellt zu werden. Lady Geraldine blickte den Maler mit einem sanften Lächeln an. Grosvenor faßte es als Zeichen des Interesses auf und entledigte sich der Förmlichkeit, bevor alle Beteiligten seine Absicht erraten hatten. Lady Geraldine wandte den Kopf mit gerade soviel Neugier, um anzudeuten, daß ihre Aufmerksamkeit zum erstenmal auf den zweifelhaft begabten jungen Mann gelenkt wurde, und verneigte sich anmutig. Er dagegen machte eine hastige Verbeugung und schwieg beunruhigt. Im Hintergrund stand Ernst und grinste.

»Hoffentlich habe ich keine Unterrichtsstunde der Natur unterbrochen, Herr Scott«, sagte Lady Geraldine mit einem Blick auf den Himmel. Der Künstler lächelte unsicher und ließ auch seinen Blick rasch in dieselbe Richtung schweifen.

»Ich bemühe mich stets, Ihre Gunst für meine armen Künstlerfreunde zu gewinnen«, sagte Grosvenor. »Sie sind eine so berühmte Kritikerin.«

Bei dem Worte »arm« blähten sich Scotts Nüstern auf, und bei dem Worte »Kritikerin« zogen sie sich zusammen.

»Oh«, sagte Lady Geraldine mit erheucheltem Interesse. »Ich glaube, ich bin nur berühmt, weil ich von Bildern, namentlich von modernen Bildern, nichts verstehe. Ich bin jedoch gekommen, mich zu verabschieden, denn der Zug wird nicht auf mich warten. Komplimente über den Erfolg des Tages würden wohl banal klingen, Herr Grosvenor.« Nachdem sie sich vom Gastgeber verabschiedet und von dem Künstler eine unbeholfene Verbeugung gegen eine gelassene eingetauscht hatte, verließ Lady Geraldine die Terrasse. Ihr Neffe folgte ihr, aber jetzt, wo ihm der Spaß gelungen war, begann er, den Verlust von Grosvenors Gunst zu befürchten, denn er hatte ihn mit merklicher Kälte entlassen.

»Welch furchtbare Angst muß Scott gehabt haben, als der alte Grosvenor ihn heranholte, was?« fragte er.

»Und wie angenehm muß es für dich sein, Ernst«, sagte Lady Geraldine, »daß du dich einer solchen Förmlichkeit mit vollendetem

Selbstvertrauen und ebensolcher Selbstbeherrschung unterziehen kannst!«

»Nun, du weißt, daran bin ich gewöhnt«, sagte Ernst bescheiden.

»Außerdem«, fuhr sie fort, »bist du in guten Verhältnissen und weißt genau, daß du es bist und daß du bei einer Vorstellung meistens mehr gibst, als du empfängst. Auch weißt du sehr gut, daß du ein unterhaltendes Gespräch führen kannst, und bist erfreulicherweise frei von jener lächerlichen ›mauvaise honte‹, die stolze und feinfühlige Menschen in ihrer Angst, mißverstanden zu werden, überfällt.«

»Glaub mir, wenn man Scott kennt, ist er durchaus kein schlechter Kerl«, sagte Ernst. »Du mußt nicht über ihn herfallen, weil er kein vollendeter Gentleman ist wie – zum Beispiel –«

»Du selbst«, ergänzte Geraldine.

»Zum Henker, du weißt doch, was ich sagen will. Außerdem bin ich Republikaner, und alle derartigen Unterschiede sind mir schnuppe. Scott ist ein ungemein talentvoller Bursche; und trotz unseres alten Stammbaums, der Quatsch ist, wäre es mir eine Ehre, mit ihm zu tauschen.«

»Nein, was du nicht sagst! Wie uneigennützig von dir!«

»Du neckst mich natürlich wieder wie gewöhnlich«, sagte Ernst. »Du nimmst die schlechte Gewohnheit an, sarkastisch zu sein. Heute vormittag war Scott der größte Laffe Englands; und jetzt, weil es dir paßt, ihn mit mir zu vergleichen, entpuppt er sich als feinfühlige Natur; und zwar deshalb, weil du ihn in Verlegenheit brachtest. Du pflegst diese Gewohnheit aber nur, weil du das sehr gut verstehst, aber glaub mir, die jungen Leute können es auf die Dauer nicht leiden; tatsächlich habe ich schon Bemerkungen darüber gehört.«

»Ja«, lachte Lady Geraldine amüsiert, »in dieser Beobachtung liegt gerade genug Scharfsinn, um mir zu beweisen, daß sie nicht von dir stammt. In meinem Alter wäre es peinlich, den jungen Leuten zu mißfallen. Hör doch auf, den Rand des Rasens mit deinen Absätzen zu pflügen, und geh auf dem Kiesweg.«

Drittes Kapitel

Zwei Monate lang wohnte Smith allein in Danvers Street. Jeden Morgen stand er früh auf und fuhr mit dem Dampfboot in die

City. Abends, wenn er des Lebens überdrüssig war, spazierte er den Themsekai entlang und beobachtete die Schlepper, die sich wie schlecht zugerittene Pferde seitwärts bewegten, und lauschte jenem entfernten Rasseln und Kreischen der Züge, die seinem Vater wie das Totengeläute wäldlichen Wesens geklungen hatten, ihm aber für das Land ebenso charakteristisch schienen wie der Gesang einer Amsel. Für sein Auge war eine Landschaft kahl, ohne die wohlbekannte Reihe weißer Stangen, die jede eine endlose Musikzeile trugen, in der Isolatoren die Viertelnoten vorstellten, die man, legte man das Ohr an die Stange, dröhnend summen hören konnte. Sogar über die Themse hinaus, und umgeben von Gaswerken und Fabriken, die mit fagottähnlichen Röhren verziert waren, stellten sie das sichtbare Verbindungsglied dar zwischen dem Labyrinth von Ziegeln und Stuck auf der Middlesex-Seite und den breiten Gemeindewiesen von Surrey und den Dünen der Südküste.

Eines mondhellen Abends hatte Smith seinen Spaziergang bis zu dem Millbank-Gefängnis[1] ausgedehnt und überlegte eben, ob nicht die bloße Ansicht dieses Gebäudes allein genügen müßte, jedes Gefühl des Wohlwollens, das ein kriminell veranlagter Passant noch hegen mochte, dem Staate gegenüber zu unterdrücken, als ihm plötzlich die Alhambra einfiel, die er seit einigen Monaten nicht mehr besucht hatte. Nach den vierzehn Tagen nach seinem ersten Besuch, in welcher Zeit er fast allabendlich dort gewesen war, hatte er gelobt, sich auf einen Besuch wöchentlich zu beschränken, und der Bruch dieses Gelöbnisses, der anfangs erfolgte, war mehr als wettgemacht durch seine spätere Enthaltsamkeit, die je nachdem einen Zeitraum von drei Wochen bis zu einem Monat dauerte. Schließlich unterließ er seine Besuche vollständig, und der Einfall, jetzt hinzugehen, hatte einen Schimmer von Neuartigkeit, der ihm zur Empfehlung diente. So ging er weiter, durch Whitehall nach Westminster, überquerte Trafalgar-Square und erreichte bald seinen Bestimmungsort, wo er zu seinem Ärgernis einen seiner Mitangestellten traf, einen jungen Irländer namens Kennedy, der sich seiner intimen Kenntnisse des Privatlebens jeder öffentlichen Persönlichkeit in London rühmte.

Die Vorstellung war die Smith wohlbekannte. Nur eine kleine

1 Diese Hölle ist seitdem glücklicherweise durch die Tate Galerie ersetzt worden.

Einzelheit in der Aufführung war neu, nämlich die Erscheinung eines Mannes mit feurigen schwarzen Augen im Chor, der sich wie ein Hauptdarsteller gebärdete und Smiths Aufmerksamkeit dadurch erregte. Da aber nichts weiter daraus wurde, wirkte es lächerlich. Aber Smith lachte nicht. Denn etwas in der Persönlichkeit dieses Mannes rührte unklar an sein Gedächtnis. Kennedy, der über die Hauptdarsteller viele Einzelheiten mitzuteilen wußte, wies jedes Interesse für einen Statisten oder Kenntnis eines solchen Geschöpfes zurück. Die Fragen, welche Smith stellte, nahm er als Beweis seiner Unerfahrenheit und geistigen Schwäche hin, in welcher Meinung er durch die Weigerung seines Begleiters, die Zwischenaktpausen mit Trinken auszufüllen, noch bestärkt wurde. Da Smith aber Kennedys Kulissengeschichten gläubig lauschte und da dieser Lügen sogar noch mehr als Trinken liebte, ganz abgesehen davon, daß es viel billiger war, so beherrschte er sich zum erstenmal im Leben bei einer solchen Gelegenheit. Als das Ballett »Die goldene Ernte« in vollem Gange war, gab einer der Vorfälle auf der Bühne seiner Phantasie das Stichwort. Die schöne Tänzerin wartete auf das Öffnen eines Heuschobers, um sich den Zuschauern zu enthüllen. Es war die Aufgabe des Beleuchters, das Rampenlicht dem Schober fernzuhalten bis zu dem Augenblick, da die Tänzerin erscheinen mußte. Oft hatte Smith die Geschicklichkeit bewundert, mit der diese Beleuchtungseffekte ausgeführt wurden; dieses Mal jedoch irrte der Scheinwerfer zu frühzeitig an die Stelle und verriet dem aufmerksamen Zuschauer nicht nur, daß der Heuschober gebaut war, um auseinanderzufallen, sondern auch, daß jemand in kurzen, grellfarbigen Röcken sich dahinter verborgen hielt. Trotz der Musik hörte Smith zum ersten Male die Stimme der Tänzerin, und es war die Stimme eines sehr zornigen Weibes. Ihr Ton blieb nicht ohne Wirkung auf den Phöbus des Kornfeldes, denn der vergoldete Schober wurde sofort verdunkelt. Smith schauderte. Kennedy, der den Vorfall auch bemerkt hatte, lachte und sagte:

»Die alte Biddy Muggins ärgert sich über das Licht.«

»Die alte Biddy Muggins?« wiederholte Smith in einem Stich der Enttäuschung.

»Jawohl, Frau Muggins; dort kommt sie«, sagte Kennedy, als die Sylphide aus ihrem Versteck sprang und für den Beifall, der sie begrüßte, durch ein Kopfnicken und ein zierliches Aufwärtsdrehen der Handflächen dankte. »Für wie alt halten Sie sie?«

»Gut über dreißig, schätze ich«, sagte Smith mit kritischer Miene.

»Und drüber«, sagte Kennedy. »Sie gesteht fünfunddreißig ein; aber ich weiß bestimmt, daß sie dreiundvierzig ist. Trotzdem ist sie eine fabelhafte Tänzerin, auch wenn sie achtzig wäre. Wenn sie etwas pikanter tanzen würde, könnte sie's mit einer jeden aufnehmen.«

»Ist sie verheiratet?« fragte Smith.

»Ich sage Ihnen doch, daß sie Muggins heißt«, erwiderte Kennedy. »Sie ist länger verheiratet, als es ihr lieb ist zuzugeben, und hat vier erwachsene Kinder; zwei Knaben und zwei Mädchen. Der jüngste Bube ist ihr Liebling und studiert augenblicklich Malerei in Düsseldorf. Das ging auch sonderbar zu.«

»Daß ihr Sohn nach Düsseldorf ging?«

»Na, ich kann's Ihnen ja erzählen Smith«, sagte Kennedy herablassend. »Die alte Biddy ist so tief wie ein Ziehbrunnen und hat merkwürdige Ideen. Sie gab ihren Kindern eine erstklassige Erziehung und ließ sie in der Schule, solange es nur anging. Niemals durfte ein Kind von ihr ins Theater gehen oder ihren Beruf erfahren, obgleich sie dafür sorgte, daß die Kleinen sehr viel Abwechslung hatten, wenn sie auf Ferien nach Hause kamen. Eines Abends besorgte sie ein Billett für die Exeter-Hall[1] und schenkte es Horatio, dem ältesten Sohn, damit er sich den ›Messias‹ anhöre, eine Art religiöser Singsang, in welchem einige Opernsänger mitwirken. Der junge Grünschnabel macht sich allein auf den Weg und kommt hier vorbei. Er hatte einige Schulkameraden von der Alhambra erzählen hören, wie lustig es dort zugehen soll. Er beschloß, heimlich hineinzugehen, nichts davon zu erwähnen und seine Leute zu Hause in dem Glauben zu lassen, daß er in der Exeter-Hall gewesen sei. Er tritt also ein und wird durch die Weiber im Trikot und alles, was drum und dran ist, aus dem Text gebracht, obgleich es ihm natürlich ausgezeichnet gefällt. Dann bandelt er mit einem Mädchen an, hält ihre Freunde frei und dünkt sich ein fabelhafter Kerl, und als das Ballett beginnt, ist er schon gehörig besoffen. Was er zunächst erblickt, ist seine eigene Mutter, wie sie in kurzen Röcken auf der Bühne ihre Beine hochschleudert. Da sie ihm immer als wahrer Engel erschienen war, gerät er infolge

1 Ein Konzertsaal, einst durch Oratorienaufführungen berühmt, jetzt durch das Strand-Palace-Hotel ersetzt.

des Schreckens und der Trunkenheit aus dem Häuschen, entreißt einem alten Herrn entrüstet das Opernglas und zerschmettert es am Fußboden. Dann stürzt er sich auf einen Kerl, der eine Bemerkung über seine Mutter machte. Endlich trugen drei Schutzmänner den Heulenden hinaus und steckten ihn ins Loch. Er weigerte sich, Namen und Adresse anzugeben, und am nächsten Morgen bat er den Beamten der Obrigkeit, ihn zu lebenslänglichem Zuchthaus zu verurteilen. Statt dessen hielt ihm seine Amtswürden eine Strafpredigt; hoffte, es werde ihm eine Lehre sein, und ließ ihn frei, weil er schon eine Nacht gesessen hatte. Er ging nach Hause und fand seinetwegen alle in einem verteufelt aufgeregten Zustand, sagte ihnen aber nicht, wo er gewesen sei. Und als sie ihn damit quälten, bekam er hysterische Zustände, daß ihnen Angst und bange wurde und sie ihn in Ruhe ließen. Eines Tages vertraute er die Wahrheit seinem um ein Jahr jüngeren Bruder Sebastian an. Sebastian studierte angeblich Malerei. Er war ein durchtriebener Bursche, der seiner Mutter schmeichelte, um eine Menge Geld aus ihr herauszulocken, angeblich, um in South Kensington, wo er ihrer Meinung nach studierte, Farben und Malutensilien zu kaufen, während er in St. Johns Wood mit Malern und ihren Modellen ein lustiges Leben führte. Er wollte nach Düsseldorf gehen, denn er behauptete, daß der Unterricht in South Kensington nichts tauge und der Professor ihm in seiner Kunst nicht das Wasser reichen könne. Sie traute ihm jedoch nicht recht so allein auf dem Kontinent, auch war ihr die Trennung von ihm unerträglich. Das war der Stand der Dinge, als sein Bruder ihm erzählte, was er gesehen hatte. Sebastian war das schnuppe, und er zerplatzte beinahe vor Lachen über die Art und Weise, mit der die alte Biddy sie alle in Unwissenheit über ihre tollen Streiche gelassen hatte. Dann ging er schnurstracks zu ihr hin und verlangte zehn Shilling, weil er eine Tänzerin nach dem Leben malen wollte. Sie erwiderte ihm, daß sie ihm nicht erlaube, Tänzerinnen nach dem Leben zu malen, und er entgegnete, daß die Tänzerin, die er malen wolle, so hübsch sei wie sie selbst und genau so wenig zugeben würde, sich nackt malen zu lassen wie sie selbst. Sie können sich vorstellen, daß der alten Biddy etwas sonderbar zumute war, aber als ihr Sohn sie küßte und ihr erklärte, er würde sich einen großen Namen machen und das alles ihr verdanken, gab sie ihm ein Pfund. So endeten ihre Streitigkeiten gewöhnlich. An jenem Abend ging der hoffnungsvolle Jüngling in vollem Staat in die Alhambra und machte sich in der Mitte der ersten Parkettreihe breit. Knapp vor Beginn des Balletts betrat sie die Bühne, um einen Blick in das Haus zu werfen, und hinter den Kulissen kam es zu einer furchtbaren Szene, die damit endete, daß sie den alten Direktor Crow beim Kragen nahm und aus ihrer Garderobe hinauswarf. Sie mußte fünfzehn Pfund Strafe zahlen, weil sie ihren Vertrag gebrochen hatte. Das war aber gar nichts gegen den Krawall zu Hause. Die Geschichte von Horatio kam natürlich ans Licht. Der Vater ergriff für die Knaben Partei und behauptete, daß alles so am besten wäre, denn sie hätten es doch bald erfahren, und er sei schon immer dagegen gewesen, die Sache vor ihnen geheimzuhalten. Sebastian wandte sich an seine Mutter: »Daß ich dich nicht habe tanzen sehen, ist das einzige, was mir leid tut.« Noch in dieser Woche schickte sie ihn nach Düsseldorf, nachdem sie einen ganzen Vormittag lang wie toll geflennt hatte. Was sagen Sie dazu?«

»Ich finde es schrecklich«, sagte Smith und betrachtete die Gestalt auf der Bühne mit neuem Interesse. »Warum sollte sie sich ihres Berufes schämen? Nach ihrer Art zu tanzen hätte ich geschlossen, daß sie sich dabei durchaus als Künstlerin fühlt.«

»Davon verstehe ich nichts«, sagte Kennedy. »Sie behauptet, es sei der erhabenste Beruf der Welt. Auf Schauspieler und Opernsänger blickt sie verachtungsvoll herab, als wären sie minderwertig. Sie fürchtet nur, daß die meisten Leute sie nicht mit der richtigen Einstellung tanzen sehen, und das war der Grund, warum sie es nicht ertragen konnte, daß ihre Kinder unter den Zuschauern sitzen. Wenn es ihr nötig scheint, kann die alte Biddy predigen wie ein Pfarrer.«

»Ist sie eine anständige Frau?« fragte Smith.

»Na, wir wissen, wie die Frauen sind«, sagte Kennedy, »jedenfalls ist sie nie erwischt worden und kann sich daher aufs hohe Roß setzen.«

»Was für eine Landsmännin ist sie denn?« fragte Smith. »Sie sieht wie eine Spanierin aus, aber ihr Name ist italienisch. Vermutlich ihr Mädchenname.«

»Italienisch? Keine Spur«, sagte Kennedy. »Sie ist aus Wexford und hieß als Mädchen Delahunty. Als Kind ging sie mit einem Zirkus oder so was Ähnlichem durch. Nach weiß der Teufel wieviel Jahren tauchte sie in Prag als Tanzstar auf, und später tanzte sie in Mailand und Paris. Dann wurde sie für die Oper in London engagiert; sie war aber so zimperlich und so schlagfertig mit den Händen – sie ist teuflisch jähzornig –, daß die großen Tiere sich bald von ihr abwandten. Hier hat sie dann einen Baumeister namens Muggins geheiratet und verließ die Bühne. Bald jedoch kehrte sie wieder zurück, denn er war immer auf Geschäftsreisen, und sie konnte das Nichtstun und den Verzicht auf Aufregungen und Zerstreuungen nicht ertragen. Seitdem hat sie in der ganzen Welt herumgetanzt und kehrt so oft sie nur kann, zu Muggins und den Kindern zurück. Sie zieht kontinentale Verpflichtungen vor, weil sie der Meinung ist, daß die Leute sie dort besser zu schätzen wissen. Aber sie kommt ziemlich oft hierher, weil sie dann zu Hause sein kann.«

»Jetzt aber noch eine Frage, Kennedy«, sagte Smith. »Woher wissen Sie das alles?«

Kennedy zwinkerte mit den Augen und schüttelte den Kopf. Nach kurzem Zögern sagte er: »Mein Onkel Tom ist beim Bühnengewerbe. Früher oder später hat er fast alle Stars, die in den letzten fünfzehn Jahren hier aufgetreten sind, angekleidet; das ist Tatsache. Wenn er einmal anfängt, von der Oper zu erzählen, hört er nicht mehr auf. Er sah Biddy, als sie hier in London zum ersten Male auftrat, in Masaniello. Von ihm hörte ich, wie sie angefangen hat, und alles andere hat man mir von vielen Seiten zugetragen. Die Geschichte ist sehr bekannt.«

Smith glaubte alles, weil es ihn vollkommen ernüchterte. Die Menschen verwechseln oft die Erschütterung der Enttäuschung mit dem Eindruck der brutalen Wahrheit. Tatsächlich war die ganze Geschichte eine schamlose Erfindung von der ersten Krise der Biddy Muggins bis zur Schlußphantasie des erdichteten Onkel Tom. Kennedy mußte lügen, geradeso wie er atmen mußte. Hätte er die Wahrheit gekannt: daß die Tänzerin Erminia Pertoldi, die im Jahre 1850 in Triest geboren wurde, achtundzwanzig Jahre alt war und, um die Tradition der italienischen Tanzkunst aufrechtzuerhalten, verzweifelt gegen jene britische Unwissenheit kämpfte, die von einer Bühnentänzerin nichts erwartet als liederliche Sitten und die Fähigkeit, während eines Cancans einem Mann den Hut mit dem Fuß vom Kopf zu schlagen, und daß ihre seltene Anmut und Kraft der Bewegung von einer wunderschönen Singstimme begleitet wurde, die auf der Bühne hören zu lassen sie sich niemals verleiten ließ, so hätte Smith sich hoffnungsloser denn je in sie verliebt. Vielleicht hätte er dann gelernt, daß eingebildete Romantik fast niemals so romantisch ist wie die Wahrheit selbst – der

Haupteinwand gegen sie – und, von einem minderwertigen Cervantes wie Kennedy dargeboten, nichts anderes als eine zynische Zerstörung der Illusion zur Folge hat. Der Tratsch erfüllte durchaus seinen Zweck und machte Smith begreiflich, daß eine Tänzerin ein menschliches Wesen ist und seine Träume von ihr selbst dann unerfüllbar blieben, wenn er sie allnächtlich vor einem durchgehenden Hansom[1] errettete, und noch viel unerfüllbarer, wenn es ihm gelänge, ihr in alltäglicher Weise vorgestellt zu werden. Es war vielleicht das Beste, was ihm zu dieser Zeit passieren konnte. Da sie außerhalb der Bühne nicht der zauberhafte Gast von einem andern Stern sein konnte, den er vergötterte, mochte sie ebensogut Biddy Muggins, geborene Delahunty aus Wexford, sein wie Erminia Pertoldi aus Triest. Er besuchte die Alhambra niemals wieder, bis er eines Abends am Himmel einen großen Feuerschein sah und auf der Suche danach in der Richtung des Leicester Square eilte, wo er das Theater in Flammen fand und sich wunderte, daß es, eingehüllt in einen fabelhaften, in die Höhe schießenden Funkenvulkan, nicht ganz London in Brand steckte.

Als die Vorstellung zu Ende war, fiel es ihm schwer, sich von Kennedy zu trennen, denn der Fabeldichter klammerte sich fest an seinen Einfaltspinsel; Smith entkam jedoch auf einen Islington-Omnibus, im Augenblick ganz vergessend, daß er nicht mehr dort wohnte. Als er sich dessen bewußt wurde, ergriff ihn ein Verlangen, dort, wo er Harriet Russell begegnet war, in Erinnerungsfreuden zu schwelgen. In demselben Augenblick fiel ihm der sonderbare Statist ein und bestärkte seinen halbgefaßten Entschluß, weiterzugehen, obwohl er zwischen diesen beiden Dingen keinen Zusammenhang fand. Auf dem Weg zu seinem ehemaligen Wohnsitz waren seine Gedanken von der Tänzerin, dem Statisten und der Schneiderin in Anspruch genommen.

Dort angelangt, fand er den Torbogen durch eine provisorische Holztür verschlossen, die mit einer Stange samt Vorlegeschloß gesperrt und von einer Tafel überragt war, auf der zu lesen stand: »Unbefugten ist der Eintritt verboten.« Im Tor war ein Pförtchen, und Smith stieß versuchsweise dagegen. Das einzige Ergebnis war

1 Hansoms waren die Fuhrwerke, die man damals in den Londoner Straßen mieten konnte, ehe die Taxameterdroschken erfunden waren. Sie waren sehr gefährlich und von so unmöglicher Bauart und Erscheinung, daß niemand, der sie nicht gesehen hat, jemals glauben würde, daß so etwas existieren konnte.

ein Klirren der Stange und ein tiefes Gebell von innen, das ihm jedes Verlangen weiterzugehen nahm. Als er mit der Absicht kehrtmachte, sofort nach Hause zu gehen, erblickte er zu seinem Erstaunen den Statisten, der an dem Laternenpfahl lehnte und ihn aufmerksam betrachtete.

»Sie sind gekommen, so wie ich, den Schauplatz ihrer Vergangenheit zu besichtigen«, sagte der Mann mit hohler Stimme und verschränkte die Arme.

Smith hielt verlegen inne und murmelte einige Worte.

»Vielleicht erinnern Sie sich meiner nicht mehr«, fuhr der Mann fort. »Ich habe mich zweifellos verändert, Herr Smith.«

»Ich sollte Sie kennen«, sagte Smith, »denn Ihr Aussehen ist mir bekannt. Ich kann mich jedoch im Augenblick Ihres Namens wahrhaftig nicht entsinnen.«

»Mein Name ist Cartouche«, sagte der Mann feierlich.

Smith begann sich unbehaglich zu fühlen. Der Name deutete Vorstellungen an, die um Mitternacht auf einsamer Straße nicht ermutigen. »Unter diesem Namen kenne ich Sie bestimmt nicht«, sagte er.

»Nein«, erwiderte der Mann mit melancholischem Lächeln. »Als Sie mich kannten, war ich bei einer anderen Branche. In meinen abgehärmten Zügen ist jetzt wenig von dem einst wohlhabenden und geachteten Prediger St. John Davis zu finden.«

»Aber natürlich, selbstverständlich; verzeihen Sie«, sagte Smith und lachte über seine Vergeßlichkeit. »Wie dumm von mir!«

Einen Augenblick tat der Statist so, als ob das eine Leichtfertigkeit wäre; als er jedoch sah, daß Smith ihm die Hand bot, mäßigte er die theatralische Strenge seiner Haltung und erwiderte den Gruß.

»Ich danke Ihnen«, sagte er. »Ich hege keinen Groll gegen Sie, obwohl ich guten Grund habe, der Stunde zu fluchen, in der Sie mich an diesen verhängnisvollen Ort führten.«

»Wieso?«

»Es ist eine lange Geschichte, und doch könnte ein Wort genügen, sie zu erzählen.«

»Ich gehe nach Brompton«, sagte Smith, »wenn Sie denselben Weg haben?«

»Wenn ich mir die Freiheit nehmen darf«, entgegnete Davis bitter, »werde ich Sie ein Stück begleiten.«

Smith gab seiner Freude darüber mit einer Aufrichtigkeit Ausdruck, die mehr seiner Neugier als irgendeiner Voreingenommenheit zugunsten seines Begleiters galt.

»Herr Smith«, begann der Statist, »sind sie jemals verliebt gewesen?«

Smith dachte an die Tänzerin und an Harriet Russell. Nach einigem Nachdruck entgegnete er: »Nein.«

»Desto besser für Sie«, sagte Davis. »Sie wissen nicht, was es heißt, verzehrt, versenkt, verrückt zu sein durch die Gedanken an eine Frau. Ich weiß es, Herr Smith. Sie wissen nicht, was es heißt, sich in schlaflosen Nächten zu sehnen und zu verschmachten wie der reiche Mann in der Hölle nach einem Tropfen Wasser. Ich weiß es, Herr Smith. Sie wissen nicht, was es heißt, niedergetreten, verachtet, verschmäht und verlacht zu werden. Ich weiß es, Herr Smith. Gott gebe, daß Sie es nie erfahren. Von mir selbst will ich nicht sprechen, denn das Herz kennt seine eigenen Kümmernisse. Ich weiß jedoch, was ich weiß, was ich gelitten und was ich ertragen habe. Und warum, Herr Smith? Wofür? Ich war in einer sehr guten Lage. Ich wurde von anständigen Leuten geachtet. Ich verdiente drei Pfund die Woche in meinem Geschäft und erhielt alle meine Spesen von den Kirchenbesuchern. Ich war auch nicht dagegen, mich als Christ recht und schlecht durchzuschlagen, und hätte es jederzeit gekonnt, wenn ich gewollt hätte. Häßlichere Männer als ich finden Mädchen, die ihnen Tag für Tag nachlaufen.«

»Selbstverständlich«, sagte Smith tröstend. »Und die Dame –?«

»Darauf komme ich gleich«, sagte Davis. »Als ich damals hierherkam, einen jungen Mann zu besuchen, da sah ich *sie*. Das war der Anfang meines Untergangs. Sie machte mich wahnsinnig. Kein Mann hat jemals so geliebt, wie ich geliebt habe, Herr Smith. Diese Menschen, von denen Sie in Romanen lesen, sind unfähig so zu lieben, wie ein ernster Mann meines Schlages. Ich war gewohnt, das ganze Herz und die ganze Seele an eine Sache hinzugeben, wenn mein Gefühl danach war. Die anderen Männer mußten an ihre Seelen denken , ich nicht. Meine Seele war gerettet, das wußte ich wohl. Als ich mich verliebte, wußte ich, daß ich Gottes Willen erfüllte. In der Bibel steht geschrieben, daß wir lieben sollen. Ich habe die Bibel nicht nur zur Hälfte befolgt, Her Smith. Ich stürzte mich hinein und habe das Mädchen vergöttert. Ich stand des Nachts auf dem Platz herum, um das Haus anzustarren, das sie barg. Oft und oft habe ich mich in die Nähe des Hofes geschlichen, während Sie schliefen, nur um mir einzubilden, ich sei in ihrer Nähe. Wenn ich Ihnen erzählen würde, wie ich mich ihr gewidmet habe, würden Sie die Geduld verlieren. Eines Nachts begegnete ich ihr nicht weit von da, wo wir jetzt sind. Sie kam vom Bahnhof, und am Arm trug sie eine kleine Tasche. Ich sprach sie an; aber sie wies mich verachtungsvoll ab wie eine Dame in Seide und Atlas. Ich schrieb ihr; sie aber schickte mir den Brief zurück mit einigen Zeilen, worin sie sagte, das alles müsse auf einem Irrtum beruhen. Das bedeutete ihr mein Leiden. Ein Irrtum! Aber Hochmut kommt vor dem Fall, und vielleicht wird sie eines Tages noch froh sein, einen Schlimmeren als mich zu erhören, dann wird sie bedauern, wenn sie daran denkt, was sie weggeworfen hat. So bald wird sie keinen Mann finden, der ihr ein solches Herz zu schenken hat.«

»Und aus diesem Grunde haben Sie das Predigen aufgegeben?«

»Indirekt, Herr Smith; Sie haben wohl Gerüchte über mich gehört? Es war in aller Munde.«

»Nein«, sagte Smith. »Ich lebe sehr zurückgezogen. Und selbst Angelegenheiten von aktuellem Interesse bleiben mir oft unbekannt.«

»Es ist nicht leicht, sein Herz Tropfen für Tropfen verbluten zu lassen, ohne zu klagen«, sagte Davis. »Was ist das Leben ohne Zuneigung, Herr Smith? Als ich das Mädchen unter meinen Kirchenbesuchern suchte, wurde ich mißverstanden. Einige Frauen waren gekommen, mich zu hören, und dachten dabei an andere Dinge als an Religion; und eifersüchtig, wie sie waren, und ohne zu ahnen, was ich litt, hielten sie ihre Töchter fern und verbreiteten Verleumdungen über mich. Ich verzeihe es ihnen von Herzen und hoffe, daß ihnen dort oben verziehen wird. Doch hielt ich es für das beste, das Bethaus zu verlassen. Als ich fortging, erhielt ich ein herrliches Geschenk: eine goldene Uhr mit Kette, mit meinem in den Deckel eingravierten Namen, in einem blaugefütterten Lederetui, und einen Perlbeutel mit fünfundzwanzig Guineas drin. Es war weniger das Geld, das ich schätzte, als das Gefühl, das es bezeugte. Sie haben mich auch gebeten zu bleiben. Ich aber wollte in meiner Unwürdigkeit kein Stein des Anstoßes sein und ging.«

»Das war sehr hübsch, sehr hübsch in der Tat«, murmelte Smith. »Haben Sie Ihre öffentliche Laufbahn ganz aufgegeben?«

»Ich denke daran, zur Bühne zu gehen«, erwiderte Davis. »Dazu hatte ich immer Neigung. Man hat mir gesagt, ich hätte eine schöne Singstimme, und in der letzten Zeit habe ich sie ausgebildet. Tatsächlich bin ich jetzt bei einem der größten Theater engagiert, aber ich möchte nicht, daß es bekannt wird. Vielleicht werden Sie mich einmal in der Oper hören, Herr Smith, man hat mir erzählt, daß eine gute Stimme dort unglaublich hoch bezahlt wird. Ich kann gut Noten lesen, denn ich habe in einer Gesangsklasse studiert, die in Verbindung mit dem Bethaus gegründet wurde. Jetzt ist es aber gleichgültig, was aus mir wird. Es gab eine Zeit, wo ich mir daraus etwas machte; nun ist aber alles vorbei. Es gibt Dinge, die ein Mann überwinden kann, aber ein gebrochenes Herz ist ein Ding, das ihn überwindet. Ach, es wird nicht mehr sehr lange dauern, es wird nicht mehr sehr lange dauern.«

»Ich fürchte, da kommt mein letzter Omnibus«, sagte Smith, »und ich wohne sehr weit von hier. Ich werde ihn nehmen müssen. Hoffentlich sind Sie in besserer Stimmung, wenn wir uns wiedersehen.«

Der ehemalige Prediger lächelte traurig, schüttelte Smith die Hand und kehrte um. Smith erkletterte das Dach des vorbeirollenden Fahrzeugs, und als er die entschwindende Gestalt von Davis betrachtete, dachte er darüber nach, daß die Art, wie Harriet Russell seinen Antrag geheimgehalten hatte, noch ein Beweis mehr sei, wie wenig sie seinen ersehnten Traum von einer Zuneigung teilte, die zu absolutem Vertrauen und einer nicht eifersüchtigen Gedankengemeinschaft führt.

Viertes Kapitel

Cyril Scott verbrachte die zweite Woche nach Ostern auf Schloß Vogelschau. Er wählte diese Zeit für seinen Besuch, weil da nur wenige seiner Berufsgenossen unter Grosvenors Dach zu finden waren. Es gab kaum vier Maler, die Scott leiden mochte, und nicht mehr als zwei, die ihn leiden mochten. Die Mehrheit der Bilderfabrikanten brandmarkten ihn als Laffen, Scharlatan und andern derartigen Gemeinplätzen der neidischen Mittelmäßigkeit. Die großmütigsten unter ihnen, die zu fest saßen, um seine Konkurrenz zu fürchten, gaben zu, daß er ein begabter Kerl sei, der gute Arbeit leisten könnte, wenn er nur zeichnen lernen wollte. Scott dagegen ließ die Verdienste seiner Feinde mit einer bitteren Großmut gelten, die sie in Wirklichkeit herabsetzte. Über ihre Schwächen sprach er wenig, außer zu seinen intimen Freunden, denen er aber ein gut Teil sagte. Hinter dem Spott witterte er einen Angriff, dem seine Schule besonders ausgesetzt war. Dabei war er unfähig, Gleiches mit Gleichem zu vergelten, weil er alles so ernst nahm, daß seine eigene gezwungene und zuweilen rohe Ironie weniger eine Waffe als eine Wunde zu sein schien. Seine Haltung Fremden gegenüber war nicht sehr herzlich. Trotz seiner Jugend und seines wachsenden Rufes war er geneigt, sich an der Welt zu rächen für die Mißachtung, die sie ihm bezeigt hatte, bevor er sich eine widerstrebende Anerkennung errang, die erst nach vielen Enttäuschungen gekommen war und für die er, da sie nicht freiwillig angeboten wurde, keine Dankbarkeit empfand. Er besaß beides, Kleinmut sowie auch Selbstvertrauen, hervorgerufen durch die Betrachtung der großen Vorgänger und der kleinen Zeitgenossen. Da er hübsch und eigenwillig war, schien er äußerlich ein wenig verwöhnt und hatte in seiner Kleidung und in seinen Manieren gewisse Ziereeien angenommen, die viele dazu reizten, sich zuerst über ihn lustig zu machen, wie es Lady Geraldine getan hatte.

Am Morgen seiner Ankunft in Schloß Vogelschau stand er früh auf und ging in die große Halle hinunter. Dort war niemand, und von früher mit den Hausgebräuchen vertraut, entschloß er sich, das Frühstück in den anstoßenden Räumen zu suchen.

»Guten Morgen, Frau Angel«, sagte er, als er die Haushälterin im Teezimmer entdeckte.

»Guten Morgen, Herr Scott. Sie sind der erste.«

»Wann werden die anderen erscheinen, Frau Angel?«

»Nicht vor einer Dreiviertelstunde, fürchte ich. Wollen Sie das Frühstück jetzt haben, Herr Scott, oder ––«

»Ich werde warten, bis ich es bekomme, Frau Angel, und nicht einen Augenblick länger. Das heißt, wenn es Ihnen keine Mühe macht. Es widerstrebt mir, aus der Fütterung viel Wesens zu machen.«

»Selbstverständlich«, sagte Frau Summers und klingelte. »Viele Herren kommen absichtlich früh herunter, um das Gedränge und Gerede, das nach halbzehn losgeht, zu vermeiden. Was möchten Sie zum Frühstück, Herr Scott?«

Zu Hause pflegte Scott des Morgens Hafergrütze zu nehmen, da er aber keine erblickte, hatte er nicht den Mut, es der Haushälterin vorzuschlagen, und so mußte er seinen Hunger mit Schinken und Eiern stillen. Während er seine Mahlzeit verzehrte, saß Frau Summers an der Spitze der Tafel, als bewirte sie fünfzig Gäste, ein Verhalten, das einen jüngeren Menschen eingeschüchtert hätte. Cyril Scott jedoch war achtundzwanzig Jahre alt, hatte zwölf Jahre lang eifrig und fünf Jahre stetig gearbeitet. Infolgedessen war er nicht leicht aus der Fassung zu bringen, wenn sein Hunger ihn beschäftigte.

Als er gefrühstückt hatte, unternahm er einen kleinen Spaziergang durch die Galerien, um die neuen Kunstschätze zu besichtigen, die sein Gastgeber seit seinem letzten Besuch erworben hatte. Seine Lieblingsgalerie war die blaue, denn dort hing, »von goldenen Feuern durchglüht«, das Bild, das ihn aus der Verborgenheit emporgehoben hatte. Es hatte ihm vierzig Pfund gebracht, Grosvenor hatte es jedoch vierhundertundfünfzig Pfund gekostet. Er besuchte Schloß Vogelschau selten, ohne eine solche Gelegenheit wie die jetzige auszunutzen, um es unbemerkt zu betrachten und sich zu vergewissern, wie die Farben sich bewährten. Als er in die Galerie eintrat, war er überrascht, ein weibliches Wesen dort zu sehen. Sie trug ein einfaches mattbraunes Kleid, das sich ihrer Gestalt vorzüglich anschmiegte, mit einem Rock, der weder ausgezackt, zurückgebunden, mit Schleifen bedeckt, waagrecht gerafft oder sonst irgendwie der schlichten Würde eines fließenden Gewandes beraubt war. Als Scott eintrat, schritt sie eben durchs Zimmer; und als sie ging, bemerkte er eine seltsame Anmut in ihren Bewegungen und in der Haltung ihres schöngeformten Kopfes, die gleichzeitig an einen Panther und an die Venus von Milo erinnerte. Er fragte sich, wer sie wohl sein könnte. Sie betrachtete die Bilder nicht wie eine Künstlerin und war zu früh aus den Federn, um eine Musikerin zu sein; und doch sah sie aus, als wäre sie etwas mehr denn eine Dame. Sie war keine Magd, denn Grosvenor bekleidete seine Dienerschaft mit Halskrausen und phantastischen Häubchen, während sie nicht einmal eine Brosche oder Manschetten trug, obgleich er, einer künstlerischen Gewohnheit folgend, Hände zu studieren, bald bemerkte, daß der rechte Mittelfinger mit einem silbernen Fingerhut geschmückt war. Scott sah sie wieder an und hustete. Sie blickte auf, und er verneigte sich. Sie dankte leicht und näherte sich der Tür. Als Scott ihr Gesicht sah, wurde er befangen. Bisher hatte er ihr Geschlecht in vier Gruppen geteilt: Herkömmliche Frauen, die ihm gleichgültig waren; geistreiche junge Frauen, die er nicht leiden konnte; Künstlerinnen, die er verachtete; geistreiche alte Frauen, die er fürchtete. Diese Frau in Mattbraun paßte in keine dieser Gruppen, und Erinnerungen an ein gewisses Vergnügen, das er in der Gesellschaft anmutiger Mädchen gefunden hatte, bevor er sich ganz seiner Kunst widmete, begannen sich in ihm zu regen.

»Bitte lassen Sie sich durch mich nicht stören«, sagte er.

»Durchaus nicht.«

»Da Sie fortwollen«, sagte er, »fürchte ich, daß ich Sie doch gestört habe. Wenn ich Ihnen lästig bin, werde ich gehen.«

»Entschuldigen Sie«, sagte sie nach kurzem Zögern, »ich bin nur die Nichte der Haushälterin und habe hier nichts zu suchen.«

Scott verneigte sich wieder, als hätte sie sich mit diesen Worten vorgestellt, und sagte: »Frau Summers ist eine alte Freundin von mir. Ich bin ihr für die Güte, mit der sie mich immer hier bewirtet, sehr zu Dank verpflichtet. Hoffentlich werden Sie nicht von den Bildern weglaufen; denn ich würde das als meine Schuld betrachten.«

Harriet sah ihn etwas mißtrauisch an und sagte dann schlicht: »Danke«, ging wieder bis ans entgegensetzte Ende des Zimmers und setzte das Studium der Bilder fort. Scott, der den Anschein vermeiden wollte, ein Gespräch zu erzwingen, tat so, als ob er sich in gleicher Art beschäftigte; und ungefähr eine Minute lang lauschten sie beide ihren gegenseitigen Schritten und wurden von der Befriedigung des Wunsches, einander anzusehen, nur durch die Angst abgehalten, daß sie beide den gleichen Moment dafür wählen könnten.

»Lieben Sie Bilder?« fragte er endlich.

»Es gibt welche, die ich gern habe«, erwiderte sie.

»Zeichnen Sie auch selbst?«

»Landkarten habe ich schon oft gezeichnet, aber keine Bilder.«

»Landkarten?« sagte Scott, von dieser Antwort betroffen. »Na, die sind wenigstens nützlich.«

»Selbstverständlich sind sie gewissermaßen nützlicher als Bilder, aber mir sind Bilder lieber.«

»Wirklich? Welche Art Bilder ziehen Sie vor?«

»Am liebsten sind mir Freskomalereien mit Gestalten, die ein historisches Geschehen darstellen«, sagte Harriet, einer Neigung nachgebend, die ihr in erster Linie Cyrils Gesicht und in zweiter Linie sein geschickter Vorwand, ihre Tante als Gastgeberin und ihm Gleichgestellte zu betrachten, eingeflößt hatte. »Die Bilder der alten Meister gefallen mir am besten. Diese Maler haben vor langer Zeit gelebt, aber einige ihrer Bilder sind noch im South-Kensington-Museum und in der National-Galerie zu sehen. Haben Sie jemals von einem Maler namens Raphael gehört?«

»Ich glaube ja.«

»Seine Bilder gefallen mir, obgleich sie sehr schwarz geworden sind. Wenn man sie besser kennt – zuerst sind sie nicht sehr gefällig –, sind sie sehr schön.«

»Jawohl«, sagte Scott und grinste. »Sie müssen wissen, daß ich selbst ein großer Bewunderer Raphaels bin.«

Fräulein Russell wurde plötzlich schüchtern und sagte nichts mehr.

»Landschaften gefallen Ihnen also?« fragte der Künstler. »Nun, zum Beispiel, mögen Sie eins von diesen Bildern?«

»Nur wenige«, sagte sie. »Sie sehen alle so geziert aus. Ich ziehe Zeichnungen und Radierungen vor.«

»Geziert?« sagte Scott hitzig. »Was wollen Sie damit sagen? Was soll das Wort ›geziert‹ bedeuten?«

»Ich will damit sagen, daß sie geziert aussehen«, erwiderte Harriet etwas verlegen, jedoch entschlossen, ihre Verlegenheit zu verbergen. »Als ob der Maler sich besonders viel auf sich einbildete.«

»Hm!« sagte Cyril. »Zeigen Sie mir auch nur eins von diesen Bildern, die Sie so schnell mit einem Wort abfertigen. Ein einziges Beispiel.«

Ihr Gesicht nahm einen Ausdruck ruhiger Entschlossenheit an. »Das dort«, sagte sie und zeigte auf sein eigenes Bild.

Scott zuckte zusammen. »Wie können Sie wissen«, fragte er und wandte sich ihr zu, »wieviel Studium und wieviel Arbeit dieses Bild den Mann, der es malte, vielleicht gekostet hat? Was haben Sie dagegen einzuwenden? ›Geziert‹ bedeutet nichts. Gleicht es der Natur? Wenn es vom blauen und weißen Himmel, an den Sie in Bildern gewöhnt sind, abweicht, tut es das, weil es mehr, oder weil es weniger wahrheitsgetreu ist?«

»Je mehr Studium es gekostet hat«, sagte Harriet fest, »desto lächerlicher ist es. Es ist nicht gefällig. Und dann, welchen Zweck hat es, von der Natur zu sprechen? Mit einer Schachtel bunter Kreiden, die mit Öl zu Schmutz verrieben werden, kann ein Maler die Natur nicht nachahmen.« Diese Bemerkung, deren Wahrheit Scott oft empfunden hatte, rührte von Smith, ihrem früheren Lehrer her, der sie eines Abends in einer Wallung ungewöhnlich unduldsamen Transzendentalismus gemacht hatte.

»Das ist eine sehr scharfsinnige und unbestreitbare Bemerkung«, entgegnete er. »Aber sie zerstört die relative Wahrheit nicht, die Bilder besitzen und die leicht genug zu vergleichen ist. In Bildern liegt auch der Beweis des Geistes eines Mannes, der sie interessanter als die Natur macht. Wie oft haben Sie diesen Himmel gesehen?«

»Ich bemerkte ihn vor einigen Minuten zum erstenmal.«

»Jawohl; und nach einer Minute der Betrachtung finden Sie ihn nicht gefällig. Vor einem Augenblick haben Sie erklärt, daß selbst Raphael Ihr kritisches Auge nicht sofort befriedigt hat. Wenn Sie vielleicht etwas länger als nur ein paar Minuten das Ergebnis von Jahren der Arbeit und des Denkens beurteilen wollten, würden Sie lernen, dem Wert gedankenloser Schlußfolgerung zu mißtrauen.«

Harriet empfand, daß das Argument ihrer Erfahrung mit Raphael zwingend und daß ihr Gesprächspartner etwas reizbar sei. So ließ sie das Thema fallen und sagte: »Ich möchte wissen, wieviel es gekostet hat.«

»Was hat das damit zu tun?« fragte Scott grob.

»Gar nichts«, sagte Harriet sanft. »Ich hätte es nur gerne gewußt.«

»Ich glaube, Grosvenor hat vierhundertfünfzig Pfund dafür bezahlt«, sagte er, steckte die Hände in die Taschen und blickte stirnrunzelnd zum Fenster.

»Vierhundertfünfzig Pfund!« wiederholte Harriet erstaunt. »Aber Grosvenor ist ja so reich und freigebig. Vermutlich war der Maler ein armer junger Mann, den er ermutigen wollte.«

Scott traute sich nicht zu antworten, sondern blickte immer noch nach dem Fenster, durch welches die Morgensonne sein Gesicht beschien. Harriet blickte ihn an; sah, daß er wütend war; und bewunderte ihn glühend. Er schien ihr ein ganzer Mann; empfindlich, heftig und überhaupt ganz anders als der blasse Gelehrte von Islington, dessen Gedanken wie blutleere Schatten des Gewissens und der Logik waren. Sie wunderte sich, daß er über ihre Kritik so aufgebracht war, und beschloß, ein Thema anzuschlagen, dessen Wert, wie sie glaubte, unbestreitbar war.

»Im Zimmer meiner Tante hängt eine Radierung von einem herrlichen Bild«, sagte sie. »Ich habe mich oft gewundert, daß es nicht in die Galerien kommt.«

»Von wem ist es?« fragte Scott und bemühte sich, seine gute Laune wiederzuerlangen.

»Ich kann mich seines Namens nicht entsinnen«, sagte sie. »Es ist das Bild eines Bahnhofs. Die Kleider sind ganz altmodisch – Reifröcke und große Kapotthüte – doch ist das Bild ungemein lebenstreu und interessant. Es stellt eine Braut dar –«

»Ja«, unterbrach sie Scott. »Ich kenne das Bild. Es ist von Frith.«

»Gefällt es Ihnen nicht?« fragte sie.

»Ich habe nichts dagegen einzuwenden«, erwiderte der Künstler, entschlossen, gerecht zu sein. »Frith ist zweifellos ein sehr begabter Mann.« Er konnte sich nicht enthalten, hinzuzufügen: »Und der Bahnhof bot ihm einen sehr passenden Vorwand, um sein Talent zu üben.«

Harriet zögerte. Sie bemerkte, daß er ihre Bewunderung des »Bahnhofs« nicht teilte. Ihr Blick irrte zu den »goldenen Feuern« gegenüber. Er sah darin einen Vergleich und scheute sich davor. Es wurde ihm erspart, denn Frau Summers erschien in der Tür, und deutlich war auf ihrem Gesicht die Bestürzung zu lesen, daß sie ihre Nichte, deren Verstand sie immer respektiert, ja sogar gefürchtet hatte, mit dem Fingerhut am Finger im Gespräch mit einem der Gäste ihres Herrn in der Bildergalerie fand.

»Harriet«, sagte sie, »es ist neun Uhr.«

Harriet erschrak und sagte: »Ich hatte keine Ahnung, daß es so spät ist.« Dann neigte sie grüßend den Kopf vor dem Künstler und verließ mit ihrer Tante das Zimmer.

»Wer ist dieser Herr, Tante Angel?« fragte sie, als sie die Treppe hinunterging.

»Das ist Cyril Scott«, erwiderte Frau Summers. »Ein junger Mann, auf den Grosvenor große Stücke hält. Er ist Maler; und Grosvenor hat vierhundertfünfzig Pfund für sein Bild gezahlt, das er dir gezeigt hat.«

Jetzt verstand Harriet, was geschehen war. Zu ihrer Tante erwähnte sie nichts davon, eilte aber weiter, aus Angst, ihm noch einmal zu begegnen.

»Harriet!« rief Frau Summers zaghaft, »hoffentlich hast du Herrn Scott nicht selbst angesprochen.«

»Unsinn, Tante Angel. Als er hereinkam, wollte ich weggehen. Ich sagte ihm sogar, wer ich sei, er sprach jedoch von dir als einer Freundin und so, daß ich nicht gut davonlaufen konnte.«

»Er ist wirklich ein netter Mensch«, sagte Frau Summers, »und ich kenne deinen Verstand, Harriet. Da kommt Fräulein Woodward, ich möchte wetten, sie sucht ihn.« Als sie das sagte, trat dieselbe junge Dame, die am Ostersonntag in primelfarbener Seide erschienen und von Scott damals derb abgewiesen worden war, in die Halle und sah so frisch aus, wie der frühe Morgen, ein ungeheurer Strohhut und ein hübsches Leinenkostüm sie nur machen konnten. Harriet betrachtete sie geringschätzig und ging hinunter, um Vorbereitungen zu treffen, ehe sie in ihr Richmonder Geschäft ging.

Nach einem Blick in den Teeraum und einem kurzen Spaziergang auf der Terrasse ging Fräulein Woodward in die blaue Galerie, wo sie Scott vor seinem Bilde fand, im Zwiespalt zwischen dem Stolz auf seinen Wert und dem Wunsch, es wegen der Fehler zu zerstören, die zu vermeiden seine spätere Erfahrung ihn befähigt hätte.

Fünftes Kapitel

Am frühen Nachmittag, als Lady Geraldine Porter, die in der zweiten Osterwoche ebenfalls zu Gast in Schloß Vogelschau war, auf dem Rasen sitzend Zeitung las, wurde sie durch eine junge Dame in Jägergrün gestört.

»Bitte, Mylady, im Pförtnerhaus ist ein Mensch, der Sie sprechen will. Der Mensch heißt Fenwick.«

»Sie haben ganz recht getan, ihn nicht einzulassen. Danke.«

»Mylady will ihn nicht empfangen?«

»Keinesfalls.«

Die junge Dame in Grün kehrte sichtlich erfreut in das Pförtnerhaus zurück, wo Fenwick an einer der Säulen der Veranda lehnte und verstohlene Blicke durch das Gitterfenster auf einen reichgedeckten Tisch warf, der in dem hübschen Häuschen stand.

Seine Kleider waren fadenscheinig, befleckt, zerfranst und warfen Falten um Knie und Ellbogen. Sein schmutziger Kragen, der zu schlaff war, um steifzustehen, rollte sich über einem alten bedruckten Halstuch zusammen, das ihm als Schlips diente. Seine Stiefel waren geplatzt, und seine bloßen, mit Staub und Schmutz bedeckten Füße schimmerten hindurch. Ein paar schmierige Papiermanschetten und die Reste eines hundeledernen Handschuhes an seiner linken Hand bezeugten seine Bemühung, gut angezogen bei seinem Besuch bei Lady Geraldine zu erscheinen. Als er das Mädchen zurückkehren sah, trat ein erwartungsvoller Ausdruck in sein Gesicht. Mit einem kalten Blick auf ihn öffnete sie die eichene Pforte und sagte dann schroff: »Lady Geraldine Porter kann

Sie nicht empfangen.«

Fenwick sah sie bestürzt an und schien im Begriff, irgendeine Bitte zu äußern. Allein ihr Ausdruck an der geöffneten Tür war unerbittlich. Er zögerte, warf wieder einen Blick auf den Mittagstisch, würgte heftig und entfernte sich mit bemühter Überheblichkeit. Unfähig jedoch, den Gedanken zu ertragen, ohne Kampf nachzugeben, fragte er, als er über die Schwelle trat: »Um welche Zeit käme ich am gelegensten wieder?«

Als Antwort schlug sie ihm die Tür vor der Nase zu; und als er sich abwandte, um zu gehen, fluchte er zornig. Er eilte davon, bis Schwäche und das Widerstreben, alle Möglichkeiten zur Erreichung seines Zieles aufzugeben, wenn er den Umkreis von Schloß Vogelschau verließ, ihn zurückhielten. Auf der einen Seite war die Straße durch die Ziegelmauer von Grosvenors Park eingesäumt und auf der anderen durch einen feuchten Graben. Er legte sich in den Sonnenschein ins hochstehende Gras am Grabenrand und begann, düster über seine Lage zu brüten. Er fühlte sich matt und ziemlich übel. Plötzlich wähnte er sich überzeugt, sterben zu müssen, und in seiner Angst fürchtete er, sich zu erheben, um ja nicht die Hoffnung zu verlieren, daß er noch stark genug sei, zu gehen. Er fühlte seinen Puls, und als er ihn schnell und unregelmäßig fand, wußte er nicht, ob das ein günstiges Zeichen oder das Gegenteil sei. Er lauschte, hörte das Schlagen seines Herzens, und die Möglicheit einer Erkrankung dieses Organs erfüllte ihn mit neuer Besorgnis. Er wünschte, er hätte sein Herz niemals durch Rauchen gefährdet. Dann sehnte er sich nach einem Quentchen Tabak, um sich zu beruhigen. Der Gedanke, zu betteln, kam ihm in den Sinn; er hatte jedoch noch Stolz genug, dem Hunger zu widerstehen, obwohl er fühlte, daß dieser ihn bald dazu zwingen würde. Er besaß nichts mehr, das er versetzen konnte, und so schlief er ohne Nahrung und fast ohne Hoffnung ein. Die Sonne wärmte seine zerlumpte Gestalt und lockte einen goldenen Schimmer aus seinen gelben Haaren, die staubig und verfilzt um seinen Hals wucherten.

Lady Geraldine bat sich später von ihrem Gastgeber einen viersitzigen Landwagen aus und machte in der Gegend einige Besuche. Als sie auf einer anderen Straße nach Schloß Vogelschau zurückkehrte, erregte die schlafende Gestalt unter der Hecke ihre Aufmerksamkeit. Lady Geraldine war Besitzerin einer Meierei und die Frau eines hohen Gerichtsbeamten. Sie hatte für Landstreicher ein Auge, aber selten ein Ohr. Deshalb war sie im Begriff, sich diesen

Vagabunden im Vorüberfahren genau anzusehen. Wie er so dalag, mit einem abgehärmten, sehnsüchtigen Ausdruck des Hungers um Stirn und Mund, das verrutschte Tuch um den Hals, das das Fehlen jeglichen Hemdes unter seinen elenden Kleidern verriet, konnte er keine andere Empfindung als die des Mitleids erregen. Als sie ihn erkannte, war Lady Geraldines erste Regung, so schnell wie möglich weiterzufahren, die zweite, halten zu lassen und ihn anzusprechen. Ehe sie handeln konnte, hatte ihn das Rasseln der Räder geweckt; er warf einen sehnsüchtigen Blick auf den Wagen und einen flehenden auf Lady Geraldine und taumelte sofort auf die Füße.

»Komm zum Parkgitter und warte draußen, bis ich nach dir schicke«, sagte sie streng.

Einen Augenblick später war sie verschwunden; und Fenwick lehnte an der Eichenpforte, hastig bestrebt, seine Kleider in Ordnung zu bringen.

Als der Wagen in den Gutshof einfuhr, stieg Lady Geraldine aus und ging in das Pförtnerhaus.

»Gwendoline«, fragte sie die junge Dame in Jägergrün, »ist Ihre Mutter zu Hause?«

»Sie ist oben.«

»Können Sie mir Ihr Wohnzimmer oder irgendein anderes auf einige Augenblicke zur Verfügung stellen?«

»Gerne.«

»Ich will mit dem Menschen sprechen, der heute hier war, aber ich will ihn nicht ins Haus kommen lassen.«

Lady Geraldine brauchte Gwendoline nur beim Vornamen zu nennen, den sie liebte, um ihre Gunst zu erringen. Gwendoline ging voran in einen hübschen Salon mit gekacheltem Kamin, Eichenmöbeln, vergitterten Fensterscheiben und Jagdtrophäen. Hier nahm Lady Geraldine Platz und bat das Mädchen, Fenwick einzulassen. Sie öffnete ihm also die Eichenpforte und sagte: »Hier herein, bitte.«

Fenwick trat hochmütig ein und spielte mit dem Rest seines Handschuhs. Gwendoline ging ins Vorzimmer des Pförtnerhauses, zeigte auf die Salontür und sagte: »Lady Geraldine ist bereit, Sie zu empfangen.« Er dankte ihr mit einer geheuchelten Höflichkeit, die bei einer weniger traurigen Gestalt beleidigend gewirkt hätte, und klopfte zaghaft an die Tür. Ein gebieterisches »Herein« verscheuchte sofort sein Getue. Er gehorchte und schreckte vor

Lady Geraldines strengem Blick mit einer Miene zurück, in der Scham und bettelnde Angst sich mischten.

»Was willst du eigentlich?« fragte sie mit einer Schärfe, hinter der sich der Wunsch zu lachen verbarg.

Fenwick spielte unruhig mit seinem Hut und murmelte undeutlich vor sich hin.

»Leg das Ding da weg und sprich ordentlich«, sagte Lady Geraldine ungeduldig.

Fenwick ließ den Hut hastig fallen. Dann begann er, ermutigt durch ihren Ton, der, wenn auch bedrohlich, so doch vertraulicher klang als zuvor.

»Ich bedaure sehr, Sie belästigen zu müssen, gnädige Frau. Ich habe in der letzten Zeit sehr viel Pech gehabt. Ich bin stellungslos gewesen.«

»Warum hast du die Stellung aufgegeben, die du hattest?«

»Welche Stellung meinen Sie?« fragte Fenwick.

»Deine Stellung bei Linton.«

»Es hatte sich ein kleines Mißverständnis ergeben, und ich mußte gehen...«

»Du hattest gestohlen und wurdest entlassen«, sagte Lady Geraldine. »Willst du das damit sagen?«

»Nein, auf Ehrenwort!« erwiderte Fenwick aufrichtig entsetzt. »Dazu wär' ich nicht imstande. Wirklich nicht. Ich hab' es mir nur geborgt. Es war der achtundzwanzigste, und das Geld stand mir tatsächlich zu. Ich hätte es in zwei Tagen ersetzt, und es wäre niemals herausgekommen. Ich hatte eine Ehrenschuld zu bezahlen.«

»Was ist das? Eine Rechnung vermutlich?«

»Nein, nicht für fünfzig Rechnungen hätte ich so etwas getan. Ich hatte das Geld bei den Rennen verloren. Ich konnte nichts dafür. Fragen Sie Herrn Porter, ob es nicht bekannt ist, daß Topsy zurückgehalten wurde...«

»Du bist also sowohl ein Trunkenbold als auch ein Spieler. Und was erwartest du, daß ich auf diese Empfehlung hin für dich tun soll? Du hast Gelegenheiten gehabt wie nur wenige. Man hat dir günstige Stellungen angeboten, und arbeiten, um dein Examen zu bestehen, das wolltest du auch nicht. Du hast eine Bureaustellung nach der anderen gehabt und hast sie alle durch Trunkenheit, Faulheit und Unverschämtheit verloren. Zu guter Letzt stellt dich Linton an, aus Gefälligkeit für meinen Rechtsanwalt, der ihn mir zuliebe darum bittet, und du bestiehlst ihn, um dir Geld zum Wetten zu verschaffen. Wahrhaftig, ich begreife nicht, warum er dich nicht hat einsperren lassen. Das hätte dich wenigstens zur Arbeit an- und vom Trinken abgehalten.«

»Ich weiß, ich bin nicht zuverlässig gewesen. Ich habe mir aber immer Mühe gegeben, zu tun, was Sie mir sagten. Ich habe nie vergessen, daß ich mich stets wie ein Gentleman benehmen muß.«

»Wie kannst du es wagen, mir so etwas zu sagen!« rief Lady Geraldine. »Hast du dich jemals in deinem Leben wie ein Gentleman benommen? Sind Trunksucht und Diebstahl Tugenden eines Gentleman?«

»Es war kein Diebstahl«, verteidigte sich Fenwick. »Ich hatte mir das Geld verdient, wirklich.«

»Und die Frau, bei der du dich in Islington eingemietet hast und der du durchgebrannt bist, es mir überlassend, den Mietzins zu bezahlen? Hattest du ihr Geld auch verdient? Und die vielen Leute, die du betrogst, indem du meinen Namen benutztest und mit meinen Briefen renommiertest. Hattest du deren Geld auch verdient? Fraser«, sagte Lady Geraldine ernst, »du bist ein schlechter Kerl, und ich fürchte, daß ich mit daran schuld bin. Ich glaube nicht, daß du in deinem ganzen Leben auch nur eine einzige selbstlose Tat vollbracht hast.«

»Ich habe aber die Absicht, mich zu bessern«, sagte Fenwick. »Ich habe seit langer Zeit nichts getrunken und werde morgen das Enthaltsamkeitsgelübde ablegen. Ich werde verläßlich werden. Ich habe mich ausgetobt und sehe, wohin mich das gebracht hat. Es ist nicht so sehr meine Schuld. Jetzt natürlich fallen außer Ihnen alle über mich her. Sie sind immer meine Freundin gewesen. Geben Sie mir nur noch einmal die Möglichkeit, und Sie werden sehen, wie ich Ihnen Ehre machen werde. Ich werde die Kirche regelmäßig besuchen –«

»Wie oft hast du die gleiche Reihe von Versprechungen schon gebrochen?« sagte Lady Geraldine, ihn schroff unterbrechend. »Nein. Ich will nichts mehr mit dir zu schaffen haben. Durch meine Unterstützungen habe ich dir nur die Möglichkeit gegeben, andere auszuplündern. Ich bin mit dir fertig.« Und sie machte eine Bewegung auf die Tür zu.

»Aber Lady Joldie«, rief Fenwick mit der Stimme eines Kindes, das im Begriff ist, zu weinen, und streckte die Hand aus, als wollte er ihr Kleid festhalten, »ich habe Hunger!«

»Hast du dich endlich dahin gebracht!«

»Heute habe ich noch gar nichts gegessen«, sagte er weinerlich, »und gestern hatte ich nur ein Stück Brot. Ich habe alles versetzt, was ich besaß, außer einigen Sachen in meinem Zimmer, und die Leute dort wollen sie weder herausgeben, noch mich einlassen. Die letzten zwei Monate habe ich ein Hundeleben geführt. Ich werde sterben. Ich habe das schon oft geglaubt; jetzt aber weiß ich es, und ich bin noch nicht reif dazu. Ich weiß nicht, warum ich überhaupt geboren wurde, wenn ich immer elend sein soll.« Von Schwäche überwältigt setzte er sich in einen Sessel und fing plötzlich an zu heulen, und seine Tränen zogen weiße Furchen in den Staub, mit dem sein Gesicht beschmutzt war.

»Wenn ich dir etwas Geld für Nahrung und Kleider gebe, wirst du es vermutlich in einer Nacht verzechen«, sagte Lady Geraldine.

»Ich schwöre feierlich –«

»Fraser!«

»Ich werde es richtig anwenden und tüchtig arbeiten, und müßte ich auch Straßenkehrer werden«, sagte Fenwick ruhiger. »Sie werden sehen, daß ich anständig bin, wenn Sie es noch dieses eine Mal mit mir versuchen wollen.«

»Wo ist dein Onkel, mit dessen Tochter du verlobt warst? Erinnerst du dich daran, daß du zweimal Gelegenheit hattest, sie zu heiraten?«

»Ich verkehre jetzt nicht mehr dort«, sagte Fenwick. »Es war da ein Mißverständnis, und nach dieser Linton-Geschichte wollte er nichts mehr von mir wissen.«

»So ist also die Heirat rückgängig gemacht worden?«

»Vermutlich. Seitdem habe ich Fanny nicht mehr gesehen. Ich bin ihr jetzt nicht mehr gut genug.«

»Wenn du etwas weniger daran denken würdest, ob du gut genug für andere bist, und einen Maßstab der Selbstachtung hättest, so wäre vielleicht noch etwas Hoffnung. Du bist nicht gut genug, als daß irgendein junges Mädchen dir sein Glück anvertrauen könnte, du unglückseligster aller unglückseligen Narren. Jetzt hör mich an. Ich werde dir zehn Pfund geben.« Fenwicks Augen glänzten. »Geh zurück in die Stadt, besorge dir anständige Kleider, zahle deinen Mietzins und löse alles, was des Auslösens wert ist, aus der Pfandleihanstalt aus. Suche mich nächsten Dienstag um halb zwölf in Wilton Place auf und bring die Mietsquittung mit. Wenn du betrunken hinkommst oder so aussiehst, als ob du es gewesen wärst, dann weißt du, was du zu erwarten hast. Ich will keinen

Dank, keine Beteuerungen hören. Ich riskiere dieses Geld gern. Wenn du es im Spiel oder für Branntwein vertun willst, steht es dir frei; nur suche mich dann nie wieder auf. Und merke dir, du mußt bereit sein, jede Arbeit anzunehmen, die ich dir verschaffen kann, ob es dir paßt oder nicht. Jetzt kannst du gehn.«

»Oh, Lady Joldie ——«

»Jetzt ist es genug«, unterbrach ihn Lady Geraldine. »Geh nach Richmond und kauf dir etwas zum Essen. Da, es ist besser, wenn du ein paar Shilling Kleingeld hast. Jetzt geh.«

Fenwick enthielt sich jeder Dankesbezeigung und verließ demütig das Zimmer. Als er die Tür hinter sich schloß, lachte er vor Freude in sich hinein. Im nächsten Augenblick schritt er, zehn Pfund, vier Shilling und sechs Pence fest in der Hand, prahlerisch durch die Veranda, blickte herablassend auf Gwendoline, die, einen Roman lesend, dasaß, und ging, die Pforte laut zuschlagend, auf die Landstraße hinaus. Er schritt flott dahin, elastisch wie ein niedergetretenes Gänseblümchen und schwelgend in dem Hunger, den zu befriedigen er jetzt die Mittel besaß.

Sechstes Kapitel

Zu dieser Zeit war Isabella Woodward vierundzwanzig Jahre alt. Ihre Augen und Haare waren von jener Farbe, die als schwarz gilt, wenn sie mit der echten nicht verglichen wird, und ihr Ausdruck, lebhaft und gefällig, wenn sie sich mit Männern unterhielt, wurde mürrisch und gelangweilt, wenn sie unter ihren eigenen Geschlechtsgenossinnen müßig war. Ursprünglich von guten Fähigkeiten und ungeduldigem Temperament, hatte sie die übliche Erziehung für ein Modeleben genossen und die Schule unzufrieden, heftig, launisch, unaufrichtig und mit der Befähigung verlassen, vier Lieder zu singen und M. Prudents Phantasie für das Klavier über Melodien aus »Lucia von Lammermoor« zu spielen. Sie hatte eine Vorliebe für aufregende Literatur und Talent zum Kokettieren, das weniger Kunst als Naturtrieb war. Einen Mann durch einen Blick oder eine Schmeichelei zu betören und ihn bei der nächsten Begegnung mit Gleichgültigkeit zu behandeln oder ihm vorzuheucheln, daß sie ihn vergessen hatte, war ihr so angeboren, daß sie Koketterie für eine ordinäre Gewohnheit hielt, deren sie unfähig war.

In ihrem zwanzigsten Jahre, da sie sich ruhelos und unglücklich zu Hause gefühlt, hatte sie sich mit ihrer Familie verzankt und sich geweigert, weiter mit ihr zusammenzuleben. Kurz darauf hatte ihr eine fromme Bekannte klargemacht, daß das vollkommene Glück nur im Schoße der römisch-katholischen Kirche zu finden sei. Ohne zu bedenken, daß die Bekannte ebensoweit vom vollendeten Glück entfernt schien wie sie selbst, war sie, da sie eine unbestimmte Sehnsucht nach einer Veränderung ihres Innenlebens hegte, trotz der Ermahnungen, Drohungen und Bitten ihrer Familie in der Kapelle zu Brompton zum römisch-katholischen Glauben übergetreten. Da sie jedoch später entdeckte, daß die katholische Isabella genau dieselbe war wie die evangelische, und die Anziehungskraft der Messe jeden Morgen um sechs Uhr früh durch das Heranrücken des Winters erheblich vermindert wurde, da ihr ferner die alten Weiber ihres jetzigen Glaubens, die sie ostentativ küßten und verhätschelten, und jene ihres früheren, die sie als dummes Kind behandelt hatten, lästig wurden und sie noch dazu über ihren Beichtvater ärgerlich war, weil er, obwohl ein ehemaliger Gardeoffizier, keine der Artigkeiten seines früheren Berufes beibehalten hatte, ließ sie in der strikten Befolgung der Riten nach, und nur eine abergläubische Furcht hielt sie davon ab, ihre geistige Unabhängigkeit zurückzufordern.

Um diese Zeit starb ihre Mutter, und sie kehrte in ihr Vaterhaus zurück unter häuslichen Vertragsbedingungen, in denen ein Satz stand, wonach sie zwar die Kirche, die sie vorzog, besuchen durfte, es ihrem Vater, der irisch-protestantisches Parlamentsmitglied war, aber freistehen sollte, selbst einen Abgesandten des Papstes, der sich über seine Schwelle wagen würde, die Treppen hinunterzuwerfen, ihm den Hals zu brechen oder ihn anderswie zum Krüppel zu schlagen. So schuf sie sich aus ihrer Pflicht als Tochter eine Zuflucht in bezug auf ihre Pflichten als Neubekehrte; und künftighin suchte sie Trost in der Kunstbegeisterung, die vorzutäuschen ihr zum ersten Male eine leichte und angenehme Beschäftigung war.

Sie hatte sechs Heiratsanträge erhalten; den ersten von einem Artillerieoffizier, der kurz nach Beendigung ihrer Schulzeit um ihre Hand angehalten hatte. Sie gab ihm augenblicklich einen Korb, weil er vierunddreißig Jahre alt, sehr sachlich und besorgt war, daß sie sich erkälten könnte, und die Gewohnheit hatte, keine Handschuhe zu tragen. Der zweite fiel in die Zeit des Triumphs über die Abweisung des ersten und teilte sein Schicksal. Den dritten Freier liebte sie bis zum Tage seiner Liebeserklärung und sogar darüber hinaus. Während sie ihn aber mit ausweichender Koketterie hinhielt, heiratete er eine andere. Hierauf erklärte sie, daß ihre Laufbahn zu Ende sei, bot sich als Krankenpflegerin an, wurde abgewiesen und wechselte schließlich, wie schon beschrieben, ihren Glauben. In der nun folgenden langen Pause begann sie zu glauben, daß jene Gesellschaftsregel, die es zur Pflicht macht, jede Einladung anzunehmen, gleichgültig, ob man die Absicht hat, ihr nachzukommen oder nicht, ebenso auf Heiratsanträge anwendbar sei; und künftighin gab sie, wenn derartige Anträge vorlagen, immer ihr Jawort. Auf diese Weise hatte sie sich dreimal verlobt, ohne sich einen Mann zu sichern. Von den drei Freiern erhob der erste Einwendungen dagegen, daß sie den zweiten während seiner Verlobung erhörte, der zweite verstieß sie, weil sie ihm ihre Verlobung mit dem ersten verheimlicht hatte; und der dritte zog sich für einige Monate nach Schottland zurück, von wo aus er ihr schrieb – nachdem er sie durch sein Schweigen herausgefordert hatte, ihr Vorwürfe zu machen –, daß keine Frau, die Zweifel in seine Ehre setze, ihm jemals nahestehen könne und daß er ihr mit dem Manne, dem sie ihre Hand schenken würde, alles erdenkliche Glück wünsche. Da sie jetzt imstande war, solche Schicksalsschläge mit Seelenstärke zu ertragen, erzählte sie ihren Freunden, daß sie die Verlobung gelöst hätte, und erwartete den Antrag des siebenten Freiers. Zufällig machte sie zu dieser Zeit Scotts Bekanntschaft, und da sie ihm durch eine ahnungslose Bemerkung über seine Kunst Veranlassung gegeben hatte, sie mit offener Verachtung zu behandeln, beschloß sie, daß er womöglich dieser siebente sein sollte. In ihren Nächten gelobte sie sich, wenn Cyril ihr nur Gelegenheit geben würde, ihr früheres elendes Leben hinter sich zu werfen, ihm die treueste, zärtlichste und selbstloseste Gattin zu sein, die jemals einen Teil der Lasten eines Künstlerlebens auf sich genommen hatte. Solche Gelübde waren bei Fräulein Woodward keine Seltenheit.

Ungefähr um fünf Uhr nachmittags des Tages, da Fenwick Lady Geraldine aufgesucht hatte, betrat Fräulein Woodward, einen in Schafleder gebundenen Skizzenblock unter dem Arm, jenen Teil von Grosvenors Besitzung, der sich zum Flußufer hinuntersenkte und mit Ulmen und Kastanienbäumen bewachsen war. Hier erblickte sie Scott durch die Bäume, der am Wasserrande stand und die Landschaft mit unzufriedener Miene betrachtete, was die junge Dame dem Fehlen des Nebels in der Landschaft zuschrieb, den er besonders gut zu malen verstand. Während sie noch in einiger Entfernung verweilte, drehte er sich um und bemerkte sie; und obgleich sie ungewöhnlich reizvoll aussah mit den Sonnenflecken, die durch die Zweige auf ihren großen Strohhut und ihr lichtes Sommerkleid fielen, wandte er schnell sein Gesicht wieder dem Flusse zu. In dieser Stellung hörte er ihre Schritte durch das Gras näher kommen und dicht hinter ihm anhalten. Er sah sich nicht um. Sie sprach ihn nicht an, denn sie wußte, daß er ihre Gegenwart spürte, und war nicht abgeneigt, ihn zu strafen, weil er sie ignoriert hatte. Der Künstler harrte eigensinnig aus, bis er fühlte, daß sein Nacken rot wurde. Dann drehte er sich um und machte einen mißlungenen Versuch, Staunen zu heucheln.

»Nun, Herr Scott?« rief sie mit ironischer Höflichkeit.

Da er es schwer fand, sie in einer Entfernung von nur zwei Fuß ins Auge zu fassen, trat er einen Schritt zurück. Gerade rechtzeitig besann er sich, daß diese Bewegung ihn in die Themse werfen müßte, und faßte taumelnd wieder Fuß, wobei er aus Versehen ihrem Skizzenbuch einen Stoß versetzte, der die losen Blätter auf dem Rasen verstreute. Fräulein Woodward, die viel Sinn für das Lächerliche hatte, begann zu lachen.

»Ich bitte vielmals um Entschuldigung«, sagte Scott aufrichtig, aber verärgert, denn er ließ sich nicht gerne auslachen.

»Ich habe den ganzen Nachmittag Skizzen gemacht«, sagte sie traurig, während sie ihm behilflich war, die Papiere aufzusammeln, »aber je mehr ich mich bestrebe, desto ferner scheint mir das Ziel, das ich erreichen will.« Der Künstler warf die Skizzen in das Buch, ohne sie anzusehen. »Vermutlich«, fügte sie lächelnd hinzu, »finden Sie meine Bemühungen sehr dumm und anmaßend.«

»Ich habe noch keine Arbeit von Ihnen gesehen.«

»Oft hab' ich daran gedacht, Sie zu bitten, etwas von mir anzusehen und mir dann zu raten. Ich weiß jedoch, wie Sie Ihre eigene Arbeit einschätzen, und deshalb wagte ich es nie, Sie mit den unbedeutenden Kleckserein, die ich hervorbringe, zu belästigen.«

»Ich würde mich selbstverständlich sehr freuen, aber ich weiß nicht recht, wie ich Ihnen raten könnte«, sagte er langsam.

»Oh, ich weiß, Sie könnten mir schon raten«, sagte sie begeistert, »wenn Sie mir nur Ihre wahre Meinung über eine meiner Skizzen sagen würden, nur über eine einzige, ich würde daraus mehr lernen, als wenn ich jahrelang allein im finsteren tappe. Andere Künstler, wie der alte Vesey, machen mir leere Komplimente, die mich nur demütigen. Sie werden mir die Wahrheit sagen, nicht wahr?«

Vesey war ein Anhänger der alten Schule. Cyril runzelte die Stirn, zuckte mit den Achseln und sagte: »Nun gut, Fräulein Woodward, wenn Sie wollen, werde ich Ihnen meine Meinung sagen. Sie können dann davon halten, was Sie wollen.«

»Teilweise ist mir angst davor«, sagte sie und blickte mit einem Lächeln zu ihm auf, während sie zögernd eine Skizze halb aus der Mappe herauszog. Ihre Zimperlichkeit übte auf Scott keinerlei Wirkung aus. Er griff ohne Umstände nach dem Blatt und studierte es mit düsterer Miene.

»Ist es sehr schlecht?«

»O nein, nicht sehr – das heißt – die Wahrheit zu gestehn, Fräulein Woodward, diese Dinge kann man nicht als Dilettant zum Zeitvertreib machen. Ich kann Ihnen versichern, daß es das ganze Leben eines Menschen erfordert und daß er schwer arbeiten und sein Letztes geben muß, um es in der Malerei zu etwas zu bringen. Sie malen hie und da, um sich zu amüsieren, und wählen einen Vorwurf, an den ich mich nicht heranwagen würde. Es ist hübsch, gewiß, hat aber natürlich keinen Wert.«

»Ich sollte es wohl lieber sein lassen?« sagte sie kleinlaut.

»O nein«, beschwichtigte er nachsichtig. »Wenn Sie einfachere Wirkungen suchen wollten und nichts Besseres zu tun haben, können Sie Ihre Zeit ebenso damit vergeuden wie mit etwas anderem.«

»Danke«, sagte sie, und wurde nachdenklich und begann sich etwas zu ärgern. Scott hatte so viel weniger gesagt, als er empfand, daß ihm die Schroffheit seiner Bemerkungen gar nicht zum Bewußtsein kam und er der Meinung war, sich sehr nachsichtig ausgedrückt zu haben. Da er fürchtete, er könne seine wahre Meinung sagen, wenn sie bei dem Thema verharrten, legte er die Skizze weg und sagte: »Wir dürfen übrigens nicht vergessen, wie spät es ist. Es wird bald Zeit sein, sich zum Essen umzukleiden.«

Fräulein Woodward erwiderte: »Ich bin überzeugt, Sie hassen es, sich umkleiden zu müssen.«

»Gern habe ich es nicht«, sagte er. »Doch murren hilft nichts. Kommen Sie.«

»Stehen Sie täglich zeitig auf, um Ihre eigenen Bilder zu betrachten, Herr Scott?« fragte sie, als sie zusammen auf das Haus zugingen.

»Wieso?«

»Weil Sie heute früh die blaue Galerie so eilig verließen, als Sie meiner ansichtig wurden, daß ich überzeugt war, Sie hätten einen Blick auf ›Das reinigende Feuer‹ geworfen.«

»Es ist mir nicht bewußt, einem meiner Bilder jemals einen solchen Namen gegeben zu haben«, sagte er, und seine Nüstern blähten sich krampfhaft.

»Sie wissen vermutlich, welches Bild ich meine. Es ist das, auf welches Frau Summers so große Stücke hält. Ich habe sie nachher in der Halle gesehen, als Sie mit ihr ein langes Gespräch führten, und dachte mir, daß Sie sich darüber unterhielten.«

»Es freut mich, daß Sie jeden meiner Schritte mit so großem Interesse verfolgen, Fräulein Woodward.«

»Das soll wohl heißen, daß es meiner Frechheit ähnlich sieht, Sie zu beobachten.«

Scott leugnete nicht.

»Es tut mir unendlich leid, Herr Scott«, beteuerte sie mit erheucheltem Ernst, »ich kann Ihnen gar nicht sagen, wie leid es mir tut.«

»Ich weiß nicht, Fräulein Woodward«, entgegnete er mit bewußter Schroffheit, »warum Sie mir die Ehre erwiesen haben, mich zur Zielscheibe Ihres Spottes zu machen. Vielleicht hat mein Beruf mich daran gewöhnt, die Dinge ernst zu nehmen, und mich dadurch untauglich für diese vornehmen und sehr intellektuellen Kreise gemacht, in denen Sie eine Leuchte sind. Damit haben Sie aber noch nicht das Recht erworben, meine Privatangelegenheiten zum Gegenstand Ihrer humorvollen Mißdeutungen zu machen.«

Nach dieser Bemerkung, einer von jenen, auf die Scott so stolz war, daß er sich für einen großen Satiriker hielt, gingen die beiden eine Weile schweigend weiter. Als sie aus dem Wald in den freien Park hinaustraten, riß Fräulein Woodward ihren Hut vom Kopf und trällerte lustig ein Bruchstück aus einer Ballade. Der Künstler sah sie empört an und erhöhte seine Geschwindigkeit bis zu dem Grade, der sie zwang, ihre Lungen nur dem Atmen zu widmen.

»Glauben Sie aus Ihrer jetzigen Erfahrung heraus, Herr Scott, daß Künstler in der Regel in Gesellschaft liebenswürdig sind?«

»Wenn Sie erwägen, aus was für Wesen die Gesellschaft gebildet wird, Fräulein Woodward, und wieviel Künstler denken und arbeiten müssen, dann werden Sie vielleicht verstehen, wie ihnen in

Salons zumute ist. Wenn ein Künstler empfindlich ist – und das muß er sein –, genügt ein einziger Narr, ihm für den ganzen Abend seine Laune zu verderben.«

»Was Sie nicht sagen! Ich war der Meinung, daß Künstler immer so sanft sind.«

»Dann sind sie es vermutlich auch. Zweifellos verstehen Sie Künstler besser als ich.«

»Gestehen Sie jetzt, daß Sie einen furchtbaren Zorn auf mich haben?« Während sie so sprach, traten sie in die Halle.

»Wie ich sehe, ist niemand hier; ich vermute, daß die Glocke schon geläutet hat«, sagte Scott kalt. Dann schleuderte er die Skizzen auf einen Tisch und ging auf sein Zimmer. Fräulein Woodward hob die Mappe auf und folgte seinem Beispiel, lustig, aber nicht überzeugt, daß sie nicht zorniger war als er. In diesem Punkt teilte ihre Zofe, die sie zum Essen ankleidete, ihre Unsicherheit nicht.

Grosvenor war daran gewöhnt, in seinem Salon so mannigfache Mitglieder der Gesellschaft zu finden, daß er vor langer Zeit den Plan gefaßt hatte, alle Regeln der Etikette systematisch zu verletzen, die einzige Methode, nicht zu beleidigen. Man erzählte sich: das einzige Mal, da ein Bischof die Schwelle von Schloß Vogelschau überschritten hatte, mußte er eine Opernsängerin zu Tisch führen, während seine Gattin vier Paare vor ihm am Arme eines Radierers die Treppe hinabstieg. Diesmal erfüllte Frau Mainwaring, eine verheiratete Schwester Grosvenors, die Pflichten der Hausfrau. In ihrer Nähe war das Gespräch gedämpft; Meinungen wurden nicht geäußert, und harmlosen Bemerkungen zollte man höfliche Zustimmung. Am anderen Ende des Tisches bildeten der Gastgeber und Fräulein Woodward, Lady Geraldine und Cyril Scott, Ernst und Clytie, Fräulein Woodwards jüngere Schwester, mit einigen Journalisten und Kritikern eine gesprächige Gruppe. Der Pfarrer Lind war auch da und beobachtete furchtsam seinen radikalen Gegner, der ihm gegenüber saß und der Mahlzeit reichlich zusprach.

Eine Weile war Cyril Scott schweigsam. Er machte Anstrengungen, Fräulein Woodward zuzuhören, die mit leiser Stimme Grosvenor eine amüsante Geschichte über jemand erzählte, der in einen Fluß gefallen war.

Lady Geraldine, die erwartete, daß man sie unterhalte, wurde ungeduldig.

»Was werden wir dieses Jahr in der Akademie von Ihnen zu sehen bekommen, Herr Scott?« fragte sie.

»Von mir? Nichts; nichts Besonderes.«

»Nichts ist etwas anderes als nichts Besonderes. Vielleicht hätte ich nicht fragen sollen?«

»Aber natürlich«, sagte Scott errötend und lachend. »Ich habe zwei Bilder. Das eine ist jedoch drei Jahre alt, und das andere wird nicht gefallen.«

»Noch einen Schritt«, sagte Fräulein Woodward zu ihrem Gastgeber, »und er wäre ins Wasser gefallen. Dann ärgerte er sich über mich und hat mich den ganzen Weg nach Hause tatsächlich angepöbelt. Ich stehe auf der schwarzen Liste bei ihm und bin schlecht angeschrieben.«

Grosvenor lachte und wechselte das Gesprächsthema, indem er einen der Kritiker ansprach.

»Haben Sie die Sonette von Hawkshaw gelesen?«

»Gestern hat er sie mir zugeschickt«, erwiderte der Kritiker. »Bewundernswert, oh, wie bewundernswert! Unbedingt die schönsten dieser Art seit Sucklings.«

»Ja«, sagte Ernst, »ich habe die Druckbogen gesehen. Der Name des fünften Sonetts ›Der neue Endymion‹ war meine Idee. Sie sind herrlich, wunderbar! Wahrhaftig großartig!«

»Hawkshaw ist zweifellos ein vollendeter Meister der französichen Form«, sagte Grosvenor. »Wie ich höre, wird er die Dramatiker aus dem Zeitalter Elisabeths herausgeben.«

»Das ist nicht so sicher«, sagte der Kritiker. »Ich weiß zufällig, was er wirklich macht; es soll jedoch geheimgehalten werden. Tatsache ist, daß er an einer genauen Auslegung des Hamlet arbeitet für Simonton, der nächsten Monat das Gymnasiumtheater damit eröffnen wird. Er hat Simonton eine Skizze für jeden Auftritt gemacht, und es wird ein Ereignis werden.«

»Das ist äußerst interessant«, sagte Lind. »Ich bewundere Simontons Vortragskunst sehr. Was ist Hamlet doch für ein wundervolles Werk!«

»Wundervoll!« wiederholte ein anderer Kritiker. »Ich bin dagegen, daß dieser Ausdruck oder irgendein anderer auf Hamlet angewendet wird. Wenn man ein Werk beurteilt, so bekennt man, daß man es versteht. Und wer versteht Hamlet? Im sechzehnten Jahrhundert entstand ein großartiges Denkmal, das jeder bewunderte, dessen gewaltige Inschrift aber niemand entziffern konnte. Es steht im neunzehnten Jahrhundert noch immer unerforschlicher denn je da. Wer wagt es, zu behaupten, daß er es entziffert hat?«

»Das ist natürlich sehr wahr«, sagte der erste Kritiker. »Ich bin jedoch der Ansicht, daß viele von Hawkshaws Ideen dem inneren Leitmotiv des Schaupieles außerordentlich nahekommen.«

»Trotz der Berühmtheit dieses Hawkshaw kann ich mich seines Namens nicht erinnern«, erwiderte der andere. »Ich nehme an, daß er ein junger Mann ist, und bin so frei, seine Fähigkeit zu bezweifeln, einen Gegenstand erfolgreich behandeln zu können, der die reifsten Geister verwirrt hat.«

»Denken Sie doch an seine ›Weizengarben‹«, wendete Ernst ein.

»Ist Hamlet wahnsinnig?« fuhr der Kritiker fort, diese Unterbrechung nicht beachtend. »Das ist doch eine einfache Frage. Wer es kann, soll sie beantworten. Ist Hamlet wahnsinnig?« Er blickte sich langsam im Kreise um, während er so sprach, aber außer Lady Geraldine, die ihn freundlich anlächelte, erwiderte niemand seinen Blick. Er sah nun den vierschrötigen Herrn zu seiner linken Seite an, der sehr beschäftigt mit dem Essen war, als er aber den fragenden Blick des Kritikers gewahr wurde, Messer und Gabel hinwarf, um ihm zu erwidern. Da nahm ein Diener seinen Teller weg.

»Heda«, rief der Herr, dessen Stimme jedes andere Geräusch übertönte, »geben Sie mir gefälligst meinen Teller zurück.« Dann, nachdem er ihn von dem bestürzten Diener wieder erbeutet und freudig einen Blick auf das vorwurfsvolle Gesicht seiner Frau geworfen hatte, entgegnete er dem Kritiker mit lärmender Höflichkeit: »Verzeihen Sie, haben Sie eine Frage an mich gestellt?«

»Ich habe nur die müßige, immer wiederkehrende Frage gestellt: war Hamlet wahnsinnig?«

»Zum Teufel, nein, das war er nicht. Es wird einem nur zuviel. Das Schauspiel ist zu lang. Weder die Schauspieler noch die Zuhörer sind heutzutage darauf eingestellt.« Und er wandte sich wieder dem Essen zu.

»Dieser Mann ist ein erfrischender Barbar«, sagte Lady Geraldine zu Scott.

»Wer ist es denn?« fragte der Maler.

»Er heißt Tomline Musgrave«, erwiderte Lady Geraldine. »Er ist Rechtsanwalt und eine Autorität auf dem Gebiete des internationalen Rechtes. Da ihn alle, die ihn kennen, entweder lieben oder hassen, ist er vermutlich begabt. Seine größte gesellschaftliche Fähigkeit außer dem Essen besteht in der bemerkenswerten Neigung, den Anstand zu verletzen, besonders durch Beschimpfung der Religion in Gegenwart von Pfarrern. Das macht ihm Spaß; teils weil es ihn amüsiert, teils weil es seine Frau ärgert, die niemals weiß, welchen neuen Exzeß er sich leisten wird, und deshalb auf Kohlen sitzt. Er tut es auch mit vorsätzlicher Bosheit; denn er kann sich tadellos benehmen, wenn er will.«

»Gibt es etwas Neues über den Covent-Garden-Tenor?« wandte sich Grosvenor an einen Journalisten von musikalischem Ruf.

»Sein Wiederauftreten ist beschlossene Sache. Gye hat ihn engagiert und wird sechs Prozesse wegen Kontraktbruchs führen müssen: drei in Italien, einen in Marseille und zwei in Madrid. Er ist ein wunderbarer Künstler; der Platz des armen Mario wird endlich besetzt werden.«

»Wirklich?« fragte Grosvenor. »Ich habe die Gelegenheit verpaßt, ihn in San Carlo zu hören. Woher kommt er? Wessen Schüler ist er?«

»Er hat zehn Jahre mit Lamperti studiert und beweist es wahrhaftig. Er beherrscht alle Geheimnisse des wahren altitalienischen Belcanto, Phrasierung, Behandlung der Mezza-voce, Übergänge der Register: alles vollendet. Fabelhafter Schauspieler.«

»Kurzum, er gleicht allen Nachfolgern Marios, die in den letzten Jahren aufgetreten und durchgefallen sind«, bemerkte Lady Geraldine. Dann etwas leiser zu Scott: »Wie ich Musik hasse!«

»Wie bitte?« fragte Cyril überrascht.

»Ich hasse sie«, wiederholte sie. »Es ist arg genug, zuhören zu müssen, wie junge Männer und Frauen, die sonst vernünftig sind, sich am Klavier lächerlich machen. Man wird aber noch während der Mahlzeiten von diesen Phrasen verfolgt, die zu niemandes Zufriedenheit beweisen sollen, daß abscheuliche, in heulende Derwische verwandelte Lazzaroni, die zu ertragen selbst das englische Publikum kaum bewegt werden kann, große Künstler und gebildete Gentlemen sind.«

»Ich weiß alles über den neuen Tenor«, sagte Ernst. »Er war Hausknecht in einem Hotel in Neapel, und der alte Lamperti hat ihn gehört, wie er drei Opern von Anfang bis zu Ende sang, während er seine Stiefel polierte. Da hat er ihn aufgegabelt.«

»Man hat mir eine merkwürdige Geschichte von ihm erzählt«, bemerkte Lind. Als Musgrave den Klang seiner Stimme hörte, wurde er aufmerksam. »Er hat zehn Jahre studiert, in denen sein Lehrer ihm nur erlaubte, ein paar Übungen zu singen, die auf einem einzigen Notenblatt enthalten waren. Als dieser Zeitraum um war, bat er um die Erlaubnis, ein Lied studieren zu dürfen. Als Antwort darauf sah ihm sein Lehrer in die Augen und sagte: »Junger Mann, Sie können gehen, Sie sind der größte Sänger der Welt –«

»Die Revisions-Kommission sollte diese Geschichte der neuen Auflage der Bibel einverleiben«, sagte Musgrave. »Ihr außerordentliches Alter, die übertriebene Unwahrscheinlichkeit und die allgemeine Aufnahme, die ihr zuteil geworden ist, haben einen starken Anstrich von gotteingegebenen Offenbarungen.«

Frau Musgrave seufzte, als sie ihren Mann, dessen Hunger gestillt war und dessen Gesicht nach dem Essen in guter Laune strahlte, träge umherblicken sah.

»Oft habe ich daran gedacht«, sagte er, »was für ein vorzügliches Beispiel für das Überleben des blinden Glaubens, den einige Narren für tot halten, das Gewicht der musikalischen Kritik ist. Wenn sie nicht erst nach vollzogener Tat prophezeien, irren sich die musikalischen Kritiker ausnahmslos. Das weiß ich daher, weil ich ihre Urteile mit späteren Erfahrungen verglichen habe. Doch je mehr sie ertappt werden, desto mehr wird ihnen Glauben geschenkt. Das kommt daher, weil ihnen so ein Schwall von technischem Kauderwelsch zur Verfügung steht. Wenn ein Mann auch nur einen Ausdruck anwendet, den ich nicht verstehe, kann ich selbstverständlich seine Überlegenheit nicht ermessen und traue ihm natürlich eine erstaunliche Gelehrsamkeit zu. Er weiß mehr als ich. Es genügt mir, ob er mir nur in einem Wort oder in fünfzig Wissenschaften überlegen ist. Folglich empfinde ich meine Unwissenheit, wenn ein Kerl mir erzählt, daß in Wagners Musik aufeinanderfolgende Quinten oder falsche Tonverbindungen oder dergleichen vorkommen. Da er so viel mehr versteht als Wagner, daß er seine Arbeit mir nichts dir nichts zu bekritteln imstande ist, bedaure ich staunend, daß er sich nicht daran macht, selbst etwas Vollendetes zu schreiben. Nicht wahr, Weekes?«

Weekes, der musikalische Kritiker, sagte freundlich: »Mein lieber Musgrave, Sie wissen, daß Sie Unsinn reden. Was würden Sie sagen, wenn ich erwiderte, es sei schade, daß Sie nicht vollendete musikalische Kritiken schreiben, weil Sie in einem gewöhnlichen Artikel sofort den schwachen Punkt herausfinden?«

»Tue ich auch«, sagte Musgrave, »tue ich auch. Ich bilde mir meine eigenen Ansichten über Musik und gehe davon aus, was ein ausübender Künstler wirklich ist, anstatt mir einen Begriff dessen, was er sein sollte, aus einem Nebel von Traditionen zu machen und dann noch Angst zu haben, ihn als etwas anderes zu bezeichnen. Das ist vollendete Kritik, soweit in dieser Welt etwas so Faules wie Kritik vollendet sein kann. Ich weiß, was ich gern habe, und lasse mir meinen Geschmack nicht von einer Bande von Parteigängern diktieren. Ja, mein Herr, ich bin das Publikum; ich führe, und die Kritiker folgen; haschen nach meinen Meinungen, entschuldigen sich oder werden andrer Meinung, wenn sie sie falsch erhascht haben; und erklären sie mit so vielen Worten, daß ich mich ihrer schäme, wenn ich sie lese.«

»Dann stimmen Sie aber nach Ihrer eigenen Darlegung mit den Kritikern überein.«

»Bis zu einem gewissen Punkte, den wir auf eine Generation zurückbegrenzen wollen, stimmen sie mir bei, weil sie mir bis dahin gefolgt sind. Diese Generation jedoch ist die Strecke, die ich, als Vertreter der Welt, ihnen weiter voraus bin; folglich sind wir nicht einig, mit Ausnahme einiger Punkte, die seit einem halben Jahrhundert zur Zufriedenheit jedes vernünftigen Menschen entschieden sind. Wir haben entschieden, daß Beethoven Musik schreiben konnte. Wir sind sogar bis zu Schumann vorgedrungen, und nachdem die Kritiker ungefähr dreißig Jahre lang mit den Köpfen gegen die Wand gerannt sind, laufen sie nun so schnell wie möglich zu Wagner über, um zu vermeiden, allzu weit zurückzubleiben. Wenn man bedenkt, wie schnell die Welt sich heute dreht, bezweifle ich nicht, daß ich so ziemlich auf der Höhe der zeitgenössischen Kritik aufwachen würde, wenn ich fünfundzwanzig Jahre lang schliefe.«

»Wenn sie nicht aufhören, über Musik zu sprechen, werde ich den Tisch verlassen«, sagte Lady Geraldine zu Scott. »Bitte machen Sie eine Bemerkung, um das Gespräch abzulenken.«

Der so plötzlich angesprochene Künstler gab sich dem Gefühl der Leere hin, die er in sich empfand. Zu seiner Erleichterung wechselte Lady Geraldine mit Frau Mainwaring einen Blick, und einige Minuten später wurden die Männer mit dem Wein allein gelassen. In Schloß Vogelschau war zu jeder Tagesstunde die Halle der Sammelplatz. Dorthin gingen jetzt die Damen, sicher, daß sich sofort die Mehrheit der jungen Männer anschließen würde. Grosvenor liebte den Wein; er trank jedoch tagsüber bei jeder Gelegenheit; und da er im Brauch der Männer, nach dem Rückzug der Damen bei Tisch zu bleiben und zu trinken, ein Überbleibsel sächsischer

Barbarei sah, das in Mißklang stand zu der Kultur, durch die er sein Haus berühmt zu machen wünschte, kürzte er diese Sitte soviel wie möglich ab. So war das Eßzimmer bald verlassen. Lind, der Angst vor Musgraves Humor hatte, ging zuerst hinaus; und die anderen folgten seinem Beispiel mit Ausnahme des Gastgebers, Musgraves, einiger Kunstkritiker und Scotts, der die Preise, die letzthin für Bilder gezahlt wurden, zu erörtern und Geschichten zu erzählen begann über die Angebote, die er täglich von Männern erhielt, die vor zwei Jahren noch so getan hatten, als wüßten sie nicht, daß er auf der Welt sei. Da sein Ton bitter war, wurden die Kritiker bald ihres Weines überdrüssig. Musgrave schlief fest. So erhob sich der Gastgeber und ging voraus in die Halle, wo die Gesellschaft plauderte und Kaffee trank. Fräulein Woodward saß auf der Stiege des großen Treppenhauses und lauschte Lind, der Gedichte vortrug, wobei er sie von unten her bewundernd betrachtete; eine Situation, die sie in der Hoffnung herbeigeführt hatte, Scott eifersüchtig zu machen. Er ging, ungerührt von dem Anblick, hinauf und kam gleich darauf mit einem Hut zurück. Auf dem Weg zur Terrasse wurde er von Ernst angehalten, der obenhin sagte: »Lustiger Abend, nicht wahr?«

»Lustig?« meinte Scott, »finden Sie diesen Höllenquatsch lustig? Beim Essen habe ich fast den Verstand verloren, als ich dem Unsinn zuhörte, der die Lakaien Grosvenors, die sich das anhören müssen, sicher zum Selbstmord treibt.«

»Ich muß bekennen, daß ich mich ziemlich gut amüsiert habe«, sagte Ernst, bestürzt über die schlechte Laune des Künstlers. »Es ist doch ein lustiges Haus, nicht wahr?«

»Pah«, sagte Cyril. »Es stinkt nach Geld. Wenn man bedenkt, daß so ein Mann sich anmaßt, Bilder aufzuhängen. Mit seinem Tintoretto in einer Blaubartskammer ganz allein, um zu beweisen, daß er den Unterschied zwischen einem Meister aus Venedig und einem Meister aus Fulham kennt.« Da erinnerte sich Scott, daß er des öfteren andere verachtet hatte, weil sie Grosvenor ins Gesicht schmeichelten und hinter seinem Rücken beschimpften. Er hielt inne und ging auf die verlassene Terrasse hinaus, wo er den Mond geringschätzig betrachtete, weil er nicht so war, wie er ihn gerne malte. Das Rauschen eines Frauenkleides störte ihn. Sofort setzte er den Hut auf, ging die Treppe hinunter und verschwand in der Dunkelheit des Gartens, während Fräulein Woodward enttäuscht in die Halle zurückkehrte.

Siebentes Kapitel

Seit seiner ersten Begegnung mit Frau Tilly, der Hauswirtin von Danvers Street 90, hatte Smith eine Verbesserung in ihrem Aussehen gefunden. Sie lächelte seit einiger Zeit und bemühte sich um die Verschönerung ihrer Person. Smith hatte sie oft mit Interesse beobachtet, wenn sie Sonntagnachmittags, hübsch gekleidet, mit ihrem Gatten ausging, einem jungen Mann, dessen schlotteriger Gang der Anmaßung widersprach, mit der er seinen Groll gegen die gesellschaftlichen Nachteile seiner Lage zum Ausdruck brachte. Sein Aussehen besserte sich mit dem seiner Frau. Allmählich verlor sich seine Aufgedunsenheit, die seinen üblichen Trotz widerwärtig machte. Am Sonntagnachmittag trug er das Kind, und wenn es seine Wange an der seinen rieb, versuchte er nicht mehr, seine väterliche Freude hinter aufgetragener Gleichgültigkeit zu verhehlen. Ferner war in seiner Art zu sprechen eine Besserung merkbar. Wenn ihm bisher im Laufe des Gespräches ein Ausdruck fehlte, so hatte er das Wort »verdammt« eingeschoben, ohne im geringsten darauf Rücksicht zu nehmen, ob es auch zutraf. Er hatte diese Gewohnheit beinahe abgelegt. Im großen und ganzen schien er sowohl in seinem Glück als auch in seiner Anständigkeit Fortschritte zu machen, und Smith, der zuerst eine starke Abneigung gegen den Hausherrn empfand, konnte sich zu Ostern beglückwünschen, von ihm unbehelligt geblieben zu sein. Um so peinlicher war seine Überraschung, als er spät nachts von seinem Besuch in der Alhambra nach Chelsea zurückkehrte und in der Küche ein verworrenes Stimmengeräusch vernahm. Er war zu müde und zu schläfrig, um augenblicklich der Ursache nachzuforschen. Am nächsten Tag jedoch, als Frau Tilly, die die Mieter persönlich bediente, ihm das Frühstück brachte, lag der frühere sorgenvolle Ausdruck auf ihrem Gesicht, und ihre neugewonnene Heiterkeit war verschwunden. Diese Wandlung schrieb er der Unruhe der letzten Nacht zu, und aus ihrer zaghaften Abbitte schloß er, daß sie eine Beschwerde von ihm befürchtete.

Als er an jenem Abend aus der City nach Hause kam, erblickte er Herrn Tilly, der an der Straßenecke eben aus einer Schenke heraustaumelte. Es zeigte sich, daß die Besserung im Benehmen seines Hausherrn und das zunehmende Glück seiner Frau die Folge einer vorübergehenden Enthaltsamkeit gewesen waren, und die Osterfeiertage hatten ihn wieder rückfällig gemacht. Smith wich ihm aus und ging in das Haus. Er mußte dreimal klingeln, ehe Frau Tilly ihm den Tee brachte. Sie weinte beinahe und entschuldigte ihre Verspätung mit der Bemerkung, daß William in der letzten Zeit sehr schwer gearbeitet und sich dabei ein wenig übernommen hätte. Smith schmeckte der Tee nicht. Das heraufdringende Gemurmel, in welchem Tillys drohende Stimme mit den Vorhaltungen und Betörungsversuchen seiner Frau abwechselte, machte ihn nervös. Das Krachen von zerschmettertem Geschirr bewog ihn schließlich, den Lärm nicht länger mitanzuhören, und er ging fort; ein dumpfes Getöse lehrte ihn, als er dies tat, daß Tillys Versuch, die Küchentreppen hinaufzusteigen, mißlungen war. Smith ging nicht weit. Es schien ihm feig, Frau Tilly allein zu lassen, falls sie gegen die Heftigkeit ihres Mannes Schutz suchen sollte. Smith graute vor der Möglichkeit eines Auftritts mit Tilly. Um so mehr beunruhigte ihn sein eigenes Benehmen. Nach einigem Zögern kehrte er zurück. Er fand die Küchenmagd barhaupt auf der Straße, wo sie eifrig lauschend wartete.

»Ist etwas passiert?« fragte Smith.

»Da unten mordet der Herr die Frau«, erwiderte das Mädchen grinsend.

Smith glotzte sie einen Augenblick an, eilte dann ins Haus und näherte sich der Treppe, die zum Erdgeschoß führte. Ehe er hinunterging, hielt er ein; denn das Bruchstück des Gesprächs, das ihn durch die offene Küchentür erreichte, schien eine weniger gefährliche Sachlage anzudeuten, als die Magd geschildert hatte.

»Geh nicht fort, Willy, ich bitte dich, du hast heute abend schon genug getrunken.«

»Laß mich in Ruhe.«

»In diesem Zustand kannst du nicht fortgehen. Du wirst verhaftet werden und deine Stelle verlieren. Kannst du nicht bei mir bleiben?«

»Wer ist in einem Zustand, wo er nicht ausgehen kann? Ich kann raus wie jeder. Mal sehen, wer mich daran hindert. Laß mich gehen, verdammt noch mal!«

»Nein, ich dulde nicht, daß das Kind hungert, damit du in dein Verderben rennst.« Nun entstand eine kurze Pause.

»Schau Amalie, will mich doch nur mit 'n Freund treffen. Mit jemand. Ich werde 'm Kind was mitbringen.«

»Warte bis morgen früh. Komm und leg dich schlafen, Willy. Morgen früh wirst du wieder beisammensein.«

»Wirst du mich jetzt gehn lassen?« Der Trunkenbold brüllte. Smith zögerte nicht länger. Als er die Treppe hinunterstürzte, hörte er einen Schrei und erreichte die Tür gerade rechtzeitig, um zu sehen, wie Tilly seiner Frau mit einer Bratpfanne auf den Kopf schlug mit einer Wucht, die sie zu Boden schleuderte. Sie fiel hin, und ihr Gesicht schien plötzlich weiß; und als Smith ihr zu Hilfe kam und sie aufheben wollte, wurde ihm übel. Sie stöhnte und hob die Hand zum Kopf. Die Lage, in der er sie stützte, war äußerst unbequem; trotz ihres Gewichtes wollte er sie nicht auf den harten Boden fallen lassen. Smith sah Tilly hilflos an, der fürchtete, einen Mord begangen zu haben, und die Bratpfanne ernüchtert fallen ließ. Er sah Smiths Hilfeleistung mit Reue und Bestürzung zu. Sie wurden durch schwere Tritte auf der Treppe gestört. Gleich darauf trat ein Schutzmann, von der Magd begleitet, in die Küche. Er blieb in der Tür stehn, hielt vorsichtig Umschau und rief: »Was ist hier los?«

Tilly sah den Schutzmann unverdrossen an und entgegnete theatralisch: »Ich hab's getan. Hängt mich nur. Ich hab's getan.«

»Nehmen Sie den Mund nicht so voll«, sagte der Schutzmann streng. »Sie haben Zeit zu bereuen, wenn Anklage gegen Sie erhoben wird, und dazu kommt es, wenn ich Sie anzeigen muß.«

In diesem Augenblick erhob sich Frau Tilly mit Smiths Hilfe, setzte sich auf einen Sessel und begann zu weinen.

»Hoffentlich sind Sie nicht verletzt«, sagte Smith.

»Na komm schon«, sagte der Schuldige, sich ihr unbeholfen nähernd. »War ja nur Spaß. Dir würd' ich doch nie und nimmer weh tun.« Frau Tilly wandte ihr Gesicht ab und weinte noch heftiger.

»Sie sind wohl der Mann?« sagte der Schutzmann.

»Jawohl, das bin ich«, erwiderte Tilly schroff.

»Der Frau ist doch nichts Ernstes zugestoßen?« fragte der Schutzmann und wandte sich an Smith, den er für einen Studenten der Medizin oder für einen Apothekergehilfen hielt.

»O nein, hoffentlich nicht. Ich glaube, es geht ihr jetzt wieder ganz gut«, sagte Smith, ohne sich darüber klar zu sein, daß seine Worte als berufliches Gutachten galten.

»Haben Sie die Absicht, Ihren Mann anzuzeigen?« fragte der Schutzmann Frau Tilly.

»Ich habe gar keine Absichten«, schluchzte Frau Tilly. »Was geht es Sie an? Ich habe nicht nach Ihnen geschickt.«

»Sehr wohl«, sagte der Schutzmann, »und Sie, Mensch, nehmen

sich in acht, daß Ihnen nicht früher oder später ein Malheur passiert.« Dann ging er hinaus mit der Gleichgültigkeit eines Menschen, der an häusliche Gewalttätigkeiten gewöhnt ist.

»Kann ich irgend etwas für Sie tun, Frau Tilly?« fragte Smith, der sich gerne zurückgezogen hätte.

»Nein«, sagte sie, »und hoffentlich werden Sie ein andermal nicht wieder Schutzleute in fremde Häuser holen, ehe Sie darum gebeten werden. Ich habe Sie immer für einen Gentleman gehalten, der sich in Dinge nicht mischt, die ihn nichts angehn.« Damit begann sie abermals zu schluchzen.

»Jawohl«, rief Tilly, »verdammte Wichtigtuerei!«

Durch diesen Angriff erstaunt und verletzt, sah Smith Tilly gelassen an und ging aus dem Zimmer. Wenn er in London noch anderswo hätte unterkommen können, so hätte er das Haus sofort verlassen. So ging er sehr beunruhigt zu Bett. Je mehr er sich anstrengte, an gleichgültige oder angenehme Dinge zu denken, desto stärker empfand er die Beleidigung, die ihm zugefügt worden war. Wenn er sie einen Augenblick vergaß, so war es nur, um an Frau Tilly zu denken, wie sie, das weiße Gesicht nach oben gerichtet, hinfiel, und an die Übelkeit, die der Vorfall ihm verursacht hatte. Nach zwei Stunden, die ihn eine halbe Nacht dünkten, schlief er ein und entfloh sich selbst bis zum Morgen. Als er in ruhiger, aber immer noch ärgerlicher Stimmung erwachte, hatte er keine Lust auf feste Nahrung, und die Angst, Frau Tilly wiederzusehen, hinderte ihn daran, zu klingeln. Ohne Frühstück verließ er das Haus. Auf dem Wege zur City trat er in eine Konditorei ein. Hier trank er drei Tassen Tee und las Zeitungen, so daß er mit fünf Minuten Verspätung ins Bureau kam. Auf der Stiege begegnete er dem alten Herrn Simms, dem ersten Buchhalter.

»Beeilen Sie sich, beeilen Sie sich, Herr Smith. Herr Figgis ist im Bureau und hat nach Ihnen gefragt. Er ist in einer furchtbaren Laune. Gehen Sie hinauf.«

»Ach, Herrn Figgis soll der Teufel holen!« rief Smith. »Was will er denn von mir?«

»Pfui, pfui, Herr Smith«, sagte Simms, der Anteil an dem jüngeren Kollegen nahm und eine hohe Meinung von seinem Verstand hatte. »Das sieht Ihnen nicht ähnlich. Bitte, melden Sie sich; Sie haben sich verspätet.«

Smith lehnte sich an die Wand, ein Zeichen, daß er nicht die Absicht hatte, sich zu beeilen. Dann bemühte er sich, den possierlichen strengen Ton anzunehmen, mit dem er sich oft auf Kosten Simms' amüsierte, und sagte feierlich: »Wenn ich Sie recht verstehe, Herr Simms, hat Herr Figgis sich so weit vergessen, vor zehn Uhr nach mir zu fragen. Was will er denn?«

»Nicht unverbesserlich sein, Herr Robert. Alles zu seiner Zeit. Herr Figgis hatte Gelegenheit, das Konto Kennedys nachzuschlagen, und da stellte sich heraus, daß vierzehn Tage lang keine Eintragungen gemacht worden sind. Dann wollte er Ihr Hauptbuch sehn und brummte, weil Sie noch nicht da waren.«

»Ich staune über seine Kühnheit«, sagte Smith. Dann entzog er sich weiteren Beanstandungen und ging ins Bureau hinauf, ärgerlich, daß sein Arbeitgeber über seine ganz ausnahmsweise Unpünktlichkeit Bemerkungen gemacht hatte.

In der Mitte des Zimmers stand Figgis, von ehrfurchtergriffenen Angestellten umringt, Kennedy gegenüber, der sein gebieterisches Stirnrunzeln mit einem frechen Grinsen erwiderte.

»Haben Sie etwas zu bemerken?« fragte Figgis schneidend.

»O nein, ich habe gar nichts zu bemerken«, erwiderte Kennedy vertraulich.

»Herr Forsythe!« rief Figgis, purpurrot vor Zorn.

»Jawohl, Herr Figgis!« fuhr der Kassierer auf.

»Geben Sie diesem Kerl sein Monatsgehalt, und entlassen Sie ihn!«

»Selber ein Kerl«, sagte Kennedy und wurde rot. »Selber ein Kerl.«

»Das genügt«, sagte Figgis und wendete sich einem Pult zu, um jeden weiteren Wortwechsel zu vermeiden. Dort stand er und blätterte im Hauptbuch mit zitternder Hand, während Kennedy ausbezahlt wurde, wobei seine Mitangestellten ihm zuredeten und ihn aus dem Bureau hinausschoben. Sie hatten sich zuerst von ihm ferngehalten, hielten es jedoch später für das beste, zu versuchen, ihn zu beruhigen, denn er erklärte mit lauter Stimme, daß seine Anwesenheit ebenso respektiert werden müsse wie die eines anderen und er es schon mit Besseren aufgenommen habe als mit einem Emporkömmling, der zuviel Geld verdient hätte, um zu wissen, was sich gehörte. Diese Behauptungen erfüllten ihren Zweck, da sie Figgis ungemein verdrossen. Seine Angestellten, mit denen er wenig sprach, fürchteten ihn; gewöhnlich sorgte sein Teilhaber für Ordnung im Bureau und für die notwendige Einschüchterung, wenn es sich nicht um einen außergewöhnlichen Fall von Unrecht handelte.

»Smith!« brüllte Figgis und wendete sich an seinen jüngeren Buchhalter.

»Sie wünschen?« rief Smith mit erstickter Stimme und hielt, im Begriff, seinen Bureaurock anzuziehen, inne.

»Sind Sie endlich da?«

»Jawohl«, sagte Smith mit einer plötzlichen Wallung heftiger Wut. Im Bureau war es mäuschenstill geworden.

»Nein wirklich, Sie sind da«, sagte Figgis. »Vielleicht erinnern Sie sich gefälligst, daß Ihre Bureaustunden um halb zehn beginnen. Wenn Ihnen das nicht paßt, können Sie gehen.«

Smith erwiderte nichts, sondern begann bedächtig, seinen Bureaurock wieder auszuziehen. Als die Anwesenden das beobachteten, ging ein Schauer durch das gesamte Personal. Figgis, obgleich ein stämmiger und zuversichtlicher Mann, atmete erleichtert auf, als es sich zur Enttäuschung der Angestellten herausstellte, daß Smith den Rock nur abgelegt hatte, um ihn gegen den zu vertauschen, den er auf der Straße trug. Nach vollendetem Tausch beantwortete er höflich Figgis' letzte Bemerkung.

»Ihre Bedingungen passen mir nicht, Herr Figgis. Ich gehe.«

»Wie's Ihnen beliebt«, sagte Figgis verachtungsvoll, als er sich nach einer Pause ungläubigen Staunens wieder dem Hauptbuch zuwandte. Smith legte den Schlüssel seines Pultes auf einen Tisch und ging hinaus, wobei er dem Personal zum letztenmal »Guten Morgen, meine Herren!« zurief. Draußen lachte er voller Freude in sich hinein und hatte die Empfindung, daß er seinen Abgang würdig vollzogen hatte. Als er die Stiege hinabstieg, begegnete er dem alten Simms, der zurückkehrte, ohne Zeuge dessen gewesen zu sein, was sich zugetragen hatte.

»Leben Sie wohl, Herr Simms«, jubelte Smith.

»Was heißt das?«

»Das heißt«, sagte Smith, »daß ich diesen Erzschurken, diese Personifizierung von allem, was filzig ist, dieses leibhaftige Vergehen gegen die Schönheit der Kunst, diesen Figgis, den Teppichunhold, dessen Lasterhaftigkeit ich zu lange ertrug, zertreten habe.«

»Halt, halt«, sagte Simms. »So dürfen Sie nicht sprechen. Sie haben doch nicht ernstlich etwas angestellt?«

»Angestellt? Keine Spur!« entgegnete Smith. »Herr Simms, ich habe Figgis & Weaver den Laufpaß gegeben. Bitte packen Sie meinen Bureaurock und die paar Sachen, die sich in meinem Pult befinden, ein, ich werde sie entweder holen lassen oder selber holen, wie es sich trifft. Die Haarbürste mit dem Spiegel auf der Rückseite vermache ich Ihnen als Zeichen meiner Hochachtung. Sie werden entschuldigen, daß er zersprungen ist.«

»Aber was ist denn geschehen?«

»Figgis hatte die Unverschämtheit, mich unhöflich anzufahren; es blieb mir also keine andere Wahl, als mich zu empfehlen und sein Geschäft dem Untergang zu überlassen, von dem es bis jetzt dank meiner Hilfe bewahrt worden ist.«

»Machen Sie keine faulen Witze. Hoffentlich hat er Ihnen nicht gekündigt, weil Sie sich verspätet haben.«

»Eben das.«

»Dann sind Sie sehr albern gewesen. Sie waren im Unrecht. Aber ich glaube Ihnen kein Wort.«

»Hand aufs Herz«, sagte Smith ernst. »Ohne irgendeinen Anlaß hat Figgis mit mir in so einem Ton gesprochen, daß ich ihn beim Wort nahm und wegging. Alles Nähere werden Sie droben von den anderen erfahren. Ich will jetzt keine Minute mehr verlieren. Wollen Sie also die Güte haben, mir das Paket zu machen?«

»Selbstverständlich«, sagte Simms. »Aber ein so begabter junger Mann sollte seine Existenz nicht so leichtfertig opfern. Denken Sie doch ein wenig nach. Was haben Sie sich da angetan? Was haben Sie jetzt von Ihren dummen Ideen?«

»Die Freiheit«, sagte Smith und schüttelte seinem Vorgesetzten die Hand. »Nicht länger Ihr Mitbeamter, sage ich Ihnen in der stolzen Eigenschaft eines Mitmenschen Lebewohl. Mein Fuß, Herr Simms, steht auf heimischer Erde, mein Name ist McGregor.« Mit diesem törichten Zitat auf den Lippen lief er die Treppe hinunter und ließ Simms kopfschüttelnd zurück.

Als er die Straße betrat, wurde er von Weaver angehalten, der vor zehn Uhr selten im Bureau anlangte.

»He!« rief Weaver, »Sie gehen schon weg, Smith?«

»Ja, Herr Weaver«, sagte Smith, der das Gefühl hatte, daß jeder Respekt jetzt Luxus sei.

»Wann werden Sie zurück sein? Ich habe eine Arbeit für Sie.«

»Niemals, ich verlasse das Haus, Herr Weaver.«

»Was? Warum denn?«

»Leider habe ich mich heute früh um fünf Minuten verspätet, und Herr Figgis sagte mir deswegen in einer Weise seine Meinung, daß ich, auf sein Anraten, meine Entlassung nahm.«

»Unsinn, Figgis hat es nicht bös gemeint. Pah! Kommen Sie mit mir zurück und ich werde die Sache in Ordnung bringen.«

»Sehr verbunden, aber das kommt gar nicht in Betracht.«

»Gehen Sie, gehen Sie. Sie ärgern sich über den kleinen Zwischenfall. Wir möchten Sie doch nicht auf solche Weise verlieren. Figgis war heftig und weiß nicht so gut wie ich mit dem Bureau Bescheid. Fünf Minuten zu spät! Lächerlich!«

Smith fühlte sich fast wieder umgarnt. »Ich habe meinen Entschluß gefaßt«, sagte er. Ich versichere Ihnen, mich kann nichts bewegen, wieder zurückzukehren.«

»Nicht so schnell, junger Mann«, sagte Weaver. »Sie sind heißblütig. Überlegen Sie eine Weile. Und dann werden wir sehen. Figgis hält große Stücke auf Sie und ich auch. Ich möchte, daß Sie zu Mason gehen und fragen, wann Herr Brown zu Hause sein wird. Ihnen wird man's eher sagen als dem Kennedy. Lassen Sie sich Zeit; es genügt, wenn Sie mich in einigen Stunden verständigen, und dann können wir weiter sprechen.«

»Danke«, sagte Smith, »ich werde einen Sprung zu Masons machen.« Zwanzig Minuten später kam ein Angestellter von Masons zu Weaver und meldete, daß Brown nachmittags zu Hause sein würde. Er fügte hinzu, daß Herr Smith gebeten hätte, das zu bestellen, da er selbst nicht ins Bureau zurückkehren würde.

Mittlerweile schritt Smith als freier Mann an Temple Bar vorbei. Er bedauerte die Vorübereilenden, so wie sie ihn hätten bedauern können, wenn sie seine Lage gekannt hätten. Das Straßenleben erheiterte ihn; das Sonnenlicht und die Geschäftigkeit standen im Einklang mit der Hoffnung und Tatkraft, mit der er der Zukunft ins Antlitz blickte.

Fröhlich schritt er am Flußufer entlang seiner Wohnung zu und erreichte Westminster. Es war lange her, seit er die Abtei gesehen hatte. Als Angestellter gezwungen, am nächsten Tage zu seinen Geschäftsbüchern zurückzukehren, hatte er nie Lust gehabt, sie zu besuchen. Jetzt, frei und glücklich, trat er ein und wandelte durch die Seitenschiffe und genoß ihren Frieden wie einst, jedoch ohne den Zwang von früher, der als unverständliche Pflicht die beruhigende Stille der Hingegebenheit an die all-ewige Güte störte. Wie ein Nachfahre die Romantik der weitzurückliegenden Geschichte empfindet, für die die Menschen, die selbst in jenen Zeiten lebten, keinen Sinn hatten, so atmete Smith die Atmosphäre des Klosters ein. Ein guter Beobachter hätte ihn mit seinem ruhigen Gang, seiner interessierten Haltung und seiner nachdenklichen Gemütsruhe für einen unerschütterlichen und sehr glücklichen Freidenker gehalten.

So wanderte er eine Stunde umher und vermied absichtlich die für geschäftliche Zwecke bestimmten Teile des Gebäudes. Endlich erwachte er aus seiner Träumerei und gähnte. Dann verließ er die Abtei mit dem Empfinden, die verflossene Stunde in seinen kleinen Vorrat glücklicher Erinnerungen einreihen zu dürfen, und kehrte zur Westminsterbrücke zurück, wo er ein Penny-Dampfboot bestieg.

Als er den Fluß hinunterfuhr, fühlte er zum ersten Male, seit er Figgis Trotz geboten hatte, daß ein Schatten über sein Gemüt schlich. Kaum war das Boot am Lambeth-Palast vorübergeglitten, als er sich niedersetzte und über seine Zukunft nachzudenken begann. Zuerst machte er sich seine Lage klar, so wie sie wirklich war. Er war stellungslos und hatte keine Ersparnisse. Von seiner Erbschaft – vierzig Pfund jährlich – konnte er nicht leben. Er war ein tüchtiger Angestellter und hatte einen guten Charakter, aber Figgis könnte sich weigern, das zu bestätigen. Darüber machte er sich jedoch wenig Sorgen, weil er entschlossen war, nur in äußerster Not noch einmal ein Hauptbuch zu führen. Da er keine andere einträgliche Beschäftigung erlernt hatte, sah er keinen anderen Ausweg, als von Erbswurst und Linsensuppe so lange zu leben, bis sich eine passende Gelegenheit fände. Auch der Gedanke an die Bühne blitzte in ihm auf, und er sah sich, wie er vor einer begeisterten Zuhörerschaft in pelzbesetztem Rock und Schaftstiefeln »Das gebrochene Herz« vortrug. Er dachte an Stundengeben, doch mangelte ihm das Selbstvertrauen zu seinen Kenntnissen und zur Fähigkeit, Achtung einzuflößen. Er dachte daran, Seemann, ja sogar Straßenkehrer zu werden. Ärgerlich über seine Vernunft, die solche Vorstellungen verurteilte, aber nicht verhinderte, beschloß er endlich, nicht mehr daran zu denken, bis er tags darauf die Annoncen der »Times« gelesen hätte. Es war ihm klar, daß er ebensogut sofort mit dem Zeitungslesen beginnen könnte; ein Hang, zu zögern, jedoch bewog ihn, damit zu warten, um wenigstens einen Tag frei von Geschäften zu bleiben.

Als er sich seiner Wohnung näherte, erinnerte er sich seiner Einmischung in den Streit der Tillys, der durch die Aufregung vorübergehend ausgelöscht worden war. Als er an sein Widerstreben dachte, Frau Tilly zu begegnen, entschloß er sich, dieser Zimperlichkeit nicht weiter nachzugeben. Kaum in seinem Zimmer angelangt, klingelte er zuallererst. Es fehlte ihm nicht an einem Vorwand, denn das Zimmer war in Unordnung; die Hausfrau pflegte es erst in vorgerückter Stunde aufzuräumen. Sogleich erschien auch Frau Tilly in Kleidern, die der Beschäftigung des Scheuerns entsprachen, das Haupt in ein Kopftuch gehüllt. Sie sah schlecht aus und betrachtete mit offensichtlicher Ängstlichkeit die unerwartet frühe Rückkehr ihres Mieters.

»Ich wollte Ihnen nur sagen, daß ich heute zu Hause bleibe, Frau Tilly«, sagte Smith. »Ich möchte, daß Sie mein Zimmer möglichst bald fertigmachen.«

»Jawohl, Herr Smith«, erwiderte Frau Tilly mit schwacher Stimme. »Ich hätte schon aufgeräumt, aber ich hatte keine Ahnung, daß Sie zu Hause bleiben würden. Ihr Schlafzimmer ist schon in Ordnung.«

Smith zog sich in sein Schlafzimmer zurück, bis Frau Tilly mit ihrer Arbeit fertig war. Er wartete auf ihr Fortgehen, hörte aber, daß sie zögerte und hustete, und folgerte daraus, daß sie mit ihm sprechen wollte. So zeigte er sich wieder.

»Haben Sie noch einen Wunsch?« fragte Frau Tilly und beschäftigte sich mit ihrem Staubtuch.

»Nein, aber Sie, sonst würden Sie nicht herumstehen und mich belästigen«, dachte Smith. Er sagte jedoch nur: »Nein, ich danke, Frau Tilly.«

»Hoffentlich«, begann Frau Tilly zögernd, »nehmen Sie den gestrigen Vorfall nicht weiter übel, Herr Smith.«

»Oh, das hat nichts zu sagen, seien Sie ganz unbesorgt.« Während er so sprach, begann er zu zweifeln, ob er den Versuch, einer Frau den Schädel einzuschlagen, nicht etwas leichtfertig abtat.

»Ich meine weniger, was William gesagt hat, denn dafür werden Sie ihn wohl nicht verantwortlich machen. Er wußte ja nicht, was er tat und redete. Aber ich fürchte, daß ich in meinem Kummer Ihnen vielleicht unziemlich geantwortet habe, statt Ihnen dankbar zu sein für Ihre Güte gegen mich und Ihre Geduld mit ihm.«

Smith versicherte sie seines vollkommenen Verständnisses. Er errötete, als sie auf seine Geduld mit ihrem Mann anspielte, denn jetzt erst fiel ihm ein, daß er die gemeine Gewalttätigkeit, mit der Tilly seiner Frau eine Bratpfanne auf den Kopf schlug, richtiger mit einem Kinnhaken statt mit Geduld hätte beantworten sollen.

»Ich weiß nicht, was er gestern hatte«, sagte sie. »Seit Weihnachten war er so anständig, wie ein Mann nur sein kann. Sie dürfen nicht glauben, daß William ein schlechter Kerl ist, und ihn danach beurteilen, was er getan hat. Bei Vernunft tut er keiner Fliege etwas zuleide. Und vor dem gestrigen Abend hat er mich niemals angerührt. Es war meine Schuld, daß ich ihm in solch einem Zustand in den Weg trat. Der arme Kerl! Wenn das Trinken nicht wäre, könnte niemand etwas gegen ihn sagen.«

»Um ihretwillen hoffe ich, daß er es künftig lassen wird.«

»Hoffentlich«, seufzte Frau Tilly. »Ich hätte weniger dagegen, wenn das Kind nicht wäre. Ich wollte, die Regierung würde alle Schenken zusperren und anständige Menschen, die ohne sie ihre Familie niemals unglücklich machen würden, nicht in Versuchung führen. Ich habe noch nie einen Schutzmann im Hause gehabt.«

»Sie sollten wissen, Frau Tilly, daß nicht ich es war, der ihn holen ließ.«

»Das weiß ich wohl, Herr Smith, und bitte Sie nochmals um Entschuldigung wegen meiner Bemerkung. Das Mädchen hat mir alles aufgeklärt. Wenn ich daran denke, wie ich mit Ihnen gesprochen habe –«

»Bitte, kein Wort mehr. Hoffentlich ist ihre Wunde nicht schmerzhaft.«

»O nein«, erwiderte Frau Tilly hastig. »Es ist nichts. Es war tatsächlich nur ein unglücklicher Zufall, weiter nichts. Zuerst war ich bestürzt, aber es hat nichts zu sagen, glauben Sie mir. Aber ich halte Sie von Ihren Büchern zurück, Herr Smith. Noch vielen Dank.« Mit diesen Worten verließ Frau Tilly, die offensichtlich vermeiden wollte, über ihre Kopfverletzung zu sprechen, das Zimmer.

Die nachfolgenden Stunden verbrachte Smith damit, seine Koffer in Ordnung zu bringen, einige belanglose Briefe zu verbrennen und alte Bruchstücke von Gedichten durchzulesen, wobei er zuweilen erwog, ob er nicht eine Beschäftigung als Lakai bei Frau Pertoldi suchen und ausrechnen sollte, ob die siebenunddreißig Shilling und sechs Pence, die er noch übrig hatte, ausreichen mochten, bis er seine Zinsen für das nächste Quartal erhalten würde. Endlich machte ihn das Faulenzen hungrig; und da seine übliche Mittagsstunde vorüber war, ging er in ein nahes Restaurant zu Tisch.

Nach dem Essen wußte er nicht, was er anfangen sollte, und fühlte einen Augenblick lang, wie gerne er sich durch Einzeichnung einer Kolonne in Figgis' Hauptbuch zerstreuen würde, wenn die Firma damit einverstanden wäre, ihn als unabhängigen Volontär zu behandeln. Schließlich ging er spazieren. Als er von Beaufort Street in die Fulham Road einbog, wurde seine Aufmerksamkeit auf ein fensterloses Fuhrwerk gelenkt, in dessen Dach große schwarze Federbuschen festgesteckt waren. Es wurde von vier schwarzverhängten Pferden mit langen schwarzen Schweifen gezogen, von denen jedes einen schwarzen Federbusch zwischen den Ohren trug. Die Farbe der Tiere und das perlenähnliche Glänzen ihrer Augen erhöhten die groteske Wirkung ihres Aufputzes. Der Kutscher, ein großer Mann mit harten Zügen, mit Schaftstiefeln und einem schwarzen Rock mit langen Schößen bekleidet, war anscheinend schon vielen Regenschauern ausgesetzt gewesen. Auf seinem Hut wehte eine lange Schärpe aus Crepe, die seinem sonst ernsten Aussehen einen Stich ins Absonderliche verlieh. Zu beiden Seiten des Fuhrwerks, das eine in Blei gebettete Leiche enthielt, schritten sechs schwarzgekleidete Männer mit weißen Krawatten und Hüten, die mit einer gleichen Zier wie der des Kutschers versehen waren. Jeder Mann trug einen schwarzen Stab mit Messingspitze. Hinter ihnen fuhr eine andere Kutsche mit einer schwarzen Kutschbockdecke. Ein Kutscher, dem Lenker des ersten Fuhrwerks ähnlich, lenkte sie. Sie war von vier Personen besetzt, deren traurige Mienen seltsam abstachen von dem phantastischen Aufzug, dessen Teil sie bildeten. Smith hatte schon viele solche Leichenbegängnisse gesehen; die Gewohnheit jedoch hatte ihn dafür ebenso abgestumpft wie für den Inhalt eines Fleischerladens. Da er annahm, daß der Bestimmungsort dieses Zuges der Brompton-Friedhof war, und er diesen Ort niemals besucht hatte, beschloß er, mitzugehen. Bald hatte er den langsamen Leichenwagen eingeholt und, als er den Friedhof erreichte, ihn sogar etwas hinter sich gelassen.

An den Gräbern vorbeischlendernd, las er angeregt die Inschriften, die selten über in Verse gebrachte bloße Tatsachen oder Zitate hinausgingen. Sie waren entweder abgedroschen oder drollig; die letzten entgingen Smith schon deshalb nicht, weil sie seinen Sinn für das Lächerliche außergewöhnlich anregten. Mit melancholischer Ironie betrachtete er die Großartigkeit der Denkmäler, deren eingemeißelte Beteuerungen um so überschwenglicher schienen, als darunter nur eine abgeworfene Hülle lag, dazu da, gleichgültig einem Heer von Würmern zur Nahrung zu dienen. Er bemerkte auch, daß viele der Gräber Personen gehörten, deren ewiges Wohlergehen in ihren Grabschriften als sicher angenommen wurde, und daß alle mit frischen Blumen geschmückten Gräbern neuesten Datums waren. Als er an der Kapelle vorbei war, erreichte er die Mitte eines freien, von Katakomben umgebenen Platzes, zu deren Türen Steintreppen hinunterführten. Smith stieg zu einer dieser Türen hinunter und spähte durch das Gitter. Ein merkwürdiger Geruch schlug ihm entgegen, und zu sehen war nur ein weißgetünchtes Brett, auf dem einige schmutzige Särge standen, und ein paar verweste Kränze von sogenannten Immortellen. Nachdem er diese Särge mit der Neugierde, die er keinem anderen Gefäß für Abfälle geschenkt hätte, betrachtet hatte, kehrte er etwas angewidert zum Friedhof zurück und setzte seinen Spaziergang fort. Von Zeit zu Zeit eilte ein Pfarrer mit Stola, Buch und Schirm über seinen Pfad. Als er, um einem Begräbnis auszuweichen, in einen Seitenweg einbog, stieß er auf eine in Trauer gekleidete Frau, die an einem Grabe kniete und die darauf gepflanzten Blumen pflegte. Smith wich zurück. Nicht nur seine Feinfühligkeit verbot ihm, sich vorzudrängen, sondern es überkam ihn eine perverse Neigung zu lachen, bei dem Gedanken an die Verwandlung der Leiche durch scheußliche Grade der Zersetzung in ebenjene Blumen, die sie mit solcher Sorgfalt wartete. In einiger Entfernung bemerkte er einen Arbeiter, dem ein alter Herr mit langem weißen Bart beim Graben zusah. Die zwei schienen einige Worte zu wechseln, Smith dachte an Hamlet und den Totengräber, und da er hoffte, etwas von ihrem Gespräch zu erlauschen, schlenderte in ihre Nähe.

»Die Leute werden immer in Bleisärgen begraben, nicht wahr mein Freund?« fragte der alte Herr.

»Die sich's leisten können, schon«, erwiderte der Arbeiter. »Die sich's nicht leisten können, werden in Holzsärge gepackt.«

»Was wird aus den Särgen?«

»Sie verfaulen und bersten.«

»Wirklich?« sagte der Herr. »Ich glaube, in einem Bleisarg kann eine Leiche nie verwesen.«

»Glauben Sie?« fragte der Totengräber mürrisch. »Gerade da verwesen sie erst recht. Sie treiben die Särge auf wie Fässer.«

»Das ist aber interessant. Was geschieht dann?«

»Dann bohrt man ein Loch hinein, und das Gas zischt heraus.«

»Das Gas? Gott steh' mir bei!«

»Jawohl, das Gas«, erwiderte der Totengräber. »Ich habe es erlebt, daß ein Mann sich ins Bett legte und starb, nur weil er ein solches Gas eingeatmet hatte. Der alte Schurke, dem der Sarg gehörte, hat die Arbeiter bei Lebzeiten genug geplagt und sollte sie nicht noch nach seinem Tode vergiften, das ist meine Meinung.«

Der alte Herr sah seinen Belehrer verwirrt an und entfernte sich. Smith eilte an das nächste Tor des Friedhofs. Ihm war, als ob die Luft schwer und verpestet und der Regen, der auf das Gras fiel, dunkler Schweiß sei. Gedrückt und angewidert, ging er, so schnell er konnte, bis er in die Old Brompton Road entkam, wo er, den Friedhof weit hinter sich, endlich frei zu atmen wagte.[1]

Achtes Kapitel

Am nächsten Morgen stand Smith zur gewohnten Stunde auf, und nachdem er sich sorgfältig angekleidet hatte, um auf eine Annonce hin persönlich erscheinen zu können, kaufte er sich ein Exemplar der »Times«. Es war ein schöner Morgen; und anstatt mit der Zeitung wieder nach Hause zu gehen, ging er nach Kensington Gardens und setzte sich auf einen eisernen Sessel, der an einer hübschen Stelle in einem der Parkwege stand, die vom »Runden Teich« bis zum »Langen Wasser« sich erstreckten. Für diesen Platz mußte er sogleich einem grämlichen Mann mit einer Geldtasche einen Penny bezahlen. Als der Beamte sich entfernt hatte, öffnete Smith seine Zeitung und warf, auf der Suche nach den Annoncen, einen Blick darauf. Da wurde seine Aufmerksamkeit auf einen Aufsatz mit interessanter Überschrift gelenkt. Er las den Absatz und überflog dann ein paar Artikel. Schließlich las er alles, ohne auch nur eine einzige Anzeige angesehen zu haben, und als er fertig war, fühlte er die Neigung, einen Spaziergang rund um den Park zu machen und das Geschäft auf einen anderen Tag zu verschieben. Er riß sich jedoch zusammen und ging an die Arbeit. Die erste Annonce, die ihm ins Auge fiel, lautete:

Sekretär gesucht, 300, Queens Gate, South Kensington, Vorstellung binnen zwei Tagen, bis zwölf Uhr mittags.

1 Im Jahre 1878 war diese Szene etwas mehr als eine Beschreibung der krankhaften Phantasie eines jungen Mannes. Es war der dringende Ruf nach der Feuerbestattung, die damals viel umstrittener war als heutzutage. Und es war eine Wiederholung des Protestes von Dickens gegen den grotesken Mummenschanz der altmodischen Leichenbestattungen.

Diese Annonce brachte Smith auf einen neuen Gedanken. Warum nicht Sekretär werden? Dann begann er Zweifel zu hegen. Litt ein Sekretär nicht unter demselben Übel wie ein Lakei, eine Erzieherin, ein Stubenmädchen? War der Angestellte einer öffentlichen Firma nicht unabhängiger als der Angestellte eines Privathauses? Smith polemisierte jedoch vergebens gegen sich selbst, denn unbewußt hatte er sich sofort zugunsten der Sekretärstelle entschieden. Sie bot Spielraum, eine Individualität konnte sich entwickeln, was bei der Buchführung unzulässig war. Queens Gate war ein vornehmerer Wirkungskreis als die City. Dieser letzte Beweggrund war ausschlaggebend. Smith sah auf seine Uhr, es war halb zwölf. Als er unmittelbar vor der harten Probe stand, sich persönlich um eine Beschäftigung zu bewerben, zitterte er. Gleichzeitig wurde er kühn und heiter. Er sprang auf die Beine, schlug sich mit der Faust an die Brust und ging flott ausschreitend auf Queens Gate zu.

Auf sein Klingeln an der Tür Nummer 300 erschien nach langer Pause ein sehr unenglisch aussehender Diener in rotem Livreerock, aber sonst in grauen Tweed gekleidet.

»Ich komme wegen der Annonce in der ›Times‹ von heute früh«, sagte Smith.

Der Lakei wurde ernst und dachte einen Augenblick nach. »Ganz recht«, flüsterte er vertraulich, »treten Sie ein, ich werde Sie dem Herrn melden. Haben Sie ein Visitenkarte bei sich?«

»Jawohl«, sagte Smith und zog eine aus der Tasche, die er dem Diener einhändigte. Es war die erste von den hundert, die er einst gekauft hatte.

»Schön», sagte der Diener aufmunternd. »Setzen Sie sich und keinen Ton, bis ich zurückkomme.« Hierauf entfernte er sich mit der Karte. Nach wenigen Minuten kam er auf den Zehenspitzen wieder.

»Nun?« fragte Smith nach einer Pause.

»Pst«, machte der Mann mit leiser Stimme. »Seine Tochter ist bei ihm. Machen Sie sich's bequem; ich bringe Sie zu ihm, wenn er klingelt. Sie haben Glück.«

»Wieso?« fragte Smith.

»Es waren schon Hunderte, ja Tausende hier, während er noch im Bett lag. Er hat kaum vor fünf Minuten gefrühstückt, und Sie sind der erste. Hoffentlich kriegen Sie den Posten, weil es eine Höllenarbeit ist, die Eingangstür aufzumachen.«

»Danke«, sagte Smith. »Hoffen wir.«

»Es ist ein feines Haus«, sagte der Diener gewichtig. »Woher sind Sie denn? Pst, das ist die Glocke. Kommen Sie, und nur keine Angst.«

Smith, der bei dem Klingelzeichen erbleichte, folgte seinem Führer durch eine mit grünem Tuch überzogene Tür in einen langen Gang, der in ein Treibhaus mündete. Als sie den Gang betraten, kam eine hübsche junge Dame mit schwarzen Haaren und Augen vom andern Ende auf sie zu. Als sie sah, daß ein junger Mann dem Diener folgte, heiterte sich ihre unzufriedene Miene auf; und an ihr vorübergehend, empfand Smith ein leichtes Beben, weil er fühlte, daß die dunklen Augen ihn verstohlen betrachteten. Als sich die grüne Tür hinter der jungen Dame geschlossen und sein Führer sich augenzwinkernd nach ihm umgewandt hatte, konnte Smith eine Empfindung der Entrüstung schwer unterdrücken. Dann blieben sie stehen, und der Diener klopfte leise an eine Tür, die sich in der Nähe des Treibhauses befand.

»Herein«, brüllte eine Stimme.

»Treten Sie ein, und sprechen Sie mit ihm frei heraus«, flüsterte der Diener, während er die Tür weit öffnete. Smith trat ein und befand sich in einem großen unordentlichen, als Bibliothek eingerichteten Raum. Briefe, Zeitungen, Adreßbücher, Blaubücher, Briefpapier, Federn, Papierklammern und Brillenhülsen lagen verstreut auf einem fleckigen Pult herum, das am Ende des Tisches in der nächsten Nähe des Fensters stand. Die Sessel waren sehr abgenutzt; die Zimmerecken mit Handkoffern, Haufen von Röcken und staubigen Schachteln vollgestopft. Ein paar Gipsbüsten standen auf den Bücherschränken, und hinter der Tür wimmelte es von Stöcken, Schirmen, Angelruten und zerbrochenen Jalousiestäben. In einem fahrlässig verputzten Kamin brannte ein großes Feuer. Der Boden war schlecht gefegt, und die Lampenglocken des Kronleuchters waren mit Staub bedeckt. Die Unordnung und die matte rote Farbe der Tapete verliehen dem Zimmer ein trübes Aussehen, das die Wirkung seiner Geräumigkeit beeinträchtigte.

Vor dem Pult saß ein grauhaariger Herr von ungefähr sechzig Jahren. Sein verwirrter, ungeduldiger Gesichtsausdruck und der Zustand des Zimmers erweckten bei Smith den Eindruck, daß der Alte unpünktlich und unordentlich sei. Er war ein schöner Mann und, wenn er sich nicht gerade über sein Pult beugte, von gerader Haltung, stattlichem Wuchs und kräftigem Körperbau. Er war unrasiert, und alles, was von seiner Kleidung sichtbar war, bestand aus einem alten Überrock, dem aufgeknöpften Kragen seines Nachthemdes und Pantoffeln.

»Bitte setzen Sie sich, dort steht ein Stuhl«, sagte er, als Smith eintrat. »Nur einen Augenblick, ich bin gleich fertig.«

Smith gehorchte und beobachtete ihn, während sein zukünftiger Brotherr einen Brief unterschrieb und sich nach einem leeren Fleck umsah, um seine Feder hinlegen zu können. Da er keinen fand, steckte er sie in das Tintenfaß. Dann suchte er ein Stück Löschpapier, und nachdem er murmelnd eine Menge Briefe durcheinandergeworfen hatte, fand er ein zerrissenes, viel benutztes Restchen. Er griff nun wieder zur Feder, steckte sie in den Mund und begann wieder zu suchen. Endlich verlor er die Geduld, und während er mit den Zähnen den Federstiel festhielt, rief er:

»Wo in drei Teufels Namen haben sie die Briefumschläge hingetan?«

Da Smith unter einer Zeitung einen ganzen Haufen davon liegen sah, erlaubte er sich, ihm welche zu reichen.

»Oh, ah, danke«, sagte er. »Es gibt nichts Fürchterlicheres, als mit unordentlichen Menschen in einem Hause zu wohnen. Keiner schert sich darum, wo er die Dinge hinwirft. Jetzt«, setzte er hinzu, nachdem er seinen Brief gefaltet und zugeklebt hatte, »ist die Luft rein. Sie sind wegen der Stelle gekommen, nicht wahr? Wie alt sind Sie?«

»Etwas über neunzehn«, sagte Smith.

»Das ist sehr jung«, meinte der Herr. »Wo waren Sie auf der Schule? Haben Sie die Universität besucht?«

»Seit meinem sechzehnten Jahr bin ich in einem Geschäft in Stellung gewesen.«

»Dann lohnt es sich vielleicht nicht für Sie, bei mir einzutreten. In was für einem Geschäft waren Sie?«

Smith schämte sich ein wenig, das Geschäft von Figgis & Weaver zu schildern, und setzte seine Lage kurz auseinander.

»Die Sache ist nämlich die: ich habe sehr viele Briefe zu erledigen und so viele Angelegenheiten zu ordnen; und hier im Hause selbst gegen Schlamperei anzukämpfen. Das ist mehr, als ich allein fertigbringen kann. Ich habe schon einen Versuch mit einem jungen Burschen gemacht, der für Sechspennyzeitungen Artikel schrieb; aber er hat mir in keiner Weise geholfen. Es gibt hier genug Arbeit für den ganzen Tag, für den ganzen Vormittag wenigstens.«

»Wenn es notwendig ist, kann ich Ihnen den ganzen Tag zur Verfügung stellen!« sagte Smith.

»Na also«, sagte der Herr, »dann ist wohl alles in Ordnung.«

»Und wie hoch ist mein Jahresgehalt?«

»Sie sind Engländer, nicht wahr?« lachte der Herr.

Smith gestand seine Nationalität mit der Befürchtung ein, daß sein Brotgeber, offenbar Irländer, einen englischen Sekretär vielleicht mit Neid und Haß ansehen würde.

»Das hab' ich mir gleich gedacht, nach der Art, wie Sie sich ausgedrückt haben«, lachte der Herr. »Ich bin Irländer.« Smith bemühte sich, erstaunt dreinzuschauen. »Hundert Pfund jährlich zahle ich gewöhnlich.«

Smith, der in der City um wenig mehr als die Hälfte geschuftet hatte, überlief ein Schauer der Freude, den zu verbergen ihn seine geschäftliche Praxis mahnte. Er verachtete aber die Mahnung als einen Makel des Teppichwarenhauses und sagte: »Damit bin ich sehr zufrieden.«

»Am besten, Sie versuchen es eine Woche oder einen Monat, um zu sehen, wie es Ihnen gefällt«, sagte der Herr. »Wann können Sie bei mir eintreten?«

»Ich kann sofort mit der Arbeit beginnen, wenn Sie wollen«, sagte Smith etwas betroffen durch diese rasche Art, eine Verhandlung abzuschließen, die bei Figgis & Weaver drei Besprechungen und viele Auskünfte erfordert hätte.

»Also ist die Sache in Ordnung?« fragte der Herr.

»Gewiß«, sagte Smith. »Möchten Sie aber nicht zuvor einige Erkundigungen über mich einziehen?«

Der Herr wurde ungeduldig. »Nun ja«, sagte er. »Geben Sie mir eine Adresse, alles andere ist dann meine Sache. Ich fürchte, daß ich heute kaum noch dazu kommen werde. Sind Sie mit den Smith von Hackettstown verwandt?«

»Nein«, sagte Smith. »Ich gehöre keiner besonderen Familie an. Smith ist ein in England sehr verbreiteter Name.«

Der Herr grinste über diesen Aufklärungsversuch seiner irischen Unwissenheit und fragte: »Wie wär' es, wenn wir uns an die Arbeit machten? Gott steh' mir bei, die Vormittage verrinnen, ehe man richtig zur Besinnung kommt. Bei dieser Gelegenheit lassen Sie sich gesagt sein, daß ich in erster Linie immer Ordnung verlangen werde. Wenn Sie erst so alt sind wie ich, werden Sie ihren Wert erkennen. Glauben Sie mir, Smith, und wenn ein Mensch alt wie Methusalem würde, hätte er doch nicht Zeit genug, sich Unordnung leisten zu können. Jetzt aber genug der Worte, fangen wir an.«

»Womit?« fragte Smith und legte seinen Hut beiseite.

»Mein Gott«, sagte der Herr, sich den Kopf kratzend, »ich weiß noch nicht genau. Warten Sie einen Augenblick, wir werden gleich sehen.«

»Wenn Sie gestatten«, meinte Smith, »so könnte ich mich zunächst mit dem Ordnen dieser verstreuten Papiere beschäftigen.«

»Ja, weiß Gott, das könnten Sie«, sagte der Herr. »Nehmen Sie sich aber sehr in acht dabei, ich habe sie gern alle bei der Hand, und wenn Sie glauben, daß Sie sie verlegen könnten, ist es besser, wenn Sie nichts anrühren.«

Smith versprach, achtzugeben, und begann die Briefe nach dem Datum zu ordnen. Sie waren an seine Hochwohlgeboren Herrn Abgeordneten Foley Woodward gerichtet. Dann legte er einen Vorrat von Briefpapier und Briefmarken beiseite, was ihm ermöglichte, dem herumsuchenden alten Herrn in jedem Moment das zu reichen, was er brauchte, und ihn dadurch bald zu überzeugen, daß sein neuer Sekretär eine Perle sei. Auch sammelte, numerierte und ordnete er viele alte Briefe in alphabetischer Reihenfolge. In weniger als einer Stunde war der Tisch in Ordnung.

Als er einen Haufen Prospekte, alte Umschläge und andere belanglose Papiere betrachtete, gestattete er sich zu sagen: »Ich glaube, ein Papierkorb würde hier sehr gelegen sein.«

»Es steht ja einer unter dem Tisch.« Als er hinunterblickte und sah, daß keiner da war, hielt der alte Herr inne. Er stieß einen Fluch aus und begann wütend »Hamlet!« zu rufen. Smith, der diesen Namen außer auf der Bühne niemals gehört hatte, war erstaunt, den Mann, der ihm die Tür geöffnet hatte, ins Zimmer treten zu sehen.

»Gnädiger Herr befehlen?«

»Wo ist der Papierkorb, der hier unter dem Tisch stand?«

»Ich weiß nicht.«

»Warum zum Teufel wissen Sie das nicht!« rief Woodward aus, sehr erzürnt über diese Antwort. Holen Sie ihn sofort, verstanden?«

»Ich will mich nicht versündigen«, begann Hamlet und trat einen Schritt näher; »aber ich habe ihn niemals gesehen.«

»Machen Sie, daß Sie fortkommen, und holen Sie ihn«, unterbrach Woodward. »Smith, geben Sie ihm einen Tritt, daß er in den

Gang hinausfliegt.« Smith atmete erleichtert auf, als der Diener, ohne die Ausführung dieses Befehls abzuwarten, entfloh und nach einer Weile mit einem Wäschekorb zurückkam, der das Aussehen hatte, als wäre er eben entleert und hastig mit Seife und Wasser gescheuert worden. Diesen Korb stellte er unter den Tisch, indem er dabei die Bewegungen seines Herrn beobachtete, als ob er einen plötzlichen Angriff befürchtete. Als er wieder draußen war, fragte Smith, ob er wirklich Hamlet hieße.

»In einigen Gegenden Irlands ist der Name so häufig wie Ihr Name hierzulande«, sagte Woodward. »Hamlet ist in Carlow zu Hause, obgleich er von einer Familie aus der Grafschaft Louth stammt, er ist ein großer Gauner. Eines schönen Tags wird er sich wundern.«

»Hamlet ist also sein Familienname?« fragte Smith.

»Jawohl, Cornelius Hamlet.« Da erschien Hamlet wieder. »Wenn man vom Teufel spricht... Was wollen Sie denn schon wieder?«

»Fräulein Isabella läßt daran erinnern, daß Sie nach dem Lunch mit ihr im offenen Wagen spazierenfahren wollten. Sie möchte wissen, ob Sie nicht vorher hinaufkommen und eine Kleinigkeit essen wollen.«

»Sagen sie ihr, daß ich zu beschäftigt bin«, entgegnete Woodward.

»Sie hat mir aber befohlen, nicht ohne den gnädigen Herrn zurückzukommen«, beharrte der Lakai. »Bitte kommen Sie doch hinauf und nehmen Sie einen Bissen. Was hat es für einen Sinn, sich mit diesen vermaledeiten Briefen umzubringen.«

»Schon gut, schon gut, sagen Sie ihr, daß ich gleich kommen werde«, antwortete Woodward ergeben.

»Gott segne Euer Gnaden«, erwiderte Cornelius munter und zog sich zurück.

»Wahrhaftig«, dachte Smith, der erwartet hatte, der Diener würde für seine Vertraulichkeit augenblicklich entlassen werden, »diese Irländer sind sehr merkwürdige Menschen.«

»Ich fürchte, heute werd' ich nichts mehr arbeiten können«, sagte Woodward. »Ich muß mich ankleiden; und vermutlich haben Sie selbst auch Eile, wegzukommen. Also fort mit Ihnen.«

»Um wieviel Uhr soll ich morgen bei Ihnen sein?« fragte Smith.

»Kommen Sie kurz nach elf. Ich komme gewöhnlich vor zwölf Uhr herunter.«

Smith hatte Gewissensbisse, hundert Pfund im Jahr unter so leichten Bedingungen anzunehmen. Ehrerbietig meinte er, er könnte auch schon früher kommen, um den Briefeinlauf zu übernehmen und einiges zu beantworten nach Anweisungen, die sein Brotherr im Bett oder beim Frühstück darauf notieren könnte. Auch könnte er fortfahren, die rückständigen Briefe zu ordnen. Woodward war verblüfft über die Voraussicht und Planmäßigkeit, die dieser Vorschlag bezeugte, und billigte ihn. Gleichzeitig riet er dem Sekretär, nicht zuviel auf einmal anzufangen, weil es besser sei, mit wenig zu beginnen und sich zu bewähren, als einem neuen Besen zu gleichen, der nur am Anfang gut kehrt. Weiter meinte er, Smith möge sich wegen der Briefschaften keine Sorge machen, die Dienerschaft habe Befehl, alles genau so liegen zu lassen, wie sie es vorfände. Dann wünschte er ihm guten Tag und verließ das Zimmer.

Smith hatte seinen Hut genommen und wollte sich eben entfernen, als Hamlet eintrat.

»Hat er Sie angestellt?« fragte er in eifrigem Flüsterton.

Smith, der Distanz zu halten wünschte, jedoch nicht wußte, wie er das anstellen sollte, nickte.

»Glück auf!« sagte Hamlet. »Er ist zwar ein alter Tropf, Gott verzeih' mir, aber solange er Sie arbeiten sieht, frißt er Ihnen aus der Hand. Die vielen Leute, die hinter der Stelle her waren, sind inzwischen wieder da gewesen, und jeder hat wie ein verdonnerter Esel dreingeschaut, als ich sagte, daß die Stelle schon besetzt ist. Pst, er reißt schon wieder an der verdammten Klingel, der Teufel soll sie holen.« Mit diesen Worten lief er schnell davon, und Smith verließ das Haus. Im Vorzimmer ging er an einem großen Mann mit Frack vorbei. Es war jener Diener, der nach drei Uhr nachmittags die Tür öffnete, da Cornelius Hamlet gesellschaftlich viel zu ungeschickt war, um zu dieser Stunde mit dieser Verrichtung in South Kensington betraut zu werden.

Als Smith ins Freie trat, sah er auf die Uhr. Es war ein Viertel vor drei.

»Na«, sagte er zu sich. »Mehr als drei Jahre habe ich täglich neun Stunden lang in einer düsteren Bude bei filzigen Geizhälsen für ein Pfund wöchentlich geschuftet. Jetzt freut sich ein unglücklicher irischer Gentleman, daß er mich hat, und bezahlt mir fast doppelt soviel Geld für eine Stunde Arbeitshilfe, weil er dazu gewöhnlich einen Tag braucht und ich es allein in ungefähr fünf Minuten schaffe. Mein schätzbarer Figgis, mein vortrefflicher Weaver, ich bin keinen einzigen Tag arbeitslos geblieben und habe meinen Posten gerade jener Tugend, mich zu verspäten, zu verdanken, die zu würdigen ihr so wenig verstanden habt.« Fröhlich machte er seinen früheren Arbeitgebern ein lange Nase und ging zu Tisch.

Auf dem Rückweg fühlte er sich so verwachsen mit dem West End, daß er beinahe ein paar Handschuhe gekauft hätte. Er beherrschte sich jedoch und spazierte durch Rotten Row, wo er dadurch belohnt wurde, daß er Herrn Woodward mit seiner unzufriedenen Tochter vorbeifahren sah. Smith war erstaunt, was für ein schöner Mann sein Brotgeber war, sobald sein Nachtgewand, sein Überrock und seine Pantoffel durch anständige Kleider ersetzt waren. Er fragte sich, ob seine eigene Erscheinung Fräulein Isabella am Vormittag wohl aufgefallen war.

Neuntes Kapitel

Fräulein Woodward war einen Tag von »Schloß Vogelschau« fortgewesen. Sie war am Donnerstagnachmittag nach London gefahren, und jetzt – Sonnabendmittag – war sie auf ihrem Zimmer in Grosvenors Haus und im Begriff, das Kleid abzulegen, in welchem sie nach Richmond zurückgefahren war. Ihre Schwester Clytie fand sich bei ihr ein und fragte, nachdem sie einige Minuten im Zimmer herumgewandert war, gelangweilt: »Nun?«

»Nun?« kopierte Isabella ihre Schwester ärgerlich.

»Oh«, sagte Clytie, »wie ich sehe, haben wir heute unseren liebenswürdigen Tag.« Isabella schwieg. Endlich begann Clytie wieder:

»Hat unser Alter in unserer Abwesenheit eine Dummheit gemacht?«

»Er hat einen neuen Sekretär engagiert, einen Jüngling, der Akrobat oder etwas Ähnliches war.«

»Was soll das heißen? Akrobat?«

»Er war entweder Akrobat oder in einem Teppichgeschäft, ich weiß nicht genau, was. Ich weiß nur, mit Teppichen hat er irgendwie zu tun gehabt. Papa ist entzückt von ihm, weil er Ordnung hält. Wahrscheinlich war er daran gewöhnt, nach Ladenschluß alles zusammenzuräumen. Oh, wenn man sich nur schon für das Dinner umkleiden könnte!«

»Hast du ihn gesehn? Ist er nett?«

Isabella schob die Lippe vor und zuckte mit den Schultern. »Ich habe ihn kaum gesehen. Er ist genau die Art Mensch, von dem man erwartet, daß er sehr ordnungsliebend ist. Jedenfalls wird er ganz gut dazu taugen, um von Papa verflucht zu werden, wenn seine Briefe verlorengehen.«

»Wie heißt er?«

»Wie soll er denn heißen? Natürlich Smith. Er sieht aus wie ein Laffe. Cornelius behauptet, daß er ein Schmeichler ist und großartig versteht, seinen Herrn an der Nase zu führen. Die ganze Dienerschaft hat Reißaus genommen. Das Haus ist in einem fürchterlichen Zustand.«

»Und wie alt ist der Teppich-Held?«

»Keine Ahnung. Laß mich doch um Gottes willen in Ruhe mit ihm. Er sieht aus wie zwanzig. Setz dich nicht auf meinen Pelzmantel, du dummes Ding, du.«

»Sei unbesorgt, Bella, ich habe nicht die Absicht, es zu tun. A propos, was hast du denn angestellt, um Scotts böse Zunge so gegen dich aufzuhetzen?«

»Clytie!«

»Nur ruhig Blut, meine Liebe. Du hättest dich kaum beherrschen können, wenn du gehört hättest, was er gestern abend in der Halle gesagt hat. Dieses boshafte kleine Scheusal!«

»Es ist mir völlig schnuppe, was er über mich gesagt hat. Deine Roheit jedoch ist mir unerträglich. Ich möchte wissen, ob du die Tatsache, daß wir Schwestern sind, für einen genügenden Grund hältst, mit mir fortwährend Streit zu suchen. Ich verlange, daß du entweder höflich mit mir sprichst oder den Mund hältst.«

»Was du nicht sagst?« erwiderte Clytie. »Du bist wohl selbst immer so liebenswürdig? Wer hat denn mit dem Sticheln angefangen, wenn ich bitten darf?«

»Du kannst mir ja erzählen, was Cyril Scott über mich gesagt hat«, begann Isabella nach einer Weile. »Ich möchte es brennend gern hören, weil es etwas Unangenehmes ist; und du möchtest es aus demselben Grunde brennend gern erzählen.«

»Wir werden philosophisch«, sagte Clytie mit gespieltem Ernst. »Gestern abend saß ich auf der Terrasse. Mein Sessel stand am Haus und ganz dicht neben der Tür. Scott und der Großmogul kamen in die Halle; und nachdem sie sich vergewissert zu haben glaubten, daß sie allein waren – kurzsichtig, wie die törichten

Mannsbilder nun einmal sind –, begannen sie zu plaudern. Scott wollte über seine Bilder sprechen, aber Grosvenor schien das Thema gründlich satt zu haben. Denn er kam immer wieder auf Scott selbst zu sprechen und fragte ihn endlich, ob er niemals daran gedacht habe, sich häuslich niederzulassen. Die Männer sagen immer ›sich häuslich niederlassen‹, statt ›heiraten‹. Dann hören sie das Rasseln der Eheketten nicht.«

»Bitte vergeude deine gescheiten Aussprüche nicht an mich«, sagte Isabella ungeduldig. »Du hast natürlich gehorcht?«

»Natürlich! Du an meiner Stelle vielleicht nicht? Dann sagte Grosvenor in seiner treuherzig-gönnerhaften Art: ›Ja, mein Lieber, die arme Bella Woodward wirft sich Ihnen doch an den Hals. In einer Woche würde sie ihr Haus zum Mittelpunkt der eleganten Welt gemacht haben, und Bellas Vater würde sehr großzügig sein, wenn Sie ihm beweisen, daß Sie sein Geld nicht nötig haben. Außerdem ist er Irländer und es wird ihm mehr imponieren, daß Sie aus einer evangelischen Familie stammen, als wenn Sie der begabteste Mann in ihrem Fach wären.‹ Es entstand eine Pause und ich hörte förmlich, wie Scott die Nase rümpfte. ›Glauben Sie mir, Scott, Sie könnten was Schlimmeres finden‹, sagte Grosvenor. ›Sie ist doch hübsch.‹ Scott schnaubte. ›Und auch gescheit.‹ Er schnaubte noch lauter. ›Und ein anständiges Mädchen noch dazu.‹ Da schnaubte er so fürchterlich, daß er sein Taschentuch gebrauchen mußte. ›Sie wird ihren Gatten zweifellos sehr glücklich machen‹, sagte er. Du kennst seine Art sich auszudrücken, wenn er höhnisch sein will. ›Es kann Ihnen doch gleichgültig sein, daß sie katholisch ist‹, sagte der Großmogul. – ›Was das betrifft‹, erwiderte das eingebildete kleine Scheusal Cyril, ›bezweifle ich keinen Augenblick, daß sie sich zur Feueranbeterin bekehren ließe, wenn ich darauf bestehen würde.‹ Das klang selbst ihm zu selbstgefällig, und deshalb lenkte er schnell ein wenig ein. ›Das heißt, vorausgesetzt, daß sie mir wirklich soviel Ehre erweisen wollte, wie Sie behaupten und was ich nur sehr schwer glauben kann.‹ Grosvenor ahnte nicht, daß Scott ihm nur ausweichen wollte, denn er fuhr fort: ›Aber, Cyril, wenn ein alter Freund Sie auf Ehre fragt – ob Sie sie denn nicht ein wenig lieben?‹ Da blähte Scott sich auf wie ein Truthahn. ›Was? Ich?‹ rief er aus. ›Isabella Woodward lieben? Dieses geschminkte Geschöpf mit Korsett und hohen Stöckeln, eine Kokette, der es so passen könnte, von mir aus ihrer sechsten erfolglosen Saison gerettet zu werden. Diese Dilettantin!‹ Du hättest hören sollen, wie er das Wort ›Dilettantin‹ ausspie! Es war so fürchterlich, daß ich Angst hatte, noch länger zu lauschen, aus Besorgnis, sie könnten schließlich etwas so Abscheuliches sagen, daß ich sie nicht mehr ohne Verlegenheit merken lassen könnte, daß ich sie gehört hätte. Ich erhob mich also, und blitzschnell trat ich vor sie hin. Die Gesichter hättest du sehen sollen! Sie erholten sich von ihrem Schreck. Grosvenor hustete und versuchte, liebenswürdig auszusehen. Scott sah mich finster an und hätte mir den Kopf am liebsten auf den Terrassenfliesen zerschmettert. Dann blickte er mich herausfordernd an und entfernte sich. Der Großmogul begleitete mich wie ein Lamm und gab der Hoffnung Ausdruck, daß ich mich nicht erkältet und im Gras keine nassen Füße bekommen hätte. Das alles, um mir vorzumachen, daß er glaubte, ich wäre aus dem Garten heraufgekommen. Sie wissen aber beide so gut wie ich selbst, daß ich sie belauscht habe. Wohl bekomm's!«

»Ich hoffe«, sagte Isabella mit harter Stimme, »daß du mir da nicht lauter Lügen erzählst, oder doch?«

»Du kannst es glauben oder nicht, wie du willst. Dort schlendert der blöde Ernst über die Wiese. Ich werde ihn bitten, den Gärtner zu bestechen, damit er eine Kamelie für mich stiehlt. Der Geldbeutel dieses Geizhalses soll nur bluten. Das hab' ich für mein Leben gern.«

Als Clytie weggegangen war, fühlte Isabella zunächst nichts als Schmerz; und ihr erster Gedanke war der Wunsch, daß sie selbst das Gespräch mitangehört hätte. Ihre Verzweiflung wäre poetisch gewesen, so glaubte sie, hätte sie wenigstens von ihm selbst diese Worte gehört. Wie dramatisch hätte es gewirkt, wenn sie plötzlich erschienen und dann mit schweigendem Vorwurf auf ihrem weißen Antlitz an ihm vorbeigegangen wäre. (In Augenblicken der Aufregung vergaß sie ganz, daß sie die Schönheit ihrer Gesichtsfarbe Hilfsmitteln verdankte, auf die Gemütsbewegungen keinerlei Wirkung ausübten.) Die Beleidigung jedoch durch eine jüngere Schwester zu erfahren, die ihre Freude darüber nicht verhehlte und deren niederträchtiges Spionieren dem Maler wahrscheinlich als die natürliche Folge ihrer häuslichen Erziehung erschien, war nicht nur peinlich, sondern auch demütigend, und in diesem Augenblick haßte Isabella ihre Schwester so sehr, daß nur ihre abergläubische Furcht sie davon abhielt, irgendein unsagbares Unglück vom Himmel für sie herabzubeten. Selbst in ihren apathischen Stimmungen pflegte sie Clytie als ihre natürliche Feindin zu betrachten. Was Grosvenor und Scott betraf, so war sie entschlossen, ihnen niemals wieder zu begegnen, sondern das Haus sofort zu verlassen, ohne sich von ihrem Gastgeber zu verabschieden. Dann, als sie diesen Plan verwarf, sicher, sich damit allein dem Spott auszusetzen, dachte sie daran, Cyril Scott auffallend zu schneiden, um die ganze Welt – Queens Gate, Brighton, Schloß Vogelschau und einige andere Orte – davon zu verständigen, daß der Maler sich getäuscht hatte, als er vermutete, sie sei willens, aus Liebe zu ihm Feueranbeterin zu werden. Sie verwarf auch diesen Plan aus Angst vor einer öffentlichen Bekanntmachung der Ursache ihrer veränderten Gesinnung, was ihm durchaus zuzutrauen war. Als sie über seine Bemerkungen nachgrübelte, begann sie zu argwöhnen, daß eine Rivalin sie verleumdet hätte. Sie fragte sich, woher Cyril Scott, den vor vier Jahren noch niemand in einer Gesellschaft gesehen hatte, wissen konnte, daß diese Saison ihre sechste war. Andererseits konnte sie die Überzeugung nicht unterdrükken, daß der Künstler sie infolge seiner Klugheit und des Rufes, der ihr überall voranging, durchschaut hatte. Ihrer qualvollen Gedanken überdrüssig, blickte sie endlich in den Spiegel, als Vorbereitung für den Entschluß, sich zu den Gästen zum Lunch zu gesellen. Ihr Gesicht gab ihren Gemütszustand so treulich wieder, daß sie ihr Aussehen durch Schminke zu verbessern trachtete. Da sie im Augenblick wenig Geschicklichkeit und noch weniger Geduld besaß, war das Ergebnis allzu künstlich. Sie wusch sich die Schminke wieder ab und betrachtete verzweifelt ihr weißes Gesicht und ihre nachdenklichen schwarzen Augen. Dann fiel ihr plötzlich ein, wie das günstig verwertet werden konnte. Sie zog ein weißes, spitzenbesetztes Mullkleid mit hängenden Ärmeln an und ließ sich von ihrer Zofe eine Lilie bringen, die sie an den Busen steckte. So angetan ging sie langsamen Schrittes und mit einem wehmütigen Ausdruck in die Halle hinab. Der erste Mensch, der ihr begegnete, war Cyril Scott, der über und über errötete und hastig ins Musikzimmer einbog, als hätte er sie nicht gesehn.

Seit dem verflossenen Abend, da Scott durch die Stellung von Clyties Sessel auf der Terrasse entdeckt hatte, daß seine Worte gehört und Isabella wahrscheinlich hinterbracht worden waren, hatte er Bedenken, ob sie auch wirklich so schlecht war, wie er sie dargestellt hatte. In diesem Falle hatte er sie verleumdet und jetzt noch dazu seine Schuld eingestanden, dadurch, daß er ihr soeben ausgewichen war. Das dünkte ihm unerträglich; denn er kannte keine Gnade, obwohl seine triebhafte Großmut ihn oft zu Handlungen hinriß, denen die Vernunft Einhalt geboten hätte. Trotz alledem schämte er sich, gemeinen Klatsch über sie an Grosvenor, einen Mann, den er nicht achtete, weitergegeben zu haben, und entschloß sich, umzukehren und sie aufzusuchen, um durch ein paar kleine Aufmerksamkeiten die Härte zu mildern, die diesen traurigen Ausdruck in ihren Augen hervorgerufen hatte. Er hoffte, daß ihm das gelingen würde, ohne den Anschein zu erwecken, daß er sich wieder in ihre Gunst einschleichen wolle. Er ging auf die Terrasse, wo er sie in einer kleinen Gruppe junger Leute erblickte, zu deren Unterhaltung ein Maler Karikaturen zeichnete. Als Scott sich näherte, verließ Isabella, ohne daß sie ihn zu bemerken schien, die Gruppe, ging langsam in eine Terrassenecke, lehnte sich ans Geländer und betrachtete traurig die Landschaft. Er folgte ihr; aber als sie sich nach ihm umblickte und dabei schmerzhaft zusammenzuckte, war ihm so unbehaglich zumute, daß er sich in die Halle zurücksehnte. Er wunderte sich nun selbst, daß er nicht klug genug gewesen war zu verstehen, daß ein derartiger Fall eine Milderung unmöglich und jede Erklärung zu einer Beleidigung machte.

»Ein herrlicher Nachmittag, nicht wahr?« sagte er schließlich.

Fräulein Woodward nagte an ihrer Unterlippe und schwieg. Scott geriet in Angst. Wenn sie die Absicht hatte, ihn zu schneiden, so war seine Lage sehr unangenehm.

»Vielleicht wollen Sie lieber nicht mir mir sprechen?« fragte er schroff.

»Durchaus nicht«, erwiderte sie mit einem schmachtenden Blick.

»Sie machen wohl landschaftliche Studien für zukünftige Skizzen?« sagte er und wies mit dem Kopf auf die Landschaft hin.

»Nein, ich habe Schluß gemacht mit der Malerei«, sagte sie.

»Hoffentlich habe ich Sie nicht entmutigt?«

»Nicht entmutigt, sondern überzeugt. Ich glaube, daß Ihr Gutachten aufrichtig war, obgleich ich mich, indem ich es herausforderte, einer Ablehnung aussetzte.«

»Das hat man davon, wenn man eine Dame kritisiert«, sagte Scott. »Sie glauben natürlich, was ich Ihnen als Fachkollege sagte« – das Wort »Fachkollege« brachte er nur schwer über die Lippen – »war der Ausdruck meiner persönlichen Empfindung für Sie.«

»Durchaus nicht«, sagte Isabella. »Sie drücken ihre persönlichen

Empfindungen immer so frei und stark aus, daß die in Frage kommenden Persönlichkeiten keine Ausrede haben, sie mit Ihren künstlerischen Sympathien in Zusammenhang zu bringen.«

»Donnerwetter!« dachte Scott. Mit geheuchelter Heiterkeit fügte er laut hinzu: »Ich fürchte, ich sage in einem Tag oft mehr, als ich in einem Jahr verantworten kann. Hoffentlich führen Sie nicht Buch über alle meine Aussprüche.«

»Ich führe über gar nichts, was Sie sagen, Buch, Herr Scott, wenn ich es vermeiden kann. Wenn einige Ihrer Bemerkungen haften bleiben, so kann ich nichts dafür.«

»In diesem Fall muß ich den Mund halten.«

»Einerlei, wenn man etwas denkt, ist es besser – oder wenigstens ehrlicher –, es auch zu sagen.«

»Manchmal sagt man, was man nicht denkt. Ich wenigstens tue das oft, wenn ich schlechter Laune bin.«

»Jawohl, Herr Scott. Aber nur in Gegenwart derer, von denen wir sprechen. In ihrer Abwesenheit sind wir aufrichtiger.«

»Nur, wenn wir erbärmliche Heuchler sind«, sagte er betont.

Durch diese freche Ausflucht aus ihrer traurigen Ruhe aufgerüttelt, warf ihm Isabella einen empörten Blick zu und nahm ihre Betrachtung der Landschaft schweigend wieder auf.

»Kommt Herr Woodward morgen?« fragte der Künstler nach einer Pause.

»Er kommt heute abend.«

»Ich hoffe, es geht ihm gut.«

»Danke, recht gut.«

»Grosvenor sagte gestern, daß er morgen eine größere Gesellschaft erwarte als am Ostersonntag.«

»Ja, aber ich war gestern nicht hier. Clytie hat mir erzählt, was sich in meiner Abwesenheit zugetragen hat.«

»Es wird Herrn Woodward angenehm ablenken; er verläßt die Stadt so selten.«

»Sehr selten.«

»Hallo, Scott«, unterbrach sie Ernst, der plötzlich mit Clytie hinter ihnen auftauchte, »Sie versäumen den ganzen Spaß.«

»Jawohl, wirklich«, sagte Clytie. »Wir haben euch als Romeo und Julia auf dem Balkon karikiert.«

»Porson hat eine fabelhafte Skizze von Ihnen gemacht, Cyril«, sagte Ernst. »Mit zwei Strichen hat er Fräulein Isabellas Rückenansicht getroffen.«

»Die von Scott ist die bessere«, sagte Clytie. »Die Nase ist so ähnlich. Und das Kostüm ist das gleiche wie das des Troubadours auf dem Pampeluna-Bild.«

»Wahrhaftig?« rief Cyril. »Es ist eine Ehre, von Porson als Gliederpuppe ausgesucht zu werden. Ich freue mich, daß seine Garderobe und sein Requisitenzimmer erneuert werden müssen. Es wird ihm vielleicht klar werden, wie ratsam es ist, endlich Studien nach der Natur zu machen.« Mit diesen Worten verließ er die Terrasse und überquerte die Wiese in der Richtung zum Tor. Isabella blieb zurück und weigerte sich, die Skizze anzusehen, bis sie ihr vom Künstler selbst gereicht wurde, der sie ihr mit geheuchelter Feierlichkeit zur Erinnerung übergab. Aus Rücksicht für Porsons Alter und Berühmtheit nahm sie sie liebenswürdig lächelnd entgegen. In diesem Augenblick stimmte sie heimlich mit der Ansicht überein, die in ihrer Gegenwart schon oft über Porson zum Ausdruck gebracht worden war, daß ein Mann, der ungern über Kunst spricht, sich mit Kindern herumtummelt und sich weigert, moderne Dichtungen zu lesen, kein wahrhaft großer Maler sein kann.

Zehntes Kapitel

Als Cyril Scott die Terrasse verließ, ging er auf die Landstraße hinaus und spazierte nach Richmond, um Einkäufe zu besorgen. Unweit der Brücke ging er an den Fenstern einer Konditorei vorüber, die er nach alter Gewohnheit müßig betrachtete, obwohl er für Süßigkeiten nichts mehr übrig hatte. Dadurch zog eine neue Messingtafel an einer Tür neben dem Laden mit der Aufschrift »Fräulein Russell, Modistin und Schneiderin« seine Aufmerksamkeit auf sich. Der Künstler überquerte die Straße, um auch auf die Fenster im ersten Stock einen Blick werfen zu können. Er sah nichts außer weißen Vorhängen und einer Gestalt, die Scotts Pulse schneller schlagen ließ, bis er nach näherer Prüfung erkannte, daß es nur eine Kleiderpuppe ohne Kopf war. Er ging wieder zurück und war halb und halb entschlossen, zu klingeln und der Schneiderin unter dem Vorwand, einen Kapotthut zu kaufen, einen Besuch abzustatten. Während er zögerte, öffnete sich die Tür, und Fräulein Russell erschien auf der Schwelle in einem schwarzen Kostüm, das von zierlicherem Schnitt war als das graubraune Kleid, das sie bei der ersten Begegnung getragen hatte. Einige Sekunden standen sie regungslos, überrascht von dem unerwarteten Zusammentreffen.

»Wie geht es Ihnen, Fräulein Russell?« fragte er, sich fassend. »Ich bin hier stehengeblieben, als ich Ihren Namen an der Tür las, da schnellten Sie plötzlich heraus und raubten mir den Atem.«

»Das müssen Sie wirklich entschuldigen, Herr Scott«, erwiderte Harriet heiter und ruhig. »Guten Abend.« Sie machte die Tür zu, grüßte ihn und entfernte sich schnell. Als er so dastand und ihr nachstarrte, fiel ihm ein, daß sie vielleicht ihre Tante besuchen wollte. Er rechnete sich aus, daß er ihr außerhalb der Stadt unschwer wieder begegnen mußte und dann mit ihr zusammen nach Schloß Vogelschau gehen konnte, wenn er einen anderen Weg einschlug und sich ein wenig beeilte. Seine Absicht wurde jedoch durch seine Unkenntnis der Gegend vereitelt; und nach drei Minuten fand er sich wieder in derselben Straße. Jetzt gab es nichts anderes, als entweder sein Vorhaben aufgeben oder unverblümt hinter Harriet herzulaufen. Er entschied sich zu laufen; und sein Sturmschritt zog die allgemeine Aufmerksamkeit auf sich. Es hinderten ihn aber weder Spott noch Beifallsbezeigungen noch die Würdelosigkeit, einer Schneiderin nachzusetzen, und als er die Straße erreichte, die nach Schloß Vogelschau führte, hatte Harriet, obwohl sehr gut zu Fuß, nur wenig Vorsprung.

»Mir scheint, wir haben beide den gleichen Weg!« rief er, als er sie keuchend eingeholt hatte.

»Ich gehe zu meiner Tante, Herr, Scott«, sagte sie ernst und zurechtweisend. »Sie scheinen den ganzen Weg von Richmond bis hierher im Laufschritt zurückgelegt zu haben.«

Scott tat, als wäre das ein Scherz. »Ich mußte sehr schnell gehen, um Sie einzuholen«, keuchte er, »und das hat mich etwas außer Atem gebracht.«

Harriet wußte, daß er ihr vor aller Augen nachgejagt war. Wenn ihr dieses mißfallen hätte, so hätte er Grund gehabt es zu bereuen. So aber ging sie ruhig weiter und ließ sich seine Gesellschaft mit vollkommener Selbstbeherrschung gefallen.

»Ich habe Sie täglich in den Bildergalerien gesucht, um von Ihnen noch einiges über Kunst zu hören«, sagte er.

»Es war sehr albern von mir, so zu reden, ohne zu wissen, wer Sie sind.«

Jetzt fiel ihm zum ersten Male ein, daß Harriet ihn beim Namen genannt hatte, als sie ihm vor der Konditorei begegnet war.

»Haben Sie denn nicht gewußt, daß ich der malende Zierbengel bin, über den Sie so streng urteilten? Ich glaubte, daß Sie es schon längst wußten und mir eine verblümte Gardinenpredigt wegen meiner Sünden hielten.«

»Dann waren Sie nicht berechtigt, mir so schlechte Manieren zuzutrauen. So etwas würde ich niemals tun; ich glaube, Sie hätten mir sagen sollen, wer Sie sind«, setzte Harriet ernst hinzu.

»Ha, ha!« lachte Scott. »Dann hätten Sie mir nur gesagt, was Sie nicht über mich denken. Das wäre sehr gescheit gewesen.«

»Ich habe nicht von Ihnen, sondern von Ihrem Bild gesprochen. Und ich hätte nicht gesagt, was ich nicht denke. Ich hätte den Mund gehalten.«

»Ich wäre dabei um eine ehrliche Meinung ärmer geworden. Und da ich noch nicht so weit bin, meine eigenen Bilder kaufen zu müssen, bin ich der einzige Mensch, dem gegenüber Sie sie schlecht machen können, ohne mir zu schaden.«

»Das ist wahr«, sagte Harriet, die eine kommerzielle Beweisführung zu würdigen verstand. »Trotzdem tut es mir leid.«

»Ein Horcher an der Wand hört seine eigene Schand, Fräulein Russell.«

»Deshalb mag man Sie auch nicht. Sie bringen die Ausgehorchten in die größte Verlegenheit.«

»Sie mögen mich also nicht?«

»Das hab' ich nicht gesagt«, antwortete Harriet und errötete leicht.

Die Angst, daß er sich in die Schneiderin verlieben könnte, verschloß Scott einen Moment lang den Mund. Infolge ihrer letzten Bemerkung wurde die Pause für Harriet etwas peinlich; sie ließ sich jedoch nichts merken und ging rüstig weiter. Der Künstler blickte sie verstohlen an, und unwillkürlich verglich er sie mit Fräulein Woodward.

»Mir scheint, wenn wir um den Fluß herumgehen, ersparen wir uns einige Minuten«, sagte er nach einer Pause. »Sind Sie diesen Weg schon einmal gegangen?«

»Jawohl«, erwiderte Harriet, »er ist um eine volle halbe Stunde länger.«

»In diesem Falle wäre also der kürzeste Weg um den Fluß der längste Weg nach Hause«, argumentierte Scott verlegen und wünschte, sie würde nicht so schnell gehen.

»Sie scheinen es furchtbar eilig zu haben«, bemerkte er endlich.

»Ich gehe Ihnen zu schnell«, sagte Harriet und mäßigte ihren Schritt. »Ich bin gut zu Fuß und habe vergessen, daß ich nicht allein bin.«

»Ich kann so schnell gehen, wie Sie wollen. Da ich Ihnen meine Gesellschaft aufgedrängt habe, habe ich die Pflicht, mit Ihnen Schritt zu halten. Wahrscheinlich kann ich die Notwendigkeit einer solchen Eile nicht einsehen, weil ich nicht vergesse, daß ich nicht allein bin.«

»Ist das auch der Grund, weshalb Sie den langen Weg rund um den Fluß gehen wollten?« fragte Harriet.

Trotz ihrer ruhigen Art zu fragen, hielt der Künstler dieses irrtümlich für Koketterie, und ihr kühn in die Augen blickend, erwiderte er: »Selbstverständlich.«

»Wenn ich das gewußt hätte, wäre ich überhaupt nicht mit Ihnen gegangen, Herr Scott«, sagte sie energisch, aber nicht kalt. »In meiner Lage habe ich es überhaupt schwer, wenn Herren Ihresgleichen mit mir sprechen; ich kann es Ihnen aber nicht in der Einbildung verbieten, daß Sie mir nachgestellt haben, um das Vergnügen meiner Gesellschaft zu genießen.«

»Wahrhaftig«, rief Scott beleidigt aus, »es ist mir niemals in den Sinn gekommen, daß mit Ihnen zu sprechen ungehöriger sei als mit irgendeiner anderen Dame meiner Bekanntschaft.«

»Es hätte Ihnen aber in den Sinn kommen sollen«, erwiderte Harriet.

»Ich bin Ihnen für Ihre günstige Meinung sehr verbunden. Sie haben eine bewundernswerte Art, einem Mann zart anzudeuten, daß er zudringlich ist.«

Sie entgegnete nichts; und nachdem sie eine Weile gegangen waren, war er es, der das Gespräch wiederaufnehmen mußte.

»Sie wollen mir also zeigen, daß Sie entschlossen sind, nicht mehr mit mir zu sprechen?«

»Wenn Sie Streit suchen, kann ich Ihnen gar nichts zeigen«, sagte Harriet etwas ungeduldig.

»Sie mißverstehen mich ganz und gar, ganz und gar!« rief Scott wütend. »Streit suchen liegt meiner Natur vollkommen fern, obwohl ich sicherlich auch meine Fehler habe. Sie sind die erste, die mich streitsüchtig genannt hat oder es von mir gedacht hat. Ohne den geringsten Anlaß haben *Sie* mit mir gestritten.«

»Ich habe keineswegs mit Ihnen gestritten«, verwahrte sich Harriet, bestrebt, seinen Zorn durch eine besänftigende Antwort zu beschwichtigen.

»Darauf habe ich selbstverständlich nichts mehr zu erwidern. Eine Dame kann einen Gentleman immer durch glatten Widerspruch zum Schweigen bringen.«

»Was soll ich darauf antworten?« fragte Harriet, gereizt durch die Anspielung auf ihre Höflichkeit, für die sie schon ihres Standes wegen empfindlich war. »Sie sind verärgert, Herr Scott, und wollen mich dafür verantwortlich machen.«

»Wenn Sie mich besser kennen würden, wüßten Sie, daß ich nicht leicht verärgert bin. Ich gebe zu, daß ich von Natur aus ein gefährliches Temperament, aber auch den Willen habe, mich zu beherrschen. Es ist lange her, daß ich mir vorgenommen habe, es unterzukriegen; und das ist mir auch gelungen.«

»So also sieht Ihre Selbstbeherrschung aus? Dann müssen Sie wirklich sehr gefährlich sein, wenn Sie zornig sind.«

Scott blickte sie düster an, bemerkte, daß sie ein Lachen unterdrückte, und wurde gerade in dem Augenblick davon angesteckt, da er sich die größte Mühe gab, streng dreinzusehen. Er grinste daher so gezwungen, daß die Schneiderin sich kaum davon zurückhalten konnte, laut herauszulachen. So erreichten sie das Tor von Schloß Vogelschau. Eine Droschke stand davor, deren Führer Cornelius Hamlet mürrisch gestattete, einen Handkoffer herunterzuheben.

»Guten Abend«, sagte Harriet mit einer Verbeugung und errötete über das Lächeln, das sie nicht länger unterdrücken konnte. Dann ging sie rasch durch das Tor; und Scott, obgleich immer noch erzürnt, beobachtete die Anmut der Verbeugung und des Errötens, die so ganz anders waren als die gleichen Gebärden Isabellas, die ihr zwar viele Bewunderer, aber wenige Freier gewonnen hatten. Mittlerweile murrte der Droschkenführer auf seinem Bock: »Quälen Sie sich nur selbst mit Ihrem Gepäck. Sie können für Ihren Shilling nicht noch Gott weiß was verlangen.«

»Das Gewicht meines Koffers könnte Ihnen wohl einen Schaden zufügen, Sie Armer«, erwiderte Hamlet scharf. »Schade, daß Sie den Herrn nicht gebeten haben, auf dem Kutschbock zu sitzen, damit Sie im Wagen drinnen ungestört schlafen können.«

»Das will ein Gentleman sein«, erwiderte der Droschkenkutscher empört, »und gibt einem den bloßen Fuhrlohn für eine Fahrt in eine Gegend, von wo man keine Gelegenheit hat, eine Retourfahrt zu bekommen. Er stammt wohl aus demselben Land wie Sie, nicht wahr?«

»Danken Sie Gott, daß Sie so viel bekommen haben!« schrie Cornelius. »Leute, die weit mehr sind, als Sie, mußten für sechs Pence ganz Dublin durchkreuzen. Machen Sie, daß Sie fortkommen«, fügte er verachtungsvoll hinzu, als der Führer seine Peitsche gegen ihn schwenkte und davonfuhr.

»Hamlet!« rief Scott. »Sind Sie es? Ist Herr Woodward hier?«

»Was, Sie sind's, Herr Scott? Der Herr ist mit Fräulein Bella in den Vorraum gegangen.«

»Wie geht es ihm?« fragte Scott und zögerte, um Bella nicht zu überholen.

»Danke, famos!« rief Hamlet und hob den Handkoffer auf die Schulter. »Vergelt's Gott«, fuhr er fort, als Cyril ihm behilflich war. »So ein Koffer ist meiner Treu schwer zu schleppen, wenn man ein reines Hemd und einen schwarzen Anzug anhat.«

»Warum haben Sie sich nicht bis vor das Haus fahren lassen?« fragte Scott, während er neben Cornelius herging.

»Weiß der Teufel! Als der Herr Fräulein Bella sah, die am Tor auf ihn wartete, stieg er aus, bezahlte den Führer und ließ mich mit dem Koffer zurück. Er hat sie seit Karfreitag ein einziges Mal gesehen und freute sich, mit ihr durch den Garten zu schlendern. Er vergöttert sie.«

»Haben Sie auch Töchter, Hamlet?«

»Bin ich denn verrückt? Nicht, daß Fräulein Bella kein famoses junges Mädchen wäre. Nur gibt sie eine Menge Geld für Kleider aus und zahlt unbedenklich zwei Pfund zehn Shilling für Schuhe, in denen ihr zumute sein muß wie einer Henne auf einer heißen Herdplatte. Die Weiber sind überhaupt ein Jammer. Eine allein könnte einen armen Teufel meinesgleichen im Handumdrehen zugrunde richten. – Ob ich wohl zum Hintereingang komme, wenn ich diesen Weg gehe?«

»Ja, halten Sie sich rechts«, sagte Scott und wandte sich nach der Terrasse. »Gute Nacht.«

»Gute Nacht und danke schön, gnädiger Herr.«

Damals war in Schloß Vogelschau ein gewisser James oder Jim Vesey, ein Landschaftsmaler, zu Gast, der Ruinen und Mondlicht sehr geschickt zu malen verstand. Durch seine Landschaften von Melrose und Muckroß war er berühmt geworden und malte Jahr um Jahr so viele, wie die Händler nur kaufen wollten. Seine Bilder sahen einander alle ähnlich und wurden von Galeriebesuchern ohne Hinweis auf den Katalog zu ihrer eigenen Zufriedenheit und zur Förderung seines Ruhmes sofort erkannt. Er näherte sich dem sechzigsten Jahre; und da er gutmütig und mit der Welt in Einklang war und leicht Geld zu verdienen vermochte, konnte er eine müßige Stunde ganz angenehm vertreiben helfen. Seit vielen Jahren lebte der kinderlose Mann von seiner Frau getrennt.

Sonnabend nachts zogen sich Grosvenors Gäste frühzeitig zurück. Um Mitternacht war die Halle durch einige Lampen nur matt erhellt, weil der große Kronleuchter abgedreht war. Ab und zu kamen Männer aus dem Rauchzimmer[1] und gingen die Treppe hinauf. Die Diener gähnten und gaben durch allerlei Zeichen zu verstehen, daß sie gerne zu Bett gehen würden.

Cyril Scott hatte in der Bibliothek gelesen. Da er die Halle leer fand, ging er auf der Suche nach Gesellschaft ins Rauchzimmer. Dort traf er Vesey ganz allein in einem Lehnsessel, die Beine auf einem Schemel, ein Glas Grog neben sich auf dem Tisch und im Mund eine Zigarre.

»Hallo!« sagte er träge, als Cyril eintrat. »Setzen Sie sich zu mir. Ich brauche jemand, der mir Gesellschaft leistet, bis ich mit meiner Zigarre fertig bin. Alle Leute scheinen es heute verteufelt eilig zu haben, sich aufs Ohr zu legen.«

Cyril setzte sich auf eine Tischkante.

»Was gibt es bei Ihnen Neues, junger Freund?« fragte Vesey. »Sie sollten sich das Rauchen angewöhnen. Wollen Sie etwas Whisky?«

»Nein, danke«, sagte Cyril. »Ich möchte Sie in einer Angelegenheit um Ihre Ansicht bitten. Da es sich um die Ehe handelt, habe ich selbst Gott sei Dank keine Erfahrung, die mir zu einer eigenen Ansicht verhelfen könnte.«

»Ganz recht«, sagte Vesey. »Es ist Ihnen aber nicht ernst damit. Eines Tages werden Sie es machen wie die anderen. Ich weiß, was für eine Art Bursche Sie sind.«

»Um so wichtiger ist mir dann Ihre Ansicht. Wenn ein Künstler sich entschließt zu heiraten, besteht nach Ihrer Meinung dann eine Möglichkeit, mit einer Frau glücklich zu werden, die nichts von der Kunst versteht und kein Interesse dafür hat?«

1 Weder die Königin Victoria noch irgendeine andere Dame hätte es damals geduldet, daß die Männer überall rauchten. Sogar Rauchzimmer und Rauchabteile waren Neuerungen, und die älteren Damen erwarteten noch immer, daß ihre Gäste entweder im Freien oder vor dem Kamin rauchten, wenn sie schon einer so ekelhaften Gewohnheit frönen mußten.

»Lieber junger Freund, die Frau gibt es nicht, die etwas von Kunst versteht, außer einigen Fachgenossinnen, vor denen der Himmel Sie bewahre. Denn weder im Geschäft noch in der Kunst können zwei Menschen von derselben Branche jemals einig sein. Infolgedessen beschränkt sich die Frage darauf, ob Sie eine Frau heiraten wollen, die sich für Ihre Malerei interessiert.«

»Ich spreche nicht nur von mir, sondern im allgemeinen.«

»Abgemacht. Nur der Beweisführung zuliebe wollen wir von Ihnen sprechen. Ich habe meine Erfahrung gemacht, und später will ich Ihnen alles erzählen. Vor allem rate ich Ihnen aber, nie zu gestatten, daß Ihre Frau sich in Ihre Geschäfte mischt. Sehen Sie doch unsere City-Leute an, die vielleicht die besten Familienväter in ganz England sind. Gibt es einen, der ertragen kann, daß seine Frau ins Kontor kommt? Keinen! Junge Frauen versuchen es; die meisten sogar. Sie werden aber wenige Matronen finden, die es dreimal im Leben gewagt hätten. In der Kunst gilt das gleiche. Halten Sie Ihre Frau dem Atelier fern, außer, wenn Sie Ihnen Modell stehen soll. Ist sie aber kein sehr gutes Modell, so werden Sie finden, daß Sie mit einem Berufsmodell viel bequemer fertig werden, es sei denn, daß Ihre Frau Krach macht.«

»Ich habe Gott sei Dank mit Modellen nichts zu schaffen. Ich kann den Vergleich zwischen einem Geschäftsmann und einem Künstler nicht verstehen. Wenn ein Mann die richtige Frau hätte – eine, die ihn versteht –, so müßte er doch besser malen können, wenn sie bei ihm ist.«

Vesey sah Scott an; schüttelte den Kopf und trank einen Schluck. »Vor einem Augenblick sagte ich Ihnen, daß ich meine eigene Erfahrung zum besten geben würde, und das will ich auch. Sie wissen, daß ich nicht mit meiner Frau lebe. Sind Sie ihr jemals begegnet?«

»Ja. Jemand hat sie einmal zu einer Besichtigung meiner Bilder mitgebracht.«

»Dann sagen Sie mir ehrlich Ihre Meinung über sie.«

»Ich habe nur wenige Worte mit ihr gewechselt. Ich habe wirklich keine Meinung.«

»Na, heraus mit der Sprache. Etwas müssen Sie sich doch bei ihrem Anblick gedacht haben.«

»Ich hielt sie für eine sehr nette brave Frau. Sie schien großes Interesse für die Kunst zu haben, aber sehr wenig davon zu verstehen.«

»Da haben wir's«, sagte Vesey und schlug auf den Tisch. »Das ist sie, wie sie leibt und lebt. Sie ist die beste Frau. Ausgezeichnet erzogen, tugendhaft, entschlossen, ihre Pflicht zu erfüllen, und in Shakespeare und der Ziehharmonika bewandert. Sie hätte einen Pfarrer oder einen Sheriff heiraten sollen. Nur mich nicht, nur mich nicht!«

»Warum haben Sie sie denn geheiratet?« fragte Scott und lachte.

»Ich weiß nicht. Es war ein Alltagsfall. Ich erinnere mich an zwei nette Mädchen, die mich genommen hätten; aber wie die meisten jungen Männer war ich vorsichtig; suchte lange, ohne Besseres zu finden. Endlich verdroß es mich, daß ich kein Heim hatte; und so beschloß ich, zu heiraten, bevor es zu spät ist. Zufällig war Emily da; ein braves Mädchen und recht hübsch. So glaubte ich, nichts Besseres finden zu können. Für eine Vernunftehe allerlei! Donnerwetter! Cyril, diese Frau war tatsächlich eine Gattin! Ich wollte die Flitterwochen in Paris verbringen. Sie erklärte jedoch, sie ziehe einen ruhigen Ort an der See vor; und ich glaubte ihr und gab nach. In Wirklichkeit wäre sie gerne nach Paris gefahren, wo sie noch nie gewesen war. Sie dachte aber, der Ort an der See wäre mir lieber, weil es dort wohlfeiler war und ich malen könnte. So war eigentlich sie es, die nachgab. Der Pflicht und der Selbstaufopferung zuliebe konnte sie nur so darauflos lügen. So reisten wir beide in diese öde Gegend und redeten uns ein, daß es uns über alles gefiel. Dort gab es niemand, der zwischen uns stehen konnte, außer einer Badefrau, und das Leben kostete uns weniger als ein Pfund wöchentlich. In drei Tagen wurde mir übel, wenn ich nur ihre Stimme hörte. Dann begann sie mir einzureden, daß ich meine Arbeit vernachlässigte. Sie war der Ansicht, es sei ihre Pflicht, mich zur Ausdauer zu ermahnen. Und sie glaubte, der Gedanke, daß sie sich vernachlässigt fühlen könnte, hielt mich vom Malen ab. Damals war mir zumute, als könnte ich nie wieder einen Pinsel anrühren; doch alles war besser als dazusitzen, sie anzuglotzen oder mit ihr herumzubummeln. So arrangierte ich Ausflüge, um zu skizzieren; und sie begleitete mich. Tatsächlich, junger Freund; ich konnte nicht gut nein sagen, und sie war entschlossen, an meiner Arbeit Interesse zu nehmen. Ich zeichnete jedes Haus, jeden Winkel des Ortes, und sie saß die ganze Zeit neben mir. Nie werde ich vergessen, wie ernst sie ihre Pflicht nahm und wie sie sich anstrengte, mich zu verstehen, und wie sie mich mit ihren zarten Aufmunterungen wahnsinnig machte. Als ich es nicht länger ertragen konnte, sagte ich, daß meine Farben alle wären, und gab ihr sämtliche Skizzen zum Aufbewahren, was sie wohl noch immer sehr gewissenhaft besorgt. Sie wollte aber nicht zugeben, daß ich meine Arbeit sein lasse, und gestattete mir aufopferungsvoll, allein nach London zu fahren und Farben zu holen. Sie sagte, mit ihr wäre ich gezwungen, zweiter Klasse zu fahren, und sie bliebe auch lieber an der See. Ich versprach am zweiten Tag zurück zu sein, und sie wollte mich mit einem guten kleinen Nachtessen überraschen. Das Herz blutete mir wegen der armen Frau, ich konnte aber nicht umkehren und ihr wieder vor die Augen treten.

Nachdem ich in London eine tolle Woche verlebt und meine Frau irgendwie hingehalten hatte, bis sie mir schrieb, daß meine Telegramme mehr als ihr Reisegeld nach London gekostet hätten, ließ ich sie kommen. Wir mieteten uns dann in Torrington Square ein. Ihre Begeisterung war abgekühlt, aber sie hatte eine hohe Meinung von ihrem Verständnis für Bilder. Sie verlegte sich darauf, mir Moralpredigten zu halten, mir beizustehen, mich wieder auf den Damm zu bringen, und so weiter. Ein paar Jahre gelang es uns, uns so fortzuschleppen, da wir nichts Besseres kannten; arme Narren, die wir waren! Wäre ich damals so klug gewesen wie heute, ich hätte es keine zwei Tage ausgehalten. Sie beharrte darauf, sich in alles dreinzumischen. Je mehr ich die Maske fallen ließ, desto mehr hielt sie an mir fest, da sie glaubte, es läge an ihr, daß sie keine liebevolle Kameradin sein konnte. Ich fühlte, daß meine Laune und meine Verdauung sich von Tag zu Tag verschlimmerten. Manchmal, wenn ich nach dem Essen auf dem Sofa lag und mich schlafend stellte, nur um sie davon abzuhalten, mit mir zu sprechen, dachte ich über die Partien nach, die ich hätte machen können, wäre ich weniger vorsichtig gewesen; und wenn sie sich so still wie möglich verhielt, aus Angst mich zu wecken, wünschte ich oft, ich hätte ein Stubenmädchen oder eine schlecht erzogene Frau geheiratet, die sich über ihre Pflicht nicht erst den Kopf zerbrochen hätte. Das Schlimmste war, daß sie meine Gefühle nicht einmal ahnte, weil ich auf das Liebenswürdigste mit ihr umging. Sie gab mir tatsächlich keinen Anlaß, mich anders zu benehmen, und meinen Ausreden, die den Zweck hatten, ihr zu entgehen, schenkte sie prinzipiell so viel Glauben, wie sie nur konnte. Demzufolge dauerte es sehr lange, bis ich mich zu entschließen vermochte, ihr rundheraus zu sagen, daß ihre Gegenwart mir unerträglich sei. Ich hatte Angst, daß es sie, unvorbereitet wie sie war, töten könnte. Sie können sich danach vorstellen, was für ein Esel ich war. Als ich es nicht länger ertragen konnte, ging ich zu einem Advokaten und setzte ihm die Sachlage auseinander. Er nahm alles ruhig auf und sagte, daß ich vermutlich die Absicht habe, nicht mehr nach Hause zurückzukehren. Als ich Bedenken wegen der eventuellen Wirkungen eines plötzlichen Bruches aussprach, fing ich einen Blick in seinen Augen auf, der mich nachdenklich stimmte. Er machte mich darauf aufmerksam, daß ich ja noch immer umkehren und mit meiner Frau weiterleben könnte, wenn ich aber Ernst machen wollte, dann lieber früher als später. Dann riet er mir dringend, die Sache in die Hände eines Fachmannes zu legen. Ich verstand den Wink und kehrte niemals in mein Haus zurück. Der Advokat hat die ganze Angelegenheit geregelt. Wie meine Frau es aufgenommen hat, habe ich nicht erfahren; denn aus ihm konnte ich nie mehr als ein Achselzucken herauslocken. Ich bezweifle jedoch nicht, daß sie die Trennung bald als eine große Erleichterung begrüßt hat. Sooft ich ihr seitdem begegnet bin, hat sie außerordentlich gut ausgesehn.«

»Sprechen Sie miteinander, wenn Sie sich treffen?«

»Gewöhnlich stürze ich in einen Laden oder eine Seitengasse, wenn ich sie kommen sehe; aber eines Tages wurde ich ihr bei einem Jour von einer Dame vorgestellt, die glaubte, ich sei Witwer. Damals sprachen wir obenhin über das Wetter, und ich habe den Verdacht, daß sie sich darüber gewundert hat, wie sie mich jemals gern haben konnte, denn ich hatte meine Schönheit eingebüßt. Wir sprachen nicht nur wie Freunde miteinander, sondern ich empfand sie tatsächlich als eine vorübergehende Bekanntschaft, der ich seit zehn Jahren nicht begegnet bin. Na, was sagen Sie zu dieser Geschichte?«

Scott lächelte nur verwirrt.

»Ich habe Ihnen die Geschichte meiner Ehe als Antwort auf Ihre Frage erzählt, weil Sie ein junger Mann sind, der über das Heiraten sehr viel nachdenkt. Leugnen Sie nicht, junger Freund; jeder, der kein Narr ist, muß darüber nachdenken, wie er sein Leben hinbringen soll. Auch ist mir lieb, wenn der wahre Grund unserer Trennung bekannt wird, damit nicht Schlimmeres vermutet wird. Doch das geht Sie nichts an. Sie sollen aus meiner Erfahrung nur die Lehre in bezug auf den Punkt ziehen, der Sie stutzig gemacht hat. Heiraten sie eine Frau, die gerade genug versteht, um Ihnen, wenn Sie sie danach fragen, eine vernünftige Auskunft über irgendein

Bild zu geben, das Sie sich selbst anzusehen keine Zeit haben. Heiraten Sie eine Frau, die Verstand genug hat zu wissen, daß sie die Gattin des Menschen und nicht des Künstlers ist, und sich danach richtet. Heiraten Sie aber nicht eine ergebene Gefährtin, wie Emily es war; weil Sie sie dann vielleicht nicht so leicht loswerden könnten wie ich. Bedenken Sie, daß eine Trennung keine leichte Sache ist, wenn erst einmal Kinder da sind.«

»Es ist sehr leicht zu sagen: ›Heiraten Sie die‹, oder ›Heiraten Sie die nicht.‹ In Eheangelegenheiten irren sich die allerklügsten Männer.«

»Selbstverständlich! Und warum? Weil ein Mann nur durch Erfahrung lernt, sich eine Gattin auszuwählen. Wir sprechen nicht gern mit den Kritikern über Kunst, weil – unter uns gesagt – die Kritiker uns manchmal überlegen sind und viele – man muß gerecht sein, Cyril – sehr viel von Bildern verstehn. Aber es soll einmal einer selbst zu malen versuchen. Was für einen Wert hat dann also seine Wissenschaft? Genau so verstehn Philosophen, Romanschreiber und dergleichen Kerle sehr viel von Frauen; sie können über sie sprechen und die ehelichen Fehler anderer sehr geschickt auseinandersetzen. Wenn sie aber selber heiraten, wie schaun sie dann aus? Sie mögen zufälligerweise Glück haben, genauso wie ein Kritiker möglicherweise auch einmal ein Bild malen könnte, als hätte er nie darüber nachgedacht, was ein Bild ist. Die Wahrscheinlichkeit, daß Shakespeare sich besser anpassen würde als ein erfahrener Witwer, der schon zwei Frauen begraben hat, ist aber ebenso gering wie die, daß ein Kritiker schon beim ersten Anhieb die Dinge übertreffen könnte, die Maler im Sommer auf die Steinfliesen von Piccadilly hinkritzeln. Befolgen Sie deshalb meinen Rat, denn obwohl wir uns alle klar sind, daß die Ehe eine widernatürlich Einrichtung und ein gefährliches Unternehmen ist, riskieren wir sie doch – und heiraten Sie die, die Ihnen am besten gefällt; und machen Sie sich nicht dadurch lächerlich, daß Sie vorgeben, genau zu wissen, was Sie tun, obgleich Sie keine blasse Ahnung haben.«

»Soll das etwa heißen, daß ein Mann sich mit der ersten besten Frau, die er leiden mag, verheiraten soll? Ohne Rüksicht auf Nebenumstände?«

»Jawohl, das soll es heißen. Nehmen sie hundert Männer, die klug sind und gewöhnt, über Soziologie und die menschliche Natur nachzudenken. Gestatten Sie fünfzig davon, mit voller Freiheit und Zeit zum Überlegen ihre Frauen zu wählen. Und verheiraten Sie die anderen fünfzig mit Frauen ihres eigenen gesellschaftlichen Standes, Frauen, die sie niemals zuvor gesehen haben und die durch das Los bestimmt worden sind. Sie werden finden, daß der Durchschnitt der glücklichen Ehen genauso für die eine Art der Wahl wie für die andere spricht.«

»Mag sein! Das kann weder bestätigt noch widerlegt werden.«

»Das können die wenigsten Dinge; ob aber eine Theorie richtig ist oder nicht, sie wird, wenn sie sich dem Instinkt eines intelligenten Mannes empfiehlt, immer irgendeine Bedeutung haben. Warum, glauben Sie, heiraten die meisten Menschen?«

»Weil es vermutlich so Sitte ist. Einige behaupten, der wahre Beweggrund sei nur der tierische Trieb. Ich bin kein Philosoph und habe darüber nicht nachgedacht. Vielleicht haben sie recht.«

»Nein, das haben sie nicht. Die Ehe ist nur eine Hemmung für solche Beweggründe. Warum sollte Ihrer Meinung nach ein Mann heiraten?«

»Das ist schwer zu sagen. Einsamkeit, das Verlangen, jemanden zu lieben, der einen wiederliebt. Sympathie, geistige Kameradschaft und so weiter.«

»Alles ohne die Ehe möglich. Und keines davon ein Ding, das man pachten kann. Versuchen Sie's doch einmal.«

»Ich kann mir nicht vorstellen, was sonst einen Mann veranlassen sollte, eine Ehe zu schließen.«

»Haben Sie Kinder gern?«

»Nein.«

»Deswegen heiratet man aber. Eigene Kinder, Geiseln des Glükkes, Wesen, in denen man die eigene Jugend erneuert findet, das klingt heute altmodisch; und dennoch ist es ebenso wahr wie nur je... es gibt keinen seelischen oder körperlichen Genuß, den eine Frau Ihnen bieten könnte, der nicht süßer wäre, wenn die Frau nicht Ihre Gattin ist, mit Ausnahme des Besitzes von Söhnen und Töchtern, die Ihre Traditionen weitertragen, wenn Sie im kühlen Grabe liegen. Heiraten Sie daher jene Frau, die Ihnen die schönsten Kinder schenken und denen sie die beste Mutter sein wird. Und Sie werden nie bereuen, nicht anders gewählt zu haben. Wissen Sie aber, daß es jetzt bereits Sonntag ist, ein Viertel vor zwei Uhr morgens?«

»In der Tat, ist es so spät?« rief Scott. »Gute Nacht.«

Er schüttelte Vesey die Hand, der sich stöhnend und gähnend aus seinem bequemen Sessel erhoben hatte.

»Gute Nacht, gute Nacht. O Gott, ich wünschte, ich läge schon zu Bett, und hätte nicht noch die Mühe, mich auszuziehen. Oh, du mein lieber Gott! Uah!« …

»So ein alter Zyniker«, dachte Scott, als Vesey sich zurückzog. »Ich möchte wissen, ob er recht hat mit der Dummheit der Vernunftehen.«

Da er sich schläfrig fühlte, ging er in die Halle, wo die vorwurfsvollen Blicke eines einsamen Dieners ihm sagten, daß er der letzte wache Gast im Hause sei. Kaum war er fort, löschte der Diener die noch übrigen Lichter aus; und nachdem er mit einer einzigen Wachskerze in der Hand wie ein Gespenst in Livree über die Galerie gehuscht war, verschwand auch er und überließ die große Halle der Finsternis.

DRITTES BUCH

Werbung und Heirat

Erstes Kapitel

Harriet Russell hatte in Richmond als Modistin und Schneiderin Erfolg gehabt. Die Gattin eines Pfarrers im Orte, die durch ihre Unnahbarkeit und die sparsame Verwaltung der Einkünfte ihres Gatten berüchtigt war, hatte von ihrem Dienstmädchen erfahren, daß eine benachbarte Kammerzofe einen vorzüglich sitzenden Mantel von der neuen Schneiderin zu mäßigem Preis bekommen hatte. Der Mantel wurde ausgeliehen und ein Papierschnitt abgenommen; eine Verschiedenheit in den Größenmaßen der Zofe und denen der Pfarrersgattin machte jedoch diesen Notbehelf zunichte. Daraufhin ging die Dame zu Fräulein Russell, betonte ihren Einfluß in der Gesellschaft von Richmond und bot ihr für einen ansehnlichen Preisnachlaß ihr gegenüber die Kundschaft des Kreises an. Das Angebot wurde abgelehnt. Am selben Abend erzählte Harriet diesen Vorfall Frau Froster und ihrer Tante und drückte dabei ihre Empörung über die Art und Weise dieses Vorschlages aus. Frau Summers behauptete, daß Harriets Chancen vernichtet seien und die beleidigte Dame ihren Einfluß geltend machen würde, damit sie keine Arbeit in der Stadt bekomme. Sie schlug vor, sofort eine Annahme des Angebotes abzusenden und Entschuldigungen hinzuzufügen.

Frau Froster setzte strenge Mienen auf und schalt heftig über die allzugroße Unabhängigkeit bei den Jungen und noch Abhängigen. Harriet schwieg; und die alten Damen, die insgeheim Angst vor ihr hatten, hielten ihr Schweigen für so bedeutungsvoll, daß sie die Sache fallen ließen. Als sie ihr aber gute Nacht wünschten, schüttelten sie die Köpfe und empfahlen ihr mehr Vorsicht; und sie kehrte in ihre neue Wohnung zurück, weniger denn je in Stimmung, Kunden zu beschwichtigen. Trotzdem erhielt sie, noch ehe vierzehn Tage um waren, so viele Aufträge, daß sie zwei Gehilfinnen beschäftigen mußte. Diesen unerwarteten Erfolg verdankte sie der Reklame des Klatsches, verursacht durch ihre mutige Abweisung der Pfarrersgattin, die sich durch ihre Unnahbarkeit und ihre Tadelsucht viel Feinde gemacht hatte. Die Geschichte ihres Vorschlages hatte Harriets Gehilfin der Besitzerin des Mantels erzählt; diese gab sie dem Dienstmädchen des Pfarrers weiter, die Einzelheiten über den Schnitt hinzufügte, und alle drei erzählten das Ganze wieder Bekannten, welche alles im Orte verbreiteten.

So wurde die neue Schneiderin berühmt. Die Kunden wurden

durch ihr berufliches Können und ihr unabhängiges Benehmen angezogen; und in manchen Fällen auch, weil sie Harriet loben und ihre Arbeit in Gegenwart der unbeliebten Dame herumzeigen konnten. Harriet bewies Geschicklichkeit in der Ausführung der Bestellung von Damen, die sich zu kleiden verstanden, und Geschmack bei den weniger Begabten, denen sie ihre Wünsche diktierte. Eine ältere Konkurrentin, die zehn Jahre von der ortsansässigen Aristokratie eingeschüchtert und ungenügend bezahlt worden war, wurde von der Neuangekommenen beinahe zugrunde gerichtet, die, ein Zeichen des Gedeihens, Angebote von Versicherungsgesellschaften und Wechseldiskont-Agenturen erhielt. Allen diesen Abwegen des Geldverdienens kehrte Harriet verachtungsvoll den Rücken, denn sie behauptete Schneiderin, nicht aber Agentin zu sein. Sowohl Frau Froster als auch Frau Summers redeten mit solcher Beharrlichkeit auf sie ein, aus diesen Anträgen Vorteil zu ziehen, daß sie schließlich ihnen gegenüber derlei nicht mehr erwähnte. Man ließ sie bald in Ruhe; den Aufforderungen jener Damen jedoch, die ihr Aufträge erteilten und, wenn sie ausgeführt waren, sich plötzlich als Gouvernanten entpuppten, welche von ihr gegen reichliche Entschädigung empfohlen werden wollten, blieb sie nach wie vor ausgesetzt. Ohne es zu wissen, erhöhten ihre Kunden die Versuchung, indem sie ihr so viele Einzelheiten ihrer häuslichen Sorgen, Bedürfnisse und Krankheiten anvertrauten, daß sie sich oft nach weniger leutseligen Abnehmern sehnte, die sie mit vollkommener Zurückhaltung behandeln würden.

Mittlerweile machte sie die Kenntnis, die sie vom Leben der gebildeten Damen erwarb, welche die durch einen Beruf gewährte Unabhängigkeit nicht kannten und keinen anderen Ausweg als die Ehe fanden, auf ihre eigene Stellung stolz. Sie verachtete diejenigen ihrer Gönnerinnen, die auf sie herabblickten. Nichtsdestoweniger hatte sie sich seit ihrer Bekanntschaft mit Cyril Scott schon bei dem Wunsche ertappt, ihm gesellschaftlich gleichgestellt zu sein. Als sie nach Ostern von ihrer Tante gehört hatte, daß es bis September keine Gäste auf Schloß Vogelschau geben würde, fühlte sie sich unwillkürlich durch die Länge der Zwischenzeit entmutigt. Dann beschloß sie abermals, nicht mehr an den Maler zu denken. Teilweise gelang es ihr; denn sie war sehr beschäftigt; doch in ihrer Mußezeit dachte sie soviel über ihren Entschluß nach, daß sie ebensogut unmittelbar an Cyril selbst hätte denken können.

Es war ihre Gewohnheit, den Sonntag mit ihrer Tante in Schloß

Vogelschau zu verbringen. Samstag abends fuhr man hin, um Montag früh am Morgen zurückzukehren.

Am zweiten Sonnabend nach der Abreise von Grosvenors Gästen erreichte sie die Landstraße außerhalb Richmonds in dem Augenblick, da Scott auf sie zukam. Ihre erste Regung war Freude. Dann ärgerte sie sich, weil sie den Verdacht hegte, er habe die Begegnung absichtlich herbeigeführt, aus einem Mangel an Respekt, den sie durch eine Billigung nur ermutigen würde. Als er seinen großen Filzhut lüftete und vorgab, ihr Kommen nicht bemerkt zu haben, dankte sie ihm ernst und ging weiter. Einen Augenblick stand er entmutigt und machte eine unschlüssige Bewegung, als ob er seinen Weg fortsetzen wollte. Dann machte er kehrt, folgte ihr und holte sie ein. Sie blieb stehen.

»Guten Abend, Fräulein Russell. Gestatten Sie, daß ich Sie begleite?«

»Danke«, sagte Harriet, »Sie gingen ja auf die Stadt zu. Ich will Sie nicht aufhalten.«

»Oh, Sie halten mich nicht auf, glauben Sie mir. Ich gehe nirgends hin. Ich wollte Ihnen begegnen, um mich wegen meiner Ungezogenheit von neulich zu entschuldigen.«

»Sie waren gar nicht ungezogen, Herr Scott. Ich bin Ihnen sehr verbunden, glaube aber, daß es besser ist, wenn ich allein gehe.«

Der Maler blickte sie eifersüchtig an. »Verzeihen Sie, daß ich Sie gestört habe«, sagte er. »Ich dachte, Sie gingen wie sonst allein nach Schloß Vogelschau.«

»Das tue ich auch. Ich bin gewohnt, allein zu gehen. In meiner Lage kann ich auch gar nicht anders.«

»Wenn Sie nicht verlangen, daß ich wieder umkehre, möchte ich nur dies eine Mal mit Ihnen gehen. Ich will mit Ihnen sprechen. Wenigstens ——« Hier verwandelte sich seine Stimme in ein undeutliches Gemurmel. Harriet, halb unwillig und halb von einem plötzlichen Gefühl des Entzückens verwirrt, gab nach und ging eine Strecke lang mit ihm, ohne zu sprechen. Jetzt fuhr er, unbehaglich lachend, fort: »Ich versichere Ihnen, daß ich eigens um Ihnen zu begegnen diesen Weg eingeschlagen habe.«

Sie war im Begriff, ihn zu warnen, war jedoch dazu nicht fähig. Scott, der nur ihr ruhiges Antlitz und ihren festen Schritt bemerkte, suchte mehr und mehr nach Worten. Die Schönheit des Frühlingsabends mit seinen langen Schatten und entfernten Geräuschen ließ alle Alltagsgespräche der Stunde und seiner Liebe unwürdig erscheinen.

»Lieben Sie das Land?« fragte er endlich.

»Nein, ich ziehe die Stadt vor.«

»Wirklich? Sie fühlen sich hier wohl einsam?«

»Durchaus nicht, ich bin gern allein. So bin ich unabhängiger.«

»Das ist sehr grausam.«

»Grausam? Gegen wen?« fragte Harriet und blitzte ihn an, als sie aus seiner Stimme einen sentimentalen Tonfall heraushörte. Sie unterschied genau zwischen einer Gefühlserregung, die sie achtete, und Sentimentalität, die sie als waschlappig ablehnte.

»Gegen jeden, dem Ihre Gesellschaft lieb sein könnte«, anwortete er. »Solche Reize sind nicht bestimmt, in entlegenen Gegenden ungesehen zu blühen.«

Diese albernen und unbeholfenen Worte erwiderte Harriet mit einem Blick verachtungsvollen Staunens. Er bemerkte ihn, machte eine Gebärde, als würfe er eine schwere Last hinter sich, und sagte ungestüm: »Ich bin nicht gekommen, Blödsinn zu faseln. Seit ich Sie zuerst gesehen habe – hören Sie mich an, Fräulein Russell?«

Harriet, die mit gesenktem Blick schnell ausschritt, nickte bejahend, wobei sie zusehends tiefer errötete.

»Bitte bleiben Sie doch einen Augenblick stehn. Ich kann nicht mit Ihnen sprechen, wenn Sie in diesem Tempo gehen.«

Harriet blieb stehen und wandte sich ihm zu, den Blick immer noch zu Boden gesenkt.

»Ich bin in Sie verliebt«, sagte Scott. »Das ist alles.«

»Wie können Sie es wagen, mir so etwas zu sagen?« rief Harriet aus, als sie die Augen aufschlug und ihn mit einem Zornesausdruck anblickte, den er ihrem Antlitz nicht zugetraut hätte.

»Wie ich es wagen kann?« sagte er mit der gleichen Härte. »Warum denn nicht? Warum denn nicht? Wenn Sie mich nicht heiraten wollen, können Sie mir das höflich zu verstehen geben.«

»Man hat zu warten, bis man gefragt wird«, erwiderte Harriet verblüfft und milder.

»Ich habe Sie gefragt.«

»Das haben Sie nicht.«

»Wie können *Sie* es wagen, zu glauben, daß ich etwas anderes meinte?«

»Sie sollten unseren Standesunterschied berücksichtigen, Herr Scott. Ich bitte um Verzeihung.«

»Wie könnte ich in solchem Augenblick daran denken?« sagte er, als sein Zorn der Besorgnis wich. Wollen Sie mir jetzt, da Sie mich verstehen, nicht eine Antwort geben?«

»Danke«, sagte sie und setzte sich wieder langsam in Bewegung. »Ich habe sehr viel von der Ehe gesehen und möchte lieber bleiben, wie ich bin.«

»Ja, ja, auch ich, und ich weiß, daß es gewöhnlich eine klägliche Angelegenheit ist. Mit uns jedoch wäre es anders; wir wären auf die Kleinigkeiten vorbereitet, die Alltagsmenschen aus der Fassung bringen. Außerdem können Sie nicht ewig ledig bleiben. Diejenigen, die nicht heiraten, bereuen es sogar noch mehr als diejenigen, die es tun.«

Harriet schüttelte den Kopf.

»Freilich«, fuhr er etwas bitter fort, als er vergebens auf eine deutlichere Antwort gewartet hatte, »wenn Sie Abneigung gegen mich empfinden, dann ist die Sache erledigt. Frauen können die Männer fast niemals leiden, die närrisch genug sind, sich in sie zu verlieben.«

»Es gibt noch viele andere Dinge – von Neigung oder Abneigung ganz abgsehen –, die in einer Ehe berücksichtigt werden müssen«, sagte Harriet ruhig.

»Ach so! Ich kann spielend tausend Pfund im Jahr verdienen, wenn Sie das meinen«, sagte er schroff.

»Danke. Ich habe es nicht nötig, des Geldes wegen zu heiraten.«

»Ich verlange nicht, daß Sie des Geldes wegen heiraten. Ich verlange, daß Sie aus Liebe heiraten.«

Harriet blickte ihn mit einem freudigen Lachen an, das sie einen Augenblick lang nicht unterdrücken konnte. Als sie dann den Widerschein ihrer Freude in seinen Augen sah, wurde sie ernst und sagte: »Es ist unmöglich.«

»Heißt das: Nein?«

»Ich kann nicht anders.«

»Wenn Sie wollten, so könnten Sie sehr leicht anders.«

»Ich glaube, es ist besser, wenn wir vorläufig nicht mehr davon sprechen«, sagte sie, als ein plötzliches, instinktives Verlangen, zu entfliehen, ihren Mut beeinträchtigte.

»Mag sein«, sagte Scott beharrlich, »daß Sie Zeit brauchen, um sich zur Ehe zu entschließen, aber ob Sie mich lieben oder nicht, müssen Sie jetzt so gut wissen wie später.«

»Mit welchem Recht erwarten Sie, daß ich diese Frage beantworte?«

»Ich will wissen, ob es einen Zweck hat, daß ich wiederkomme.«

»Es hat keinen Zweck, daß Sie wiederkommen.«

»Warum nicht? Sie sind eine sehr unvernünftige Frau.«

»Wenn Sie nicht verstehen wollen, kann ich Sie nicht dazu zwingen«, sagte Harriet gekränkt.

»Es ist gut. Sie mögen mich ganz einfach nicht. Das genügt vollständig.«

»Das habe ich nicht gesagt!« rief Harriet rasch.

»Warum wollen Sie dann meinen Antrag nicht erwägen?«

»Herr Scott«, sagte sie ernst und blieb stehen, als die Tore von Schloß Vogelschau in Sicht kamen. »Ich fürchte, ich habe meinen Dank für Ihren Antrag nicht richtig ausgedrückt. Ich versichere Ihnen, daß ich ihn als eine große Ehre betrachte. Ich wäre für Sie nicht die richtige Gattin und weiß, daß es Ihnen unangenehm wäre, sobald die erste Neigung verflogen ist, wenn die Damen ihrer Bekanntschaft Sie in Kleidern besuchen würden, die ich vielleicht gemacht habe, und die deshalb auf Sie verachtungsvoll herabblicken.«

»In diesem Fall«, unterbrach er sie, »wird es ein leichtes sein, die Damen hinauszuwerfen. Was liegt mir an solchen Leuten? Sie kennen meine Stellung nicht. Ich klammere mich nicht an die sogenannte Gesellschaft. Ich brauche ihr nicht nachzulaufen. Ich bin Künstler, und die Gesellschaft kann mich nicht entbehren. Sie läuft mir nur zu gerne nach und wird sich freuen, meine Frau kennenzulernen. Außerdem sind die Freunde, die ich schätze, Kulturmenschen, die niemals danach fragen werden, was Sie waren, solange Sie die schönste und klügste Frau in London sind.«

»Glauben Sie ja nicht, daß ich mich dessen schäme, was ich bin. Wenn das aber ein anderer täte, so täten Sie vielleicht ein Gleiches, und dieser Gefahr kann ich mich nicht aussetzen.«

»Wenn ich mich Ihrer schämte oder jemals dazu fähig wäre, hätte ich Ihnen dann einen Heiratsantrag gemacht? Warum wollen Sie mich fürs ganze Leben unglücklich machen um einiger Narren willen, die für mich weder von Nutzen noch von Interesse sind? Die Achtung vor der Meinung solcher Menschen ist nichts anderes als moralische Feigheit, Stolz und Selbstsucht, also alles eher als Liebe. Wenn Sie mich nur halb so liebten, wie ich Sie liebe, Sie würden mich nicht aufgeben aus Angst, von nichtssagenden Menschen über die Achsel angesehen zu werden.«

»Wer weiß, ob Ihnen an mir immer so viel und an den anderen

immer so wenig liegen wird.« Die letzten Worte waren ihr zu ihrem Schrecken gegen ihren Willen entschlüpft.

»Ich werde mich nie um andere Menschen kümmern«, rief er leidenschaftlich, »und ich werde Sie immer lieben. Ich kann es Ihnen nicht deutlicher erklären, als ich es schon getan habe. Ich werde Sie mehr lieben als irgend etwas auf der Welt, mit Ausnahme meiner Arbeit; und ich fühle, daß ich selbst diese nicht ohne Sie vollbringen kann.«

»Was würde Ihre Familie dazu sagen?«

»Ich möchte es ihr nicht raten, sich zu erdreisten, irgendeine Handlungsweise zu kritisieren, die mir beliebt. Sie erfinden bloß Einwendungen!«

»Ich finde meine Einwendungen durchaus natürlich, Herr Scott. Wir wissen voneinander sehr wenig; und unsere Temperamente passen vielleicht gar nicht zusammen.«

»Ich wüßte nicht warum. Sie scheinen nicht mehr Temperament oder Gefühl zu haben als ein Marmorblock. Ich bin mir nicht bewußt, launenhaft zu sein.«

»Ich glaube, Sie würden einer unvernünftigen, gefühllosen Frau bald überdrüssig werden.«

Scott, im Begriffe, eine leidenschaftliche Bitte zu äußern, wurde von dieser Antwort abgeschreckt und traute sich nicht zu erwidern. Er schäumte stumm. Harriet reichte ihm die Hand und bot ihm einen guten Abend.

»Soll ich wiederkommen?« fragte er.

»Ich war deutlich genug.«

»Sie haben mir keine Antwort gegeben«, sagte er ungestüm. »Sie haben viele Gründe angeführt, mich nicht zu heiraten, die mir alle höchst gleichgültig sind. Ich will aber wissen, ob Sie mich gerne heiraten würden, wenn es keine Einwendungen gäbe.«

»Es hat keinen Zweck, sich auf Wenn und Aber einzulassen. Ich glaube, es ist besser, wenn wir nicht weiter darüber sprechen.«

»Sie wollen mir also keine Hoffnung geben?«

»Ich möchte lieber nichts mehr sagen. Gute Nacht.«

Sie reichte ihm abermals die Hand. Als er sich von ihr abwandte und zornig den Staub mit seinen Absätzen aufwirbelte, entfernte er sich in einer Stimmung, die ihr als ein sehr hübscher Wutanfall erschien. Er verschwand an der Straßenbiegung, ohne den Kopf noch einmal zurückzuwenden, und sie ging ihren Weg dem Tore zu.

Frau Froster war früh am Nachmittag nach Schloß Vogelschau gekommen, um mit ihrer alten Freundin einige Stunden vor Harriets Kommen zu plaudern, in deren Gegenwart sie sich selten aussprachen, ohne eine Hemmung zu empfinden. An jenem Abend hatten sie eben Harriets vierundzwanzig Jahre, ihren Stolz, ihre abweisende Art den Männern gegenüber und die Heiratsanträge erörtert, die sie ausgeschlagen hatte.

»Heute abend scheinst du in fabelhafter Laune, Harriet«, sagte Frau Froster, als sie beim Tee saßen.

Harriet lachte und errötete leicht.

»Hoffentlich hast du Grund dazu«, fuhr Frau Froster fort. »Ehe du hereinkamst, haben wir von dir gesprochen. Oft und oft bin ich deinetwegen wachgelegen und habe mir Sorgen gemacht, was aus dir werden soll.«

»Vierundzwanzig ist ein hohes Alter für ein unverheiratetes Mädchen«, sagte Frau Summers; »und die jungen Männer glauben oft, daß etwas Böses dahinterstecken muß.«

»Die Ehe war Pflicht unserer Vorfahren«, sagte Frau Froster, »und es täte mir leid, zu denken, daß ein mir liebes Mädchen nur eine römisch-katholische Nonne ist.«

»Ich muß bekennen, daß ich es für unnatürlich halte, wenn ein junges Mädchen allein dahinlebt und sich ihr Brot selbst verdient«, sagte Frau Summers.

»Das war nie erwünscht, und als ich ein junges Mädchen war, hat keine von uns an so etwas gedacht«, sagte Frau Froster. »Du bist gewiß nicht häßlich. Vergiß aber in deiner stolzen Sorglosigkeit nicht, daß deine Schönheit vergehen wird und du krank und elend zurückbleiben wirst, ohne einen Menschen, der sich um dich kümmert.«

Bei diesen Worten lachte Harriet herzlich auf.

»Harriet!« rief Frau Summers besorgt, »was hast du heute abend?«

»Nein, wahrhaftig«, stieß Frau Froster aus, »unglaublich, wie du dich gehen läßt!«

»Welchen von allen Herrn, die du kennst, würdest du mir zum Mann wählen, liebe Tante?«

»Es steht dir schlecht an, von Herren zu sprechen«, meinte Frau Froster. »Du tätest gut, dir solche dumme Gedanken aus dem Kopf zu schlagen und zu trachten, mit einem ehrlichen Geschäftsmann aus deinem eigenen Stande ein Heim zu gründen.«

»Harriet, hat vielleicht irgendein Herr dir einen Heiratsantrag gemacht?« fragte Frau Summers mit größerem Scharfblick.

Harriet lehnte sich in ihren Sessel zurück, schloß die Lippen und lächelte geheimnisvoll.

»Herr Davis ist doch nicht wiedergekommen?« fragte Frau Froster fassungslos. Durch die Verachtung irritiert, die in Harriets Zügen bei dieser Zumutung zu lesen war, fügte sie streitsüchtig hinzu: »Mögest du nie einem Schlimmeren begegnen! Dann kannst du Gott danken, so unabhängig du auch bist.«

Bei diesem Tonfall ihrer Freundin zitterte Frau Summers, denn sie sah, wie alle Sanftmut aus dem Antlitz ihrer Nichte verschwand.

»Laß jetzt Davis aus dem Spiel, Rebekka. Sag mir, wer es wirklich war, Harriet.«

»Soeben habe ich mir gedacht, daß ich seinen Namen nicht nennen soll, weil ich seinen Antrag abgewiesen habe. Vielleicht hätte ich überhaupt nicht davon sprechen sollen«, sagte Harriet nachdenklich.

»Was ist denn weiter dabei, solange du nur mit uns darüber sprichst, meine Liebe«, sagte Frau Summers.

»Es wäre nichts dabei, wenn es sich bloß um meine eigene Angelegenheit handelte«, erwiderte Harriet.

Es entstand eine Pause, und beide warteten, daß Harriet weitersprechen werde. Dies geschah jedoch nicht. Da erhob sich Frau Froster. »Ich werde mich zurückziehen, Angel, ich weiß, daß es mich nichts angeht.«

»Ärgere dich nicht, Rebekka«, sagte Frau Summers und stand auf, um ihren Gast zurückzuhalten. »Du bist so schnell wegen nichts und wieder nichts gegen jemanden erbost. Setz dich doch.«

»Jawohl, meine schlechte Laune ist berüchtigt wie meine Zunge«, sagte Frau Froster. »Ich bin nicht gut genug, daß man mir Angelegenheiten von Kindern anvertraut. Ich bin nicht gut genug für ein Mädchen, dem Herren Heiratsanträge machen.«

»Welch ein Unsinn!« rief Frau Summers. »Warum nimmst du das so böse auf! Ich bin überzeugt, Harriet hat nichts dergleichen gemeint.«

»Wie darf sie sich unterstehen, mich so geringschätzig zu behandeln?« fragte Frau Froster und wandte sich zornig an Frau Summers, die vor ihrer großen hageren Gestalt, ihren funkelnden Augen und ihren verzerrten Zügen zurückwich. »Hält sie mich für eine ihrer Arbeiterinnen?«

»Es ist nicht notwendig, daß Sie so laut werden, Frau Froster«, sagte Harriet und erhob sich entschlossen, als wiese sie ein widerspenstiges Kind zurück. »Die Dienerschaft wird Sie hören.«

»Was liegt mir an der Dienerschaft!« entgegnete Frau Froster leidenschaftlich.

»Meiner Tante liegt sehr viel daran. Solange Sie sich in ihrem Zimmer befinden, müssen Sie auch auf sie Rücksicht nehmen, falls Sie in Ihrer jetzigen Laune fähig sind, auf irgend etwas Rücksicht zu nehmen.«

»Harriet«, flehte Frau Summers, »ärgere sie doch nicht.«

»Was unterstehst du dich!« rief Frau Froster.

»Unsinn«, sagte Harriet. »Setzen Sie sich und beruhigen Sie sich. Es wäre unschicklich, wenn Sie in Ihrer augenblicklichen Verfassung auf die Straße gingen oder sich bei den Leuten hier sehen ließen.«

Frau Froster zuckte krampfhaft. Sie sah Harriet, die ihren Blick standhaft erwiderte, drohend an. Dann zitterte sie am ganzen Leibe und fiel in ihren Sessel zurück, wo sie nach einem kurzen Kampf mit ihren Tränen kläglich zu weinen begann.

»Na, na, meine Liebe, es geschieht dir ja nichts«, sagte Frau Summers beschwichtigend und wiegte den Kopf ihrer Freundin an ihrem Busen. Zuerst sträubte sich Frau Froster, dann ergab sie sich und hing, von Schluchzen geschüttelt, am Halse ihrer Freundin.

»So, so, jetzt ist dir besser Rebekka, nicht wahr?« sagte Frau Summers. »Tröste dich!«

»Ich habe hören müssen, daß ich mich nicht sehen lassen kann«, stöhnte Frau Froster. »Man hält mir die Dienerschaft vor, weil ich keinen anständigen Ruf habe.«

»Nein, nein«, warf Frau Summers ein, »denke nicht daran, du bist erschöpft.«

»Ich bin nicht stark genug, zu gehen, selbst, wenn ich aus dem Haus gejagt werde.«

»Laß dir so etwas nicht im Traum einfallen. Nie wird dir nahegelegt, mein Haus zu verlassen, Rebekka.«

»Solche Dinge sind mir noch nie gesagt worden.«

»Führe sie in dein Schlafzimmer«, sagte Harriet ruhig, aber sehr bestimmt. »Sie soll sich niederlegen. Wenn du neben ihr sitzest und sie in Ruhe läßt, wird sie sich fassen und erholen.«

Beim Klang von Harriets Stimme zitterte Frau Froster wieder, murmelte einen Widerspruch und verließ, auf Frau Summers' Schultern gestützt, das Zimmer. Als sie fort waren, wandte sich Harriet mit einer Gebärde der Ungeduld dem Fenster zu, blickte in das Zwielicht hinaus und ärgerte sich über Frau Froster, weil sie ihre Gedanken von dem Maler abgelenkt hatte. Dann dachte sie plötzlich an Smith, und da sie sich seiner intimen Bekanntschaft erfreut und die Bewunderung Scotts gewonnen hatte, fühlte sie stolz, daß sie ihre Stelle in der Gesellschaft von Künstlern, Gelehrten und feinen Herren suchen konnte und nicht in der von Häuservermietern, Krämern und Feldpredigern, mit denen ihr Schicksal sie zusammengeführt hatte. Während sie nachsann, hörte sie, wie ihre Tante draußen Frau Froster vergebens dazubleiben bat. Nach einigen Minuten trat Frau Summers allein ins Zimmer.

»Na, ist sie fort?« fragte Harriet.

»Jawohl, ich konnte sie nicht zum Bleiben bewegen. Ich glaube, sie hatte Angst, dir wieder zu begegnen. Du hättest nicht so mit ihr sprechen sollen.«

»Es wird ihr endlich eine Lehre sein«, sagte Harriet. »Du wirst sehen, nie wieder wird sie ausfallend gegen mich werden.«

»Sie kann ja nichts dafür«, entschuldigte sie Frau Summers.

»Jeder kann für sein Benehmen.«

»Es ist ein Jammer. Von diesem Fehler abgesehen, ist sie die beste Frau. Schon als Kind pflegte sie sich auf ähnliche Weise gehen zu lassen. Es tut mir leid, daß du so kurz angebunden mit ihr warst. Für eine Frau ihres Alters ist es bitter, von einem jungen Mädchen zurechtgewiesen zu werden. Es ist erniedrigend, Augenzeuge zu sein, geschweige denn, es selbst ertragen zu müssen.«

»Sie hat sich das nur selbst zuzuschreiben«, sagte Harriet unerbittlich. »Es ist übrigens auch nicht die wahre Güte, sie in ihren Wutausbrüchen zu ermutigen. Wenn sie sich nicht beherrschen will, muß man sie dazu zwingen, wie andere auch.«

»Mag sein, daß du recht hast«, erwiderte Frau Summers sanft. »Arme Rebekka! Es ist wichtig, seinen Verstand beisammen zu haben. Harriet, hoffentlich wird dich diese Gabe niemals verhärten.«

Zweites Kapitel

Obwohl Woodward zuerst klagte, weil er sich einige Kleinigkeiten in der Anordnung, die sein neuer Sekretär getroffen hatte, merken mußte, fand er doch zum erstenmal im Leben seine Papiere sofort, wenn er sie brauchte, und in seiner Korrespondenz gab es keine Rückstände mehr. Er war Parlamentsmitglied, aber kein aktives, und außer einigen witzigen Bemerkungen steuerte er kaum etwas zu den Debatten bei. Das Unterhaus, das ihn als einen seiner irischen Spaßvögel betrachtete, lachte darüber. Sein irischer Besitz war den Händen eines Verwalters anvertraut, und das einzige Geschäft, das dem Besitzer von der Verwaltung aufgebürdet wurde, bestand in der Anerkennung seiner jährlichen Geldüberweisungen und Abrechnungen. Diese Abrechnungen wurden nun Smith übergeben, der zwei Nächte damit verbrachte und sich vergebens bemühte, das Prinzip zu entdecken, wonach es den Pächtern gestattet wäre, die Armen- und andere Steuern von dem Pachtgeld abzuziehen.

Nach kurzer Zeit konnte Smith, so gewissenhaft er auch war, kaum einen Vorwand finden, den ganzen Tag bei seinem Arbeitgeber zu verbringen. Seine äußere Erscheinung und seine Gewohnheiten veränderten sich bald durch die Muße, die er hatte. Er kaufte sich einen Hut bei Lincoln und Bennett und trug Hundslederhandschuhe. Frau Tillys kleines Mädchen für alles sagte ihrer Herrin eines Tages, daß Herr Smith sehr elegant geworden sei. Von der Familie seines Arbeitgebers sah er wenig. Clytie war einige Male ins Zimmer gekommen, um mit ihrem Vater die Stunde einer Mahlzeit oder eine Verabredung zu besprechen. Bei einer solchen Gelegenheit geruhte sie, dem Sekretär, der eine starke Abneigung gegen sie gefaßt hatte, guten Morgen zu wünschen.

Eines Morgens meldete Cornelius Herrn Hawkshaw.

»Möchte wissen, was der will«, brummte Woodward.

Es stellte sich bald heraus, daß der Dichter für einen seiner Verwandten eine Eintrittskarte ins Unterhaus wünschte.

»Er ist vom Land hereingekommen, lieber Herr Woodward«, sagte Hawkshaw, »und ich wäre Ihnen sehr verbunden, wenn Sie ihm eine Jahreskarte ausstellen wollten. Jeden Abend kommt er zu mir und quält mich, ich solle mit ihm gehen. Verwandte sind doch ein verteufelte Angelegenheit.«

»Warum versuchen Sie nicht, ihm Ihre Gedichte vorzulesen?«

fragte Woodward.

»Sie gefallen ihm nicht«, lächelte Hawkshaw. »Ich glaube, Sie sind der Ansicht, daß er recht hat. Doch vermutlich haben sie nie etwas von mir gelesen.«

»Einiges schon.«

»Was halten sie davon?«

»Um Ihnen die Wahrheit zu bekennen, schienen mir die Gedichte sehr überschwenglich. Aber ich verstehe von solchen Dingen nichts.«

»Sie haben ganz recht. Woher auch?« meinte Hawkshaw leutselig.

Dann klopfte es an die Tür, und Isabella Woodward trat ein, die Smith lange nicht gesehen hatte. Er tat, als sei er mit Schreibereien beschäftigt, und lauschte im Bewußtsein seines Mangels an höflichen Umgangsformen, dem Plaudern des Dichters mit der Dame. Nach einigen Minuten erhob sich Woodward, der seinen Gast mehrmals mißtrauisch betrachtet hatte, und verließ das Zimmer mit dem Versprechen, gleich wieder da zu sein.

»Jawohl«, sagte Hawkshaw, das Gespräch fortsetzend. »Ich bin dagewesen. Die Basare machen mir recht viel Spaß. Bis auf eine einzige halbe Krone, die für das Rückfahrtsgeld aufzusparen mir manchmal gelingt, lasse ich mein Geld zu Hause.«

»Wie knauserig«, sagte Isabella.

»Unerhört, nicht wahr?« meinte Hawkshaw lächelnd und schloß die Augen halb. »Dort habe ich nichts als Ihr Kleid bewundert, das ein Traum war. Wer, bitte, hat es entworfen?«

»Ach, das pfauenblaue Zeug!«

»Halt!« rief Hawkshaw und erhob die Augen. »Pfauenblau mit seiner ästhetischen Gedankenassoziation erinnert mich an meinen unglücklichen Freund Cyril Scott. Ist es wahr, daß er wahnsinnig geworden ist?«

»Cyril Scott wahnsinnig geworden! Unmöglich!«

»Dann wissen Sie von nichts?«

»Ich habe seit Ostern keine Silbe von ihm gehört, wo er, wenn ich nicht irre, bei Grosvenor zu Besuch war. Lassen Sie mich nachdenken. Jawohl, ich erinnere mich ganz genau, daß ich ihn dort getroffen habe; und er schien nicht wahnsinniger als sonst. Selbstverständlich ist das nicht Ihr Ernst?«

»Bis drei Uhr, wo ich meine Narrenkappe, meine Schellen und meine Visitenkartentasche ergreife, meine ich's immer ernst. Ich versichere Ihnen, Lizzie Scott hat mir gestern erzählt, daß Cyril verflossenen Sonnabend ganz krank und erregt nach Hause gekommen ist. Seitdem hat er sich in sein Atelier eingeschlossen und die Tür vor der ganzen Welt versperrt. Er! Einst der geselligste aller Menschen. Wenn sie ihn ausfragen wollen, wird er wild wie ein Bär.«

»Ob darin etwas sehr Ungewöhnliches zu sehen ist, weiß ich nicht.«

»Ach, sie sind zu streng gegen ihn. Vor ungefähr drei Wochen, unmittelbar nach seiner Rückkehr von Richmond, habe ich ihn gesehen. Er führte sehr merkwürdige Reden, schimpfte auf die Kunst, hielt lange Predigten und sah Cyril Scott so wenig ähnlich, wie der erbärmlichste aller Philister. Ich vermute, daß er sich in Schloß Vogelschau verliebt hat. Ich war nicht abgeneigt, Ihnen seine Geistesverwirrung zuzuschreiben.«

»Ich weiß nicht, warum Sie das glauben«, sagte Isabella sehr kalt. »Scott hat sich in Richmond durch unerklärliche Abenteuer mit einer Dame ausgezeichnet, die liebenswürdigerweise mit mir identifiziert wurde, wie es sich aber herausstellte, die Nichte der Haushälterin ist.« Mit diesen Worten wandte sich Fräulein Woodward achselzuckend zu dem Sekretär und entdeckte, daß er sie anblickte. Sofort nahm er wieder die Haltung emsigen Arbeitens an, wie es seiner Stellung angemessen war.

»War es eine Schottin?« fragte Hawkshaw, der diesen Zwischenfall nicht bemerkte.

»Ich weiß es wirklich nicht«, erwiderte Isabella.

»Warum?«

»Ach, nicht der Rede wert. Es entschlüpfte ihm einmal eine Bemerkung, die mich veranlaßte, ihn mit einer Schottin zu necken; damals glaubte ich jedoch nicht, daß sie in Wirklichkeit existierte.«

»Vielleicht kann Ihnen Herr Smith Auskunft geben.«

»Zufällig kenne ich die Nichte von Grosvenors Haushälterin«, sagte Smith, Hawkshaws höflich-neugierigen Blick erwidernd. »Sie ist Schottin.«

»Wirklich! Ist sie sehr hübsch?«

»Sie hat einen bemerkenswerten Charakter und ist persönlich sehr hübsch. Sie versteht auch etwas von Kunst, obwohl ihre Kenntnisse vielleicht etwas unsicher sind. Eine unbewußt erworbene Kultur, die von einsamen Kämpfen mit der Welt herrührt, kennzeichnet sie besonders.«

Hawkshaw und Isabella starrten den ehemaligen Teppichverkäufer an.

»Verzeihung«, sagte der Dichter, sich fassend, »worin besteht aber die gesellschaftliche Stellung der jungen Dame?«

»In solchen Angelegenheiten habe ich nur wenig Erfahrung«, erwiderte Smith vorsichtig. Dann aber, anderen Sinnes, fügte er hinzu: »Als ich sie kannte, war sie das, was man eine Modistin nennt.«

Isabella rümpfte die Nase.

»Ich glaube, sie hat jetzt ihr eigenes Geschäft in Richmond«, bemerkte Smith.

»Dann kommt eine Heirat selbstverständlich für ihn nicht in Frage«, sagte Hawkshaw.

»Möglich«, entgegnete Smith. »Sie ist aber ein außergewöhnliches Geschöpf, und ich bin überzeugt, Herr Scott hätte nicht die geringsten Aussichten, wenn er ihre Bekanntschaft nur in leichtfertiger Weise zu einem Techtelmechtel machen wollte.«

Isabella, bleicher als sonst, blickte Smith an, der seine Schreiberei wieder aufnahm. Hawkshaw hustete und war im Begriff, dem Gespräch eine andere Wendung zu geben, als er durch ein Geräusch auf dem Gang unterbrochen wurde. Dann erschien Cornelius.

»Darf ich – wo ist der gnädige Herr, Fräulein Bella?«

»Oben. Er kommt gleich herunter. Was gibt es?«

»Herr Scott fragt nach ihm. Bitte einzutreten«, sagte Cornelius.

»Oho, hier kommt Raphael Rembrandt Tizian Turner Scott!« rief Hawkshaw. »Was hast du die ganze Zeit gemacht?«

»Etwas, das dir sehr gut bekäme, wenn du meinem Beispiel folgen wolltest«, erwiderte Scott. »Ich habe eine Woche schwerer Arbeit hinter mir.«

»Arbeit!« rief Hawkshaw. »Du machst mich schaudern.«

»Wofür sollte man sonst leben, wenn nicht für die Arbeit?« fragte Scott. »Alles andere endet mit Enttäuschung. Das ist die einzige Sache, deren man nicht überdrüssig wird und die sich immer zum Guten wendet.«

»Amen«, sagte Hawkshaw mit einem vielsagenden Blick auf Isabella Woodward. »Du bist in letzter Zeit eine unerschöpfliche Quelle der Belehrung geworden. Alles andere endet also in Enttäuschung! Findest du? Wirklich? Was hast du denn anderes versucht? Trauerst du vielleicht einem Mädchen nach, das du ebenso schön wie falsch gefunden hast?«

Scott blickte den Dichter zornig an, dann ertappte er Isabella dabei, wie sie ihn scharf beobachtete, und sagte: »Vielleicht wird es dir Spaß machen, zu erfahren, daß ich in einer Herzensangelegenheit abgewiesen wurde.«

»Was, hat dir eine den Laufpaß gegeben?« fragte Hawkshaw.

»Nicht einmal den Laufpaß, ich wurde kurzerhand abgewiesen.«

»Du kamst, sahst...«

»Und ich wurde besiegt. Wie du siehst, bin ich großmütig genug, der Welt die Freude zu gestatten, mich auszulachen.«

»Ich glaube, Sie scherzen«, sagte Isabella, »oder Sie strebten zu hoch, um so tief zu fallen.«

Scott sah sie an. Und sie erwiderte seinen Blick mit unverhohlener Schadenfreude. Smith beugte sich über seine Briefe und grinste.

»Ich wollte, du würdest mir das Rezept geben, eine Enttäuschung so schnell zu verwinden, wie du es scheinbar konntest«, sagte Hawkshaw.

»Einzig und allein Arbeit«, sagte Scott. »In meinem Falle genügte eine Woche. Den ersten Tag verbrachte ich damit, eine Leinwand zu verderben. Den nächsten, sie mit Verzweiflung zu betrachten. Am dritten Tage habe ich sie abgekratzt und von vorne angefangen. Dann ist mir etwas gelungen, und jetzt bin ich einer guten Arbeit für den Winter gewiß.«

»Unermüdlicher Mensch!« sagte Hawkshaw mit einem Seufzer. »Wenn ich nur deine Arbeitskraft besäße, so wäre ich der Verfasser von Dutzenden von Epen und nicht bloß ein armer Sonettendichter. Es ist witzlos, einen Menschen zu necken, der seine Mitmenschen mit einem kaltblütigen Geständnis seines Sturzes verblüfft. was aber hat dich, wenn ich fragen darf, zu dieser unzeitgemäßen Stunde hierher geführt?«

»Ich dachte, Herrn Woodward allein zu treffen«, sagte Scott. »Ich will eine Einlaßkarte für das Unterhaus von ihm haben.«

»Was, das gleiche wie ich!« rief Hawkshaw. »Hast du auch einen Vetter vom Land?«

»Nein«, sagte Scott. »Ich habe einen Auftrag aus meinem früheren Fach. Ich will eine Sitzung des Hauses für einen Holzschnitt[1] zeichnen. Ich habe die Absicht, mich einträglichen Geschäften zu widmen.«

1 Damals arbeitete der Zeichner schwarz-weiß auf Buchsbaumblöcken, die dann mit der Hand geschnitten wurden.

»Der Himmel schütze deinen Verstand, mein armer Junge«, sagte Hawkshaw. »Du bist wahrhaftig sehr verliebt.«

Woodward, der inzwischen Hemd und Kragen angezogen hatte, kam jetzt zurück. Er begrüßte Scott mit mehr Wärme, als er dem Dichter gezeigt hatte. Als die beiden jungen Leute die Karten erhalten hatten, wurde ihrem Besuch durch eine offenbar verlegene Einladung zum Lunch ein Ende gemacht, die von Hawkshaw taktvoll unter dem Vorwand einer anderen Einladung, von Scott schroff, ohne irgendeinen Vorwand abgelehnt wurde.

»Diesen Hawkshaw kann ich nicht ausstehen, er ist ein Laffe«, sagte Woodward.

»Wenigstens ist er höflich«, sagte Isabella, »und das ist mehr, als man von Scott behaupten kann.«

Woodward schob seine Brille in die Tasche und verließ das Zimmer. Zur Überraschung des Sekretärs blieb seine Tochter zurück; als sie jedoch zum Fenster hinaussah, schien sie seine Gegenwart nicht zu bemerken. Smith benutzte ihre Unaufmerksamkeit dazu, an seinen Hemdärmeln ein paar Manschetten zu befestigen und mit einem Taschenkamm durch sein Bärtchen zu fahren. Er hatte sich erhoben und war im Begriff fortzugehen, als Isabella sich umdrehte.

»Ich habe nachgedacht, Herr Smith«, sagte sie, »und ich bin ganz sicher, daß ich die junge Dame, von der wir sprachen, in Richmond gesehen habe.«

»Sehr leicht möglich«, sagte Smith und bewunderte Isabellas Augen.

»Ist sie nicht dunkel, mit einem hübschen durchtriebenen Gesicht und –«

»Keineswegs«, unterbrach Smith, erstaunt über diese Beschreibung. »Durchaus nicht. Gerade das Gegenteil.«

»Wirklich? Dann ist die Person, die ich mich entsinne, mit Frau Summers gesehen zu haben, eine andere. Sie denken aber nicht sehr schmeichelhaft von ihr.«

»Wieso denn?«

»Sie sagten, sie sei das Gegenteil von hübsch.«

»So habe ich's nicht gemeint. Sie sprachen von einer gewissen Art von Schönheit. Es ist nicht leicht, Fräulein Russell zu beschreiben. Es könnte mir nie im Traum einfallen, sie mit irgendwem, außer mit ihr selbst, zu vergleichen. Sie ist in jedem Sinne des Wortes eine energische Dame, doch ist in ihrem Antlitz eine Weichheit und in ihren Bewegungen eine Anmut, die sie einem Fremden als vollendete Schönheit erscheinen läßt. Eine Zeitlang sah ich sie so oft, daß ich mir abgewöhnt hatte, ihr Aussehen zu betrachten.«

»Nichtsdestoweniger schildern Sie sie sehr beredsam.«

»Sie gehört zu den Personen, die auf einen Beobachter einen auffallenden Eindruck machen. Ich kann verstehen, daß ein Künstler sie bewundert, denn ihre Gestalt ist ungemein natürlich, und ihr Wesen ist frei und ungebunden.«

Isabella, die wie eine Sanduhr in der Mitte eingeschnürt war, blickte Smith an, als er Harriets Gestalt als natürlich rühmte; da sie aber in seinem Gesicht keine Spur von Anzüglichkeit entdeckte und in dem Wahn befangen war, daß kein Mann das Korsett unter ihrem Kleid wahrnehmen könnte, unterdrückte sie ihren Argwohn und sagte niedergeschlagen: »Sie scheint eine fabelhafte Person zu sein, diese Modistin. Entschuldigen Sie, Herr Smith, wenn ich mir zu fragen erlaube, ob Sie irgendwie mit ihr verwandt sind.«

»O nein«, sagte Smith, und seine Empfindungen bei dieser Frage belehrten ihn, daß er kein so vollkommener Republikaner war, wie er geglaubt hatte.

»Ich hätte nicht fragen sollen«, sagte Isabella, da sie sein Unbehagen bemerkte, »nur scheint sie das Gegenteil von allem zu sein, was man hätte erwarten können.«

»Bitte glauben Sie nicht, daß ich irgendein Gefühl für sie hege«, sagte Smith, seine Weltlichkeit bereuend. »Ich habe ihre Bekanntschaft nur zufällig gemacht. Ich war ein Jahr lang Untermieter in dem Haus, wo sie gewohnt hat.«

»Ist sie eine sehr stolze Schönheit?«

»Ich bezweifle nicht, daß sie gelegentlich so aussehen kann«, sagte Smith und stellte sich mit einiger Genugtuung vor, daß Scott abgewiesen worden war.

Hier wurde das Gespräch von Hamlet unterbrochen, der erwartet hatte, das Zimmer leer zu finden, und in einer Weise zurückprallte, wie es einem gutgeschulten Londoner Lakai niemals passiert wäre. Er glotzte das Paar an.

»Entschuldigen Sie, Fräulein Bella. Ich bin gekommen, um das Zimmer aufzuräumen.«

»Sehr gut, tun Sie das, wenn Herr Smith das Zimmer nicht mehr benötigt«, sagte Isabella. Dann sagte sie Smith mit einem der Blicke, die sie gewohnheitsmäßig den Männern zuwarf, guten Tag und ging hinaus. Als er lange genug gezögert hatte, um sie im Vorzimmer nicht zu überholen, folgte er ihrem Beispiel und ließ den Diener allein im Arbeitszimmer zurück.

»Der Teufel hole Ihre Frechheit!« rief ihm Cornelius nach und drohte dem Sekretär mit der Faust, außerstande, seinen Schreck schweigend zu ertragen. »Macht der Tochter seines Herrn den Hof. Ein schwerer Fall, diese Dame. Nächstens wird sie sich auch noch an mich heranmachen. Macht nichts, ich laß euch beide nicht aus den Augen, ihr werdet schon sehen!«

Mittlerweile erfuhr Smith, daß er sich selbst zum erstenmal die Reize Harriets klargemacht hatte, als er sie Isabella beschrieb. Die Sehnsucht, sie wiederzusehen, überkam ihn. Auf dem Wege vor seiner Wohnung zum Chelsea-Bahnhof, der ihm offenbar besonders geeignet schien, dachte er darüber nach, ob er nach Richmond fahren sollte oder nicht.

»Du begehst eine ungeheure Dummheit«, sagte die Vernunft.

»Manchmal muß man auch Dummheiten begehen«, entgegnete die Romantik.

»Sie will dich nicht wiedersehen«, sagte die Vernunft.

»Woher weißt du das?« meinte die Romantik.

»Du hast keinen Vorwand, sie aufzusuchen«, sagte die Vernunft.

»Ich kann ihr zufällig auf der Straße begegnen!« raunte die Romantik.

»Wie willst du das herbeiführen?« sagte die Vernunft.

»Wenn ich erst dort bin, habe ich Zeit, darüber nachzudenken«, riet die Romantik. »Übrigens wird mir ein Tag auf dem Lande wohltun, selbst wenn ich sie nicht sehe. Und wenn ich erst einmal am Bahnhof bin, kann ich mich immer noch entscheiden, was ich will oder nicht.«

Eine Stunde später war er in Richmond und überlegte, wo er Harriet finden könnte. Viel zu unschlüssig, um zu fragen, ging er durch die Straßen und suchte ihr Geschäft. Dann trat er, hungrig geworden, in eine Konditorei, wo er eine Erfrischung zu sich nahm und die junge Dame hinter dem Ladentisch fragte, ob sie den Wohnort einer Modistin namens Harriet Russell kenne.

»Über uns, mein Herr. Klingeln Sie rechter Hand an der Eingangstür, und gehen Sie in den ersten Stock hinauf.«

Überrumpelt und weil seine Auskunftgeberin ihn durch das Fenster beobachtete, folgte Smith ihren Anweisungen, bevor er noch Zeit zur Überlegung fand, unter welchem Vorwand er sich bei der

Schneiderin vorstellen sollte. Er klingelte, die Tür bewegte sich, er stieß sie auf, ging die Treppe empor und befand sich auf dem Stiegenabsatz des ersten Stockes einer Glastür gegenüber, durch die er ein Drahtgestell sehen konnte, über das ein Mantel drapiert war. Der Ort schien für Besucher seines Geschlechts ungeeignet, und er trat ängstlich ein, so wie er in eine Damenschwimmschule eingetreten wäre. Aus dem Nebenzimmer tönte das Geräusch einer Nähmaschine und erinnerte ihn an die einsamen Abende in Dodds Buildings, wo es ihn zuerst gestört hatte. Er hustete, und sofort trat Harriet aus dem Nebenzimmer, für irgendeine besondere Gelegenheit gekleidet, wie ihm schien; denn ihr schwarzes Kleid, obwohl einfach, war doch viel eleganter im Schnitt und kostbarer im Stoff als die einfachen graubraunen Kleider, weichen Tücher und vom Wetter mitgenommenen Regenmäntel, die sie in Islington getragen hatte. Als sich ihre erste Überraschung gelegt hatte, empfing sie bei seinem Anblick einen ähnlichen Eindruck wie er, da sie seinen Gehrock, seinen glänzenden Hut und seine Handschuhe bemerkte. Sie begrüßte ihn mit einer Wärme, die seine Zweifel über die Ratsamkeit seines Besuches schnell zerstreute. Gegen seine Erwartung war ihre Zurückhaltung, die sie selbst in ihren vertrautesten Stunden nie ganz abgelegt hatte, jetzt kaum wahrnehmbar, und ihr Wesen wurde zudem noch durch eine Heiterkeit gemildert, die sie trotz ihres scharfsinnigen Humors früher niemals zur Schau getragen hatte.

Der freundliche Empfang entsprang teilweise der Freude über seinen Besuch, teilweise ihrer größeren Menschenkenntnis, die sie gelehrt hatte, daß Smith weniger, als sie glaubte, jene Eigenschaften vermissen ließ, wegen deren Mangel sie ihn verachtet hatte. Achtung als Gegenwirkung ihrer früheren Ungerechtigkeit und die von ihr früher unterschätzte Tatsache, daß er ihr einziger naher Freund war, ferner ihre weibliche Empfänglichkeit für die äußerliche Veränderung in seiner Erscheinung und Haltung, die Folge seiner Lossagung von Figgis & Weaver, alles das ermunterte sie, ihn willkommen zu heißen. Sie saß eine Weile mit ihm im Vorführungsraum; und infolge der vorgerückten Geschäftsstunde blieben sie ungestört, abgesehen von dem eintönigen Gerassel der Nähmaschine, die im Nebenzimmer von Harriets Gehilfin bedient wurde. Harriet erzählte ihm, wie sie sich in Richmond etabliert hatte, und beschrieb den Rückzug Frau Frosters, mit der genauso schwer auszukommen war wie früher. In Dodds Buildings hatte sie die Launen der Hausfrau niemals erörtert. Smith erzählte ihr nun seine Geschichte und freute sich, daß Harriet sein Benehmen gegen seine früheren Arbeitgeber billigte und seine gegenwärtige Beschäftigung seiner Neigung und seinen Fähigkeiten viel entsprechender fand als den Buchhalterposten in der City. Seine Fragen nach ihrer Pflege der Literatur und der Kunst beantwortete sie dahin, daß sie in ihrer Muße neulich sogar das Studium von Ruskins Werken wiederaufgenommen habe, aus denen er sie zeitweilig mit Zeitungszitaten erbaut hatte – die Preise der Bücher selbst gingen weit über ihre Verhältnisse –, obwohl sie damals nicht sehr viel Interesse dafür übrig hatte. Sie erklärte das unter Hinweis auf die Bilder, die sie in Grosvenors Haus gesehen hatte. Darauf erwähnte Smith, daß er bei einem Freund Grosvenors, einem Herrn Woodward, als Sekretär in Stellung sei.

»Herr Woodward!« rief Harriet. »Wie sonderbar ist das alles. Hat er nicht eine Tochter?«

»Er hat zwei Töchter«, sagte Smith. »Die eine ist eine Schönheit, die andere ein Scheusal, was ihr Wesen betrifft, denn sie ist leidlich hübsch.«

»Wie heißt die Schönheit?«

»Isabella« – Harriet war enttäuscht. »Nebenbei bemerkt ist sie eifersüchtig auf Sie«, fuhr Smith fort.

»Auf mich?« rief Harriet. »Sie hat mich nie gesehen und weiß nichts von mir.«

Hierauf wiederholte Smith das Gespräch, das vormittags zwischen Hawkshaw und Isabella stattgefunden hatte. »Und selbstverständlich«, schloß er, »werden Sie für die Dame gehalten, der er einen Antrag gemacht hat. Das klingt freilich wie die Frage, ob Sie es sind oder nicht. Vielleicht hätte ich lieber den Mund halten sollen.«

»Ich bin's. Aber ich glaube, daß Scott das hätte für sich behalten können. Vermutlich dachte er, ich würde damit prahlen, und es sei das beste, mir zuvorzukommen.«

»Das glaub' ich nicht. Er sprach selber den Hänseleien zum Trotz ganz spontan davon. Er ist wohl sehr eingebildet, und Sie müssen seinem Eigendünkel einen Stoß versetzt haben. Das hat ihm Isabella ins Gesicht gesagt.«

»Wirklich?«

»Und als er fort war, fragte sie mich über Sie aus. Zum erstenmal hat sie sich herabgelassen, mein Dasein zu bemerken.«

»Hoffentlich haben Sie ihr nichts von mir erzählt!«

»Ich mußte. Ich malte Sie ihr in den glühendsten Farben, worüber sie nicht besonders erfreut zu sein schien.« Harriet konnte ein Lächeln nicht unterdrücken. »Es ist mir nicht gleich aufgefallen. Jetzt aber, da ich darüber nachdenke, scheint mir, daß jedes meiner Worte ihren Unmut wahrscheinlich erhöht hat. Wer weiß, ob sie nicht selbst in Scott verliebt ist.«

»Es ist wahrhaftig sonderbar, daß es auch den zurückgezogensten Menschen nicht erspart bleibt, Stadtgespräch zu werden, im Augenblick, wo sie ihre Privatangelegenheiten haben, die sie für sich behalten wollen.«

»Na ja, was können Sie aber anderes erwarten, wenn Sie die Seelenruhe eines der bekanntesten modernen Maler stören und die Hoffnungen der liebreizendsten Mitglieder der Gesellschaft zunichte machen? Sie wurden nicht dazu geboren, um im Verborgenen zu blühen, und müssen ihre Beliebtheit büßen.«

»Unsinn«, sagte Harriet. Nichtsdestoweniger mißfiel ihr dieser Scherz nicht. »Es freut mich zu hören, daß Scott so vernünftig gewesen ist, sich seiner Arbeit zu widmen und mich ganz zu vergessen. Sie dürfen nicht darüber sprechen oder zugeben, daß ich mit Ihnen darüber gesprochen habe, Herr Smith.«

»Bestimmt nicht«, sagte Smith. Dann lachte er.

»Worüber lachen Sie?« fragte Harriet ernst.

»Über die Vorstellung, daß Scott Sie so mir nichts dir nichts vergessen könnte. Wenn ein Mann etwas vergessen will, gelingt es ihm immer nur, sich systematisch daran zu erinnern.«

Da sich diese Bemerkung mit der Erfahrung deckte, die sie selbst in Beziehung auf den Künstler gemacht hatte, antwortete Harriet nichts, sondern wechselte das Thema, indem sie Smith einlud, den Tee mit ihr zu nehmen. Er lehnte ab, weil er fürchtete, ihr Ungelegenheiten zu machen, und versicherte, daß er mit dem nächsten Zug nach London zurückmüsse.

»Sie wissen, daß es Ihnen freisteht, zu bleiben«, sagte Harriet.

»Wenn ich könnte, bliebe ich sehr gerne«, sagte Smith mit der Wärme eines Lügners. »Ich versichere Ihnen, es ist unmöglich.«

Als er die Treppe hinunterstieg, dachte er über seine früheren Zweifel nach und sagte sich: »Warum sollte sie sich nicht freuen, mich zu sehen? Wie dumm von mir, mich mit der Einbildung zu quälen, daß die üblichsten menschlichen Empfindungen schweigen, sobald es mich betrifft.«

Drittes Kapitel

An einem schönen Sonntagabend im Juni war der Rasen zu beiden Seiten des Weges, der den Hyde-Park von Marble Arch bis zum östlichen Ende des Serpentine-Sees durchquert, von Müßiggängern und andächtigen Zuhörern besetzt, denen jeweils ein Redner irgendeine Lehre auslegte, die hauptsächlich in der bevorstehenden Verdammnis eines jeden mit Ausnahme eben des Redners und seiner Anhänger bestand. Einige bewiesen durch die Heilige Schrift die Wahl zwischen der Vernichtung und einen Anteil am Tausendjährigen Reich. Andere stellten die Gleichartigkeit des englischen Volkes mit den verschollenen Stämmen Israels fest und folgerten aus den Prophezeiungen für den Kaiser von Rußland. Hier und da wurde eine Versammlung von Betern umdrängt, die von weltlichen Predigern gestört wurde, oder eine weltliche Versammlung wurde von einem Verfechter des christlichen Glaubens herausgefordert, wobei es hauptsächlich darum ging, ob der Glaubensgegner des Sprechers nicht etwa wegen einer schändlichen Missetat zu drei Monaten Zuchthaus verurteilt gewesen sei. In der Hitze des Streites wurde die Religion vollständig vergessen. Wenn auch die Mehrheit der unbelästigten Prediger für die gleiche Bitte fast die gleichen Worte wählte, waren sie doch von verschiedener Art. Da waren Flehende, die die Arme in die Höhe warfen und mit unharmonischen Stimmen kreischten, die im Begriffe waren, überzuschlagen. Da waren stämmige Männer, die ihre Zuhörer dem Himmel zuliebe einschüchterten, indem sie sarkastisch die Reize des Weges in die Hölle aufzählten. Dort gab es Verfechter von Plattheiten, die überall, selbst in Steinen, nur das Gute suchten. Dort wieder Andächtige, die ernst und bebend die Verwandlung schilderten, die sich in Ihnen vollzogen hatte, und die Welt anflehten, ihre Verzückung zu teilen. Da waren junge Männer, die, aufgebläht von der Entdeckung, daß sie fähig waren, auf Versammlungen zu wirken, feindliche Ansichten angriffen und sie siegreich widerlegten. Da wieder stand eine Offizier außer Dienst, von der indischen Sonne verbrannt, der seine Familie, eine Menge Feldstühle und eine Bibel mitgebracht hatte, aus der er mit einer Stimme, die dem Zweck schlecht angepaßt war, vorlas. Da war ein bärtiger Herr, der für sich allein die Metaphysik entdeckt hatte und, da er seine Entdeckung für vollkommen neu hielt, das Volk aufforderte, sich freiwillig bei den »Veilchenblauen« zu melden, um eine am eigenen Herd zurechtgemachte Philosophie der abstraktesten Begriffe zu verbreiten. Auch Larkins war da, der zu einer großen und frommen Versammlung in der Nähe von Marble Arch feierlich sprach. Seine Sopranstimme trug seine Worte bis in die äußersten Reihen der Menge. Als er geendet hatte, wurde ein Kirchenlied gesungen, und unter den andächtigsten Sängern befand sich auch Fanny Watkins, die in der Mitte des zweiten Verses durch einen Rippenstoß unterbrochen wurde, den sie von einem Mann erhielt, der dicht hinter ihr stand.

»Wie geht es dir, Fan?« Fräulein Watkins hatte diesen Tonfall schon seit Monaten nicht mehr gehört, und als sie ihn erkannt hatte, bebte ihre Stimme. Sie war jedoch zu fromm, um ihre Andacht zu vernachlässigen, und hielt die Augen auf ihr Buch geheftet. Zum Schluß des Verses wurde die Begrüßung wiederholt, und während Larkins die darauffolgenden Strophen bekanntgab, drehte sie sich hastig Fraser Fenwick zu. Seine Erscheinung überraschte sie; denn er war nicht nur gut gekleidet, sondern seine Gesichtsfarbe war um so vieles gesünder und seine Augen um so vieles klarer als früher, daß Fanny ihre ehemalige Ansicht über ihn, als den schönsten und flottesten Gentleman, bestätigt fand. Sie sagte: »Guten Abend. Du darfst mich nicht ansprechen, bevor das Kirchenlied zu Ende ist«, und kehrte ihm den Rücken, um den dritten Vers zu beginnen.

»Zum Henker mit dem Kirchenlied«, sagte Fraser. »Komm und mach einen Spaziergang mit mir, wohin du willst, nur heraus aus dem Gedränge.«

»Pscht«, zischte eine Frau, die dicht daneben stand.

Fanny schüttelte den Kopf und sang, so laut sie konnte. Während des langen Gebetes, das auf das Kirchenlied folgte, behielt Fenwick den Hut auf dem Kopf, damit man ja nicht glauben solle, daß er arm genug im Geiste wäre, um andächtig zu sein. Als endlich Schluß war, freute sich Fanny, ihn aus seiner Lage zu befreien, die ihm ebenso unangenehm war wie seinen Nachbarn.

»Ich habe dich seit Monaten nicht gesehen, Fan«, sagte er, als sie aus dem Gedränge waren. »Nimm meinen Arm«.

»Halt, Fraser, ich weiß wirklich nicht, ob ich mit dir sprechen soll.«

»Warum denn nicht?«

»Ich weiß nicht, aber Vater würde sich ärgern, und Mutter hat mir verboten, dich jemals wiederzusehen.«

»Quatsch! Was liegt uns daran! Außerdem war ich damals in Not. Jetzt werden wir schnell genug ihren Ton ändern. Ich habe eine gute Sache an der Hand und bin so gut gestellt wie ein Prediger. Seit zwei Monaten habe ich keinen Tropfen angeschaut. Bei meiner Seele, Fan. Bedenke, daß ein Mann wie ich sich dazu entschlossen hat, das Gelübde der Mäßigkeit abzulegen. Einfach lächerlich!«

»Hoffentlich wirst du es auch halten, Fraser!«

»Das hängt davon ab«, sagte Fraser und wurde ernst. »Es ist wohl besser, wenn ich zum Teufel gehe? Mir bleibt nichts anderes übrig, und damit basta!«

»Warum? Red doch nicht so gottlos, an einem Sonntag noch dazu.«

»Was hat ein Mann vom Leben, wenn er den Laufpaß bekommen hat? Ich bin dir zuliebe anständig geworden. Ich hab' schwer für dich gearbeitet, und jetzt läßt du mich ganz einfach stehn. Wahrscheinlich hast du dich inzwischen mit Hickson verlobt.«

»Das ist nicht wahr. Du hast kein Recht, so was zu behaupten. Du warst es, der mich hat stehen lassen. Du wolltest dich nicht länger zur Familie eines Krämers herablassen, das hast du gesagt.«

»Jawohl, das hab' ich gesagt, als dein Vater mich aus dem Hause warf. Du willst mir wohl noch mehr Aussprüche, die ich tat, ins Gesicht werfen. Ich habe in anderer Weise an dich gedacht, als ich am Verhungern war. Ich sagte mir: selbst das Sterben wäre erträglich, wenn ich nur wüßte, ob Fanny mir treu ist.«

»Verhungern! Sterb –!« rief Fanny beinahe weinend aus. »Oh, Fraser, was soll das heißen?«

»Ich war tatsächlich am Verhungern. Ich lag in einem Graben im Sterben, weil ich zu stolz war, betteln zu gehen, als eine Dame von Rang, die ich in glücklicheren Tagen gekannt habe, in ihrem Wagen vorbeifuhr, halten ließ und mich in ein herrschaftliches Haus mitnahm, wo ich zum Leben zurückgerufen wurde. Sie war zu sehr Dame, um von einem Gentleman schlechter zu denken, weil er, tief gesunken, nur Fetzen am Leibe hatte. Sie lieh mir etwas Geld und stellte mich dem Kaufmann in Westend vor, bei dem ich jetzt in Stellung bin. Sie hat mich nicht wie einen Hund verrecken lassen, ohne einen Blick für mich.«

»Wie konnte ich wissen, was geschehen war?« schluchzte Fanny.

»Freilich nicht. Übrigens, was ging es dich an? Du hast es ja schön behaglich in deinem warmen Wohnzimmer gehabt, wo du dich mit Hickson amüsiertest.«

»Ich bedaure sehr, daß ich Hickson jemals gesehen habe. Warum hast du nicht geschrieben?«

»Nein, dazu war ich nicht jämmerlich genug. Und was hättest du auch tun können, selbst wenn ich geschrieben hätte?«

»Das weiß ich nicht. Ich bin überzeugt, etwas hätte ich getan. Jedenfalls wäre ich unfähig gewesen, glücklich zu sein, während du am Verhungern warst.«

»Es ist schon gut so«, sagte Fenwick düster. »Ich werde mich jetzt schnell genug häuslich einrichten. Reden wir von was anderem. Schöner Abend heute, nicht wahr?«

Fanny schluchzte, und sie gingen eine Weile schweigend weiter. Unter einem neuerlichen Tränenerguß sagte sie dann: »Vielleicht ist es besser, wenn wir auseinandergehen. Gib aber nicht nur mir die Schuld.«

»Fan, liebst du mich noch immer?« fragte Fenwick feierlich.

»Ich hab's geschworen, und mein Gelöbnis habe ich immer gehalten.«

»Dann darfst du mich küssen«, sagte er und ließ seinen tragischen Ton etwas zu plötzlich fallen.

Fanny errötete. »Mitten im Park, an einem Sonntag, wo er von Menschen voll ist?« sagte sie. »Was würden sie denken?«

»Hier sind wenig Menschen«, sagte Fenwick und küßte sie. Fanny jedoch liebte öffentliche Zärtlichkeiten nicht. Sie fühlte sich unbehaglich und nicht ehrbar und bestand darauf, zur Versammlung der Beter zurückzukehren. Plötzlich stieß Fanwick sie mit dem Ellenbogen und flüsterte: »Geh weiter und sieh dich nicht um.«

Sofort tat Fanny das, was sie eben nicht sollte, und erblickte einen Mann, der mit verschränkten Armen hinter einem Baum stand und die Überbleibsel der Betversammlung betrachtete.

»Fraser, das ist ja Davis?«

»Scht«, machte Fraser ungehalten. »Ich weiß. Komm weiter, damit er uns nicht sieht.«

»Sieh doch seine Kleidung an. Sein Gesicht! Oh, Fraser, glaubst du nicht, daß wir ihn ansprechen sollten?«

»Wozu? Verdammt, so komm doch weiter!«

Fenwicks zorniges Geflüster erreichte die Ohren Davis'. Er sah sich rasch um, wie ein Mensch, der durch die Verhältnisse für Geflüster hellhörig geworden war, und gewahrte Fanny, die ihn anstarrte. Er näherte sich ihr und sagte mit hohler Stimme:

»Sie staunen, mich hier zu sehen, Fräulein Watkins, ein Verstoßener dort, wo ich einst der Sichtbarste aller Sichtbaren war.«

»Wie geht es Ihnen?« fragte Fenwick zurückhaltend. Er fühlte sich unbehaglich, denn Davis schüchterte ihn ein.

»Haben Sie noch Ihren Platz unter den Erwählten?« fragte der Prediger.

»Ich habe die frommen Versammlungen immer besucht«, sagte Fanny. »Ich hoffe, es geht Ihnen gut, Herr Davis.«

»Ha! O ja, mir geht es gut, sehr gut, wahrhaftig!«

Fenwick erbleichte, und als er das funkelnde Auge des ehemaligen Predigers sah, dessen Lachen von einem röchelnden Husten gefolgt war, der Fanny in Schrecken setzte, wurden seine Lippen trocken. »Fan«, flüsterte er, »komm doch weiter. Wer weiß, ob er nicht irrsinnig ist.«

Fanny hatte jedoch Angst um ihren früheren Apostel, nicht aber vor ihm. In Erinnerung an seine Krankheit konnte sie sich schon denken, warum sein Gesicht fleischlos und seine Farbe fahl war, mit scharlachroten Flecken auf beiden Wangen. Die Augen hatten immer gefunkelt, obgleich weniger unangenehm als jetzt. Der Mangel an glücklicher Zuversicht, die die Überzeugung seiner geistigen Sicherheit ihm früher verliehen hatte, betrübte sie am meisten. Er machte noch immer Eindruck, doch dieser Eindruck wirkte jetzt theatralisch und erschien ihr teuflisch. Sie bemerkte auch sein seit einer Woche unrasiertes Kinn, seinen höhnischen Ausdruck und seine schäbigen Kleider, die er trotz ihres theatralischen Geschmacks so zu tragen wußte, daß sie im dennoch gut standen.

»Sie können sehen«, sagte er, »wie gut es mir geht. Es ist lange her, seit der Tod mich gezeichnet hat, und endlich greift er fester zu.«

»Hoffentlich nicht«, stammelte Fanny. »Sie haben doch keinen Grund, das zu befürchten. Sie ——«

Ihre Stimme versagte, als Davis, ohne eine Spur der einstigen Verzückung, die sie in seinen Augen heraufzubeschwören gehofft hatte, die Arme verschränkte und sprach:

»Es war leicht, mein Glück dem Glauben zuzuschreiben, als ich glücklich war. Ich habe hier Larkins zugehört, ohne daß er es wußte. Er ist glücklich. Er ist in sich verliebt, wie ich einst in mich verliebt war. Es ist eine Leidenschaft, die keine Enttäuschung birgt. Lassen Sie aber Larkins, wenn er dazu männlich genug ist, sich nur in jemand anders verlieben. Dann soll er versuchen, in seiner Religion Trost und in seinen Gebeten Zufriedenheit zu finden. Dann wird er sich danach sehnen. Ich bin nicht gläubig und werde dennoch ebenso furchtlos in den Tod gehen wie nur einer; obgleich ich ihm näher ins Gesicht sehe als Larkins, der so zungenfertig von ihm spricht und dabei glaubt, daß er noch vierzig Jahre von ihm entfernt ist. Sie staunen, mich so reden zu hören, Fräulein Watkins. Nun, es ist kein Wunder. Larkins und die anderen sind jetzt große Tiere, haben aber niemals solche Zuhörerschaften gehabt wie ich, als ich mit ihnen spielte.«

»Oh, Herr Davis, denken Sie an sich. Sie phantasieren, ich bin davon überzeugt. Sie, der Sie einmal unsere Herzen so tief bewegt haben! Lassen Sie uns nicht glauben, daß Ihre Seele jemals in Gefahr schweben könnte ——«

»Komm dem Irrsinnigen doch nicht in die Nähe, Fanny«, flüsterte Fenwick und packte sie am Arm, als sie einen Schritt näher trat.

»Meine Seele!« rief Davis aus. »Ich bin gerne bereit, sie bei der nächsten frommen Versammlung zu versteigern, wenn ich meinen Preis dafür kriegen kann. Ich verlange ja nicht viel. Ich werde den Namen einer Frau nennen; und für ein Gespräch von fünf Minuten mit ihr, ja, für ihre Adresse oder selbst für ihren bloßen Anblick verkaufe ich mich mit Leib und Seele.«

»Nein, nein, Sie wissen ja nicht, was Sie sagen«, unterbrach ihn Fanny, die begann, die Befürchtungen ihres Liebhabers zu teilen.

»Besser denn je«, sagte Davis. »Einst sprach ich mit Ihnen über den Glauben. Jetzt sage ich Ihnen, daß es gar keinen Glauben gibt. Es gibt nichts als das Schicksal. Meinen Sie, daß ich seinen Fingerzeig nicht deutlich in meiner heutigen Begegnung mit Ihnen erkenne? Meinen Sie, daß es kein Fingerzeig ist, wenn ich Fenwick in Ihrer Gesellschaft sehe? Glauben Sie etwa, daß es mir nicht deutlich klar geworden ist in jener Nacht, als ich vor das Haus ging, in dem sie gewohnt hat, und es im Abbruch fand? Der junge Herr Gelehrte, der mich zuerst in ihr Zimmer führte und der mit ihr in alle Museen ging und ihr die Bilder erklärte, ohne zu ahnen, wie nahe ich ihnen war, der ist in derselben Absicht hingekommen. Sein Glück, daß er so war, wie er ist, sonst hätte ich ihn auf den ersten Blick erdrosselt.«

»Ich hab' dir doch gesagt, daß er irrsinnig ist«, flüsterte Fenwick.

»Auch ihre Gegenwart hier ist Schicksal, denn Sie waren es, Fräulein Watkins, die mich bat, Ihren Vetter zu bekehren. Als ich ihn bekehrte, verlor ich mich selbst, denn in seiner Wohnung bin ich ihr begegnet. Es war alles vorherbestimmt, schon ehe ich und Sie geboren wurden. Nur um in jenes Haus zu kommen, sollte ich Prediger werden. Es war vorherbestimmt, daß auch Sie fromm werden sollten, auf daß Sie mich in jenes Haus brächten, und nicht, wie Sie in Ihrer Torheit glauben, auf daß Ihre Seele gerettet werde. Es war vorherbestimmt, daß Ihr Vetter auf Abwege geraten und mich brauchen sollte, damit ich seine Flammen lösche und dabei selbst verbrenne. Und wie immer das Ende sein mag, bin ich frei von Schuld, denn alles ist Bestimmung, gegen die weder die ganze Weisheit der Welt noch die Gebete der Auserwählten aufkommen können. Daran kann man kein Jota ändern!«

»Ich fürchte, wir müssen jetzt nach Hause gehen«, sagte Fenwick und suchte unterwürfig liebenswürdig zu sein, war jedoch kaum fähig, das Beben seiner Stimme zu verhindern. »Eines Tages werden wir das Vergnügen haben, Sie wiederzusehen.«

»Woher können wir das wissen?« erwiderte Davis. »Wenn es uns bestimmt ist, werden wir einander wieder begegnen.«

»Jawohl«, sagte Fenwick. »Alles ist Schicksal. Guten Abend.«

»Guten Abend!« rief Davis mit einem verachtungsvollen Blick, der sein Wissen um die eifrige Bemühung des andern, ihn loszuwerden, verriet. Da zog Fanny eine religiöse Schrift aus der Tasche, reichte sie ihm und sagte: »Entschuldigen Sie meine Freiheit, Herr Davis, aber das ist ein Exemplar des ersten Büchleins, das Sie mir einst gegeben haben. Es hat mir so genützt, daß ich es seitdem immer bei mir trage, um es an andere zu verteilen. Ich weiß, es ist eine Dreistigkeit, Ihnen das anzubieten, aber was könnte ich anderes tun, um Sie zu hindern, daß Sie ihr Herz verhärten.«

Davis schüttelte den Kopf und wurde viel milder. Auf sein Antlitz trat ein melancholisches, aber aufrichtiges Lächeln. »Ich danke Ihnen herzlich. Ich habe beruflich mit religiösen Schriften genug zu tun gehabt, aber glauben Sie, ich bin genau derselbe Mensch, der ich früher war, oder was von ihm noch übrig ist, obwohl ich heute anders spreche. Leben Sie wohl!« Er lüftete den Hut und schritt stolz durch die Bäume davon.

»Da hast du's«, sagte Fenwick schadenfroh. »Ich habe mich nie für einen Heiligen ausgegeben, aber so tief bin ich doch nicht gesunken. Ich hoffe, du wirst jetzt das alles sein lassen und wie die anderen Menschen anständig in die Kirche gehen.«

»Es ist furchtbar, darüber nachzudenken«, sagte Fanny tränenvoll. »Glaubst du, daß er wirklich so denkt?«

»Komm weiter und mach dich mit dem Kerl nicht lächerlich. Wenn er nicht so dächte, dann würde er auch nicht so sprechen.«

Fanny sah ihn einen Augenblick sehnsüchtig an und vermißte in ihm etwas, das, sie fühlte es, in Davis noch immer glomm. Es war jetzt höchste Zeit für sie, sich der City zuzuwenden, denn Frau Watkins hatte die Gewohnheit, von ihrer Tochter für jede Verlängerung ihrer Abwesenheit von Hause Rechenschaft zu fordern, was zur Folge hatte, daß Fanny die Mutter systematisch hinterging, wenn sie das konnte, ohne direkt lügen zu müssen, die einzige Sünde, die Fanny, außer an Sonntagen, unter vielen Skrupeln beging. Diesmal machte es Fenwicks Freigebigkeit ihr leicht. Er rief eine Droschke an, in welcher sie nach Broad Street fuhren, weil Fanny Angst hatte, in der verbotenen Gesellschaft ihres Liebhabers bis vor ihr Haus zu fahren. Die ungewohnte Fahrt in einem Hansom, die aufregende Gefahr, von ihren Eltern entdeckt zu werden, und der Reiz der Gesellschaft ihres Vetters linderten die trüben Eindrücke, die Davis in ihr zurückgelassen hatte; während Fenwick, der sich den Ehrentitel »Herr Hauptmann«, den ihm der Droschkenkutscher schenkte, gutmütig gefallen ließ, so glücklich war, daß er eine aristokratische Gartengesellschaft in Richmond erfand, in der er sich selbst als den meistbewunderten Gegenstand hinstellte, und Fanny das Ganze sehr ausführlich beschrieb. Sie lauschte hingerissen, bis die Droschke hielt. Dann erblickte sie ihre Eltern, die gerade im Eingang des Bahnhofes von Liverpoolstreet standen und die Tochter mit zorniger Überraschung anstarrten, als sie an der Hand Fraser Fenwicks ausstieg.

»Augen rechts, wenn du nicht überfahren werden willst!« rief Fenwick, der, nachdem er den Kutscher bezahlt hatte, zu ihr trat und den Grund ihres plötzlichen Anhaltens in der Mitte der Fahrbahn nicht erfaßte.

»Ein schönes Benehmen das!« rief Frau Watkins barsch. »Komm her und geh sofort mit uns nach Hause.«

Obwohl es Fenwick an Mut fehlte, fehlte es ihm nicht an Dreistigkeit. Zum ersten Male seit seiner Kindheit schuldete er weder seinem Onkel Geld, noch beabsichtigte er, von ihm welches zu borgen. Er liebte es, seine Unabhängigkeit zu behaupten, wo er nur konnte, und Watkins war nicht der Mann, ihn so sehr einzuschüchtern, daß er der Gelegenheit, die sich jetzt bot, entsagt hätte.

Er blinzelte Fanny ermutigend zu, lüftete den Hut und sagte: »Wie geht es dir, Tante Flossy?« Dann ergriff er Watkins' Hand und fügte hinzu: »Und wie geht es dir, altes Haus?«

Watkins fuhr zurück, maß seinen Neffen und starrte auf seine Weste, ohne Fraser dadurch in Verlegenheit zu bringen.

»Du bist wirklich ein dreister Kerl«, sagte Watkins durch die zusammengebissenen Zähne, wie es seine Gewohnheit war. »Nach deiner Kleidung und deiner Unverschämtheit zu schließen, hast du eine Menge Geld verdient.«

»Bummeln wir ein wenig zusammen, und ich werde dir alles erzählen. Was willst du trinken?«

»Trinken! Ich und trinken! Komm mir nur nicht mit solchen Sachen, Bursche; ich bin zu alt, um mich davon einfangen zu lassen.«

»Mit wem sprichst du eigentlich, Tom?« fragte Frau Watkins, indem sie überrascht tat. »Untersteh dich nicht, dich noch einmal umzublicken, Fanny, ehe ich dich in deinem Zimmer eingesperrt habe.«

»Laß sie in Ruh', Flossy«, sagte Watkins. »Fraser wird ein Stück mit uns gehn.«

»Du kannst ihn dir für dich behalten«, sagte Frau Watkins. »Ich werde nicht am hellichten Tag, noch dazu an einem Sonntag, in Gesellschaft eines Diebes spazierengehen.«

»So darfst du nicht sprechen, Mutter«, sagte Fanny energisch.

»Ich werde dir schon zeigen, ob du mich belehren darfst!« rief Frau Watkins so wütend, daß Fanny zurückprallte, weil sie eine Ohrfeige befürchtete.

»Flossy!« unterbrach Watkins mahnend.

Frau Watkins hielt inne, brummte etwas von Verwöhnen des Mädchens, befahl ihrer Tochter, augenblicklich mit nach Hause zu kommen, und ging mürrisch weiter. Ihr Mann wartete, bis sie ein Stück voraus waren, und dann folgte er mit Fenwick.

»Seit wann«, sagte er, »kannst du dir's leisten, in Hansoms herumzukutschieren und dich wie ein Gentleman zu kleiden?«

»Pah! Schon sehr lange. Lady Geraldine hat sich wie ein Prachtkerl gegen mich benommen. Solange man die Weiber für sich gewinnen kann, braucht man nicht Not zu leiden.«

»Lady Geraldine? Schau, schau! Sie sagte mir doch, ich möge

mich nicht um dich kümmern und Fanny von dir fernhalten, bis du ein Zeugnis von ihr haben wirst.«

»Jawohl, sie war der Ansicht, daß ich anständiger bleiben würde, wenn ich wüßte, daß ihre Hilfe die letzte wäre, die ich von irgend jemand zu erwarten habe. Sie hat mir zwar gesagt, daß sie dich verständigen würde; aber zum Henker, wie hätte ich annehmen sollen, sie würde sich die Mühe geben, es auch zu tun!« Er fügte eine Darstellung seiner Rettung durch Lady Geraldine hinzu, ohne sich selbst allzu sehr bloßzustellen und ohne der Leichtgläubigkeit seines Onkels allzuviel zuzumuten, und fügte hinzu, daß er jetzt als Verkäufer bei einem Papierhändler in Mayfair beschäftigt sei.

»Der Kerl weiß es natürlich zu schätzen«, brüstete er sich, »daß er einen Gentleman hat, der seine Kundschaft auch zu bedienen versteht.«

»Zweifellos«, höhnte Watkins. »Und da du nun vor unserer Haustür stehst, kannst du mit heraufkommen, wenn du nicht Angst hast, Flossy zu begegnen. Ich werde dir helfen.«

»Ein andermal. Jetzt ist es zu spät. Laß sie meinetwegen nicht allzu streng mit Fanny verfahren. Ich hab' sie veranlaßt, mit mir zu gehen. Gute Nacht.«

Mit Bedauern verabschiedete sich Watkins von ihm, denn er hatte auf seine Gegenwart gerechnet, um den Zorn seiner Frau abzulenken, die ihm zwar schließlich immer den Willen tat, aber mit so sichtlichem Widerstreben, daß ihr Nachgeben ebensoviel Unbehagen hervorrief, als es ihre Halsstarrigkeit getan hätte. Als er ins Zimmer trat, saß sie allein am Tisch mit einem Buch. Sie las die Autobiographie eines beliebten Predigers, der in seinem einstigen Zustand der Verdammnis so viele Scheußlichkeiten begangen hatte und aufzählte, daß der Band Frau Watkins ebenso interessant war wie der »Illustrierte Polizeibericht«, den sie für eine unpassende Sonntagslektüre hielt.

»Wo ist Fanny?« fragte Watkins und sah sich nach ihr um.

»Auf ihrem Zimmer, und so eigensinnig, wie sie es durch deine unverzeihliche Nachsicht nur werden konnte. Soll ich sie vielleicht herunterrufen und sie um Verzeihung bitten?«

»Sachte, Flossy, sachte. Soviel du weißt, kümmere ich mich nicht darum, wie du sie behandelst, solange du sie nicht schlägst. Es wäre mir jedoch lieb, wenn du sie nicht zu sehr einschüchtern wolltest.«

»Jawohl! Und du siehst, was dabei herausgekommen ist. Auf offener Straße zieht sie mit diesem jungen Tunichtgut herum und spielt sich dann mir gegenüber vor ihm auf.«

»Was ist denn da gar so Schlimmes dabei? Du kannst nicht verlangen, daß ein erwachsenes Mädchen wie ein Baby oder wie eine zahme Katze hinter dir herläuft.«

»Wenn du der Ansicht bist, daß mein Weg nicht der Weg deiner Tochter zu sein braucht, kannst du ihre Erziehung selbst in die Hand nehmen«, sagte Frau Watkins tückisch.

»Nein, ich werde mich an unsere Vereinbarung halten, Flossy. Ich weiß, daß mein eigener Anfang nicht danach war, um mich zu befähigen, ein junges Mädchen zu erziehen. Das wäre eine Anmaßung, und ich habe das auch immer zugegeben. Ich werde mich nicht einmischen.«

»Das tust du aber! Was für einen Einfluß kann ich auf das Mädchen ausüben, wenn du mir nicht gestattest, es zu strafen? Das weiß sie auch sehr gut und hört auf mich so wenig, als wenn ich ein Haubenstock wäre.«

»Das ist nicht wahr, Flossy. Es gibt kein gehorsameres Mädchen in der ganzen Gemeinde, und oft wundere ich mich, daß sie deine Nörgeleien so ruhig erträgt. Du glaubst wohl, daß außer dir sich niemand ärgern darf. Ich lief zu den Wettrennen, weil ich mir von meinem Vater lange nicht so viel gefallen lassen wollte, wie Fanny tagtäglich von dir, sobald ein Nagel im Haus nicht an seinem rechten Fleck ist.«

»Du ermutigst sie immer und nimmst ihre Partei gegen mich. Wenn du nicht wärst, ich hätte ihr den Eigensinn schon herausgeprügelt, als sie noch jung genug war und –«

»Wenn ich nicht wäre«, unterbrach sie Watkins und kehrte ihr sein zorniges und höhnisches Antlitz zu, »hättest du sie schändlich zugerichtet und entweder das Kind völlig gebrochen oder es auf die Straße getrieben.«

Frau Watkins fuhr zurück und erwiderte böse: »Sieh mal einer! Ich selbst wurde auch gehörig geprügelt, und heute bin ich dankbar dafür.«

»Das ist eine Lüge, in die du dich hineingeredet hast, um dich zu rechtfertigen, daß du jetzt ein Gleiches tust, indem du dein eigenes Kind durchbleust. Ich wurde auch morgens, mittags und abends gedroschen und sehe, was dabei aus mir geworden ist, ebenso wie ich sehe, was aus dir geworden ist. Ich werde nicht dulden, daß Fanny das Leben schwer gemacht wird, weil du aus einer Familie stammst, die wegen ihres Jähzorns berüchtigt ist. Sie soll sich nur austoben, wenn sie will. Sie ist alt und brav genug, daß man sich auf sie verlassen kann.«

»Meine Familie ist ebenso gut wie die deine.«

»Schlimmmer könnte sie auch gar nicht sein, von Annie abgesehen, die Frasers Mutter war«, sagte Watkins aufrichtig.

»Und sie hielten sich an das Bibelwort, das da lautet: ›Wer die Rute verschont, verwöhnt das Kind‹.«

»Aber geh! Weißt du vielleicht auch, wer das in der Bibel gesagt hat?«

»Salomo«, antwortete sie heftig.

»Erkläre mir doch, wie es Salomo gelungen ist, seinen eigenen Sohn zu erziehen.«

Frau Watkins schwieg.

»Ich konnte nie mit anhören, wie Rehabeam auf die schiefe Bahn geriet«, fuhr er fort, »ohne daran zu denken, wie das mit mir geschah und wie mein Vater mich durchgebleut hat.«

»Es freut mich, daß du dich weiser dünkst als Salomo.«

»Ich sage nichts dagegen, daß er ein weiser Mann war; wenn ich aber in jeder Beziehung seinem Beispiel folgen wollte, so wärest du vielleicht die erste, die Interesse daran hätte, mich zurückzuhalten.«

»Ich will dein gottloses Gerede nicht länger mitanhören«, sagte Frau Watkins und erhob sich.

»Du wirst es genau so lange mit anhören, wie es mir beliebt. Du magst einen andern anfahren, wie du willst, aber du solltest schon wissen, daß ich meinen Willen durchsetze, wenn mir ernstlich daran gelegen ist.«

Frau Watkins biß sich auf die Lippe, zupfte eine Minute lang an ihrer Uhrkette herum und verließ dann das Zimmer. Ihr Mann horchte auf das Geräusch der Tür, die sie hinter sich schloß.

»Gott behüte, daß sie sie zuknallt!« dachte er, aber sie schloß sie ganz sacht. »Hm!« brummte er vor sich hin. »Diesmal habe ich also ganz gut abgeschnitten.«

Viertes Kapitel

Am Sonnabendnachmittag strickte Frau Summers bei den offenen Fenstern ihres Wohnzimmers und erfreute sich der Wärme und

Heiterkeit des Wetters, als ihr Dienstmädchen Herrn Scott meldete.

»Herr Scott!« rief Frau Summers erstaunt. »Vermutlich handelt es sich um die Bilder, die der Herr vorige Woche hergeschickt hat. Ach, sie sind alle im Rauchzimmer, wo kein Licht ist.«

»Das glaube ich nicht, gnädige Frau«, sagte das Mädchen. »Ich bat den Herrn ins Musikzimmer, er blieb jedoch in der Halle und gab mir zu verstehen, daß er Ihnen einen Besuch abstatten wolle.«

Frau Summers zögerte; sie entsann sich der Artigkeit des Künstlers zu Ostern, glaubte jedoch nicht, daß das Mädchen richtig verstanden hätte. Jedenfalls war sie der Ansicht, daß es nicht unschicklich sein könne, ihn dort zu empfangen, wo sie sich eben aufhielt, und befahl, ihn hereinzuführen. Die verlegene Art des Eintretenden vermehrte ihre Zweifel. Nach gegenseitiger Begrüßung hustete sie und meinte, er habe wahrscheinlich Herrn Grosvenor kürzlich gesehen.

»Nein«, sagte Scott, »ich habe ihn nur einmal gesehen, seit ich von hier fort bin, und da nur einen Augenblick. Ich bin hergekommen, um eine Privatangelegenheit mit Ihnen zu besprechen, falls Sie die Güte haben, sich für mich so weit zu interessieren.«

»Aber gewiß, bitte, was kann ich für Sie tun – ich freue mich –«, räusperte sich Frau Summers und fuhr fort: »Um was handelt es sich, Herr Scott.«

»Ich dachte, Ihre Nichte hat es Ihnen vielleicht gesagt.«

»Harriet!« rief Frau Summers und wurde rot und blaß.

»Ich habe ihr«, sagte Scott zögernd, »vor einiger Zeit einen Heiratsantrag gemacht. Ich dachte, sie hätte es Ihnen vielleicht erzählt.«

»Kein Wort«, erwiderte Frau Summers und starrte ihn an. »Und soll das etwa heißen, daß Harriet mit Ihnen verlobt ist?«

»Nein, sie wollte nichts von mir wissen.«

»Was?«

»Sie hat mich abgewiesen, doch ich bescheide mich nicht mit dieser Abweisung. Um ihr einen Antrag zu machen, mußte ich ihr auf der Straße nach Richmond auflauern. Ich fürchte, das war nicht die richtige Art, mich ihr zu nähern. Aber ich hatte keine andere Gelegenheit, ihr zu begegnen. Wie sie wissen, pflegen die Männer es in solchen Dingen eilig zu haben; und ich bin überzeugt, Sie werden mir verzeihen, daß ich mich nicht zuerst an Sie gewendet habe.«

»Ihre Gefühle machen Ihnen Ehre, Herr Scott.«

»Und nun möchte ich, daß Sie meine Werbung um Ihre Nichte billigen und mir Gelegenheit geben, sie zu bitten, ihren Sinn zu ändern.«

Frau Summers bestrebte sich, eine entsprechende Haltung anzunehmen. »Ich bin wirklich so bestürzt«, sagte sie, »daß ich kaum weiß, was ich denken soll. Ich brauche nicht zu sagen, daß ich gegen Sie keine Einwendungen habe; weit entfernt, Herr Scott. Einen so schmeichelhaften Antrag durfte Harriet niemals erhoffen. Obwohl ich das sage, muß ich gleichzeitig hinzufügen, daß sie eine passende Gattin für den höchsten Edelmann im Lande wäre, denn von ihrer Pflichttreue und Sparsamkeit ganz abgesehen würden Sie staunen, wie sie infolge der Bücher, die sie gelesen hat, über Bilder sprechen kann. Sie spricht Französisch, und ihre Erscheinung und ihre Manieren kennen Sie ja zur Genüge. Ihr Benehmen vermag den strengsten Anforderungen zu genügen. Wahrhaftig, wenn sie einen Fehler hat, so ist es der, daß sie für ihr Alter zu vernünftig ist. Sie ist ein oder zwei Jahre jünger als Sie, Herr Scott. Um Ihnen die Wahrheit zu gestehen, ist sie sehr unabhängig, und ich fürchte, wenn sie sich einmal zu etwas entschlossen hat, so wird mein Einfluß auf sie nicht groß sein. Doch –«

»Ich will nicht, daß Sie versuchen, sie zu überreden«, unterbrach Scott. »Ich halte es für viel besser, wenn Sie dies nicht tun. Darf ich jedoch auf Ihre Zustimmung rechnen?«

»Das dürfen Sie, gewiß. Vielleicht hat Harriet aber richtig entschieden, denn obwohl sie, wie ich schon sagte, in jeden gesellschaftlichen Kreis hineinpaßt, könnte doch einmal der Zeitpunkt kommen, wo Sie finden werden, daß sie doch nicht recht an ihrem Platz ist.«

»Dagegen habe ich nur einzuwenden, daß ich es gut erwogen und mich entschieden habe«, sagte Scott mit einem Anflug seiner charakteristischen Ungeduld. »Es gibt wahrscheinlich auf der ganzen Welt keine heiratsfähige Frau, bei der man nicht auch mit irgendeiner unerfreulichen Möglichkeit rechnen müßte.«

»Sie haben sicherlich recht, Herr Scott«, sagte Frau Summers, »und da Sie alles reiflich erwogen haben, muß es Harriet überlassen bleiben, sich zu entscheiden.«

»Ich darf also annehmen, daß es keinen anderen Grund für ihre Ablehnung gab als nur ihre eigene Laune; keine andere Bindung oder dergleichen, meine ich?«

»O nein! Gar nichts dergleichen. Sie dürfen sich nicht beim ersten Versuch entmutigen lassen, Herr Scott. Sie haben doch nicht erwartet, daß ein feinfühliges Mädchen so mir nichts dir nichts ›Ja‹ sagt?«

Scott entgegnete nichts. Er begann Frau Summers für albern zu halten.

»Sie würden natürlich nicht zugeben, daß Harriet im Geschäft bleibt?«

»Sicherlich nicht. Richtig! Hat Harriet noch andere Verwandte, die sich für sie interessieren? Wenn ich nicht irre, sind ihre Eltern tot. Darf ich fragen, ob sie einen gesetzlichen Vormund hat – außer Ihnen, meine ich?«

»Keine Seele. Ich und eine Freundin von mir, eine treffliche Dame, doch keine Verwandte, sind die einzigen, die sie bevormundet haben, seit ihr Vater starb und sie, wie er sagte, in einer seelischen Verfassung zurückließ, die sie besser befähigte, auf zwölf Matronen in Schottland aufzupassen als umgekehrt – wenigstens waren das seine Worte, und ich hoffe, es ist nicht Mangel an Pietät, wenn ich behaupte, daß er eine gottlose Zunge hatte. Sie war die beste Tochter; er hat ihr aber einige Rosinen in den Kopf gesetzt, die jemanden, der sie nicht gut kennt, veranlassen könnten, ihr etwas sonderbare Ansichten zuzuschreiben. Einmal verheiratet, wird sie das alles überwinden, und ich weiß, daß Sie zu vernünftig sind, einige dumme Bemerkungen, die sie nachspricht, wie sie sie von ihrem Vater gehört hat, ernst zu nehmen. Arme Waise! Ihre Mutter starb im Wochenbett.«

»Ich nehme an, daß Harriet Presbyterianerin ist.«

Frau Summers hustete und antwortete mit leiserer Stimme: »Ihre Mutter, meine Schwester, war Mitglied der anglikanischen Kirche. Mein armer Vater war Kirchendiener in Nottingham, wo mein Großvater Bürgermeister war. Wir wurden für einen höheren Stand erzogen. Es wäre zu traurig, Ihnen all unser Mißgeschick zu erzählen, Herr Scott. Wie unser Heim aufgelöst wurde, weil Hatty durchbrannte und mit Russell eine schottische Ehe schloß; wie mein Vater in schlechten Vermögensverhältnissen starb und uns schutzlos in der Welt zurückließ, oder gar, wie es kam, daß ich hier mit der jungen Harriet lebe. Die schottische Ehe war an allem schuld, obwohl man es der armen Harriet nicht übelnehmen konnte, daß sie James Russell erhörte; denn er hätte einer jeden den Kopf verdreht.«

»Ist er auf Abwege geraten?«

»Das kann ich nicht behaupten. Er war sehr gut zu Hatty, doch Gott verzeih' mir, er war ein schrecklicher Mensch.«

»Wieso denn? Wenn er seine Frau gut behandelt hat und so liebenswürdig war, warum nennen Sie ihn dann schrecklich?«

»Nicht in Ihrem Sinne. Er glaubte an nichts.«

»Oh, das ist alles?«

»Meines Erachtens genügt es«, sagte Frau Summers ernst. »Leider sagte er seine Meinungen vor Harriet zu frei heraus; und daher kommt es, daß sie zuweilen gedankenlos daherredet, wie junge Leute es zu tun pflegen. Ich habe es für richtig gehalten, Ihnen das zu sagen. Deshalb aber nimmt sie es mit ihren Pflichten nicht weniger genau.«

»Das bezweifle ich nicht«, sagte Scott. »Ist es lange her, daß ihr Vater starb?«

»Mehr als fünf Jahre. Er ist in Schottland gestorben, wo er den Beruf des Landmessers ausübte.«

Scott lachte, denn er erinnerte sich, wie sie ihm bei der ersten Begegnung erzählt hatte, daß sie Landkarten zeichnen könne.

»Er hatte auch zur Regierung Beziehungen«, fuhr Frau Summers fort. »Er war sehr geschickt, und die Steuerbeamten schätzten ihn ungemein.«

»Glauben Sie«, fragte der Maler, »daß ich Fräulein Russell heute abend sehen kann?«

Die Haushälterin überlegte, was sie antworten sollte. Würde sie ja sagen, so wäre Harriet vielleicht ungehalten, sagte sie nein, wäre Scott ungehalten. In diesem Augenblick sah er sie fest an und wartete auf Antwort. Es entstand eine Pause. Da fiel ein Schatten durch das Fenster, und Harriet trat aus dem Garten in das Zimmer. Frau Summers war bestürzt. Scott, der sich hastig erhob und finster dreinblickte, fühlte sich kaum weniger verlegen. Harriet begrüßte den Künstler, als wäre seine Anwesenheit die natürlichste Sache der Welt, machte ihren Sonnenschirm zu und legte ihn ruhig beiseite. Weil es sehr warm war, hatte sie ihr schwarzes Kleid gegen eines aus grauem Lüster getauscht. Da dieser Stoff damals nicht modern war, fand er wegen seiner Neuartigkeit den Beifall des beobachtenden Künstlers, während die Schneiderin selbst ihn seiner Nützlichkeit wegen bevorzugte.

»Es war so heiß, Tante, daß ich mich versucht fühlte, mir einen halben Feiertag zu gönnen«, sagte sie, als sie sich setzte. »Ich habe meinen Laden schon um halb vier geschlossen.«

»Was redest du da?« fragte Frau Summers. »Man möchte glauben, daß du den ganzen Tag hinter einem Ladentisch hockst und Bänder verkaufst.«

»Der Ladentisch macht nicht den Laden«, belehrte Harriet drollig.

Frau Summers spielte verlegen mit ihrer Brille. Sie war enttäuscht über Harriets vermeintliche Derbheit, gerade als es ihr lieb gewesen wäre, sie am vorteilhaftesten zu präsentieren.

»Die Frau des Pfarrers hat mich heute besucht und ihren Dolman bezahlt«, sagte Harriet nach einer Weile. »Er hat ihr sehr gefallen, und sie hat versprochen, mich ihren Freundinnen zu empfehlen. Trotz ihrer würdevollen Aufmachung ist sie eine sehr nette alte Dame und plaudert recht freundlich. Noch wichtiger ist aber die Nachricht, daß ich eine neue Kundschaft habe. Niemand geringeres als Lady Pentrys Kammerzofe, die eine komplette Toilette für eine Gartengesellschaft haben will.«

»Ja, ja, Harriet«, sagte Frau Summers. »Aber vielleicht interessieren deine Geschäftsangelegenheiten Herrn Scott nicht.«

»Im Gegenteil«, erwiderte der Künstler und wurde rot.

»Von wem glaubst du, daß ich Donnerstag einen Brief erhalten habe?« fuhr Harriet unbekümmert fort.

»Einen Brief, der von meiner alten Wohnung in Islington an fast alle Fräulein Russells nachgeschickt worden ist, ehe er mich erreichte?«

»Keine Ahnung«, sagte Frau Summers.

»Von Frau Samson, die in Little Kinross immer so lieb zu mir war. Sie hat ihre Schenke einem Amerikaner verkauft, und der hat sie in ein großes Kaffeehaus umgewandelt. Schade darum. Ich bin vielleicht tausendmal barfuß in die kleine Schenke gelaufen, um meinen Vater zu sehen. Ich kannte alle Stammgäste sehr gut und kann mich erinnern, daß ich als Kind oft auf dem Tisch gestanden und ihnen Lieder vorgetragen habe. Damit hab' ich Herrn Grubb, den Tabakhändler, bezaubert. Er hat mir dafür in seinem Testament fünfzig Pfund vermacht. Mein armer Vater war stolz, seinem alten Kumpan zeigen zu können, wie klug ich bin. Frau Samson vermißt ihn noch immer, und an vier verschiedenen Stellen ihres Briefes betont sie, daß es niemals einen Eichmeister wie ihn gegeben hat und daß sie sich an seinen Nachfolger nie und nimmer gewöhnen könnte. Bitte, verzeihen Sie, daß ich so weit abschweife,

Herr Scott. Der Brief hat mir die Leute, unter denen ich fast mein ganzes Leben verbracht habe, die Schauplätze, wo ich ihnen begegnet bin, ins Gedächtnis zurückgerufen.«

»Du hast alle Ursache, dich zu entschuldigen«, sagte Frau Summers verdrossen. »Ich wundere mich über dich.«

»Mich interessiert alles, was Fräulein Russell betrifft«, sagte Scott. Harriet verneigte sich und saß schweigend, behaglich und überaus glücklich da. Scott, der gleichfalls schwieg, fühlte sich hingegen nicht behaglich, er war nur erregt und glücklich. Frau Summers schwieg, fühlte sich aber weder glücklich noch behaglich, denn sie wollte die beiden allein lassen, und es fiel ihr kein annehmbarer Vorwand dafür ein. Eine Biene flog durch das Fenster herein, umsummte die Schnittblumen, die in einer Glasschüssel auf dem Tisch standen, und flog wieder davon.

»Was für ein herlicher Tag«, sagte Frau Summers.

»Jawohl«, antwortete Scott.

»Es freut mich, daß es so heiß ist«, sagte Harriet. »Sogenanntes saisongemäßes Wetter ist gut fürs Geschäft.«

Frau Summers blickte sie vorwurfsvoll an. Es entstand ein noch längeres Schweigen, das durch ein Klopfen an der Tür unterbrochen wurde.

»Herein!« rief Frau Summers. Ein Dienstmädchen trat ein.

»Einige Damen und Herren mit einem Erlaubnisschein wollen das Haus besichtigen«, sagte es.

Harriets Gesicht nahm einen entschlossenen Ausdruck an. Scotts Finger krümmten sich. Mit einer Entschuldigung und einigen Bemerkungen über das Mißgeschick, ständig von Neugierigen gestört zu werden, verließ Frau Summers das Zimmer. Da wandte sich Harriet aufmerksam dem Maler zu, ohne Unwissenheit über den Grund seines Kommens und seine Absichten in bezug auf sie vorzutäuschen, und wartete, daß er sprechen würde. Er räusperte sich und begann unbeholfen:

»Ich bin heute hierher gekommen, weil ich das Gefühl hatte, daß es mir bei unserer letzten Zusammenkunft vollkommen mißlungen ist, die Tiefe meiner Empfindungen auszudrücken; und auch, weil ich befürchte, daß ich Ihnen ganz unabsichtlich den Eindruck gemacht habe, ich hätte die praktischen Folgen des Schrittes, den ich unternahm, nicht genügend erwogen. Vielleicht hat Ihnen auch eine gewisse Schroffheit meines Wesens – einer meiner Fehler – mißfallen. Was das betrifft, so habe ich nur die einzige Entschuldigung, daß ich Künstler und nicht Weltmann bin. Ich habe Frau Summers aufgesucht und ihr meine Absicht erklärt, weil ich das Gefühl hatte, daß ich, um Ihnen zu begegnen, kein zweites Mal den früheren Weg einchlagen könnte, ohne mir in Ihrer Achtung noch weiter zu schaden. Sie haben unsere gesellschaftliche Ungleichheit, die nur in Ihrer Einbildung besteht, so fest betont, daß ich glaube, der Aufruhr meiner Gemütsbewegung könnte mich dem Verdacht aussetzen, daß ich es an Achtung für Sie fehlen lasse. Ich bin entschlossen, jetzt jedes Mißverständnis zwischen uns zu beseitigen, obwohl es mir klar ist, wie ungeschickt ich mich ausdrücke –«

»Im Gegenteil, Herr Scott, Sie halten ja eine richtige Rede.«

Der Künstler, vollständig außer Fassung, blickte sie einen Augenblick wütend an. Dann stieß er die Hände in die Taschen, ging zum Fenster, lehnte sich dagegen und sagte:

»Verzeihung. Ich bedauere unendlich, daß ich so langweilig war.«

»Aber keineswegs«, sagte Harriet sanft. »Warum wollen Sie mich durchaus mißverstehen.«

»Ich? Sie sind es, die jedes Wort, das ich sage, falsch auslegt. Selbst wenn Sie nur die gewöhnliche Liebenswürdigkeit hätten, mich anzuhören, so würde Ihnen doch die Empfindung dafür fehlen, das, was ich sage, richtig zu würdigen. Mit einer Frau sprechen, heißt tauben Ohren zu predigen.«

»Das tut mir aber leid«, sagte Harriet demütig.

»Sie müssen entschuldigen, wenn ich sage, was ich denke, Fräulein Russell. Ich kann mich aber schlecht verstellen, und selbst meine Geduld hat ihre Grenzen.«

»Wirklich?«

Scott blickte sie wütend an und ging mit gespielter Gleichgültigkeit zu seinem Sessel zurück, während sie dasaß, die Hände im Schoß gefaltet, die klaren Augen friedlich auf das Bild da draußen gerichtet. Als er nach einer sarkastischen Antwort suchte, kam es ihm plötzlich in den Sinn, wie oft er sich wegen seiner Heftigkeit bei der letzten Zusammenkunft Vorwürfe gemacht und gute Vorsätze gefaßt hatte, das nächste Mal außerordentlich zart und höflich zu sein.

»Sie verstehen doch, daß ich meinen Antrag von neulich wiederholen will, nicht wahr?« fragte er zögernd. »Und Ihre Antwort?« Er hielt inne.

»Habe ich Ihnen nicht deutlich genug geantwortet?« fragte Harriet, deren Stimme unwillkürlich einen sehnsüchtigen Klang annahm.

»Diese Antwort nehme ich nicht an!« rief er ungestüm und erhob sich. »Glauben Sie, daß Sie einen Mann so kalt abweisen dürfen? Warum weisen Sie mich ab? Ich hab' ein Recht, ernstgenommen zu werden. Ich habe schwer gearbeitet und Erfolg gehabt. Ich habe im Leben niemandem etwas zuleid getan und bin niemandem etwas schuldig, außer Dank. Ich lebe in guten Verhältnissen und habe nur noch ein Verlangen, einen Wunsch – das sind Sie. Soll ich mich von Ihrer Launenhaftigkeit zugrunde richten lassen? Sie werden doch nicht so herzlos sein, mich ohne jeden Grund abzuweisen?«

»Sie wissen so gut wie ich, daß Sie Unsinn reden«, erwiderte Harriet ruhig. »Grund hin Grund her, ich bin doch nicht verpflichtet, Sie zu heiraten, nur weil Sie sich's in den Kopf gesetzt haben.«

»Ich habe mir nichts dergleichen in den Kopf gesetzt. Ich weiß, daß Sie nicht verpflichtet sind, mich zu heiraten. Wollte Gott, Sie wären es!«

»Sie haben meine abschlägige Antwort herzlos genannt. Sie können wahrhaftig nicht verlangen, daß ich auf die Freiheit meiner Wahl verzichte, wenn diese auch, ohne mein Verschulden, Ihnen einige Enttäuschung bereiten sollte.«

»Einige Enttäuschung. Um Gottes willen, wo bleibt Ihre Urteilskraft? Was könnte herzloser sein, als einen Mann, dessen einziges Verbrechen die Liebe zu Ihnen ist, fürs ganze Leben elend zu machen? Was könnte abscheulicher sein, als die Laufbahn eines Künstlers schon in ihren Anfängen zu vernichten? Mit kalter Überlegung wollen sie beides tun, und dann behaupten Sie, es sei nicht Ihre Schuld. Selbstverständlich ist es Ihre Schuld, da Sie es ändern können.«

»Wieso kann ich es ändern?« fragte Harriet, die zu unerfahren war, um nicht von seiner Leidenschaft ergriffen zu werden. Sie verlor beinahe ihre Selbstbeherrschung.

»Wieso? Mich fragen Sie, wieso? Das wissen Sie ebensogut wie ich. Sie können mich heiraten.«

»Wenn ich Sie aber nicht heiraten will?«

»Sie könnten auch einmal nicht nur an sich selbst denken. Die Frauen sind alle gleich. Sie behaupten, die leibhaftige Hingebung und Selbstaufopferung zu sein. In Wirklichkeit sind sie aber durch und durch selbstsüchtig.«

»Herr Scott«, sagte Harriet und erhob sich. »Ich kann nicht glauben, daß Sie sich einen Scherz mit mir erlauben. Sie zwingen mich aber, Ihnen zu sagen: Sie reden einen solchen Unsinn, daß ich Ihren Antrag, selbst wenn ich es noch so gern täte, nicht ernst nehmen kann.« Dabei machte sie einen Schritt nach der Tür.

»Wollen Sie nicht warten und erst einmal anhören, was ich Ihnen zu sagen habe? Seien Sie doch nicht gleich ungehalten.«

Da riß Harriet die Geduld. Sie warf ihm einen vorwurfsvollen Blick zu und ging entschlossen zur Tür. Scott vertrat ihr den Weg. Jede Art Zwang wirkte auf Harriets Charakter wie eine Beleidigung. Sie nahm einen drohenden Ausdruck an.

»Einen Moment«, flehte Scott. »Ich will Abbitte leisten. Ich bin so außer mir, daß ich gar nicht weiß, ob ich vernünftig und höflich spreche oder nicht.«

»Überlassen Sie es bitte mir, ob ich gehen oder bleiben will.«

»Nein, das werde ich nicht. Ich bin entschlossen, heute nicht fortzugehen, ohne Ihnen alles gesagt zu haben.«

Harriet sah ihn an. Er erwiderte den Blick in einer Weise, der bezeugte, daß er nicht die Absicht habe, von der Tür zu weichen. Wenn auch klein von Gestalt, war er doch sehnig und muskulös. Ihre Kraft, Behendigkeit und Gleichgültigkeit gegen die Überlegenheit seines Geschlechts, wenn es drauf ankam, hätten viele dreiste Taugenichtse in Little Kinross bezeugen können. Als sie schwer atmend zu ihrem Sessel zurückging und sich niederließ, ohne sich etwas anderes als schwergeprüfte Geduld anmerken zu lassen, ahnte Scott nicht, daß ihr letzter Gedanke eben der des Bedauerns darüber war, daß sie nicht ihrem Verlangen nachgeben, ihn von der Tür wegstoßen und gleichzeitig ihre Würde bewahren konnte. Mit dreizehn Jahren hatte sie einen Kuhhirten von fünfzehn zu Boden geschleudert, der den Versuch gemacht hatte, sie auf dem Felde mit einem wütenden Stier zusammenzusperren. In den Kuhhirten, dessen Kopf sie unentwegt gegen das Gatter gestoßen hatte, war sie nicht verliebt gewesen, in den Maler aber war sie verliebt. Und doch hatten ihr die Finger gezuckt, als sie ihn anblickte und sich dabei an ihr jugendliches Abenteuer erinnerte.

»Ich bitte Sie«, stammelte Scott und näherte sich Harriet, »ernst zu erwägen, was ich Ihnen gesagt habe. Behandeln Sie die Frage nicht leichtfertig, und fassen Sie keinen übereilten Entschluß in einer Sache, die mir die ganze Welt bedeutet. Und vor allem, lassen

Sie mich nicht in diesem Zustand der Ungewißheit. Sagen Sie mir gleich, ob ich mich als einen Mann mit einer glücklichen und gesicherten Zukunft betrachten darf.«

»Ich werde Ihnen gar nichts sagen.«

Der Künstler erschrank. »Warum nicht?« fragte er und zog seine Augenbrauen hoch.

»Weil ein Kind zwar ein Pferd ans Waser führen kann, aber zehn Männer es nicht zum Trinken zwingen können.«

»Wie bitte?« fragte Scott. Als er vergebens auf eine Erklärung wartete, fügte er hinzu: »Was in aller Welt hat das mit uns zu schaffen?«

»Sie haben mich gezwungen, Ihnen zuzuhören. Aber Sie können mich nicht zwingen, Ihnen zu antworten.«

»Ich habe Sie hoffentlich nicht beleidigt?« sagte er mit unbeholfener Demut.

»Sie haben alles getan und gesagt, was mich beleidigen mußte.«

»Aber auf Ehre, wenn ich etwas gesagt haben sollte, was beleidigend wirkte, dann hab' ich es nicht so gemeint. Dann muß ich mich ungeschickt ausgedrückt haben.«

»Nun, mir scheint, Herr Scott«, unterbrach ihn Harriet, »daß Sie gerade das wirklich gemeint haben. Wenn Sie sich zieren, vorbereitete Reden halten und eine bewußte Absicht verfolgen, um sich angenehm zu machen, dann sind Sie höflich genug. Wenn Sie diese Absicht jedoch vergessen und in Ihre natürliche Art zurückfallen, stellen Sie meine Geduld auf eine Probe, die ich kaum eine Stunde lang ertragen kann. Glauben Sie, ich würde das mein ganzes Leben lang ertragen können?«

»Nicht um alles in der Welt möchte ich Ihnen einen bösen Augenblick bereiten. Es war harmlose Dummheit, weiter nichts. Warum haben Sie mir nicht gesagt, daß ich mich lächerlich mache? Lieber hätte ich noch ein Jahr gewartet, als Sie zu ärgern.«

»Ich gab Ihnen das deutlich genug zu verstehen, und Sie haben mich mehr geärgert, als wenn Sie es unter Anwendung von Gewalt getan hätten.«

»Sie mißverstehen mich vollkommen. Ich wollte Sie nur vor einer Übereilung bewahren.«

Harriet schüttelte den Kopf.

»Sie hätten sich zum Fenster hinaustürzen können.«

Sie biß sich auf die Lippen, woraus er sah, daß diese Bemerkung doch zu dumm war. Er entschuldigte sich.

»Es war eine instinktive Regung.«

»Das gerade mißfällt mir daran«, sagte Harriet. »Vorbedachte Handlungen setzen ihren Urheber manchmal ins Unrecht, er mag sie gegen sein besseres Wissen und Gewissen begehen. Instinktive Handlungen aber sind unwillkürliche Offenbarungen der wahren Natur eines Menschen.« – Das war Wort für Wort ein Zitat von Smith.

»Ich kann nichts, als Abbitte leisten«, sagte Scott und nahm niedergeschlagen Platz. »Wenn Sie mir nur das Recht einräumen wollten, mit Ihnen zu sprechen, wie mir ums Herz ist, hätten Sie keinen Grund mehr, darüber zu klagen, daß ich infolge der Qual übermäßiger Selbstbeherrschung ins Gegenteil verfalle.« Nach diesen Worten heiterte sein Gemüt sich auf. Er sah Harriet fragend an, sie beachtete ihn aber nicht. Abermals stellte sie sich die Frage, die sie während der letzten vierzehn Tage sehr oft beschäftigt hatte. Ob es besser wäre eine wohlhabende und unabhängige Geschäftsfrau zu werden, ohne andere Freunde als solche vom gleichen Rang und Stand wie Frau Frosters, oder Gattin, Haushälterin und Kindermädchen eines jungen Künstlers, der sie sehr liebte und in die Gesellschaft einführen würde, wo, wie sie glaubte, weder ihre höheren Eigenschaften verlorengehen noch ihre persönlichen Reize mehr als nötig behütet werden würden. Sie war fest überzeugt, daß Sie Scotts günstige Lage durch ihre Klugheit so sehr fördern konnte, um sie ohne ein Gefühl der Abhängigkeit teilen zu dürfen.

»Herr Scott«, sagte sie nach einer Pause, »haben Sie erwogen, daß Ihre Freunde, ob es Ihnen paßt oder nicht, behaupten werden, Sie hätten eine Mesalliance gemacht, wenn Sie eine Schneiderin heiraten? Und haben Sie an mich gedacht, nicht nur, wie ich jetzt im Augenblick bin, sondern wie ich als ständige Gefährtin sein werde, die altern wird und von der man dann nicht loskommen kann?«

»Ich habe das alles sehr gut erwogen. Glauben Sie mir, es ist nicht meine Art, unüberlegt zu handeln.«

Harriet wurde wieder nachdenklich und schien verwirrt.

»Sie zögern«, sagte Scott, erhob sich und hielt sich mit einer Hand an seinem Sessel fest, als könne das allein ihn davon zurückhalten, auf Harriet loszustürzen. »Sie hätten mir diese Fragen nicht gestellt, wenn Sie nicht –– Soll das wirklich heißen, daß Sie mir Ihr Jawort geben?«

Da Harriet sah, daß Scott nur darauf wartete, um sie in die Arme zu schließen und zu küssen, zog sie ihren Sessel weit zurück, mit einem Empfinden, das an Widerwillen grenzte. Es schien ihr gerade schlimm genug, Besitz eines Mannes zu werden, sie wollte nicht auch noch, daß er, kaum daß der Handel geschlossen war, über sie herfalle.

»Unter zwei Bedingungen will ich Ihre Frau werden.«

»Bewilligt!« rief Scott, ließ den Sessel los und näherte sich.

»Halt!« schrie Harriet energisch. »Die zwei Bedingungen sind, erstens, daß unsere Trauung ohne kirchliche Feierlichkeit vor sich gehe...«

»Das hätte ich selbst vorgeschlagen!« rief Scott. »Aber ich dachte, daß keine Frau auf das Hochzeitskleid und alle übrigen Trauungsfeierlichkeiten verzichten würde.«

»Zweitens, daß Sie nicht verlangen, ich solle meine alten Freunde, die nicht Damen und Herren sind, von nun an schneiden. Dagegen will ich mich verpflichten, mir die größte Mühe zu geben, darüber nachzudenken, was ich Ihrem Stand schuldig bin.«

»Abgemacht. Und jetzt?«

»Und jetzt«, sagte Harriet und reichte ihm die Hand in der Hoffnung, die bevorstehende Liebkosung abzuschwächen, »sind wir einig. Ich willige ein, Ihre Frau zu werden.«

Er ergriff ihre Hand, verbeugte sich und küßte Harriet mit so viel Leidenschaft, wie ein kleiner Mann an den Tag legen kann, wenn er eine sitzende Dame küssen will, ohne dabei das Gleichgewicht zu verlieren. Dann ließ er sich auf ein Knie neben ihrem Sessel nieder, umschlag ihre Hüfte, drückte ihre Schulter an seine Brust und blickte ihr dabei inständig in die Augen. Eine halbe Minute lang ertrug es Harriet. Dann machte sie sich sachte los und sagte in ihrem sanftesten Ton, um ihren Wunsch dadurch zu mildern:

»Genug. Jetzt setzen Sie sich. Die Ehe ist eine sehr ernste Angelegenheit. Jetzt kann ich nicht mit Ihnen spielen.«

Scott, völlig aus dem Text gebracht, gehorchte dennoch gerne, nicht nur, weil ihn sein Knie in dieser Stellung schmerzte, sondern auch, weil er sein ungehöriges Betragen plötzlich erkannte und zugeben mußte, daß es Harriet ernster als ihm mit der Verlobung war. Er zog einen Sessel heran, stellte ihn aber nicht dicht neben sie und setzte sich schweigend. Ehe eines von ihnen Worte fand, kehrte Frau Summers zurück. Als sie die beiden stumm und gedrückt dasitzen sah, fürchtete sie, daß sie zu früh gekommen sei, und blieb in sichtlicher Verlegenheit stehen.

»Tante, es wird dich freuen, zu erfahren, daß ich eingewilligt habe, Herrn Scott zu heiraten«, sagte Harriet ernst.

»Wirklich? Was du nicht sagst! Das wird reizend werden!« stammelte Frau Summers. Nach diesem gestotterten Glückwunsch folgte eine Pause. »Ich glaube, wir sollten Tee trinken«, fügte sie dann hinzu. Während sie den Tisch deckte, ging Harriet in den Garten, wohin Scott ihr augenblicklich folgte.

»Es wäre mir lieb, wenn Sie sich jetzt entfernen wollten«, sagte sie.

»Warum?«

»Weil ich heute einen entscheidenden Schritt getan und, ehe ich nicht mit mir allein bin, das Gefühl einer schweren Last habe. Verstehen Sie das nicht?«

Jetzt verstand der Maler. »Ich bin ein erbärmliches Vieh«, sagte er, »aber ich verstehe. Die Künstler verstehen mehr von der Liebe als von der Ehe. Ich bin aber imstande zu lernen – von Ihnen.«

Harriet lächelte strahlend.

»Darf ich morgen nachmittag wiederkommen?«

Sie nickte. Dann nahm er seinen Hut, und zu ihrem Erstaunen und ihrer Freude verabschiedete er sich von Frau Summers.

»Guten Abend, Liebste«, sagte er, als er wieder zu ihr in den Garten trat, und nahm ihre Hand.

»Guten Abend, Cyril«, erwiderte sie abermals lächelnd.

Da küßte er sie feierlich und kindlich.

Fünftes Kapitel

Eines Nachmittags im Juni saß Lady Geraldine Porter in ihrem Salon bei herabgelassenen Vorhängen. Draußen glühte das Straßenpflaster in der Sonne; und die Vorübergehenden hielten sich auf der schattigen Straßenseite. Fünf Minuten nach halb fünf lärmte Ernst schwitzend ins Zimmer.

»Furchtbar heiß«, sage er und ließ sich mit einem plötzlichen Ruck in den Lehnsessel fallen. Lady Geraldine blickte ihn vorwurfsvoll an.

»Ich bin gekommen, dir Gesellschaft zu leisten«, sagte er grinsend. »Ich weiß, du freust dich immer, mich zu sehen.«

»Setz dich gefälligst ruhig nieder«, sagte Lady Geraldine. »Dein dummes Benehmen und dein langweiliges Gefasel mögen dein Unglück sein. Aber für deine Gewohnheit, jeden Sessel kaputtzumachen, bist du selbst verantwortlich.«

Der Nächste, der eintrat, war Hawkshaw. Er sah weniger erhitzt aus. »Was für eine entsetzliche Hitze!« sagte er, als er sich gleichgültig gegen das Wetter, aber zuvorkommend gegen seine Gastgeberin niedersetzte.

»Was für eine gräßliche Hitze!« sagte Isabella Woodward, die bald nach dem Dichter erschien.

»Clytie ist im Wagen geblieben. Sie fährt zum Viktoria-Bahnhof, um Papa abzuholen. Ich fürchte, sie wird einen Sonnenstich bekommen oder gar Sommersprossen, was noch ärger wäre.«

Dann erwogen sie, ob dieser Tag oder der vorhergehende Dienstag der heißeste der Jahreszeit gewesen sei, und sprachen über Sommerkleidung, Sommergetränke, die Tollwut und über die Ursache, warum so viele Menschen schon die Stadt verlassen hätten.

»Nebenbei bemerkt«, sagte Lady Geraldine zu Hawkshaw. »Ich habe Ihren Freund Scott neulich gesehen, der Möbel in einer Auslage betrachtete. Ein junger Mann, der solche Sorgen hat, ist mir immer verdächtig.«

»Hätten Sie, wie ich, den Vorzug gehabt, ihn auf einem Spaziergang durch die Vororte zu begleiten, so würden Sie noch mehr Verdacht hegen«, erwiderte Hawkshaw. »Vor jedem Haus, an dem ein Zettel hängt, bleibt er stehn, glotzt, zögert und geht mit offensichtlichem Widerstreben weiter.«

»Er hat eben ein fabelhaftes Bild beendet«, sagte Ernst. »Eine herrliche Schöpfung. Man hat ihm dafür einen unterschriebenen Blankoscheck angeboten, denken Sie, den er selbst mit einem beliebigen Betrag ausfüllen kann. Er ist aber trotzdem nicht zufrieden. Ich darf nicht verraten, wer ihm dieses Angebot gemacht hat.«

»Sagen Sie bitte, wird Scott heiraten oder nicht?« fragte Isabella. »Ich habe es satt, Gerüchte über ihn zu hören.«

»Da ich der einzige Freund bin, zu dem er Vertrauen hat, bin ich wirklich nicht in der Lage, darauf zu antworten«, sagte Hawkshaw und lächelte vielsagend.

»Das heißt, daß er also heiraten will; denn wäre dem nicht so, hätten Sie keinen Grund, dem Gerücht nicht zu widersprechen«, sagte Lady Geraldine. »So, Herr Hawkshaw, jetzt haben Sie eine Ausrede, uns darüber Mitteilungen zu machen. Ich glaube, darauf haben Sie nur gewartet.«

Hawkshaw lächelte seiner Gastgeberin zu und sagte: »Ich hatte neulich das Vergnügen, einer jungen Dame vorgestellt zu werden, für die mein unglücklicher Freund starkes Interesse zeigt. Wenn er tatsächlich zur Ehe neigt, wird sie wahrscheinlich seine Mitschuldige werden.«

»Sie haben ihn verraten«, sagte Lady Geraldine. »Verschonen Sie uns mit Ihren Wenns und Aber.«

»Sie ist ungewöhnlich reizend, nicht wahr?« fragte Isabella.

»Wenn ich nach meinen eigenen Wünschen handelte, würde ich die Beantwortung Ihrer Frage ablehnen«, erwiderte Hawkshaw. »Doch Lady Geraldine besteht darauf, mir alles herauszulocken. Aufrichtig gesprochen, ist sie die unangenehmste Frau, der ich jemals begegnet bin.«

»Um Gottes willen«, sagte Lady Geraldine, »dann ist die Schilderung, die Sie mir schon vor langer Zeit einmal gemacht haben und für die Woodwards Sekretär verantwortlich ist, nur eine Dichtung, oder handelt es sich um dieselbe Dame?«

»Ohne Zweifel um dieselbe Dame«, sagte Hawkshaw. »Der treffliche Smith hat aber einen etwas sonderbaren Geschmack. Er ist wohl noch etwas jung und betrachtet die Angelegenheit nicht ganz von unserem gesellschaftlichen Standpunkt aus. Kein Wunder, daß der arme Cyril unter chronischer Niedergeschlagenheit leidet.«

»Wie sieht sie denn aus?« fragte Isabella. »Ist sie häßlich? Sie haben von ihr doch nicht Vornehmheit erwartet?«

»Ich kann tatsächlich nicht ableugnen, daß sie in ihrer Art schön ist«, sagte Hawkshaw. »Doch Schönheit ist von unserem Vorstellungskreis abhängig. Als Knabe war ich der Ansicht, der schönste Gegenstand der Welt sei ein altes Kriegsschiff aus Holz. Sofern leblose Dinge in Frage kommen, bin ich noch immer dieser Ansicht. Anmut, Erhabenheit, Kraft und eine verinnerlichte Macht, die, herausgefordert, wie ein Wirbelwind vernichten kann, das alles vereinigt sich, um so ein Gebilde gleichzeitig bewundernswert schön und schrecklich zu machen. Stellen Sie sich aber eine Frau vor, die so veranlagt ist. Würden Sie ihr denselben Zauber zugestehn, den das große Schiff auf Sie ausübt? Verstehen Sie, was ich meine?«

»Vollkommen!« sagte Ernst feierlich.

»Absolut nicht«, sagte Lady Geraldine gereizt.

»Ich weiß wirklich nicht, wie ich sie beschreiben soll«, sagte Hawkshaw. »Sie ist schön. Ihre Persönlichkeit ist über billige Eleganz erhaben, und ihr Verstand ist von großer Schärfe. Sie kann manchmal eine solche Harmlosigkeit vortäuschen, daß ich ihr beinahme aufgesessen wäre, wenn diese Unschuld mit ihrem Scharfsinn und ihrer Selbstbeherrschung im Einklang gestanden hätte. Sie ist jedoch wie Stahl, mit einem Herzen aus Eis, sie ist eine dreifache Schottin: die Idealisierung aus Sachlichkeit, ein Grab aller Empfindsamkeit und Hort und Heiligtum der Schlauheit. Der arme Cyril ist ihr Hampelmann, sie kennt ihn durch und durch, und sobald eine Frage zwischen ihnen auftaucht, löst sie sie geschickt nach ihrem Wunsch, und er gibt nach, begeistert von ihrer Klugheit.«

»Armer Scott!« sagte Isabella. »Als er erwähnte, sie habe ihn zuerst abgewiesen, war ich überzeugt, daß sie ihn in eine Falle gelockt hatte.«

»Die grenzenlose Berechnung dieses Weibes«, fuhr Hawkshaw hochtrabend fort, »ist ebenso bezeichnend für sie wie ihr vollständiger Mangel an Leidenschaft. Ihr Geiz hat beinahe etwas Erhabenes. Obwohl nun aber Cyril die Derbheit des Handwerkers niemals vergißt, stammt seine Eingebung dennoch aus der Quelle des Idealismus: aus der antiken Sage. Seine Naturverbundenheit tritt auch dort zutage, wo die Erscheinungen der Natur verschleiert und ihre Umrisse undeutlich sind. In einem solchen Geist muß der Zusammenprall mit allem, was anziehend fremd und gleichzeitig mit Schönheit und Anmut vereinigt auftritt, notgedrungen eine fast an Bezauberung grenzende Verwirrung hervorrufen. Die Fata Morgana blendet. Der Mann, innerlich unendlich fruchtbar, empfindet die Dürre der Wüste, in die er sich gelagert hat, nicht, weil das heimtückische Aussaugen der durstigen Felsenbrust noch nicht genügend Zeit hatte, sich fühlbar zu machen. Ich schaudere jedoch bei dem Gedanken, was geschehen wird, wenn das Blendwerk erlischt und er erschöpft auf der Strecke bleibt.«

Ernst murmelte ehrfürchtig. Es klang wie die Antwort in einer Litanei.

»Wenn sie sich nicht vertragen, können sie auseinandergehen, wie das jetzt üblich ist«, sagte Lady Geraldine ungedulig. »Ist sie nett? Kann man sich mit ihr sehen lassen?«

»Ich muß bekennen, daß ich ihr Benehmen über dem tiefen Eindruck, den ich empfing, beinahe vergaß. Soweit meine bescheidene Meinung in so schweren Fragen maßgebend ist, kann man sich wohl mit ihr sehen lassen. Schotten sind niemals so ungebildet wie die meisten Engländer. O ja, man kann sich mit ihr sehen lassen. Ich glaube, sie würde sogar bei einem Göttermahl ihre Haltung wahren.«

»Kurzum, sie benimmt sich wie eine Dame.«

»Nein, es gibt keinen Vergleich. Aber sie ist eigenartig, und das ist ausschlaggebend.«

»Ich bitte um Nachsicht mit meinem beschränkten Verstand, Herr Hawkshaw. Wenn sie jetzt hier bei uns im Zimmer wäre, würde sie unelegant oder unbeholfen sein? Würde sie Scott lächerlich machen und uns in Verlegenheit bringen?«

»Im Rahmen des Mittelstandes gewiß nicht. Und schließlich gehört Cyril Scott dem Mittelstand an. Das ist unsere Tragödie. In unserer Art sind wir Künstler einzig und über alle Klassen erhaben; aber wir alle haben Verwandte, besonders Frauen, die dem Mittelstand angehören.«

»Mit Frauen hat man keine Schwierigkeiten«, sagte Lady Geraldine. »Sie sind ein notweniges Übel ihrer talentvollen Männer, die ohne sie in schlechtem Ruf stünden. Junge Damen, die bloß verlobt sind, können aber anstandshalber ohne ihre Mütter oder einen anderen Schutz nicht eingeladen werden. In diesem Falle ist Frau Summers die Beschützerin. Was sie betrifft, so habe ich gegen sie nicht das geringste einzuwenden; sie ist jedoch so gut bekannt, daß ihr Auftreten hier begründet werden müßte. Vielleicht wäre Scott nicht kühn genug, das zu ertragen.«

»Sie sind im Kreis der gebildeten Aristokratie dieses Landes nicht am Platz«, erwiderte Hawkshaw galant.

»Sie sind berufen, Präsidentin einer Republik der Intellektuellen zu sein.«

»Ich bewundere Ihren Mut, Lady Geraldine«, sagte Isabella. »Ich beneide die Unabhängigkeit, mit der Sie den Vorurteilen der Gesellschaft Trotz bieten. In eine Ecke Ihrer Einladungskarten werden Sie die Worte drucken lassen müssen: »Gästen mit Kleidern aus dem Salon Russell ist der Zutritt nicht gestattet.« Stellen Sie sich vor, wie Fräulein Russell unter ihren früheren Kunden zumute wäre?«

»Ich werde den Fall dadurch vereinfachen, daß ich Leute solcher

Denkungsart überhaupt nicht einlade«, entgegnete Lady Geraldine. »Ich habe für solchen Unsinn nichts übrig und bin exklusiv genug, um mir aus der Gesellschaft von Menschen, die anderer Meinung sind, nichts zu machen. Außerdem, wie könnten wir uns sonst vergnügen? Die Gewohnheit, in unseren eigenen Vorrechten zu leben, ist so veraltet wie unsere Sechsuhr-Speisestunde in Bloomsbury. Wir müssen mit klugen Menschen sprechen. Die wahre Klugheit findet sich nur bei Leuten, die davon leben müssen. Nur die Not scheint sie den Menschen beizubringen. Denken Sie doch nur einmal an die wunderbaren Geschöpfe, denen man bei Halket Grosvenor begegnet. Was glauben Sie, wie viele ihre Verwandten mitbringen oder die häuslichen Verhältnisse der ersten dreißig Jahre ihres Lebens preisgeben möchten? Und doch sind es die einzigen Menschen, mit denen zusammenzukommen es sich lohnt.«

»Schade, daß die Leute, die sich mit Ihren Argumenten über schlechte Herkunft trösten, Sie nicht hören können, Lady Geraldine. Wie aber wenden Sie das auf Cyrils Braut an?«

»Ich will Ihnen einfach beweisen, daß es vollkommen bedeutungslos ist, was sie früher war, wenn sie gescheit und anständig ist und man sich mit ihr sehen lassen kann. Wenn sie einen Alltagsmenschen heiraten würde, wäre die Sachlage anders. Scott jedoch ist ein verwöhnter Ästhet. Man erwartet von ihm nicht das Benehmen eines gewöhnlichen Sterblichen, und seine Frau wird nur um so interessanter wirken, wenn sie ein Mädchen aus dem Hochland oder ein irisches Bauernmädchen oder sonst etwas Romantisches war. Ich habe also nicht einmal mehr Mut als andere nötig, wenn ich mich ihrer annehme; ich bin nur weitblickender, und in einigen Jahren wird ein jeder, der mit ihrem Mann in Berührung kommt, so handeln.«

»Meines Erachtens wird sie niemals in die beste Gesellschaft kommen«, sagte Isabella.

»Welche Gesellschaft ist die beste?« fragte Lady Geraldine. »Es besteht, so wird wenigstens allgemein behauptet, ein unzugänglicher Kreis von entsetzlichen Menschen: die Creme der Gesellschaft, die kostspielig, unverdaulich, unbeweglich ist und die Oberfläche bildet, was ja das Wesen der Creme ist. Freilich kann man unter solchen Menschen ebensowenig ständig leben, wie eine Königin ihre Krone ständig auf dem Kopfe tragen könnte. Sogar ich, die ich meinem Mann zulieb gezwungen bin, mit diesen Leuten ab und zu langweilige Mahlzeiten einzunehmen, weiß kaum, ob sie nicht am Ende bloß sagenghaft sind, wie Hawkshaws heidnische Götter. Ich weiß sehr gut, daß ich, sobald ich dem vernünftigen Leben zurückgegeben bin, manche Menschen nur deshalb einlade, weil sie etwas zu sagen haben oder singen oder sonst was können. Solange nicht über sie geredet wird, stelle ich keine Fragen und bin dankbar, daß sie mir die Kosten für berufsmäßige Zeitvertreiber ersparen, gegen die ich eine Abneigung habe, weil sie das Gepräge meiner Geselligkeiten stören und jedes Haus in ein Theater verwandeln. Für meinen letzten Empfangstag in dieser Saison bin ich zum Beispiel gezwungen, einen Berufschor von sechzehn Personen zu verpflichten, für deren Fähigkeit und Anständigkeit der Agent, der sie mir liefert, mit seiner Ehre verantwortlich ist. Das hat zur Folge, daß ich von Leuten belästigt werde, die eingeladen werden wollen, obgleich ich sie weder kenne noch kennen will, und wegen deren ich die Küche in ein Empfangszimmer für meine persönlichen Freunde verwandeln muß.«

»Der Chor kommt vermutlich meinetwegen?« fragte Hawkshaw.

»Was weiß ich«, sagte Lady Geraldine. »Sie sind so freundlich gewesen, den Vortrag des griechischen Schauspiels in Ihrer Übersetzung anzubieten. Der Titel tut nichts zur Sache, ich würde ihn doch gleich wieder vergessen. Und wenn ich nicht irre, wollen Sie ab und zu von einem Chor unterbrochen werden. Die Anordnung ist mir unverständlich; ich tue aber genau, was verlangt wurde, da ich von der Sache, so sehr ich mich auf Ihren Vortrag freue, absolut nichts verstehe. Obgleich ich ein Philister bin, macht mir die Ästhetik Vergnügen; und ich freue mich immer, wenn ihr wenigstens einmal im Jahr ein Abend gewidmet wird, wenn es auch nicht oft vorkommt, daß ein so ausgezeichneter Vermittler sich herabläßt, meinen Erfolg zu sichern.«

»Sie sind sehr gütig«, sagte Hawkshaw. »Leider haben wir eine alte Lesart für die Chöre beibehalten müssen. Sie wurden für eine Musik geschaffen, die sich meinen Versen nicht anpassen will. Deshalb habe ich Burton, der den Chor hineinkomponieren wird, gebeten, die Musik zu ändern. Er ist aber, wie alle Musiker, durch und durch konservativ und sieht natürlich in der Musik den wichtigsten Faktor des Ganzen. So habe ich ihm den Willen getan.«

»Von wem ist die Musik?« fragte Isabella

»Das weiß ich nicht«, erwiderte Hawkshaw. »Von Mozart oder

Verdi oder irgendeinem andern abgedroschenen Komponisten.«

»Vielleicht von Mendelssohn«, sagte Ernst. »Burton ist von Mendelssohn begeistert.«

»Kann sein«, sage Hawkshaw und stand auf, um sich zu verabschieden. »Ich bezweifle nicht, daß einer das so gut wie der andere komponieren kann.« Er empfahl sich dann mit Ernst zusammen, der nie eine Gelegenheit versäumte, um in Piccadilly mit einem Schriftsteller, der in Mode war, gesehen zu werden. Als sie fort waren, seufzte Lady Geraldine erleichtert auf.

»Ich könnte den Quatsch, den Hawkshaw Tag für Tag von sich gibt, noch ertragen, wenn Ernst wenigstens jedesmal mit ihm zusammen wegginge. Die ›Drei-Uhr-Besuche‹ meines Neffen enden gewöhnlich um sieben wenn ich nicht zu Hause speise; sonst erst um Mitternacht. Wie geht es Woodward? Er scheint lange nicht so beschäftigt zu sein wie früher.«

»Das kommt davon, daß er einen Sekretär hat.«

»Oh, der liebenswürdige junge Mann, der Ihnen alles von der zukünftigen Frau Scott erzählt hat?«

»Jawohl; jetzt hat er das Arbeitszimmer fast ganz für sich; denn seitdem Papa entdeckt hat, daß Smith seine Angelegenheiten besser erledigen kann als er selbst, ist er so faul geworden, daß er nur für eine Minute kommt, seine Briefe unterschreibt und jene Familienkorrespondenz erledigt, deren Beantwortung nicht meine Sache ist. Smith muß alle Briefe öffnen. Als ich neulich zufällig eintrat, fand ich ihn grinsend über eine lange Kleiderrechnung von Lesparre gebeugt. Er sagte, daß er beauftragt sei, sie zu zahlen, wenn ich die Güte hätte, sie nachzuprüfen. Ich habe sie geduldig nachgeprüft. Er ist sehr brauchbar, weil jetzt gar nichts ohne ihn erledigt werden kann. Clytie nennt ihn den ›Teppichläufer‹. Es ist ihm egal; er gebraucht gerne lange Worte, ›Mein einziges technisches Talent‹ sagt er, ›besteht in einer mühsam erworbenen Kenntnis von Teppichen, Stoffen und Linoleum zum Bespannen der Fußböden.‹ Er kauft für uns ein und legt den Finger auf eine Rolle Wachstuch mit den Worten: ›Fast drei Jahre lang habe ich die Bücher des Menschen geführt, der diese abscheulichen Muster nach England gebracht hat.‹ Clytie glaubt, er sei zu dumm, um zu merken, wann sie sich lustig über ihn macht; er merkt es jedoch ganz genau. Ich halte ihn für einen braven jungen Mann, der jeden Abend, ehe er zu Bett geht, einen Abschnitt aus der Bibel liest. Wenn man's bedenkt, ist er aber sehr nett.«

»Wenn man was bedenkt?«

»Ich meine, wenn man seine Stellung und seinen früheren Lebenslauf bedenkt. Es tut einem ordentlich wohl, zu wissen, daß er wenigstens niemals Laufbursche war.«

»Blödsinn! Unbegreiflich, wie rückständig Ihr Irländer in dieser Hinsicht seid. Als Irländerin wäre ich eifrige Republikanerin. Ich würde eine rote Mütze tragen und in meinem Hause Waffen aufbewahren. Doch euer Kastengeist übertrifft noch den der Hindus. Schade, daß eure Kultur eurem Verstand nicht ebenbürtig ist.«

»Und wie steht's mit den Engländern, deren Verstand ihrer Kultur nicht ebenbürtig ist? Glauben Sie aber nicht, daß ich vielleicht mein Vaterland verteidigen will. Ich hasse Irland. Es ist der langweiligste, rückständigste, altmodischste und hassenswerteste snobistische Fleck auf Erden. Papa will, daß ich diesen Winter nach Dublin gehe. Ich tue es aber nicht. Ich habe das Empfinden, daß wir inmitten einer großen Kunstbewegung stehen, und ohne Kunst und Künstler kann ich nicht leben. Ohne sie ist das Leben eine Brutalität, wie ein geflügeltes Wort behauptet. Das Dubliner Gesindel erfolgreicher Kaufleute, Anwälte und Ärzte mit ihrer endlosen, dummdreisten, vorlauten Verhohnepiepelung, nein! niemals! Lieber will ich mein Leben im entlegensten Dorf des Kontinents verbringen als in unserem schrecklichen Haus in Pembroke Street.«

»Ach, was Sie nicht sagen? Ich komme sehr gut mit den Irländern aus.«

»Sie sind Engländerin. Mein Vater behauptet, daß Sie uns alle romantischen Tugenden, deren wir auffallend ermangeln, zuschreiben, um die Ausrede zu haben, uns wie ein verantwortliches Volk zu behandeln.«

»Der Wagen von Fräulein Woodward«, meldete ein eintretender Diener.

»Das heißt, Clytie und Woodward haben nicht die Absicht, mich mit einem Besuch zu beehren«, sagte Lady Geraldine. »Adieu.«

»Papa ist von seiner Reise nach Brighton ermüdet«, sagte Isabella. »Außerdem muß er nach Tisch alle Briefe der letzten drei Tage mit Smith durchgehen; und wenn ihm das bevorsteht, glaubt er, daß er keinen freien Augenblick hat. Adieu, liebe Lady Geraldine.«

Jener Abend war einer der wenigen, die Isabella wähend der Saison in ihrem Vaterhaus verbrachte. Sie war verstimmt und grübelte lange über Lady Geraldines Absicht, sich der Braut Cyril Scotts anzunehmen. Wenn sie an nervöser Abspannung litt, pflegte sie sich auf zwei Arten Erleichterung zu verschaffen. War sie deprimiert, weinte sie und trank starken Tee. War sie verärgert, stampfte sie von Zeit zu Zeit mit dem Fuß auf und stieß leidenschaftlich das Wort »Verdammt« aus. In beiden Fällen steigerten diese Heilmittel ihre Empfindlichkeit für den nächsten Anfall. Im Augenblick war keines am Platze; denn sie saß auf einem Balkon, der das Dach der Vorhalle bildete, und konnte von ihrem Vater und Smith, die an einem Tisch im hintersten Wohnzimmer arbeiteten, durch das Fenster gesehen werden. Woodward war ungewöhnlich geschäftig, weil er eine Bittschrift von seinen Wählern erhalten hatte, die er im Parlament vorlegen sollte. Auch hatte er Smith gebeten, eine Rede zu verfassen, die gerade so lang sein sollte, um wenigstens eine Spalte der irischen Lokalzeitung zu füllen.

»Ich glaube, jetzt sind alle Briefe erledigt«, sagte er gähnend.

Smith stimmte zu, denn er fühlte, daß sein Brotgeber eine Arbeitspause einschieben wollte.

»Haben Sie Zeit gefunden, das Blaubuch durchzusehen?« fragte Woodward.

»Ich habe es sorgfältig durchgelesen.«

»Donnerwetter«, stieß Woodward aus. »Sie wollen doch nicht behaupten, daß Sie das Ganze durchgelesen haben?«

»Jawohl, ich habe sogar alles Notwenige zusammengestellt und einen Auszug gemacht.«

»Besser, Sie lesen es, als ich. Möchte wissen, was diese Bittschrift enthält. Haben Sie sie gelesen?«

»Ja.« Woodward blickte ihn mit Bewunderung an. »Sie ist mir jedoch nicht ganz klar. Ein Mensch namens Magrath –«

»Magra«, verbesserte ihn Woodward.

»Magra hat einen Verwalter erschossen, weil er glaubte, er habe ihm etwas veruntreut, und wurde zu Zuchthaus verurteilt. Die Bittschrift befürwortet seine Begnadigung mit der Begründung, daß der Mörder gereizt wurde und die Mutter des Verwalters den Verlust ihres Sohnes ertragen kann. Es werden auch andere Gründe angeführt, die zu der Sache gar keine Beziehung zu haben scheinen.«

»Was für Narren! Sie wissen so gut wie ich, daß die Bittschrift reiner Unsinn ist. Schicken Sie sie zurück, und sagen Sie ihnen, sie sollen mich in Ruhe lassen. Ich erinnere mich an Magras Vater. Das war ein böser Kerl. Was gibt's noch?«

»Nichts, falls Sie mir nicht die Rede diktieren wollen.«

»Verfassen Sie sie nur selbst, ich kann sie ja durchsehen, wenn Sie damit fertig sind. Sie können Worte machen, und Ihr literarischer Stil wird gefallen.« Smith errötete. »Sie werden die vorjährige Rede in der alten Zeitung finden, die ich vor einer Minute aus der Hand legte – weiß der Kuckuck, wo sie jetzt ist. Sie wird Ihnen den richtigen Weg zeigen. Sie haben nichts anderes zu tun, als sie mit den Namen und Ziffern dieses Jahres zu versehen und sie gerade so weit umzuändern, daß der Schein gewahrt wird. Die kleinste Kleinigkeit, die in der Zeitung steht, genügt. Ich werde nicht die Hälfte daraus vorlesen, sondern nur sagen, was mir gerade in den Kopf kommt.«

»Aber wird es sich nicht um ein anderes Parlamentsgesetz oder eine neue Maßnahme handeln, über die Sie werden sprechen müssen?« warf Smith erschrocken ein.

»Keine Spur. Es ist jedes Jahr dasselbe. Wenn wir Geldbewilligungen erörtern, erhebe ich mich und beantrage, daß zehn- bis zwanzigtausend Pfund vom Budget in Abzug gebracht werden müssen, die wir zuviel für Polizeimannschaften ausgeben. Ich brauche eine neue Ziffer, um beweisen zu können, wie überflüssig diese Bande fauler Schurken ist, die im ruhigsten Land der Welt auf den Straßen herumstehen, obwohl nur Gott weiß, wie wir ohne sie aussehen würden. Sind Sie imstande, das für mich aufzusetzen?«

»Ich werde es versuchen.«

»So ist's recht. Ich bin so müde und erschöpft von der Reise und den vielen Schreibereien, daß ich mich wohl werde hinlegen müssen.«

»Dann wäre es vielleicht besser, wenn ich die Rede mit mir nehmen und zu Hause daran arbeiten würde.«

»O nein, bleiben Sie nur sitzen. Es wird Sie während der nächsten zwei Stunden niemand stören. Übertreiben Sie aber nicht. Zuviel Schreiben und Lesen hat schon manche Gesundheit erschüttert. Sobald Sie sich müde fühlen, Schluß damit. Gute Nacht.«

Smith wünschte ihm gute Nacht. Woodward gähnte, rieb sich die Augen und ging in das vordere Zimmer.

»Meine liebe Bella«, sagte er. »Hoffentlich erkältest du dich hier nicht.«

Sie schüttelte den Kopf, ohne ihn anzusehen.

»Du hast hoffentlich nicht Zahnschmerzen?«

»Nein«, sagte sie und nahm sich zusammen. »Wie kommst du darauf? Willst du schlafen gehn?«

»Ja, ich bin müde, gute Nacht.«

»Gute Nacht«, sagte sie, küßte ihn, und als er sie väterlich streichelte, war sie dem Weinen nahe. Als er fort war, blickte sie ins Nebenzimmer und sah den Sekretär, der an einem entfernten Tisch im Licht einer Leselampe saß und bald schrieb, bald korrigierte, bald nachdachte. Bei der ersten Durchsicht der gedruckten Rede des Vorjahres hatte er sie um mehr als drei Viertel gekürzt, in welchem Zustand sie ihm so vorteilhaft schien, daß er beschloß, sie Woodward vorzulegen in der Hoffnung, er würde die Kürze und Eleganz der wortreichen Undeutlichkeit vorziehn. Um jedoch nicht den Anschein zu erwecken, daß er die Mühe gescheut habe, eine lange Rede vorzubereiten, schrieb er das ganze Elaborat vollständig um, änderte den schwülstigen Teil nach seinem Geschmack und schob ein Zitat von Thomas Moore ein. So war er in der Lage, seinem Dienstgeber eine Rede in zwei Stilarten vorzulegen, der, so sah Smith voraus, die gekürzte wählen und im Finanzausschuß vortragen, während er die andere einem Lokalblatt zusenden würde. In beiden Fassungen aber würde er einen neuen Beweis der Tüchtigkeit seines Sekretärs erblicken.

Smith war eben daran, diese Aufgabe in Angriff zu nehmen, als Isabella sich müde abwandte. Apathisch schritt sie durch das vordere Zimmer und blieb vor dem Tisch stehen, an welchem der Sekretär schrieb. Er blickte auf, bemerkte ihr schlaffes Gesicht und ihre trüben Augen, erriet ihren Gemütszustand und sprach die Hoffnung aus, daß er nicht im Wege sei.

»O nein«, erwiderte sie und ließ sich in einen Lehnstuhl fallen.

»Der Anblick eines Schreibenden ist fast so ärgerlich wie der von zwei Leuten, die miteinander flüstern«, sagte Smith. »Beides ist ein Gedankenaustausch, an dem der Zuschauer keinen Anteil hat.« Isabella war zu schwermütig, um an den Worten des Sekretärs Gefallen zu finden. Sie erwiderte nichts, und er nahm schweigend seine Arbeit wieder auf.

»Wie ich Sie beneide«, sagte sie, nachdem sie ihm eine Zeitlang zugesehen hatte. »Sie können arbeiten.«

»Ich muß arbeiten«, entgegnete Smith. »Und wenn etwas, mag es noch so angenehm sein, Zwang wird, hört es auf, Freude zu machen. Ich meinerseits beneide Sie, weil Sie auch arbeiten und sich Ihre Arbeit aussuchen können. Es ist herrlich, sagen zu können: Ich kann arbeiten. Dagegen ist es schon weniger verdienstvoll, zu sagen: Ich muß arbeiten.«

»Das ist alles schön und gut. Aber die wenigsten arbeiten, wenn sie nicht müssen.«

»Desto schlimmer für sie, wenn es Menschen von Verstand sind.«

»Weiß der Himmel, Müßiggang ist eine Strafe.«

»Er ist wahrscheinlich das schrecklichste aller Leiden, denn er fordert zum Spott heraus, statt Mitleid zu erwecken, genau so wie die Seekrankheit. Die Arbeit ist das einzige Mittel dagegen.«

»Wieso kommt es, daß die Menschen faulenzen, obwohl arbeiten so viel angenehmer ist?«

»Aus genau demselben Grunde, warum wenig Engländer Deutsch sprechen, obwohl es viel angenehmer ist, wenn man es kann. Lernen ist nicht angenehm. Man muß genau so arbeiten lernen, wie irgend etwas anderes. Die Lehrzeit fällt so schwer, daß die Menschen lieber das Faulenzen ertragen.«

»Vorbereitung auf Arbeit ist auch Arbeit. Ich glaube, daß alle Arbeit angenehm ist, wenn man sich daran gewöhnt.«

»Das bezweifle ich. In Wirklichkeit gibt es keine Faulenzer. Denn die haben oft am meisten zu tun. Aber sie sind unbefriedigt. Vermutlich ist die Arbeit, wie wir sie verstehen, ein andauerndes, auf ein bestimmtes Ziel gerichtetes Streben. Zweifellos schwelgte Shakespeare im Bewußtsein seiner Fähigkeit, Schauspiele zu schreiben, in einem Maß, das ihn für die Plackerei, sie in Tinte umsetzen zu müssen, überreich entschädigte. An seinem Notizbuch und der englischen Grammatik fand er wahrscheinlich ebensowenig Vergnügen wie jeder andere Schuljunge.«

»Dann wünschte ich, ich hätte arbeiten gelernt.«

»Sie können arbeiten. Sie können malen.«

»Ich kann nicht malen, Herr Smith; und das wissen Sie ganz genau.«

Smith hatte von Isabellas Unbeständigkeit gehört, dies jedoch war seine erste eigene Wahrnehmung.

»Alle Künstler verzweifeln an ihrer Vollkommenheit«, sagte er.

»Ich danke für den Sarkasmus.«

»So war es nicht gemeint. Wenn Sie entschlossen sind, niemals wieder zu malen, ehe Sie nicht darin vollkommen sind – ein Grad, den kein Mensch jemals erreicht zu haben glaubt –, so gleichen Sie ihrem Landsmann, der nicht ins Wasser wollte, ehe er schwimmen konnte.«

»Es hilft alles nichts. Ich habe ein fachmännisches Urteil über meine Malerei gehört. Scott sagte mir, daß ich nicht malen könne und es niemals können werde. Ich weiß ganz gut, daß ich zu nichts tauge.«

»Der Glaube, daß man zu nichts taugt, ist der erste Schritt zur Tauglichkeit«, sagte Smith.

»Am liebsten möchte ich sterben, wenn ich eine angenehme Todesart wüßte.«

»Glauben Sie mir, es gibt viele angenehme Todesarten«, sagte Smith ernsthaft. »Wenn Sie sich wirklich umbringen wollen, will ich die beste Art für Sie heraussuchen. Ich habe zu Hause einige Bücher über Giftkunde und will der Sache für Sie gründlich nachgehen.«

»Danke schön. Wenn ich es mit dem Sterben eilig haben sollte, werde ich selbst einen Weg für mich ausfindig machen. Es schickt sich nicht, so zu reden, Herr Smith.«

Smith grinste. »Kennen Sie die Fabel vom Tod und dem Holzfäller?« fragte er.

»Bitte, sprechen Sie nicht vom Tod«, sagte Isabella schaudernd.

»Verzeihen Sie, daß ich gedankenlos das Thema verfolgt habe«, sagte Smith, stolz auf seine Gleichgültigkeit dem Schrecken gegenüber, der sie so entsetzte. »Ich bin so gewohnt, über den Tod nachzudenken, daß ich oft vergesse, wie wenig er anderen vertraut ist.«

Dies bestätigte Isabellas Eindruck, daß der Sekretär fromm war. »Die Angst vor dem Tode ist wohl jedem eingeboren«, sagte sie, »er hat aber für eine Katholikin nicht mehr Schrecken als für andere.«

»Das bezweifle ich nicht«, erwiderte Smith, überrascht über diese unerwartete Auslegung seiner Bemerkung.

»Im Gegenteil«, fuhr sie fort und blickte ihn an, als ob sie ihn herausfordern wollte, ihr zu widersprechen.

»Der katholische Glauben ist der einzige, der Gewähr für ein zukünftiges Leben bietet. Er läßt uns nicht in Ungewißheit auf dem Sterbebette, wie der protestantische Glaube. Man kann seine Sünden büßen und sein Leben glücklich beschließen, ohne die schreckliche Furcht vor ewiger Qual.«

»Das hängt vom Grad der Gläubigkeit ab«, sagte Smith, zu jung und zu skeptisch, um nicht zu widersprechen. »Außerdem haben Sie die Gewißheit der Qualen des Fegefeuers. In diesem Falle glaube ich aber, daß ein Mensch auf dem Sterbebette es als Protestant bequemer hat, weil er es darauf ankommen lassen kann, ob er dorthin oder in die Hölle kommt.«

»Man darf nicht gläubig oder ungläubig sein, je nachdem, ob es uns gerade paßt oder nicht.«

»Sehr wahr«, sagte Smith und kehrte vorsichtigerweise zu seiner Arbeit zurück.

Isabella blickte ihn unzufrieden an, denn sie zog den dogmatischen Widerspruch einer Zustimmung vor, die offenbar die Überzeugung ihres Gegners verleugnete. Da sie übersah, daß Smith Engländer war, war sie überzeugt, daß er in diesem Augenblick Freude in dem Bewußtsein der Überlegenheit empfand, mit der ein irischer Protestant den römisch-katholischen Glauben sieht.

»Es ist ein Jammer«, sagte sie bissig, «daß so viele Menschen die Frömmelei mit Glauben verwechseln.«

»Es gibt keinen wahren Unterschied«, sagte Smith. »Der einzige Mensch in ›Des Pilgers Lebensfahrt‹, der kein Frömmler ist, ist Herr Weltweiser. Ich gebe keinen Pfifferling für den Glauben eines Frommen, der nicht die ganze Menschheit vernichten möchte, wenn sie anderer Meinung wäre.«

»Dann bin ich froh, zu wissen, daß Ihre Macht Ihrem Willen nicht entspricht. Es täte mir leid, so fromm zu sein wie Sie. Seit ich meinen Glauben gewechselt habe, ist es mir klar geworden, daß die Protestanten in Wirklichkeit Frömmler sind. Als ich glaubte, was man mich in meiner Kindheit gelehrt hatte, war ich der Meinung, daß alle Katholiken böse Verfolger sind und man nur eine Bibel zu öffnen brauchte, um sie zu widerlegen; daß Königin Elisabeth und Lady Jane Gray mit ihren Argumenten die Kardinäle zum Schweigen zu bringen pflegten und noch mancherlei, das ebenso mit der Wahrheit in Widerspruch stand. Jetzt weiß ich besser Bescheid; doch meine Erfahrung sollte die warnen, die sich in ihren eigenen Ansichten gar zu sicher fühlen.«

»Haben Sie das jemals auf Ihre jetzigen Ansichten angewendet, Fräulein Woodward?«

»Das ist nicht notwendig, weil meine jetzigen Ansichten die Genehmigung der Kirche Gottes haben. Außerdem habe ich den Irrtümern, in denen ich erzogen wurde, entsagt und dadurch bezeugt, daß ich nicht durch Vorurteile gelenkt werde.«

»Sie sind also der Ansicht, daß ein falscher Glaube wie Masern oder Scharlach ist und daß niemand von ihm zweimal angesteckt werden kann?«

»Mein Glaube ist nicht falsch!« rief Isabella empört. »Bitte sprechen Sie von dem Ihrigen, von dem Sie vielleicht etwas wissen.«

»Entschuldigen Sie, ich habe nicht die Absicht, irgend jemandem, dem es völlig gleichgültig sein kann, etwas aufzudrängen; ich bin es aber mir selber schuldig, den Einfluß irgendeines Glaubens strikt in Abrede zu stellen.«

»Damit wollen Sie doch nicht sagen, daß Sie Atheist sind?« fragte Isabella mit plötzlichem Interesse und ganz verändertem Ton.

»Atheist ist ein schlechter Ausdruck für uns, denn wahrscheinlich hat jeder von uns eine vollkommen andere Vorstellung davon. Atheismus ist eine Bejahung. Ich aber stehe auf dem Standpunkt absoluter Verneinung. Ich bin Agnostiker.« Als er so sprach, kam er sich vor wie Professor Tyndall oder Huxley.

»Wie seltsam! Ich hätte nie gedacht, daß Sie so viel in Gesellschaft gehen. Vermutlich schreiben Sie für Zeitschriften?«

»Keins von beiden. Was für eine merkwürdige Ideenverbindung!«

»Kein Mann, der sich eifrig mit Ästhetik befaßt, glaubt heutzutage an etwas. Viele geistig hochstehende Frauen auch nicht. Wenn man ernstlich darüber nachdenkt, ist es wirklich furchtbar. Da ziehe ich noch die starkbetonte Frömmigkeit der byzantinischen Maler vor.«

»Jetzt mag diese Frömmigkeit interessant sein, weil sie glücklicherweise ausgestorben ist. In den Augen der Zeitgenossen muß sie jedoch ein sehr beklagenswertes Hindernis gewesen sein, denn die warteten ungeduldig auf den Fortschritt der Kultur.«

»Ausgestorben! Ich bin der Ansicht, daß Donovan Brownes Bilder davon überfließen.«

»Im Gegenteil«, sagte Smith, erhob sich und legte seine Papiere weg, »sie enthalten keine Spur davon. Angelico und Filippo Lippi und die anderen malten, als wären sie auf die Erde geschickt, um Gott zu verherrlichen. Donovan Browne malt, als hätte er nur die Aufgabe, schöne Bilder zu malen oder – mit anderen Worten – seine Mitgeschöpfe zu veredeln. Und hätten wir jenen Teil seines Genies, der unserem Zeitalter entspricht, nicht satt, und wären jenem Teil gegenüber, der der ewigen Epoche der höchsten Kunst gehört, nicht blind, so würden wir einen siegreichen Gegensatz konstatieren und nicht einen entschuldigenden Vergleich anstellen zwischen ihm und einer bewunderswerten, aber veralteten Schule, die ihre Konzentration der geistigen Beschränktheit verdankt.«

Selbst Hawkshaw hätte diesen Erguß kaum übertreffen können. Isabella war starr. Smith bot ihr gute Nacht und beeilte sich, fortzukommen, um die Wirkung seiner Beredsamkeit nicht durch eine nachfolgende Banalität zu verderben.

Sechstes Kapitel

Als am folgenden Mittag eine Gesellschaft von Ausflüglern mit dem Dampfer, der nach Hampton Court Palace unterwegs war, an Richmond vorbeifuhr, machte sie sich über einen Mann lustig, der auf Kissen gelehnt im Hinterteil eines Bootes lag, das von einer jungen Dame in einem gestreiften Kattunkleid und mit einem großen schmucklosen Strohhut gerudert wurde. Sie hielt sich mit kurzen geschickten Ruderschlägen im Uferschatten, schien jedoch die Glut der Mittagssonne gleichgültig hinzunehmen.

»Recht so, alter Knabe, mach' es dir nur bequem«, rief ein Mann vom Dampfer hinunter.

»Da hast du noch ein Kissen!« rief ein zweiter und warf eine zerknüllte Papiertüte ins Wasser.

Diesen Witzen folgte ein Gejohle. Die Ruderin steuerte das Boot in das Kielwasser des Dampfers. Der Mann blickte seine Verhöhner finster an und wandte sich dann seiner Bootsgefährtin zu, in deren Antlitz er vor dem Erscheinen des Dampfers vertieft war. Da er sah, daß sie über das Gespött, dem ihre Anstrengungen ihn ausgesetzt hatten, lächelte, änderte er verlegen seine Stellung und lachte.

»Es ist unmöglich, einen eingeborenen Londoner richtig zu beurteilen«, sagte er »außer an einem Ferientag auf dem Lande. Wenn sie sich auf's Wasser begeben müssen, sollte man ihnen Kanäle bauen. Landschaftliche Schönheiten sagen ihnen nichts, und sie stören den Künstler bei der Arbeit.«

»Auf ihre Art genießen sie es genau so wie du. Paß auf: wir geraten ins Fahrwasser der Räder, und du wirst bespritzt werden. Was habe ich dir gesagt?« fügte sie lachend hinzu, als ihm einige Tropfen ins Gesicht spritzten und einen ungeduldigen Ausruf zur Folge hatten. Dann beugte sie sich wieder zu ihren Rudern, und das Boot schnellte so plötzlich weiter, daß der Mann wieder in die Kissen zurückfiel.

»Wenn du mich nur rudern lassen wolltest«, sagte er, als er sich wieder erholte.

»Ich hasse es, müßig dazusitzen und zuzuschauen, wie ein anderer macht, was ich selbst besser machen kann.«

»Ich auch.«

»Du kannst es aber nicht besser.«

»Ich zweifle ja nicht, daß du besser als irgendein anderer rudern kannst und sogar Noah die Kunst des Steuerns beibringen könntest. Aber ich möchte so gerne rudern.«

»Das bildest du dir nur ein. Es ist kein Vergnügen, zu tun, was man nicht gut kann. Es würde dir ungefähr so viel Spaß machen wie mir, ein Bild zu malen. Immerhin, wenn es auf dem Rückweg flußaufwärts geht, sollst du wenigstens ein Ruder bekommen.«

»Bitte, setz dich her zu mir und laß das Boot treiben, wohin es will. Ich hab' dir etwas zu sagen.«

»Nein. Bei diesem Wetter werde ich nicht faulenzen. Wir können auch so plaudern.« Sie stieß das Boot weiter fort vom Ufer, brachte es geschickt ins Gleichgewicht und sagte: »Sprich weiter.«

»Ich will wissen, wann wir heiraten werden«, sagte er. »Die meisten mögen den Brautstand für die schönste Zeit erklären, mich aber macht er melancholisch. Du erlaubst mir weder, dir Geschenke zu machen noch meine freie Zeit mit dir zu verbringen. Jede Regung, die mehr aus dem Herzen als aus dem Kopf kommt, ist deiner Ansicht nach Unsinn. Ich muß Angst haben, mich zu benehmen, als hätte ich dich ein wenig lieb, damit ich nicht zuerst in deinen Augen ein Narr bin und mir hinterher nicht selber wie einer vorkomme. Du interessierst dich augenscheinlich für geschäftliche und nebensächliche Angelegenheiten mehr als für unsere intimsten persönlichen Angelegenheiten.«

»Armer Cyril!«

»Richtig, ich will wissen, wann ich aufhören werde, der ›arme Cyril‹ zu sein. Ich sehe keinen Grund, warum wir nicht augenblicklich heiraten.«

»Ich auch nicht.«

»Na also, bist du endlich bereit?« sagte Cyril und stützte sich auf den Ellbogen.

»Seit Donnerstag bin ich vollständig bereit.«

»Und warum in aller Welt hast du mir das nicht mitgeteilt?«

»Ich wollte dich nicht drängen.«

Er machte eine ungeduldige Bewegung.

»Ich wartete nur auf die Erledigung der Übergabe meines Geschäftes an zwei sehr tüchtige Schneiderinnen, die mit mir in London gearbeitet haben und die sich mit mir zusammentun wollten. Sie haben mir für meinen Mietvertrag zweihundert Pfund bezahlt, und um der alten Freundschaft willen habe ich ihnen das Lager überlassen. So bin ich die ganze Sache los. Wenn ich bedenke, daß ich in das Geschäft keine hundertdreißig Pfund investiert und, solange ich es führte, drei bis fünfzehn Prozent verdient habe und meine Verbindungen nur einem glücklichen Zufall verdanke, so finde ich, daß ich sehr gut gefahren bin.«

»Es freut mich, daß du es los bist, obwohl ich dir zweihundert Pfund hätte geben und dir so die ganze Mühe ersparen können. Jetzt aber ernstlich, da du es nicht mehr nötig hast, an deine Prozente zu denken, kann ich jetzt endlich Vorbereitungen für unsere Trauung treffen?«

»Ernstlich. Wenn du bereit bist, bin ich es auch. Bitte, wirf das Boot nicht um.«

»Ich bin bereit, ans Land zu rudern und in die erste beste Kirche oder ein Standesamt zu treten.«

»Mir wäre das einerlei. Aber du mußt zuvor eine Traulizenz und Eheringe beschaffen. Auch wäre es nicht schlecht, wenn wir eine Ahnung hätten, was wir, wenn wir verheiratet sind, beginnen wollen.«

»Ich nehme an, daß wir irgendeine Reise machen werden. Wohin möchtest du?«

»Nach Jerusalem.«

»Und nach Madagaskar, nicht?«

»Ich meine es ernst. Ich will Italien sehen, wo die von Vasari beschriebenen großen Maler gelebt haben. Nach Palästina will ich unbedingt; und ehe wir uns in einem Haus niederlassen, möchte ich mit aller Reiserei fertig sein. Die Zerstreuung, die unsere Reisen bieten werden, wird dir helfen, dich an mich zu gewöhnen. An einem langweiligen kleinen Ort würdest du meiner schnell überdrüssig werden.«

»Niemals. Bedenke, daß ich dir gar nicht den Hof gemacht habe. Du hast mich um die Rechte des Bewerbers betrogen. Ich möchte nur auf kurze Zeit in eine stille Gegend.«

»Erinnere dich an Veseys Los. Aber Cyril, Lieber, hast du selbst gar keine Reisewünsche?«

»Nein. Ich dachte, du gingest vielleicht gerne nach Schottland.«

»Nach welchem Teil von Schottland?«

»Das weiß ich nicht genau. Vermutlich St. Andrews oder Edinburg oder Glasgow oder – gibt es noch andere Orte in Schottland?«

»Noch einige. Willst du jetzt meinen Plan anhören? Er ist kostspielig und mühsam.«

»Ich scher' mich nicht um die Kosten. Laß hören!«

»Geh morgen an die richtige Stelle, wo immer sie sich befinden mag, und beschaffe dir schnellstens eine Heiratslizenz. Aber keine teure Sonderlizenz. Wozu fünfzig Pfund vergeuden, um vierzehn Tage zu gewinnen? Nach vollzogener Trauung wollen wir, weil es dir Freude macht, auf zwei Wochen irgendwohin aufs Land gehen. Wenn die um sind, wirst du es ebenso eilig haben, heimzukehren, wie du es jetzt eilig hast, fortzugehen. Unterbrich mich nicht. Wir werden uns in London so lange aufhalten, wie es unsere Reisevorbereitungen nötig machen; und dann werden wir uns die Welt ansehen und so weit gehen, wie Zeit und Geld es gestatten; das heißt, vorausgesetzt, daß du in fremden Ländern arbeiten kannst. Wenn es deine Laufbahn gefährden könnte, müßten wir auf alles verzichten.«

»Durchaus nicht; wir werden alles gemeinsam ansehen, und es ist mein erster Urlaub seit zehn Jahren. Wo immer eine Wolke oder eine Sonne am Himmel steht, gibt es für mich tausenderlei Eindrücke, so daß die Zeit nicht verloren sein wird. Nicht daß ich der Ansicht wäre, ein Mensch müßte weiter als in die nächste Nachbarschaft von London gehen, um etwas zu finden, das sich lohnte und ebenso schwer zu malen wäre wie die Bucht von Neapel oder ein Sonnenuntergang in Damaskus. Auch kann ich als Künstler nicht so viele Bildergalerien verdauen wie die meisten Touristen. Aber das Land auf Erden möcht' ich sehen, das mich nichts lehren könnte, und die Gegend, die mich langweilen könnte, wenn du an meiner Seite bist.«

Harriet setzte stärker ein und ruderte mit kräftigem Schlag. Dann sagte sie: »Ich weiß nicht, ob ich dir nicht ein Unrecht antue, indem ich dich heirate. Du redest, als hättest du noch nie im Leben verheiratete Menschen gesehen.«

»Ein Paar, wie wir es nach meinem Ratschluß werden sollen, habe ich noch nie gesehen. Warum willst du durchaus annehmen, daß wir unglücklich werden müssen?«

»Ich habe keineswegs die Absicht, unglücklich zu werden. Es gibt aber verschiedene Arten von Glück. Augenblicklich sind wir sehr glücklich, an einem herrlichen Sommertag träg auf dem Fluß zu liegen – ich wenigstens bin glücklich. Wäre ein solches Leben aber erträglich oder gar erfreulich?«

»Warum sollen wir uns darüber Sorgen machen, da keinerlei Aussicht besteht, daß wir unser Leben so verbringen? Einerlei was geschieht, wenn ich nur deine Zuneigung habe, werden wir Hand in Hand –«

»Ja, das weiß ich. Hoffentlich. Nun«, fuhr sie heiter fort, »ist mein Plan gut?«

»Ausgezeichnet. Wir werden ihn genau durcharbeiten, sobald ich über die Heiratslizenz Bescheid weiß.«

»Immer wieder verschiebst du die Angelegenheiten. Heute bin ich übrigens ebenso abgeneigt, mich darum zu kümmern; ich habe ein Recht, faul zu sein. Mein ganzes Gepäck ist vorbereitet, und meine Angelegenheiten sind geordnet. Die wenigen nicht transportablen Güter, die ich besitze, wird Tante Angel für mich aufbewahren, bis wir unser eigenes Haus bewohnen. Um wieviel Uhr soll Herr Hawkshaw hier sein?«

»Um halb vier«, sagte er.

»Dann mußt du aufstehn und das große Ruder einhaken; wir müssen bis an die Brücke zurückrudern«, sagte Harriet und faltete die kurzen Ruder. »Ich werde den Rhytmus angeben, also komm an mir vorbei und mach keinen Unsinn und wirf das Boot nicht um.«

Scott erhob sich, das Boot schwankte; er taumelte an den angewiesenen Platz, ohne seiner Braut eine größere Zärtlichkeit zu erweisen, als ihr mit seinem Knie einen Stoß an die Schulter zu versetzen. Als es ihr gelungen war, ihm zu versichern, daß sie nicht tödlich verletzt sei, ruderten sie flott der Brücke zu, wo sie bald darauf von Hawkshaw angerufen wurden, der das Flußufer hinunterstieg und sich zu ihnen ins Boot gesellte mit Bewegungen, die für seine Verhältnisse nicht einmal so ungeschickt waren. Geschicklichkeit in der Handhabung von Wasserfahrzeugen gehörte nicht zu den Talenten, die der Dichter und der Maler in den Tagen ihrer früheren Kameradschaft erworben hatten.

»Gestatten Sie, daß ich Ihren Platz einnehme, Fräulein Russell?« sagte Hawkshaw.

»Danke. Bis wir eine weniger überfüllte Gegend erreicht haben, werde ich meinen Platz behalten.«

»Ich wage nicht, Ihnen zu widersprechen«, sagte Hawkshaw und zuckte die Achseln. »Es ist aber peinlich, untätig dazusitzen und zuzusehen, wie Sie sich mit den Rudern abmühen.«

»In Kleidern schwimmen zu müssen ist noch peinlicher«, sagte Harriet. »Jetzt Cyril, lege tüchtig los und führ uns in den Strom hinein.«

Scott nahm seine ganze Kraft zusammen und bespritzte seine Gefährtin kräftig. Der Dichter öffnete Harriets Sonnenschirm, stellte ihn zwischen sich und den Riemen seines Freundes auf und bettete sich in die Kissen, bis das Boot wieder fern von der Stadt einsame Gewässer erreichte. Dann ruderten sie ans Ufer, zogen die Ruder ein und begannen, sich zu unterhalten.

»Die Wonne, in einer solchen Landschaft Ihrer Obhut überlassen dahinzugleiten, ist eine jener Empfindungen, die nur ein Dichter richtig verstehen kann«, sagte Hawkshaw. »Alles, was Sie machen, ist so vollendet, Fräulein Russell.«

»Dann ist es fein, daß wir einen Dichter hier haben, der das zu genießen weiß«, entgegnete Harriet. »Es wäre schade, eine solche Empfindung zu vergeuden.«

»Hawkshaw«, sagte Scott, »Harriet und ich wollen morgen heiraten.«

»Morgen!«

»Sobald wie möglich«, sagte Scott. »Du kannst dich also bereithalten, als Zeuge oder erster Brautführer oder als was sonst auch immer zu fungieren.«

»Ich bin bereit, erzbereit. Wenn ich fragen darf, was für Pläne habt ihr nachher?«

Scott setzte ihm den von Harriet vorgeschlagenen Plan auseinander.

»Werdet ihr die letzte Juliwoche in der Stadt verbringen?« fragte Hawkshaw.

»Vermutlich«, sagte Scott.

»Dann mußt du mir eine Vermählungsanzeige geben, ich will sie jemandem zuschicken.«

»Eine Vermählungsanzeige?« fragte Scott zweifelnd. »Werden wir derlei drucken lassen, Harriet?«

»Bestimmt nicht, soweit es mich betrifft«, erwiderte Harriet.

»Für wen willst du die Anzeige?« fragte Scott.

»Das will ich dir sagen«, entgegnete Hawkshaw. »Am Nachmittag des achtundzwanzigsten wird unsere wohlmeinende Freundin Lady Geraldine Porter ihren letzten Empfang in dieser Saison abhalten. Aus diesem Anlaß wird dein unwürdiger Freund die Gesellschaft damit zerstreuen, ihr seine letzte Schöpfung, eine Übersetzung aus dem Griechischen, vorzulesen. Es wird auch gesungen werden. Grosvenor wird dort sein – und andere auch.«

»Was geht uns das an?« fragte Scott. »Abgesehen davon, daß wir dir natürlich Erfolg für deine Übersetzung wünschen.«

»Sei so gut und laß mich ausreden. Dem Jour fehlt zu seinem vollkommenen Gelingen eine Sensation; und wenn ich Lady Geraldine in die Lage versetzen kann, diese Sensation beizusteuern, werde ich mir ihre ewige Dankbarkeit erwerben. Dazu ist nur eines notwenig –«

»Ich!« rief Scott und blickte Hawkshaw empört an.

»Ha, ha, ha. Nein. Lady Geraldine wird sich bescheiden mit der besseren Hälfte eines so berühmten Mannes begnügen müssen. Kurzum, ihr Herz hängt an der Auszeichnung, die erste zu sein, die Frau Cyril Scott willkommen heißt, und wenn ihr beide sang- und klanglos davongeht, wird sie dazu kaum imstande sein.«

Scott blickte Harriet fragend an.

»Hoffentlich soll das nicht heißen, daß ich das Haus einer Dame betreten muß, die mich niemals gesehen hat, nur weil ihre Freunde mich angaffen wollen!« rief Harriet beunruhigt.

»Mein liebes Fräulein Russell, der Wahrheit die Ehre«, sagte Hawkshaw. »Sie werden angegafft – und gewaltig angegafft werden, solange Männer Geschmack haben und Weiber Neid empfinden können.«

Harriet schüttelte ungeduldig den Kopf.

»Wie Sie selbst sagen, hat Lady Geraldine Sie niemals gesehen, folglich kann sie nur ein einziges Gefühl für Sie hegen: das der Neugier. In Ihrer Eigenschaft als Gattin Cyrils jedoch, an dem sie ein mütterliches Interesse nimmt, ist sie Ihnen denkbar freundlichst gesinnt. Sie müssen zwischen der Einladung Lady Geraldines und dem Wunsch, die gesellschaftliche Neugier zu befriedigen, unterscheiden. Sie ist noch nicht Ihre Freundin, sie ladet Sie aber ein, um Ihre Freundin zu werden. Wenn sie es wird, so weiß ich, daß Sie ihr damit eine Ehre erweisen, um die Lady Geraldine zu beneiden sein wird. Und deshalb braucht Ihr Stolz keine Bedenken zu haben, eine Auszeichnung anzunehmen, die von Ihrer Einwilligung verschwenderisch überzahlt wird.«

»Sie können mir glauben, Herr Hawkshaw«, sagte Harriet, »mit dem Dreschen hübscher Phrasen machen Sie sich selbst mehr Freude als mir Vergnügen. Ich hatte gehofft, meinen ersten Eintritt oder meinen ersten Aufstieg in die Gesellschaft bis zu unserer Rückkehr vom Festland verschieben zu können; wenn ich aber fest überzeugt wäre, daß ich Cyril durch meine Anwesenheit nicht mehr schade als durch meine Abwesenheit, würde ich mich entschließen, hinzugehen.«

»Wie du willst«, sagte Cyril. »Ich bin von der Gesellschaft nicht im geringsten abhängig. Wenn's darauf ankäme, könnte ich die Gesellschaft viel leichter entbehren als sie mich. Trotz all ihrer Schwächen kann man Künstler noch nicht dutzendweise beim erstbesten Schneider kaufen.«

»Der rasende Ajax unter den Schafen, wie gewöhnlich«, sagte Hawkshaw. »Ich bin fest davon überzeugt – die Möglichkeit, daß Ihre Gegenwart Cyril schaden könnte, ist zu lächerlich, um auch nur widerlegt zu werden –, daß Ihr Fernbleiben seiner Angst vor der Gesellschaft zugeschrieben werden würde.«

»Ja, noch schlimmer«, sagte Harriet gerade rechtzeitig, um einen Zornesausbruch von Scott zu verhüten, »ich könnte mir vorstellen, daß Angst oder wenigstens Mangel an Entschlossenheit mich beeinflussen würde. Wir tun besser, hinzugehen.«

»Dann muß aber klipp und klar klargestellt werden, daß ich auf Harriets Wunsch hingehe, und nicht, weil mir die Gesellschaft mit allen ihren Zumutungen und Einmischungen in fremde Angelegenheiten nicht völlig schnuppe ist.«

»Das soll auf einem netten Flugblatt angekündigt und unter die Gäste verteilt werden«, erwiderte Hawkshaw.

»Scher dich zum Teufel!« sagte Scott und kehrte ihm zornig den Rücken. Dann schämte er sich, Harriets Gegenwart durch sein Fluchen beleidigt zu haben, und fügte hinzu: »Verzeihung, Harriet, aber dieser Esel muß jeden Menschen außer Rand und Band bringen.«

»Hören Sie, wie er seine besten Freunde beschimpft, Fräulein Harriet«, sagte Hawkshaw. »Ich darf also annehmen, daß Sie beide kommen werden?«

»Müssen wir uns Lady Geraldine mit Leib und Seele verkaufen –?«

»Wenn sie sich nicht eines Bessern besinnt und uns keine Einladung schickt, werden wir kommen«, unterbrach Harriet Cyril.

»Ich übernehme die Verantwortung«, sagte Hawkshaw. »Nebenbei bemerkt, Cyril, wer wird außer mir bei der Trauung sein?«

»Niemand, soviel ich weiß«, sagte Cyril und blickte Harriet fragend an.

Hawkshaw bemerkte, daß Cyril ohne Harriets stumme Zustimmung keine Frage beantwortete.

»Was? Niemand von deiner Familie?«

»Gewiß nicht«, sagte Scott. »Wir wollen uns nicht von einem Heer von Weibern quälen lassen, die Staat machen und sich vollessen wollen und die Gemütlichkeit stören. Es sind Fremde für Harriet. Nach der Hochzeit wird sie noch genug von ihnen zu sehen bekommen. Wir haben beschlossen, uns mit dir zu begnügen.«

»Ein Zeuge genügt nicht«, sagte Hawkshaw. »Was ist mit Frau Summers?«

»Mir wäre es lieber, sie käme nicht«, sagte Harriet. »Wenn Sie aber durchaus will, wäre es unrecht, auch nur die geringste Einwendung dagegen zu erheben; wir tun also vielleicht gut daran, auf sie zu rechnen. Wenn sie aber lieber zu Hause bleibt und noch jemand notwendig ist, so kenne ich einen gewissen Herrn Smith, der bestimmt zusagen würde. Ich weiß nicht, ob er alt genug ist, um Zeuge zu sein, ich möchte ihn aber auf alle Fälle haben. Er ist der einzige Mensch in England, mit dem ich auf so gutem Fuß stehe, daß ich berechtigt bin, eine solche Gefälligkeit von ihm zu verlangen. Ich fühle mich ihm so weit verpflichtet, daß ich ihm die Ehre – wenn man es so nennen darf – erweisen sollte, ihn von der Gestaltung meines Schicksals zu verständigen.«

»Du hast mir noch nie von ihm gesprochen«, sagte Scott.

»Du würdest kaum so viel Interesse an ihm nehmen, wie er an mir genommen hat«, sagte Harriet. »Sie kennen ihn vermutlich, Herr Hawkshaw, er ist Sekretär bei Ihrem Freunde Woodward.«

»Isabellas Vater!« rief Scott aus.

»Du hast mir noch nie von Isabella gesprochen«, sagte Harriet.

»Ich glaube, den Mann, den du meinst, zu kennen«, sagte Scott. »Erinnerst du dich«, wandte er sich dann zu Hawkshaw, »an jenem Vormittag, da wir einander in Queensgate begegneten, saß ein junger Mensch am Tisch.«

»Das war er«, sagte Hawkshaw. »Er war eben im Begriff, etwas auseinanderzusetzen, da hast du ihn durch dein Kommen unterbrochen.«

»Darf ich ihn einladen?« fragte Harriet.

»Selbstverständlich, wenn es dein Wunsch ist«, sagte Cyril.

»Dann haben wir also alle unsere geschäftlichen Angelegenheiten geordnet«, sage Harriet. »Aber jetzt sollten wir umkehren, das Essen wird um halb sechs fertig sein.«

»Wäre meine Gastgeberin weniger resolut«, sagte Hawkshaw, »so würde ich um Erlaubnis bitten, hier bis nach Sonnenuntergang liegen bleiben zu dürfen.«

»Ich bedauere, Sie enttäuschen zu müssen«, sagte Harriet. »Ihre resolute Gastgeberin hat jedoch viel gerudert und einen Bärenhunger.«

»Sie haben zu befehlen, obwohl Ihnen selbst Hunger einen romantischen Hauch verleiht. Ich mache jedoch nur unter einer Bedingung mit: Sie müssen mir gestatten, Sie zu rudern.«

»Gut«, sagte Harriet widerwillig, »ihr zwei sollt mich nach Hause rudern. Ich hoffe nur, daß wir gut ankommen werden.«

»Einer solchen Ladung sind wir die größte Vorsicht schuldig«, erwiderte Hawkshaw. Dann erhob er sich und wechselte vorsichtig den Platz mit Harriet, die sich auf die Kissen hinstreckte, während die beiden jungen Männer das Boot im Zickzack durch das Wasser trieben. Cyril plätscherte unruhig, während Hawkshaw sein Ruder behutsam mit der Miene eines Mannes handhabte, der in eine schwierige Angelegenheit verwickelt und entschlossen ist, keinen Fehler zu machen.

Als er sich genügend eingerudert hatte, um dabei sprechen zu können, sagte er: »Das ist ein viel schöneres Boot als neulich. Von wem hast du es gemietet?«

»Es ist nicht gemietet«, sagte Scott, »es gehört Grosvenor. Letzte Woche erwähnte ich, daß ich öfter hierherkomme; da stellte er mir sein Bootshaus zur Verfügung.«

»Jawohl, und schon tags darauf kam Cyril hierher und bestand darauf, eine der beiden Gondeln, die er vorfand, zu benutzen«, sagte Harriet.

»Eine Gondel?« rief Hawkshaw. »Warum hast du sie heute nicht benutzt?«

»Nie wieder«, sagte Scott. »Man wird angestarrt, kein Mensch vermag sie zu rudern, die eine von den beiden so morsch, daß sie auseinanderfällt, wenn man hineinsteigt, und die andere ist löcherig wie ein Sieb.«

»Das geht immer so mit so ausgefallenen Ideen«, sagte Hawkshaw. »Wo befindet sich das Bootshaus?«

»Auf dem Gut«, sagte Scott. »Rudere ordentlich.«

Sie überquerten eben jenen Teil des Flusses, der an den Park von Schloß Vogelschau angrenzte. Vor ihnen lag eine steinerne Mühle, die durch ein hölzernes Gatter mit dem Wasser verbunden war.

»Das muß der Schauplatz deines Abenteuers mit Isabella Woodward sein?« sagte Hawkshaw. »Sie versteht es, sehr gut zu schildern.«

»Ich weiß nicht, wovon du sprichst«, sagte Scott. »Was für ein Abenteuer?«

»Wenn man ihr glauben darf«, sagte Hawkshaw, »bist du mit ihr einmal zärtlich an den Ufern geschlendert und dabei ausgeglitten, wodurch du rücklings Hals über Kopf ins Wasser fielst, während sie ihrem fortgeschleuderten Skizzenbuch nach in den Wald stürzte.«

»Cyril, Cyril!« rief Harriet, »du überschwemmst mich ja. Tauch das Ruder anständig ein, ich bitte dich.«

»Was diese Person zusammenlügt!« sagte Cyril. »Niemals hat sich etwas Derartiges ereignet. Eines Abends stand ich am Ufer, als sie aus dem Walde trat, und mir scheint, ich hab' dann zufällig ihr Skizzenbuch fallen lassen. Das war alles. Wenn die Leute nur nicht immer so phantastische Geschichten erzählen wollten. Wir sind doch nur ganz flüchtig bekannt. Sie hatte die Dreistigkeit, mir ein paar miserable Skizzen zu zeigen – Aufgepaßt! Wir sind an dem Bootshaus vorbeigeschossen. Wir werden wenden müssen.«

»Jawohl«, sagte Harriet. »Hören Sie zu rudern auf, Herr Hawkshaw. Lassen Sie das Ruder tief ins Wasser gleiten, um damit zu steuern, und du, Cyril, rudere, so fest du nur kannst.«

Als Hawkshaw diese Weisung befolgen wollte, prallte die Ruderstange zu seinem Entsetzen gegen seine Brust zurück, rutschte nach oben, bis sie den Widerstand seines Kinns fand und ihn über die Sitzbank auf den Boden des Bootes warf, wo er nach Luft schnappend liegen blieb. In demselben Augenblick führte Scott einen kräftigen Ruderschlag, der durch die Luft sausend das Wasser nicht erreichte und ihn noch unerwarteter und heftiger hinwarf als seinen Freund. Harriet verhinderte durch zielbewußte Bewegungen das Umkippen des Bootes, konnte aber die beiden Ruder nicht mehr retten, die an ihr vorüber stromabwärts trieben. Scott erhob sich schnell, zerrauft und mit rotem Kopf, Hawkshaw folgte ihm blaß und atemlos, durch das Mißgeschick halb aus der Fassung gebracht und halb belustigt.

»Was zum Teufel hast du denn gemacht?« fragte Scott.

»Steigere meine physischen Schmerzen nicht durch ungerechte Vorwürfe. Für dieses unverständliche Mißgeschick bin ich nicht verantwortlich. Ein Dämon hat mein Ruder erfaßt.«

Harriet lachte, daß das Boot wankte.

»Es freut mich, daß du dich amüsierst«, sagte Scott. »Wenn ich nur wüßte, wo die Ruder sind.«

»Jetzt schon in der Nähe von Teddington«, sagte Hawkshaw.

»Eine schöne Geschichte! Grosvenors Ruder sind verloren, und ich habe eine Beule am Hinterkopf, so groß wie ein Ei.«

»Ganz davon abgesehen, daß ich in einer Stunde eine Studie in Schwarz und Blau abgeben werde, ist mein Körper von oben bis unten zerschunden.«

»Geschieht dir schon recht! Wie kann man nur so dumm sein? Wie konnte dir das nur passieren?«

»Ich weiß, was mein Ruder, oder vielmehr Grosvenors Ruder, angestellt hat«, sagte Hawkshaw, den Fluß hinabblickend, »aber ums Leben werde ich nie begreifen, wieso du in mein Schicksal mit hineingerissen wurdest.«

Harriet lachte. »Verzeihen Sie, Herr Hawkshaw, aber das ist wirklich komisch. Cyril war durchaus selber schuld an seinem Unfall. Sein Ruder ist steckengeblieben.«

»Sprich keinen Unsinn«, sagte Scott. »Wenn man den ganzen Tag gerudert hat, passiert so etwas doch nicht. Bin ich ein Idiot? Hawkshaw war es, der einen groben Fehler gemacht hat.«

»Hören Sie nicht auf ihn, Herr Hawkshaw. Wir müssen uns anstrengen, wenn wir die Ruder noch einholen wollen. Ich werde es mit den kurzen Rudern probieren, und ihr beide könnt euch ausruhen. Jetzt aber schnell, bitte. Nach dem, was vorgefallen ist, habt ihr wohl nicht die Stirne, mich um meinen Platz zu bitten.«

»Ich bin schon ganz klein«, sagte Hawkshaw und kroch nach hinten. »Machen Sie, was Sie wollen, Fräulein Russell. Lieber möchte ich ein Epos schreiben, als heute abend noch eine Meile rudern.«

»Harriet«, rief Scott streng, »setz dich, ich werde rudern!«

»Cyril«, mahnte Hawkshaw, »sei kein Narr. Wenn du unser letztes Paar Ruder verlierst, was geschehen wird, wenn du, wie nicht anders zu erwarten, wieder hängen bleibst, werden wir bis zum Jüngsten Tag mit der Strömung auf und ab treiben.«

»Ich scherze jetzt nicht«, sagte Scott, »ich bin entschlossen, zu rudern.«

Bei seinem Ton übermannte Harriet ein Gefühl des Zornes. Als sie es überwunden hatte, setzte sie sich auf die Bank, die der Dichter soeben verlassen hatte, und fragte: »Ärgerst du dich Cyril?«

»Sein schöner Kopf hat eine Beule abbekommen, der arme Kerl!« rief Hawkshaw aus.

Cyril blickte zuerst zornig zu Boden, dann unschlüssig auf Harriet und schließlich mit einem verschämten Lachen abwechselnd von rechts nach links. Endlich haschte er nach ihrer Hand, drückte sie, küßte sie und ging gleichfalls nach hinten, wo er sich neben Hawkshaw hinwarf, während Harriet die kurzen Ruder auslegte und schnell stromabwärts steuerte. Schweigend suchten sie nach den verlorenen Rudern, und bald erblickten sie eines, das sich in der Nähe des Ufers im Schilf verfangen hatte, und machten es frei. Kurz darauf überholten sie das andere, fingen es auf und fuhren wieder stromaufwärts zurück.

Bei Tisch schilderte Hawkshaw Frau Summers den Unfall in launiger Weise.

»Gott steh' uns bei!« rief Frau Summers. »Es ist ein Wunder, daß ihr nicht alle ertrunken seid. Und was hätte ich angefangen, wenn die Ruder verlorengegangen wären.«

»Durch eine sinnige Ausstellung unserer Leichen hätten Sie vielleicht die allgemeine Aufmerksamkeit von dem kleineren Übel ablenken können«, sagte Hawkshaw.

»Gott bewahre! Ich wundere mich, Herr Hawkshaw, daß Sie auch nur im Scherz so etwas sagen können, als ob zwei Ruderstangen wichtiger wären als das Leben von drei Mitmenschen. Von meiner eigenen Nichte gar nicht zu sprechen.«

»Sie haben ganz recht«, sagte Hawkshaw. »Es war eine unpassende Bemerkung, und ich schäme mich meiner Leichtfertigkeit.«

Nach dem Essen erörterten sie die günstigsten Reisemöglichkeiten, und bis zur Stunde des Scheidens gaben die beiden Männer ihre Erfahrungen über kontinentale Sehenswürdigkeiten zum besten. Harriet begleitete Scott bis zum Tor. Hawkshaw blieb absichtlich zurück, um einige Worte mit Frau Summers über ihre Topfblumen zu wechseln, wozu er sich berechtigt fühlte, weil manches seiner kürzeren Gedichte kaum etwas anderes war als eine rhythmische Aufzählung von Gartenprodukten.

»Cyril, sag mir die Wahrheit über das Haus von Lady Geraldine

Porter«, sagte Harriet, als sie durch den Garten gingen. »Soll ich dort verkehren?«

»Warum denn nicht?«

»Wenn wir reisen, werden wir Leute kennenlernen, und ich werde wahrscheinlich da und dort Gelegenheit finden, mich an die Gesellschaft zu gewöhnen. Wäre es dir vielleicht angenehmer, wenn ich vorher mit dir nirgends hinginge?«

»Schlag dir das alles aus dem Kopf«, sagte Cyril, der froh war, Harriet beruhigen zu können.

»Wenn du mir nicht glaubst, sei versichert, daß Hawkshaw sich um die Ehre deines Erscheinens nicht bemühen würde, wenn er dich nicht genau so wie ich über jede Kritik erhaben fände. Er ist ein Snob und in solchen Dingen verläßlich. Er fügt sich der Gesellschaftsordnung, was ich niemals der Mühe für wert gehalten habe.«

»Herr Hawkshaw ist nicht zu vornehm, um sich in Gegenwart meiner Tante über sie lustig zu machen; mir ist nicht bange vor der Gesellschaft, die sich mit seinesgleichen begnügt. Ich weiß nicht, ob er dir in seiner Eigenschaft, so versöhnlich zu sein, nicht manchmal überlegen ist.«

»Willst du damit sagen, daß ich selbstsüchtiger bin als er?« fragte Cyril und errötete.

»In wichtigen Dingen nicht«, antwortete Harriet nachdenklich. »Es täte mir leid, dich ernstlich mit ihm zu vergleichen. Aber du weißt doch, daß er mehr Humor hat als du und die kleinen Ärgernisse des Lebens leichter erträgt.«

»Ich weiß, daß ich mich im Boot etwas lächerlich gemacht habe, und es ist nicht angenehm, das zu wissen. Du mußt jedoch berücksichtigen, daß ich leider Gottes Künstler bin. Hawkshaw hat es freilich gut. Er macht billiges Zeug, für das er sich ab und zu ungeheuer aufpulvern muß. Sobald er damit an die Öffentlichkeit tritt, heimst er Ehren ein. Mit mir steht es anders; denn ich muß schuften, Jahr um Jahr, und das macht mich gegen alles, bis auf meine Arbeit, ungeduldig. Wenn meine Arbeit so leicht wäre wie seine Poesie und in einem Anfall von Begeisterung flott hingeworfen werden könnte, wären meine Nerven auch in Ordnung. Ich muß Ausdauer haben, Tag für Tag, immer um ein Haar vom Mißlingen entfernt; jeden Strich muß ich mit meinem Herzblut bezahlen. Das ist das Los des Malers. Ich arbeite noch immer so, einerlei, wie sicher meine Hand ist. Ich habe den Preis für mein Können bezahlt.

Etwas Neues gelingt mir immer und wird mir auch immer gelingen, wenn ich es nicht wie Vesey mache und mich nur immer wiederhole, was hoffentlich niemals der Fall sein wird. Meister in meinem Beruf sein heißt Lehrling sein auf Lebenszeit. Die Bemerkungen, Unverschämtheiten und Lügen der Kritiker und Snobs ärgern uns wohl, aber wir können sie nicht ignorieren, wenn sie auch noch so verächtlich sind. Hat man sechs Monate lang ein Stück Leinwand angestarrt, sieht man es anders als andere Leute und ist bereit, den Augen eines jeden andern mehr zu trauen als seinen eigenen. Wenn man diese große Spannung ertragen muß, genügt jede Kleinigkeit, um die Sorgen des Alltagslebens unerträglich zu machen. Erinnre dich daran, wenn du mich einmal wegen einer Kleinigkeit in Zorn geraten siehst; und vor allem daran, daß diese Empfindlichkeit dem Künstler die Teilnahme, die man ihm entgegenbringt, so unbeschreiblich wertvoll macht.«

Harriet sah gedankenvoll zu Boden und schwieg. Scott, der jene Art Rede gehalten hatte, die lächerlich macht, wenn sie ihre Wirkung verfehlt, blickte sie etwas enttäuscht an. Endlich fragte er:

»Hast du jemals darüber nachgedacht, daß Teilnahme einem Mann ebenso unentbehrlich ist wie Geld und Kleider und anständig zubereitetes Essen?«

»Ich bin der Ansicht, daß diese unentbehrliche Teilnahme nichts weiter als Mode, und zwar eine sehr schlechte Mode ist. Ich glaube, die Menschen sind heutzutage stolz darauf, launisch zu sein, und glauben, daß weiß Gott was dabei ist, wenn sie schwer zu befriedigen sind, bald das, bald jenes nicht ertragen können und sich mißverstanden fühlen.«

»An bloßen Mumpitz hab' ich nicht gedacht.«

»Ich weiß nicht.«

»Was weißt du nicht?«

»Ich will nicht behaupten, daß die Gefühle, die du beschrieben hast, nicht echt sind. Wenn du aber noch stolz darauf bist, dich leicht zu ärgern, oder dich weniger verpflichtet fühlst, genau so wie gewöhnliche Menschen, dein Teil an den täglichen Unannehmlichkeiten auf dich zu nehmen, dann bin ich der Ansicht, daß das Mumpitz ist.«

»Wirklich? Dann glaubst du also, daß die Gefühle eines Künstlers so derb sind wie die eines Börsenmaklers?«

»Ich sehe nicht ein, warum ein Börsenmakler nicht die gleichen Gefühle haben sollte wie ein Künstler, obwohl er lernen muß, sie für sich zu behalten und seinen Platz in der Welt zu kennen. Jedenfalls sollte ein Künstler, wenn er ihm an Gefühlen über ist, ihm auch an Selbstbeherrschung über sein.«

»Du scheinst sehr viel von Künstlern zu verstehn.«

»Soviel ich von ihnen weiß, sind sie Launen unterworfen, wie gewöhnliche Sterbliche auch. Wenn ein Maler die Geduld verliert, ist es ›die Empfindlichkeit eines Künstlers‹. Und wenn er gut gelaunt ist, glaubt er, dazu sei auch nur er imstande.«

Scott erwiderte nichts. Als sie sich dem Tore näherten, wandte er sich um und sah Hawkshaw, der in einiger Entfernung folgte und gemächlich seine Handschuhe anzog.

»Beeile dich doch!« schrie der Maler. »Wir werden den Zug versäumen.«

Hawkshaw sah überrascht auf, zog die Uhr, schüttelte den Kopf und beeilte sich nicht.

Als er die beiden erreicht hatte, sagte er: »Wie kann man diesen reizenden Fleck Erde und noch reizvollere Erinnerungen, die einen damit verknüpfen, anders als mit zögernden Schritten des Bedauerns verlassen?«

»Gute Nacht«, sagte Scott und reichte Harriet mit förmlicher Höflichkeit die Hand.

»Gute Nacht«, sagte sie und sah ihm in die Augen. In diesem Augenblick fiel ihr plötzlich sein Purzelbaum im Boot ein, und sie lächelte. Er war nicht gewillt, sich bezaubern zu lassen, wandte sich dem Tore zu und überließ Hawkshaw den Rest des Lächelns.

»Gute Nacht, Fräulein Harriet«, sagte dieser und drückte ihr leise die Hand. »Dieser Tag soll ewig in meiner Erinnerung als Idylle fortleben und mir heilig sein.«

Er folgte Scott zur Eingangspforte und dankte Gwendoline, die sie ihm öffnete, mit so viel Artigkeit, daß sie später angenehm von ihm träumte. Sie dachte: »Wenn diese Schottin, die nur die Nichte der Haushälterin und noch dazu hart wie Stahl ist, einen Maler einfangen kann, warum sollte ich nicht eine ebenso gute Aussicht haben, einen Dichter einzufangen?«

»Mein lieber Cyril«, sagte Hawkshaw, als er seinen Freund einholte. »Ich widerrufe. Sie ist bezaubernd. Als ich sagte, sie ermangle der Zartheit, des Gefühls, der Teilnahme, da lästerte ich. Sie verbirgt das alles unter dem Schleier ihrer unvergleichlichen Eigenart.«

»Es freut mich, daß du das entdeckt hast. Ich wollte, ich könnte es auch.«

»Oho! Bläst der Wind aus dieser Richtung?« Da er keine Antwort erhielt, setzte er hinzu: »Jedenfalls ist es uns gelungen, ihre einstige verwirrende Gefühllosigkeit zu besiegen. Himmel! Wie sie gelacht hat, als wir auf dem Fluß zu Schaden kamen.«

»Hm!«

»Welche Niederlage menschlicher Eitelkeit! Ich glaubte wirklich, daß wir dem Boot unseren Willen diktierten, bis zu dem Augenblick, wo die Themse ihre Vorherrschaft unter meinem Kinn geltend machte. Ich weiß, morgen werde ich mich deswegen krank fühlen. Ich beneide dich wegen deiner Unempfindlichkeit, mein Freund. Ihr Handlanger der Natur, die ihr Tag für Tag schuftet, bis der Kraftaufwand zur Routine wird, ihr macht euch immun für alles, was nicht eure Arbeit ist. Du bleibst mit dem Ruder hängen, fährst zornig auf und empfindest das Mißgeschick roh als solches, wie ein gewöhnlicher Matrose. Ich jedoch, der ich nie im Leben ständig gearbeitet habe und ein eindrucksfähiges Geschöpf bin, ich bin empfindlich genug, so einen Mißton im Gedicht eines Tages eine ganz Woche lang zu spüren.«

Scott blickte auf, als ob er eine heftige Bemerkung machen wollte, schwieg aber.

»Und warum so trübsinnig?« fragte Hawkshaw.

»Laß mich in Ruh'!«

»Armer Kerl! Ich hab' deine bevorstehende Hochzeit ganz vergessen. Kein Wunder, daß du traurig bist. Macht nichts. Faß dir ein Herz, mein Freund. Du bist noch nicht verheiratet.«

»Ich bin so gut wie verheiratet. Sie hat ihr Geschäft verkauft und sich mir unwiderruflich anvertraut.«

»Was du nicht sagst? Dann muß sie dich gern haben. Ich hätte nie gedacht, daß sie ihren Lebensunterhalt von irgendeinem Sterblichen abhängig machen würde, ehe er nicht fürs ganze Leben an sie gekettet wäre. Glücklicher Cyril!«

»Dieses Vertrauen ist eben die Kette, was du begreifen würdest, wenn du gesunden Menschenverstand besäßest. Es nützt nichts, jetzt darüber zu sprechen. Ob ich mich zum Narren mache oder nicht, ich sitze fest. Ich will nichts mehr davon hören.«

Hawkshaw zog die Augenbrauen hoch, spitzte die Lippen und pfiff sich eins. Dann zuckte er die Achseln, und ohne ein weiteres Wort gingen die zwei Freunde zum Bahnhof.

Siebentes Kapitel

Als Scott und Hawkshaw am Vormittag des ersten Juli zusammen den Bahnsteig an der Ankunftseite des Waterloo-Bahnhofes entlangschlenderten, gesellte sich Smith zu ihnen.

»Ach, unser Freund, Herr Smith«, sagte Hawkshaw und schüttelte ihm flüchtig die Hand.

»Guten Morgen!« rief Scott, der sich scheinbar nicht sehr behaglich fühlte. Er reichte ihm jedoch freundlich die Hand.

»Wir sind alle sehr pünktlich«, sgte Smith. »Wir haben immer noch über zehn Minuten Zeit.«

Alle drei sahen auf ihre Uhren.

»Es ist ein Anlaß«, sagte Hawkshaw, »bei dem die Folgen des Zuspätkommens so unsagbar wären, daß sogar die stärksten Geister das Entgegengesetzte tun und zu zeitig erscheinen. Seit acht Minuten schreiten Herr Scott und ich auf diesem entlegenen Ende des Bahnsteigs hin und her. Darf ich vorschlagen, dies bis zur Ankunft des Zuges fortzusetzen?«

Während sie so weit wie möglich von den wartenden Gepäckwagen, Droschkenführern und Postbeamten entfernt auf und ab spazierten, plauderten Hawkshaw und Smith miteinander; Scott lachte hin und wieder und heuchelte Sorglosigkeit. Dann steckte er die Finger in die Westentasche, um sich zu überzeugen, daß irgendein Gegenstand darin weder verlorengegangen noch vergessen worden war. Als die Ankunftszeit des Zuges sich verzögerte, standen sie am Rande des Bahnsteiges und blickten schweigend die Schienen entlang. Smith beneidete Hawkshaw um seine sorglose Heiterkeit, und der wieder, obwohl er sich seiner Heuchelei bewußt war, beneidete Smith um seine Gelassenheit. Endlich liefen die letzten verspäteten Träger über die Schienen und kletterten auf den Bahnsteig, gerade noch rechtzeitig, um den Puffern der Lokomotive zu entkommen.

Scott tastete zum letztenmal in die Tasche, der Zug hielt, und Harriet stieg aus. Sie gab Smith die Hand, und dann lächelten sich alle vier an.

»Wo ist Ihr Gepäck?« fragte Smith.

»Ich habe alles nach St. Pancras geschickt«, sagte Harriet.

»Es wäre vielleicht angezeigt, einen Viersitzer zu nehmen«, sagte Scott, »um –«

»...den Schauplatz der Handlung zu erreichen«, vollendete

Hawkshaw.

»In zwei Hansoms wird es schneller gehn«, sagte Smith. »Ich werde welche besorgen.«

»Unser Freund erweist sich unerwartet als ein Mann der Tat«, sagte Hawkshaw. »Es ärgert mich, daß ich seinem glücklichen Gedanken nicht zuvorgekommen bin.«

Das Rattern der Wagen machte jedes weitere Gespräch unmöglich, bis der »Strand« erreicht war, wo ein Unfall den Verkehr unterbrochen hatte.

»Warum bleibt alles stehen?« fragte Harriet.

»Wahrscheinlich eine Stockung«, erklärte Scott. »Es scheint ihnen dabei noch zu passen, den ganzen Tag hier hängenzubleiben. Ich wollte, alle Kutscher wären unterwegs zu ihrer Trauung.«

»Nach ihren Gesichtern zu schließen, möchte man glauben, daß die meisten schon verheiratet sind.« Cyril blickte Harriet an und dann die Kutscher ringsum, die nicht glücklich aussahen. Bei einer Verkehrsstockung tun das die wenigsten Kutscher. Bald wurde der Verkehr wiederaufgenommen, und Scott schwieg, doch als sie weiterfuhren, wurde er nachdenklich. Harriet war auch in Gedanken versunken. Seit einigen Wochen waren sie gebunden, und obwohl ihnen das viel Freude machte, hatte der Zustand sie mehr als einmal verdrossen. Den Künstler, weil er darauf nicht vorbereitet war, die Schneiderin, eben weil sie darauf vorbereitet war. Beide waren nun kleinmütig, da sie sich anschickten, ein unwiderrufliches Bündnis zu schließen.

Während der Stockung fragte Hawkshaw in der anderen Droschke Smith: »Wie geht's den Woodwards? Angenehme Menschen, nicht wahr?« fügte er hinzu und lehnte sich träge in die Kissen zurück.

»Ja, das sind sie«, erwiderte Smith.

»Fräulein Woodward ist ein sehr bezauberndes Mädchen, finden Sie nicht?«

»Von welchem Fräulein Woodward sprechen Sie?«

»Wie bitte?«

»Sie meinen wohl Fräulein Isabella?«

»Wahrscheinlich. Aber wie Sie von ihr sprechen, ist mir klar, daß Sie sich die junge Dame überhaupt nicht angesehen haben.«

Smith war entschlossen, dem Dichter ein Schnippchen zu schlagen.

»Meine Bemerkungen sind nicht ernst zu nehmen«, sagte er.

»Die Art Ihrer Frage zwang mich zur Abwehr, ich weiß nicht warum. Wahrscheinlich, weil die Tatsache, daß ein Mann eine junge Dame überhaupt beachtet, gewöhnlich als Beweis für romantische Gefühle gilt. Sie ist recht interessant zu beobachten, scheint mir, aber zu frivol, um bewundert zu werden.«

Kurz darauf hielten die zwei Droschken vor dem Bureau eines Standesbeamten, in dessen Gegenwart Cyril Scott und Harriet Russell ihren Ehevertrag schlossen. Während der Trauungsförmlichkeiten, die sehr einfach, aber nicht eindruckslos verliefen, bewahrte die Braut ihre gewohnte Ruhe. Scott benahm sich hastig und nervös, und das mitleidige Interesse, mit dem ihn der Standesbeamte ansah, brachte ihn in Verlegenheit. Er versuchte, Harriets Trauschein an sich zu nehmen, und war außer sich, als der Beamte das vereitelte. Außerdem zeigte er sich bestürzt, als ihm mitgeteilt wurde, daß der Kontrakt geschlossen sei, noch ehe er die Ringe aus der Westentasche genommen hatte. Dann belehrte ihn der Standesbeamte, daß die Förmlichkeit des Ringwechsels, obwohl überflüssig, zum Vergnügen seiner Freunde immerhin vollzogen werden könne. Und in Gegenwart von Smith und Hawkshaw, die sich während des Aktes mit gebührender Feierlichkeit benahmen, empfing Harriet das Symbol des Standes, in den sie getreten war. Danach verabschiedeten sie sich von dem Standesbeamten, stiegen wieder in die bereitstehenden Wagen und fuhren schnurstracks zum St.-Pancras-Bahnhof. Unterwegs wurde nicht gesprochen, oder nur von Dingen, die zwischen entfernten Bekannten berührt werden konnten. Das neuvermählte Paar beabsichtigte, bis nach York zu fahren und am nächsten Morgen die Reise nach Schottland fortzusetzen. Das Gepäck hatten sie vorausgeschickt; und als Cyril seine Reisetasche von der Aufbewahrungsstelle zurückerhalten und ein leeres Abteil für sie gesichert hatte, konnten die zehn Minuten, die bis zur Abfahrt des Zuges noch übrigblieben, mit Glückwünschen und Lebewohlgrüßen ausgefüllt werden. Scott wandte sich von seiner Fau seinem Freunde zu.

»Werde ich dich noch einmal sehen, ehe wir ins Ausland gehen?«

»Jawohl, das wirst du«, sagte Hawkshaw, »und das wird meinen Sturz vom Freund des Mannes zum Freund des Hauses abschwächen.«

»Unsinn! Aber Spaß beiseite, unsere Beziehungen brauchen durch meine Ehe nicht die geringste Änderung zu erfahren.«

»Sie brauchen nicht, aber sie werden. Das ist immer so. Vor einem Jahr war ich deinem Herzen der nächste, eine Betrachtung, die mich trotz allem im Augenblick nicht ganz ungerührt läßt. Schon bin ich der zweitnächste. In einem Jahr werde ich bestenfalls vielleicht der drittnächste sein, und so weiter.«

»Warum heiratest du nicht selber?«

»Das hieße allzu verschwenderisch mit der Freundschaft umgehen. Ich ziehe vor, abzuwarten und an dir das Ergebnis des Experiments zu beobachten. Außerdem mußt du bedenken, daß ich nicht wie du Geld wie Heu habe.«

»Das könntest du aber, wenn du beharrlicher arbeiten wollest.«

»Dränge mir doch in diesem Augenblick nicht das Gespenst der Arbeit auf. Wenn du fort bist, werde ich vielleicht arbeiten, vielleicht wird mich übrigens das Trinken besser trösten; denn ich weiß, daß ich noch immer jung genug bin, diesen Bahnsteig mit den traurigsten Empfindungen zu verlassen.«

»Was immer du beginnen magst, trinke ja nicht.«

»Alkohol ist mir unentbehrlich, wenn ich meine Gedanken in Schwung bringen will. Ich weiß, was dieses Kopfschütteln bedeuten soll; es handelt sich aber um vortreffliche Gedanken, glaube mir. Lieber zehn Jahre in Trunkenheit leben und hundert Gedichte schreiben, als sechzig Jahre nüchtern sein und für Verleger seelenloses Zeug machen. Ich bin ein Opfer der Kunst.«

»Es wird dir nie gelingen, mir einzureden, daß man im Rausch besser arbeiten kann als nüchtern. Es ist auch zwecklos, die alte Streitfrage wieder aufzurollen.«

»Vollkommen, wir wollen essen und trinken – namentlich trinken, denn morgen müssen wir sterben.«

Inzwischen führten auch Harriet und Smith eine Unterhaltung miteinander.

»Hoffentlich werden Sie nicht so völlig mit der Vergangenheit brechen, daß Sie unsere einstigen Studien vergessen, wenn Sie unter französichsprechender Bevölkerung weilen oder leibhaftig die Galerien Italiens durchwandern werden, die wir in unserer Phantasie kostenlos besuchten.«

»Ich bin überzeugt, daß ich mich sehr gut unterhalten werde. Wenn ich des vielen Sehens überdrüssig bin, werden die Sorgen des Reisens – Gepäck, Unterkunft und solche Sachen – mich vollauf beschäftigen. Auf die Bilder freue ich mich ganz besonders.«

»Sicherlich. Es wird Ihnen besser gefallen als South Kensington bei Gasbeleuchtung und Sonnabendnachmittage in der National-

Galerie. Herr Scott wird Ihnen die Bilder viel besser erklären als ich es konnte.«

»Ich weiß nicht, ob er meine Ansichten auch so geduldig anhören wird. Die Fähigkeit, meine Reisen zu genießen, werde ich Ihnen zu danken haben.«

»Ich fürchte, daß ich Ihnen sehr unbedeutend vorkommen werde, wenn Sie die Kunstwerke, von denen wir gelesen haben, erst mit eigenen Augen sehen und die Gesellschaft von Menschen genießen, die darüber geschrieben haben. Ich kann mich nur mit dem Gedanken trösten, daß wir manchmal doch freundlich unserer frühesten Lehrer gedenken, obwohl wir, einmal erwachsen, unsere Achtung für sie verlieren.«

»Vielleicht benutzen Sie die Gelegenheit, Herr Smith, und wachsen mit mir zugleich weiter, um Ihren Vorsprng in diesem Rennen beizubehalten. Man kann genau so leicht aufstehen und weiterkommen, wie sich hinsetzen und Trübsal blasen.«

»Das hängt von der Natur des Menschen ab. Ich habe kein Talent, weiterzukommen, und wollte ich's versuchen, ich würde mich nur lächerlich machen. Ich kenne Ihre Meinung über mich nur zu gut, kann aber nur auf meine eigene Weise fortmachen.«

»Wenn Ihre Bildung und Ihr Verstand dabei nicht richtig ausgenutzt werden, so ist diese Weise sehr schlecht. Entschuldigen Sie, bitte, daß ich Ihnen eine Moralpredigt halte.«

»Platz nehmen, bitte!« rief der Schaffner.

Scott schüttelte Smith warm und Hawkshaw inbrünstig die Hand.

»Leb wohl, du lieber Kerl!« rief der Dichter und konnte sich nur mühsam beherrschen. »Das ist das Ende unseres ersten Aktes, und ehe der zweite zu Ende geht, werden wir verdammt alt und schäbig sein.«

Scott schüttelte den Kopf und schwieg.

»Leben Sie wohl, Frau Scott«, sagte Smith.

»Leben Sie wohl«, sagte Harriet und lachte über die erste Anrede mit ihrem neuen Namen. Heiter verabschiedete sie sich von den beiden und stieg in ihr Abteil, in das ihr Gatte ihr alsbald folgte und kurz darauf in einer Reisemütze am Fenster erschien. Die drei Männer blickten so lustig wie möglich drein und sahen dem Gedränge zu, das erst nachließ, als der letzte Reisende Platz genommen hatte und die letzte Tür zugeschlagen war. Dann gab der Schaffner das Signal, und der Zug rollte davon. Hawkshaw schwenkte seine Handschuhe in Erwiderung der winkenden

Mütze des jungen Ehemannes.

Als der Zug entschwunden war, wandte sich Smith mit dem frohlockenden Bewußtsein seinen eigenen unverminderten Frohsinns dem vornehmen Gentleman zu, dessen Augen naß waren.

»Herr Hawkshaw«, sagte er, »ich fühle, daß Sie dieser Szene lieber allein nachhängen wollen. Guten Morgen. Hoffentlich nehmen Sie es mir nicht übel, daß ich so kurz angebunden bin.«

»Gewiß nicht«, entgegnete Hawkshaw kalt. »Guten Morgen.«

Am Nachmittag ging Smith nach South Kensington in die Anlagen der Gartenbaugesellschaft[1], für welche ihm Woodward, der Mitglied war, eine Eintrittskarte geschenkt hatte. Dort vertrieb er sich die Zeit und sah dem Rasentennisspiel zu, das, wo immer nur möglich, von weiblichen und männlichen Partnern ausgetragen wurde. Auf einem Platz spielten Fräulein Woodward, ihre Schwester Clytie und Ernst.

Um ihnen auszuweichen, machte Smith kehrt und schlenderte zu einem anderen Teil des Gartens. Nach einigen Minuten hörte er Schritte hinter sich. Als er sich umwandte, erblickte er Isabella, die sich, den Schläger in der Hand, näherte.

»Warum sind Sie uns davongegangen?« fragte sie und sah dabei nicht ihn an, sondern auf den Rasen zu ihrer Rechten.

»Ich war nicht ganz sicher, ob Sie es selbstverständlich finden würden, wenn ich mich Ihrer Gesellschaft anschließen wollte.«

»Unsinn!«

»Sie sind sehr freundlich, aber ich glaube, daß Ihre Schwester meinem durch Teppiche bemakelten Ruf gegenüber etwas unduldsam ist.«

»Clytie ist gar nicht so wählerisch, sonst würde sie die Aufmerksamkeiten eines Idioten wie Ernst Porter nicht ertragen. Nebenbei bemerkt, glaubte ich, Sie hätten heute die Stadt verlassen.«

»Ich! Nein.«

»Papa erwähnte, daß Sie nicht zu Hause sind, und da dachte ich, Sie wären auf dem Lande.«

»Da ich eine wichtige Verabredung hatte, bat ich ihn um Erlaubnis, weggehen zu dürfen, bevor er herunterkommen würde. Ich war bei einer Trauung.«

»Doch nicht bei ihrer eigenen? Dazu sehen Sie viel zu glücklich aus.«

[1] Jetzt ersetzt durch das »Imperial Institut« und das Naturhistorische Museum.

»Nein, Gott sei Dank, Fräulein Woodward. Eine meiner Freundinnen hat sich, wenn ich nicht irre, mit einem Ihrer Freunde verheiratet.«

»Richtig verheiratet?«

»Sie wußten also schon davon? Ich dachte, es sollte strenges Geheimnis bleiben.«

»Als Sie von einer Trauung sprachen, wußte ich gleich, um wen es sich handeln müßte. Bitte erzählen Sie mir, wie es zuging. Wie Sie wissen, interessieren sich Damen immer für solche Sachen.«

»Aber Herren können derlei niemals richtig schildern. Die uninteressanten Erscheinungen des Bräutigams, Herrn Hawkshaws und meiner Wenigkeit können Sie sich vorstellen. Abgesehen von Fräulein Russell, wie sie damals noch hieß, war sonst niemand zugegen. Wir haben Harriet am Waterloo-Bahnhof abgeholt, fuhren in zwei Hansoms zum Standesbeamten, wurden getraut – das heißt sie und er –, eilten sogleich nachher nach dem Bahnhof von St. Pancras und nahmen Abschied voneinander. Die Hauptbeteiligten reisten nach Schottland, und die Zeugen zogen sich getrennt in ihren Junggesellenstand zurück.«

»Die Braut hat wohl bezaubernd ausgesehen? Kommen Sie, gehn wir ein wenig spazieren.«

»Aus purer Verständnislosigkeit unterlasse ich es, ihr Kleid zu beschreiben. Sie sah sehr gut aus und trug irgendein einfaches Reisekleid.«

»Wer ist mit ihr in der Droschke zum Standesbeamten gefahren, Sie oder Hawkshaw?«

»Welche Frage, Fräulein Woodward! Natürlich fuhr Scott mit ihr!«

»Sie muß eine sehr merkwürdige Person sein. Fährt im gleichen Wagen mit ihrem Bräutigam zur Trauung. War keine Dame mit ihr?«

»Nein. Für so schnelle Ausflüge ist ihre Tante nicht rührig genug. Sie schützte Krankheit vor und Angst vor der Hitze. In Wirklichkeit hege ich den Verdacht, daß sie in der Zivilehe einen heidnischen Ritus sieht, der, wenn sie ihm beigewohnt hätte, ihren Glauben gefährdet hätte. Auch wollte sie eine Freundin, die einzuladen Fräulein Russell abgelehnt hatte, bei Laune erhalten und blieb deshalb mit ihr zu Hause.«

»Ihre Familie ist wohl froh, sie loszuwerden, sonst hätte sie sie kaum so behandelt.«

»Warten Sie ab, bis Sie Harriet kennenlernen, Fräulein Woodward. Sie haben von ihr eine ganz falsche Vorstellung.«

»Glauben Sie, Herr Smith? Ich kenne die Frauen.«

»Ich versichere Ihnen, daß sie irren. Frau Scott kann man sich nicht vorstellen, sie ist einzigartig.«

»Ja, ja. Ich habe es satt, von ihren Tugenden sprechen zu hören. Hawkshaw tut, als wäre sie die einzige Frau in London. Armes Mädchen! Ihr Zauber wird schnell genug verfliegen. Wahrscheinlich wird sie versuchen, Zutritt in die Gesellschaft zu bekommen.«

»Das weiß ich nicht.«

»Wenn sie das will, dann tut sie mir leid. Sie wird abgewiesen werden. Vielleicht hat sie aber eine dicke Haut und macht sich nichts daraus. Ich bin neugierig, was Scott dazu sagen wird. Er ist ungemein empfindlich, und ich glaube, er wird daran zugrunde gehen oder verrückt werden. Mir scheint, er ist schon verrückt. Wenn man bedenkt, wie günstig er hätte heiraten können!«

»Ich glaube nicht, daß er es hätte besser treffen können«, entgegnete Smith.

»Oh, Sie ahnen ja nicht, wie beliebt er war!« rief Isabella. »Er hätte jede bekommen, um die er sich beworben hätte. Wie kann ein Mann nur eine solche Dummheit machen? Geld, gute Herkunft, ein Verständnis, das eine untergeordnete Gefährtin ihm niemals entgegenbringen kann, alles wegzuwerfen für eine Laune. Seine Aufrichtigkeit hat ihn zugrunde gerichtet. Jede nicht allzu eingebildete Frau hätte ihn um den Finger wickeln können, und dieses Fräulein Russell hat ihre Chance zweifellos richtig erkannt und ausgenutzt. Ich verarge es ihr nicht. Von ihrem Standpunkt aus hat sie ganz recht getan. Ach, ich beneide alle Menschen, die die Welt kennen und keine Skrupel haben.«

Smith schwieg.

»Seine Karriere ist jetzt aber zu Ende.«

»Wieso?«

»Er hat sich weggeworfen. Die Gesellschaft wird ihn auch wegwerfen.«

»Vielleicht hat Scott mit der Gesellschaft schlechte Erfahrungen gemacht und glaubt nun, daß sie ihm nichts zu bieten hätte, was dem Vorzug gleichkäme, die Frau zu heiraten, die er liebt.«

»Die Frau, die er liebt! Komischer Gedanke, daß ein von einer schlauen Schneidermamsell eingefangener Mann die Rolle eines unabhängigen Menschen spielen will, der nach seinem Geschmack gewählt hat. Man wird ja sehen, wenn er erst aus seinem Traum erwacht.«

»Vergessen Sie nicht, daß Scott viele Frauen kannte, die nie etwas gearbeitet haben. Wer weiß, ob er nicht nach reiflicher, vergleichender Erwägung, da er selbst arbeitet, die arbeitende Frau vorgezogen hat.«

»Das mag eine erhabene Philosophie sein, aber die Gesellschaft denkt darüber ganz anders.«

»Die Denkungsart der Gesellschaft mag ein vortrefflicher Wegweiser für gewöhnliche Gesellschaftsformen sein; aber für eine so ungewöhnliche Sache, wie es die Wahl einer Frau für einen jeden ist, ist sie nicht zuständig.«

Isabella stieß einen Laut der Ungeduld aus. »Es ist immer zwecklos, mit Männern über solche Dinge zu reden«, sagte sie. »Sie begreifen ja nie etwas, und wenn sie mit der Nase darauf stoßen.« Smith dachte, sie müsse wohl ehrlich überzeugt davon sein, um ihre Gefühle so zur Schau zu tragen.

»Gestatten Sie, daß ich ihr Rakett trage?« fragte er mit dem linkischen Versuch, dem Gespräch eine andere Wendung zu geben.

»Danke, ich hab' gern etwas in der Hand«, erwiderte sie und schwang das Rakett hin und her. Es entstand eine Pause, während welcher sie ihn zweimal mißtrauisch ansah.

»Sie glauben doch nicht am Ende, daß ich persönlich etwas gegen Herrn Scotts Heirat einzuwenden habe?« sagte sie schließlich. »Männer suchen immer nach Beweggründen.«

»Ich nehme an, daß Sie sich für Herrn Scott interessieren und daß es Ihnen leid tut, glauben zu müssen – wenn auch irrtümlicherweise –, daß er eine Dummheit gemacht hat.«

»Sie irren ganz gewaltig. Ich interessiere mich durchaus nicht für Herrn Scott. Sein Schicksal ist mir vollkommen gleichgültig.«

»Sie sind sicherlich ungerecht gegen sich selbst, Fräulein Woodward. Ein junger, genialer und hübscher Mensch muß jedem gebildeten Wesen ein gewisses Interesse einflößen.«

»Ich spreche von persönlichem Interesse.«

»Oh, Sie meinen, daß Sie in ihn nicht verliebt waren?«

»Nein, keine Spur. Sie machen sich lächerlich. Herr Smith! Wie alt ist Frau Scott, wenn ich fragen darf, ohne mich dem Verdacht der Eifersucht auszusetzen?«

»Ich erinnere mich nicht genau, obwohl sie ihr Alter in meiner

Gegenwart angegeben hat. Ich glaube, sie ist vier- oder fünfundzwanzig.«

»So alt? Sie gibt vierundzwanzig Jahre zu?« Isabella war selbst vierundzwanzig und nannte sich eine alte Frau, wenn sie ihren Bekannten einundzwanzig eingestand.

»Wahrscheinlich ist sie jünger, als sie aussieht«, sagte Smith. »Ihre Note ist nicht die mädchenhafte, aber durchaus weiblich. Einer ihrer Reize ist ihre überlegene Selbstbeherrschung.«

»Das haben Sie schon öfter angedeutet. Sie sollten eine grüne Schärpe tragen. Ich beginne zu glauben, daß Sie nicht ganz heil von der Braut weggekommen sind.«

»Ich glaube nicht, daß ich schon einmal verliebt war«, sagte Smith. »Wenn Harriet es aber geduldet hätte, wäre ich sicherlich Hals über Kopf in sie verliebt gewesen. Jetzt bin ich froh, daß sie nichts davon wissen wollte. Es wäre überdies lächerlich gewesen, weil ich so viel jünger bin als sie.«

Während sie so sprachen, kamen sie in die Nähe der Tennisplätze, die Isabella verlassen hatte. Zu Clytie hatten sich inzwischen einige Herren gesellt. Isabella hob die Hand an den Kopf, um sich zu vergewissern, daß ihre Haare und ihr Hut in Ordnung seien. Smith bemerkte diesen Umstand.

»O weh, meine Zeit ist um.« Er blickte auf seine Uhr und sagte: »Ich muß nach Hause.«

»Wollen Sie sich uns nicht anschließen?«

»Das kann ich nicht.«

Fräulein Woodward eilte zum Tennisplatz, erreichte ihn mit glänzenden Augen und heuchelte Erschöpfung. Smith verließ den Garten.

Achtes Kapitel

Am Nachmittag des sechsundzwanzigsten Juli versammelten sich die Freunde der Lady Geraldine Porter in Wilton Place, um Patrick Hawkshaws Vortrag seiner neuen Übersetzung einer griechischen Tragödie, mit Musik von Mendelssohn, zu hören.

Smith kam pünktlich um vier Uhr und begrüßte Lady Geraldine linkisch, eine Folge der Angst, die seine Unerfahrenheit in gesellschaftlichem Benehmen hervorrief. Die Einladung, die ihm Woodward übermittelt hatte, verdankte er seinem Ruhm, als Zeuge bei der romantischen Trauung mitgewirkt zu haben. Hawkshaw, der einen langen schwarzen Gehrock, taubengraue Beinkleider, gelbe Handschuhe und einen braunen Schlips trug, den eine Nadel in Form eines kleinen grünen Käfers mit roten Augen zierte, nahm seine Gegenwart durch ein Kopfnicken zur Kenntnis. Sein Benehmen war überschwenglicher als sonst, im übrigen schien er aber durch die bevorstehende Aufgabe, bei deren bloßem Gedanken die Knie von Smith zusammenschlugen, nicht beunruhigt. Um viertel fünf erschien Isabella. Sie trug einen schwarzen Strohhut mit tiefroten Straußfedern und einer ungewöhnlich breiten, mit weißer Seide gefütterten Krempe, deren strahlenförmige Falten einen Glorienschein über ihr Gesicht warfen. Ihr Kleid war aus schwarzer Seide, mit goldenen Borten eingefaßt und mit Schleifen aus sattem Rot geziert. Um ihre Figur zur Geltung zu bringen, war es straff zurückgebunden, Ärmel und Rock waren kurz genug, um ihre hohen Chevreaustiefel und die schwarzen Handschuhe zu zeigen, die bis zu den Ellenbogen hinaufreichten und auf dem Handrücken drei feine rotgestickte Linien sehen ließen. Die Farbe erinnerte Smith an das Kostüm, das auf der Opernbühne vom Teufel getragen wird. Eine junge Dame mit kurzen, struppigen roten Haaren und einem Kleid, das bleifarbig war und sich wie ein altmodisches nasses Badekostüm fest an sie anschmiegte, stellte die entgegengesetzte Geschmacksrichtung dar. Die Augen hielt sie weit aufgerissen, bewegte sich langsam und blickte traurig drein. Später entdeckte Shmith, daß sie eine Schwester von Scott war und ein Wesen von lebhafter und angenehmer Stimmung, was er sofort hätte annehmen können, wenn er bedacht hätte, wie wenig die wirklich Bedrückten geneigt sind, ihren Kummer zur Schau zu tragen.

Das Zimmer war bald überfüllt. Ein Diener bahnte sich den Weg zum Lesepult und legte eine Mappe aus grünem Samt darauf, aus der Manuskriptseiten herausragten. Am Klavier erschien Burton, der die Seiten der Partitur mit kritischer Miene durchblätterte, als er bemerkte, daß er angestarrt wurde. Dann traten acht weibliche Wesen ein; zwei davon waren in mittleren Jahren und dick, zwei alt und runzelig, eine jung und hübsch und sowohl in bezug auf ihre Jahre als auf ihre Reize sehr zweifelhaft. Sie nahmen auf den Sesseln hinter dem Lesepult Platz, vier Sopransängerinnen links und vier Altistinnen rechts. Eine gleiche Anzahl Männer folgte ihnen; darunter waren einige schwächlich und glattrasiert und andere derb und mit Schnurrbärten versehen. Sie nahmen hinter ihren weiblichen Kolleginnen Platz. Vier Tenöre links, vier Bassisten rechts. Unter den letzten befand sich einer mit langen schwarzen Haaren und markanten, totenblassen Zügen. Es war schmerzlich, ihn anzusehen, weil der Mensch jung und von guter Gestalt war. Als er seinen Platz eingenommen hatte, studierte er die Zuhörer mit hochmütiger Miene, die er aufgesetzt hatte, um die Verlegenheit zu verbergen, die ihm die fremde Umgebung verursachte. Smith erkannte ihn wieder und wendete sich ab, um zu vermeiden, daß er von ihm gesehen würde. Isabella bewachte die Tür, und der Sekretär sah, wie ihre eifrige Neugier in Ungeduld überging, als Gast auf Gast erschien. Später hob Burton den Deckel des Flügels, der den Ausblick auf die Tür verwehrte, den die rechtsstehenden Chorsänger bis dahin genießen konnten. Dann erschien Ernst, der mit dem Daumen nach hinten ins Treppenhaus wies und durch sein Benehmen deutlich zeigte, daß eine wichtige Ankunft bevorstehe. Ein von Gemurmel unterbrochenes Schweigen folgte, währenddessen diejenigen, die auf die Scherze Ernstens nicht eingingen, ihre eigenen Stimmen so deutlich vernahmen, daß auch sie still wurden und sich gerade rechtzeitig umdrehten, um Scott zu bemerken, der, von Sonnenbrand und Verlegenheit gerötet, mit Harriet und einigen Gästen, die sich ihnen in der Halle und auf der Treppe angeschlossen hatten, in den Saal eintrat. Diejenigen, die das Interesse an den Neuankömmlingen nicht begriffen, wandten sich an ihre Nachbarn um Auskunft. Die Gäste in der Nähe der Tür drängten vor und stellten sich auf die Fußspitzen. Andere, die weiter entfernt standen, stiegen sogar auf Sessel, um zu sehen, worauf die Blicke der anderen gerichtet waren. In Harriets Ausdruck war eine Spur von Unruhe, und als sie Lady Geraldines warme Begrüßung erwiderte, errötete sie leicht. Isabella blickte sie lange an und wandte sich dann langsam zu Scott. In seinem lebhaft-glücklichen Antlitz konnte sie jedoch keinerlei Zeichen der Enttäuschung oder der Ernüchterung wahrnehmen. Als frischgebackener Ehemann schien er sich in der Öffentlichkeit lächerlich vorzukommen, doch duldete er viele Händedrücke und war sichtlich über die Herzlichkeit der Bewillkommnung erfreut. Lady Geraldine war von Harriet entzückt, deren Erscheinung nicht nur alle Zweifel verscheucht hatte, sondern die günstige Erwartung, die sich auf Hawkshaws Berichte gegründet hatte, noch übertraf.

Als Smith bemerkte, wie der Dichter wegen seiner Eile, Frau Scott seine Aufwartung zu machen, allgemein beneidet wurde, beschloß er, seinem Beispiel zu folgen. Er trat deshalb aus der Ecke, in die er sich zurückgezogen hatte, und drängte in die Nähe der Tür einem Sofa zu, auf dem Harriet saß; doch bevor er es erreichte, schlug Burton, der ungeduldig wurde, einige Akkorde an, und die Zuhörer dämpften die Stimmen und kehrten zu ihren Plätzen zurück. Smith nahm den ersten besten Sitzplatz ein. Isabella hatte sich auf das Sofa gesetzt, Ernst und Fräulein Scott saßen zwischen ihr und Harriet. Scott, in Gesellschaft, besonders während musikalischer Aufführungen, immer ungeduldig, stand in einer Gruppe von Männern dicht bei der Tür, um in andere Empfangsräume zu Einsamkeit und Schlaf fliehen zu können.

Jetzt näherte sich Hawkshaw dem Podium. Ein Lesepult, ein Lehnsessel und ein kleiner Tisch mit einem Krug Wasser und einem Trinkglas war darauf zu sehen. Der Dichter zog sein Taschentuch und legte es auf den Tisch, goß etwas Wasser ins Glas, zog die Handschuhe aus, öffnete sein Manuskript und drehte ein paar Blätter um, ehe er es für die Benutzung zurechtlegte. Dann erklärte er seine Absicht, sich die Ehre zu geben, einen seiner schwachen Versuche darzubringen als Dolmetsch zwischen seiner Zuhörerschaft und einem Riesengeist von Hellas, dessen gewaltige Schatten alle späteren dramatischen Gedichte erleuchtete. Der dichterische Intellekt, fügte er hinzu, werde dieses graphische Paradox nicht als eine lächerliche Verkehrtheit falsch auslegen. Es folgte eine kurzgefaßte Kritik der griechischen Literatur, und dann schloß Hawkshaw mit dem Versprechen, Burton und sein Chor werden den widerstreitenden Erforschern der Verschiedenartigkeit der Temperamente Gelegenheit geben, die Art und Weise zu analysieren, wie der graziöse Jude in seiner eigenen göttlichen Kunst die Eingebungen des rauhen Titanen antiken Gesanges erläutert habe. Als Hawkshaw auf seinen Sessel sank und in Gedanken verloren schien, begann die Musik. Sie war neu für den Chor, der weniger nach seinen Stimmen und seiner äußeren Erscheinung zusammengestellt war als nach seiner Fähigkeit, vom Blatt zu lesen. Seine Leistungen waren mittelmäßig. Hawkshaw, der sich unter vier Augen beklagt hatte, daß einige seiner leidenschaftlichen Verse von Lady Geraldine aus dem Grunde gestrichen worden waren, weil sie zu unschicklich schienen, um in einem anständigen Haus vorgelesen zu werden, verwirrte seine Zuhörer durch zusammengesetzte Eigenschaftswöter derart, daß sie zwischen Bewunderung für sein Genie und dem Bedauern schwankten, ihm zuhören zu müssen.

Mittlerweile zog der Bassist die allgemeine Aufmerksamkeit auf sich. Seine rauhe, tremolierende Stimme, durch Mißbrauch und Nachahmung des üblichen italienischen Operngesanges zugrunde gerichtet, artete, als er sie zwang, die anderen zu übertönen, in ein Gerassel aus, das nervöse Zuhörer schaudern ließ. Er blähte seine Lungen doppelt so stark auf als seine Kollegen, die in der Kunst, mit ihrem Atem sparsam umzugehen, selbst nicht sehr geschickt waren. In den Zwischenpausen, die der Vortrag in Anspruch nahm, schwitzte er mächtig und schien an Wechselfieber zu leiden. Doch, ob er ruhte oder sang, er blickte trotzig drein, als forderte er einen Vergleich mit Hawkshaw heraus, dessen schmächtige Gestalt, vornehme Geziertheit und Stimme, die nicht sonderlich tönte, er offensichtlich verachtete. Als er sich das erste Mal erhob und für die Gäste in der Nähe der Tür sichtbar wurde, sah Smith, wie Harriet ihn erkannte und sich so weit zurücklehnte, daß ihre Schwägerin sie verdeckte. Ernst milderte die Langeweile des Zuhörens, indem er zur Belustigung Isabellas, die ihn durch die Strenge ihrer Mienen vergeblich beschämen wollte, die Eigenarten der Chorsänger pantomimisch parodierte. Dicht daneben saß Lady Geraldine, beobachtete ihren Neffen ungehalten und hoffte, in ihrem Mangel an Begeisterung für die attische Tragödie eine Ausnahme zu bilden.

Endlich klappte Hawkshaw sein Manuskript zu, dankte den Zuhörern für ihre Anteilnahme und verließ, von Beifall überschüttet, das Podium. Ein allgemeiner Aufbruch folgte. Junge Damen, ähnlich gekleidet wie Fräulein Scott, schüttelten dem Dichter die Hand. Junge Männer klopften ihm auf die Schultern. Einige Leute dankten Burton für die wundervolle Musik, wurden von ihm jedoch kalt abgewiesen. Scott und andere, die die letzte Stunde in der Halle verbracht hatten, erschienen wieder und behaupteten, von der Aufführung entzückt zu sein. Smith blieb an seinem Platz, bis der Chor sich erhob, um das Zimmer zu verlassen; dann bahnte er sich einen Weg zu Harriet und pflanzte sich so vor ihr auf, daß er das Gedränge der Hinauseilenden von ihr abhielt. Diese List war erfolgreich. Davis erkannte weder Smith an seinem Rücken, noch konnte er durch ihn hindurchsehen. Er schritt hinaus und versuchte, seinen früheren elastischen Gang vorzutäuschen, war aber gezwungen, es aufzugeben, als er die Treppe hinabstieg und sich an das Geländer klammerte.

»Danke«, sagte Harriet, als sie Smith die Hand reichte. »Das war sehr aufmerksam und klug von Ihnen.«

Eine Schmeichelei über seine Gewandtheit war Smith neu, und er freute sich darüber. »Der arme Teufel muß todkrank sein«, sagte er. »Wie hat Ihnen Schottland gefallen?«

»Viel besser, als ich erwartete. Die erste Woche haben wir viel gebummelt. Dann haben wir es uns in einer sehr hübschen Meierei bequem gemacht, und ich versuchte, Cyril zum Malen zu bewegen – leider vergebens. Wenn er nicht auf einer Schaukel im Garten saß und mir beim Graben zusah, machten wir Heu, trieben die Kühe auf die Weide, vergeudeten Milch unter dem Vorwand, zu buttern, und benahmen uns überhaupt sehr dumm. Ich hatte keine Ahnung, daß Cyril so ein Kind ist, und hätte mir bestimmt nie zugetraut, daß ich mich so unerwachsen benehmen könnte.«

»Es ging also romantisch zu?« fragte Smith.

»Jawohl, obgleich ich, wie Sie wissen, ganz und gar unromantisch bin.«

»Das bestätigt, was Sie zu sagen pflegten: daß romantische Leute nicht klug genug sind, um wirklich glücklich zu sein.«

»Was für eine Ketzerei höre ich da, Herr Smith«, sagte Isabella, welche die Gelegenheit benutzte, um Harriet näher zu treten, als Ernst und Fräulein Scott sich erhoben.

»Ich zitierte bloß«, sagte Smith; »Sie dürfen mich also nicht dafür verantwortlich machen.«

Harriet wollte sich schnell zu ihrer Nachbarin wenden, unterdrückte aber diese Regung. Ohne Zeichen besonderen Interesses blickte sie auf. Sie betrachtete den großen Hut, das enge Kleid und die langen Handschuhe, und nie wieder glaubte sie, daß Fräulein Woodward eine Anziehungskraft auf ihren Mann ausüben könnte. Isabella fühlte diese Musterung und erwiderte sie in der Hoffnung, irgendeinen Nachteil ausfindig zu machen, den die Entfernung ihr bisher verborgen hatte. Sie entdeckte, daß der Urlaub Harriet einige Sommersprossen beschert hatte und daß ihre breiten Schuhe unmodern waren. In diesem Augenblick trat Scott heran und begrüßte Smith, ohne die Gegenwart Isabellas zu bemerken.

»Sie haben mich wohl vergessen?« sagte Isabella mit leiser Stimme, als der Künstler vor ihr stand und Smith mit viel weniger Zurückhaltung angrinste, als er sich in seinen Junggesellentagen auferlegt hatte.

»Verzeihung«, sagte er, wandte sich ihr zu und ergriff ihre dargebotene Hand. Einen Augenblick lang sah sie mit einem Lächeln zu ihm auf, das einen zärtlichen Vorwurf ausdrückte. Da ließ er ihre Hand fallen.

»Sie sehen sehr glücklich aus«, sagte sie traurig, aber immer noch lächelnd.

»Wahrscheinlich bin ich es auch«, sagte er schroff. »Warum auch nicht? Wie geht es Ihrem Herrn Vater?«

»So gut wie immer.«

»Wie geht es Ihnen?«

Isabella war eben im Begriff anzudeuten, daß sie nicht lange leben würde und es ihr gleichgültig sei, wie bald sie sterben müsse, als er fortfuhr: »Sie brauchen mir diese Frage nicht zu beantworten, denn Sie sehen wie die verkörperte Gesundheit und Schönheit aus.«

Das war die erste Schmeichelei, die er ihr jemals gemacht hatte, und sichtlich scheute er davor zurück.

»Nur so weiter«, sagte sie und ließ, einer plötzlichen Regung folgend, jede Vorsicht beiseite. »Jetzt brauchen Sie keine Angst mehr vor einer falschen Auslegung zu haben.«

Er lachte und sagte: »Nein, da sehen Sie, wie gut ein Mann es hat, wenn er verheiratet ist.«

»Ich sehe nur die Änderung, die mit Ihnen vorgegangen ist.«

»Dann glauben Sie also, daß ich mich verändert habe?« scherzte er verlegen.

»Das Bewußtsein Ihrer ästhetischen Würde scheint Sie weniger niederzudrücken als früher.«

»Inwiefern?«

»Sie lassen sich tatsächlich herab, guter Laune zu sein. Ich hätte Sie außerordentlich gerne gesehen, wie Sie Kühe auf die Weide trieben oder in einer Schaukel saßen.«

»Sie glauben, daß Kunst und Künstelei ein und dasselbe sind«, sagte Scott verdrießlich wie einst. »Und Sie halten es für lächerlich, daß ich mich auf schlichte Weise amüsiere.«

»Ich glaube nichts dergleichen. Sie sind genau so reizbar wie je.«

»Ich und reizbar!« rief Scott aus, zu verblüfft, um empört zu sein.

»Ich würde am liebsten auf dem Lande leben, weit entfernt von dieser ganzen herzlosen Gesellschaft und in täglicher Berührung mit der Natur.«

»In diesem Hut?« fragte Scott und betrachtete ihn zweifelnd.

Isabella, die jetzt ernstlich böse war, erwiderte: »Darf ich fragen, ob Sie sich über mein Kleid lustig machen, Herr Scott?«

»Durchaus nicht. Ich bewundere es. Es ist äußerst originell.«

»Noch eine durch die Ehe hervorgerufene Veränderung. Früher wußten Sie nicht, was für ein Kleid man anhatte. Seit Sie häuslich geworden sind, hat Ihr Interesse offenbar diese Richtung genommen.«

Scott verfärbte sich. Wütend blickte er Isabella an, um aus ihrem Gesicht zu lesen, ob sie absichtlich auf den früheren Beruf seiner Frau anspielen wollte. Sie erwiderte seinen Blick lächelnd, mit offenen Lippen und übereinandergebissenen Zähnen. Glücklicherweise trat Hawkshaw in diesem Augenblick hinzu und lenkte das Gespräch in eine andere Richtung.

Inzwischen stand Lady Geraldine am Treppengeländer und machte einem Manne Vorwürfe, der ohne Rücksicht auf die Jahreszeit einen braunen Überzieher mit Astrachankragen trug. Sein Schnurrbart war aufgewichst. Er zuckte entschuldigend die Achseln, wie ein Neapolitaner. Sein Akzent jedoch war britisch. Sein fremdländisches Aussehen stammte aus Leicester Square.

»Wer ist er und was hat er?« fragte Lady Geraldine.

»Signor Cartouche«, erklärte der Mann, zog seine Ellenbogen ein und kehrte seine behandschuhten Handflächen nach oben, als Lady Geraldine ihn gebieterisch unterbrach. »Wie können Sie sich unterstehen, mir einen Menschen namens Cartouche ins Haus zu schicken?«

»Was sollte ich machen, gnädige Frau? Künstler waren dafür nicht zu haben. Sie verlangten gute Notenleser, und wie jeder weiß, wer Musik nach Noten erlernt, hört auf, Künstler zu sein. Die berühmtesten italienischen Sänger –«

»Unsinn! Ich verstehe nichts von Künstlern. Ich habe Sie um Leute gebeten, die anständig aussehen.«

»Aber Gnädigste, auf Ehre. Signor Cartouche ist hochanständig. Er war öffentlicher Redner und Prediger. Leider ist seine Gesundheit zerrüttet, aber Noten lesen kann er ausgezeichnet. Und Leute, die das können, sind augenblicklich sehr schwer zu haben, weil beide Opernhäuser spielen und täglich Proben stattfinden. In London selbst wäre kein Ersatz zu finden gewesen. Außerdem hat er eine herrliche Stimme.«

»Es ist völlig unnütz, mir von herrlichen Stimmen zu erzählen. Ich verstehe nichts von Musik, aber Verstand habe ich genügend, um sein Aussehen anstößig, sein Benehmen aufdringlich und seine

Stimme viel zu laut für meinen Salon zu finden. Er hat im Eßzimmer sehr viel Rotweinbowle getrunken und ist jetzt angeheitert und sehr unangenehm.«

»Das tut mir ungemein leid, Euer Gnaden. Ich werde ihn nie wieder engagieren.«

»Ich will den Unglücklichen nicht zugrunde richten«, sagte Lady Geraldine bestürzt. »Aber ich bitte Sie, ihn augenblicklich fortzuschaffen.«

»Er wird sich gleich entfernen«, versicherte der Agent.

»Um so besser«, sagte Lady Geraldine. »Von dieser Ausnahme abgesehen bin ich mit Ihrem Arrangement durchaus zufrieden. Guten Abend.«

Als sie sich abwandte, um in den Salon zu gehen, trat ihr Ernst entgegen.

»Wo sind die Scotts?« fragte sie, »ich will, daß sie herunterkommen.«

»Geh zu Frau Scott, und du wirst einen großen Spaß erleben«, sagte Ernst. »Sie und der alte Musgrave streiten tüchtig mit Hawkshaw und Bella Woodward über Dichten und Malen und über weiß der Teufel was sonst noch. Musgrave fühlt Frau Scott auf den Zahn, und sie hält sich famos. Hör nur, was für einen Lärm sie machen.«

Lady Geraldine horchte, und über das Geplauder der andern hinweg hörte sie die widerhallende Stimme von Musgrave.

»Sie finden kein Wort der Erwiderung, Herr Hawkshaw. Zum Schweigen gebracht! Die Dame hat ganz recht. Sie sind aufs Haupt geschlagen. Kommen Sie, gnädige Frau, erfrischen wir uns. Im Eßzimmer gibt es eine Menge zu knabbern.«

Harriet ging mit Musgrave die Treppe hinab, Hawkshaw und Isabella folgten ihr. Lady Geraldine ging auch mit. Als sie die Halle erreicht hatten, blieb Lady Geraldine plötzlich stehn und sah Hawkshaw fragend an, weil es ungewöhnlich still im Nebenzimmer war. Nur Schritte und die Stimme eines Mannes waren vernehmlich. Er sprach mit gedämpftem Ton und beschwichtigendem Ausdruck.

Unbekümmert trat Musgrave mit Harriet ein und sah, wie die Anwesenden eine Gasse bildeten, durch die Davis geschritten kam, die Augen noch leuchtender als früher, die Wangen gerötet, Arm in Arm mit dem Festarrangeur, der ihn durch Zureden aus dem Zimmer zu locken versuchte.

»Kommen Sie, kommen Sie, Cartouche«, sagte der Festordner »Seien Sie doch gut. Die Nachmittagsarbeit hat Sie etwas hergenommen.«

»Ich sag' Ihnen doch«, rief Davis verachtungsvoll, »daß ich mich hier wohlfühle, wie nur irgendeiner. Ich kann so gut oder noch besser reden wie jeder. Ich kann so gut oder noch besser reden wie jeder. Wie jeder hier im Hause –«

»Ja, ja, ich weiß, daß es Ihnen gut geht. Ich will Ihnen draußen etwas erzählen«, begütigte der Festordner. »Nur zwei Worte in einer wichtigen Angelegenheit. Als Gentleman werden Sie's mir zuliebe tun. Kommen Sie, Cartouche, als Gentleman.«

»Ich bin kein Gentleman«, sagte Davis und riß sich gewaltsam los. »Wahrlich, ich sage euch«, fuhr er fort und wandte sich mit warnender Gebärde den Umstehenden zu, »es kommt ein Tag, wo eure schönen Kleider und eure hohen Titel und eure vornehmen Manieren euch nichts nützen werden. Ich sage euch, es kommt ein Tag, wo eure kostbaren Weine und euer üppiges Essen zwischen den Zähnen zu Staub werden, wie jene Äpfel am Toten Meer, wo die Städte ragten, die ihr Schicksal so wenig erwarteten, wie ihr jetzt das eure erwartet. Wie in einem Spiegel lese ich in euren Gesichtern das Los, das ihr zu verhüten glaubt. Das könnt ihr aber nicht! Das könnt ihr aber nicht. Ich sage euch, daß kein Mensch das Schicksal abwenden kann, das ihm vorbestimmt ist. Wenn eure Herzen erst einmal zerknirscht sind, werdet ihr Teilnahme suchen, ohne sie zu finden. Ihr werdet erfahren, daß eure Freunde von eigenen Sorgen bedrückt und bereit sind, sich gegen euch zu wenden und euch zu verspotten.«

»Bitte lassen Sie mich fort«, sagte Harriet zu Musgrave. »Ich will diesem Menschen nicht begegnen.«

»Haben Sie keine Angst«, sagte Musgrave. »Ich bürge dafür, daß er Ihnen nichts tut.«

»Ich habe keine Angst«, sagte Harriet, aber sie vollendete den Satz nicht; denn Davis, der eingehalten hatte, um die ihn umgebenden Gesichter zu erforschen, erkannte sie plötzlich. Smith, der einen Augenblick vorher das Zimmer betreten hatte, machte einen unschlüssigen Schritt nach vorne, denn er befürchtete einen Ausbruch des Predigers. Davis erblickte ihn und sah erstaunt von einem zum andern. Während der Pause, die jetzt entstand, traten Grosvenor und einige Herren mit Scott ein, der zu seiner Frau eilte, als er sah, daß sie neben einem Irrsinnigen stand, denn diesen Eindruck machte Davis.

»Großer Gott, wo sind die Diener?« rief Lady Geraldine. »Er muß entfernt werden.«

Als sie das hörten, stellten Grosvenor und einige andere Herren sich um Davis herum. Dieser glühte und hatte augenscheinlich einen seiner vorübergehenden Schwächeanfälle. Er scherte sich nicht um die Anwesenden, sondern fuhr fort, Harriet mit einem so jämmerlichen Ausdruck anzustarren, daß seine Gegner zugleich ermutigt und entwaffnet wurden.

»Sie müssen gehen, lieber Freund«, sagte Grosvenor, »das ist kein Benehmen.« Mit diesen Worten nahm er Davis sachte beim Arm und drängte ihn begütigend der Tür zu.

»Kommen Sie!« rief ein Herr, dessen schroffe Art und Uniform ihn als Offizier kennzeichneten. »Machen Sie, daß Sie fortkommen.« Dabei griff er den Arm des Sängers.

Davis befreite sich mit einer Heftigkeit, die ihm augenblicklich Platz schaffte.

»Scott«, sagte Musgrave, »führen Sie diese Dame hinaus. Unser Freund scheint mir vom Fieber befallen. Ich werde mich seiner annehmen.«

Bei dieser Bemerkung erblaßte Grosvenor und zog sich zurück. Der Offizier, im Begriff, gegen den Prediger wieder vorzugehen, hielt inne. Davis, der sich bemühte, seine zitternden Lippen zu beruhigen, warf einen trotzigen Blick auf seine Umgebung und erlangte nach einer taumelnden Anstrengung seine Selbstbeherrschung wieder.

»Sie brauchen keine Angst zu haben, daß ich Ihnen Schande machen werde«, sagte er. »Doch soll auch mir niemand Schande zufügen und mich hinauswerfen wie einen Hund. Um vornehmerer Herren willen bin ich verachtet und übergangen worden, aber ich möchte den sehen, der mich aus dem Zimmer hinauswirft, ehe ich nicht aus freien Stücken gehe, so elend ich auch bin. Meiner Stimme war die Kraft, meinem Geist die Macht gegeben, auf genau so ehrbare Menschen wie die hier Versammelten zu wirken. Weinend kamen sie zu mir und suchten meinen Rat, und das bedeutet mehr als alles, was ich heute hier gesehen habe von akademisch gebildeten Männern, die sich auf die Kenntnis toter Sprachen stützen können. Ich habe getan, was mein Schicksal verlangte, und ich rühme mich dessen nicht aus Eitelkeit, sondern um denen, die mich verachten, zu zeigen, daß nicht meine Niedrigkeit oder ihre

Erhabenheit daran schuld sind, sondern mein Schicksal, das mich jetzt erniedrigt sehen will, genau so, wie ich früher, ehe es mich ereilte, geachtet und geschätzt gewesen bin, und das noch mehr sogar als die stolze Dame dieses Hauses.«

Ernst stieß ein leises kicherndes Lachen aus und flüsterte: »Er ist total betrunken.«

»Das Lachen der Narren«, sagte Davis, der ihn hörte und streng anblickte, »ist wie das Knistern von Dornengestrüpp unter einem Topf. Mit Lärm und Rauch flammt es auf, und dann verschwindet es wie eine Wolke am Himmel. Geht ja nicht hin heute abend und mißachtet meine Worte, weil ihr einander zuraunt: ›Der Arme ist betrunken.‹ Nein, nicht Trunkenheit hat mich ins Unglück gestürzt. Ich bin weder jetzt, noch war ich jemals, noch werde ich jemals betrunken sein. Eines Tages, wenn eure Stunde schlägt, werdet ihr alle fühlen, wie recht ich hatte. Erinnert euch daran! Jeder von euch! Ihr werdet nicht verschont werden, weil ihr reich seid und seidene Vorhänge zwischen euch und die Armen hängt. Die seidenen Vorhänge werden euer Schicksal nicht abwehren. Ich könnte euch eine Geschichte von einem erzählen, der dieser Meinung war und dann seinen Irrtum entdeckte. Jawohl, tuschelt nur, ihr seid nicht gewillt, mich anzuhören, aber da zu sitzen und eine Stunde lang der gezierten Dichtung eines aus eurem Stande zu lauschen, dazu seid ihr immer bereit.«

Voll Unbehagen hörte Smith diese Ansprache mit an. Er hatte das Gefühl, daß sowohl Harriet als auch Lady Geraldine seinen Mangel an Mut und Geschicklichkeit, weil er sich nicht einmengte, verächtlich finden müßten, und vergaß, daß seine Mitgäste unter dem gleichen Nachteil litten. Er hatte instinktiv Sinn für Verantwortlichkeit. Deshalb näherte er sich Davis, und mit leiser Stimme, die nichtsdestoweniger in der allgemeinen Stille deutlich vernehmbar war, sagte er:

»Verzeihen Sie, daß ich mir das Vorrecht einer alten Bekanntschaft anmaße, Herr Davis. Ich muß jetzt gehn, und Sie würden mir einen großen Gefallen erweisen, mich zu begleiten. Ich möchte Ihnen unter vier Augen etwas sagen, wenn Sie die Güte haben wollen.«

»Ich danke Ihnen«, entgegnete Davis hochmütig und doch etwas verlegen. »Ich habe Sie und andere längst bemerkt, doch bin ich nicht hergekommen, um die zu demütigen, die sich in dieser Gesellschaft meiner Bekanntschaft schämen. Sie sind mein Zeuge, daß ich mich weder Ihnen noch anderen aufgedrängt habe.«

»Davon kann auch gar keine Rede sein«, sagte Smith, der Davis den Arm reichte und äußerst peinlich berührt war durch die Öffentlichkeit seiner Lage, obwohl er sich scheinbar vollkommen beherrschte.

»Ich leugne nicht, daß Sie sich immer wie ein Gentleman benommen haben, Herr Smith. Bis zum Wendepunkt Ihres Schicksals sind unsere Wege die gleichen gewesen, wenn ich nicht irre. Ich will mich gerne entfernen, wenn auch nur ein einziger mich darum bittet, während ich mich auch auf den Befehl von zehn Menschen nicht von der Stelle gerührt hätte.« Also nahm er den dargebotenen Arm und schritt aus dem Zimmer mit so viel Würde, wie diese unbequeme Verbindung ihm gestattete. Als er ging, beobachteten ihn alle. Er warf aber nur einen Blick auf Harriet, den er aber vor ihrem strengen Augenausdruck sofort zu Boden sinken ließ. Erst als unter tödlichem Schweigen die Tür hinter ihm ins Schloß fiel, erhob sich ein Stimmengewirr.

»Armer Teufel«, sagte Musgrave, »viel ist nicht von ihm übriggeblieben. Ich habe große Lust, ihm nachzugehen und ihm einen Empfehlungsbrief an das Bromptonspital mitzugeben.«

»Das wirst du bleiben lassen, Tom«, sagte Frau Musgrave. »Laß ihn in Frieden ziehen. Jetzt, wo er endlich fort ist, wollen wir dankbar sein, daß wir ihn los sind.«

»Oh, dieser entzückende Herr Smith!« rief Lady Geraldine Grosvenor zu. »Kein Wunder, daß die Woodwards ihn hegen und pflegen. Hoffentlich wird ihn dieser Elende nicht anstecken!«

»Es ist alles in Ordnung«, sagte Grosvenor. »Der Festordner sagt, es ist nur Schwindsucht.«

»Harriet«, rief Cyril, der mit seiner Frau in der Nähe stand, »wenn du dich nicht beruhigst, wirst du zusammenklappen. Es ist alles vorüber. Er ist fort. Ich glaube, du hast mit deinen Blicken dem Kerl eine solche Angst eingejagt, daß er außer Rand und Band geriet.«

»Hoffentlich hat mich niemand beobachtet«, sagte Harriet leise. »Der Mann war einmal Prediger und wollte mich heiraten.«

»Er kennt dich also?« rief Scott erstaunt und unangenehm berührt.

»Ich glaube, mein Anblick hat ihn so verwirrt. Wäre Smith nicht gewesen, hätte er mich schon früher erkannt. Es ist sehr sonderbar, daß ich ihn hier treffen mußte.«

»Hoffentlich werden wir keinem weiteren Bekannten von dir begegnen«, sagte Cyril etwas mürrisch.

»Sei unbesorgt«, erwiderte Harriet ernst. »Er ist wohl der einzige, den ich lieber nicht wieder sehen möchte.«

Zu spät, wie immer, erkannte Scott, daß seine Bemerkung nicht taktvoll war. Als er sich bemühte, dies zärtlich zu büßen, holte Lady Geraldine Harriet an ihren Tisch. Gleichzeitig hörte er Musgraves Stimme hinter sich.

»Hallo, Herr Scott, Sie haben sich also verheiratet?«

»Jawohl«, sagte Scott und bot ihm lächelnd die Hand.

»Und wie fühlen Sie sich dabei?«

»Besser, als ich erwartet habe.«

»So ist's recht, so ist's recht. Still! Sehen Sie dieses reizende Geschöpf, dort am Tisch. Sie haben sie mir vorhin entführt.«

»Was ist mit ihr?« fragte Scott erstaunt.

»Die hätten Sie heiraten sollen. Sie hat im kleinen Finger mehr Verstand als alle anderen Frauen zusammen. Beobachten Sie sie. Sie versteht, sich zu benehmen. Sagen Sie mir doch, wer sie ist, Sie scheinen sie zu kennen.«

»Nicht sonderlich gut. Ich bin erst vierzehn Tage mit ihr verheiratet.«

Musgrave brüllte vor Lachen und schüttelte Scott abermals die Hand. »Sie hätten gar nicht besser wählen können. So viel Verstand hätte ich Ihnen gar nicht zugetraut. Aber daß sie nicht gescheiter war! Sie hat sich an Sie weggeworfen.«

Von diesem Augenblick an bis zu ihrem Scheiden wurde fast ausschließlich über Harriet gesprochen, von denen abgesehen, die nicht gerade mit ihr sprachen. Die Männer lobten sie einstimmig, obwohl einige hinzufügten, daß sie augenscheinlich sehr wohl imstande sei, sich selbst, aber auch ihren Mann zu beherrschen. Die meisten Frauen gaben zu, daß sie einwandfrei sei, doch verwahrten sie sich gegen die völlig überflüssige Bewunderung der Männer. Andere meinten, sie sei sehr nett und hätte ein sehr gutes Benehmen, ein erstaunlich gutes sogar, wenn man bedächte, was sie war. Eine dritte erklärte, man könne darüber reden, soviel man wolle, daß eine wirkliche Dame immer gut angezogen sei; eine Schneiderin, die ihr Geschäft verstünde, wüßte jedenfalls besser und billiger einzukaufen. Eine vierte meinte, es läge offenbar an ihrer Verständnislosigkeit, daß es ihr unmöglich sei, irgend etwas Besonderes an Harriet zu finden. Eine fünfte lobte sie mehr, als die

Männer es taten, nannte sie herzig, hübsch, unschuldig aussehend und wollte kein Wort gegen sie gelten lassen. Die übrigen schüttelten den Kopf, als man sie um ihre Meinung bat, und sagten, Frau Scott sei eine kluge Frau, die ganz genau wisse, was sie zu tun habe. Im großen und ganzen hatte Harriet keinen Grund, mit ihrem Empfang unzufrieden zu sein. Die Männer bewunderten sie, und die Frauen waren durchaus nicht überzeugt, daß sie ihr überlegen wären.

Das ständige Auf-der-Hut-sein hatte Harriet ermüdet, und als sie nach ihrem Hotel fuhren, sagte sie zu ihrem Gatten:

»Lady Geraldine ist sehr lieb, aber ich begreife nicht, wie es ihr Vergnügen machen kann, allen diesen Menschen ihr Haus zur Verfügung zu stellen, die ihr nichts zu sagen haben und so unbereichert nach Hause gehen, wie sie gekommen sind. Es waren Leute dabei, die Hawkshaw gar nicht zuhörten. Ich finde diese Art, seine Zeit totzuschlagen, äußerst albern. Der einzige interessante Mensch war dieser dicke Herr mit der lauten Stimme. Seine Frau hat sich bei mir entschuldigt, weil er nicht so ist wie alle anderen. Sie schien sich seiner förmlich zu schämen.«

»Das ist alles sehr dumm«, sagte Scott, der auch müde war, »aber du wirst dich schon daran gewöhnen.«

»Warum soll ich mir Mühe geben, mich an etwas zu gewöhnen, das ich für wertlos halte? Vermutlich nutzt es dir aber, wenn wir Leute kennenlernen. Hast du vergessen, daß wir unsere Visitenkarten abholen müssen?«

»Nein«, sagte Scott, »das Geschäft ist gleich um die Ecke.« Er ließ die Droschke bei einer Papierhandlung halten und ging hinein, während Harriet draußen blieb. Die Karten wurden ihm von einem vorlauten jungen Menschen eingehändigt, der ihn fragte, ob er ihm mit noch etwas dienen könne. Scott entsann sich, daß er Federn brauchte, und verlangte welche.

Der Verkäufer legte ihm goldene Federn vor, die an der Spitze ungefähr ein sechzehntel Zoll breit waren. »Die sind bei den feinsten Leuten beliebt«, sagte er. »Viele Damen verlangen sie immer wieder. Sechs Pence das Dutzend.«

Scott wies die breiten Federn zurück und kam daher in den Verdacht, Bürobeamter zu sein. Nichtsdestoweniger begleitete der junge Mann ihn höflich zur Tür, neugierig, die Dame zu sehen, die in der Droschke saß. Als er sie erblickte, war er verblüfft und blieb regungslos in der Tür stehen, bis der Wagen verschwunden war.

»Gott, die ist verheiratet!« rief er aus, als er an seinen Ladentisch zurückkehrte. »Frau Cyril Scott, ohne jede Adresse. Seine Karte ohne ›Herr‹ darauf. Kurz und bündig. Er ist offenbar kein Gentleman trotz seines Auftretens, sonst würde er besser Bescheid wissen. – Soll ich Ihnen sagen, wer Cyril Scott ist?« fragte er seinen Chef.

»Etwa der Maler?«

»Jawohl, er ist es«, erwiderte der Verkäufer. »Ich habe gleich gemerkt, daß er nur Handwerker ist.«

Als Harriets Mann wieder zu ihr in den Wagen stieg, erinnerte sie sich, daß sie ihm bei Lady Geraldine erklärt hatte, außer mit Davis keinerlei Begegnungen zu befürchten. Sie fand es sonderbar, daß unmittelbar darauf die Visitenkarten besorgt werden mußten, um sie daran zu erinnern, daß sie nur zu gern vergessen wollte, aber selbst nicht vergessen wurde. Trotzdem hielt sie es für unnötig, Cyril zu gestehen, daß der Verkäufer, der ihn eben bedient hatte, Fraser Fenwick hieß, der, ähnlich wie der Prediger Davis, mit ihren früheren Verhältnissen vertraut und ein ehemaliger Bewunderer von ihr war. Sie hatte ihn ja nie zu ihren Freunden gezählt.

Neuntes Kapitel

Als Davis das Haus in Wilton Place verließ, seinen Arm noch immer in den des Sekretärs eingehängt, auf den er sich oft schweratmend stützte, schlug er seinen Weg schweigend nach Wilton Crescent ein, und von dort ging er über Grosvenor Place nach »Green Park«, wo er sich erschöpft niederließ, als wäre er mit seiner Kraft zu Ende. Nach einem Hustenanfall keuchte er minutenlang, dann wandte er sich an Smith mit den Worten:

»Endlich bin ich ihr begegnet. Erkennen Sie darin die Hand des Schicksals?«

»Es war gewiß ein seltsamer Zufall.«

»Es war kein Zufall. Täuschen Sie sich nicht. Es war das Schicksal, das mich verfolgt. Ich weiß, was der Glaube bedeutet, denn ich habe geglaubt und war davon erfüllt. Ich ziehe jenen Glauben, dessen Wahrheit von den Ereignissen bestätigt wird, dem vor, der einen immer wieder auf die Religion verweist. Als Sie mich kennenlernten, gab es Augenblicke, wo es mir sehr schwer wurde, zu glauben. Als ich aber endlich alles, was mir widerfuhr, zusammenfaßte und erkannte, wie wunderbar ein Erlebnis aus dem andern herauswächst, begann ich einzusehen, daß, was ich als Fügung der Vorsehung betrachtet hatte, die Wirkung eines unerbittlichen Schicksals war. Als ich Trost in meiner Bibel suchte, staunte ich über meine eigene Blindheit, denn in jeder Zeile fand ich das Schicksal angekündigt. Voraussagungen des Verderbens, das den Menschen ohne Rücksicht auf ihr Tun und Lassen bestimmt ist. Hier wurden Menschen erhört und vor Gefahren bewahrt und aufgespart für die ihnen zugedachte Arbeit; dort andere in Gottlosigkeit und Verzweiflung gestürzt, was ihnen schon lange vor ihrer Geburt vorherbestimmt war. Die Hoffärtigen werden zu Fall gebracht und die Demütigen erhöht. Welche Lehre ziehen wir daraus? Was lehren sie die zwei Männer, die das Feld bebauen, und die zwei Weiber in der Tretmühle? Warum starben die einen und blieben die andern am Leben? Warum kam es nicht umgekehrt? Nicht aus eigener Schuld, sondern, weil es ihr Schicksal war. Jetzt lache ich, wenn ich sehe, wie Larkins und seinesgleichen den Versuch machen, das Schicksal zu beeinflussen, während sie nur durch das ihnen bestimmte Los gelenkt werden. Doch nur wenigen zeigt sich der Finger des Schicksals so deutlich wie mir. Bedenken Sie, was sich heute zugetragen hat. Sie waren es, der mich vor Harriet hingeführt, und Sie sind es, der mich von ihr weggeführt hat. Und wie hat sich das zugetragen? Haben wir es untereinander vereinbart? War unser Zusammentreffen im Hause einer vornehmen Dame ein alltägliches Vorkommnis?

Als ich an jenem Sonntagabend umherschlich, mir die Versammlung anzusehen, in der ich einst gepredigt hatte, wer stand plötzlich vor mir? Der junge Fenwick, der zu trinken anfing, damit mein Schicksal sich durch ihn erfülle. Und was hat ihn in die Versammlung geführt? Hat er gewußt, daß ich dort sein würde? Wäre einer seinesgleichen aus freien Stücken in fromme Versammlungen gegangen? Warum hat er gerade diese Nacht unter allen Nächten gewählt, um zu tun, was er niemals früher getan hat? Sehen Sie mich an! Warum habe ich das Predigen aufgegeben, um in einem Chor zu singen? Ich glaubte, es sei mein freier Wille gewesen. Jetzt weiß ich, daß es deshalb geschah, damit ich in dieses Haus käme, um ihr dort zu begegnen. Und warum geriet sie, die einmal nicht höher stand als ein Mädchen, das sie heute dort bediente, unter die Vornehmen und Mächtigen? Ich könnte bis zum Jüngsten Tage fortfahren, Ihnen solche Fragen zu stellen, und Sie könnten keine anders beantworten als mit der Erkenntnis: Es war Bestimmung. Das ist die Antwort auf alle Fragen. Es ist mein Schicksal, Ihr Schicksal, Harriets Schicksal und sein Schicksal.«

»Sein Schicksal? Sie kennen also Herrn Scott?«

»Den jungen Mann meine ich. Er heißt Fenwick, glaube ich. Wen sonst meinen Sie?«

»Woher sollten Sie es auch wissen?« fragte Smith und ärgerte sich über sich selbst, weil er den Namen genannt hatte. »Vielleicht ist es besser, wenn ich Ihnen sage, daß Sie nicht länger an die junge Dame denken sollten. Sie ist verheiratet.«

»Mit einem Gentleman?«

»Mit einem Gentleman.«

»Warum? Das Schicksal wollte sie erhöhen, wie es mich erniedrigt hat. Es wollte sich vollenden. Als ich sah, wer sie war und wie wenig sie den rechten Mann zu würdigen verstand, habe ich keinen Augenblick mehr daran gedacht, sie zu besitzen. Es gab eine Zeit, da erwartete ich täglich zu hören, daß sie verheiratet sei, und fühlte, daß ich den Mann umbringen könnte, weil mir klar war: Ich hatte keine Möglichkeit, Harriet zu bekommen. Jetzt aber beruhigt mich die Tatsache eher. Sie war es, der zuliebe ich mich gegen den Tod aufgelehnt habe, und jetzt ist sie es, die mich gleichgültig gegen ihn macht; so gleichgültig wie gegen die Leute, die vorhin versucht haben, mich hinauszuwerfen. Erkennen Sie auch darin das Schicksal?«

»Verzeihen Sie, Herr Davis, ich kann Ihnen freilich nicht beweisen, daß, was geschehen ist, nicht Vorausbestimmung war, aber...«

»Nein, das können Sie nicht«, unterbrach Davis hartnäckig, »alle Weisheit der Chaldäer vermöchte es nicht.«

»Ganz recht«, sagte Smith. »Doch was, um Himmels willen, hilft so ein Glaube? Er läuft einfach darauf hinaus, festzustellen, daß das, was ist, ist. Es ist viel einfacher, zu erklären: ich lebe, ich bin enttäuscht worden, ich habe einen neuen Hut, oder ich habe mir den Fuß gebrochen, als – es war bestimmt, daß ich leben sollte, mein Schicksal war Enttäuschung, es wurde mir bestimmt, einen neuen Hut zu bekommen, oder, es war das Schicksal dieses Stükkes Orangenschale, dort zu liegen, wo es gelegen ist, damit ich ausgleite und das Bein breche. – Es läuft auf dasselbe hinaus, so oder so.«

Davis schüttelte den Kopf und lächelte: »Warten Sie ab«, sagte er. »Eines Tages werden Sie fühlen wie ich, und dann können Sie es mit ihrem blinden Menschenverstand leugnen, wenn Sie wollen.«

»Mir scheint, Sie haben die Gewohnheit, sich einzureden, daß Ihre Ideen übernatürliche Offenbarungen sind. Sie glauben daran. Früher glaubten Sie an die Fügungen der Vorsehung, jetzt an das Vorhandensein unwiderruflicher Bestimmungen des Schicksals.«

»Wirklich?« fragte Davis gelassen. »Was ist Vorsehung denn anders als eine Maske des Schicksals? Die Menschen beschwören die Vorsehung durch Gebete. Ändert sie das? Nicht im geringsten. Sie bitten um etwas in Gebeten. Wenn es ihr Schicksal ist, es zu bekommen, so bekommen sie es, auch wenn sie nie darum bitten. Die armen Würmer bilden sich aber lieber ein, daß ihre Gebete das Schicksal geändert haben. Genauso, wie sie sich einbilden, daß es zum Guten ist, wenn ihre Wünsche unerfüllt bleiben, und daß sie das Unabänderliche ändern können.«

»Na ja, es ist zwecklos, über Dinge zu rechten, die weder bewiesen noch widerlegt werden können, namentlich, wo es in beiden Fällen völlig belanglos ist. Sie sitzen in einer metaphysischen Patsche, und – so billig diese Weisheit auch ist – nichts als Ihr eigener Menschenverstand wird Ihnen jemals heraushelfen.«

»Alltagsmenschen und Minderbemittelte haben genausoviel Recht auf Wahrheit wie die Reichsten der Erde.«

»Sie mißverstehen meine Worte«, sagte Smith. »Sie sollten wissen, daß ich nicht die Absicht hatte, auf Sie anzuspielen. Ich bin ein ebenso armer Kerl wie Sie und zum Unterschied von Ihnen ganz unbedeutend.«

Davis blickte ihn einen Augenblick unsicher an, dann reichte er ihm die Hand. Smith schlug ein, ergriff jedoch die Gelegenheit, aufzustehn und daraus einen Abschiedsgruß zu machen.

»Noch ein Wort, ehe wir scheiden«, sagte Davis und hielt die Hand fest. »Sie müssen bezeugen, daß ich es verschmäht habe, Harriet heute in Gegenwart ihrer vornehmen Freunde anzusprechen.«

»Mit dem größten Vergnügen«, entgegnete Smith. »Sie haben das ritterlichste Zartgefühl bewiesen.«

Davis drückte ihm fest die Hand. »Hat sie jemals mit Ihnen von mir gesprochen, gut oder schlecht?«

»Ich entsinne mich nicht«, antwortete Smith verlegen. »Ich glaube mich aber nicht zu irren, wenn ich behaupte, daß sie niemals mit mir über Sie gesprochen hat. Sie ist eine sehr zurückhaltende Natur. Leben Sie wohl.«

Nur widerstrebend ließ der Prediger Smiths Hand los und beobachtete, wie dieser in der Richtung gegen Piccadilly zu verschwand. Er saß noch lange allein mit mutlos zu Boden gesenkten Blicken und hob zuweilen den Kopf. Voll Bitterkeit starrte er in die untergehende Sonne. Er hatte lange nichts gegessen, aber seine Krankheit war in ein Stadium getreten, in welchem Nahrungsaufnahme lästig fällt. Wenn ihn ein Schwächeanfall übermannte und ihn erzittern ließ, fühlte er einen stechenden Schmerz bei der Vorstellung, daß sein Tod herannahe ohne einen Zeugen, vor dem er sich aufspielen konnte. In solchen Augenblicken empfand er, wie schrecklich es ist, keinen Freund zu haben, und machte Smith Vorwürfe, weil er ihn verlassen hatte. Nichtsdestoweniger glaubte er, daß sein Ende noch ferne sei. Ein Arzt hatte ihm einmal erklärt, daß er wahrscheinlich noch ein Jahr leben würde. Das hatte ihm jedoch nicht sein bevorstehendes Ende vor Augen geführt, sondern ihn nur daran gewöhnt, im Tode ein Ereignis zu sehen, das zwar in kurzer Zeit, aber nicht unverzüglich eintreten würde.

Nach Sonnenuntergang war er in einen Schlaf gesunken, den tiefsten, den er seit langem genossen hatte. Er wurde bald darauf durch ein Licht, das seinen Augen weh tat, und durch eine Hand gestört, die seine Schulter unsanft schüttelte.

»Alles raus«, sagte ein Schutzmann. »Torschluß.«

Davis blickte schlaftrunken um sich. Es war finster, und in Piccadilly glühten die Bogenlampen. Als es Davis klar wurde, daß der Schutzmann darauf wartete, ihn gehen zu sehen, erhob er sich widerwillig, wandte sich ab und erwog, ob eine Bestechung ihm nicht vielleicht das Vorrecht eingeräumt hätte, bis zum Morgen unbehelligt zu bleiben.

»Dort können Sie nicht hinaus. Sie müssen durch die Drehtür«, sagte der Schutzmann.

Davis gehorchte, und der Schutzmann folgte ihm, bis er beruhigt sein konnte, daß der Zauderer imstande war, allein nach Hause zu gehen. Die Nacht war lau, und die Straßen voller Menschen, als er sich auf den Weg nach Lambeth machte, wo er wohnte. Eine Weile ging er recht flott, und seine einstige Kraft schien zurückzukehren. Doch seine Heiterkeit wich bald einem fiebrigen Schwächeanfall. Sein Schlafbedürfnis kehrte wieder; er achtete der Passanten nicht mehr und hatte das Empfinden, wie im Traum eine unbewohnte Ebene zu durchwandeln. In diesem Zustand bahnte er sich einen

Weg an die Themse und schritt beharrlich darauflos mit einem Gefühl, das dem müden Fußgänger wohl vertraut ist. Man sagt sich: »Wenn du dir auch nur einen Augenblick Ruhe gönnst, kannst du die Wanderung nie wieder fortsetzen.«

Auf der Westminsterbrücke ist der Fußweg von der Fahrstraße durch eine eiserne Rinne getrennt, deren Rand sich einige Zoll über die Straßenfläche erhebt und dazu dient, den Fußgänger zu Boden zu stürzen, dessen Aufmerksamkeit vom Verkehr, dem er zu entrinnen oder den er zu überqueren versucht, abgelenkt wird. Nach Einbruch der Nacht, wenn das Hindernis im Dunkel unsichtbar wird, häufen sich diese Unfälle, ja sie sind tatsächlich unvermeidlich, wenn Fußgänger, die die Straße an dieser Stelle überqueren, die Gefahr nicht aus früherer Erfahrung kennen.

Als Davis sich dieser Stelle näherte, scherzten dort gerade drei Studenten mit zwei jungen Mädchen. Ihre Gegenwart kaum wahrnehmend und in Angst, schwindlig zu werden, wenn er von seinem geraden Weg abwiche, stieß der Prediger an die der Rinne zunächst stehende Person und wurde sofort durch einen heftigen Puff ihres Ellbogens belohnt, der ihn taumelnd gegen den Fahrweg schleuderte. Er stolperte über den eisernen Rand und fiel rücklings auf die Steine. Die Studenten brüllten vor Lachen, die Weiber schimpften und stießen Drohungen aus. Die Gesellschaft verstummte aber schnell, als sie erkannte, daß ihr Opfer unfähig war, sich zu erheben. Davis bemühte sich aufzustehen und sank zurück, fest überzeugt, daß er sich niemals wieder erheben würde. Bald umstand ihn eine Menschengruppe, die ihn neugierig anstarrte. Ein Mann berührte die liegende Gestalt mit seinem Fuße, und als dies keinerlei Reaktion hervorrief, ging er seines Wegs. Dann kamen zwei Schutzleute vorbei.

»Was ist hier los?« fragte der eine.

»Er ist über die Rinne gestolpert und kann nicht wieder aufstehen«, erklärte ein Junge.

»Kommen Sie! Aufgestanden!« rief der Schutzmann und bückte sich, um Davis aufzurütteln, wobei er den Geruch von Lady Geraldines Rotweinbowle wahrnahm.

»Es ist schon gut«, flüsterte Davis lallend und leise. »Lassen Sie mich in Ruhe. Ich möchte lieber hier liegen bleiben. Ich kann nicht gehen.«

»Was Sie nicht sagen! Sie glauben wohl, daß man Sie tragen wird«, brummte der Schutzmann. Dabei richtete er mit Hilfe seines Kameraden den Prediger auf. »Vorwärts!« rief er und schüttelte ihn. »Sie können ganz gut gehen, wenn Sie wollen.«

»Mit welchem Recht legen Sie Hand an mich?« fragte Davis ernüchtert infolge der Heftigkeit, mit der er aufgerichtet wurde.

»Machen Sie keinen Unsinn, sonst geht es Ihnen schlecht«, warnte der Schutzmann streng.

Einen Augenblick lang sah Davis seine beiden Bedränger zornig an; seine Gedanken waren jedoch infolge des Zwischenfalls derart verwirrt, daß er sich fügte und es vorzog, sich von den beiden wohin auch immer führen zu lassen, als sich durch weitere Einwendungen anzustrengen. Einige Meter ging er standhaft mit. Dann taumelte er und versuchte, sich auf einen der Schutzleute zu stützen, der ihn derb abschüttelte und ihm einen Stoß versetzte. Davis riß sich los, drehte sich um und schlug dem Schutzmann ins Gesicht. Was darauf folgte, wußte er kaum. Schwindlig und atemlos fühlte er, wie er weitergeschleppt wurde und daß die Finger der Schutzleute seinen Hals würgten und daß sie seine Arme packten und ausrenkten. Nach einiger Zeit erholte er sich ein wenig und erkannte, daß er in einer Polizeiwachstube stand. Sein Rock war zerrissen und mit Staub bedeckt, sein Hut zerquetscht. Er stand vor einem Inspektor, welcher aus dem Mund eines wütenden Schutzmannes, der ein blaues Auge hatte, eine Anklage wegen Trunkenheit und Tätlichkeiten entgegennahm. Dann nahm man seine Personalien auf.

»Ich bin nicht betrunken«, beteuerte Davis. »Ich heiße St. John Davis. Ich verlange, daß ein Arzt gerufen wird; der soll bezeugen, daß ich krank, nicht aber betrunken bin. Ich will, daß man mich irgendwo liegen läßt.« Als er das gesagt hatte, verwirrten sich seine Sinne. Er wußte nichts mehr, bis er wieder vorwärts geschoben wurde. »Ich kenne das Gesetz so gut wie jeder«, sagte er dann. »Ich habe das Recht, im Park zu sprechen, und ich biete Ihnen Trotz, wenn Sie mich daran hindern wollen. Sie haben es einmal versucht, ihn abzusperren, und da wurde das Gitter eingerissen.« Darüber wurde gelacht, er aber wurde ohne weitere Umstände in eine Zelle abgeführt.

»Ich bin nicht betrunken, ich bin ernstlich krank«, beteuerte er, als er hineintaumelte.

»Morgen früh wird es Ihnen schon besser gehn«, scherzte ein Schutzmann und warf die Tür hinter Davis ins Schloß.

Am nächsten Morgen jedoch war Davis tot.

VIERTES BUCH

Schäkereien

Erstes Kapitel

Während des Herbstes wurde das Haus in Queens Gate an einen Polizeibeamten und seine Frau vermietet. Woodward war bei seinen Wählern in Irland, Isabella in Rosstrevor, ihre Schwester in Dublin. Dem Sekretär war mitgeteilt worden, er dürfe sich bis zu ihrer Rückkehr als frei betrachten; doch hatte er London nicht verlassen, weil Mühe und Kosten eines Urlaubs seine Schüchternheit und Unerfahrenheit mehr ängstigten, als ihn die Aussicht auf Luftveränderung verlockte. Er ging weiter täglich nach Queens Gate und schickte die wenigen Briefe, die ankamen, nach; er lieh sich Bücher seines Herrn aus, die er lesen wollte, und manchmal durchflog er die Alben mit ihren Photographien von Isabella, die bald auf Schaukeln, bald mit japanischen Schirmen oder in Hängematten an Seeküsten oder in Schneestürmen zu sehen war. Die übrige Zeit verkürzte er sich durch Spaziergänge, durch Lektüre (wobei er fand, daß seine Neigung zu den Büchern abnahm) und mit der Durchsicht seiner dichterischen Versuche. Letzteres mit mehr Erfolg als in den Tagen von Islington, denn er war nicht so sentimental wie damals, dafür aber kritischer geworden. Da er fürchtete, durch Müßigkeit herunterzukommen, erwog er eine Änderung seines Lebenswandels. Er überlegte, daß er jederzeit durch den Tod oder die Laune seines Brotgebers seine Stellung verlieren konnte und eine Privatsekretärstelle sich in diesem Fall als schlechte Empfehlung für einen anderen Posten im Erwerbsleben erweisen könnte. Nach einiger Überlegung und der Durchstöberung von Amtsberichten beschloß er deshalb, Woodward um eine Empfehlung an das Kommissariat für Staatsdienst zu bitten, um sich in jenen Gegenständen prüfen zu lassen, die für einen Beamten der Abteilung für Wissenschaft und Kunst in South Kensington als unerläßlich erachtet werden. In dieser Absicht holte er eines Abends seine Schulbücher wieder hervor, und nachdem er fast eine Stunde damit verbracht hatte, an die Schauplätze zu denken, an die ihn ihr Aussehen, ihr Druck und der Duft ihrer Blätter erinnerten, begann er sein Gedächtnis mit geographischen Namen und Dezimalbruchrechnungen zu beladen. Da seine Erfahrungen mit den Hauptbüchern von Figgis & Weaver ihn in den Stand gesetzt hatten, kunstvolle Zinsrechnungen mit Leichtigkeit auszuführen, und da seine Lehrtätigkeit bei Harriet ihn in der französischen Sprache gefestigt hatte, sah er bald keinen Grund mehr, an dem Erfolg des Wettbewerbes zu zweifeln, falls er eine Berufung bekäme. Ferner entschloß er sich, den Rat eines Fachmannes über die besten Vorbereitungsmethoden einzuholen, und beantwortete deshalb die Anzeige eines gewissen Sadler, dessen Beruf es war, Kandidaten für die Aufgabe vorzubereiten, die Professoren bei der Prüfung entweder zufriedenzustellen oder zu überlisten. Dieser Herr schlug Smith vor, drei Monate lang Abend für Abend in seinem Haus in Tavistock Square zu studieren. Smith fragte nach seinen Bedingungen für ein vierzehntägiges Studium. Sadler machte ihm klar, daß ihn der Spaß zum Schluß noch eine Guinea kosten würde, dann aber willigte er ein, drei Pfund, zehn Shilling und sechs Pence anzunehmen. Smith zahlte ihm diese Summe aus, und Anfang September ging er zum ersten Male nach Tavistock Square.

Sadler lud ihn in ein großes Wohnzimmer ein, das seit vielen Jahren weder gestrichen noch tapeziert, dagegen an jedem Arbeitstag mit Tinte bespritzt worden war. Das Fenster hatte keinen Vorhang und wurde von einem durchlöcherten Zinkgitter und Schmutz verdunkelt. Die Möbelstücke bestanden aus zwei Holzschränken, einem langen Brettertisch und einer Anzahl von Sesseln aus einfachem Holz, mit Rohr- oder Polstersitzen, alle mehr oder weniger abgenutzt, durchgestoßen oder zerrissen. Am Tisch saßen mehrere Jünglinge, die auf Papierbogen kritzelten und in offene Bücher mit einem stupiden Ausdruck starrten, der zusammen mit dem muffigen Zustand ihrer Haare und Kleidung Smith an starken Tee, späte Nachtstunden und geschwächte Auffassungskraft erinnerte. Als er mit Sadler eintrat, verstummte das Stimmengewirr, und ein junger Herr, der den Arm erhoben hatte, um Brotkügelchen zu werfen, tat, als kratze er sich die Wange. Als ein Platz für den Neuangekommenen gefunden und eine Aufgabe ausfindig gemacht worden war, die seine Kenntnis in der Orthographie und Syntax feststellen sollte, nahm der Einpauker – denn das war der technische Ausdruck für Sadler – seinen Platz vor einem Pult am Tischende ein und übte seine Pflichten, die sich im Augenblick auf vier Schüler erstreckten, welche Horaz übersetzten. Einer unter ihnen war ein nett gekleideter Jüngling von hochmütigem Betragen, der für jede schwierige Aufgabe, die ihm Sadler stellte, zuversichtlich eine falsche Lösung zum besten gab und den ihm nachgewiesenen Fehler dann niemals wahrhaben wollte. Zwei andere waren angenehme Jungen, den übrigen an Intelligenz offensichtlich überlegen, doch in ihren Studien unverbesserlich nachlässig. Ein blasser junger Herr mit Überrock und wollenem Halstuch, der neben Smith saß, erklärte ihm, daß er von einer Staatskanzlei einen Krankenurlaub erhalten habe. Smith, der liebenswürdig zu sein wünschte, drückte sein Beileid aus und wollte wissen, ob es leicht sei, in Staatsabteilungen Urlaub zu bekommen. Der junge Herr erwiderte, daß die fragliche Staatskanzlei über einem Abzugskanal erbaut und über die Hälfte des Personals gewöhnlich infolge von Typhus dienstuntauglich sei und daß er eine Stellung hauptsächlich, um mit dem Leben davonzukommen, anderwärts suche. Er äußerte sich dann, daß die beruflichen Verdienste Sadlers durchaus dem Durchschnitt entsprächen. Dies beruhigte Smith, dessen Vertrauen zu dem Einpauker durch die anderen Studenten erschüttert wurde, die ihn immer, sobald er das Zimmer verließ, einen Betrüger schalten.

Nach Ablauf einer Stunde begann der an einsame Unabhängigkeit gewöhnte Smith sich unter Jünglingen, die frisch weg von der Schule oder von der Hochschule kamen, unbehaglich zu fühlen.

Sadler reckte sich und gähnte, als der neue Student sich anschickte, fortzugehen.

»Nun, Smith, was für Fortschritte machen Sie?« fragte er.

»Heute Abend habe ich wenig gearbeitet.«

»Ja, das scheint mir auch so«, sagte der Einpauker trocken. »Wie Sie wissen, müssen Sie sich, um durchzukommen, auf sich selbst verlassen. Ich kann Sie nicht zur Arbeit zwingen, ich kann Ihnen nur angeben, was Sie arbeiten müssen.«

»Das ist sehr richtig. Ich habe alles durchgesehen und mache mir keine großen Sorgen. Wenn meine Fähigkeiten auf die Probe gestellt würden, könnte ich zweifeln. So aber werde ich schon durchkommen, falls es mir gelingt, einige Namen und Regeln im Gedächtnis zu behalten.«

»Wirklich?« meinte Sadler sarkastisch.

Smith ärgerte sich über Sadler und sagte: »Was beweist denn jede Prüfung anderes als Gedächtnis?«

»Mit dem Gedächtnis allein können Sie nicht im englischen Aufsatz oder in Mathematik durchkommen. Sie mißverstehen, worauf es ankommt. Die Frage ist nicht die, ob das System vollkommen ist, sondern, ob Sie ein besseres vorschlagen können. Möchten Sie, daß wir zum Protektionssystem zurückkehren?«

»Das brachte immerhin doch ab und zu kluge Männer hervor«,

sagte Smith boshaft.

Sadler gähnte. »Wenn Ihnen das System nicht paßt, können Sie's ja bleiben lassen. Niemand will Sie zwingen, in den Staatsdienst einzutreten. Sie erwarten doch nicht, daß man Sie, nur weil Sie es wünschen, ganz ohne weiteres aufnimmt?«

»Selbstverständlich nicht«, sagte Smith. »Gute Nacht.«

»Gute Nacht«, wiederholte Sadler. »Morgen pünktlich um sieben Uhr. Nicht zu spät kommen.«

Smith erwiderte nichts.

»Wenn ich denke, daß ich an diesen Idioten fast vier Pfund verschwendet habe«, sagte er zu sich, als er zum Bahnhof Gower Street ging. Dann dachte er an die vielen Dinge, die er für diese Summe hätte kaufen können. »So viel steht fest«, beschloß er, »ich werde diese friedlichen Herbstabende nicht in diesem schmutzigen Loch versitzen.«

Trotz dieses Vorsatzes ging er am nächsten Abend wieder zu Sadler, um sich nicht später eine übellaunige Voreiligkeit vorwerfen zu müssen. Doch diese zweite Probe erwies sich als noch weniger erträglich als die erste, und nach Ablauf einer Stunde schützte Smith Geschäfte vor und entfernte sich mit Sadlers etwas mürrischer Einwilligung. Er ging aber nie wieder hin, noch schrieb er einen Entschuldigungsbrief, da er das Gefühl hatte, daß Schweigen wahrscheinlich weniger beleidigend als eine Aufklärung wäre, falls er nicht lügen wollte. Sadler belästigte ihn nicht mit Anfragen. Am ersten Abend der Abwesenheit seines Schülers fragte er: »Wo ist Smith?« Am zweiten: »Was in aller Welt ist aus Smith geworden?« Am dritten: »Es ist sehr merkwürdig von Smith, daß er sich nicht entschuldigen läßt und sein Fernbleiben begründet.« Am vierten Abend äußerte er sich zu den Studenten, Smith habe sich seiner Meinung nach sehr ungehörig benommen, doch werde er sich in keinerlei Weise um ihn kümmern. Schließlich vergaß er ihn ganz und gar.

Eines Morgens erhielt Smith in Queens Gate einen Brief. Eine fremde Handschrift hatte ihn adressiert. Auf dem Poststempel war »Warrenpoint« zu lesen, ein Ort, von dem er niemals gehört hatte. Nachdenklich drehte er den Briefumschlag hin und her, dann öffnete er das Schreiben und entfaltete vier Blätter. Das erste trug die Aufschrift »Carlingford-Haus, Rosstrevor«. Offenbar von Isabella. Er schob die Blätter wieder in den Umschlag zurück und ging in das Musikzimmer, durchblätterte das Album, machte dann einen Spaziergang nach Kensington Gardens, wo er sich in die Sonne setzte, und las:

»Lieber Herr Smith. – Sie wundern sich, daß ich Ihnen schreibe, nicht wahr? Doch muß ich meinen übermäßig erregten Gefühlen irgendwem gegenüber Luft machen. Außerdem bin ich wirklich froh, mich an jemanden zu wenden, auf dessen Verständnis ich mich verlassen kann.«

Smith blickte von dem Brief auf in die Wipfel der Bäume und grinste.

»Sie können sich keinen Begriff machen, wie *scheußlich* es hier ist. Ich weiß sehr gut, daß es sich für eine Dame nicht schickt, solche Worte zu unterstreichen, doch ohne besondere Hervorhebung dieses Wortes könnte ich meine Gefühle über Rosstrevor nicht schildern. Wahrhaftig, hier ist es ganz scheußlich. Erstens kann ein Engländer sich unmöglich vorstellen, wie hassenswert diese Menschen Nordirlands sind. Es sind keine Irländer, nur eine Art schottischer Mischlinge, und ihre freie Zeit verbringen sie damit, sich zu prügeln oder anstoßerregende Dinge über König Wilhelm oder den Papst, je nachdem, an die Mauern anzuschlagen. Sie haben schlechte Manieren, sind geizig, geschmacklos, verlogen und grausam. Sauber sind sie, das gebe ich zu; aber um wieviel lieber möchte ich unter meinen schmutzigen, leutseligen, malerischen, verbummelten Landsleuten aus dem Süden weilen.

Carlingford ist eine große, lange, schmale, von Bergen umgebene Bucht. Die Gipfel der meisten Höhen bestehen aus Felsen, die, wie erzählt wird, von Riesen an ihren heutigen Platz geschleudert wurden. Es waren Verwandte von Fin MacCoul, falls Sie jemals den Namen gehört haben. Wenn man von Warrenpoint aus, das landeinwärts gelegen ist, auf das Meer hinausblickt, so befindet sich Rosstrevor links davon. Es zieht sich einige Meilen weit den Strand entlang. Rechts davon, etwas weiter entfernt, liegt Greenore. Wir fuhren neulich per Dampfer von Warrenpoint nach Greenore, und es stellte sich als eine Sandbank heraus, auf der sich ein Bahnhof, Gaswerke und eine Küstenwächterstation befinden. Man macht dorthin Ausflüge wie nach Hampton Court und kehrt empört zurück, weil es nichts zu sehen gibt. Es ist der größte Schwindel in bezug auf Sehenswürdigkeiten, den ich kenne, außer der Shanklin-Chine-Schlucht, die einigen bedauernswerten Engländern Spaß macht, die niemals den Dargle besucht haben, weshalb man von ihnen nicht erwarten kann, daß sie den Unterschied zwischen einem Graben und einem echten Tal zu erkennen imstande sind. Ich hoffe, Sie finden mich nicht anzüglich.

Ein weiterer Genuß war ein Besuch in Bessbrock, dem Musterdorf, dessen Bewohner weder fluchen noch saufen, aber dabei so aussehen, als täten sie beides für ihr Leben gern. Ruskin würde Tränen über diesen Ort vergießen, falls er ihn kennenlernte, so außerordentlich häßlich ist er. Es gibt dort nichts als eine Riesenfabrik, die einige scheußliche graue Straßen überschattet, in denen die Arbeiter wohnen. Auf dem Grund und Boden der Fabrik steht das Reservoir der Wasserwerke. Um ihm den Anschein eines Sees zu geben, hält man einen Schwan, der seine Tage sicherlich damit verbringt, zu bedauern, daß er sich nicht ertränken kann. Ich wollte die Fabrik nicht ansehen, worauf wir uns alle übellaunig entfernten. Das Ärgste an Bessbrook ist, daß man seine Existenz nicht einmal ahnt, wenn man die unschuldige Landstraße hinuntergeht. Erst wenn man um eine Ecke biegt und durch einen Laternenpfahl gewarnt wird, ist man plötzlich in das öde Grau des Ortes eingehüllt und hat für den Rest des Tages genug. Unser nächstes Ziel heißt Newry, ein unaussprechlich düsteres Loch. Der Ort wird von einem Kanal, einem Fluß und bloß zwei Eisenbahnsträngen durchzogen, die einen anmuten, als wären es vierzig, wenn man einen Spaziergang durch die Stadt macht und auf Schritt und Tritt eine Brücke oder eine Bahnkreuzung gewahrt. Wenn Sie sich einen Haufen Mühlen samt Schornsteinen und eine Menge Vieh vorstellen, alles in der Tiefe eines dunklen Tales, so haben Sie Newry, wie es leibt und lebt. Im Vergleich damit ist Blackwall Paris. Rosstrevor selbst ist unleugbar hübsch gelegen, aber monoton. Das Leben hier ist drückend langweilig. Von Kultur hat man so wenig Begriff wie überall in Irland. Wenn ich vom Theater spreche, werfen mir die Einwohner empörte Blicke zu, und ein Versuch, mich künstlerisch zu kleiden, hat überall im Ort bedeutungsvolles Kopfschütteln zur Folge. Ich könnte es übers Herz bringen, ununterbrochen über mein Vaterland zu schimpfen, aber aus Rücksicht auf Ihre Gefühle will ich an mich halten. Die einzige vernünftige Einrichtung auf der Smaragd-Insel ist, daß man ihr fernbleiben kann.

Ich habe soeben von Fräulein Scott einen Brief erhalten. Sie erzählt, daß ihre Schwägerin ihr vor einigen Tagen aus Rom geschrieben habe und es dem glücklichen Paar sehr gut gehe, davon abgesehen, daß der Gatte von Moskitos übel zugerichtet werde.

Wie wütend muß er toben! Natürlich ist sie an Entbehrungen gewöhnt und noch immer von ihrer neuen Stellung als Frau begeistert.

Andere Neuigkeiten gibt es leider nicht. Ich wollte, es gebe welche, in meinem wie in Ihrem Interesse. Das Gespräch beschränkt sich hier auf Berichte von Mordtaten und Aufruhr, die von Zeit zu Zeit einen Funken der Erregung in unseren gesellschaftlichen Verkehr werfen. Da das Volksempfinden in solcher Weise explodieren kann, ist es wirklich erstaunlich, wie öde das Leben hier zu sein vermag.

Ich möchte, daß Sie mir einen kleinen Gefallen erweisen...«

»Dacht' ich mir doch«, sagte sich Smith.

»Einen ganz besonderen allerdings. Das heißt, gar so besonders ist er nicht, nur möchte ich ihn keinem anvertrauen, der darüber reden könnte.

Bitte öffnen Sie die linke obere Schublade meines Ankleidetisches und entnehmen Sie ihm ein purpurfarbiges Etui, das wahrscheinlich unter einer Menge Haarnadeln verborgen in einer Ecke liegen wird. Jedenfalls ist es das einzige Etui in der Lade, so daß Sie sich nicht irren können. Haben Sie die große Güte, das beiliegende Briefchen in die kleine Tasche des Deckels hineinzuschieben und es sofort an Herrn Hawkshaw, 16b Ladbroke Grove, Notting Hill, zu übergeben. Sie erweisen mir damit einen unschätzbaren wahren Freundschaftsdienst. Ich weiß nicht, wie Sie über diese Bitte denken werden, aber es ist wirklich nichts weiter dabei. Herr Hawkshaw braucht das Etui sofort; und ich habe keinen anderen Weg, als es ihm durch Sie zurückzuerstatten.

Ich fürchte, daß ich entsetzlich weitschweifig gewesen bin, aber bei diesem Regenwetter habe ich nichts Besseres zu tun, als Briefe zu schreiben. Wahrscheinlich haben Sie von Papa gehört und wissen von ihm soviel wie ich. Clytie erregt großes Aufsehen in Dublin, was dort nicht sehr schwierig ist. Lassen Sie mich nachdenken – nein, sonst gibt es nichts mehr. Regen hin, Regen her, ich verbleibe, lieber Herr Smith, Ihre aufrichtige Isabella Woodward. P. S. Natürlich werden Sie mit niemand davon sprechen. Ich würde mit einem Schwall von Fragen belästigt werden.«

Den letzten Teil des Briefes las Smith noch einmal.

»Es ist die Frage«, dachte er, »ob ich mich Woodward gegenüber einer Pflichtverletzung schuldig mache, wenn ich zwischen seiner Tochter und Hawkshaw vermittle. Die Geschichte muß irgendeinen Haken haben, warum sonst die Heimlichtuerei?«

Als er nach Queens Gate zurückkehrte, erwog er, ob die Begründung in dem Brief wohl wahr sein könnte. Warum hätte Isabella sich nicht ein Etui von dem Dichter ausleihen sollen, und warum sollte er es nicht plötzlich nötig haben? Es schien tatsächlich kein besserer Weg offen, es zurückzuerstatten, als der, den Isabella vorschlug.

»Ich kann nicht ablehnen, ohne sie zu beleidigen. Es bleibt mir keine Wahl, als zu gehorchen«, sagte er sich. »Ich wollte, sie hätte sich an jemand anders gewendet, der Teufel soll sie holen!«

Als er im Hause anlangte, erfuhr er, daß in seiner Abwesenheit die Post aus Irland ihm einen Briefumschlag und ein Paket gebracht hatte. Das Paket war eine Pappschachtel, die Watte für Juwelen und einen Schlüssel enthielt. Im Briefumschlag lag ein kleines Briefchen ohne Adresse, aber es war von einem Papierstreifen umwickelt, auf den Isabella die Worte »Herrn Patrick Hawkshaw, 16b Ladbroke Grove. Durch Herrn Robert Smith« geschrieben hatte. Smith nahm den Schlüssel an sich und fragte die Hausdame nach dem schönsten Damenschlafzimmer des Hauses. Argwöhnisch erwiderte sie, das kenne sie nicht. Mit dem Gefühl, ein rechtschaffener Dieb zu sein, stieg Smith die Treppe hinauf.

Das erste Zimmer, in das er trat, schien das gesuchte zu sein; denn auf dem Kaminsims stand ein Kruzifix, und darüber hing eine Reproduktion von Lionardos Mona Lisa, offenbar als nächstliegender Ersatz für eine nicht vorhandene Madonna. Smith studierte die Möbel des Zimmers, die, mit dem Mansardenzimmer von Islington und Chelsea verglichen, luxuriös waren. Er zog die Fensterladen hoch und bewunderte in den Spiegelscheiben des Kleiderschrankes seine lebensgroße Gestalt. Er beschnupperte die geschliffenen Glasflaschen des Tisches und öffnete die kleinen Schachteln unter dem Toilettenspiegel, worin er zwei Lockendreher, eine abgelegte Puderquaste, ein zerbrochenes Ohrgehänge, ein Patentmittel gegen Hühneraugen und eine Menge ausgekämmter Haare fand. Dann versuchte er den Schlüssel an der linken oberen Schublade des Tisches, und genau, wie Isabella es geschildert hatte, fand er das Etui unter den Haarnadeln. Er versperrte die Lade wieder und trug das Etui ins Studierzimmer hinunter, wo er es öffnete, um das Briefchen hineinzulegen. Es enthielt eine Brosche und ein Paar Ohrringe mit Anhängern von schwerfälliger Form aus fleckigem, sehr fein graviertem Gold, das ihn an ein altes

Uhrwerk erinnerte, welches er bei seinem Großvater gesehen hatte. Sie waren mit Diamanten besetzt, einige darunter waren so groß wie Pfefferkörner. Smith erkannte, daß der Inhalt des Etuis sehr wertvoll sein müßte, falls die Steine echt waren. Es fiel ihm ein, daß er in eine Diebstahlsaffäre verwickelt werden konnte, falls die Sachen weder Eigentum von Hawkshaw noch von Isabella wären, sondern seinem Brotgeber gehörten. Doch war er nicht berechtigt, anzunehmen, Isabella sei imstande, ihren Vater zu bestehlen. Er steckte das Etui deshalb in die Tasche und machte sich auf den Weg nach Notting Hill, entschlossen, es dem Zufall zu überlassen, ob die Geschichte sich als harmlos erweisen würde.

Als er Ladbroke Grove erreichte, war es noch nicht elf Uhr vormittags. Das Dienstmädchen, das die Tür öffnete, sagte ihm, Herr Hawkshaw läge noch im Bett. Smith ließ sich melden und schützte eine wichtige Angelegenheit vor. Er wurde dann ins vordere Wohnzimmer geführt, wo der Frühstückstisch bereitstand und die halbgeöffneten Flügeltüren einen Blick ins Schlafzimmer gewährten, aus welchem der Dichter ihn sogleich aufforderte, einzutreten. Smith schritt durch die Tür und entdeckte Hawkshaw im Bett. Daneben stand ein kleiner Tisch, auf dem sich einige Flaschen Sodawasser, eine Flasche Kognak und ein Glas befanden.

»Guten Morgen, Herr Smith«, sagte Hawkshaw und hob seinen gepflegten Kopf aus den Kissen. »Sie müssen mich entschuldigen. Ich wünsche Ihnen viel Gesundheit, Reichtum und Weisheit in hohem Maße, aber was mich betrifft, so gehe ich so spät zu Bett, daß ich überall einnicken würde, wenn ich früh aufstünde. Haben Sie schon gefrühstückt?«

»Danke, ich habe schon vor drei Stunden gefrühstückt.«

»Mein Gott! Groß ist die Macht der Poesie. Watts war der größte aller Meistersinger. Nehmen Sie einen Kognak? Nein? Sie Glücklicher, gestärkt vom friedlichen Schatten der Enthaltsamkeit. Bitte Platz zu nehmen.«

Betreten setzte sich Smith neben das Bett. Hawkshaw war neugierig auf die besondere Angelegenheit, die Smith zu ihm führte. Beide sannen über die Gabe nach, die sie beide besaßen, den anderen aus der Fassung zu bringen.

»Ich habe Sie aufgesucht, weil ich heute früh einen Brief von Fräulein Woodward erhalten habe«, sagte Smith.

Hawkshaw glaubte blitzschnell, daß Eifersucht den Besuch angeregt haben könnte. »Sie hat Ihnen wohl berichtet, daß ich die letzten drei Wochen in Rosstrevor – einem barbarischen Kurort im Norden von Irland – verbracht habe. Ich bin erst vorgestern nach einer scheußlichen Überfahrt über Greenorde und Holyhead heimgekehrt.«

»Kein Wort davon.«

»Sonderbar«, sagte Hawkshaw und lächelte. »Als die einzigen vernünftigen Wesen im Orte waren wir, was Gesellschaft betrifft, ganz aufeinander angewiesen. Entweder ist Fräulein Woodward die vergeßlichste aller Sterblichen, oder es ist Ihnen merkwürdigerweise nicht gelungen, ihr Vertrauen zu erwerben.«

»Im Gegenteil, ich habe davon mehr, als mir lieb ist.«

Hawkshaws spielerische Art verwandelte sich in Argwohn. »Das heißt?« fragte er kalt.

»Das heißt – dies«, erwiderte Smith und zeigte das Etui.

Hawkshaw betrachtete es. »Das ist höchst dramatisch, Herr Smith«, sagte er und starrte ihn belustigt an, »doch, wie so oft im Drama, völlig unverständlich.«

»Sie verstehen also nicht?« fragte Smith und erkannte, daß Isabellas Erklärung falsch war.

»Wenn es kein Pistolenkästchen ist, was ich in Anbetracht Ihrer Vernunft nicht hoffe, so verstehe ich tatsächlich nicht«, erwiderte der Dichter erbleichend.

»Pistolen!« wiederholte Smith, gleichfalls erbleichend und durch die Bemerkung verwirrt, die ihm vollkommen unverständlich war.

»Kurzum, Herr Smith, was zum Henker wollen Sie?«

»Fräulein Woodward –«

»Lassen Sie Fräulein Woodward aus dem Spiel, bitte. Beschränken Sie das Gespräch auf uns beide.«

»Ich verstehe Sie nicht«, sagte Smith empört. »Wenn Sie wollen, werde ich aber Fräulein Woodward diese Antwort übermitteln.« Dabei erhob er sich, als wollte er das Zimmer verlassen.

»Einen Augenblick«, sagte Hawkshaw. »Wie ich sehe, handelt es sich um ein Mißverständnis. Setzen Sie sich, und klären Sie mich auf, ich bitte darum.«

»Fräulein Woodward hat mir geschrieben, ich möge Ihnen dieses Etui *zurückerstatten*. In Abwesenheit der Familie habe ich es einer Schublade im Hause Woodwards entnommen; und entdeckte, daß der Inhalt sehr wertvoll ist. Der Brief, der sich, wie Sie glauben, mit Ihrem Besuch in Rosstrevor so gründlich befaßt, erwähnt Ihren dortigen Aufenthalt mit keiner Silbe. Das Etui, das ich Ihnen *zu-*

*rück*erstatten sollte, ist in dem Brief haargenau beschrieben, aber jetzt stellt es sich heraus, daß Sie es nie zuvor gesehen haben. Verzeihen Sie, wenn ich das sage, aber ich sehe, daß Sie die ganze Sache absolut nicht begreifen können. Ich auch nicht. Da haben Sie das Etui. Sie werden darin ein Briefchen finden, an der Stelle, an der ich beauftragt wurde, es einzulegen.«

Hawkshaw nahm jetzt das Etui in Empfang, betrachtete einen Augenblick lang starr vor Staunen die Juwelen und öffnete das Briefchen. Es war kurz. Als er es gelesen hatte, errötete er und blickte unschlüssig auf die Diamanten und dann auf Smith, dessen Blick er zu meiden suchte, indem er sich in seine Kissen zurückwarf und so tat, als überflöge er nochmals die Zeilen. Dann sagte er nervös:

»Danke, danke, es ist alles in Ordnung.«

»Und jetzt, Herr Hawkshaw«, sagte Smith, »wollen Sie die Güte haben, mir den Empfang dieser Juwelen zu bestätigen.«

»Wozu? Wurden Sie beauftragt, ein Beweisstück dafür zu beschaffen, daß ich sie erhalten habe?«

»Das nicht, ich handle aus eigenem Antrieb. Sie werden doch zugeben, daß meine Lage sehr peinlich ist. Als Geschäftsmann wünsche ich die mir schriftlich erteilte Vollmacht, eine Anzahl Diamanten der Lade eines unbewohnten Hauses zu entnehmen, durch einen ebensolchen Nachweis zu ergänzen, daß ich meinen Auftrag in ehrlicher Weise ausgeführt habe.«

»Glauben Sie, daß dies jemals in Zweifel gezogen werden könnte?« fragte Hawkshaw unruhig.

»Ich habe keine Ahnung. Mit Ihrer Bestätigung in der Hand werde ich beweisen können, daß ich getan habe, um was ich gebeten wurde. Ohne sie kann man mir beweisen, daß ich zwar die Diamanten geholt, nicht aber, daß ich sie auch abgeliefert habe.«

»Ich kann es beweisen. Sie zweifeln doch nicht an meiner Ehre?«

»Nehmen wir an, Sie verlieren die Juwelen und sterben tags darauf«, erwiderte Smith in dem nüchternen Tonfall, in welchem die Angestellten von Figgis & Weaver gewohnt waren, solche schwierigen Fragen Kunden gegenüber, die auf ihre Ehre pochten, zu behandeln.

»Das stimmt«, sagte Hawkshaw ironisch. »Sie sind wahrhaftig Geschäftsmann durch und durch, und Ihre Begründung der Notwendigkeit einer Bestätigung ist unanfechtbar. Doch die Gründe, weshalb ich Ihnen eine solche geben soll, sind nicht ebenso klar.

Nehmen wir an – um uns Ihre eigene hypothetische Art der Beweisführung zu eigen zu machen –, daß Sie meine Bestätigung an den Meistbietenden verkaufen? Das Verfahren wäre eines Geschäftsmannes durchaus würdig. Da Sie eine gangbare Ware in Händen haben, warum sie nicht einfach versteigern?«

»Wie meinen Sie das?« fragte Smith, der ihn vollkommen verstand, doch Verwirrung heuchelte, um seine Unruhe zu verbergen. »Welchen materiellen Wert könnte eine solche Bestätigung haben?«

»Nein, ich danke, Herr Smith«, sagte Hawkshaw, drehte sich auf den Rücken und lächelte kühl aus den Kissen. »Ich bin kein Geschäftsmann und erhebe Einwendungen gegen ein Kreuzverhör. Kurzum, ich bin Ihnen unaussprechlich dankbar dafür, daß Sie sich des Auftrags Ihrer Herrin so freundlich entledigt haben, muß es aber entschieden ablehnen, Ihnen irgendeine schriftliche Bestätigung auszufolgen, da ich in keiner Weise zugeben kann, daß Sie die ganze Geschichte mehr angeht als einen Briefträger der Inhalt der Briefe, die er austrägt.«

»Auch ein Briefträger fordert eine Bestätigung für einen eingeschriebenen Brief.«

»Eine scharfsinnige Bemerkung!« rief Hawkshaw, der mit Genugtuung bemerkte, daß der Sekretär seine Geistesgegenwart verlor. »Ich habe jedoch nicht die Absicht, meinen unabänderlichen Entschluß zu erörtern. Da unsere augenblickliche Gemütsverfassung scheinbar jenes Grades von Einverständnis entbehrt, der für einen angenehmen Verkehr notwendig ist, werden Sie es vielleicht nicht ungastfreundlich finden, wenn ich den Vorschlag mache, daß wir jetzt mit Versicherungen gegenseitiger Hochachtung auseinandergehen.«

»Das wohl nicht, weil ich Sie nicht hochachte. Ich werde Fräulein Woodward berichten, daß ich Ihnen die Juwelen abgeliefert habe und daß es mir, von Ihrem unwillkürlichen Erröten abgesehen, mißlungen ist, eine Bestätigung dafür zu erlangen.«

Einen Augenblick änderte sich Hawkshaws Ausdruck. Smith fügte noch ein »Guten Morgen« hinzu und ging mit dem Empfinden fort, daß er seinem Partner den letzten und härtesten Schlag versetzt habe. Als er durch Notting Hill Gate zurückging, verwünschte er die Frechheit des Dichters und sann darüber nach, wie er es anstellen könnte, ihn gehörig durchzuprügeln.

Diese Gemütsverfassung suchte er, nach Queens Gate zurückgekehrt, dadurch zu beschwichtigen, daß er Isabella den Vorfall berichtete; doch als er damit zu Ende war, hatte er seinen Gleichmut beinahe wiedergefunden, und als ihm beim Durchlesen seines Ergusses seine Erbitterung zu offensichtlich schien, zerriß er den Brief und schrieb einen zweiten und würdevolleren. Nachdem er das Schreiben und den Schlüssel nach Irland abgeschickt hatte, ging er nach Hause, um den Rest des Abends abwechselnd zu studieren und über sein Abenteuer nachzusinnen.

Zweites Kapitel

Das Carlingford-Haus, Rosstrevor, stand auf einem Abhang zwischen der Landstraße, von wo aus der Vorübergehende auf das Dach blicken konnte, und dem Meer, das den felsigen Gartenvorsprung bespülte. In diesem Garten saß Isabella allein, versehen mit Mal- und Zeichenmaterial. Es war Mittag, und durch das dunstige Sonnenlicht schienen die entlegenen Gegenstände zu zittern und ungedämpfte Geräusche von der entlegenen Seeküste herüberzuhallen. Trotz ihrer Vorbereitungen malte sie nicht, sondern lag auf einem großen Tuch, das sie auf dem Grase unter einem alten Wagenschirm, der als Zelt diente, ausgebreitet hatte. Auf dem Tuch neben ihr lag ungeöffnet ein Brief: Einen zweiten hielt sie in der Hand, dessen Inhalt lautete:

»Ma belle Bella, – Du bist ebenso großmütig, wie Du schön bist. Wie soll ich in nüchterner Prosa ausdrücken, was ich nicht wage, in Versen zu besingen? Ach, meine Liebste, Königin der Koralleninseln, Zauberin vom Atlasgebirge und gütige Göttin, die Du in der innersten Tiefe meines Herzens als Heiligtum lebst, meine Feder ist von der Last der Dankbarkeit, die ich ihr gerne aufbürden möchte, gelähmt. Die schlichte Sprache ist zu armselig und die Schwärmerei zu künstlich, um die tiefe, doch freiwillige Erniedrigung und das lautere Entzücken auszudrücken, das Deine erhabene Tat mir verursacht hat. Ach, meine Geliebte, Du gibst mit verschwenderischen Händen, und ich küsse sie alle beide über den St.-Georgs-Kanal hinweg. **** Diese Sterne sollen ausdrücken, was ich sagen will, doch nicht schreiben darf. Du hast mich vor der Verbannung und dem Bettelstab gerettet.

Und nun laß mich Dir erklären, Teure, daß ich auf keinen Fall Deine Großmut so weit mißbrauchen will, Dein schönes Erbstück durchzubringen. Ich fürchte, eine erbärmliche Rolle zu spielen, weil ich sie nicht augenblicklich zurückschicke und mich als grenzenlos reich betrachte, da ich das Herz jener besitze, die sie mir angeboten hat. Tatsache jedoch ist, meine teure Isabella, daß es auf der Welt doch etwas gibt, das Ehrlichkeit heißt, obwohl ich fast alles außer der Liebe vergessen hatte. Meine Schulden sind gerechte Schulden, und es wäre ein Deines Auserkorenen sehr unwürdiger Stolz, der mir zuflüstern wollte, lieber zu flüchten und meine Gläubiger zu schädigen, als ein Kleinod von Deinem weißen Hals zu leihen, der keines Schmuckes außer seiner eigenen Lieblichkeit bedarf.«

Isabella hielt inne, um nachzudenken, und begann, sehr unzufrieden dreinzublicken.

»Mit einem Wort, ich werde die Diamanten nicht verkaufen, sondern sie verpfänden, um meine unmittelbaren Schwierigkeiten zu beheben und Zeit zu gewinnen, mein Buch zu beenden und es meinem Verleger einzuhändigen. Natürlich kann ich nichts davon erwarten, da ich es längst verpfändet habe und befürchten muß, daß sein Verkauf die Armen kaum schadlos halten wird. Ist das erst geschehen, werde ich arbeiten, wie keiner je zuvor gearbeitet hat, um einen zweiten Band herauszubringen, ferner werde ich Simonton veranlassen, ein Drama, das ich schon entworfen habe, aufzuführen, und wann immer ich in Versuchung komme, nachzulassen, werde ich mir Dein Bild vor Augen halten. Dann werde ich Deine Schmucksachen auslösen, sie Dir siegreich anheften und, wer weiß, vielleicht ausrufen dürfen: ›Ich bin jetzt reich und berühmt und muß nicht länger warten, Dich um Deine Hand zu bitten.‹ Inzwischen werde ich, bei Gott, Ermutigung nötig haben. Ich werde wie ein Einsiedler leben und mich mit Rezensionsarbeiten quälen müssen. Der Ruhm ist ein Götze mit tönernen Füßen. Letzte Woche ersuchte ich Tabuteau, meinen Verleger, um einen zweiten Vorschuß, und war dumm genug, eine Anspielung über meinen wachsenden Ruf fallen zu lassen. Mit der Genugtuung, zartfühlende Menschen zu verletzen, die jene Bande von Geschäftsleuten auszeichnet, versetzte er, daß mein Ruf in meiner Clique fest gegründet sei und sich im Laufe einiger Jahre zweifellos über die Vier-Meilen-Grenze ausbreiten werde. Da ich dem Grobian Geld schulde, war ich gezwungen, zu lachen. Beurteile selbst, wieviel Grund ich habe, Dich zu lieben, die Du mir eine goldene Tür zur Flucht aus dieser Sklaverei geöffnet hast.

Da wir gerade von Geschäftsleuten sprechen, erinnere ich mich, daß es etwas gibt, so unglaublich es auch klingen mag, worüber ich Dir Vorwürfe machen muß. Wie konntest Du nur so unvorsichtig sein, eine so heikle Angelegenheit dem Sekretär Deines Vaters anzuvertrauen? Ich habe ihm nie getraut, und er hat sich seines Auftrages in einer Weise entledigt, die meinen Verdacht durchaus bestätigt. Er hatte nicht nur die Unverschämtheit, eine geschriebene Bestätigung zu seiner eigenen Deckung von mir zu fordern, sondern, als ich sie verweigerte, gab er auch noch sehr deutlich zu verstehen, daß meine Beziehung zu Dir die eines Hehlers zu einem Dieb sei. Als mir die Sache zu dumm wurde, habe ich ihn hinausgeworfen, und wäre ich nicht zur Zeit im Bett und folglich nicht in der Lage gewesen, mit ihm einen Streit zu riskieren, hätte ich es schon früher getan. Wenn es sich nur um mich allein handelte, hätte mich die Zumutung einfach amüsiert; doch ich muß gestehn, es ärgert mich, Deinen Namen aus dem Munde dieses ungezogenen jungen Pedanten zu hören. Bitte, schreibe ihm sofort und bestehe darauf, daß er Dir Deinen Brief mit dem Auftrag zurückschickt; denn ich bin fest überzeugt, daß er imstande ist, ihn auszunutzen, entweder dadurch, daß er Geld von Dir erpreßt oder daß er sich bei Deinem Vater einschmeichelt, indem er Dich verrät. Durch die Berührung dieses hassenswerten Sendlings wurde Deine Gabe entweiht. Hüte Dich stets vor christlichen Jünglingen, die eine kühne und aufrichtige Sprache heucheln. Smith ist eine schlechte Nachahmung der schlimmsten Eigenschaften seiner Freundin Frau Scott, mit der Zugabe von allerlei Lastern, die ihm allein eigen sind. Doch genug von ihm, in unserer Welt hat er nichts zu suchen. Glücklicherweise kennt er niemand.

Wann, im Namen jener Ewigkeit, die jeder Augenblick der Trennung bedeutet, darf ich hoffen, Dich wiederzusehen? Du willst doch nicht für immer in Ulster bleiben. In London sind schon sehr viele Menschen. Ich habe eigentlich einen starken Verdacht, daß die Hälfte unserer Bekannten niemals weggereist ist. Grosvenor ist in Mailand, doch beabsichtigt er, den Winter auf Schloß Vogelschau zu verbringen. Lady Geraldine ist dort, wo sie immer sein sollte – sie verwaltet ihre Meierei in Devonshire. Von Cyril Scott habe ich seit meiner Abreise nichts mehr gehört; doch darin liegt nichts Sonderbares, denn ich weiß, daß er lieber dreißig Bilder malt, als drei Zeilen schreibt. – Das ist mein ganzer Vorrat an Klatsch.

Meine Uhr sagt mir, daß ich diesen Brief schließen muß, wenn ich die Post noch erreichen will. Wieder und immer wieder laß mich Dir danken und Dich segnen; obwohl diese Empfindungen, so echt sie auch sind, nur Auswüchse meiner Liebe und meines Stolzes darstellen, eine so edle Geliebte zu besitzen. Ich beneide fast den niedrigen Bauernknecht, der seine entfernte Geliebte durch eine schlichte Schrift von Kreuzzeichen mit Küssen bedeckt. Dennoch hoffe ich, dies sehr bald in verzückter Wirklichkeit tun zu können. Bis dahin denke wenigstens einmal täglich an Deinen ewig getreuen Patrick Hawkshaw«

»Etwas zuviel des Guten«, murmelte Isabella, den Brief kritisch prüfend, denn sie hatte schon manchen Liebesbrief erhalten. »Meint er dies alles wirklich, was für ein erbärmlicher Wicht muß er dann sein; und welche Närrin war ich, meine Diamanten an ihn wegzuwerfen! Ich wüßte zu gerne, was sie wert sind. Fünfhundert Pfund, pflegte Mama zu sagen; doch das ist lächerlich. Lesen wir die Auffassung des hassenswerten Sendlings. Ich hätte sie streiten sehen mögen – die Narren.«

»300 Queens Gate, Kensington 27. September

Verehrtes Fräulein Woodward. – Ihren Brief habe ich heute früh erhalten, und das Etui, ganz wie Sie wünschten, sofort Herrn Hawkshaw in seiner Wohnung in Ladbroke Grove überbracht. Einliegend erhalten Sie auch den Schlüssel zurück.

Ich fühle mich verpflichtet, Ihnen zu sagen, daß ich Herrn Hawkshaw, als ich den Wert des Inhaltes entdeckte und aus seinem Benehmen schließen mußte, daß er ihn weder je gesehen noch erwartet hatte, um eine schriftliche Empfangsbestätigung bat. Ich muß bekennen, daß ich dies nicht in Ihrem Interesse tat, obwohl mir hinterher eingefallen ist, daß die Forderung annehmbarer und wirkungsvoller gewesen wäre, wenn ich sie in Ihrem Namen gestellt hätte, sondern lediglich deshalb, um in der Lage zu sein, falls Zweifel aufkommen sollten, nachzuweisen, daß ich über diese wertvollen Kleinodien, die ich in Abwesenheit der Familie aus einem Hause holte, das zu betreten ich das Vorrecht besaß, ehrlich verfügt habe.

Ich fürchte, daß meine Bedenken Sie verstimmen, aber die Eigentümlichkeit meiner Lage, das Bewußtsein, daß Damen zuweilen in der besten Absicht töricht und übereilt handeln, und die Tatsache, daß die Hausbesorgerin mir offenbar eine unlautere Absicht zutraute, als ich nach Ihrem Zimmer fragte, dies alles vereinigte sich in mir zu so unbehaglichen Gefühlen, daß ich der Meinung war, die Vorsichtsmaßregel, eine Bestätigung zu verlangen, sei eine verzeihliche Belästigung. Mein Verlangen war jedoch erfolglos, denn Herr Hawkshaw weigerte sich entschieden, darauf einzugehen, und es kam zu einem lächerlichen Auftritt. Er beschuldigte mich sarkastisch der Absicht, mir ›schriftliche Beweise‹ zu verschaffen, um sie dann zu versteigern, und ich gab ihm zu verstehen, daß ich mir schon denken könne, warum er sich weigerte. Schließlich wies er mir höflich die Tür, und ich empfahl mich in heftiger Erbitterung, der ich in einem Brief an Sie Luft machte, den ich soeben zerrissen habe. Ich erwähne das, damit Sie wissen, wie ich zu Herrn Hawkshaw stehe, falls Sie einen weiteren Dienst von mir in bezug auf ihn verlangen sollten; ich würde ihn selbstverständlich bereitwilligste erweisen und bitte Sie nur, zu bedenken, daß er vielleicht etwas gegen einen Verkehr mit mir einzuwenden haben könnte.

Bitte, verzeihen Sie, daß ich Sie so ausführlich mit einer Schwierigkeit belästige, die wahrscheinlich nur für mich selbst interessant ist. – Ich bedauere, daß Ihr Aufenthalt in Rosstrevor Ihnen weniger Freude macht, als Ihre Schilderung davon mir bereitet hat. Bis jetzt hat mir Herr Woodward keinerlei Mitteilung über seine Rückkehr zugehen lassen.

Ich verbleibe, verehrtes Fräulein Woodward,

Ihr ganz ergebener Robert Smith«

Hawkshaws Briefwechsel mit Isabella war auf folgende Art entstanden. Als die Londoner »Season« zu Ende gegangen war und der Bankrott vor seiner Tür stand, weil er keinen weiteren Vorschuß von seinen Verlegern bekommen konnte, kam er auf den Gedanken, daß eine Verlobung mit der Tochter eines wohlhabenden Parlamentsmitgliedes seine Gläubiger zu Geduld anhalten und sie sogar dazu bewegen würde, ihm weitere Kredite einzuräumen, in der Hoffnung, durch die Mitgift bezahlt zu werden. Obwohl er die Ehe verabscheute, war er überzeugt, daß er zum Schluß doch heiraten würde, so wie andere, die ebenso dachten wie er. Er war in Isabella nicht verliebt, aber sie war die einzige heiratsfähige junge Dame, die zu erobern er Aussicht hatte; denn die große Welt sah in ihm zwar einen angenehmen Gast und angesehenen Dichter, nicht aber einen möglichen Gatten für ihre Töchter. Er baute auf den schlechten Ruf Isabellas, die für kokett galt, und auf die Abgeschiedenheit von Rosstrevor. Diese Umstände würden ihn bewahren, im Falle des Mißlingens in den Ruf eines Mitgiftjägers zu kommen. Er tat also einige Bände Poesie in seinen Handkoffer, lieh sich so viel Fünf-Pfund-Noten aus, als er ergattern konnte, und fuhr über den irischen Kanal in die Grafschaft Down, wo er mit Isabella zusammentraf. Nach einigen Tagen beichtete er ihr, daß er ihr absichtlich nachgereist sei, und dann, nach vielen überflüssigen, heimlichen Begegnungen und Spaziergängen im Mondschein, machte er ihr eine Liebeserklärung. Sie beteuerte, daß sie niemals die Seine werden könne, gestattete ihm aber, sie in die Arme zu schließen und zu küssen. Sie beschlossen beide, ihre Liebe so lange geheimzuhalten, bis er in der Lage wäre, sie zu heiraten, doch Hawkshaw, der sein eigenes Ziel verfolgte und kein Vertrauen in ihre Diskretion hatte, unternahm sofort Schritte, um die Nachricht von seiner Verlobung in London zu verbreiten. Kurz darauf, als er sowohl Rosstrevor als auch Isabella satt hatte, erklärte er, an seine literarische Arbeit nach London zurückzumüssen. Sie bedauerte dies keineswegs und verabredete ein letztes Stelldichein mit ihm. Zum Abschied riß sie sich mit einer solchen Hysterie des Schmerzes von ihm los, daß er sich zum erstenmal ihrer sicher fühlte und auf die Echtheit ihrer Leidenschaft nicht wenig stolz war.

In London fand er eine Anzahl Rechnungen vor. Diese Rechnungen im Bunde mit der überstandenen Seekrankheit machten ihn so elend, daß er Isabella schrieb und ihr die Verbannung und Armut, die ihm bevorstand, in glühenden Farben schilderte. Sie fühlte sich edler Taten wohl fähig und sehnte sich danach, sie auszuführen. Deshalb beschloß sie, Hawkshaw ein diamantenbesetztes Schmuckstück zu schenken, das sie von der Mutter ererbt hatte und wegen seiner altmodischen Fassung nur selten trug. Ihre Freude über diesen Entschluß hielt nicht lange vor. Kaum hatte sie Smith geschrieben, begann sie zu zweifeln, ob Hawkshaws Notlage kein Schwindel und ihre Großmut nicht verschwendet waren. Als sie seinen Brief erhielt, fand sie die Art seiner Zustimmung habgierig und seine Dankesausbrüche widerlich. Sie mißgönnte ihm jetzt ihre Diamanten und verachtete ihn, weil er sie angenommen hatte. Augenblicklich begann sie eine neue Romanze, die sie auf die Hochhaltung der Tugend aufbaute. Die Gestalt, der sie jetzt alle Eigenschaften zuschrieb, die Hawkshaw fehlten, war die des sittsamen und zurückhaltenden Sekretärs ihres Vaters. Vor

Sonnenuntergang hatte sie einen Robert Smith geschaffen, der über alle irdischen Leidenschaften und Verführungen erhaben war; sie demütigte sich vor dieser Erscheinung und sehnte sich danach, auf sie bauen zu können und durch eine Tat der Selbstverleugnung seine Achtung zu erzwingen.

An diesem Abend besuchte sie zum erstenmal die römisch-katholische Kirche in Warrenpoint. Sie spann im Gehen ihre Phantasien zu dem Höhepunkt aus, von Smith zurückgewiesen zu werden und später dann in seinen reuevollen Armen zu sterben. In der Kirche verharrte sie im Gebet, bis sie bemerkte, daß ein Priester zugegen war, um Beichte zu hören. Sie begrüßte in ihm einen willkommenen Zuhörer. Sie ergriff die Gelegenheit, um dem gutmütigen alten Mann einen harmlosen Bericht ihrer Verfehlungen zu geben, wobei sie sich aber in den schwärzesten Farben darstellte. Er war alt genug und hatte seine Bildung in Salamanca erworben, weshalb er nicht geneigt war, allzu streng mit einem jungen Wesen umzugehen, das offenbar unter Gemütsdepressionen litt, obwohl er ihren Fall besser verstand als sie selbst. Getröstet, aber ein wenig enttäuscht, daß ihre Sünden so leichtgenommen wurden, kehrte Isabella nach Rosstrevor zurück.

Drittes Kapitel

Am Abend des Michaeltages bewirtete Frau Watkins, nachdem sie eine Gans gekauft und sieben Uhr, statt halb drei, als Speisestunde festgesetzt hatte, Herrn Larkins und Herrn Fenwick in der Bishops-Gate-Straße. Den Kassierer hatte sie eingeladen, weil sie hoffte, daß er Fanny heiraten würde. Watkins hatte Fenwicks Gegenwart gewünscht und begründete dies damit, daß es jetzt, wo das Kind seiner Schwester sich gut aufführte, unnötig wäre, den armen Jüngling weiter kühl zu behandeln. Frau Watkins hatte eingewilligt, weil sie sogar selbst der Ansicht war, daß ihr Neffe ein besonders vornehmes Auftreten habe, das geeignet war, Larkins eine gute Meinung über ihre gesellschaftliche Stellung beizubringen.

Die Mahlzeit verlief angenehm. Larkins, der vierzehn Tage in Boulogne verbracht hatte, erzählte von der Sprache, den Sitten und Gebräuchen des französischen Volkes. Fanny war glücklich, daß ihr Liebhaber endlich mit ihrer Familie versöhnt war. Ihre Eltern waren damit beschäftigt, den Braten zu zerlegen und Larkins zuzuhören. Fraser Fenwick, der niemals in Frankreich gewesen war, tat verwundert darüber, daß man sich für einen so bekannten Ort wie Boulogne überhaupt interessieren konnte. Als die Überreste der Gans abgetragen wurden, war die Gesellschaft noch heiter; aber nach dem Pudding fühlte sie sich unbehaglich; und Larkins Gesprächigkeit, die, nachdem er eine dritte Portion abgelehnt hatte, eine religiöse Wendung nahm, verstummte völlig, als das Dienstmädchen unbeholfen die Teller entfernte.

»Selina, räumen Sie die Brotkrumen weg, ehe Sie das Dessert auftragen«, befahl Frau Watkins.

»Jawohl, gnädige Frau«, sagte Selina und ging zur Kredenz, holte Tischschaufel und Bürste, fegte die Brotreste in Larkins Schoß, versetzte ihm einen Schlag auf die Handknöchel und reinigte seinen Platz. Als sie den Fremden solchermaßen geehrt hatte, wollte sie sich zurückziehen.

»Selina, säubern Sie den ganzen Tisch!« rief Frau Watkins.

»Jawohl, gnädige Frau«, sagte Selina und nahm ihre Arbeit wieder auf. Ein neuerliches allgemeines Schweigen folgte, währenddessen Frau Watkins die Blicke dankbar in ihren Schoß senkte und ihre Gäste Gleichgültigkeit heuchelten. Selina beendete ihre Tätigkeit vor dem Platze Fenwicks, der ihr einen winzigen Brosamen zeigte, den sie übersehen hatte, und sie heimlich am Ärmel faßte, so daß ihr Ellbogen unerwartet zurückgerissen und der Inhalt der Schaufel verschüttet wurde.

»Das genügt, Selina«, sagte Frau Watkins und warf ihrem Neffen einen strengen Blick zu, der unbeweglich blieb, aber Selina verstohlen zublinzelte. Jetzt wurde das Dessert auf den Tisch gestellt. Es bestand aus einer Karaffe Sherry, einer Karaffe Portwein und einer Glasschüssel mit Mandeln und Rosinen, einem grünen Teller mit Äpfeln und einer gelben Tonschale, die Birnen und Orangen enthielt. Auch ein Kessel mit heißem Wasser und eine schwarze Flasche wurden gebracht.

»Herr Larkins?« wendete die Gastgeberin sich an diesen.

»Darf ich um ein Glas frisches Wasser bitten, Frau Watkins?« sagte der Kassierer entschlossen.

»Warum nicht gar?«

»Sie führen mich in Versuchung«, erwiderte der Temperenzler mit einem Lächeln.

»Das ist eine große Enttäuschung«, sagte Frau Watkins. »Möchten Sie nicht vielleicht doch ein Glas Wein?« Larkins schüttelte den Kopf. »Gibt es gar nichts, das ich Ihnen anbieten kann?«

»Ich werde etwas Obst nehmen«, sagte er. »Ich bin der Ansicht, daß die natürlichen Obstsäfte wertvoller sind als aller Alkohol. Ich weiß, daß Sie mir später auch noch eine Tasse Tee anbieten werden.«

»Selbstverständlich«, erwiderte sie. »Fanny, reiche Herrn Larkins die Mandeln und Rosinen. Fraser, ich denke, du trinkst jetzt nichts mehr?«

»Sehr selten«, sagte Fenwick und schielte auf die Flasche.

»Es bekommt dir besser, wenn du es sein läßt. Und du, Tom?«

»Willst du dem Jungen nicht doch einen Tropfen geben?« fragte Watkins mit leiser Stimme, während Larkins so tat, als hörte er nichts.

»Lieber nicht, ich könnte jetzt keinen Tropfen hinunterbringen«, sagte Fenwick.

»Und du, Tom?« fragte Frau Watkins noch einmal.

»Nein«, antwortete Watkins schroff.

Unschlüssig blickte Frau Watkins Fenwick an. Der machte Fanny eine Orange zurecht. Wieder sah sie ihren Gatten an, der aber nicht zu ihr hinblickte.

»Fanny, willst du etwas trinken?« fragte Herr Watkins.

»Nein, danke, Vater«, sagte Fanny, die vor ihrer Mutter zu große Angst hatte, um das Angebot anzunehmen.

»Was ist übrigens aus Ihrem Freund geworden, Larkins?« fragte Fenwick. »Aus dem schwarzen Kerl, der so großartig zu predigen verstand. Davis, oder wie er geheißen hat.«

»Pst! Pst!« machte Frau Watkins.

»Ach, Herr Fenwick, wie wenig überlegen wir uns, was wir sagen, wenn wir leichtfertig über die Kinder Gottes sprechen«, sagte Larkins.

»Was ist denn mit ihm los?«

»Ich hoffe, es ist nichts mit ihm los«, sagte Larkins. »Ich hoffe und bete, daß nichts mit ihm los ist.«

»Wo ist er?«

»Das weiß kein Sterblicher«, bemerkte Larkins feierlich. »Ich hoffe, es ist mit ihm zu Ende.«

»Zu Ende?« wiederholte Fenwick. »Warum hoffen Sie das? Ich dachte, Sie waren mit ihm sehr intim.«

»Davis ist tot«, sagte Watkins.

»Soll das heißen, daß er ins Gras gebissen hat?« rief Fenwick aus.
»Ein schöner Ausdruck in Gegenwart eines Geistlichen und angesichts des Todes!« rief Frau Watkins aus.
»Davis wird gegen dieses Wort nichts mehr einzuwenden haben, Tante Flossy«, sagte Fenwick.
»Schäm dich, schäm dich, Fraser«, sagte Frau Watkins.
»Sein Tod war eine fürchterliche Mahnung, Herr Fenwick«, sagte Larkins. »Nichts hat mir jemals die Unbeständigkeit des menschlichen Lebens so deutlich vor Augen geführt wie die Nachricht seines traurigen Endes. Er hatte einen kühnen, starken Geist, er konnte mit den größten Gelehrten streiten und sie alle wie Kinder zum Schweigen bringen. Er hatte ein Predigertalent wie keiner von uns, Herr Fenwick. Er hätte Steine bewegen können, wenn sie Ohren gehabt hätten, ihm zuzuhören. Und worauf läuft alles hinaus? Da liegt er nun im Staub und ist in einem gewöhnlichen Gefängnis gestorben. Hier aber stehe ich und setze seine Arbeit fort und war doch nicht wert, ihm die Schuhriemen zu lösen.«
»Er schien immer in einem merkwürdigen Gesundheitszustand«, sagte Fenwick. »Ich glaube, er war doch etwas verrückt.«
»Hoffentlich«, sagte Larkins und schüttelte den Kopf, »hoffentlich.«
»Der Teufel soll mich holen, wenn ich Sie verstehe!« rief Fraser. »Warum hoffen Sie das?«
»Ich will dir erklären, warum«, sagte Watkins ungeduldig. »Weil er gestorben ist, wie du einmal sterben wirst, wenn du wieder dein altes Leben aufnimmst. Er wurde betrunken auf der Westminster-Brücke gefunden, wo er Weiber auf den Fahrweg stieß. Als die Schutzleute ihn festnahmen, wehrte er sich, daß seine Kleider in Fetzen gingen. Sie brachten ihn dann auf die Wachstube und in eine Einzelzelle. Und um drei Uhr früh war er tot. Niemand hätte ihn erkannt, wäre ich nicht zufällig zur Totenschau gerufen worden. Es stellte sich heraus, daß er Sänger geworden war und seit einem Jahr den Namen Cartouche führte. Der Arzt behauptete, er hätte keinen Monat länger leben können, so hochgradig schwindsüchtig sei er gewesen. Sein Kampf mit der Polizei hat ihm den Rest gegeben. Einer, der dabei war, hat ein so schönes blaues Auge davongetragen, wie ich noch keines gesehen habe. Durch einen Menschen, der eine Sängeragentur hat und Davis beruflich an Privatgesellschaften und Theater verpflichtete, ist bekanntgeworden, daß er an seinem Todestage im Hause eines Barons beschäftigt war, wo

er sich skandalös benahm. Zum Beweis, was für Zufälle es gibt, wessen Haus, glaubst du, Fraser, war das? Das Haus von Lady Geraldine Porter!«

»Wie merkwürdig«, sagte Fenwick, zupfte an seinem Schnurrbart und wandte sich an Larkins. »Zufällig gehört Lady Geraldine Porter zu meinen intimen Freundinnen.«

Anstatt daß Larkins eine hohe Meinung von Fenwick bekam, bildete er sich eine schlechte Meinung von Lady Geraldine.

»Das Ende vom Lied war, daß das Gericht den natürlichen Tod, beschleunigt durch einen Säuferanfall oder dergleichen erklärte. Es hieß, daß der Schutzmann mit dem blauen Auge eine kleine Entschädigung aus der Armenkasse oder sonstwoher bekommen sollte. Das hat ihnen der Arzt eingegeben. Die Vorstellung, daß ein Mann bei der Ausübung seines Amtes eins abbekommen hatte, belustigte die Leute, doch der Totenbeschauer schien den Fall nicht von diesem Standpunkt aus zu betrachten. Wenigstens nahm er sich kein Blatt vor den Mund.«

»Wenn Davis ruhig zu Hause geblieben wäre und sich nicht so erhaben über alle anderen gefühlt hätte, so wäre er vielleicht wie ein Gentleman in seinem Bett gestorben«, sagte Fenwick.

»Ich bin überzeugt«, sagte Fanny, die dem Weinen näher war als dem Lachen, »daß die Schutzleute gelogen und ihn mißhandelt haben. Ich für mein Teil würde viel eher Davis glauben als einem Schutzmann oder selbst Lady Geraldine Porter.«

»Halt den Mund, Fanny, es steht dir nicht an, Davis in Schutz zu nehmen, wie du es immer tust!« rief Frau Watkins heftig.

»Ich sehe nicht ein, warum ich ihn nicht in Schutz nehmen soll, wenn es sonst niemand tut«, entgegnete Fanny. »Du selbst hast mir zuerst eingeschärft, daß ich ihn ehren soll.«

»Ich will nicht sagen, daß Fanny nicht teilweise recht haben mag«, meinte Watkins schnell, um seine Tochter vor einem Verweis zu schützen. »Jeder Schutzmann spielt sich auf und kann genau so heftig zuschlagen wie irgendein anderer Mensch.«

»Es ist jetzt belanglos, wie ein irdisches Gericht über ihn urteilt«, sagte Larkins. »Wenn ich sein furchtbares Schicksal bedenke, kann ich gar nicht dankbar genug sein, daß es mich nicht ereilt hat. Denn aus eigener Kraft bin ich nicht besser, als er es war. Ich bin nicht stark, wie er es war. Ich bin nicht gewandt, wie er es war. Aber trotz alldem war ihm der Sieg nicht beschieden; und warum nicht? Weil es geschrieben steht, daß das Rennen nicht dem Gewandten zufällt, noch der Sieg dem Starken gehört. Es steht geschrieben, daß der Mächtige gebeugt, der Letzte der Erste und der Erste der Letzte sein wird. Nur so tröstet die Schwachen der Glaube. Wer tröstet uns, wenn wir sehen, wie die Reichen und Großen dieser Erde uns geringschätzen und über uns hinweggehen im Streben nach den eitlen Auszeichnungen, die sie ersehnen. Nur das Wort Gottes tröstet uns. Denn es sagt uns, daß dieselben Menschen, diese Stolzen, die uns mit Füßen treten, eines Tages von uns mit Füßen getreten und zunichte gemacht werden, während uns in der Ewigkeit die Seligkeit erwartet. So unwahrscheinlich es scheint, es kommt dennoch so. Vielleicht kümmern sich unsere Widersacher ebensowenig um diese Verheißungen, wie jener Arme, von dem die Rede war, sich um seinen Sturz gekümmert hat; aber wer sich nicht rechtzeitig zu uns bekehrt, der wird in den Staub getreten.«

»Ich wüßte wirklich gerne, ob Sie keinerlei Rechenschaft zu fürchten haben«, sagte Fanny plötzlich, als Larkins schwieg, um Atem zu schöpfen.

»Richtig, sehr richtig«, sagte Fenwick und hämmerte mit dem Griff seines Messers auf den Tisch.

»Fan, mein Kind, höflich ist das aber nicht«, sagte Watkins, während seine Gattin über die Verwegenheit ihrer Tochter sprachlos war.

»Fanny, verlasse das Zimmer«, sagte Frau Watkins, als sie sich erholt hatte.

»Aber nein, gnädige Frau, nicht meinetwegen«, wendete Larkins ein. »Gestatten Sie der jungen Dame, hierzubleiben – mir zuliebe.«

»Ihnen zuliebe, fürwahr!« rief Fanny, die bei dem Befehl ihrer Mutter einen roten Kopf bekommen hatte. »Ich brauche Ihre Fürbitte nicht, ich bin kein kleines Kind!« Dann brach sie in Tränen aus und erhob sich, um das Zimmer zu verlassen.

»Komm zurück und setz dich augenblicklich nieder«, befahl Frau Watkins streng.

Fanny aber verließ das Zimmer und schlug die Tür mit solcher Heftigkeit zu, daß das Teebrett auf dem Anrichtetisch rasselte.

»Sie ist die Tochter ihrer Mutter, nicht wahr, Larkins?« grinste Watkins.

»Das will ich nicht behaupten. Unser Gespräch hat die Nerven der jungen Dame zu stark mitgenommen; es war ein abscheuliches und furchtbares Thema. Aus diesem Grunde werden Sie hoffentlich die Heftigkeit des Fräuleins entschuldigen.«

»Durchaus kein passendes Thema in Gegenwart junger Damen«, sagte Fenwick. »Fräulein Watkins tat ganz recht daran, das Zimmer zu verlassen.«

»Was du nicht sagst«, herrschte Frau Watkins ihn an. »Behalte deine Ansichten für dich, bis man dich danach fragt.«

»Du könntest Schlimmeres tun, als den Rat deiner Tante Flossy befolgen, Fraser«, sagte Watkins.

»Ich schäme mich, daß mein Kind sich in Ihrer Gegenwart derartig aufführt, Herr Larkins; doch was kann ich tun, wenn ihr Vater entschlossen ist, sie zu verziehen?«

»Nun, nun, wir müssen Nachsicht üben«, sagte Larkins. »Hoffentlich kommt Fräulein Watkins zum Tee wieder herunter und stellt das Glück am Tisch mit ihrer Gegenwart wieder her.«

»Wenn Gottlosigkeit und Eigensinn die einzigen Eigenschaften sind, mit denen sie uns beglücken will, tut sie besser, dortzubleiben, wo sie ist«, sagte Frau Watkins. »Ehe sie Ihnen für diese Unhöflichkeit nicht Abbitte geleistet hat, soll sie das Zimmer nicht mehr betreten.«

»Nein, nein«, sagte Larkins in verweisendem Ton, »entschuldigen Sie, aber falls die junge Dame sich etwas zuschulden kommen ließ – und wer von uns ist nicht hie und da einmal rückfällig geworden –, so bin nicht ich es, dem sie Abbitte leisten muß. Ich könnte mir derlei nicht anmaßen, was bin ich? Ich kann auch nicht gestatten, daß Sie mich dafür ausersehen.«

»Sie sind zu bescheiden, Herr Larkins; es täte ihr ganz gut, gedemütigt zu werden«, sagte Frau Watkins.

»Das täte uns allen gut«, sagte Larkins. »Doch, es geziemt uns nicht, einander zu demütigen, noch sollen wir uns voreinander beugen.«

Frau Watkins biß sich auf die Lippen und schwieg.

»Fraser«, sagte Watkins, »geh rasch hinauf und rede Fanny zu, zum Tee herunterzukommen.«

»Du wirst den jungen Menschen doch nicht ins Schlafzimmer deiner Tochter schicken, Watkins?«

Als seine Frau ihn mit seinem Familiennamen anredete, verfinsterte sich Watkins Gesicht. »Geh doch, diese Sache hat genug Unannehmlichkeiten aufgerührt«, sagte er. »Wenn sie nicht Frasers wegen herunterkommt, dann tut sie es auch sonst niemandem zuliebe. Deshalb mag er sein Glück versuchen. Laß doch den Unsinn mit dem Schlafzimmer.«

»Es ist nicht nötig. Ich werde ihr durch Selina in meinem Auftrag sagen lassen«, beharrte Frau Watkins errötend, »daß sie sofort herunterkommen soll.«

»Wahrhaftig, und du glaubst, daß sie dann kommen wird? Entschuldigen Sie, lieber Larkins, daß wir Sie mit unserer kleinen Meinungsverschiedenheit in Verlegenheit bringen. Wir wollen jetzt von anderen Dingen sprechen und gemütlich sein. Geh, Fraser, und sag ihr, daß nicht mehr davon die Rede sein wird. Sie soll zurückkommen, als wenn nichts geschehen wäre.«

Fraser verließ das Zimmer. Bald kehrte er mit angsterfüllter Miene zurück.

Frau Watkins wurde von einer bösen Ahnung erfaßt. In Erwartung einer kommenden Aufregung blickte Larkins neugierig auf Fenwick. Nur der Hausherr beherrschte sich.

»Was ist los? Heraus damit!« sagte er.

»Sie ist fort.«

»Fort?« rief Watkins. »Wohin?«

»Das weiß ich nicht. Zuerst suchte ich sie auf ihrem Zimmer, dann unten, vor einigen Minuten hat Selina sie fortgehen hören.«

»Ist das wirklich wahr, Fraser?« sagte Frau Watkins und zitterte.

»Glaube ja nicht, daß es sich um einen Irrtum handelt, Tante Flossy«, sagte Fenwick. »Meiner Ansicht nach hatte sie ganz recht, sich das nicht länger gefallen zu lassen.«

»Setz dich und verhalte dich ruhig«, befahl Watkins. »Ich werde gleich wieder da sein, Larkins, meine Frau wird sich Ihrer annehmen, bis ich zurückkomme. Wenn Sie nicht wollen, brauchen Sie das, was vorgefallen ist, niemandem zu erzählen.« Er verließ das Zimmer, und bald hörte man, wie die Eingangstür sachte hinter ihm ins Schloß fiel.

»Ich bin überzeugt, daß sie in einigen Minuten wieder da sein wird«, tröstete Larkins. »Nur etwas Trotz, weiter nichts.«

»Sie könnte aber doch noch im Hause sein. Diese Selina kann sich geirrt haben. Hätten Sie etwas dagegen, Herr Larkins, wenn ich selbst nachsehe?« fragte Frau Watkins.

»Du kannst dir die Mühe sparen, denn ich sage dir, sie ist fort«, erklärte Fenwick und setzte sich. Larkins aber ersuchte seine Gastgeberin, so zu tun, als hätte sie keinerlei Rücksicht auf einen Gast zu nehmen. Sie entfernte sich daraufhin, um Fanny im Hause zu suchen und zu rufen.

»Alte Katze«, brummte Fenwick, als er mit Larkins allein war. »Wär' ich an Watkins' Stelle, ich würde ihr schnell genug Vernunft einbleuen.«

»Wir wollen nicht schlecht von ihr denken, sie ist vielleicht etwas hastig.«

»Hastig? Zum Teufel, sie ist immer die gleiche, arg genug, um einen um den Verstand zu bringen. Sie hält sich für einen Engel, weil sie die zehn Gebote befolgt. Warum gibt es kein elftes für übermütige Tyrannei? Sie ehrt Vater und Mutter, weil sie nicht mehr am Leben sind – ihre Mutter war genau so wie sie –, aber sie sorgt verteufelt gut dafür, daß ihre eingeschüchterten Kinder sie ehren, solange sie noch am Leben ist.«

»Ich fürchte, Sie haben über das wirkliche elfte Gebot nicht nachgedacht, Herr Fenwick.«

»Zum Henker mit dem elften Gebot! Es ist wie die einzige unverzeihliche Sünde, gegen die man jeweils zufällig loszieht.«

Im Begriff, zu erwidern, wurde Larkins durch die Rückkehr von Frau Watkins unterbrochen, deren Züge verrieten, daß ihr Suchen erfolglos gewesen war. Sie schwieg und klingelte nach dem Teekessel. Es folgte eine unbehagliche Mahlzeit. Larkins bemühte sich, zu trösten; doch da Fenwick jedesmal widersprach, wenn er eine Bemerkung machte, verfiel er in ein tiefes Schweigen, das nur von Frau Watkins' Auffahren und von den Blicken unterbrochen wurde, welche die beiden Männer wechselten, wenn ein Geräusch auf dem Gang oder ein Schritt auf der Straße ihre Aufmerksamkeit auf sich zog.

Endlich kam Watkins zurück, und ohne sich um die besorgten Blicke seiner Gattin zu kümmern, verlangte er eine Tasse Tee. Als er versorgt war, blickte er in seiner verstohlenen Art den Tisch entlang und erklärte:

»Alles in schönster Ordnung. Sie ist bei ihrer Tante Virginia.«

»Woher weißt du das, Tom?«

»Woher ich das weiß? Sehr einfach. Ein Schutzmann hat sie beobachtet und gesehn, daß sie in die Richtung der Liverpool-Straße einbog. Ich vermutete sofort, was sie beabsichtigte, und richtig, als ich mich am Bahnhof nach ihr umsah, hatte sie gerade eine Fahrkarte nach Leytonstone gelöst. Sie ist also gut genug aufgehoben. Die Luftveränderung wird ihr bekommen. Bitte Flossy, gib mir noch ein Stück Brot und Larkins noch eine Tasse Tee.«

Jetzt, da sie keine Angst mehr hatte, machte Frau Watkins ihrem

Unmut Luft und erklärte, daß ihre Tochter bleiben könne, wo der Pfeffer wächst; die Bishops-Gate-Straße dürfe sie keinesfalls je wieder betreten.

»Vielleicht hat sie auch gar nicht die Absicht«, sagte Fenwick.

Larkins brach einer heftigen Erwiderung die Spitze ab, indem er sich erhob und sich mit der Beteuerung, einen höchst angenehmen Abend verbracht zu haben, verabschiedete. Er sprach die Hoffnung aus, Fräulein Watkins werde in Bälde das Beispiel des reuigen verlorenen Sohnes befolgen.

Als er fort war, sagte Frau Watkins ängstlich: »Tom, ich glaube, es sollte sich doch jemand heute abend noch um das Mädchen kümmern.«

»Es soll mir ein Vergnügen sein, mich nach ihr umzusehen«, beteuerte der Neffe.

»Warum gerade du?« fragte Frau Watkins, in ihre strenge Art zurückfallend.

»Ich weiß nicht, ob nicht Fraser Fenwick der Geeignetste wäre, ihr zu folgen«, meinte Watkins. »Wenn ich es tue, wird Fan nur eigensinnig sein; gehst du ihr nach, wirst du nur eigensinnig sein. Zu Fraser kann sie sich über dich beklagen, was sie erleichtern wird, und auf dem Rückweg kann er herkommen und uns berichten, ob alles in Ordnung ist.«

»Tu, was du willst«, sagte Frau Watkins mürrisch. »Wenn widerspenstige Kinder mehr als alle anderen berücksichtigt werden, dann wasche ich meine Hände in Unschuld.«

»Es ist halb neun«, sagte Watkins. »Wenn du also die Absicht hast, heute nach Leytonstone hin- und zurückzufahren, tätest du gut daran, jetzt aufzubrechen, Fraser. Der letzte Zug hierher geht zehn Minuten nach elf Uhr ab. Wenn du dich beeilst, kannst du den Viertel-Neun-Zug in der Fenchurch-Straße erreichen. Halt! Da du meinetwegen gehst, sollte ich dir das Fahrgeld geben.«

»Aber, bitte, laß doch.«

Watkins schob sein Geld wieder in die Tasche und meinte: »Wenn du bereit bist, das Geld selbst auszulegen, kann dir niemand bestreiten, daß du ein Gentleman bist. Wenn du zurückkommst, klopfe nur leise an die Ladentür, und ich werde dir öffnen. Ich bleibe auf und beschäftige mich mit der Durchsicht meiner Bücher.«

»Einverstanden«, sagte Fenwick. »Ich werde dich wohl nicht mehr sehen, Tante Flossy.« Mit diesen Worten näherte er sich ihr, um ihr die Hand zu reichen.

»Gute Nacht«, sagte Frau Watkins und legte die Hände in den Schoß.

Fenwick hielt inne, verneigte sich und zog sich zurück.

Allein gelassen, hatten Gastgeber und Gastgeberin kein Verlangen, ein Gespräch zu beginnen, das, wie sie wußten, nur in Streit ausarten würde. Als das Schweigen lästig wurde und Watkins fühlte, daß sie ihre Zunge nicht mehr länger im Zaum halten können würde, stieg er in den Laden hinab, während sie oben blieb, um das Abräumen des Teegeschirrs zu überwachen und sich Fenwicks Abwesenheit durch Stricken zu verkürzen. Drei volle Stunden saß sie da und verteidigte ihren Zorn gegen ihre Reue, die durch Gedanken an Eisenbahnunfälle, Verführungen junger Mädchen, an getäuschtes Vertrauen, an Mordtaten und an alle Gefahren einer gottlosen Stadt noch verstärkt wurde, bis ein Geräusch, das von unten zu ihr heraufdrang, und gedämpftes Stimmengewirr die Rückkehr ihres Neffen verkündete. Es folgten bange Minuten der Spannung. Dann hörte sie, wie die Männer sich bewegten, als wäre eine Unterredung zu Ende. Sie lauschte, um das Geräusch des Zufallens der Eingangstür hinter Fenwick festzustellen. Statt dessen vernahm sie einen Schrei, wie eine Frau ihn in äußerstem Entsetzen ausstoßen mochte. Krank vor Angst schauderte Frau Watkins zusammen und lief hinaus. Auf der Stiege, ungefähr acht Stufen über dem Vorzimmer, fand sie Selina, die halb lachte, halb wimmerte.

»Gnädige Frau, gnädige Frau«, keuchte Selina, »es war Herr Fenwick. Ich ging im Dunkel die Stiege hinauf, um mich schlafen zu legen. Ich bemerkte ihn nicht, noch wußte ich, daß er da sei. Da tritt er aus dem Laden und schiebt plötzlich die Hand durch das Geländer und faßt mich beim Knöchel. Ich hab' geglaubt, ich muß sterben.«

»Und warum sind Sie nicht schon längst im Bett?«

Selina wischte sich entschuldigend den Mund mit ihrer Schürze ab.

»Schönes Benehmen das! Mitten in der Nacht so zu kreischen! Schämen sollten Sie sich. Ich habe Ihr Benehmen mit Herrn Fenwick beobachtet, und das nächste Mal, wenn ich wieder so etwas bemerke, dann fliegen Sie. Gehen Sie schlafen, und lassen Sie sich nicht einfallen, Ihr langes Aufbleiben als Entschuldigung dafür anzugeben, wenn der Küchenherd morgen früh nicht brennt, wie Sie es letzten Montag getan haben.«

Beschämt ging Selina zu Bett, und ihre Herrin stieg in den Laden hinunter, wo Watkins seine Bücher beiseite schob.

»Was war denn das, Flossy?« fragte er. »Wahrscheinlich Fraser, der wie gewöhnlich mit Selina seinen Unsinn treibt.«

»Ich wollte, er würde das Mädchen in Ruhe lassen.«

»Sie ist selbst daran schuld. Sei überzeugt, er würde sie schon respektieren, wenn sie das nur selber täte.«

»Pah, Dienstboten, die eine zu hohe Meinung von sich haben, die taugen nichts. In der Regel sind sie frech, und Fraser ist nicht der Mann, irgend etwas zu respektieren, sich selber inbegriffen.«

»Was für Neuigkeiten hat er, Tom?«

»Sie ist wohlbehalten bei ihrer Tante Virginia.«

»Und wann wird sie sich herablassen, zurückzukehren?« fragte Frau Watkins und ließ sich ihre Erleichterung nicht anmerken.

»Augenblicklich will sie von der Heimkehr nichts wissen. Verärgert, wie sie ist, erklärt sie, sie wolle überhaupt nicht mehr zurückkehren. Das war zu erwarten. Der Triumph Larkins über Davis hat sie so aufgebracht. Sie hatte diesen Kerl tatsächlich gern, weißt du, Flossy. Entsinnst du dich, wie empört sie war, als wir ihm den Laufpaß gaben?«

»Das ist doch lange her.«

»Stimmt; aber die Geschichte von der Totenschau hat es wieder aufgefrischt. Ich hatte sie schon immer im Verdacht, daß sie damals, als du sein Bild aus dem Album entfernen und verbrennen wolltest und es nirgends zu finden war, daß sie es damals irgendwo versteckt hat. Aber das Herz wird ihr seinetwegen nicht brechen; und da Virginia bereit ist, sie vorläufig bei sich zu behalten, ist kein Wort mehr zu verlieren, bis Gras darüber gewachsen ist.«

»Virginia ist selbstverständlich imstande, ihre Partei gegen mich zu ergreifen.«

Watkins schwieg, drehte das Gas ab, legte die Kette vor die Tür und ging zu Bett.

Viertes Kapitel

Im Oktober wurde Smith beauftragt, die Vorbereitungen für den Empfang der Familie in Queens Gate zu überwachen. Sie wurden von einer Irländerin namens Frau Daly getroffen, die der verstorbenen Frau Woodward sehr anhänglich gewesen war und seit ihrem Tode als Magd, Haushälterin, Pflegerin und im Notfall als Anstandsdame ihrer Töchter diente. Jeden Morgen las ihr Smith die Verhaltungsmaßregeln vor, die ihm von Woodward und Isabella geschrieben wurden. Für die durch Sparsamkeit diktierten erfand Frau Daly Erklärungen mit der Absicht, Smith vom Reichtum und dem großen Ansehen der Familie zu überzeugen. Er sah in ihr bald eine langweilige Person, die seiner Leichtgläubigkeit doch allzu viel zumutete. Sie war völlig ungebildet und versicherte dem Sekretär immer wieder, daß sie Geschriebenes nicht lesen könne. Nichtsdestoweniger entdeckte er, daß sie den Schreiber eines Briefes immer feststellen konnte, wenn sie die Adresse prüfte.

Eines Tages machte Smith ihr die Mitteilung, daß Woodward aus dem Norden und Isabella aus dem Süden sich mit Clytie in Dublin getroffen hätten, und daß die ganze Familie eben gemeinsam den Kanal überquere.

»Der Wagen soll um halb sieben am Euston-Bahnhof sein«, sagte Smith. »Fräulein Isabella bittet Sie, den Frühstückszimmerteppich dort zu lassen, wo er früher war, und den kleinen Teppich mit dem Loch unter die schwarze Vitrine im Salon zu legen.«

»Eins steht fest: die Leute, die das Geld haben, geben es ungern her«, sagte Frau Daly. »Für London ist ihr gut genug, was sie zu Hause nicht einmal im Schweinestall dulden würde. Und wird Corney mitkommen?«

»Vermutlich, es steht darüber nichts im Brief.«

»Armer Kerl, er hat das Meer nie vertragen«, seufzte Frau Daly.

Als Smith am nächsten Morgen nach Queens Gate kam, lag Woodward noch zu Bett. Es gab nur wenige Briefe zu erledigen, und nach einer halben Stunde sah sich der Sekretär ohne Beschäftigung. Etwas später erschien Hamlet, der krank und müde dreinschaute.

»Ah, Cornelius, Sie sind also wieder zurück? Wie geht es Ihnen?« fragte Smith heiter.

»Ich bin halb tot.«

»Schlechte Überfahrt?«

»Mit Erlaubnis –«

»Cornelius«, unterbrach eine Stimme von der Türschwelle, »der Herr verlangt heißes Wasser.«

»Jawohl, Fräulein Bella«, rief Hamlet unterwürfig und zog sich zurück.

Isabella war augenscheinlich von der Seekrankheit verschont geblieben, denn sie sah blühend aus. Smith, der sie nicht gesehen, seit sie sich mit den Vergnügungen der Londoner Season abgequält hatte, war es, als brächte sie etwas von der Meeresfrische der Carlingford-Bucht ins Zimmer mit. Sie näherte sich und schüttelte ihm schweigend die Hand.

»Sie haben hoffentlich eine gute Überfahrt gehabt?« fragte Smith, der sich innerlich angenehm erregt fühlte und nicht wagte, ihrem Blick zu begegnen.

»Sehr stürmisch war sie, aber ich bin seefest, so haben Papa und ich sie gut überstanden. Aber sprechen Sie mit Clytie lieber nicht davon; und was den armen Cornelius betrifft, na, den haben Sie ja gesehen.«

»Der Aufenthalt am Meer hat Ihnen offenbar gut getan.«

»Ja, ich glaube. Rosstrevor ist aber auch entzückend.«

»Wirklich? Ich war der Meinung, dieser Ort sei Ihnen sehr zuwider. Freuen Sie sich nicht, wieder in London zu sein?«

»Mich freuen? Ich finde London abscheulich. Nach den Bergen, dem Meer und der herrlichen frischen Luft finde ich's unerträglich, in diesem Gefängnis zu atmen. Doch hier bin ich, und hier muß ich bleiben. Aber ich bin nicht hergekommen, um von mir selbst zu sprechen. Wie soll ich Ihnen nur danken für den Dienst, den Sie mir mit den dummen Diamanten erwiesen haben?«

»Aber Fräulein Isabella, Sie haben mir schon brieflich mehr gedankt, als ich's verdiene. Ich fühlte mich sehr beschämt, wenn ich an den geringen Dienst und an die Vorsicht dachte, mit der ich ihn erwies.«

»Wie edel, so zu denken.«

»Unsinn«, gab Smith kurz zurück.

Isabella sah, daß sie seine Vorliebe für Schmeicheleien überschätzt hatte. »Sie haben den Zwischenfall merkwürdig und nicht sehr anständig gefunden, nicht wahr?« fragte sie mit ihrem gewohnten unzufriedenen Gesichtsausdruck.

»Ich fand ihn allerdings sonderbar; weiter nichts.«

»Ich war schwach genug, in meinem Brief so zu tun, als ob ich die Juwelen nur zurückerstattete. Als Sie entdeckten – wie Sie mir erklärten –, daß ich Sie angelogen hatte, können Sie unmöglich viel Respekt für mich empfunden haben.«

»Sie waren, so scheint es mir, keinesfalls verpflichtet, sich mir anzuvertrauen. Ich sah darin eine konventionelle Ausrede, wie etwa das ›Nicht zu Hause‹, das auch nur eine Formel für ›Ich will Sie nicht empfangen‹ ist. So habe ich auch Ihre Worte als ein einfaches ›Ich will Ihnen nichts sagen‹ aufgefaßt.«

»Sie sind wahrhaftig ein sehr nüchterner Mensch, Herr Smith. Sie nehmen allen Dingen den Glanz.«

»Ich bedauere. Nüchterne Menschen sind ein öffentliches Ärgernis und werden es bleiben, solange sie in der Minderheit sind.«

»Das Frühstück ist fertig, Fräulein Bella!« rief Hamlet durch die Tür.

»Gut«, erwiderte sie. Dann, zu Smith gewandt: »Ich muß jetzt fort. Ich weiß, daß mein Geheimnis bei Ihnen gut aufgehoben ist, nochmals, danke. Leben Sie wohl.«

»Wie anmutig«, flüsterte Smith. »Eine Antilope auf hohen Stökkeln.« Nichtsdestoweniger fühlte er, daß der Spott, den er für sie bereithielt, ihm selber galt, denn er begann, für Isabella Gefühle zu hegen, die ihn an jene erinnerten, welche ihm einst Signorina Pertoldi eingeflößt hatte.

An jenem Tage erschien Woodward erst um zwölf Uhr in seinem Studierzimmer; er trat mit einer Handtasche ein, die fast alle Briefe enthielt, welche ihm während seiner Abwesenheit nachgesendet worden waren. Sie befanden sich in ähnlich chaotischem Zustand wie alle Briefe von einst, ehe Smith bei ihm war, und er erkannte, wie eitel die Hoffnung bleiben mußte, daß sein Eintritt in den Staatsdienst infolge seiner Entbehrlichkeit in Queens Gate und dem neu eingeführten System der Ordnung nun möglich sei. Als die Briefe geordnet und die bis jetzt unterbliebenen Antworten abgeschickt waren, schlug es drei Uhr.

»Ich glaube, jetzt ist alles erledigt«, sagte Smith.

»Was zum Henker haben Sie mit den vielen Briefen gemacht, die in der Handtasche waren?« fragte Woodward, in der Meinung, daß kaum mehr als die gewöhnliche Vormittagsarbeit bewältigt sei.

»Ebenfalls alle erledigt.«

»Donnerwetter, Smith, ich weiß tatsächlich nicht, wie ich ohne Sie fertig werden könnte. Sie sind ein Prachtkerl.«

»Es ist nichts als Übung. Jeder Kommis könnte das ebenso gut und wahrscheinlich billiger machen.«

»Warum hat sich dann keiner gemeldet?« fragte Woodward gutmütig.

Smith beschloß, sein Anliegen aufzuschieben, und verabschiedete sich. Im Vorzimmer traf er Hawkshaw im Gespräch mit dem Diener. Als er vorbeiging, blickte ihn der Dichter ohne das geringste Zeichen des Wiedererkennens an. Smith, der eben grüßen wollte, hielt inne und tat zerstreut, bis er die Straße erreichte.

Mittlerweile bereitete sich Hawkshaw, der nun erfahren hatte, daß Isabella allein war, auf eine Szene vor. Als er in den Salon trat, saß sie neben dem Fenster; und das erste, was er bemerkte, war das Kleid mit konischen Knöpfen, dasselbe Kleid, das sie zuletzt getragen, als er sie umarmt hatte. Er erinnerte sich, daß seine Brust damals von kleinen schmerzlichen Quetschungen punktiert war, und beschloß deshalb, sich mit einem Kuß zu begnügen. Doch sie hielt ihm die Hand entgegen und begrüßte ihn kalt, ohne sich zu erheben.

»Clytie liegt zu Bett, und Papa ist im Studierzimmer«, sagte sie, »ich bin also allein, um jedweden Besucher zu empfangen, den ein unglücklicher Stern herführen sollte. Es ist der reinste Zufall, daß Sie uns überhaupt antreffen, denn wir sind erst gestern abend aus Irland heimgekehrt.«

Hawkshaw war überrascht; aber er beschloß, ihre Absichten sogleich zu erfahren.

»Isabella, hast du vergessen, was sich bei unserer letzten Begegnung ereignet hat?« fragte er.

»Wahrscheinlich etwas sehr Erschütterndes. Ich habe es tatsächlich vergessen.«

»Bei Gott, wenn das nicht pure Koketterie ist, so ist es der herzloseste Treuebruch, der jemals von einem weiblichen Wesen begangen wurde!« rief er aus.

»Herr Hawkshaw«, warnte Isabella und bebte etwas zurück.

»Oh, welcher Argwohn dämmert plötzlich in mir auf!« rief Hawkshaw, schlug sich auf die Stirn und ging schnell im Zimmer auf und ab. »Die Verführungen, mit denen du mich anlocktest, die Juwelen, die allmähliche Zurückziehung des Vertrauens und der Wärme, die nachfolgte, dein Schweigen der letzten vierzehn Tage, die lächerliche Ausrede, daß das Kofferpacken dir keine Zeit lasse – ach, ich verstehe den teuflischen Plan in seiner ganzen schwarzen Grausamkeit. Er ist nur zu gut gelungen, du hast es erreicht, und meine Ehre ist hin. Sage mir doch wenigstens, was du damit beabsichtigt hast? War es Rache für ein eingebildetes Unrecht oder die reine Freude am Zugrunderichten, die die Weiber genährt und gepflegt haben, seit die Schlange die Urmutter vergiftet hat?«

»Ich weiß nicht, wovon Sie sprechen. Ich hätte Sie angelockt? Was für ein Feigling müssen Sie sein, um sich eine solche Unterstellung zu erlauben!«

»Ein Feigling? Das wär' ich in der Tat, wenn ich mich durch eine solche Antwort zum Schweigen bringen lassen wollte. Heiße mich einen Narren, wenn du willst; ich bin mit offenen Augen selbst in die Falle gegangen, nachdem ich mein ganzes Talent der Huldigung deines Geschlechts gewidmet habe. Genieße deinen Triumph! Der Paradiesvogel hat den Vogelsteller gefangen. Was kümmern dich die Gefühle deines Opfers?«

»Wenn Sie mir etwas vorzuwerfen haben, dann heraus damit, und hören Sie auf, Unsinn zu schwatzen«, sagte Isabella zornig.

Hawkshaw trat Isabella jetzt gegenüber. »Ich klage dich an«, rief er aus, »daß du mich unter falschen Vorspiegelungen, durch Lügen, Lächeln, Seufzer und durch Umarmungen und Händedrucke in eine Verbindlichkeit verstrickt hast, die mich jetzt durch deinen mehr als teuflischen Verrat bei meiner Ehre in dem Augenblick verpflichtet, alles zurückzuerstatten, wo du sehr gut weißt, daß ich genauso unmöglich die Sterne vom Himmel holen könnte. Ich klage dich an, daß du das von Anfang an geplant hast, damit ich nicht nur als ein Unglücklicher davonkomme, sondern auch den bitteren Kelch der Entehrung bis zur Neige leeren lerne.«

»Ich habe nie verlangt, daß Sie Ihre Schuld bezahlen. Ich will das gar nicht. Sie sind es, der sein Wort gebrochen hat. Ich wurde mit mindestens fünfzig Gratulationsbriefen belästigt, seit Sie so geschäftig die Nachricht von unserer Verlobung verbreitet haben.«

»Ach ja, du bist nur allzu gern bereit, mir meine Schwäche vorzuhalten. Ich sprach doch nur aus, wovon mein Herz überquillt. Es freut mich jedenfalls, daß du unsere Verlobung zugibst.«

»Ich gebe sie nicht zu. Ich fordere Sie auf, auch nur ein einziges Versprechen meinerseits anzuführen.«

»Ich werde den Versuch nicht machen; denn ich weiß, daß du deine Zunge gehütet und stumm gelogen hast. Ich dachte ebensowenig daran, deine berechneten Worte zu überwachen, wie ich daran dachte, daß dein bezahlter Bote mit seinem plumpen Versuch, mich hereinzulegen, nach deinen Befehlen handelte.«

»Welch infame Unterstellung! Ich glaube, die gewöhnlichste Dankbarkeit müßte Ihnen gebieten, mir das zu ersparen!«

Hawkshaw änderte seine Haltung und verneigte sich demütig. »Jawohl, ich habe vergessen«, sagte er. »Schönen Dank dafür, daß du mich erinnerst. Ich habe deine Hilfe angenommen. Einen Augenblick lang hielt ich mich für glücklich und habe mich vergangen.«

»So habe ich das nicht gemeint; das heißt, einen Augenblick schon; so sehr haben Sie mich geärgert. Die Juwelen stehen Ihnen zur Verfügung, und da Sie sie nicht von mir verlangten, bin ich der Ansicht, daß Sie mir keinerlei Dankbarkeit schulden. Doch Sie haben sie nun einmal angenommen, und wie ich glaube, waren Sie froh, sie zu bekommen. Sie sind jetzt durchaus nicht berechtigt, mich deswegen der Verschwörung, der Lüge und des Verrats anzuklagen und Anspielungen zu machen, die weder männlich noch höflich sind.«

»Sind Sie naiv genug, zu glauben, daß ein Mann, dem solches Unrecht zugefügt wird, die gesellschaftlichen Formen wahren kann? Nein, Fräulein Woodward, die sind für geringere Gelegenheiten da. Eines können Sie wenigstens nicht ableugnen. Sie wollen mir den Laufpaß geben. In Rosstrevor haben Sie mir eine Anrede gestattet, die andeuten mußte, daß Sie mich entweder als Ihren Verlobten betrachten oder gewöhnt sind, die Koketterie bis zu einem Punkt zu treiben, wo wohlerzogene Damen ihr sonst eine Schranke ziehen. Was soll ich glauben?«

Isabella zögerte. Jetzt redete Hawkshaw vernünftig. »Ich habe nicht die Absicht, mit Ihnen meine Wohlerzogenheit zu erörtern«, entgegnete sie.

»Sie haben recht«, erwiderte er. »Ich will die erste Möglichkeit annehmen. Als ich Irland verließ, waren wir verlobt. Wir sehen uns wieder, und Sie ignorieren das und behandeln mich wie einen bloßen Bekannten.«

»Haben Sie erwartet, daß ich aufspringen und Sie in der Sekunde, da Sie auf der Schwelle erscheinen, umarmen werde?« fragte Isabella ungehalten. »Sie sind am Ende auch enttäuscht, weil ich nicht auf dem Balkon war und Ihnen Küsse zuwarf, als Sie Ihres Weges kamen?«

»Ein solches Verhalten wäre nicht übertriebener gewesen als das, welches Sie in der entgegengesetzten Richtung zur Schau tragen«, sagte Hawkshaw etwas bestürzt.

»Sie waren kaum eingetreten, als Sie mich mit Schimpfworten überfluteten.«

»Soll das heißen, daß ich mich übereilt habe?«

»Ich glaube, ›übereilt‹ ist ein sehr milder Ausdruck für Ihre Sprache und Ihr Benehmen während der letzten fünf Minuten.«

»Sie müssen bedenken, wie tief ich die Sache empfinde«, sagte Hawkshaw verwirrt; er erkannte, daß sich aus seiner eben gezeigten Überstürzung die Notwendigkeit zur Vorsicht ergab. »Bedenken Sie nur, was es mir bedeuten würde, Sie zu verlieren.«

Sie setzte sich, sah zum Fenster hinaus und schwieg.

»Isabella, Sie lassen mich in Ungewißheit«, sagte er. »Welche Schlüsse soll ich aus Ihrer Kälte ziehen?«

Immer noch saß sie mit abgekehrten Blicken und schwieg.

»Isabella, liebste Isab –«, stammelte Hawkshaw gerührt und näherte sich ihrem Sessel.

»Herr Hawkshaw, kehren wir gefälligst zu dem Stand unserer früheren Bekanntschaft zurück«, sagte sie, ihn unterbrechend. »Entschuldigen Sie, wenn ich Ihnen sagte, daß Sie sich mir heute in einem ganz neuen Licht gezeigt haben, in einem Licht, das mich überzeugt hat: weder Ihr Glück noch das meine würde dadurch gefördert werden, wenn wir die alberne Sentimentalität fortsetzen wollten, die wir uns leider in Rosstrevor gestattet haben.«

»Fräulein Woodward, Sie haben mich zum Besten gehalten. Wie Sie bestimmen, so sei es«, sagte Hawkshaw würdevoll. »Nach allem, was sich zugetragen hat, gibt es keine andere Möglichkeit mehr. Ich bin überzeugt, Ihnen gegenüber ehrlich gehandelt zu haben. Ich verlasse Sie mit wehem Herzen, doch mit reinem Gewissen. Guten Abend.«

»Ehe Sie gehen, möchte ich Ihnen versichern«, sagte Isabella, »daß Ihr Verdacht, ich hätte Herrn Smith bestochen und als Mittel zum Zweck benutzt, vollkommen grundlos ist. Und ich glaube, Ihr wehes Herz wird Sie ebensowenig belästigen wie Ihr reines Gewissen.«

»Ihr Talent zur Schlagfertigkeit ist angeboren«, sagte Hawkshaw und verneigte sich. »Ich wage es nicht, in die Schranken zu treten zu einem Kampf, in welchem die englische Lauterkeit meiner Absichten mir nicht helfen kann.«

»Das könnte sie wirklich nicht; denn sie ist zu durchsichtig«, entgegnete Isabella höhnisch und klingelte.

Hawkshaw zog sich zurück. Als der Diener Haltung und Kleidung des Scheidenden prüfte, fand er, daß ein solcher Mann, Dichter hin, Dichter her, über jede Kritik erhaben war. Doch, so sehr er auch auf sich hielt, wenn es sich um die Schicklichkeit seines Benehmens vor der Öffentlichkeit handelte, ging Hawkshaw in eine Bar und stärkte sich mit etwas Kognak und Sodawasser. Dann schlenderte er Kensington Palace Gardens entlang und grübelte über die Veränderung seiner Lage nach. Der Verlust Isabellas selbst machte ihm keinen Kummer; doch er wußte, sie würde jetzt die Nachricht ihrer Verlobung mit ihm, die bisher den Tag der Abrechnung mit seinen Gläubigern hinausgeschoben hatte, weil sie größeres Vertrauen in seine einschmeichelnden Manieren setzten als in seine literarischen Gaben, in Abrede stellen. Er lief daher die Gefahr des Bankrotts und schauderte davor zurück. Auch war er wegen seiner Verpflichtung bezüglich der Juwelen besorgt, die er um fünfundvierzig Pfund verpfändet hatte. Mit einem Teil des Geldes hatte er die Forderungen jener Kaufleute befriedigt, deren Aufgabe es war, für die alltäglichen Bedürfnisse zu sorgen, ohne die man nicht leben kann. Den Rest hatte er für Handschuhe, Droschken und Blumen beinahe ausgegeben. Die Summe, die er noch übrig hatte, blieb selbst mit der höchsten, die er sich noch dazu ausleihen konnte, weit hinter der zurück, die nötig war, um die Diamanten auszulösen. Sonst hätte er sich angestrengt, sie Isabella zurückzuerstatten, denn diese Schuld war die einzige, deren er sich schämte.

Plötzlich hatte er eine Idee. War es nicht das Vorrecht eines Dichters, sein Mißgeschick in Geld zu verwandeln? Ein als Dichter bewunderter und als Mann geachteter Anhänger seiner Schule, der das Glück hatte, seine Gattin, mit der er sehr schlecht gelebt hatte, durch den Tod zu verlieren, hatte seinen Verlust in ein Gedicht gefaßt, das alle, die es lasen, rührte und den Ruf des Verfassers bedeutend steigerte. Ärgere Verseschmiede als Hawkshaw hatten geringere Vorwürfe benutzt als das gebrochene Herz eines Mannes durch den Verrat eines Weibes, eine Darstellung, die Isabellas Verhalten in der Dichtung finden würde. Hawkshaw ließ eine vorüberfahrende Droschke halten, fuhr nach Ladbroke Grove, nahm nochmals einen Kognak zu sich, und ehe die Uhr Mitternacht schlug, hatte er eine Dichtung in Stabreimen beendet, die sein Benehmen in einer Weise beleuchtete, daß er von Mitleid mit sich selbst überwältigt zu Bett ging.

Fünftes Kapitel

Eines Morgens fand Woodward unter seinen Briefen ein Paket, das die Handschrift seiner Schwägerin Frau Foley trug.

»Was, zum Henker, hat mir Kate geschickt?« rief er und versuchte, den Inhalt herauszuziehen. »Nein, wie hat sie es nur fertiggebracht, das Zeug zu verkleben? Da«, rief er ungeduldig und warf Smith das Paket über den Tisch zu, »öffnen Sie es, wenn Sie können. Wenn nicht, dann schmeißen Sie das Ganze ins Feuer. Geschieht ihr recht, wenn sie einen Brief in dieser Weise zusammenwickelt und verklebt.«

Smith öffnete das Paket und entnahm ihm ein kleines Bändchen aus schwarzem Ziegenleder, das jeder Verzierung und jeder Aufschrift entbehrte und mit weißer Seide gefüttert war. Die Buchseiten waren aus einem rauhen, schweren Papier mit unbeschnittenen Rändern hergestellt. Der leere Rand jeder Seite nahm ebensoviel Platz ein wie der Text.

»Und der Titel?« fragte Woodward.

Smith schlug das Titelblatt auf und kicherte.

»Na, weihen Sie mich ein, ich möchte auch lachen«, sagte Woodward.

»Verzeihung, ich weiß wirklich nicht, warum ich lachen mußte«, sagte Smith. »›Das Lied vom gebeugten Ast und gebrochenen Lorbeer‹ von Patrick Hawkshaw, dem Verfasser der ›Weizengarben‹, des ›Hamlet‹ oder des ›Zweiten Buches der Offenbarung‹. Vierzehnte Auflage. ›Nicht weit von ihrem Lagerplatz stand ein Schloß, Schloß des Zweifels genannt, dessen Besitzer der Riese Verzweiflung war.‹ London: Brüder Tabuteau, Paternoster Row. N. B. Die Auflage dieses Buches wird auf Freunde des Verfassers beschränkt, ohne dessen Vollmacht kein Exemplar geliefert werden darf. Da die Veröffentlichung nicht aus der Neugier des Publikums Nutzen ziehen soll, ist der Preis jedes gezeichneten und numerierten Exemplars auf zwei Guineas festgesetzt worden. Nach Abgabe des hundertsten Exemplars wird der Satz vernichtet.«

»Zweihundert Guineas!« rief Woodward aus, nahm Smith das Buch aus der Hand und betrachtete es mit Staunen. »Für so viel Geld hätte er wenigstens die Ränder vergolden lassen können, statt so zu tun, als wäre es eine Schmeichelei für den Empfänger, daß sie nicht einmal aufgeschnitten sind. Glaubt Kate wirklich, daß ich das lesen werde? Ich kann mir nicht vorstellen, daß sie die

Stirn hat, mir zuzumuten, ein Exemplar für zwei Guineas zu kaufen. Hören Sie nur, was der Kerl schreibt:

›Von ihren Ahnen erbte meine Falsche
Den höhnischen Schimmer ihrer Marmorglut.‹

Seine Verse gleichen ihm. Ich muß den Brief lesen, um zu erfahren, warum sie mir so einen Schund zuschickt. Vielleicht ist er für Isabella bestimmt; doch warum schickt sie dann mir das Buch? Gebeugter Ast und gebrochener Lorbeer! Das übersteigt doch die religiösen Broschüren, die ihre Tante mir jeden Monat für die armen Kinder zu senden pflegte.«

Während Woodward den Brief seiner Schwägerin öffnete und las, blätterte Smith in dem Buch und versuchte, seinen Sinn zu ergründen, indem er einige Zeilen auf verschiedenen Seiten überflog. Sein Brotgeber unterbrach ihn: »Zeigen Sie mir einen Augenblick das Buch«, sagte Woodward hastig. »Danke. Und nun, da Sie gerade dabei waren, schreiben Sie Fagan, daß ich den Morriseys nicht gestatte, ihren Torf von dort zu stehlen; und wenn er den jungen Shea auf der gegenüberliegenden Seite des Flusses dabei ertappen sollte, mag er ihn meinetwegen mit einer Schrotladung anschießen.«

Smith gehorchte; Woodward nahm das Buch, tat so, als schlage er eine Seite auf, und legte es dicht neben sich; seine Hand ruhte darauf. Dann nahm er die Lektüre des Briefes wieder auf, kratzte sich wiederholt den Kopf und murmelte in sich hinein. Nicht ohne Besorgnis beobachtete ihn der Sekretär, dem es offenbar verboten war, sich weiter mit dem Buch zu befassen. Er dachte, daß sein Brotherr irgendeine Entdeckung in bezug auf Hawkshaw gemacht haben müßte.

Als er mit dem Lesen des Briefes fertig war und ihn einige Minuten lang zerknittert hatte, sagte Woodward: »Bitte klingeln Sie, Smith.«

Der Sekretär klingelte, und Hamlet erschien bald darauf.

»Haben Sie geklingelt?«

»Ist Fräulein Isabella zu Hause?«

»Weiß ich nicht«, sagte Cornelius vergnügt. »Aber ich kann ja mal nachsehn. Soll ich sie zu Ihnen schicken?«

»Sehen Sie nach, wo sie ist, kommen Sie dann zu mir, und halten Sie den Mund. Beeilen Sie sich«, setzte Woodward streng hinzu.

Hamlet verschwand und meldete dann, daß Isabella allein im Frühstückszimmer sei. Woodward verließ das Zimmer. Das Buch und den Brief nahm er mit.

»Was hat er denn heute bloß, daß er so komisch ist?« wandte Cornelius sich an Smith.

»Wahrscheinlich eine Angelegenheit, die nur ihn angeht.«

»Ich wette, es ist Fräulein Bella. Sieht ganz so aus, als will er ihr im Frühstückszimmer den Kopf waschen. Der arme alte Mann, es wird ihm viel nützen. Erst wird er sie anfauchen wie ein stolzer Pfau, und gleich darauf ist sie wieder sein liebes Kind, für das ihm nichts teuer genug ist. Neulich hat sie einen Haufen Geld für eine Pelzjacke bezahlt und sie gleich darauf Frau Dalys Nichte in Irland geschenkt, obgleich sie sie keine zwölfmal getragen hat.«

»Frau Dalys Nichte ist vermutlich Ihre Schwester?«

»Gott behüte, nur meine Base.«

»Jedenfalls habe ich mit der Vermutung recht, daß Frau Daly Ihre Tante ist?«

»Jawohl, und eine schlaue Alte noch dazu.«

Die Klingel erlöste Smith von der Gegenwart des Dieners. Und bald darauf, als er seine Arbeit beendet hatte und von Woodwards Rückkehr nichts zu merken war, entschloß er sich, nach Hause zu gehen. Als er auf den Gang hinaustrat und Frau Daly im Treibhaus sah, beeilte er sich, denn er hatte Angst, von ihr in ein Gespräch gezogen zu werden; aber ehe er noch das Vorzimmer erreichte, rief sie in lautem Flüsterton seinen Namen. Er blieb stehen und schickte sich an, abermals dem ihm verhaßten irländischen Dialekt zu lauschen. Sie nahm jedoch nur ein Briefchen aus ihrer Schürze, drückte es mit ihren braunen Fingern fest in seine Handfläche, zwinkerte mit einer Lebhaftigkeit, die für ihr Alter erstaunlich war, und zog sich schnell, ohne ein Wort, zurück. Smith blickte ihr überrascht nach und öffnete dann das Briefchen.

»Geehrter Herr Smith! – Bitte warten Sie auf mich heute um halb fünf im Park der Gartenbaugesellschaft, dort, wo wir neulich Tennis gespielt haben, als Sie hinzukamen. Ich bin in schrecklicher Verlegenheit. Bitte lassen Sie mich nicht im Stich, sonst richten Sie mich zugrunde. Zerreißen Sie dieses Briefchen. I. W.«

Smith lachte über diese Zeilen, doch erinnerte er sich mit unbehaglichen Gefühlen an seine Rolle in der Diamantenangelegenheit, die – er zweifelte nicht länger – jetzt von Herrn Woodward entdeckt worden war. Er wartete ungeduldig auf die festgesetzte Zeit, und als er den erwähnten Garten betrat, fehlten noch drei Minuten zum ersten Viertel der Stunde. Als Isabella keuchend und sich wegen der Verzögerung entschuldigend erschien, schlug das dritte Viertel.

»Papa hat mich aufgehalten«, sagte sie. »Ich mußte ihn zur Bahn bringen; und jetzt mache ich angeblich Besuche. Clytie wird wahrscheinlich entdecken, daß ich nichts dergleichen tue. Doch das ist das kleinere Übel. Ich komme zu Ihnen um Hilfe; alles ist entdeckt.«

»Ich verstehe nicht recht«, sagte Smith.

»Ich spreche von den Juwelen. Um sich an mir zu rächen, war Hawkshaw niederträchtig genug, die ganze Geschichte in einem Gedicht, das in die Hände meiner Tante geraten ist, zu veröffentlichen. Heute früh schickte sie es Papa mit einem langen Brief, worin sie ihm mitteilt, daß über mich gesprochen wird und alle möglichen Gerüchte über die Diamanten im Umlauf sind. Erst gestern hat irgendein albernes Geschöpf meiner Tante erzählt, daß ich und keine andere ›Isabel‹ sei und alle anderen Namen: die Gräfin Dingsda, die Herzogin von So-und-So, aus der Luft gegriffen wären. Und jetzt will Papa meine Juwelen sehen. Was soll ich tun, damit die ganze erbärmliche Wahrheit nicht ans Licht kommt?«

»Sie vergessen, daß ich die Wahrheit nicht kenne. Darf ich Sie daran erinnern, daß Sie mich nur so weit ins Vertrauen gezogen haben, als ich Ihren Schmuck geholt und an seinen Bestimmungsort getragen habe. Weihen Sie mich nicht unabsichtlich in ein Geheimnis ein, und entschließen Sie sich nicht zu schnell.«

»Ich möchte aber, daß Sie mir raten, was ich tun soll.«

»Dann müssen Sie mir sagen, um was es sich handelt, Fräulein Woodward.«

»Ich dachte, Sie wüßten schon alles, es ist doch so einleuchtend. Aber die Männer sehen nie etwas. Ich muß Ihnen also gestehen, obwohl Sie mein Geständnis albern finden werden, daß Hawkshaw mir sagte, er stünde am Rande des Untergangs. Da schenkte ich Idiotin ihm meine Diamanten, um ihn zu retten.«

»Das war sehr großzügig von Ihnen. Wenn er Ihre Güte mißbraucht, muß er ein großer Gauner sein.«

»Es geschah eigentlich nicht freiwillig. Übrigens versucht er nachzuweisen, daß ich mit ihm verlobt war.«

»Ich verstehe nicht, was das an der Sache ändert. Waren Sie tatsächlich mit ihm verlobt?«

»Nein«, sagte Isabella, und wie immer, wenn sie log, sah sie dabei dem Fragenden in die Augen.

»Wo liegt also die Schwierigkeit?«

»Die Schwierigkeit? Nun, ich muß Papa verhindern, zu entdekken, daß ich Mamas Juwelen Hawkshaw geschenkt habe, denn er kann ihn nicht ausstehen. Denken Sie nur, was er und jeder andere davon halten würde.«

»Das sehe ich nicht ein.«

»Dann kennen Sie die Menschen nicht. Bitte, seien Sie nicht dumm – ich meine, nicht halsstarrig. Ich habe einen Plan, den auszuführen Sie mir helfen müssen. Versprechen Sie mir, daß Sie es tun werden.«

»Zuvor möchte ich wissen, worin Ihr Plan besteht«, sagte Smith, den ihr einschmeichelnder Tonfall zur Vorsicht mahnte.

»Auf solche Art würde mir jeder seine Hilfe anbieten. Ein Freund sollte zuvor wissen, ob er die Absicht hat, zu helfen oder nicht.«

»Ich bin bereit, Ihnen zu helfen, doch will ich mich auf keinen Plan einlassen, weil ich bis jetzt keine Notwendigkeit dazu sehe.«

»Also, die Sache steht so: ich muß unter allen Umständen die Diamanten zurückbekommen. Ich möchte, daß Sie zu Hawkshaw gehen und von ihm herauskriegen, was er damit angefangen hat. Ich weiß, daß er sie entweder verkauft oder verpfändet hat; aber wenn ich erst einmal weiß, wo sie sind, werde ich sie mir schon verschaffen, ob ich sie nun auslösen oder zurückkaufen muß.«

»Bedenken Sie aber, was Sie das kosten wird. Solche Kleinodien würde ein Händler nur zu einem sehr hohen Preis zurückgeben; und selbst, um sie auszulösen, würde man mehr Geld brauchen, als Sie sich verschaffen könnten – außer, wenn Sie über sehr große Geldmittel verfügen.«

»Glauben Sie, daß man gar soviel verlangen würde? Die Sachen sind sehr altmodisch.«

»Diamanten sind nie altmodisch.«

»Ich habe eine Menge Sachen, die ich nicht brauchen kann, und Frau Daly könnte Geld darauf aufnehmen.«

»Wäre es klug, sich einem Dienstboten anzuvertrauen?«

»Oh, Frau Daly weiß Bescheid. Sie hat mir schon oft Geld verschafft.«

Smith machte große Augen. »Nehmen wir sogar an, daß Sie die Juwelen bekommen«, sagte er, »was hilft Ihnen das?«

»Ich habe mir einen Plan ausgedacht, der dann alles in Ordnung brächte. Sobald ich die Steine habe, werde ich sie Frau Dalys Nichte senden, die unser Haus in Irland beaufsichtigt. Sie wird sie dann an Papa zurückschicken.«

»Und dann?«

»Und dann! Das wird meine Erklärung bestätigen. Sie sind wirklich ein echter Engländer, Herr Smith.«

»Verzeihung, ich bin zweifellos sehr begriffsstutzig, denn ich verstehe immer noch nicht. Was haben Sie gesagt? Daß dieses Vorgehen Ihre Erklärung bestätigen wird?«

»Papa hat mich heute vormittag nach den Diamanten gefragt. Natürlich mußte ich ihm sagen, daß ich sie zu Hause gelassen habe; das heißt in Irland.«

Smith fuhr zurück und blickte sie erstaunt und unwillig an. Sie warf ihm einen besorgten Blick zu und setzte, sich entschuldigend, hinzu: »Was sonst konnte ich tun?«

»Ich muß bekennen, Fräulein Woodward«, sagte Smith, »daß ich Ihren Plan weniger denn je verstehe. Warum Sie sich dazu hergegeben haben, vor Ihrem Vater irgendeine Handlung zu leugnen, das wissen Sie am besten; doch wenn Sie allen Grund haben, auf Ihr Vorgehen stolz zu sein, und wenn die Verheimlichung nur Geldverluste, Bestechung Ihrer Dienerschaft und ein Gewebe zweckloser Betrügereien zur Folge hat, dann scheint mir Ihr Plan die unglaublichste Torheit.«

Isabella biß sich auf die Lippen und stand, uneins mit sich selbst, zwischen Enttäuschung, Beschämung und gekränktem Stolz da.

»Sie wollen mir also nicht helfen? Wollen Sie das damit sagen?« fragte sie.

»Ich werde Ihnen bestimmt nicht dabei helfen, sich unwürdig zu betragen.«

»Sie, der Sie unabhängig sind und nichts zu befürchten haben, haben sehr leicht predigen!« rief Isabella zornig. »Sie verstehen aber meine Lage nicht. In unserer Welt muß man das Zweckmäßige zu tun versuchen. Ich kann wirklich nicht einsehen, daß ich gar so unrichtig handle. Die Juwelen haben mir gehört und ich hatte durchaus das Recht, darüber zu verfügen, wie ich wollte. Und ich versuche nur, Papa sehr viel Ärger zu ersparen, dem ich ihn zwecklos aussetze, wenn ich ihm die Wahrheit gestehe.«

»Ich zöge es bei weitem vor, einem so geringen Ärger ausgesetzt, statt von Ihnen betrogen zu werden. Sie wollen sich mit der Dienerschaft verschwören, das Vertrauen Ihres Vaters mißbrauchen und seine Freude an Ihnen zerstören.«

»Das ist reine Sophisterei, Herr Smith. Wenn er nie erfahren wird, daß ich ihn betrogen habe, wie kann er die Freude an mir verlieren?«

»Wie lange wird wohl für ihn ein Geheimnis bleiben, was Frau Daly, Hawkshaw, der Gedichte darüber veröffentlicht, Frau Dalys Nichte und vermutlich noch andere wissen?«

»Frau Daly und Lizzie kann man durchaus vertrauen.«

»Und den anderen? Hawkshaw zum Beispiel?«

»Was soll ich tun?« fragte Isabella fast in Tränen. »Was soll der Streit, wenn ich schon eine Unwahrheit gesagt habe? Ich kann nicht mehr zurück.«

»Ihrem Plan gemäß ist ein Rückzug viel besser als ein Vormarsch.«

»Ich wollte, ich hätte die Diamanten nie gesehen!« rief Isabella aus. Dann stampfte sie mit dem Fuß auf den Kies und flüsterte: »Verdammt!«

Smith fuhr auf. Eine junge Dame, die nicht vernünftig denken konnte und deren Ansichten von Recht und Unrecht sich auf persönliche Rücksichten stützten, war ihm nichts Neues. Eine junge Dame jedoch, die bewußt Lügen erzählte, ihre Kleider durch Vermittlung ihrer Dienstboten versetzte und auch noch fluchte, stieß ihn ab.

»Ich kann Ihnen nicht ernstlich genug empfehlen, Herrn Woodward zu beichten, was aus den Juwelen geworden ist«, sagte er. »Wenn es Ihnen peinlich ist, hinzuzufügen, daß Sie, der ersten Eingebung folgend, eine Ausrede gebrauchten, als er sie heute früh überraschte, dann müssen Sie sich diese Sühne dafür gefallen lassen, daß Sie ihm eine Unwahrheit gesagt haben.«

»Ja, ich beginne zu glauben, daß Sie recht haben«, sagte Isabella aufgeheitert. »Wenn ich es so begründe, kann er doch nicht sehr zornig sein, nicht wahr?«

»Es handelt sich nicht darum, es so oder so zu begründen«, sagte Smith unnachsichtig. »Ich habe nur vorgeschlagen, was vermutlich der Wahrheit entspricht.«

»Selbstverständlich. Glauben Sie, daß Papa über mich empört sein wird? Ich weiß, daß Sie mich für noch schlechter halten, als ich wirklich bin, aber ich könnte es wirklich nicht ertragen, Papa gegen mich aufgebracht zu sehen.«

»Es würde mich nicht einmal wundern, wenn er Sie, ganz im Gegenteil vielleicht, für noch aufrichtiger hielte, als wenn Sie ihm sofort die Wahrheit gesagt hätten. Und er wird Ihnen bestimmt nicht halb soviel Vorwürfe wegen der Diamanten machen, weil sein ganzes Interesse von Ihrem Geständnis in Anspruch genommen sein wird.«

»Dann ist es doch vielleicht gut, daß ich es ihm nicht gesagt habe.«

Smith blickte ernst vor sich hin.

»Ich habe das Gefühl, daß ich handeln muß, wie Sie mir raten«, sagte sie nach einer Pause. »Doch werde ich furchtbare Angst haben, Papa zu beichten. Ich weiß nicht, wie ich es anstellen soll.«

»Es freut mich, daß ich Sie überzeugt habe. Nun, da Sie Ihren Plan aufgegeben haben, darf ich sagen, daß ich der Ansicht bin, Ihr Vorhaben wäre Ihnen bestimmt mißlungen, ohne deshalb den Anschein erwecken zu wollen, daß ich Sie dazu gebracht habe, einen niederträchtigen Weg aus einem niederträchtigen Beweggrund aufzugeben.«

»Glauben Sie?«

»Ich bin dessen sicher. Hätten Sie sich auch genug Geld verschaffen können, was ich sehr bezweifle, die Verzögerung hätte Sie doch verraten, wenn Hawkshaw Ihnen nicht selbst zuvorgekommen wäre«.

»Möglich. Ich glaube tatsächlich, daß Sie recht haben. Es ist ein Trost, wenn man einen Plan aufgeben muß, zu wissen, daß er zwecklos gewesen wäre.«

»Ich fürchte, daß sie ihn trotzdem nur wegen seiner Undurchführbarkeit verworfen haben. Warum gehen Sie nicht infolge Ihrer Redlichkeit den rechten Weg?«

»Es schadet nicht, wenn man sich einredet, der rechte Weg sei auch immer der ratsamste, nicht wahr?«

»Nein«, sagte Smith und hielt inne, als ihm klar wurde, daß er stolz auf seine überlegene Tugend war. »Und nun, da ich darüber nachdenke«, setzte er fort, »bin ich nicht ganz sicher, ob ich die strenge Redlichkeit aus einem anderen Grunde empfohlen habe, als weil ich von ihrem höchsten Vorteil überzeugt war.«

»Das kann ich nicht glauben«, sagte Isabella mit neidvoller Trauer. »Ich glaube, Sie lieben die Redlichkeit um ihrer selbst willen.«

»Ganz richtig, nur weiß ich nicht genau, was sie bedeutet.«

»Vermutlich bedeutet sie das, was Sie gerade wollen«, sagte Isabella etwas ungeduldig. »Mein Gott, wie lange wir geplaudert haben. Es ist fünf Uhr vorbei, ich muß fort.«

»Sie sind fest entschlossen, den rechten Weg zu gehen, Fräulein Woodward?«

»Ich glaube ja.«

»Sie glauben ja?«

»Abgemacht, ich werde ihn gehen. Wenigstens bin ich beinahe überzeugt davon.«

»Verzeihen Sie, es wäre mir aber lieb, Sie wären vollkommen überzeugt, ehe wir auseinandergehen.«

Isabella zögerte. »Es hat keinen Sinn, unbezähmbare Tugend vorzuheucheln, Herr Smith«, sagte sie, »denn ich habe eine fürchterliche Angst, Papa alles zu gestehen, und ich weiß, wenn es dazu kommt, wird mein ganzer Mut dahin sein.«

»Ich habe Herrn Woodward immer für den nachsichtigsten aller Väter gehalten. Wenn er das wirklich ist, so ist es sicherlich undankbar, vor ihm Angst zu haben.«

»Das ist es ja gerade, was mir Angst macht. Begreifen Sie nicht, daß dann jeder Betrug doppelt so schlimm ist? Wäre er ein harter mürrischer Mensch, wie so manche Väter, so wäre es eine Freude, ihm zu trotzen und ihn zu überlisten. So aber wird er mich für undankbar halten, weil ich ihn angelogen habe, und für niederträchtig, weil ich aus der Not eine Tugend mache und ihm beichte, was ich nicht länger verhehlen kann. Ich wollte, er könnte den Plan kennenlernen, den ich nun verworfen habe. Dann wüßte er, daß ich ihn auch hätte betrügen können, wenn ich gewollt hätte, und daß mein Geständnis freiwillig erfolgte, nur weil ich es nicht ertragen konnte, ihn zu belügen.«

»Es ist zwecklos, Ihnen zu raten!« rief Smith mit unverhohlenem Ekel aus. »Die Weibsleute haben keinen Sinn für Moral.«

»Beeilen Sie sich nicht so, schlecht von mir zu denken, Herr Smith. Ich habe nicht gesagt, daß ich Papa nicht die Wahrheit sagen werde. Ich habe durchaus die Absicht, ihm die Wahrheit zu sagen.«

»Tun Sie das; und es wird Ihnen hinterher gleichgültig sein, was die Leute über Sie denken, wenn Sie nur die Forderung Ihrer eigenen Selbstachtung befriedigt haben.«

Isabella steckte ihren Finger in den Gürtel und blickte erst unbehaglich zu Boden und dann auf Smith. »Es ist wohl kaum möglich, daß Hawkshaw die Juwelen noch hat«, sagte sie. »Aber es wäre immerhin möglich, daß er sie nicht verkauft hat.«

»Möglich ist es, doch nicht sehr wahrscheinlich. Außerdem ändert das an der Sachlage nichts.«

»Nein. Selbstverständlich nicht.« Einige Minuten stand Isabella schweigend da und spielte noch immer mit dem Gürtel. Dann sagte sie: »Ich glaube, ich werde in die Kirche gehen und mit Vater Ignatius sprechen. Er wird mir sagen, was ich tun soll.«

»Was in aller Welt hat ein Priester dabei zu schaffen? Ein Mann, den berufliche Vorurteile und Weltabgeschiedenheit zum denkbar schlechtesten Ratgeber machen. Dazu kommt noch, daß ein Priester, so gut er es auch meint, alle ethischen Fragen, Recht und Unrecht, von einem falschen Standpunkt aus betrachtet.«

»Ich bin erstaunt, Herr Smith«, sagte Isabella. »Sie sind der letzte, von dem ich lächerliche Vorurteile erwartet hätte.«

»Zugegeben, selbst, daß Vater Ignatius mit ewiger Weisheit ausgerüstet ist, was könnte er Ihnen über diese Angelegenheit sagen, was Sie nicht schon wissen? Sie erwarten doch nicht, daß er Ihnen sagen wird, es sei schön und in Ordnung, wenn Sie Ihren Vater belügen.«

»Nein, das wohl nicht«, sagte Isabella, sichtlich berührt von dieser Folgerung. »Dann kann es aber auch nicht schaden, ihn aufzusuchen.«

»Es kann auch nichts nützen. Er wird Ihnen nur eine Buße auferlegen für das, was Sie schon getan haben.«

»Das wird er sowieso tun, wenn ich das nächste Mal beichte. Aber ich fürchte, eine noch schwerere Buße wird er mir dafür auferlegen, daß ich mit angehört habe, wie Sie über unsere Religion sprechen.«

»Jedenfalls werden Sie selbst fühlen müssen, daß Sie sich auf eine sehr leichte Art jeder Verantwortung entziehen können, wie schlecht Sie auch handeln mögen, indem Sie sich von einem Vertreter der Kirche Absolution erteilen lassen.«

»Bitte, hören Sie auf, Herr Smith, ich darf Sie nicht länger anhören.«

»Also kurzum, ich bin dagegen, daß Sie in die Kirche gehen«, sagte Smith, »weil ich durch Erfahrung weiß, daß die Menschen in praktischen Fragen niemals zur Religion flüchten, außer, wenn sie eine Ausrede für ein Unrecht suchen. Was man fälschlich einen schmalen, verborgenen Pfad nennt, das ist in Wirklichkeit ein breiter und klarer Weg, und wie jede andere Straße kann er nur mit freiem Auge und nicht in einer Kirche gesehen werden.«

»Das mag von anderen Kirchen gelten, nicht aber von der einzig wahren Kirche. Bitte sprechen sie nicht mehr davon. Es ist jetzt für den Besuch einer Kapelle zu spät, und nach dem Essen muß ich fort. Sie können also, was Vater Ignatius betrifft, vollkommen beruhigt sein. Jetzt muß ich aber so schnell wie möglich nach Hause. Auf Wiedersehen.«

»Ich nehme an, daß die ganze Angelegenheit vor morgen früh erledigt sein wird.«

Isabella nickte und lief davon. Smith ging nach Hause, sehr erregt durch seinen Haß auf die Religion. Er blähte sich im Erfolg seiner gerechten Tugendhaftigkeit und spielte mit Traumbildern von zerstörten Kirchen und widerlegten Priestern.

Sechstes Kapitel

Am nächsten Morgen wartete Smith nicht ohne Angst auf Woodwards Kommen, denn er wußte, wenn Isabella seinen Rat befolgt hatte, könnte das zu seiner Entlassung führen.

»Guten Morgen«, sagte er, als Woodward eintrat.

»Guten Morgen«, knurrte Woodward.

»Gut«, dachte Smith, »sie war doch anständig genug, ihm zu beichten.«

Ehe die alltägliche Morgenarbeit erledigt war, wurde kein Wort mehr gesprochen. Dann sah Woodward seinen Sekretär forschend an; und obwohl seine Nasenflügel zuckten, als wäre er belustigt, blickte er doch finster drein und begann in strengem Ton:

»Sie sind mir ja ein feiner junger Strolch! Und Ihnen vertraut man ein Haus an, was?«

Da Smith nicht wußte, was er erwidern sollte, schwieg er und lächelte.

»Worüber grinsen Sie?«

Einen Augenblick blickte Smith ernst vor sich hin, und dann lächelte er abermals.

»Nun?« fragte Woodward.

»Der einzige Vertrauensbruch, den ich beging – wenn es einer war –« sagte Smith, »erweckte mir selbst große Bedenken. Aber ich weiß nicht recht, wie ich mich hätte weigern können, ihn zu begehen.«

»Hätten Sie mir nicht sofort brieflich auseinandersetzen können, was geschah?«

»Ich wußte nicht, was geschah, Herr Woodward. Auch glaube ich nicht, daß Sie eine bessere Meinung von mir haben würden, wenn ich auf Grund eines unberechtigten Verdachtes den Angeber gespielt hätte.«

»Ha! Sie haben Bella auch über ihr Verhalten mir gegenüber beraten, nicht wahr?«

»Gestern war Fräulein Woodward in solcher Verlegenheit, daß sie sich an mich wandte, weil ich der einzige Mensch bin, der von der Angelegenheit weiß.«

»Holt Sie gewöhnlich Rat bei Ihnen?«

»Nein«, erwiderte Smith und errötete.

»Ich könnte wetten, daß sie ihre heiligen Priester in der Brompton-Straße vorzieht«, sagte Woodward, der ein guter irischer Protestant war. »Kein Wunder, daß das arme Kind von seinen Heiligenbildern und Kerzen und Beichten ganz verwirrt wird. Ich würde mich nicht wundern, wenn man sie lehrte, daß es ihre Pflicht sei, mich zu belügen, weil mein Vater Vorsteher einer Orange-Loge war.«

Smith fühlte sich nicht verpflichtet, die römische oder irgendeine andere Kirche zu verteidigen.

»Folgen Sie meinem Rat, Smith«, sagte Woodward, der seinen knurrenden Ton fallen ließ und nun ernst und gütig sprach, »wann immer sie ein Mädchen sehen, das Sachen macht wie die, in die Sie verstrickt wurden, können Sie darauf schwören, daß sie eine Torheit begeht. Denken sie dann nicht weiter an Ihre Ehre, sondern sagen Sie es entweder den Eltern, oder jagen Sie ihr Angst ein, indem Sie ihr damit drohen. Wenn Sie das nicht können, dann gehen Sie solchen Angelegenheiten ja aus dem Wege. Jetzt aber, nachdem Sie Bella so eifrig dabei geholfen haben, ihre Diamanten zu verschenken, will ich wissen, ob Sie mir ebenso eifrig dabei helfen wollen, sie zurückzubekommen.«

»Ich bin ebenso und weitaus lieber dazu bereit.«

»Dann möchte ich Sie bitten, diesen Gauner aufzusuchen und zu erfahren, was er damit gemacht hat.«

Jetzt berichtete Smith, was sich bei der Begegnung in Ladbroke Grove zwischen ihm und dem Dichter zugetragen, und auch, wie sie sich seitdem geschnitten hatten. Er gab auch seiner Befürchtung Ausdruck, daß ihm schon an der Schwelle der Eintritt verweigert werden würde, wenn er versuchen wollte, sich mit Hawkshaw persönlich in Verbindung zu setzen.

»Ich wollte, Sie hätten ihm den Hals umgedreht«, sagte Woodward. »Ich selber will keinerlei Auseinandersetzung mit ihm haben, deshalb habe ich ihm geschrieben, daß ich Sie morgen zu ihm schicken werde, um die Diamanten zu holen, falls er es auf sich nimmt, sie binnen dieser Zeit wiederzubekommen. Ich habe ihm einen Scheck auf fünfzig Pfund beigelegt, damit er sie auslösen kann, denn vermutlich hat er sie versetzt. Um mich für alle Fälle zu vergewissern, fügte ich hinzu, er möge mir sofort schreiben, falls dieser Betrag nicht genügen sollte. So also steht die Angelegenheit augenblicklich.«

»Ich werde ihn morgen aufsuchen.«

»Ich bin nicht überzeugt, daß es klug von mir war, ihm den Scheck anzuvertrauen«, sagte Woodward und kratzte sich am Kopf. »Doch es läßt sich wohl nicht ändern. Meiner Treu, eine ganze Menge Geld fortgeworfen für nichts und wieder nichts. Der Teufel soll ihn samt dem Geld holen! Herein!«

»Herr Hawkshaw«, meldete Hamlet und öffnete die Tür.

»Einen Augenblick!« rief Woodward und sprang hastig auf die Füße, »lassen Sie ihn nicht ——«

Er wurde durch den Eintritt Hawkshaws unterbrochen. »Ich werde Sie nicht länger als fünf Minuten aufhalten, wenn Sie mir diese kurze Zeit gewähren wollen«, sagte der Dichter mit geziemender Achtung vor Woodwards Alter. »Vielleicht wäre es besser, wenn ich meine Angelegenheit nicht vorbrächte, ehe wir unter vier Augen sind.«

»Mein junger Freund hier ist mit dem einzigen Geschäft, das wir miteinander zu verhandeln haben, vertraut«, erwiderte Woodward. »Nehmen Sie Platz.«

Smith bot Hawkshaw einen Sessel an.

»Herr Woodward«, sagte der Dichter, »gestatten Sie, daß ich Ihnen diesen Scheck auf fünfzig Pfund zurückgebe. Sie haben mir Beweggründe zugemutet, als Sie glaubten, ich würde ihn annehmen, die mir zuzutrauen, wie ich emphatisch behaupte, ich Ihnen niemals auch nur den geringsten Anlaß gab. Gestatten Sie auch, daß ich Ihnen die Juwelen zurückerstatte. Sie anzunehmen, wie ich es getan habe, war vielleicht ein Leichtsinn meinerseits. Ich hatte die Wahl, entweder eine Gabe anzunehmen, die, wie ich dachte, ein Zeichen der reinsten und edelsten Sympathie war, oder darauf zu verzichten aus einer Regung meines eigenen persönlichen Stolzes und aus feiger Angst vor den gemeinen Mißverständnissen anderer. Ich habe gewählt wie ein Dichter und nicht wie ein Mann von Welt. Ich habe hoffentlich nicht nötig hinzuzufügen, daß diese Juwelen bis zu dieser Stunde ununterbrochen in meinem Besitz geblieben sind. Ich verzichte jetzt auf sie, weil ich nicht mehr hoffen darf, sie meiner Gattin um den Hals zu legen als triumphierenden Beweis meiner Uneigennützigkeit und meiner Liebe.«

Smith wurde von Reue erfaßt. Er begann zu fürchten, daß er gegen Hawkshaw ungerecht gewesen war.

»Sie tun gut daran, die Juwelen zurückzubringen«, sagte Woodward ernst, »wie immer man auch darüber denken mag, daß Sie sie angenommen haben.«

»In beiden Punkten vertraue ich meinem Ehrgefühl«, erwiderte Hawkshaw, »und deshalb wäre vielleicht jedes andere Gefühl nur Schwäche. Ich glaube aber, die Tatsache, daß ich die Juwelen zurückerstatte, muß jeden Verdacht entkräften.«

»Ich habe nicht den Wunsch, diese Frage zu erörtern«, entgegnete Woodward. »Ich bin Ihnen dafür verbunden, daß Sie mir die Diamanten meiner Tochter bringen.«

»Ich kann nicht behaupten, daß Sie mich von der Aufrichtigkeit Ihrer Gefühle überzeugt haben«, sagte Hawkshaw und erhob sich.

»Tod und Teufel, Mensch!« rief Woodward und gab plötzlich seine würdige Haltung auf. »Erwarten Sie denn, daß ich mich dafür zu Dank verpflichtet fühle, daß Sie meine Tochter zum Stadtgespräch gemacht haben für zwei Guineas pro Buch? Glauben sie wirklich, daß sie mir einreden können, Sie hätten diese Diamanten nicht gestern ausgelöst, und zwar mit dem Geld, das Sie mit Ihrem schändlichen Buch verdient haben?«

»Es überrascht mich nicht, daß Sie mich mißverstehen«, sagte Hawkshaw kaltblütig.

»Wirklich! Nun, mich überrascht es, daß Sie glauben können, ich wäre in meinem Alter dumm genug, mich durch solche Entschuldigungen verwirren zu lassen. Am Tage, nachdem wir von Irland heimgekehrt sind, hat Bella Ihnen den Laufpaß gegeben. Und wie lange sind wir hier? Über einen Monat. Und doch bringen Sie die Diamanten erst heute zurück, und auch das erst, nachdem Sie dazu aufgefordert worden sind.«

Hawkshaw verbeugte sich, nahm seinen Hut und ging auf die Tür zu.

»Bitte klingeln Sie, Smith«, sagte Woodward, durch die Förmlichkeit des Dichters aufgebracht. »Sie können sich glücklich schätzen, Herr Hawkshaw, daß Sie in dieser Stadt und in dieser Zeit leben. Zu meiner Zeit hätte sich ein junger Mann eher erschossen, als Geschenke von einer Frau anzunehmen, und so einem andern die Mühe erspart, ihn hinterher zu erschießen.«

»Eine falsche Beweisführung, glauben Sie mir«, sagte Hawkshaw. »Guten Morgen.« Er ging hinaus, von Hamlet geführt, der, da er rechtzeitig eingetreten war, um die letzten Worte seines Herrn zu erhaschen, den Dichter böse anblickte, während er ihn zur Tür begleitete, die er im Augenblick, da der ungebetene Gast die Schwelle überschritten hatte, hinter ihm zuschlug.

»Es ist eine Beweisführung, die Sie jedenfalls zum Schweigen brächte«, brummte Woodward, als Hawkshaw verschwunden war. »Nicht wahr, Smith?«

»Es ist eine Beweisführung, mit der er ebensogut seinen Gegner zum Schweigen bringen könnte. Manchmal wird der Unrechte getroffen.«

»Wirklich? Kann sein, daß Sie recht haben. Sie sind klug für Ihr Alter. Doch Beweisführung hin, Beweisführung her, ich freue mich, daß ich die Juwelen zurückhabe, nicht zu sprechen von den fünfzig Pfund. Der Kerl muß eine Menge Geld mit diesem Buch verdient haben, sonst hätte er den Scheck niemals hergegeben.«

»Sie sind also nicht der Ansicht, daß er durch die Gefühle, auf die er sich beruft, irgendwie beeinflußt war?«

»Pah! Welch ein Narr!« Das hieß, daß Woodward der Meinung war, Hawkshaw sei kein Narr. »Vielleicht glaubt er sein dummes Gewäsch schließlich noch selbst, weil er es immer wiederholt, niederschreibt und zusammenreimt. Es ist sein Geschäft, die Wahrheit zu verdrehen und, wie Jesaias sagt, die Bösen gegen eine Belohnung zu rechtfertigen. Das sagte der Prophet doch, nicht wahr? ›Weh denen, die Böses gutheißen und Gutes böse, die die Finsternis an Stelle des Lichtes und das Licht an Stelle der Finsternis, die das Bittere an Stelle des Süßen und das Süße an Stelle des Bitteren setzen!‹ Ich glaube, so heißt es doch, nicht wahr?«

»Um so schlimmer für die Dichter!«

»Genau das wollte ich sagen. Sie haben einen Wunsch frei, und ich will ihn erfüllen. O weh, sind noch Briefe zu erledigen?«

Die Diamanten wurden nicht mehr erwähnt; doch ein gelegentliches Kichern Woodwards wies darauf hin, daß er mit sich zufrieden war, froh, Hawkshaw die Meinung gesagt zu haben. Der Sekretär aber war der Ansicht, daß gegen Schluß der Unterredung das Benehmen des Dichters dem Woodwards an Würde überlegen gewesen war.

Als Smith heimwärtswandernd die Cromwell-Straße überquerte, fuhr ein offener Wagen an ihm vorbei, in dem Isabella und Frau Daly saßen, der ein schwarzseidenes Kleid und eine Haube das Ansehen einer heruntergekommenen Dame verliehen. Als Isabella ihn erblickte, ließ sie den Wagen halten. Er ging zum Wagenschlag und gewahrte unter der Decke eine Menge Brennholz in kleinen Bündeln und mehrere Pakete in braunem Papier.

»Wir waren auf dem Hochamt«, sagte Isabella. »Heute ist ein Feiertag für uns.«

Smith sah auf das Holz, neugierig, ob es für eine ihm unbekannte Feierlichkeit zurechtgeschichtet war.

»Nein, das haben wir nicht in der Kirche bekommen, Herr Smith«, sagte Isabella. »Frau Daly hat im Konsumverein Einkäufe gemacht. Darf ich Sie fragen, ob Sie Sachverständiger in Kautschukpflanzen sind?«

»Was ist eine Kautschukpflanze?«

»Ach! Sie kennen sie sehr gut. Diese großen grünen Dinger.«

»Die wenigen Pflanzen, die ich kenne, sind alle grün.«

»Was Sie nicht sagen! Ich gehe heute in Parsons Pflanzenanstalt in die Kings-Straße, um einige Pflanzen zu besorgen. Ich werde dort allein sein, von Frau Daly abgesehen natürlich. Wenn Sie um drei Uhr dort sind, können Sie mir bei der Wahl der Pflanzen behilflich sein, und ich kann Ihnen einige Neuigkeiten erzählen. Können Sie kommen?«

»Mit Vergnügen. Um drei Uhr?«

»Um drei Uhr, jawohl«, erwiderte Isabella und befahl dem Kutscher, weiterzufahren.

»So ein Gimpel«, bemerkte Frau Daly mitleidig, als sie weiterfuhren. »Ich glaube, er ist etwas einfältig.«

»Um so besser«, sagte Isabella. »Ich habe die andere Art satt. Es ist ein Trost, endlich einem wirklichen braven Mann zu begegnen.«

»Herrje! Das nennen Sie einen Mann! Das ist doch nur ein junger Bursch, der im Haus herumläuft, Briefe auf die Post trägt und dergleichen mehr für seinen Herrn besorgt. Sie sollten bedenken, Fräulein Bella, daß er nicht Ihresgleichen ist.«

»Lassen Sie mich zufrieden, Essie«, war Isabellas einzige Erwiderung.

Punkt drei Uhr traf Smith den Wagen vor der Tür des Blumenhändlers in der Kings-Straße und trat mit Isabella in die Pflanzenhandlung ein. Frau Daly ließen sie zurück, die zum Wohl der Pferde in der Nachbarschaft auf und ab fuhr. Der Kauf der Kautschukpflanze wurde bald erledigt. Der Gärtner, ein vierzigjähriger Schotte mit harten Gesichtszügen, bewunderte Isabellas dunkle Augen und fügte ihrem Einkauf eine so reiche Blumenspende hinzu, daß Smith sich verpflichtet fühlte, ihm ein Trinkgeld zu geben. Als Isabella um Erlaubnis bat, durch die Treibhäuser gehen zu dürfen, um die Orchideen zu besichtigen, wurde infolgedessen keinerlei Einwendung erhoben. Sie war bald mit dem Sekretär allein in einer feuchten Atmosphäre voll Erdgeruch. Das Thermometer zeigte achtundzwanzig Grad C, und Blüten von mannigfaltigen zarten Farben und phantastischen Formen sprangen aus hängenden Holzgittern hervor.

»Wahrscheinlich wissen Sie schon, daß ich Papa gebeichtet habe«, sagte sie.

»Jawohl, ich schloß dies aus allem, was er heute vormittag zu mir sagte. Haben Sie von Hawkshaws Besuch gehört?«

»Ja, doch möchte ich mehr von Ihnen darüber erfahren. Papa erzählte mir keine Einzelheiten; er gab mir nur die Juwelen und erzählte mir, daß dieser Gauner, wie er Hawkshaw nennt, es fertiggebracht hätte, sie mit dem Ertrag dieses scheußlichen Buches auszulösen.«

Smith berichtete, was sich zwischen dem Dichter und Woodward zugetragen hatte. Als er geendet hatte, sagte sie:

»Ich bin entzückt, daß Papa ihm klargemacht hat, wie niederträchtig er sich benommen hat. Ich wollte nur, ich hätte ihm meine eigene Meinung darüber sagen können. Das kommt davon, wenn man meinem Geschlecht angehört. Einerlei, wie gerecht ein Vorwurf auch sein mag, von den Lippen einer Frau klingt es immer wie niedriges Geschimpfe.«

»Selbst aus dem Munde eines Mannes klingt er nicht sehr würdig, Fräulein Isabella«, moralisierte Smith.

»Nun ja, doch einem Mann kann es egal sein. Aber ich darf nicht vergessen, daß ich Ihnen zu Dank verpflichtet bin, weil Sie mich davor bewahrt haben, die Achtung meines Vaters wie auch meine eigene auf immer zu verscherzen. Ich war in einer fürchterlichen Klemme. Gegen mich war er gar nicht aufgebracht, obwohl er über Hawkshaw geradezu tobte. Mir hat er nicht den Schatten eines Vorwurfs gemacht; ich glaube wirklich, daß er hauptsächlich Angst hatte, ich könnte wie eine Idiotin losheulen, was ich auch fast getan hätte. Was Sie behauptet haben, war ganz richtig. Es war meiner unwürdig, mich vor ihm zu fürchten, und es beweist nur, was für Feiglinge Schuld oder zumindest Dummheit aus uns macht.«

»Es freut mich, daß der gerade Weg, den ich Ihnen riet, seine Zweckmäßigkeit erwiesen hat. – Wenn Sie es nicht zu neugierig finden, darf ich Sie fragen, was das zu bedeuten hatte, was Sie gestern Abend erwähnten? Ich habe es nicht recht verstanden.«

»Bitte, fragen Sie nur, was immer Sie wollen.«

»Ich möchte zu gerne wissen, welchen Beweggrund Hawkshaw für die Rache hatte, der Sie seine Veröffentlichung jener Gedichte zuschreiben. Er wird doch nicht so niederträchtig sein, Sie dafür bloßzustellen, daß Sie sich ihm gegenüber großmütig gezeigt haben?«

»Ich weiß nicht, welchen Beweggrund er gehabt haben mag, außer der Kühle, die zwischen uns entstand, als ich von Rosstrevor zurückkehrte.«

»Eine Kühle?«

»Tatsache ist, Herr Smith, daß wir in Rosstrevor soviel zusammenwaren, daß er sich einbildete, ich hätte ihn lieber, als es in Wirklichkeit der Fall war; und als ich ihn nach unserer Rückkehr darüber aufklärte, ging er gekränkt davon. Niemals wird ein Mann die Verletzung seiner Eitelkeit verzeihen.«

Nachdenklich zupfte Smith an seinem Schnurrbart und schwieg. Plötzlich fügte Isabella leidenschaftlich hinzu: »Es ist infam gelogen, wenn er behauptet, ich hätte ihm Avancen gemacht. Sein Buch ist voll davon, und er war gemein genug, es mir damals schlankweg ins Gesicht zu sagen.«

»Machen Sie sich nichts daraus, niemand wird einem abgewiesenen Freier glauben«, tröstete Smith.

»Das ist Ihre Ansicht. Die Leute sind aber selbst so gemein, daß jeder gerade solche gemeine Anspielung glauben wird.«

»Und wenn schon! Am besten strafen Sie ihn Lügen, wenn Sie gar keine Notiz von ihm nehmen. Was liegt denn an den Leuten?«

»Das ist alles schön und gut, Herr Smith. Aber was für einen Zweck hat es, auf das Vergnügen, tollkühn zu handeln, zu verzichten, wenn man keinerlei Ehre dafür einheimst?«

»Wenn Sie das ein Vergnügen nennen, dann hat es natürlich

keinen Zweck.«

Nach einer Weile sagte Isabella: »Herr Smith, sind Sie wirklich der Ansicht, daß die Tugend sich auf dieser Welt selbst belohnt?«

»Wenn dem nicht so wäre«, erwiderte er schnell, »so wäre sie das Laster.«

»Das ist aber Unsinn, wissen Sie?«

»Außerdem können Sie noch immer auf Ihre Belohnung in jener Welt hoffen«, sagte Smith mit einem skeptischen Grinsen. »Sei tugendhaft, sonst kommst du in die Hölle.«

»Bitte schweigen Sie«, sagte sie schaudernd, »ich wollte, Sie würden einen behaglicheren Gesprächsstoff wählen als die Religion.«

»Diese Abteilung ist die heißeste, die wir jetzt besucht haben. Ich fühle mich ganz schlaff. Sollten wir nicht zu den Farnkräutern zurückkehren?«

»Gewiß. Mir ist, als nähme ich ein türkisches Dampfbad in Kleidern. Uh, wie kühl ist es hier, damit verglichen!«

In den Räumen, durch welche sie gegangen waren, begegnete ihnen gelegentlich ein Gärtner, oder sie wurden auf seine Gegenwart durch das Plätschern eines Wasserschlauchs aufmerksam gemacht. Bei den Farnkräutern waren sie ganz allein.

»Welch grünes Labyrinth!« rief Isabella, als sie sich umsah. »Kann man glauben, daß wir in der Kings-Straße sind und nicht im Paradies?«

»Ein recht künstliches Paradies«, sagte Smith, an dem die beabsichtigte Anspielung abprallte.

»Ein recht künstlicher Adam, wollen Sie sagen.«

Smith errötete in dem Bewußtsein, daß sie nur Eva statt Adam hätte sagen müssen, und ihre Worte hätten seine eigenen Gedanken ausgedrückt.

»Warum künstlich?« fragte er.

»Sie sind schrecklich nüchtern. Lesen sie jemals Gedichte? Welche Bücher gefallen Ihnen am besten – nach den Sprüchen Salomos, meine ich.«

»Die Maximen von La Rochefoucauld«, erwiderte Smith.

»Wirklich? Aber Spaß beiseite, seine Epigramme sind so entzükkend, daß es einerlei ist, wie falsch, unrichtig und verführerisch sie sind. Die Bezeichnung paßt meines Erachtens haargenau auf La Rochefoucauld. Aber ich habe jetzt nicht von dieser Art Lektüre gesprochen. Lieben Sie Poesie?«

»Ich lese sie selten; also liebe ich sie vermutlich nicht sehr.«

»Wenn Sie aber Poesie lesen, wer ist dann Ihr Lieblingsdichter?«

»Shelley.«

»Ach ja, natürlich. Ich habe Shelley immer etwas altmodisch gefunden, und so viele seiner Gedichte sind unpassend.«

»Zu gottlos?«

»Ach nein, ich bin ganz ohne Vorurteile, und in der Poesie ist man an so etwas gewöhnt. Doch glaube ich, daß ein Dichter auch zuviel Phantasie besitzen kann, und alles was Shelley geschrieben hat, ist durch seine Sinnlichkeit befleckt.«

Smith starrte sie an, ohne einen Widerspruch zu versuchen.

»Sie haben wohl nie zu schreiben versucht?« fragte sie.

»Ich muß errötend bekennen, daß ich der lächerlichen Dilettantengilde angehöre.«

»Ach, bitte zeigen Sie mir doch etwas, das Sie geschrieben haben!« rief Isabella, die Hände faltend.

»Verzeihung, aber noch bin ich nicht so tief gesunken, meine Ergüsse in der Tasche herumzuführen und sie beim kleinsten Anlaß vorzutragen.«

»Versprechen Sie, mir wenigstens ein Gedicht zu zeigen.«

»Ich habe mich wirklich entschlossen, meine Versuche niemals herumzureichen, um mich bewundern zu lassen. Ich habe nichts dabei zu gewinnen, es sei denn das Gefühl der Lächerlichkeit und unaufrichtiges Lob.«

»Tut nichts. *Ich* kann dabei gewinnen, weil ich den lebhaften Wunsch habe, die Gedichte zu lesen, die Sie verheimlichen. Ich versichere Ihnen, ich werde Ihnen ehrlich sagen, was ich davon halte.«

»Ich füge mich«, sagte Smith und vergaß ihre Bemerkung über Shelley. »Sie müssen bedenken, daß meine Gedichte ganz flüchtig konzipiert sind. Die meisten stammen aus einer einzigen Nacht und sind nicht gewissenhaft durchgefeilt, wenn ihnen zuviel Arbeit auch nicht gebührt. Ich mache aber zur Bedingung, daß meine Verse sonst niemand gezeigt werden dürfen.«

»Ich würde mir gar nicht einfallen lassen, sie ohne Ihre Erlaubnis weiterzuzeigen.«

»Dann will ich sie Ihnen eines Tages bringen und mich freuen, Ihre Meinung darüber kennenzulernen.«

»Abgemacht, vergessen Sie aber Ihr Versprechen nicht. Wieviel Uhr ist es?«

»Punkt vier.«

»O du meine Güte! Wir sind eine ganze Stunde hier gewesen. Frau Daly wird wütend sein. Gehen wir.«

Smith verabschiedete sich von Isabella, ohne zu ahnen, daß sie ihn bald für einen Heiligen hielt, weil er sich bei den Farnkräutern nicht so benahm, wie Hawkshaw sich an seiner Stelle benommen hätte.

»Denken Sie nur, Essie, wir haben uns in den Treibhäusern verirrt und suchten sehr lange vergeblich den Ausgang, ehe wir jemand fanden, der uns den Weg zeigte«, erklärte Isabella, während sie davonfuhren.

»Nehmen Sie sich nur in acht, Fräulein Bella«, brummte Frau Daly verdrießlich, »und verirren Sie sich da nicht einmal so sehr, daß kein alter schottischer Gärtner Sie mehr auf den rechten Weg zurückzuführen vermag.«

»Halten Sie den Mund, Essie, und werden Sie nicht frech.«

»Ja, das ist immer so«, sagte Frau Daly und vergoß ein paar Tränen, »wenn Sie in irgendeiner Klemme sind, dann heißt es, Essie hier und Essie da. Jetzt aber läßt man mich eine volle Stunde in der Kälte warten, und ich darf den Mund nicht aufmachen. Eines Tages werden sie mich, so Gott will, los sein.«

»Aber gehen Sie, Essie«, schmollte Isabella halb ungeduldig, halb schmeichelnd, »seien Sie doch keine alte Gans. Sie wissen, wie ich es hasse, mit Predigten gequält zu werden. Der Kutscher darf Sie doch nicht weinen sehen.«

Frau Daly schluchzte, aber sie machte ihrer Herrin weiter keine Vorwürfe, und Isabella grübelte nach, ob es wohl wahrscheinlich sei, daß einige von Smiths Gedichten durch sie entstanden wären und ob Hawkshaw nicht nur genauso eitel sei wie mehr oder weniger die meisten seines Geschlechts.

In seinem Zimmer prüfte Smith an jenem Abend einen Band, der vier Abschriften aller seiner Gedichte enthielt, und überlegte, ob er sie Isabella anvertrauen oder die besten auf einzelne Blätter eigens für sie abschreiben sollte. Er überlegte ferner, daß dieses Vorgehen seine Fruchtbarkeit bezweifeln lassen müßte; ferner würde es auch sehr mühsam sein; und da seine Lieblingswerke vielleicht gerade diejenigen sein mochten, die ihrem Geschmack am wenigsten entsprachen, bestand die Möglichkeit, daß ihr die einzigen Stücke, die sie würdigen könnte, vorenthalten wurden. Wenn er aber den ganzen Band schickte, lief er keine Gefahr, außer der seines Verlustes. Um die Sendung noch eindrucksvoller zu gestalten, schrieb er noch alle Versfetzen hinein, die er auftreiben konnte, und gab ihnen die Überschrift »Fragmente«. Als er auf der Suche nach mehr unter alten Papieren kramte, entdeckte er ein Gedicht mit dem Titel »An eine südliche Passionsblume«. Er erinnerte sich an die Betörung, die dieses Gedicht hervorgerufen hatte, und schämte sich. Beim Durchlesen fand er jedoch zu seinem Erstaunen, daß es viel schöner als die Sonette schien, die er soeben durchgesehen hatte, denn es war warm an eine Frau statt kalt an einen abstrakten Begriff gerichtet. Er übertrug die Zeilen sofort in den Band; und obwohl sie durch dieses Verfahren sehr viel von ihrer Glut einzubüßen schienen, gab er sich dennoch der Hoffnung hin, daß Isabella sie besser zu würdigen wissen würde als seinerzeit Harriet.

Siebentes Kapitel

Eines Morgens, einen Monat, nachdem Fanny Watkins das Vaterhaus verlassen hatte, stand Fraser Fenwick vor der Tür des Herrschaftshauses, das Sir John Porter gehörte, und überlegte, ob er seine Gegenwart durch einen festen Zug an der Dienerglocke oder durch einen sanften an der Besucherglocke ankündigen sollte. Da er sich zu letzterem entschloß, trat ihm ein älterer Mann in schwarzem Rock und schwarzweiß gesprenkelten Beinkleidern entgegen, der ihn befremdet anblickte und schweigend auf eine Erklärung seines Erscheinens um halb zwölf Uhr vormittags wartete.

»Wollen Sie Lady Porter melden, daß Herr – daß Fraser Fenwick ihr sehr verbunden wäre, wenn sie ihn einen Augenblick empfangen wollte.«

»In einer geschäftlichen Angelegenheit?«

»In einer Privatangelegenheit«, sagte Fenwick. Besorgt, daß seine ausweichende Art beleidigend empfunden werden könnte, fügte er dann leutselig hinzu: »Teilweise ist es auch ein Privatvergnügen. Nennen Sie ihr meinen Namen, und alles wird in Ordnung sein. Fraser Fenwick, das ist die Eintrittskarte, alter Freund.«

»Vielleicht warten Sie einen Augenblick«, sagte der Mann. »Ich werde nachsehen, ob ich die Dame zu dieser Stunde mit Ihrem Besuch stören kann, da Sie mir Ihre Angelegenheit nicht anvertrauen wollen.« Mit diesen Worten ließ er einen forschenden Blick in der Halle umherschweifen, um sich zu vergewissern, daß keine beweglichen Wertgegenstände im Bereich des Besuchers waren. Dann begab er sich zu Lady Geraldine, der er, sich entschuldigend, Herrn Fenwicks Verlangen meldete.

»Ist er anständig gekleidet?« fragte Lady Geraldine.

»Ja, Mylady.«

»Ist er nüchtern?«

»Ich habe kein Anzeichen von Alkohol bei ihm bemerkt, Mylady, und nur an der Tür ein paar Worte mit ihm gewechselt.«

»Sieht er aus, als ob er sich in der letzten Zeit anständig benommen hätte?«

»Wie meinen Mylady?«

»Einerlei, lassen Sie ihn heraufkommen.«

Ab und zu eine Unterredung mit Fenwick, das amüsierte Lady Geraldine, obwohl er niemals kam, wenn er nicht in Not war. Jetzt legte sie sich einen Ausdruck wachsamer Strenge zurecht und setzte sich in einen Lehnsessel ans Fenster. Mittlerweile stieg Fenwick, der die Antwort des Dieners mit plötzlichem Hochmutsanfall empfangen hatte, die Treppe hinauf, und mit jeder Stufe sank sein Mut. Er klopfte leise an die Tür.

»Herein!« rief Lady Geraldine mit scharfer Stimme.

Fraser zitterte und trat ein.

»Es freut mich, aus deinem Aussehen schließen zu dürfen, daß es dir gut geht, Fraser«, sagte sie, durch sein Kommen vom Gegenteil überzeugt.

»Danke, Lady Joldie, ich glaube, daß ich mir endgültig die Hörner abgestoßen habe. Vor einigen Tagen ist mein Gehalt auf dreißig Shilling pro Woche erhöht worden. Diesmal habe ich Ihre Empfehlung wohl verdient.«

Lady Geraldine schämte sich des Gefühles der Enttäuschung, das seine Antwort in ihr wachrief. »Hoffentlich«, sagte sie, »bist du nur gekommen, um mir deine Gehaltserhöhung mitzuteilen.«

»Ich bedauere, wenn ich aufdringlich bin –«, begann Fenwick errötend.

»Du brauchst meine Worte nicht so aufzufassen. Ich habe nichts gegen dein Kommen einzuwenden, wenn du etwas zu berichten hast, das dir Ehre macht. Ich bin aber überzeugt, daß du etwas haben willst, denn wie ich dich kenne, wärst du sonst nicht hier, das weiß ich.«

»Ich versichere Ihnen, Lady Joldie, daß ich lieber bei Ihnen sein möchte, als bei irgend jemand anders, und wär's als Diener. Aber ich fürchte, je weniger Sie mich sehen, je lieber ist es Ihnen. Ich betrachte Sie als meine Mutter.«

»Dann nimmst du dir eine Freiheit, eine sehr große Freiheit heraus. In Zukunft sei so gut und betrachte mich als eine sehr weitläufige Verwandte, die keineswegs für deine Handlungen verantwortlich oder gar durch deine schlechte Erziehung einer Schande ausgesetzt ist.«

»Sie haben ganz recht«, sagte Fenwick, der in seiner Kindheit ein geschickter Schmeichler war; »doch Ihre Güte und meine Einsamkeit –«

»Fraser«, unterbrach ihn Lady Geraldine, »seit du dir das Trinken abgewöhnt hast, haben deine sentimentalen Anwandlungen jede Überzeugungskraft verloren, die sie früher einmal hatten, weil du damals selbst an sie glaubtest. Jetzt sind deine Nerven zu gesund, als daß du die Möglichkeit hättest, mich zu rühren. Warum bist du gekommen?«

»Ich bin nicht gerade gekommen, um –« Er machte eine Pause.

»Na, Fraser? Du sagtest, du seist nicht gekommen, um –. Ich glaube, es wäre gut, wenn du einige aufklärende Worte hinzufügen wolltest.«

»Ich fürchte, Sie werden nicht billigen, was ich zu tun im Begriff bin.«

»Höchstwahrscheinlich nicht.«

»Ich – ich will mich verheiraten.«

»Was! Du?« rief Lady Geraldine und blickte ihn streng an. »Und wer ist die Unglückliche?«

»Sie hält sich nicht für unglücklich.«

»Wirklich? Und wofür hältst du dich?«

Fraser spielte mit seinem Hut und schwieg.

»Nun, du hast mir noch nicht gesagt, mit wem du dich verheiraten willst.«

»Mit meiner Kusine Fanny Watkins.«

»Oh, ich dachte, sie hätte dir den Laufpaß gegeben.«

»Eine Zeitlang waren wir entfremdet, Lady Joldie. Sie hat sich aber mit ihrer Familie entzweit. Und da unsere Verlobung kurz vorher heimlich erneuert wurde, fühlte ich mich verpflichtet, ihr den Antrag zu machen, sie sofort zu heiraten, als Gentleman – das heißt, ich glaubte, das meiner Ehre schuldig zu sein.«

»Das dumme Mädchen! Also weil sie sich mit ihrer Familie veruneinigt hat, will sie, um sie zu ärgern, dich heiraten?«

»Das nicht. Wir waren verlobt, lange bevor der Streit ausbrach.«

»Und haben ihre Eltern die Verlobung gebilligt?«

»Ich weiß nicht, ob Onkel Tom einverstanden war oder nicht. Ihre Mutter war dagegen. Doch billigt sie nie etwas, das sie nicht selbst geplant hat. Sie ist schuld daran, daß Fanny von zu Hause durchgebrannt ist.«

»Durchgebrannt!«

»Nur zu ihrer Tante. Damals wurde ich zu ihr geschickt, und dann haben wir beschlossen, nicht länger zu warten, sondern sie sofort unabhängig zu machen.«

»Unabhängig! Achtzig Pfund im Jahr sind eine schöne Unabhängigkeit für die Tochter eines wohlhabenden Kaufmannes. Wahrscheinlich glaubt sie, daß sie sich so ihre Freiheit sichert, die arme kleine Närrin! Was soll ich bitte deiner Meinung nach tun, um euch bei dieser hübschen Geschichte behilflich zu sein?«

»Nun, Lady Joldie, ich möchte, daß Onkel Tom sich mit dem Gedanken an diese Heirat versöhnt. Ein so tüchtiger Geschäftsmann wie er könnte mir auf viele Arten behilflich sein. Außerdem mag ihn Fanny sehr gut leiden, obwohl sie sich nur zu sehr freut, ihre Mutter loszuwerden. Wenn Sie die große Güte hätten – Sie haben mich noch nie im Stich gelassen – und ich war doch schon ärger dran –, mit ihm zu sprechen, auf Sie würde er hören.«

»Hoffentlich«, sagte Lady Geraldine energisch. »Wenn ich Gelegenheit finden sollte, mit ihm zu sprechen, werde ich ihm klarmachen, daß er seine Tochter nach Hause nehmen und einsperren soll, bis sie alt genug ist, auf sich selbst achtzugeben.«

»Aber sie liebt mich! Tatsächlich!« rief Fenwick bestürzt.

»Unsinn! Dich lieben! Und wie lange, glaubst du, wird sie dich mit deinen achtzig Pfund im Jahr lieben? Und wie lange wirst du sie lieben mit ihrem Appetit und ihrem Haushalt, vielleicht auch mit ihren Kindern, die dein Geld sechsmal so schnell ausgeben werden, als du es verdienen kannst?«

»Wir haben alles berechnet und sind der Ansicht, daß das schließlich gar nicht so wenig ist.«

»Ihr seid mir ein schönes Rechnerpaar! Erinnerst du dich, wie es dir ging, als du noch um die Hälfte mehr verdientest und niemand als dich selbst zu versorgen hattest?«

»Ich bin davon überzeugt, daß ich eine Frau mit der Hälfte von dem erhalten könnte, was ich früher vergeudet habe, Lady Joldie. Sie kennen Fanny nicht. Sie ist eine sehr gute Wirtschafterin. Wie könnte sie auch anders sein, nachdem sie so lange mit ihrer Mutter zusammengelebt hat, die jede Kohle zählt, die in den Küchenherd kommt.«

»Das zeigt, wieviel du davon verstehst, Fraser. In ein und demselben Haus gibt es nie zwei gute Wirtschafterinnen. Töchter von Frauen wie deine Tante kennen niemals den Wert des Geldes, weil ihnen nie gestattet wird, damit umzugehen.«

»Wenn wir mit Onkel Tom versöhnt wären, hätten wir nichts zu befürchten. Ich kenne eine Menge Beamte, die eine große Familie mit einem Pfund die Woche erhalten.«

»Kennst du ihre Frauen?«

»Nein, aber ich weiß, daß sie Frauen haben. Ich habe mit einigen darüber gesprochen.«

»Und waren sie alle mit ihrem Los zufrieden, Beamte mit einem Pfund die Woche geheiratet zu haben?«

»Sie haben sich scheinbar nichts daraus gemacht.«

»Dummes Zeug! Dir haben sie wahrscheinlich nicht gesagt, was sie sich denken. Ein für allemal, Fraser, du hast kein Recht zu heiraten. Und deine Kusine schmollt nur. Wenn du sie herbringst, werde ich trachten, ihr den Kopf zurechtzusetzen. Wenn sie in Reichweite ist, will ich sie sogar besuchen, doch anstatt ihr zu raten, dich zu heiraten, werde ich ihr sagen, sie soll nach Hause gehen und warten, bis sie etwas mehr Erfahrung hat.«

»Mir wäre lieber, Sie täten das nicht, Lady Joldie.«

»Es ist mir ganz egal, was dir lieber ist oder nicht. Du bist genauso albern wie sie und wärst später genauso unglücklich. In ungefähr sechs Monaten würdest du bei allen deinen alten Lastern Trost suchen.«

»Niemals! Lieber würde ich mir das Fleisch von den Fingern arbeiten.«

»Was für einen Zweck hätte das, wenn dir niemand auch nur einen Groschen für deine Arbeit bezahlen will? Die meisten Menschen wollen arbeiten, doch der Wille allein nützt nichts, wenn es nicht auch einen Weg gibt.«

»Wo ein Wille ist, da ist auch ein Weg.«

»Darf ich fragen«, sagte Lady Geraldine gereizt, »ob du mich an dieses Sprichwort erinnert hast oder ich dich?«

»Oder Sie mich?« fragte Fenwick verwirrt.

»Ach, jetzt reißt mir aber die Geduld, Fraser, du bist gar zu dumm.«

In diesem Augenblick erschien der Diener im Türrahmen.

»Was gibt es?«
»Ein Mann, Mylady, ein Mann – Thomas Watkins bittet, Euer Gnaden sprechen zu dürfen.«
Erstaunt stieß Fenwick einen kurzen Schrei aus.
»Ist noch jemand bei ihm?« fragte er.
Fenwick keines Blickes würdigend, sah der Diener seine Herrin ehrerbietig fragend an.
»Schicken Sie ihn herein!« befahl Lady Geraldine.
»Jetzt wird es einen netten Krach geben«, sagte Fenwick, als der Diener sich entfernt hatte. »Wollen Sie nicht für mich Partei ergreifen, Lady Joldie?«
Lady Geraldine antwortete mit einem finsteren Blick. Dann trat Watkins ein, verbeugte sich, blieb in der Nähe der Tür stehn und prüfte jeden Gegenstand. Zuerst legte er dem, was er sah, keine Bedeutung bei. Wollte Gott, dachte er, er hätte seine Angelegenheiten hinter dem Ladentisch seines eigenen Ladens auseinanderzusetzen statt auf dem dicken Teppich eines Herrschaftshauses in Wilton Place, wo, wie es schien, sogar die Luft nach ihm unbekannten Gesetzen eingeatmet werden mußte.
»Guten Morgen, Herr Watkins«, sagte Lady Geraldine liebenswürdig.
»Guten Morgen, gnädige Frau«, erwiderte der Lieferant mit leiser Stimme und verbeugte sich abermals.
»Nehmen Sie Platz«, sagte Lady Geraldine. »Fraser, biete deinem Onkel einen Sessel an.« Schnell hob Watkins die Blicke und starrte seinen Neffen an.
»Wie geht es dir, Onkel?« sagte Fenwick, bot ihm einen Sessel an und zwinkerte ihm zu.
»Ihre Familie befindet sich hoffentlich wohl?« sagte Lady Geraldine.
»Leidlich wohl, danke, gnädige Frau. Ich hoffe, der gnädigen Frau geht es ebenfalls gut.«
»Danke schön, Herr Watkins, mir geht es ausgezeichnet. Soeben habe ich von Fraser erfahren, daß Sie häusliche Unannehmlichkeiten hatten, in die er verwickelt ist.«
»Jawohl, gnädige Frau, ich bin gekommen, um mit Ihnen darüber zu sprechen, wenn es nicht als Zudringlichkeit aufgefaßt wird. Ich bin mir vollkommen bewußt, daß nur Ihre Güte, gnädige Frau, Sie veranlaßt, sich überhaupt in solche Angelegenheiten einzumischen.«

»Bitte, sprechen Sie nicht von Zudringlichkeit, Herr Watkins. Sie sind mir sehr willkommen.«

»Ich danke Euer Gnaden. Meine Tochter ist ein braves Mädchen, aber sie läßt sich nicht gerne bevormunden und hatte neulich, wie das bei jungen Mädchen vorkommt, einen kleinen Anfall von schlechter Laune. Nun, ich erdreiste mich zu behaupten, daß Fanny die Möglichkeit hat, sich so gut zu versorgen, wie ein junges Mädchen aus ihren Kreisen es nur wünschen kann. Ich möchte, daß sie etwas wartet und zusieht, ob sie sich nicht später einmal etwas besser verheiraten kann als jetzt. Ich leugne nicht, daß das Interesse von Euer Gnaden für Fraser eine große Empfehlung ist; aber warum hat sie es so eilig? Wenn sie erst einmal einundzwanzig ist, kann sie heiraten, wen sie will. Und noch einige Jahre des Wartens werden ihm auch nicht schaden. Wenn Euer Gnaden Fraser freundlich gesinnt sind, so will ich Ihnen nicht in die Quere kommen; doch als Vater habe ich an meine eigenen Absichten und Pflichten zu denken, und ich will das Beste für mein Mädchen.«

»Dann werden Sie sie bestimmt nicht an diesen Taugenichts verheiraten, Herr Watkins. Sie dürfen nicht glauben, daß ich diese Eheschließung billige. Als Sie eintraten, war ich gerade dabei, Fraser darüber meine Meinung zu sagen. Und wenn Sie glauben, daß Ihre Tochter auf mich hören würde, würde ich mit dem größten Vergnügen mit ihr sprechen und versuchen, sie von einer so wahnsinnigen Idee abzubringen.«

»Ich sehe nicht ein, warum Fanny wahnsinnig sein soll«, wendete Fenwick ein.

»Setz dich, Fraser«, unterbrach ihn Lady Geraldine kurz angebunden.

Fraser, der bis jetzt gestanden hatte, gehorchte.

»Und nun halt den Mund, bis ich dir gestatte, ihn wieder aufzumachen.«

Watkins, der sich verpflichtet fühlte, Lady Geraldine zu unterstützen, blickte seinen Neffen, der sich nach einer flüchtigen Regung des Widerstandes grinsend unterwarf, vorwurfsvoll an.

»Ich bin Euer Gnaden äußerst verbunden, daß Sie an Fanny denken und meine Partei nehmen«, sagte der Lieferant. »Es ist mehr als ich erwarten konnte.«

»Bedenken Sie aber auch, daß ich wenig tun kann, wenn diese Kinder eigensinnig sind. Fraser ist unabhängig von mir, und wäre dies selbst nicht der Fall, weiß ich nicht, was ihn hindern sollte, eine Dummheit zu machen. Ihre Tochter kann nur durch Erfahrung klug werden. Solange sie minderjährig ist, können Sie ihr allerdings wohl verbieten, zu heiraten.«

»Sie ist sehr eigensinnig«, sagte Watkins verzagt. »Wir können Sie nicht hinter Schloß und Riegel setzen, und ein Mädchen, das schon einmal durchgebrannt ist, könnte das in noch ärgerer Form wiederholen. Ich weiß auch nicht, ob ich gegen sie vorgehen darf, wenn ihr Herz an Fraser hängt. Ich fürchte, daß sie nie wieder zu Hause glücklich sein wird nach allem, was sich zugetragen hat. Ich dachte, vielleicht könnten Euer Gnaden es in aller Ruhe zuwege bringen, indem Sie Fraser erklären, daß Sie es nicht zugeben.«

»Das hab' ich ihm schon erklärt. Doch wenn Sie Ihre Tochter nicht zwingen können, wie kann ich Fraser zwingen, der nichts als ein regelmäßig wiederkehrendes Ärgernis für mich ist?«

»Sie haben versprochen, mir beizustehen, wenn ich mich anständig benehme«, flehte Fenwick, »und das hab' ich getan. Hab' ich nicht das Recht zu heiraten?«

»Nein«, sagte Lady Geraldine, »auf keinen Fall. Ein Mann, der über keinerlei Geldmittel verfügt, hat nicht einmal das Recht, an die Ehe zu denken.«

»Ich verfüge doch über Geldmittel. Wenn ich meine Frau verhungern lasse, ist es noch immer Zeit, mich zu beschimpfen. Die Ehe wird mich zwingen zu arbeiten, und dafür zu sorgen, daß ich anständig bleibe. Zum Henker, ich bin gar nicht der ausgemachte Lump, für den Sie mich offenbar halten.«

»Ruhe, Fraser, Ruhe«, sagte Watkins.

»›Ruhe‹ sagt sich leicht. Wieso macht mein anständiges Verhalten nicht mehr Eindruck als das Gegenteil? Sogar ein Wurm krümmt sich, wenn er getreten wird.«

»Bitte, spiel dich nicht so auf, Fraser«, sagte Lady Geraldine. »Wäre es nicht besser, wenn du die Gelegenheit ergreifen würdest, Herrn Watkins auseinanderzusetzen, was du für seine Tochter tun kannst, falls er sie dir gibt?«

»Ganz richtig«, verwahrte Watkins sich plötzlich, »warum hast du Fanny hinter meinem Rücken überredet, statt offen und ehrlich zu mir zu kommen und zu fragen, ob ich einverstanden bin?«

»Weil ich gewußt habe, daß du nicht einverstanden sein wirst«, sagte Fenwick. »Und weil es sinnlos war, mit dir darüber zu reden, bevor ich Fannys Einwilligung hatte.«

»Und als du sie hattest, warum bist du dann nicht gekommen?«

»Das bin ich doch. Ich kam heute hierher, um Lady Geraldine um Hilfe zu bitten, damit du einwilligst.«

»Das stimmt«, sagte Lady Geraldine als Antwort auf einen fragenden Blick von Watkins.

»Und was ist der ganze Erfolg dieses Vorgehens?« fuhr Fenwick bitter fort. »Daß ich ebensogut hätte zu Hause bleiben können.«

»Das ist nicht sehr dankbar Ihrer Gnaden gegenüber, Fraser.«

Dieser Verweis entlockte Fraser nur ein unwilliges Gemurmel, das bei Lady Geraldine mehr zu seinen Gunsten sprach als seine frühere Demut, weil es ihr die Manieren seiner verwöhnten Kindheit ins Gedächtnis zurückrief.

»Herr Watkins«, sagte sie, »ich darf Ihnen nicht raten, Fraser Gehör zu schenken. Bis vor sechs Monaten hat er sich sehr schlecht aufgeführt. Seither hat er achtenswerte Fortschritte gemacht. Einst verstand er sich auf die Kunst, die Teilnahme der Leute zu gewinnen. Da er ihre Güte beständig mißbrauchte und sich durch schlechte Gewohnheiten und schlechten Umgang zugrunde richtete, kann er sich jetzt nur noch auf den Erfolg harter Arbeit verlassen. Seit einiger Zeit benimmt er sich mustergültig, und es mag vielleicht sein, daß ein gesichertes Heim, wie er behauptet, seine Besserung in einen Dauerzustand verwandeln wird. Doch fürchte ich, fürs erste wird er sich nicht ohne Ihre Hilfe durchschlagen können.«

»Ich will Ihnen die Wahrheit sagen, Euer Gnaden. Ich persönlich habe nichts gegen Fraser. Als die arme Annie, seine Mutter, Kinderfräulein in Ihrer Familie war, habe ich mich viel schlechter benommen als er, das will ich nicht leugnen. Als alle anderen mich verließen, hat Annie zu mir gehalten, und ich kann auch nicht leugnen, daß es die Ehe war, die mich zu einem anständigen Menschen gemacht hat. Doch hier liegt die Schwierigkeit, Euer Gnaden. Was immer ich auch sonst gewesen sein mag, ich besaß Scharfsinn. Fraser besitzt keinen Scharfsinn. Mit all seinen Loskäufen und Spielen und Wetten hat er niemals gelernt, mit seinem Geld richtig umzugehen. Er gab genausoviel Geld aus, um in einer Droschke gesehen zu werden und um ja kein Paket tragen zu müssen und ein Ladenmädchen glauben zu machen, er sei Gardeoffizier, wie ein wirklich scharfsinniger Mensch gebraucht hätte, um ein Jahr lang davon zu leben. Die Art und Weise selbst, wie die Leute ihn verhätschelten, war ein Beweis, daß sie nur ein Kind in ihm sahen. Wenn das nicht wäre, würde ich ihn in mein Geschäft nehmen ——«

»Und ich müßte mit Tante Flossy zusammenleben«, unterbrach Fraser. »Das könnte mir gefallen!«

»Da hören Sie«, sagte Watkins ungehalten. »Was nützt es, wenn man etwas für ihn tun will? Er hat nicht einmal Verstand genug, ein gutes Angebot anzuhören und durchzudenken«.

»Ich wußte nicht, daß du mir ein Angebot machst«, sagte Fenwick. »Ich war der Meinung, daß du dich entschuldigst, mir keines zu machen, weil ich ein dummer Kerl bin.«

Lady Geraldines Busen hob und senkte sich. Watkins bemerkte es und erkannte, daß seine Gastgeberin ein Gähnen unterdrückte.

»Wir haben die kostbare Zeit der gnädigen Frau lange genug in Anspruch genommen«, sagte er. »Ein für allemal, Fraser Fenwick: Wenn ich dir klipp und klar eine günstige Möglichkeit biete, bist du ein zu großer Gentleman, um Eier und Speck an einem Ladentisch zu verkaufen und damit dein Brot zu verdienen?«

»Nicht, wenn ich dabei mehr verdienen kann, als durch den Verkauf von Schreibwaren, und wenn ich wohnen kann, wo es mir beliebt.«

»Dann geh gefälligst hinunter und warte auf der Straße auf mich. Ich möchte der gnädigen Frau gerne ein Wort unter vier Augen sagen über den Vorschlag, den ich die Absicht habe, dir zu machen. Das heißt, wenn die gnädige Frau es gestattet.«

»Mit Vergnügen«, sagte Lady Geraldine.

»Guten Tag, Fraser.«

Der Lieferant erhob sich. »Ich beabsichtige«, begann er in einem ehrerbietigen Ton der Vertraulichkeit, »Fraser in ein Zweiggeschäft zu nehmen, das ich demnächst in Westend zu eröffnen gedenke. Seine Manieren werden sich gut dafür eignen, während sie in Bishops Gate nur vergeudet wären. Wenn Fanny entschlossen ist, ihn zu nehmen, dann muß ich soviel wie möglich aus dem schlechten Handel herausschlagen und ihm eine möglichst gute Chance bieten. Falls dieser Plan zustande käme, wären Euer Gnaden dann geneigt, ihn zu unterstützen und seine Kundin zu werden?«

»Auf keinen Fall. Glauben Sie, daß ich meine alten Lieferanten, die mich gut bedienen, um Frasers willen im Stich lassen werde, der noch nie jemand gut bedient hat?«

»Sie haben recht, und ich wollte, alle Kunden wären so ehrlich und so rücksichtsvoll. Na, Sie haben ja alles für den Jungen getan, was in Ihren Kräften stand, und nun werde ich alles für ihn tun, was ich vernünftigerweise für ihn tun kann. Das heißt, wenn Fanny darauf besteht, ihn zu nehmen. Ich bezweifle nicht, daß er sich, falls er anständig bleibt, Verbindungen schaffen kann.«

»Hoffentlich«, sagte Lady Geraldine in zweifelndem Tone.

»Ich wünsche der gnädigen Frau einen guten Tag«, sagte Watkins und verbeugte sich.

»Guten Tag, Herr Watkins«, sagte sie liebenswürdig, und als sie allein war, atmete sie erleichtert auf. Auch der Lieferant atmete freier, als er wieder auf dem Gehsteig stand, wo er die gleichen Rechte hatte wie alle anderen Briten. Er beschloß, niemals wieder die Gesellschaft von denen aufzusuchen, die sich als seine Höheren betrachteten, so liebenswürdig sie auch sein mochten und wie sehr ihre Größe die Verfassung seines Landes verbürgte.

Am Nachmittag erhielt Lady Geraldine abermals Besuch: den von Ernst. »Ich hatte gehofft«, sagte sie mit unverhohlener Bestürzung über sein Erscheinen, »daß du mindestens einen Monat in Richmond bleiben würdest.«

»Bei Grosvenor bleib' ich nicht. Ich hielt es nicht für ersprießlich, meine Zeit in solcher Gesellschaft zu vergeuden.«

»Das heißt, deine Gesellschaft ist dort unerwünscht. Das tut mir leid, weil du dadurch Zeit hast, zu mir zu kommen – deine übliche Zuflucht, wenn dich sonst niemand haben will.«

»Ich weiß, du freust dich immer, mich zu sehen.«

»Glaubst du! Im Augenblick wäre ich dir tatsächlich verbunden, wenn du fortgehen wolltest.«

Ernst grinste und setzte sich. »Ich wollte dir nur ein paar Neuigkeiten erzählen«, sagte er. »Letzten Sonntag schlenderte ich nach Schloß Vogelschau, nur um zu sehen, was es dort Neues gibt.«

»War dort etwas Besonderes zu hören oder zu sehen – natürlich von dir selber abgesehen?«

»Das will ich meinen. Hawkshaw war dort, der augenblicklich die Sensation ist. Ich kann dir sagen, es lohnt sich, seine jetzige Aufmachung zu sehen.«

»Das hat sich schon immer gelohnt.«

»Ja, ja, aber er ist ein gebrochener Mensch. Du würdest ihn nicht wiedererkennen, den armen Kerl. Keine schönen Schlipse mehr und dergleichen. Er trägt einen glanzlosen schwarzen Anzug mit langem Rock, breitem Kragen und schwarzer Halsbinde. Sein Rock und seine Haare sehen aus, als ob sie seit sechs Wochen keine

Bürste berührt hätte. Keine Handschuhe und nach allem, was von seinen Manschetten zu sehen ist, scheint er kein Hemd anzuhaben. Er ist eine regelrechte Vogelscheuche und außerdem zum Geizhals geworden; er fährt dritter Klasse, macht lange Spaziergänge und betritt einen Salon in kotbespritzten Stiefeln, die so groß wie Gasometer sind.«

»Kurzum, er beansprucht in der Gesellschaft ebensoviel Freiheiten, als wäre er tatsächlich ein Genie.«

»Das ist er auch«, sagte Ernst. »Man sagt, daß er viel Geld mit diesem Buch verdient hat, trotz aller seiner Bemühungen, es zu verhindern. Er hat allerdings nicht viel davon, denn er sieht um zwanzig Jahre älter aus als vor der Veröffentlichung.«

»Zwei Guineas pro Band zu nehmen und sich scheußlich anzuziehen, um Reklame dafür zu machen, das ist eine höchst sonderbare Art, nichts daran verdienen zu wollen.«

»Jetzt kostet es keine zwei Guineas mehr. Die Nachfrage war so groß, daß er sich gezwungen sah, seine Zustimmung zu einer wohlfeilen Auflage zu geben. Aber du gibst ja niemals zu, daß ein Dichter so etwas wie ein Herz haben könnte.«

»Wie beredsam! Fang nur nicht auch noch zu weinen an, Ernst.«

»Zum Lachen ist es nicht. Ich weiß, daß Hawkshaw dem Herausgeber der ›Republik der Kunst‹ – Parry heißt er – die wahre Geschichte vom ›Gebeugten Ast‹ erzählt hat. Sie waren allein im Bureau. Parry, der auch kein Weichling ist, war sprachlos. Er bückte sich, küßte Hawkshaw die Hand und weinte wie ein Kind.«

»Hoffentlich ist das alles nicht wahr, denn es wäre doch etwas zu widerlich, um mir Spaß zu machen. Eine so weinerliche Blödheit ist sogar unter der Würde eines Mannes. Niemand ließe sich's auch nur im Traum einfallen, derlei einer Frau in die Schuhe zu schieben, so schlimm wir auch sind. Jetzt tu mir aber den Gefallen und heuchle mir nicht vor, daß du Hawkshaws Kummer verstehst und daß du Mitleid mit ihm hast. Den Narren spielst du halbwegs gut, aber wenn du klug wärst, dann würdest du dich niemals für einen Gefühlsmenschen ausgeben.«

»Wenn ich bei dir Anerkennung für das Zartgefühl eines Dichters voraussetzen wollte, wäre ich ein Erznarr«, sagte Ernst verdrießlich.

»Erspare mir also Hawkshaws gebrochenes Herz und berichte mir, wovon sein Buch handelt. Daß es sich nicht lohnt, es zu lesen, das weiß ich schon. Margaret Scott wollte es mir durchaus leihen, aber nach vier Seiten mußte ich es weglegen.«

»Das schönste Gedicht des Jahrhunderts! Aber sag einmal, hast du das Buch noch immer?«

»Nein, ich gab es schon am nächsten Tag zurück.«

»Da hast du wirklich Glück gehabt, denn es ist ungemein schwer, ein Exemplar in die Hand zu bekommen. Ob Meg Scott es mir wohl leihen würde?«

»Du hast das schönste Gedicht des Jahrhunderts also gar nicht gelesen, wie ich seh'!«

»Nein; aber ich weiß natürlich ungefähr, wovon es handelt. Hättest du etwas dagegen, Fräulein Scott nochmals darum zu bitten? Ich möchte es furchtbar gern lesen.«

»Ich habe sehr viel dagegen.«

»Warum denn?«

»Weil ich Bücher, die nicht mir gehören, niemals jungen Herren leihe, die sie nur zurückgeben, wenn sie tatsächlich dazu gezwungen sind, und nur, nachdem sie sie ein ganzes Jahr hindurch behalten und sehr übel zugerichtet haben.«

»Gut, gut, mach deswegen keine solchen Geschichten. Ich kann das Buch dutzendweise von anderen Leuten haben, wenn ich will. Ich dachte nur, daß du es vielleicht gerade bei der Hand hast.«

»Ich verstehe vollkommen. Und was ist der neueste Klatsch darüber? Zuerst munkelte man, das falsche Weib, das so geheimnisvoll mit dem verratenen Dichter und mit irgendeinem kostbaren Stein in Zusammenhang steht, sei eine Prinzessin. Dann war sie eine Herzogin, dann eine Schauspielerin. Was ist sie augenblicklich?«

»Es weiß doch jeder, daß es Bella Woodward ist«, sagte Ernst.

»So? Und was hat Bella Woodward getan?«

»Das ist eine etwas heikle Frage, weißt du. Wenn ich es dir sage, wirst du es aber nicht weitererzählen, nicht wahr?«

»Nicht um die Welt! Wahrscheinlich werde ich es nicht einmal glauben.«

»Scherz beiseite. Nicht um tausend Pfund möchte ich es verbreiten. Natürlich weißt du, daß Bella in Scott wahnsinnig verliebt war?«

»Das weiß ich nicht; doch wenn es für deine Geschichte unentbehrlich ist, will ich es annehmen.«

»Darüber besteht kein Zweifel. Als er sie sitzen ließ, war sie fast von Sinnen. Sie legte ein Gelübde ab, sich dadurch zu rächen, daß sie einem Mann genausoviel Leiden zufügen wolle, wie sie selbst gelitten. Um sicher zu sein, daß Scott alles erfährt, wählte sie seinen nächsten Freund als den Richtigen für ihre Zwecke. Der arme Hawkshaw traf in Rosstrevor mit ihr zusammen und ging mit geschlossenen Augen in die Falle. Es ist zwecklos, dir zu schildern, wie ein solcher Mensch lieben kann, wenn er sich einmal hingibt.«

»Ganz zwecklos.«

»Jedenfalls *hat* er sich in Bella verliebt, und sie verlobten sich. Rosstrevor ist so ein Mondscheinort am Meer, und er pflegte mit ihr des Nachts in den Klippen herumzuwandeln und Pläne für ihr zukünftiges Glück zu schmieden. Er hat natürlich niemals auch nur im Traum daran gedacht, daß sie nur mit ihm spielen könnte. Endlich mußte er nach London zurück, und als Pfand seiner Liebe schenkte er ihr das Sonett, das er jetzt in dem Buch veröffentlicht hat. Wahrscheinlich hast du es gelesen. Sein Titel ist ›Symphonia‹.«

»Was bedeutet das?«

Oh, – na – vermutlich der Name irgendeiner Göttin. Doch das tut nichts zur Sache. Sie aber schenkte ihm als Pfand ihrer Liebe eine Menge herrlicher Diamanten im Wert von ungefähr vierzigtausend Pfund. Sie wußte, daß er Geldverluste hatte und in einer verzweifelten Lage war und glaubte, es müsse qualvoll für ihn sein, eine solche Quelle des Reichtums in der Hand zu haben und keinen Halfpenny anrühren zu können, um sich vor dem Verhungern zu schützen. Ehe sie heimkehrte, schrieb sie ihm zahlreiche Briefe, die die Freude des Wiedersehens ausmalten und seine Gefühle bis zur Siedehitze entflammten. Dann kam sie, sie begegneten einander.«

»Ausgezeichnet!«

»Wenn du mich nur nicht immer unterbrechen wolltest. Du bist sehr geistreich, Tante Joldie, aber es lohnt sich doch kaum, *mir* so zu kommen.«

»Bitte fahr nur fort. Du hast an einer äußerst spannenden Stelle aufgehört, genau wie in einem Schauerroman.«

»Ha, ha!« brüllte Ernst, durch diese witzige Bemerkung plötzlich belustigt. »Ho, ho, auf Eid! Ha, nein, das ist wirklich zum Brüllen komisch!«

»Ernst, benimm dich!« rief Lady Geraldine. »Bist du der Ansicht, daß deine Ausbrüche das natürliche Benehmen eines englischen Gentleman sind?«

»Nein, doch wenn du einen mit deinen Witzen umwirfst, muß er sich irgendwie Luft machen.«

»Sehr gut. Und nun, da du dir Luft gemacht hast, wie du es nennst, wirst du vielleicht deine Geschichte beenden können. Du sagtest, daß sie einander begegneten?«

»Die Geschichte ist schon zu Ende. Sie tat so, als kenne sie ihn kaum, schleuderte ihm das Sonett ins Gesicht und ließ ihn fast wahnsinnig zurück. Wenn er nicht, um sein Herz zu erleichtern, das Buch geschrieben hätte, so wäre er gestorben. Natürlich schickte er ihr die Diamanten zurück. Sein ganzes Leben ist zerstört, doch in materieller Hinsicht war die Geschichte ein großes Glück für ihn.«

»Offensichtlich. Ich muß dir aber gestehn, daß Bellas Darstellung der Sache weit glaubwürdiger ist als deine.«

»Was sagt sie?«

»Einfach, daß Hawkshaw ihr in Rosstrevor eine so klägliche Geschichte von seiner Armut erzählt hat, daß sie albern genug war, ihm einige Juwelen, die sie von ihrer Mutter geerbt hatte, zu schikken. Er verpfändete sie und verbreitete dann, daß sie sich mit ihm verlobt habe. Daraufhin weigerte sie sich, ihn zu empfangen, und er zögerte nicht, dieses Buch zu veröffentlichen. Dann erzählte sie alles ihrem Vater, der Hawkshaw zwang, die Diamanten zurückzuerstatten. Gleichzeitig bot er ihm Geld an, um sie auszulösen. Dank dem Ertrag seines Buches konnte Hawkshaw das Angebot ablehnen und seine Ehre in elfter Stunde dadurch retten, daß er die Juwelen auf eigene Kosten zurückgab.«

»Das ist die Darstellung der Woodwards. Er hatte sie nicht versetzt. Die waren ein Liebespfand«, entgegnete Ernst.

»Wenn das wahr wäre, hätte Bella sie ihm nicht durch Herrn Woodwards Sekretär geschickt, und das hat sie, wenn ich nicht irre, getan. Und wenn er sie nicht versetzt hätte, so würde er sie in der Stunde, da Bella mit ihm brach, zurückgeschickt haben, statt sie zu behalten, bis man danach fragte und bis er die Mittel hatte, sie auszulösen. Diesmal ist die Wahrscheinlichkeit auf Bellas Seite. Er hat nichts als törichten poetischen Unsinn geschrieben, der sich selbst widerlegt; und ich finde, daß er sich ganz niederträchtig benommen hat, vor allem, weil er erst die Diamanten angenommen und die Geschichte dann wie ein abgefeimter Schurke in die Öffentlichkeit gebracht hat, um sich dadurch hinterher die Taschen zu füllen.«

»Ich bedaure, deine Ansicht nicht teilen zu können«, sagte Ernst, erhob sich und knöpfte seinen Rock zu.

»Du gehst?«

»Jawohl.«

»Ich werde dich wohl eine Weile nicht sehen?«

»Wahrscheinlich nicht.«

»Beleidigt?«

»Durchaus nicht. Ich finde es nicht der Mühe wert, beleidigt zu sein. Guten Tag.«

»Guten Tag«, sagte Lady Geraldine. Dann, als er fort war, flüsterte sie: »Tatsächlich, ich glaube, da ist mir Fraser noch lieber.«

Achtes Kapitel

Smith brachte seinen Band Gedichte nach Queens Gate; doch lag er dort eine Woche lang in der Lade des Arbeitszimmers. Als Isabella ihn an sein Versprechen erinnerte, holte er ihn hervor, wobei er so tat, als habe er nicht mehr daran gedacht.

»Sie müssen mir versprechen, daß die Gedichte unsere freundschaftlichen Beziehungen nicht zerstören werden«, sagte er. »Der Reim ist das einzige Ventil für jene Neigung, sich lächerlich zu machen, der zu frönen sich der Mensch im alltäglichen Gespräch schämt.«

»Man sage niemals: ›aus diesem Becher trink' ich nicht‹, wie Papa sagt«, erwiderte Isabella. Smith mußte ihr nun die Gedichte überlassen, von deren Schönheit sie überzeugt war, wie sie beteuerte.

Des Nachts wurde das Wetter, das bisher kalt und trocken gewesen war, warm und feucht; und als der Morgen kam, erfuhr Smith, der verklebte Augen hatte und unfähig war, Nasalkonsonanten auszusprechen, daß Isabella infolge einer schweren Erkältung das Bett hüten mußte.

»Bei der Treu«, sagte Hamlet, »wie ich sehe, geht es Ihnen fast so schlecht wie mir. Der Herr ist auch furchtbar erkältet, Gott steh' ihm bei, dieses englische Klima ist ganz mörderisch naß und feucht.«

Während der nächsten drei Tage blieb Isabella zu Bett. Ihr Vater, Smith und Cornelius benutzten fleißig die Taschentücher. Am vierten Tage sagte Woodward zu seinem Sekretär: »Hier ist ein Brief von Stannard, der heute abend über die Irische Land-Bill sprechen sollte in Beantwortung einer wichtigen Beschwerde seiner Wähler. Unerwartet muß er nach Plymouth, seinen Sohn besuchen, der sich dort an Bord des Schiffes verletzt hat. Jetzt bittet er mich, die Anfrage für ihn zu beantworten. Er schreibt, ich wüßte Bescheid und könnte es besser als er. Aber ich verstehe davon so wenig wie ein ungeborenes Baby. Nur daß ich vor einigen Tagen klug dreinblickte, als er mit mir eine halbe Stunde lang über das Ulster Pachtrecht sprach, und ihm sagte, er wäre der einzige im Unterhaus, der den Anfang eines Pachtvertrages vom Ende unterscheiden könne. Und nun bindet er mir zum Dank dafür diese Arbeit auf. Während ich ihm schreibe, lesen Sie, bitte, den Brief durch, und sehen Sie zu, ob Sie etwas von seinen Ziffern und Jahreszahlen verstehen. Da kann man nichts machen. Es tut mir leid, daß der arme Junge sich verletzt hat.«

Smith nahm den Brief, der, wie er bemerkte, etwas Nachdenken verursachte. Deshalb fragte er, ob er ihn nach Hause mitnehmen dürfe, um ihn in Ruhe zu studieren.

»Das wäre das beste«, sagte Woodward. »Können Sie etwas vor neun Uhr vorbeikommen, um mir zu erklären, was Sie aus Stannards Gewäsch entnehmen?«

Zur festgesetzten Stunde kehrte Smith nach Queens Gate zurück. Die Nacht war regnerisch gewesen, und als er sich seines Überrokkes und der Überschuhe entledigt hatte, wurde er aufgefordert, in den Salon hinaufzukommen, wo sein Brotgeber vor einem hellbrennenden Feuer saß.

»Wäre es nicht wegen Stannard«, sagte Woodward, »könnte mich das Unterhaus heute abend vergeblich suchen. Nehmen Sie Platz, und erklären Sie mir die Sachlage.«

Smith setzte sich und erklärte das Ergebnis seiner Studien. Dann klingelte Woodward. Hamlet, in Frack und roter Weste, meldete sich.

»Holen Sie mir eine Droschke«, befahl Woodward.

»Sie werden doch nicht, erkältet wie Sie sind, bei strömendem Regen ausgehen«, wendete Cornelius ein.

»Gehen Sie, und tun Sie, was man Ihnen befiehlt, Sie Schurke, und halten Sie den Mund.«

»Und wo soll ich zu dieser Stunde eine Droschke hernehmen, wenn es im Umkreis keine gibt, die frei ist?«

Woodward schleifte plötzlich seinen Sessel heftig über den Teppich und schien im Begriff, aufzustehen und einen Mord zu begehen. Hamlet entfloh und kehrte bald mit der Meldung zurück, daß die Droschke vor der Tür stehe.

»Bleiben Sie nur so lange da, lieber Smith, bis es sich etwas aufheitert«, sagte Woodward beim Fortgehen. »Richtig: auf dem Kaminsims liegt ein Brief vom Pferdeverleiher in der Old Brompton-Straße. Ich möchte, daß Sie ihn durchlesen und den Mann morgen aufsuchen.«

Allein gelassen, wärmte Smith sich vor dem Kamin und durchlas den Brief des Pferdeverleihers. Später trat Isabella, einen Nähkorb und ein Buch in den Händen, ins Zimmer. Mit der Mattigkeit der Genesenden nahm sie in dem Lehnstuhl Platz, den ihr Vater freigelassen, und ohne ein Wort zu sprechen, streckte sie Smith die Hand hin.

Kaum hatte er sie berührt, legte sie sie wieder in ihren Schoß zurück.

»Ich hoffe, es geht Ihnen schon viel besser«, sagte er mit einem unbestimmten Gefühl des Unbehagens.

»Danke. Ich fühle mich nicht sehr stark, aber vermutlich geht es mir besser.«

»Furchtbares Wetter«, sagte Smith, nachdem er einen Augenblick dem Plätschern des Regens gelauscht hatte.

Isabella lehnte sich in ihren Sessel zurück und sah ihn mit einem Lächeln an, das nicht ganz ohne sanfte Ironie war. »Ja, nicht wahr?« entgegnete sie. Während sie sprach, leuchteten ihre großen Augen, und Smith, dem noch unbehaglicher als vorhin zumute wurde, fühlte eine innere Mahnung, nach Hause zu gehen. Nichtsdestoweniger entschloß er sich, etwas länger zu verweilen, da es sein Buch war, das in ihrem Korbe lag.

»Gestatten Sie, daß ich eine Beichte ablege, Fräulein Woodward?« sagte er, und nur zum Scherz wurde er jetzt ernst.

Ihr Lächeln verschwand, und sie machte eine abwehrende Bewegung.

»Seit Sie ins Zimmer getreten sind, bin ich mir der Tatsache tief bewußt, daß Sie meine Gedichte gelesen haben oder eben lesen.«

»Ach, Herr Smith, welche Torheit!«

»Glauben Sie mir, ich meine es vollständig ernst.«

»Still. Sie kennen mich nicht, und Sie kennen sich nicht. Blind war ich, daß ich nicht früher an so etwas gedacht habe.«

Smith spürte, wie ihm die Haare zu Berge standen und die Knie schwach wurden.

»Ich muß Sie fragen: Was halten Sie von den Gedichten?« stammelte er mit unsicherer Stimme, die, wie sein Erbleichen, die angenommene Leichtigkeit seiner Haltung Lügen strafte.

»Kommen Sie, setzen Sie sich, und sprechen wir in aller Ruhe«, sagte sie beschwichtigend, da sie seine Erregung bemerkte, doch deren Ursache falsch auslegte. »Ich weiß, daß ich mich auf Sie verlassen kann. Sie haben Haltung und können der Wahrheit standhaft ins Gesicht blicken.« Sie war gerührt, denn nie zuvor hatte ein Verliebter ihr so viel Erregung dargebracht.

Smith war froh, sich setzen zu können, denn er vermochte sich kaum aufrecht zu halten. Der Sessel, auf den sie wies, war klein und stand dicht neben dem ihren. Als er sich niederließ, zog er ihn noch dichter heran, da er wußte, daß sie dies von ihm erwartete. Auch weil sein Humor sich mit seiner Furcht seltsam vermengte, als er entdeckte, daß seine Handlungen seiner eigenen Kontrolle irgendwie entglitten.

»Muß ich annehmen, daß meine dünkelhaften dichterischen Versuche Sie geärgert haben?« fragte er behutsam.

»Nein. Sie haben mir Ihretwegen Schmerz bereitet, aber geärgert haben sie mich nicht. Ich habe aus ihnen den Heroismus Ihres Benehmens kennengelernt.«

»Ich verstehe nicht recht. Ich bin mir nicht bewußt, mich heroisch benommen zu haben.«

»Sie schätzen das gering, doch glauben Sie mir, ich bin nicht unempfindlich für die Treue, mit der Sie ohne ein Wort des Vorwurfs meine Juwelen zu jenem Elenden hintrugen. Kein Wunder, daß Sie ihm die Meinung gesagt und mich vor ihm zu schützen gesucht haben! Jetzt weiß ich, warum Sie sich so tapfer bemühten, mich vor einer unwürdigen Handlungsweise zu bewahren, und mich gleichzeitig fragten, ob ich mit Ihrem Nebenbuhler verlobt sei. In solchen Augenblicken kannten Sie mich besser, als wenn Sie mit sich allein Rhapsodien über mein armes Gesicht verfaßten. Halt, kein Wort mehr darüber. Selbst die Eitelkeit eines Weibes könnte die Berechtigung solcher Verse nicht anerkennen. Glauben Sie nicht, daß ich mich besser kennen muß als Sie? Ich, die ich Jahre vor dem Spiegel verbracht habe! Verlassen Sie sich darauf, wenn ich nicht wüßte, wie echt Ihr Gefühl war, als Sie das Gedicht ›An eine südliche Passionsblume‹ schrieben, ich wäre fähig, darüber zu lachen.«

Erstaunt blickte Smith ihr in die Augen und bemerkte zum erstenmal, daß sie dunkle Augen und Haare hatte wie die Tänzerin.

»Wie Sie sehen, spreche ich mit vollkommener Offenheit«, fuhr sie fort. »Jede falsche und konventionelle Höflichkeit zu vermeiden, ist das wenigste, das ich Ihrer Aufrichtigkeit schuldig bin. Doch vergessen Sie diese ganze aussichtslose Torheit. Drängen Sie mich nicht zu einer Antwort. Wir wollen Freunde, nahe Freunde, Bruder und Schwester sein, wenn Sie wollen.«

»Fräulein Isabella«, begann Smith, der der Ansicht war, daß seine Lage zu ernst wurde, um eine weitere Täuschung zu rechtfertigen, »ich bedauere unendlich, daß Sie meine Gedichte so vollkommen mißverstanden haben. Ich darf Sie nicht länger im unklaren lassen. Ich hege für Sie nicht die Gefühle eines Bruders, wahrhaftig nicht, noch hab' ich den Wunsch, daß Sie in mir einen Bruder sehen.«

Isabella seufzte und lächelte traurig. Dann sagte sie: »Sei dem wie ihm sei, Robert« – Smith fuhr zusammen –, »ich darf Ihnen keine Hoffnungen machen. Mein Herz ist nicht frei. Wenn ich noch einmal Treue schwören sollte, dann als Braut Christi. Das Kloster ist friedlicher als die Welt, und unglücklicher kann es wohl auch nicht machen.«

Smith war wie vom Donner gerührt und hatte nicht das Herz, auf seiner Erklärung zu beharren. Er beschloß, sich nach den Umständen zu richten. »An ein solches Leben dürfen Sie nicht denken«, sagte er. »Es ist schlimm genug, unglücklich zu sein, ohne dabei auch noch nutzlos zu werden. In Wirklichkeit können diese beiden Zustände nur vereint ganz vollkommen sein.«

Sie schüttelte den Kopf und sagte: »Niemals wieder werde ich mich verloben.«

»Sie sind also schon verlobt gewesen? Ich habe natürlich keinerlei Recht, zu fragen.«

»Nicht eifersüchtig sein, mein Freund. Es ist lange her oder kommt mir wenigstens so vor. Ich war noch ein Kind. Ich muß sehr jung gewesen sein, denn ich konnte lieben und weinen, wenn ich betrogen wurde.«

»Sie wurden betrogen?«

»Jawohl«, sagte sie, faltete die Hände im Schoß und blickte ins Feuer. »Nicht in irgendeinem unsauberen Sinn natürlich; aber er war treulos, und ich war albern genug, überrascht, ja sogar gekränkt zu sein. Doch, wie Sie sehen, bin ich am Leben geblieben, um vielleicht abermals zu lieben und abermals betrogen zu werden.«

»Hoffentlich nicht«, sagte Smith in ernstem Ton.

Plötzlich, gerührt durch den Gegensatz zwischen dieser schlichten Bemerkung und der leidenschaftlichen Entsagung, die sie hatte herausfordern wollen, wandte sie sich ihm mit leuchtenden Augen und offenen Lippen zu und legte ihre Hand leicht auf seinen Arm.

»Gibt es also dennoch eine beständige Liebe, an die man unter den Trümmern von so vielen egoistischen und flüchtigen Gefühlen glauben darf?« rief sie aus.

»Die Erfahrung einzig und allein kann den Wert jeder Liebe prüfen«, sagte Smith und bemühte sich, seiner Sinne unter ihrer Berührung mächtig zu bleiben.

»Sie haben recht. Ach, wie bin ich der Prahler überdrüssig, die das Herz eines Weibes mit einigen falschen Eiden aufwiegen wollen.«

Es entstand eine Pause, in der sie beide ins Feuer blickten.

»Wie soll das alles enden?« fragte sie dann, etwas ungehalten über sein gewissenhaftes und bescheidenes Benehmen. »Haben Sie daran gedacht?«

»Es hilft nur wenig, daran zu denken«, erwiderte er. »Es ändert die Tatsachen nicht. Es ist unmöglich, daß ich nach der Rolle eines Bewerbers strebe. Fünf Siebentel meines Einkommens hängen von Herrn Woodward ab. Ich bin nicht toll genug, einer Frau zuzumuten, die Summe von vierzig Pfund im Jahre mit mir zu teilen. Ich warte schon lange auf eine günstige Gelegenheit, Ihren Herrn Vater um eine Staatsbeamtenstelle zu bitten. Doch nach allem, was sich zugetragen hat, fühle ich, daß dies beinahe Verrat wäre.«

»Das sieht einem Mann so ähnlich, Robert! Ihre Gewissenhaftigkeit geht bis zu den phantastischsten Grenzen. Es ist so entzückend charakteristisch für Sie und Ihre Art, mir den Hof zu machen und dabei von Ihrem Einkommen zu sprechen. Doch wir sind noch kein Liebespaar. Hören Sie mich an. Werden Sie sich damit begnügen, mein Freund zu sein?«

»Vermutlich muß ich wohl«, sagte Smith und lächelte.

»Stimmen Sie nicht allzu ungern zu. Denken Sie, was für ein schönes Bündnis Freundschaft ist. Sie ist unkonventionell, sie ist selbstlos. Möge sie ein Austausch heiliger Dienste sein! Sie können mich durch den Einfluß Ihrer großmütigen Ehrlichkeit auf den rechten Weg bringen. Ich kann Ihnen die Sympathie eines Weibes darbringen, und die hat noch kein Mann gering geachtet, so wertlos sie auch scheinen mag.«

»In meinen Augen wird sie das gewiß niemals sein«, erwiderte Smith galant. »Ich fürchte, daß ich den Gewinn unserer Vereinbarung einheimsen werde, während Sie ihre Enttäuschungen kosten werden.«

»Darauf will ich es auch ankommen lassen«, erwiderte Isabella. »Ich wollte sogar, daß Sie recht behielten, denn ich weiß nur zu gut, wie schwach die Freundin ist, die Sie gewonnen haben, und mit wie wenig Achtung Sie vielleicht dereinst ihrer gedenken werden.«

»Hoffen wir also, da wir beide auf Enttäuschungen gefaßt sind, daß wir eines Besseren belehrt werden. Was mich betrifft, ich hege große Hoffnungen, bis auf die, daß ich Ihnen irgendwie von Nutzen sein könnte.«

»Ich gestatte Ihnen, zu hoffen«, sagte Isabella und ließ unwillkürlich einen schelmischen Blick durch ihre gekünstelte Traurigkeit schimmern. »Ach, wie ärgerlich«, fügte sie hinzu, »da kommt jemand. Lassen Sie sich von Clytie nicht erwischen.«

Smith erhob sich hastig, bereit, sich zu entfernen.

»Besiegeln wir durch Handschlag unseren Vertrag«, sagte Isabella mit unbeschreiblicher Stimme und verlor alle Kontrolle über die schelmische Ausgelassenheit ihrer Augen. Smith, hoffnungsvoll verwirrt, wußte nur noch eines: daß ein Mann, der sich die Gelegenheit entgehen läßt, ein hübsches Mädchen zu küssen, ein Tor ist. Er nahm ihre Hand, schlang seinen linken Arm um ihre Hüfte, küßte sie zweimal und stürzte aus dem Zimmer. Als er durch das Vorzimmer ging, hatte er es so eilig fortzukommen, daß er seinen Hut aufstülpte, hastig nach Überrock und Überschuhen griff und, ohne mit dem Anziehen Zeit zu verlieren, in die Nacht hinausfloh. Die Tür schlug er hinter sich ins Schloß. Bald wurde er vom Regen aufgehalten, der so reichlich auf ihn herniederfloß, daß er gezwungen war, unter dem Vordach des nächsten Hauses Zuflucht zu suchen und seine wasserdichten Kleidungsstücke anzulegen.

In der Fulham Road sah er einen Bauzaun, der mit Plakaten bedeckt war, von denen einige durchnäßt in Fetzen herabhingen, während andere, erst später aufgeklebte, regennaß im Schein einer Straßenlaterne glitzerten. Das Wetter war derart, daß die Vorübereilenden, die nach einer Zuflucht suchten, nicht stehenblieben, um Plakate zu lesen. Smith aber, der auf einem gelben Feld das Bild eines Ozeandampfers und das Wort Australien in großen Buchstaben glänzen sah, blieb stehen und las aufmerksam. Er erfuhr, daß er für den kleinen Betrag von fünfzehn Guineas oder den größeren von siebzig Pfund zu den Antipoden von Queens Gate versetzt werden könnte. Seiner Veranlagung nach hätte er den Luxus vorgezogen, der durch den höheren Preis gesichert war; seine Geldmittel jedoch reichten nicht einmal für die Ausrüstung und die Auslagen, welche mit dem geringeren Preis verbunden waren. Er dachte darüber nach, ob Woodward, wenn er gestünde, daß er sich unversehens mit Isabella verlobt habe, ihm wohl die nötigen Mittel zur Verfügung stellen oder ihn einfach hinauswerfen würde.

Ein Gefühl der Feuchtigkeit an den Handgelenken und Ellbogen warnte ihn bald davor, noch länger im Regen zu verweilen.

Als er in trockener Kleidung vor seinem Feuer in der Danvers-Straße saß, demütigte ihn die Erinnerung an seine Unterredung mit Isabella. Aber er mußte darüber lachen und sich lächerlich benehmen. Er zupfte an seinem schwachen Schnurrbart, ging zum Spiegel und starrte das Antlitz an, das die Bewunderung eines Mädchens hervorgerufen hatte. Er versuchte es, sich als Ehemann vorzustellen. Isabella, in einer schmucken Wohnung mit ihren hübschen Kleidern und ausdrucksvollen Augen, war eine verlockende Gestalt; doch immer Isabella. Isabella überall, unvermeidlich, das erste Gesicht, das er am Morgen, das letzte, das er am Abend zu sehen bekam! Isabella krank oder in Sorgen, in schlechter Laune, in Haarwickeln, bei den Mahlzeiten. Isabella alt und welk, Isabella als Mutter oder als Hausfrau, die die Fessel der Vereinigung am Ende noch verdrossener hinschleppte als ihr Gatte! Smith schüttelte den Kopf.

»Und doch fühle ich mich vor ihr nicht sicher«, sagte er zu sich. »Die Frauen, die am wenigsten wert sind, sind auch am wenigsten konsequent, und es könnte ihr einfallen, einen Triumph der Treue ihrem jetzigen armseligen Liebhaber gegenüber zu feiern, so daß der Ausbruch einer Hochzeitsreise unvermeidlich wäre. Ich wollte, ich hätte diese verfluchten Gedichte verbrannt. Ich habe mich wie ein Schurke oder, was dasselbe ist, wie ein Narr benommen. Na, was geschehen ist, ist geschehen. Mit welcher sinnreichen Bemerkung ich, Don Juan Lothario Smith, mich ins Bett, ins Bett, ins Bett begeben werde!«

Neuntes Kapitel

Eines Morgens erwachte Smith um halb sechs Uhr früh, und da es ganz danach aussah, als ob er keinen Schlaf mehr finden würde, faßte ihn große Lust nach Abenteuern. Er beschloß, einen Morgenspaziergang zu machen, um Chelsea einmal vor Sonnenaufgang kennenzulernen. War das nicht das größte Abenteuer, das ein Mann in seiner Lage sich leisten konnte? Im Winter muß ein solcher Plan entweder augenblicklich oder gar nicht ausgeführt werden. Er sprang also aus dem Bett, ohne sich Zeit zu nehmen, an die Kälte und die Aussicht zu denken, um die Frühstückszeit vom Schlaf überwältigt zu werden, und den Hunger zu fürchten, der den ungewohnten Frühaufsteher ergreift, und zog die Beinkleider an. Er kleidete sich mit ebensoviel Sorgfalt an, als mache er einen Nachmittagsspaziergang, stahl sich die Treppe hinunter, löste geräuschlos die Kette von der Tür und ging hinunter in die Danvers-Straße, die ihm nie unheimlicher erschienen war als jetzt im Morgengrauen.

Um sich zu erwärmen, schritt er tüchtig aus und eilte den Themsekai entlang, von wo aus der Fluß und Cheney Walk grau und verlassen vor seinen Augen lagen. Bei der Chelsea-Brücke verließ Smith das Flußufer und ging durch die Sloane- bis zur Brompton-Straße und erreichte so das South-Kensington-Museum. Hier entdeckte er, als er auf die Uhr sah, daß die sechste Stunde erst um zwanzig Minuten überschritten war. Da er sich erwärmt hatte und die unbehaglichen Empfindungen, mit denen er sich auf den Weg machte, verschwunden waren, mäßigte er seine Schritte und vertrieb sich die Zeit damit, die wenigen Leute zu beobachten, die zur Kirche gingen, um dort der ersten Messe beizuwohnen. So etwa hätten diese ihrerseits wohl eine Pilgergesellschaft betrachtet, die sich einem Buddhistenaltar näherte. Während er so beschäftigt war, ging eine warm angezogene junge Dame in Sealmantel und Muff an ihm vorüber. Sie sah ihn an und blieb stehen.

»Fräulein Woodward!«

»Robert!«

»Welches Glück, daß ich sie zuerst angesprochen habe«, dachte Smith, »sonst hätte ich Isabella sagen müssen.« Dann sagte er: »Das ist aber seltsam, um diese Stunde begegne ich Ihnen auf der Straße!«

»Woher wußten Sie, daß ich die Absicht hatte, herzukommen?

Ich habe keiner Seele etwas davon gesagt.«

»Um Ihnen die Wahrheit zu gestehen: meine Gegenwart ist der reinste Zufall. Ich schlendere seit vor sechs Uhr früh herum. Darf ich fragen, wohin Sie zu dieser unheimlichen Stunde gehen?«

»Ich gehe in die Kirche zur Messe«, sagte Isabella ernst. »Hoffentlich komm' ich nicht zu spät.« Sie blickte auf ihre Uhr. »O nein, ich hab' noch reichlich Zeit; sie beginnt erst um halb sieben.«

»Lassen Sie die Kirche; gehen wir spazieren.«

Sie schüttelte den Kopf und sagte: »Sie sind der letzte, von dem ich einen schlechten Rat erwartet hätte.«

»Sie sind die letzte, von der ich erwartet hätte, daß sie ihn ablehnt«, sagte Smith, der in der kecken und sarkastischen Laune eines Abenteurers war.

Isabella starrte ihn an. »Warum das?« fragte sie.

»Ich weiß nicht«, erwiderte er. »Nur der Wunsch, etwas Boshaftes zu sagen. Sind Sie fest entschlossen, in diese, diese Verzükkungsfabrik hineinzugehen?«

»Jawohl. Wollen Sie mitkommen? Wenn Sie ablehnen, werde ich glauben, daß Sie es aus Angst vor dem Einfluß tun, über den Sie spotten.«

»Wie lang dauert die Zeremonie?«

»Nur eine halbe Stunde. Kommen Sie doch mit. Der einmalige Versuch wird Ihnen nicht schaden.«

»Nun gut; ich komme mit, obwohl ich zweifle, daß es ehrlich ist. Denn mein einziger Beweggrund ist Neugierde, natürlich ganz abgesehen von dem Vergnügen, Sie zu begleiten.«

»Der Beweggrund tut nichts zur Sache. Kommen Sie, um zu spotten, vielleicht bleiben Sie, um zu beten.«

Smith sah auf die Kirchenuhr. Es war gerade an der Zeit, so schritten sie zusammen dem Eingang zu. Zuversichtlich ging sie voran, und er folgte befangen mit ernstem Antlitz.

Als sie in die Vorhalle traten, flüsterte er: »Sie müssen mir sagen, was ich zu tun habe; ich kenne die Kirchengebräuche ganz und gar nicht.«

»St! Sie haben nur den Hut abzunehmen.«

Smith gehorchte und stieß die Tür auf und verzog das Gesicht beim Geruch von schalem Weihrauch, der für ihn der Geruch des Aberglaubens selber war. Mit der ehrfürchtigen Haltung, die denjenigen, denen Kirchen fremd sind, eigen ist, folgte er Fräulein Woodward zu ihrem Sitz und empfand dabei etwas von der Genugtuung eines erfolgreichen Komödianten. Seine Begleiterin glaubte, als sie ihn gelegentlich anblickte, daß die Bräuche ihrer Kirche auf ihn Eindruck machten. Doch sein bißchen Glaube war viel zu sehr der eines Philisters und Protestanten, als daß die stille Messe Eindruck auf ihn gemacht hätte. Er war für Bücher, nicht aber für Schauspiele zugänglich. Ehe sie die Kirche verlassen hatten und wieder auf der Straße draußen waren, wechselten sie kein Wort. Dann atmete er tief auf und sagte: »Darf ich fragen, wie oft Sie das Schauspiel schon gesehen haben, dem wir gerade beiwohnten?«

»Tau – hundertmal mindestens.«

»Ach! Dann sind Sie so daran gewöhnt, daß es Sie gleichgültig läßt. Ich meinerseits kann nicht begreifen, wie ein vernünftiger Mensch das zweimal aushalten kann.«

»Ich dachte, es hat Ihnen gefallen«, sagte Isabella. »Sie sind ein schrecklicher Heuchler.«

»Wirklich! Doch Heuchelei ist der Preis, den ich bezahlen mußte, weil ich dorthin gegangen bin, wo ich nichts zu suchen hatte. Ich hatte keine Wahl; wollte ich taktvoll sein, mußte ich den Anschein wahren, wie ich es tat, oder hinausgehen. Ich bin erstaunt, daß eine so gebildete Dame wie Sie eine so dumme Geschichte mitmacht.«

»Ist es taktvoll, den teuersten Glauben anderer zu verletzen, nur weil er zufällig nicht mit Ihrem Glauben im Einklang steht?«

»Jeder, der einen Glauben oder einen Irrglauben hat, ist berechtigt, für ihn Propaganda zu machen, sowohl, um sich zu prüfen, als auch, um andere aufzuklären. Da ich aber nach der letzten halben Stunde für ein ganzes Jahr von der Religion, von Ihnen aber nicht für einen Tag genug habe, zöge ich bei weitem vor, daß Sie von sich selbst sprechen.«

»Ich glaube, Sie sind heute in einer sehr ungewöhnlichen Stimmung. Sarkasmen und Komplimente sind in der Regel nicht auf Ihren Lippen. Die einzige Neuigkeit, die ich Ihnen von mir erzählen kann, ist die, daß ich verreise.«

»Wirklich?« sagte Smith und zeigte vergeßlicherweise mehr Wohlgefallen als Bedauern. »Wohin reisen Sie? Und wann werden Sie wiederkommen?«

»Sie möchten mich vermutlich glauben machen, daß Ihnen sehr viel daran gelegen ist?«

»Ich möchte Sie glauben machen, daß es mir zumindest nicht ganz gleichgültig ist.«

»Dann werde ich es glauben, obwohl ich es wahrscheinlich bereuen werde, wie alle anderen Frauen. Nun, ich gehe mit meiner Tante, Frau Foley, nach Derbyshire in ein Haus, wo es eine Menge reiche und dumme Leute gibt und kein Mensch darunter ist, mit dem man reden kann.«

»Warum gehen Sie dann hin?«

»Ich bin eingeladen, und ich muß. Übrigens, in dieser Jahreszeit ist es lächerlich, in London zu bleiben, wenn man es vermeiden kann. Und Papa will, daß ich hingehe. Kurzum, ich weiß nicht, warum ich es tue, aber ich tue es.«

»Hoffentlich werden Sie sich amüsieren.«

»Dafür besteht keinerlei Aussicht. Der Gastgeber lebte früher in Indien, und das Haus ist immer voll von alten Indern. Gelbe Geschöpfe, die Curry und Chutney essen und zur Zerstreuung jeden Satz, den man spricht, ins Hindostanische übersetzen. Wenn ich mit ihnen zusammen bin, schäme ich mich meiner weißen Gesichtsfarbe und meines Magens.«

»Wann reisen Sie?«

»Heute um zwölf Uhr.«

»So plötzlich?«

»Ja, nicht wahr?«

»Und werde ich Sie nicht wiedersehen?« fragte Smith ernst.

»Nun, ich habe ja die Absicht, wiederzukommen, nicht wahr?« erwiderte sie heiter. »Sie haben vierzehn Tage überlebt, ohne mich zu sehen, und wenn wir einander begegnen, benehmen Sie sich nicht immer gut.«

»Wann werden Sie wiederkommen?« fragte Smith, noch immer ernst.

»Das weiß ich nicht. Kann sein, daß ich bis Januar fortbleibe, wenn ich eingeladen werde, Weihnachten auf dem Lande zu verbringen.«

»Bis dorthin erwarte ich, Staatsbeamter und auch von Ihnen vollständig vergessen zu sein.«

»Sie verlassen Papa?«

»Jawohl.«

»Und Sie glauben wohl, daß mein Gedächtnis ebenso schlecht ist wie meine Sehkraft? Ich habe mehr Grund, zu fürchten, daß ich vergessen werde, als Sie, wenn ich aus Ihrer Wärme einen Schluß auf Ihre Treue ziehen soll. Doch ich muß Ihnen meine Adresse geben. Ich erwarte, daß Sie mir schreiben werden.«

»Unmöglich. Ich kann doch keine Gefälligkeit von Ihrem Herrn Vater verlangen und Ihnen gleichzeitig Briefe schreiben, da ich weiß, wie sehr er das mißbilligen würde. Und Sie können mir doch auch nicht schreiben – ich nehme wenigstens an, daß Sie nicht die fragwürdige Gewohnheit haben, einem Mann heimlich zu schreiben?«

»Selbstverständlich nicht«, sagte Isabella, errötete leicht und blickte auf die Pflastersteine, um zu verhindern, daß sie durch verblüfftes Anstarren ihr Erstaunen über die Sittlichkeit dieses unbegreiflichen jungen Mannes verrate.

»Ich wüßte also nicht einmal, ob Ihnen meine Briefe angenehm wären. Tatsächlich, wenn Sie darüber nachdenken, werden Sie einsehen, daß Briefe zu erhalten ebenso unrecht wäre, wie sie zu beantworten. Keiner von uns hätte das Gefühl, in der Angelegenheit unschuldig zu sein. Ich bin der Ansicht, daß es besser ist, wir schreiben uns nur dann, wenn wir einander etwas Besonderes mitzuteilen haben.«

»Sie haben vermutlich recht«, sagte Isabella, die ihn als ganz unmöglich aufgab und ihre Augen mit einem seltsamen Gemisch von Spott und Bewunderung zu ihm aufhob. »Sie sind ein solches Ungeheuer von Anständigkeit, daß ich Angst hätte, Ihnen zu schreiben, selbst wenn die Einwendungen nicht wären, die Sie gemacht haben. Hier ist die Albert Hall«, setzte Isabella stehenbleibend fort. »Mich wundert nur, daß Ihre Grundsätze Ihnen gestatten, mich auf dem längsten Weg nach Hause zu bringen.«

»Jetzt bin ich wieder ganz bei Vernunft. Da Sie stehenbleiben, nehme ich an, daß ich Sie nicht weiterbegleiten soll.«

»Ich glaube, es ist besser so.«

»Ich werde Sie also drei Monate lang nicht sehen, vielleicht sogar nie wieder.«

»Drei volle Monate.«

Smith blickte in beide Richtungen der Straße und sah, daß einige Arbeiter, Milchverkäufer und Zeitungsausträger zugegen waren. Als er sich wieder Isabella zuwandte, hatte sie sich unter die Einfahrt der Albert Hall zurückgezogen.

»Also ist ›Lebewohl‹ das Losungswort?« sagte er, während er ihr folgte.

»Das Losungswort ist ›Lebewohl‹«, erwiderte sie ungeziert.

»Dann müssen Sie schon gestatten, daß ich mich wieder einmal schlecht benehme.« Und rasch gab er ihr einen Kuß. Das laute Geschrei eines Milchverkäufers schien ihn deswegen zu verspotten. Da ließ er sie los und blickte sich ängstlich um. Isabella eilte in die Richtung von Queens Gate. Ehe sie verschwand, wandte sie sich noch einmal um und winkte. Er lüftete den Hut zum Gegengruß und ging seines Wegs. Die Aussicht auf ein langfristiges Freisein von Liebesgetändel erleichterte sein Herz, und er war sehr weit davon entfernt, die Unbeholfenheit zu erfassen, mit der er sich benommen hatte.

Als er seine Wohnung erreicht hatte, fand er einen Kartenbrief vor, der ihn ersuchte, erst um halb ein Uhr nach Queens Gate zu kommen, weil Woodward wahrscheinlich während des Vormittags mit Familienangelegenheiten beschäftigt sein werde. Nach dem Frühstück bekam er Lust, den Vormittag in der City zu verbringen, wo er seit Harriet Russells Hochzeit nicht gewesen war. Er fuhr also mit dem Dampfer nach London Bridge, und nachdem er eine Weile gebummelt hatte, betrat er den Bahnhof der Liverpool-Straße, um eine Zeitung zu kaufen. Als er durch den Wartesaal schritt, wurde seine Aufmerksamkeit auf eine Gruppe in der Nähe des Kaminfeuers gelenkt. Ganz vorne stand Fraser Fenwick und gebärdete sich so, daß es unmöglich war, zu erkennen, ob er gegen etwas protestierte oder sich entschuldigte. Er trug einen Zylinder, einen blauen Gehrock mit einer Blume im Knopfloch, eine weiße Weste, lavendelfarbige Handschuhe, Lacklederstiefel und Pepita-Beinkleider. Seine Begleiter kannte Smith nicht. Er war über die bessere Kleidung Fenwicks und den veränderten Gesichtsausdruck seines früheren Wohnungsgenossen so verblüfft, daß er ihn ein zweites Mal ansah, um sich zu vergewissern, ob er es auch wirklich sei, und wurde dabei von ihm erkannt. Aus Rücksicht auf eine große Dame von entschlossenem Aussehen, die zur Gesellschaft gehörte, lüftete Smith den Hut. Fenwick, überrascht, doch erfreut, erwiderte den Gruß, weil er glaubte, daß Smiths Erscheinung vornehm genug sei, um auf die anderen einen vorteilhaften Eindruck zu machen. Smith ging dann weiter zum Bahnsteig, wurde aber von Fenwick eingeholt.

»Wie geht es Ihnen?« fragte Fenwick und streckte ihm die Hand entgegen.

»Danke, ganz gut«, erwiderte Smith, indem er sie ergriff.

»Ha, gut! Und was glauben Sie, habe ich heute vor?«

»Sie dürften mindestens zu einer Hochzeit gehen.«

»Donnerwetter, das will ich meinen! Noch vor zwölf Uhr werd' ich hingerichtet sein. Lieben, ehren, gehorchen und hegen und pflegen und so weiter.«

»Sie sind es also selbst?«

»Ganz richtig. Einmal muß der Mensch sich doch häuslich niederlassen. Lady Geraldine Porter, eine intime Freundin meiner seligen Mutter, hat es sich in den Kopf gesetzt, eine Partie für mich ausfindig zu machen. So sehen Sie mich hier endlich in der Schlinge.«

»Ich wünsche Ihnen alles denkbare Glück, Herr Fenwick.«

»Sie sind noch ein freier Mann, nicht wahr?«

»Jawohl«, sagte Smith lächelnd und dachte dabei mit Gewissensbissen an Isabella.

»Wissen Sie was? Kommen Sie mit uns, und sehen Sie sich meine Hinrichtung an. Sie findet in Leytonstone statt, und hinterher gibt es einen guten Hochzeitsschmaus. Ich verbürge mich dafür, daß alle Anwesenden sehr erfreut sein werden, Sie zu sehen.«

»Ich wäre zu gerne dabei, aber leider muß ich um zwölf Uhr in Kensington sein. Sie müssen also den Willen für die Tat nehmen.«

»Es wäre mir so lieb, wenn Sie dabei wären. Unter uns: diese ganze Zeremonie, und was drum und dran hängt, ist eine nervenzerrüttende Angelegenheit, und man hat eine Stütze nötig. Doch wenn es Ihnen unmöglich ist, dann selbstverständlich –«

»Ich kann tatsächlich nicht. Ich sollte schon fort sein. Gestatten Sie nochmals, daß ich Ihnen gratuliere und eine angenehme Hochzeitsreise wünsche. Guten Tag.«

Smith fuhr mit der Eisenbahn nach Westend und erreichte Queens Gate um halb eins. Als er die Treppe hinaufging, hielt ein Wagen vor dem Haus. Clytie saß darin. Er kehrte um und öffnete ihr die Wagentür.

»Guten Morgen«, sagte sie herausspringend. »Eben habe ich Bella nach dem Norden expediert. Sie werden sich jetzt ganz vereinsamt fühlen, Herr Smith.«

»Warum?« fragte Smith, der gelernt hatte, sich gegen die Hänseleien, die Clytie für ihn bereit zu haben pflegte, durch geheuchelte Begriffsstutzigkeit zu schützen.

»Sie werden nur um so schönere Eingebungen haben«, fuhr sie, die Frage nicht beachtend, fort. »Wirklich, Herr Smith, Sie können sich nicht vorstellen, wie ich über einige Ihrer Gedichte geweint habe.«

»Meine Gedichte? Wo haben Sie die her?«

»Seit einem Monat treiben sie sich überall im Haus herum.«

»Bitte werfen Sie sie ins Feuer, wenn sie Ihnen noch einmal begegnen. Es ist schade, wenn das Haus durch Kehricht verunziert wird, und noch dazu, wenn dieser sich herumtreibt.«

»Ach, das wäre zu schade! Raten Sie einmal, welches mein Lieblingsgedicht ist.«

»Lieber nicht. Es schmeichelt mir aber, zu wissen, daß Sie ein Lieblingsgedicht haben.«

»Erinnern Sie sich an das kurze Gedicht: ›Der arabische Ritter‹?«

»Ja, und das gefällt Ihnen am besten?«

»Zuerst hat es mich eher enttäuscht. Ich erwartete Gestalten, die auf Zauberteppichen durch die Luft fliegen.«

»Danke schön; in der City habe ich die Lust an Teppichen vollständig verloren. Sie wissen doch, daß ich dort in der Teppichbranche beschäftigt war.«

Smith zeigte deutlich, daß er sich weder der City schämte noch eine gewisse Genugtuung leugnete, sie für das Westend verlassen zu haben. Er zeigte ebenso deutlich, daß sein einziges Empfinden für Clytie das einer gutmütigen Überlegenheit war. Sie haßte ihn sehr und machte ihren Gefühlen Luft, indem sie heftig an der Türglocke zerrte. Hamlet erschien und blickte finster drein.

»Wissen Sie, wie lange ich hier stehe?« fragte Clytie.

»Fragen Sie lieber den hübschen jungen Mann, von dem Sie sich die Tür aufmachen lassen«, entgegnete Cornelius unwirsch.

Smith ging an Clytie vorüber, denn er hatte Eile, sich seiner Entrüstung über Isabellas unvorsichtige Behandlung seiner Gedichte zu überlassen. Da er das Studierzimmer leer fand, setzte er sich hin, und in einer plötzlichen Aufwallung gegen seine eben überwundene Tändelei mit Isabella beschloß er, ihr bei der nächsten Begegnung unzweideutig klarzumachen, daß sein Herz nicht von ihr berührt sei noch es überhaupt je gewesen wäre, falls dieses künftige Zusammentreffen infolge seines Scheidens aus dem Dienste Woodwards überhaupt stattfinden würde.

Einige Monate später erhielt Smith um neun Uhr abends in seiner Wohnung folgenden Brief:

Bangalore, Derbyshire 4. Januar 1880

Lieber Smith – Soeben erhalte ich Ihren Brief und freue mich außerordentlich über die Nachricht von Ihrem Erfolg bei der Prüfung. Ich zweifle nicht, daß Sie eine Stelle ersten Ranges in Ihrem neuen Beruf erringen werden, falls Sie auch weiter der tüchtige junge Mensch bleiben, als den ich Sie stets gekannt habe.

Da wir heute das ›Horn‹ besichtigen wollen, kann ich Ihnen nur in Eile einige Zeilen senden, aber ich hoffe, daß Sie mich gelegentlich besuchen werden, um mich wissen zu lassen, wie es Ihnen geht. Momentan bin ich in einiger Verlegenheit, weil ich ohne Sie mit meinen Briefen im Rückstand bin. Hier habe ich so wenig Zeit, daß sie sich anhäufen. Sobald ich zurückkehre, werde ich ein Inserat in die Zeitung einrücken lassen.

Infolge der Anfang März stattfindenden Hochzeit meiner Tochter Isabella mit einem Herrn, den sie hier kennengelernt hat – einem Herrn Saunders, der kürzlich aus Indien zurückgekehrt ist –, steht mir ein arbeitsvoller Monat bevor. In der verflossenen Woche hatte ich eine kleine Bronchitis, doch bin ich jetzt wieder ganz wohl, und im großen und ganzen habe ich keinen Grund, mich über meinen Aufenthalt zu beklagen.

Ihr aufrichtiger Foley Woodward

In diesem Augenblick trat Frau Tilly mit dem kleinen Tablett ins Zimmer, das sie ihrem Mieter gewöhnlich brachte, ehe sie sich zur Ruhe begab. Sie schrak zurück, denn sie befürchtete, mit einem Irrsinnigen allein zu sein. Smith, der weder ihr Klopfen noch ihr Eintreten gehört hatte, stand mit dem Rücken gegen sie; in der Hand hielt er einen Brief, den er durch die Luft schwenkte, gleichzeitig warf er den Kopf zurück und stieß einen rauhen Laut aus. Als er das zweimal getan hatte, wandte er sich um, erblickte Frau Tilly auf der Schwelle, das klirrende Tablett in Händen und das Gesicht bleich vor Schrecken.

»Entschuldigen Sie«, sagte Smith, »ich habe Sie nicht eintreten hören. Ich habe eben so gute Nachrichten erhalten, daß ich tatsächlich im Begriff war, ein gedämpftes Hurra auszurufen. Ich hatte keine andere Möglichkeit, meinen Gefühlen Luft zu machen, ohne die Nachbarn zu stören.«

Eines Abends verließ Smith seine Wohnung in Thurloe Square, South Kensington, wo es ihm gerade gefiel wie in Belgrave oder Grosvenor Square, und da Vollmond war und das Wetter zum Spazierengehen verlockte, ging er in die Gegend von Putney. Hier überquerte er die Brücke, verweilte feierlich, um den mondbeleuchteten Fluß zu bewundern, und trat vor ein malerisches Haus, das nicht weit von Surrey Strand lag. Als er nach Frau Scott fragte, wurde er in ein ebenerdiges Zimmer geführt. Dort trat ihm Harriet entgegen, die der Lauf der Jahre und der Umschwung ihrer Verhältnisse nur wenig verändert hatte; einem oberflächlichen Beobachter schien sie überhaupt nicht verändert. Sie hatte einen Knaben bei sich, dessen Züge im kleinen ihren Zügen glichen. Ein dreister Gesichtsausdruck wandelte Cyril Scotts alten Mutwillen ins Komische ab. Er beteuerte eben, daß er vor der Rückkehr seines Vaters nicht ins Bett gehen wolle, und dabei legte er eine Mischung von Heftigkeit und Eigensinn an den Tag, die bezeugte, daß er Eigenschaften von beiden Eltern geerbt hatte.

»Ich habe mit dem Jungen meine liebe Not«, sagte Harriet, faßte den Kopf ihres unfolgsamen Sprößlings und rollte ihn an ihrer Brust auf und nieder, wohin der Kleine ihn mit der Absicht, ihr zu schmeicheln, unvorsichtigerweise gelegt hatte. »Er behauptet, Cyril habe ihm versprochen, daß ihn Mattie zu Bett bringen werde. Mattie ist aber im Kristallpalast und sieht sich das Feuerwerk an. Das ist sehr bös von Henry, denn Mattie ist ohne zu murren ins Bett gegangen, als Henry beim Feuerwerk war.«

»Lassen Sie ihn doch in Ruhe, bis er schläfrig wird, und dann wird er sich freuen, ins Bett zu kommen«, sagte Smith.

»Sie glauben doch hoffentlich nicht etwa, daß irgend etwas ihn dazu bewegen könnte, Schläfrigkeit einzugestehen? Warum willst du nicht zu Bett, Henry?«

Henry erklärte, daß Zubettgehen überhaupt langweilig sei und daß er insbesondere wünsche, der Herr möge sein Bild besichtigen. In diesem Punkte wurde eine Vereinbarung getroffen, wonach Smith das Bild ansehen und Henry sich ohne weitere Einwendungen, nachdem er die Meinung des Gastes gehört hätte, niederlegen würde.

»Das ist es«, sagte Harriet und zog ein Brett hervor, auf das ihr Kind die grellsten Farben gekleckst hatte, die im Malkasten seines

Vaters zu finden waren. »Das ist die Darstellung Henrys von dem Feuerwerk, das er gesehen hat, eine Nachahmung von Cyrils ›Fata Morgana‹«.

»Erzähle ihm, was Frau Duncan gesagt hat!« rief Henry.

»Frau Duncan sagte, ihres Erachtens sei dieses Bild das weitaus vernünftigere von den beiden. Henry war über diese Bemerkung viel erbauter als sein Vater.«

»Es ist erstklassig, tatsächlich wunderschön«, sagte Smith. Der kleine Maler blickte ihn zweifelnd an, wie das Kinder tun, wenn sie mit Komplimenten abgespeist werden, die sie nicht für ehrlich halten.

»Also, Henry!« rief Harriet.

»Ich muß wohl zu Bett«, sagte Henry und stieß mit geheuchelter Gleichgültigkeit die Hände in die Taschen. »Aber laufen will ich nicht. Ich will getragen werden.«

»Soll ich dich tragen?« fragte Smith.

»Nein«, sagte Henry. »Mama soll mich tragen. Außerdem bin ich für Sie zu schwer.«

»Erinnerst du dich, daß Vater dir gesagt hat, ich dürfe dich nicht heben?«

»Sei unbesorgt. Ich werde das mit Vater schon in Ordnung bringen. Komm. Aber ehrliches Spiel!« fügte er hinzu, als Harriet daranging, ihn hochzuheben, »versprich mir, daß du mich nicht kitzeln wirst – ah!«

Sein Vorbehalt endete in einer Lachsalve, als Harriet ihn auf ihren Armen mit einer Leichtigkeit davontrug, die Smith bewies, daß sie nichts von ihrer früheren Kraft eingebüßt hatte.

Eine Viertelstunde später kam Harriet zurück und sah, daß ihr Gast nachdenklich zur Decke starrte.

»Einen Penny für Ihre Gedanken!« rief sie aus.

»Ich dachte gerade darüber nach, wie ich mir einst eingebildet hatte, daß Ihre Kinder unter allen am wenigsten Gefahr laufen würden, verzogen zu werden.«

»Das hab' ich auch einmal geglaubt, aber was konnte man von uns erwarten? Cyril ist ein verwöhntes Kind gewesen, und in mancher Beziehung ist er es noch immer. Auch ich war ein verwöhntes Kind; wenigstens hat mir mein Vater nie etwas abgeschlagen. Wenn Henry ein so anständiger Mensch wird wie Cyril, so werde ich sehr zufrieden sein. Deshalb fürchte ich nicht, ihn etwas zu verwöhnen. Nach demselben Prinzip wird auch Mattie von Cyril verwöhnt, vielleicht auch deshalb, weil ihm diese Erziehungsmethode angeboren ist. Sie sind beide auf verschiedene Art sehr altklug, sehr dreist und ungeheuer egoistisch, so wie es alle gesunden Kinder ihres Alters sein sollen; doch sind sie viel drolliger, viel geschickter und selbständiger, als wenn sie eingeschüchtert würden. Schließlich sind sie wahrscheinlich auch weniger unartig. Ich kann ängstliche Kinder nicht ausstehen.«

»Sie haben zweifellos recht. Ich kann mich erinnern, wie sehr ich insgeheim den feierlichen Mumpitz haßte, den meine Eltern mir vorzumachen pflegten, sooft sie einen Anfall von Pflichtbewußtsein hatten.«

»Als ich Sie kennenlernte, waren Sie ein sehr merkwürdiger Junge, das heißt, falls Sie überhaupt jemals ein Junge waren.«

»Ich glaube, ich war nie einer«, sagte Smith, »ich hatte nie das Gefühl, ein richtiger Junge zu sein, und als ich Ihnen begegnete, wollte ich keinesfalls für einen gehalten werden.«

»Das ist das Rätselhafte an Ihnen«, sagte Harriet, »Sie sind kein Junge mehr, und erwachsen sind Sie auch noch nicht. Eines Tages werden Sie von Ihren Büchern loskommen, die Welt kennenlernen und wirklich reif werden. Augenblicklich ist aber nichts mit Ihnen anzufangen, Sie sind eben ein schlimmer Fall von jungem Wein.«

»Ich hab' mich nie erwachsen gefühlt, während Sie, wie ich glaube, schon erwachsen geboren sind. Ich fürchte, ich bin unheilbar.«

»Die Zeit wird Sie heilen. Ich bin neugierig, wie Sie mit vierzig Jahren sein werden.«

»Vielleicht werde ich dann verheiratet sein. Aber ich fühle mich durchaus nicht heiratsfähig und bezweifle, ob ich es jemals sein werde. Ist die Ehe wirklich eine gute Sache?«

»Wie kann man nur so fragen? Was soll man denn anderes machen, als heiraten, wenn man ein anständiges Heim haben will. Doch es gibt Menschen, die für die Ehe nicht geschaffen sind. Es kommt nicht sehr oft vor, daß die Richtigen zusammenkommen, so wie Cyril und ich, die meisten machen folgende Entwicklung durch: ein Jahr lang versuchen sie, sich einzureden, daß sie glücklich sind, dann folgen sechs Monate des Zweifels, und nach achtzehn Monaten sind sie zur Überzeugung gelangt, daß ihre Ehe ein trauriger Irrtum ist. Dann werden sie müde, sich dagegen aufzulehnen. Sie gehen, aus allen Himmeln gerissen, in der alltäglichen Häuslichkeit unter, ohne deswegen in tragischer Weise unglücklich zu sein. Selbstverständlich ändert sich mancherlei, wenn man Kinder hat; doch die meisten Menschen werden ihrer genauso überdrüssig wie die Kinder eines Spielzeugs, wenn Gewohnheit in ihre Rechte tritt und der Reiz der Neuheit vorbei ist.«

»Das alles scheint mir ganz fern zu liegen«, sagte Smith. »Es mag gut und schön sein, doch wenn es nicht da wäre, es würde mir nicht im Traum einfallen, es zu erfinden. Gute Nacht.«

»Wollen Sie nicht auf Cyril warten und mit uns zu Abend essen?«

»Nein, ich danke. Ich möchte gern zu Fuß nach Thurloe Square zurückgehen, und dazu werde ich so lange brauchen, bis es Zeit ist, schlafenzugehn.«

»Na, wie Sie wollen. Tun Sie nur immer, was Sie gerne möchten.«

»Im Gegenteil! Ich habe meine Gewohnheiten. Wenn ich täte, was ich gerne möchte, so würde ich mindestens eine Woche hierbleiben. Gute Nacht.«

»Gute Nacht.«

Als Smith die Brücke wieder überschritten hatte, blieb er an einer Ecke stehn, um über seine Unreife nachzudenken und sich der Schönheit des weißen Mondlichts und der schwarzen Schatten, die ihn lautlos umfingen, hinzugeben. Dann schüttelte er abweisend den Kopf und ging nach Hause.

Alphabetisches Gesamtverzeichnis der suhrkamp taschenbücher

1/2/6.84

1/3/6.84

1/4/6.84

1/5/6.84

1/6/6.84

1/7/6.84

1/8/6.84

1/9/6.84

1/10/6.84

1/11/6.84

1/12/6.84

1/13/6.84